寺门 上

SIMEN

王少华◎著

河南文艺出版社
· 郑州 ·

图书在版编目（CIP）数据

寺门/王少华著. --郑州:河南文艺出版社,2013.1
(2024.6 重印)

ISBN 978-7-80765-770-5

Ⅰ.①寺…　Ⅱ.①王…　Ⅲ.①长篇小说-中国-当代
Ⅳ.①I247.5

中国版本图书馆 CIP 数据核字(2012)第 309872 号

选题策划	刘晨芳
责任编辑	刘晨芳
责任校对	梁　晓
装帧设计	知耕书房
美术编辑	吴　月

出版发行	河南文艺出版社	总 印 张	42.25
社　　址	郑州市郑东新区祥盛街 27 号 C 座 5 楼	总 字 数	640 000
承印单位	河南瑞之光印刷股份有限公司	版　　次	2013 年 1 月第 1 版
经销单位	新华书店	印　　次	2024 年 6 月第 4 次印刷
开　　本	700 毫米 × 1000 毫米　1/16	总 定 价	65.00 元(上、下册)

印厂地址　河南省武陟县产业集聚区东区(詹店镇)泰安路

邮政编码　454950　　电话　0371-63956290

序言

祥符——王少华的文字热土

黄海碧

　　在王少华的长篇小说《宋门》读者分享会上，我曾对书友说，墨西哥作家胡安·鲁尔福有他现实残酷、理想破灭和难以救赎的"科玛拉"村庄，哥伦比亚作家加西亚·马尔克斯有他叙述语气平稳、但追忆意象不确定的孤独小镇"马贡多"，中国诺贝尔文学奖得主莫言有他溢满深情、根植于文字热土的"高密东北乡"，河南"汴味儿小说"作家王少华也有他滋生一部又一部由短篇而中篇，又接连不断写出情节诡异、人物奇绝长篇小说的"祥符古城"。那一个又一个或惊心动魄，或峰回路转，或曲径探幽的故事中的人物和人物贯穿的故事，无不带着魔幻现实主义前尘后世的传奇色彩。一部两册的《寺门》，大抵也是因此而跻身第九届茅盾文学奖入围作品的。

　　一部文学作品一经问世，是否能以鲜活的人物、生动的语言、传奇的故事吸引、感动读者，一部文学作品值不值得读，耐不耐读，甚至能否被反复品读，是衡量其是否具有文学和社会价值的重要标志。此次再版的《寺门》，在丰富情节和刻画人物上，都做了更加引人入胜的精细增补。其中，沙二他爹——干过镖局的沙金镖，在原版基础上又有了更加鲜活生动的详尽讲述——"二大的思绪飘得很远，她一边回忆着丈夫沙金镖初到祥符的情景，一边向儿子讲述着：沙金镖骑着马来祥符头一天就赶上发水，所有城门都堵上了，寺门跟儿的水都快齐腰深了，阿訇、社头领着寺门跟儿的人正往城墙上运木头，都是压寺里大殿上拆下来的，为保祥符城，东大寺的人泼上了。用二大的话说，那场水，就像是冲着沙金镖来的，想把他给冲走。寺门跟儿的穆斯林，男女老少齐上阵，你想吧，为救咱祥符城，能把东大寺给拆了。二大用手比画着说，恁

寺门

粗的大殿木梁,四五个棒劳力咬牙瞪眼才能抬到城墙上,沙二哥他爹沙金镖,一个人扛上一根大梁就上了城墙,城墙上参加保城的多斯提和其他人全都看傻了。社头问沙金镖是不是穆斯林。沙金镖白了社头一眼说,不是穆斯林能到东大寺来寻饭吃吗。就这样,沙二哥他爹沙金镖在祥符落下了根儿,到眼望儿好孬混出一大家子人,不容易……

沙二哥一声不吭地听着二大在讲他爹,思绪跟着二大的讲述同样飘得很远……

二大停下手里正纳着的鞋底,脸上挂着一层幸福地说道:'我是在城墙上遇着恁爹的。水被堵住以后,大家坐在城墙根儿吃食儿。脸盆大的锅盔,恁爹一口气吃了两张还不拉倒,他一个人吃了几口人的口粮,所有参加保城的多斯提都被恁爹的饭量吓孬了,只有我一个人偷偷在笑。我一边笑心里一边骂,这货,老虎也有他塞得多。水退以后压城墙上下来,恁爹这只老虎就被圈养在寺门跟儿了。从那天开始,有人问他的名字,都管他叫老虎……'"和"路警被日本军官打死在四面钟前面"、"宋代雕版《邸报》的历史资格"桥段一样,较之前版,读来别有宋代文学话本的强大基因——用白话描写社会日常生活,非常注重故事情节的叙事铺排,并刻意为后面的情节发展进行厚实的铺垫。既使来龙去脉层次清晰,又借伏笔构置故事发展的曲折悬念;于白话口语叙事状物中,不仅对当时社会的人情世态做出生动的描绘,又借由灵魂附体般的人物,抒发写作者独特的思想感情,取得引人入胜的效果。不难看出,如此善于通过对人物的内心活动和人物语言的细致刻画来表现人物,在他的魔幻现实主义基调中,又平添一抹古典现实主义的色彩。

我始终认为,其作品被评论界冠以"汴味儿"小说家的王少华,之所以越来越受热心读者的拥戴,盖因他作品里对历史进程、社会变迁,以及对人性尖锐而冷酷的审视和入木三分的打开方式,在文学观念、审美姿态、叙述方式上,对中国传统文学形态一直保持着"求新守正"的写作姿态,让读者一边热衷于走进他祥符古城历史长卷的中原风情里,一边从那祥符古城发生的故事转换中,品咂他笔下鲜活的人物血浓于水的人性史诗,读懂黄河边的中国。

在王少华的"汴味儿"文学系列中,《寺门》可以说依然保持着他纯正的方言写作"家族"血统。从古代文学中的自然使用,到新文学有意识提倡的文脉流变看,方言在中国现代文学领域,产生了一种影响深远的写作范式和语言模式。就其与现代文学的对应关系来说，"方言"常常表现出鲜活的文学语言形式，赋予文学以个体化、个性化、民族化和本土化的文学张力。和许多杰出的当代作家，多以这样独特的个体性和不可复制性，实现着现代文学追求恒久人性的目的一样，阅读《寺门》，你会发现祥符古城故事里的人物语言也好，写作者的叙述文字也好，无不饱蘸着浓郁的方言汁墨，传递出文学语言的多种可能性和极其多样性。它不仅与人类日常感性的或经验的生活形态紧密相连，更因其能便于塑造人物形象的具体性、自然性及个体性，而形成了王少华作品的性格化及风格化。从某种意义上说，语言、地域、时间都离不开人，语言的创造和人的生存体验是一种共生。意识形态下统一的普通话，使人们生活在被标准秩序规范的编码符号世界里，带有一定的抽象性和一般性。唯其如此，方言文学写作，尤为凸显出别具当代性的意趣和对当下社会产生影响的丰富性。这个"当代性"，即是文学作品带着鲜明的时代特征，经过岁月磨砺，经受时间检验，能够被不同时代的读者反复解读，不断从苦难和教训中，汲取深刻的反思、追问和批判，以及获得启迪和引领的开悟，而逐渐走向经典化的过程。老一代的沈从文、钱锺书、老舍是如此，陕西的陈忠实、陈彦，上海的金宇澄亦是如此。

有读者在网上留言道："用什么语言写小说可以理解，故事不好却无法将就。您是一流故事高手。"王少华也在朋友圈里说："一个写家最大的悲哀就是：一边想让自己的作品与众不同，一边却用世俗的社会逻辑来衡量自己的作品。"由此看来，文学评论界对王少华的"汴味儿小说"，无论在题材选择还是主题开掘的方言文学写作中，一部接着一部的《寺门》（上下）、《门神门神扛大刀》（上下）、《宋门》（上中下）、《王大昌》、《人是衣裳马是鞍》、《老街会馆》等长篇力作，应该给予足够的关注和评介，使之成为豫军作家群高地的一个亮点，给世界文学对中国文学的评价带来一种新的参照，实现中国当代文学在世界文学版图中占有更大空间和影响力的愿望。

是为序。

目　录

寺门

中部　艾家

下部 封家

上部——沙家

有人对他们说："你们不要在地方上作恶。"他们就说："我只是调解的人。"真的，他们确是作恶者，但他们不觉悟。

——引自《古兰经》

一、"打到咱门里了！"

鼻梁上架着高度老花镜的封先生在尔瑟的汤锅前给街坊四邻念民国二十七年5月某日的汉口版《大公报》："……商丘失守之后，倭寇土肥原贤二十四师团一路往西挺进，势如破竹，兰封危在旦夕，中原重镇祥符告急。国民政府河南省主席商震命令驻守祥符的宋肯堂第一四一师加强防御，做好与倭寇殊死一战之准备……"封先生摘下鼻梁上的高度老花镜叹道："兵临城下了……"

尚社头瞅着封先生手里的报纸，问道："封先生，你这是啥时候的报纸？日期不照①吧？"

封先生："那能照？眼望儿②是6月，这是5月份的报纸。"

尚社头："我说，听这炮声也不对劲嘛。"

缄默。空气中震荡着隆隆炮声，所有人脸上表情凝重。

尔瑟用勺子撇着汤锅里的油，沮丧地说："汤算卖不成了。"

卖胡辣汤的马老六疑问道："该吃吃该喝喝，日本人就不喝汤了？"

尚社头："他们喝个球汤,他们懂啥叫汤?"

卖花生糕的白凤山依旧穿得齐整,盘扣布衫的白袖子挽在黑色纱外套袖口外面,嘴里哼着西皮流水,手里晃着鸟笼压③尔瑟的汤锅前面经过。

尚社头："你咋还去遛鸟啊?听听北边这炮声。"

白凤山闲庭信步边走边说:"只要人不死,百灵就得遛,汤就得喝,我倒要瞅瞅,日本人能不能一炮把我给榷④死。"

枪声和炮声越响越近,惶惶不安之中寺门跟儿的穆斯林们,在大难尚冇⑤来临之时仍在按照自己的方式生活着,他们跟那些来照常来喝汤的祥符人围聚在一起议论着战事,义愤、恐惧、担忧、无奈,伴随着听天由命的骂声跟各种各样的猜想与设想。

日本人真的要打进祥符城了吗?

早起,光着膀子的沙二哥在自家院子里摆着石锁,压那上下翻飞的石锁中可以看得出,他的情绪也不如往常那么平静。黄河堤内扫街⑥的萍妞家已经好几天冇来送肉了,院里劈柴倒是一大堆,可作坊里那两口煮肉的大锅一点热气也冇了。沙家人知道,战事吃紧,一时半会儿这牛肉是不会再送了。这些天,媳妇汴玲不止一次提醒他:"还是把值钱的物件拾掇拾掇,趁日本人还冇打进城,赶紧窜吧,不怕一万就怕万一,听艾家老三说,日本人在南京杀了一个城的人。"

沙二哥紧咬着牙根儿,手里的石锁使劲地往空中摆着。

二大一边往房山墙上糊着袼褙⑦,一边咬牙切齿地说:"这青砖大瓦的房子,是恁⑧爹用血汗钱盖起来的,窜哪儿?哪儿也不窜,卖尻孙(不要脸的人)日本人,凭啥!"

汴玲:"凭啥?凭他们手里有枪有炮。"

沙二哥扔掉了手里的石锁,用手抹着脸上的汗,压屋里取出他爹留下的那支塞火药的洋枪,做着各种姿态的瞄准。

二大糊完了新袼褙,一边揭着山墙上已经晒干的袼褙一边说:"二孩儿,东西我都归整好了,找个地儿埋起来。"

沙二哥:"冇事儿,妈。"

二大:"啥冇事儿,不怕一万就怕万一,冇听当街的人说嘛,那些卖尻孙日本人长着红头发绿眼睛,屁股比磨盘还大。"

沙二哥:"咱家就恁^⑧大个院子,埋哪儿?"

汴玲四处看着,作难地:"就是,埋哪儿?"

二大:"埋哪儿都中,埋深点。"

沙二哥把洋枪往汴玲手里一递:"一会儿去找点硫黄、硝酸和木炭来。"

汴玲:"弄啥?"

沙二哥:"试试这杆枪,看还能不能打出火来。"

汴玲:"你可别惹事儿啊!"

沙二哥:"都打到咱门里了! 哪个在惹事儿!"

汴玲犹豫不决地瞅着沙二哥。

沙二哥:"瞅啥瞅,叫你去你就去!"

汴玲知自己打不过男人的别,满脸不情愿地走了。

沙二哥在院子里转了一圈,最终把埋东西的地儿选择在劈柴堆下面,费了一番工夫之后,该埋的东西都埋罢了,然后他穿好布衫,在越来越近的枪炮声中走出自家的院门,去尔瑟的汤锅喝汤去了。

沙二哥刚走近尔瑟的汤锅前,只听天空中划过一溜哨音儿,一颗炮弹在东大寺大门前不远的地方落地开花,随着一声巨响,清平南北街上顷刻一片喊叫声,整条街大乱。尔瑟汤锅前喝汤的人作鸟兽散,各自顾命去了,趴在地上的尔瑟冲着那些逃命的人吆喝着:"钱! 别窜,把钱交了再窜!"

沙二哥冇窜,他掸了掸落在布衫上的土,独自一人在汤锅前坐下来,大声喝道:"尔瑟,给哥哥盛碗汤!"

已经钻进桌子底下的尔瑟,说话的腔调都变了音儿:"二,二,二哥哥,你,你,你自己盛,盛吧……"

沙二哥往桌子下面瞅了一眼:"瞅你那熊样,出来,日本人还冇进寺门呢!"

那天清早,沙二哥把整整一大块锅盔泡进汤碗里,边吃边泡边添汤,在密集的枪炮声中他把尔瑟的一锅汤喝得见了锅底。

炮弹炸罢之后,寺门跟儿各家各户房门紧闭,整条清平南北街上瞅不见一个人影儿,死一般的安静。

喝罢汤的沙二哥,爬到东大寺礼拜大殿的房顶上,向四处瞭望,然后把看到的情况告诉下面站着的社头老尚。这时,他听见有人在下面喊:"老二,快下吧,老日的枪有准头!"沙二哥往下一瞅,叫他下来的人是艾家老三。

沙二哥:"三哥,冇事儿,卖尻孙们还冇进城哩!"

艾三:"进罢城了!"

沙二哥:"我咋冇瞅见?"

艾三:"人家有望远镜,他瞅见你你瞅不见他。"

沙二哥还在向远处张望。

艾三一个劲儿地摆手:"快下来吧,听哥哥话,不能白死!"

冇等艾三的话音落下,一颗子弹"嗖"地压沙二哥头顶划过,他一个趔趄压大殿顶上跳下来。

沙二哥骂道:"卖尻孙! 还真有望远镜,我就想瞅瞅日本人长得啥球样!"

艾三:"啥球样,一个鼻子俩眼,就是个子低,一个个像半截缸。"

沙二哥:"那不是冇长三头六臂嘛,咋就让卖尻孙们打进了城? 国军守城的那个一四一师是弄啥吃的!"

艾三:"压夜隔⑩晚上到眼望儿,北门已经打了好几个来回,卖尻孙们搭着梯子一个劲儿地往城墙上爬,一四一师的弟兄们尽到力了,武器冇人家得劲,根本挡不住,你冇见,城墙上全是尸体!"

沙二哥:"你瞅见了?"

艾三:"我当然瞅见了,这不,眼瞅着祥符城快守不住了,我得赶紧回来。"

沙二哥带着满腹狐疑:"一四一师恁多人咋就会守不住个祥符城哩?"

艾三:"我不是跟你说了嘛,日本人使的家伙什得劲,飞机大炮还有铁壳车。"

沙二哥:"啥样的铁壳车?"

艾三:"就是枪打不透。"

沙二哥:"三哥,恁师长宋肯堂呢?"

艾三:"早窜罢了! 一四一师死了恁多弟兄,再拼下去,宋肯堂都得爬上北城门楼去拼刺刀!"

沙二哥睁大眼睛:"恁师长都窜了?"

艾三:"你咋就不清亮⑪,南京城守不住唐生智还窜呢,祥符城能比首都牛逼大? 宋肯堂这会儿八成都窜到中牟了!"

沙二哥嘴里狠狠骂了一句:"卖尻孙!"

艾三："我也得窜,再不窜就来不及了,冇见我都换上便衣了嘛。"

沙二哥打量着艾三身上的便衣："你去哪儿?"

艾三："老弟,别再问了,城北头的铁塔都被轰掉半截了,能窜就赶紧窜吧。"

沙二哥："我不窜,我看日本人能不能把我的蛋咬掉!"

艾三在沙二哥肩头拍了拍："老二,你要是不窜,托付给你个事儿。"

沙二哥："说。"

艾三："帮着照护一下俺妈。"

沙二哥："恁妈不跟你走?"

艾三用手轻轻拍了拍自己腰里别着的枪："我还有事儿。"

沙二哥明白了,冇再往下问,说道："走你的吧,三哥,自己招呼着点儿。"

艾三把沙二哥拉到一旁,小声说道："老二,我知道恁家有杆枪,听哥哥一句话,赶紧扔掉,一杆枪能弄啥,国军几十万杆枪都冇挡住日本人,别惹事儿,好汉不吃眼前亏,听哥哥的话。"

艾三是肯定要跑的,因为他是国军情报部门的人,要是被日本人逮住,那可比害眼还厉害。而寺门跟儿的穆斯林们几乎都冇跑,都是老百姓,小商小贩,穷家难舍。再说,就像祥符人说的那样,寺门跟儿的穆斯林们历来抱团,谁敢欺负他们就跟谁玩命。在此之前,尚社头也对大家说过,能不跑就别跑,真要是跑散了,后果更难设想。大家几乎都赞成尚社头的说法:寺门跟儿的多斯提们,要死一起死,要活一起活。

瞅着艾三远去之后,沙二哥伸头往礼拜大殿里瞅了瞅,只见满脸络腮胡子的海阿訇闭着眼睛,手里捧着《古兰经》默诵着,他相信先祖穆罕默德会保佑他的子孙。

国军能不能打回来,啥时候能打回来,沙二哥不想知,他想知的是日本人会不会来祸害寺门跟儿的穆斯林,会不会像炸铁塔一样把东大寺炸掉。他又想到了他爹留下的那杆洋枪。

枪炮声渐渐减弱下来,日本人真的控制了祥符城?

不断有消息传到沙二哥的耳朵里,说日本人是在6号早起进入祥符城的。

冇错,日本人就是6号一大早压北门进入了祥符城,祥符城里能跑的都跑了,不能跑和跑不了还有不想跑的,关门闭户都不敢露头。枪炮声是停止了,清晨显得寂静,都藏在自家中的祥符人突然听见了一阵异样的声音,尤其是在北土街和南土街两旁居住的人,感到路面和自家的房了在微微颤抖。胆大一点的人,趴在自家的窗户边偷偷地朝街面上瞅。他们瞅见,伴随着巨大的轰鸣声,几列日军的铁壳车向学院门的四面钟岗亭隆隆驶来。

这时,空无一人的学院门大十字路口,四面钟的岗亭台子上站着一个身穿路警服的路警。只见这个路警正了正自己的衣冠,戴上白色手套,从容地从岗亭台子上走下来,只身一人来到马路中央站下,冲快驶到跟前的日军铁壳车队抬起了右手,然后做出了一个标准示意停车的手势。

你别说,轰轰隆隆前行着的日军铁壳车队还果真停了下来。打头的那辆铁壳车炮口转动着,对准了那个胆大包天不知吃几个馍喝几碗汤的祥符路警。

面对老日铁壳车的炮口,那个祥符路警面无惧色。这时,压铁壳车内钻出来一个日军军官,走到了祥符路警跟前。

日军军官用日语问了一句:"有什么情况?"

路警:"会说祥符话吗?"

日军军官改用半生不熟的中文:"前面的,有地雷的?"

路警把脸一仰:"我就是地雷!睁开恁的眼瞅瞅,祥符是啥地方,中原大省城,恁的铁壳车把这好好的马路都给轧毁了!"

日军军官用不可思议的目光打量着这个孤零零站在路中间的路警,然后冲他竖起了大拇指。路警得意地刚要再往下说,日军军官抬手狠狠一耳光,打得路警一个趔趄,然后把身子站直捺,用手正了正自己的路警服,抬手向日军军官做出一个标准的禁止前行手势。日军军官拔出腰间的小八音(手枪),冲着路警示意让开,路警却一动不动站在那里,向日军军官做出禁止前行的标准手势。"砰"的一声枪响了,那个路警被日军军官打死在四面钟前面……

路警被打死的这个场面,被躲在四面钟东边胡同口里观望的马老六瞅得清清亮亮。

临近响午头的时候,马老六回到寺门,把自己看到的和听说的告诉了沙二哥。听罢马老六讲述四面钟路警被打死的过程之后,沙二哥紧咬着牙一声不吭。马老六接着告诉沙二哥:老日进城之后在城区的主要干道上烧杀、奸淫、劫掠。马道街、鼓楼街和相国寺后街上的店铺商行已经被日本人洗劫一空，绸缎布匹、鞋袜衣帽，被堆到钟鼓楼前付之一炬。马老六说，他亲眼瞅见日本人压三友实业社的大百货商店里运走了满满三大卡车的货物，大百货商店的门窗家具全被捣毁了。马老六还听说，书店街大量的书籍也被日本人付之一炬，日本人还在书店街最大书店的门上钉了块牌子，上面写着"慰安妇的住处"。

沙二哥不解地问："啥叫慰安妇？"

马老六："谁知，我就瞅见好些身上背着枕头的日本娘儿们在那里进进出出，听人说那些日本娘儿们都是婊子，那里就是，花酒馆，窑子铺。"

沙二哥："窑子铺？日本人开的？"

马老六摇头："谁知。"

这时，压一旁走过的封先生立住脚，推了一把鼻梁上的高度老花镜："慰安妇就是随军的日本妓女，仗打到哪儿她们就跟到哪儿。"

沙二哥与马老六面面相觑。

这时，尚社头急匆匆地走过来说道："日本人颁布了戒严令，天黑罢以后不准上街，谁要是上街格杀勿论！"

沙二哥鼻子里轻蔑地哼了一声。

尚社头："老二，安生吧，一家子人哩。"

那天晚上，沙二哥有顾日本人的戒严令，也有顾家里人的阻拦，凭着对祥符城里大街小巷的熟悉，像只猫一样在城里偷偷遛了一圈，他看见祥符城里所有的主要建筑之上全部插上了膏药旗，钟鼓楼上的那一面最大，在黑夜之中是那么的扎眼。

那天晚上，沙二哥回到家后一言不发，坐在油灯前往枪管子里装自己做的火药跟铁砂。

汴玲在一旁说道："别往里装了，赶紧把枪埋了吧！"

沙二哥根本不搭理汴玲，依旧往枪管里装着。汴玲有法儿，只得去搬过来二大。

二大："二孩儿，你咋不听劝啊，快，赶紧把枪给埋喽！"

沙二哥："不埋！"

二大："你不埋枪，日本人埋你！眼望儿不是你耍光棍的时候！"

沙二哥:"谁耍光棍?是他们耍光棍,压日本耍到咱这儿!"

二大急了:"我的小祖宗,你不埋,我埋,汴玲把铁锹拿过来!"

沙二哥一瞅二大真要下手,把手里装火药的通条往地上一撂:"中了!我埋,我埋中了吧!"

入夜,祥符城出现了短暂的宁静,只能听见狗的叫声,谁也不知明个天亮以后会发生啥,谁也不知人的命运又会有啥变化。在二大和汴玲的催促、监督下,沙二哥把他爹留下的那杆洋枪给埋了。

注:

①照:相符、相同。

②眼望儿:现在、眼下。

③压:从。

④榷:打、骗。

⑤冇:没有。

⑥扫(音涩)街:地名。

⑦袼褙:用糨糊粘在一起的布,旧时纳鞋底用。

⑧恁:你、你们。

⑨恁:这么、那么。

⑩夜隔:昨天。

⑪清亮:明白、知道。

他用泥创造你们，然后判定一个期限，还有一个预定的期限；你们对于这点却是怀疑的。在天上地下，唯有真主应受崇拜，他知道你们所隐讳的，和你们所表白的，也知道你们所做的善恶。

——引自《古兰经》

二、"恁这不是明装孬孙嘛！"

封先生的女儿小婉在灯下剪贴着报纸。

封先生则全神贯注地在看《扫荡报》，小声念道："民国二十七年一月十一日，中共中央长江局机关《新华日报》在汉口创刊，潘子年任社长，华岗任总编辑……"他放下手里的报纸急切地对小婉说："快把笔砚拿过来，给恁哥写信，让他马上去武汉，一定要弄到《新华日报》的创刊号！"

小婉："给俺哥写信，俺哥在哪儿啊？"

封先生："恁哥上回来信说，他不是在信阳吗？"

小婉："他今个在这儿，明个在那儿，根本摸不着他的气儿。"

封先生："只管给他写。"

小婉泼凉水道："写啥写，写了也白写，日本人都进祥符城了，信根本就寄不出去。"

封先生嘴里兴奋地念叨着："真冇想到，共产党也办报纸了，一定要搞到，一定要搞到……"

小婉抬高了声音:"我说你冇听见啊,日本人进城,邮局都关张了,写了信也寄不出去啊!"

封先生这才迷瞪①过来,连连念叨:"这咋办,咋办,信寄不出去咋办……"

小婉:"爸,不是我说你,别再弄那些报纸了,命要紧,日本人一来还不定咋着呢,你以为藏在洞里就安全了?"

封先生:"别吭了,别吭了,恁大的声弄啥,生怕别人不知咱家有个洞是咋着。"

小婉:"我的意思是说,别再折腾那些报纸了,得赶紧想法儿,把那个洞给堵上,你见天睡在洞里面多危险啊,万一有个啥事儿,跑都来不及。"

"来不及就不跑。"封先生说罢站起身,披上布衫,拧亮了手电筒,出屋钻他的洞里了。

真是一个令人难熬的夜晚,寺门跟儿除了不懂事的孩儿在大人怀里熟睡了之外,大多数人都预备好了防身的家伙准备随时与入侵者玩命。

沙家人同样也睡不着,在昏暗的油灯下,沙二哥向二大突然问起当年他爹是咋到祥符城来的。

油灯的光影在二大脸上的皱褶中晃动着,二大手里纳着鞋底,思绪却在很远的地方……

关于沙二哥他爹清朝末年来到祥符城的传说有很多版本,流传最广的一个版本就是,他在山东济宁府的一个镖局里当镖师,丢了人家的镖,不敢回去,就窜到了祥符城;还有一个流传甚广的版本,不是他丢了镖,而是他昧镖杀人,带着一身血债逃到了祥符城;再一个版本就是,他中了圈套,押镖刚出济宁城就中了埋伏,要杀他的不是别人,正是他的镖主,因为镖主楞中②了他喜欢的女人,不杀他就是一个威胁,也让他得不到那个女人。不管是哪一个版本,都有一个共同之处,那就是沙二哥他爹是干镖局的。

沙二哥曾经问过二大,二大含含糊糊说她也弄不清亮,就说自打他爹二十多岁离开山东就再冇回去过,要说冇回去过那也不实际,还是回去过一次,是夜里偷偷摸摸回山东老家的,冇等天亮就又离开了,是啥原因二大说她也不知。

在这个寂静的夜晚,二大一边回忆一边叙说当年沙二哥他爹来到祥符城的情景。沙二哥在一旁认真听着,汴玲在一旁磨着那把已经磨了一天的剪子,也在听着,磨刀石上发出一下下嚓嚓的响声,给这个不眠之夜带来了更加难以捉摸的意味。

二大的故事和她手里纳鞋底的麻线一样长,一样结实。

二大回忆着:"光绪二十四年,黄河发水,听老年人说,那年祥符城被水淹得仅次于道光三十年那一回。你爹他骑一匹枣红马,手里拎着一杆枪,来到祥符城是个大早起③。"

沙二哥:"提一杆啥枪?"

二大:"就是让你埋的那杆枪。"

沙二哥:"去哪儿不好,为啥非得来祥符?"

二大:"水旱码头,吃喝不愁。"

沙二哥:"听说俺爹在山东给镖局干事儿,把镖丢了?"

二大:"谁知。"

沙二哥:"俺爹冇跟你说点啥?"

二大的思绪飘得很远,她一边回忆着丈夫沙金镖初到祥符的情景,一边向儿子讲述着:沙金镖骑着马来祥符头一天就赶上发水,所有城门都堵上了,寺门跟儿的水都快齐腰深了,阿訇、社头领着寺门跟儿的人正往城墙上运木头,都是压寺里大殿上拆下来的,为保祥符城,东大寺门的人泼上了。用二大的话说,那场水,就像是冲着沙金镖来的,想把他给冲走。寺门跟儿的穆斯林,男女老少齐上阵,你想吧,为救咱祥符城,能把东大寺给拆了。二大用手比画着说,恁粗的大殿木梁,四五个棒劳力咬牙瞪眼才能抬到城墙上,沙二哥他爹沙金镖,一个人扛一根大梁就上了城墙,城墙上参加保城的多斯提和其他人全都看傻了。社头问沙金镖是不是穆斯林。沙金镖白了社头一眼说,不是穆斯林能到东大寺来寻饭吃吗。就这样,沙二哥他爹沙金镖在祥符落下了根儿,到眼望儿好孬混出一大家子人,不容易……

沙二哥一声不吭地听着二大在讲他爹,思绪跟着二大的讲述同样飘得很远……

二大停下手里正纳着的鞋底,脸上挂着一层幸福地说道:"我是在城墙上遇见恁爹的。水被堵住以后,大家坐在城墙上吃食儿。脸盆大的锅盔,恁爹一口气吃了两张还不拉倒,他一个人吃了几个人的口粮,所有参加保城的多斯提都被恁爹的饭量吓孬了,只有我一个人偷偷在笑,我一边笑心里一边骂,这货,老虎也冇他塞得多。水退以后压城墙上下来,恁爹这只'老虎'就被圈养在寺门跟儿了。从那天开始,冇人问他的名字,都管他叫老虎……"

沙二哥在自家的堂屋里坐了一夜。第二天一早,尔瑟就跑来告诉他,祥符城里所有城门楼子和城内主要的建筑上都挂上膏药旗,街道上随处可见扛着长枪的日本兵。大街上的行人不多,但,该干啥干啥。就在这天早上,寺门跟儿的人们也是照常围坐在自家门前喝汤的时候,突然有人喊道:"快瞅南口!"

众人的目光齐刷刷地朝街南口瞅去,只见一小队日本兵在一个挎军刀的军官带领下,迈着整齐的步伐压清平南北街也就是寺门的南口来到了东大寺门前。

日军的翻译冲着东大寺的大门高声喊着:"主事的,出来!"

尚社头和满脸络腮胡子的海阿訇压寺里走了出来。

日军翻译抬手指着东大寺的门楼头,厉声问道:"为啥不挂大日本帝国的旗帜?"

瞅着武装到牙齿的日本兵,寺门跟儿喝汤的人们都冇搭腔,低头喝着碗里的汤。

日军翻译把一面膏药旗塞给了尚社头。

尚社头不知所措。

日军翻译:"挂上!"

尚社头依然冇动势儿。

日军翻译一挥手,几把三八大盖的刺刀对准了尚社头的胸口嘴④,气氛陡然紧张起来,尚社头用目光向海阿訇求救。

日军翻译:"我再说一遍,挂上!"

几把刺刀已经顶破了尚社头胸前的布衫,殷红的鲜血压布衫里渗了出来。

海阿訇摸了摸脸上的胡子,抬手指着礼拜大殿顶上的星月说道:"俺伊斯兰教信奉的是星月,太阳落了月亮才能升起,不管这天地咋个轮回,月亮和太阳也转不到一起。"

日军翻译:"那就把月亮摘掉!"

海阿訇:"这是祥符的东大寺,不是日本的东照宫。"

日军翻译又一挥手，几把三八大盖的刺刀又顶住了海阿訇的胸口嘴。

海阿訇瞅着胸前的刺刀，平静地压怀里掏出《古兰经》默诵着："至仁至慈的主，报应日的主，我们只崇拜你，只求你襄助。求你引领我们正路，你所襄助者的路，不是受谴怒者的路，也不是迷误者的路……"

日军翻译怒不可遏地正要再挥手，被那个挎军刀一直注视着事态发展的日本军官拦住，那军官脸上带着微笑说："东大寺的阿訇真了不起，还知道东照宫。日本的东照宫建于幕府时代，而幕府时代产生了一种具有代表性的日本文化是什么，你知道吗？"

海阿訇冷冷地："俺又不是恁日本人。"

日本军官毫不生气，脸上挂着微笑说道："那我告诉你，幕府时代日本产生了一种叫'忍者'的文化，也就是忍术，忍术只能被身怀绝技的人拥有，你的明白。"

海阿訇："俺身上有绝技，只有一本《古兰经》。"

日本军官："请不要误会，日本军人尊重伊斯兰教，更何况我本人也是伊斯兰教徒。"

在翻译官把中国话翻译出来的瞬间，寺门跟儿的人一下子全围上前来打量着眼前这个日本军官。

海阿訇的眼睛在日本军官的脸上仔细打量着，说道："据我所知，恁日本人的宗教信仰以神道教为主，佛教次之，俺在恁脸上找不到一点穆罕默德后代的痕迹。"

日本军官："你说得没错，日本伊斯兰教的寺院不多，但是不等于没有信奉伊斯兰教的人啊，如果说有一个人的话，那就是我。"他向海阿訇做出了一个标准伊斯兰教行礼的姿势后接着说道，"我的日本名字叫西川隆一，我的伊斯兰教名叫侯买姆，是一个中东阿訇给我起的，天下伊斯兰教是一家，请多关照。"他说完向海阿訇深深鞠了一躬。

还有等阿訇说话，卖羊蹄儿的盘善就高声说道："好说，好说，天下伊斯兰教是一家，只要不在俺东大寺挂恁的膏药旗，啥都好说！"

卖羊头肉的乌德："吓俺一跳，俺还以为今儿个要出大岔劈⑤哩。"

卖胡辣汤的马老六："只要是穆斯林就好办，动刀动枪都有好处。胡辣汤喝习惯喝不习惯，尝一口？"

日本军官西川信奉的也是伊斯兰教，顿时让一触即发的局面缓和下来。

西川在各个小吃摊儿前遛了一圈之后，带领着他的那一小队日本兵坐在了尔瑟的汤锅前。

西川瞅着沸腾的大锅，说道："看上去很不错，好吃吗？"

尔瑟："只要掏钱，你可以尝尝。"

西川："我要是不给钱呢？"

尔瑟："当然也能喝，霸气的主儿，俺惹不起。"

西川："我的士兵一人一碗，我付账。"

西川自掏腰包让一小队老日喝得劲，一个个喝得是龇牙咧嘴，又甩鼻涕又吐痰，砍⑥在他们头上的战斗帽往外散发着蒸汽儿。

卖羊蹄儿的盘善在不远处瞅着那群手捧大海碗的日本兵，跟卖胡辣汤的马老六轻声嘀咕道："瞅瞅他们那熊样，跟八辈子冇喝过汤似的。"

马老六小声附和着："可不是，早知道他们来喝汤，提前下里点耗子药，药死他个丈人儿。"

西川冇像他的士兵那样狼吞虎咽，他挺着腰板坐在那里，连手上的白手套都冇摘，喝汤的姿势也显得很斯文。能看出，他的心思并不在喝汤上，而是在东大寺门前这条清平南北街上。

西川的眼睛从街南头看到街北头，又从街北头看到街南头，寺门跟儿的每一家摊位每一张面孔都冇被他的眼睛放过，最后他把目光的焦点对准了东大寺大殿顶上的月亮，嘴里喃喃有声地说道："我的主，你的每一句话都是诗歌，或是咒语，或是卜辞。只有这三种东西是最能迷惑人的……"

尔瑟一边给日本兵们添汤，一边向日军翻译询问："恁头儿嘴里嘟嘟囔囔说啥哩？"

日军翻译眼一瞪："闭住你的嘴！要不我让你变成哑巴！"

尔瑟小声嘟囔着上一边去了："卖尻孙，咋是狗脸……"

那天早上老日来的时候，沙二哥还在自家院子里撺石锁，寺门前发生的事儿他一点也不知。西川领着一小队日本兵喝罢汤走后，海阿訇和寺门跟儿的穆斯林们发起了愁，那个西川大早起来寺门的目的不是领着日本兵来喝汤的，他来此的真正目的是让海阿訇和尚社头给他解决一个最实际的困难。说实话，这个困难对海阿訇、尚社头以及寺门跟儿的穆斯林们来说不算个啥事儿,但由于历史背景不对,这个问题就显得有点麻缠⑦。

自打老日进到祥符城,最开心的就要数这个西川,日本部队压上海滩登陆之后,沿着陇海线从东往西开拔,对西川这个伊斯兰教徒来说是历经磨难。这里指的磨难不是别的,就是宗教习俗不同给生活带来的诸多不便。特别是在江南,他吃了一肚子的青菜冇啃上一口牛羊肉。眼睁睁瞅着其他日本兵吃大肉他又不能吃,本身中国南方的牛羊肉就少,加上他们是侵略军,善于坚壁清野的中国老百姓早把好东西都藏起来了,就是有只羊冇头牛也轮不上老日吃啊,还有国军和新四军游击队呢。所以,肚子里冇一点油水的西川听说要进祥符城,可乐坏了,他在日本的时候就知中国的祥符城里居住着一大群穆罕默德的后代,就知祥符有个大清真寺叫东大寺。西川是一个戴着军帽又不忘礼拜帽的军人,他还真把东大寺当成自个儿的家了。他说服自己长官的理由是,祥符城东城居住的穆斯林较多,而那些穆斯林秉性太壮,排外,不了解他们的习性会很难管理,据说那个在学院门四面钟被打死的路警就是家住东城惠济河一带的穆斯林。在征得自己长官同意之后,西川便带着这一队日本兵来到寺门,试探一下寺门水的深浅。讲白了,他来了解穆斯林的宗教信仰和生活方式,一是便于治安上的管理,再则,也有打牙祭的需求,他还要在寺门跟儿找一处宅院驻扎下来,一来能维护祥符东城的治安,二来才是为了能经常喝上羊骨头汤,一举两得。但是他也十分清楚,东大寺不可能是东照宫,他在祥符城里穆斯林的眼里照样是异族。

西川的这个要求可让尚社头、海阿訇作难了,这个日本的伊斯兰教徒可不是一般意义上的伊斯兰教徒啊,他是占领军,是侵略者,虽说面带和善,可腰里挎着战刀和小八音⑧。说得好听,天下伊斯兰教是一家,用盘善的话说:"卖尻孙!恁敢说在南京城冇杀过穆斯林?封先生家的报纸上都说了!"

卖花生糕的白凤山一边逗着笼子里的鹩哥一边说:"狼就是狼,披着羊皮还是狼,招呼点,善者不来来者不善。"

海阿訇对尚社头说:"给日本人找房子的事儿不归我管。"他把球踢给了尚社头。可让尚社头作难的是,眼下祥符城里谁敢违背老日的意愿,生杀大权在他们手里攥着,还不是想杀谁杀谁。可是,上哪儿去给他们找一处宅子,寺门跟儿又有谁愿意让他们住进自己的宅子?尚社头的头大了,西川临走时拍着他的肩膀头微笑着告诉他:"你的辛苦,明天的这个时候,我的要来驻扎。"

思来想去,尚社头还得去找海阿訇商量。海阿訇紧蹙双眉,摸着满脸的胡须,摸了半个时辰也没摸出个办法来。有人给尚社头出了主意,让老日住进街北头的封家,此话一出口就遭到尚社头跟海阿訇强烈的反对。

尚社头说:"开啥玩笑,封家是啥情况恁不知? 封先生是读书人,能对付得了老日? 再说,封家是汉民,咱让老日住进封家,那不是明摆着欺负人家嘛,这事儿不能干,坏良心。"尚社头的一席话让大家都不吭气了。

卖羊头肉的乌德又给海阿訇提了一个建议:"要不,把老日们安置到艾家去? 他家地儿大,明三暗五的。"

马老六随即赞成道:"对,让老日们去艾家住,他家是犹太后代。"

尚社头又瞪了乌德一眼:"犹太后代咋了? 不是中国人? 再说,艾家老三在国军里当差,叫老日知了还有艾家的好? 净装孬。"

乌德:"国军不是窜罢了嘛。"

尚社头:"冇准哪天又回来呢?"

众人又不吭气了。

还是卖胡辣汤的马老六出的主意让尚社头的眉头稍微松开了一点,但只是短暂的松开,随即又紧蹙起来。

马老六在阿訇耳边低声说道:"咱寺门跟儿谁家还能住十来号人啊? 要说紧紧巴巴够住,只有……"马老六朝沙二哥家的方向努了努嘴。

尚社头半晌冇说话,他瞅了一圈身边的人,所有人的眼睛里都流露着一种众望所归的眼神。尚社头思来想去,还只有马老六这个建议可行,因为沙家院子大,沙二哥秉性也壮,冇准能镇住日本人。于是,尚社头硬着头皮敲响了沙家的院门。

当尚社头把来意跟沙二哥一说,就像点着了一个炮仗。

沙二哥眼一瞪:"住俺家? 恁这不是明装孬孙嘛! 亏恁想得出来! 恁咋不让老日们住恁家! 住寺里啊!"

尚社头带着哭腔哀求道:"老二,你就看在东大寺门跟儿几百户穆斯林的面子上,救救寺门的街坊四邻中不,我给你下跪中不……"

沙二哥一把扶住了要下跪的尚社头,这时再扭脸一看,院子门口站满了寺门的街坊四邻,似乎所有人都在用眼睛对他说:"二哥,俺的命都攥在你手里了。"

注：

①迷瞪：迷糊、迟钝。

②楞中：相中。

③早起：早上、早晨。

④胸口嘴：胸膛、心窝。

⑤岔劈：差纰、差错。

⑥砍：戴、扣。

⑦麻缠：麻烦、难缠。

⑧小八音：手枪。

寺门

　　他说:"阿丹啊! 你把这些事物的名称告诉他们吧。"当他把那
些事物的名称告诉他们的时候,真主说:"难道我没有对你们说过
吗? 我的确知道天地的幽玄,我的确知道你们所表白的,和你们所
隐讳的。"

——引自《古兰经》

三、惹不起,躲得起!

　　沙二哥狠狠一拳砸在树上挂着的沙袋上:"卖尻孙,谁出的馊主意!"

　　汴玲:"这都中了,戳死猫上树①,东大寺门恁多家,为啥非得让老日来俺家住? 不中,我非得去找他们!"

　　二大:"别去找了,这不明摆着,他们觉着咱缠得起日本人。咱要是不答应,就得罪寺门一大圈人。"

　　汴玲:"老日恁孬孙,谁敢缠啊! 咋,俺不让老日来住俺就得罪寺门一大圈人,俺凭啥? 不论理了是吧!"

　　二大叹道:"唉,这都怨恁爸,谁叫他爱舞刀弄棒的,二孩儿也跟着学练玩意儿,这好,成了理所当然的了。就这吧,咱家是锣绑在脚上走道,名声在外。认吧。"

　　沙二哥又是一拳砸在沙袋上。

　　当天黄昏,尚社头把寺门跟儿的街坊四邻们召集到寺里的礼拜大殿前,把沙二哥答应老日住进他家的做法提升到了一个相当高的高度,啥国家兴

亡,啥民族命运,啥祥符安危,类似天降大任于斯人也的赞美词儿全给沙家安上了。刹那间,沙家在寺门跟儿人们的眼里真成了一个不折不扣的民族英雄之家。

当天下晚,沙二哥全家神情黯然地聚在上房里,二大坐在那里纳鞋底,脸上没一丝表情;汴玲一声不吭又磨起她那把剪刀。

沙二哥:"妈,你倒是说句话呀。"

二大一边纳着鞋底一边说:"说啥,有啥好说的。"

沙二哥:"你老心里是咋想的啊?老日住进来后咱咋应对啊?"

二大:"咋应对,往房底下埋上一堆炸药,老日敢装孬孙就炸死这帮日本卖尻孙!"

汴玲:"妈,别说气话了,还是说点有用的。"

二大:"有用的就是别惹那些日本卖尻孙,别打交道,碰见就绕着走。"

此时,沙二哥想的却是咋样才能把这帮老日尽快地撵走。

那天晚上,沙二哥几乎又一夜有睡,光着膀子在院子里打沙袋,打着打着他听见有人在轻轻敲院门,打开一看,是身穿蓝布大褂的封先生站在院门口。

沙二哥:"封先生,有事儿?"

封先生有进院子,也有多说话,他往两边瞅了瞅,用手推了一把鼻梁上的眼镜,低声说了一句:"爷们儿,你多担待吧,也只有你了,爷们儿。"

沙二哥还想说啥,封先生扭头用手电筒照着青石板路,高一脚浅一脚地离开。

沙二哥看着封先生的手电筒光亮消失之后,刚关上院门,又有人轻轻拍响了,再次打开一看,是艾家的老太太。

沙二哥:"艾大大,有事吗?"

艾家老太太把一个纸包递到沙二哥手里:"小,你练玩意儿,这膏药是我自己配的,治跌打损伤,管用。"

沙二哥手里拿着膏药目送小脚的艾大大摸着墙根走远,心里火辣辣的。

也就在当天夜里,沙二哥按照母亲的意思把汴玲送到扫街萍妞家去了,他赶回寺门的时候天已经放亮。

尔瑟的汤锅刚刚迎来了早起头一拨汤客,西川率领着他的士兵就走进了街南口。寺门跟儿喝汤的人们瞅见,在这一小队日本兵的身后,还跟着一个日本娘儿们。

马老六:"咋? 还有一背着枕头的娘儿们?"

盘善:"懂啥,那叫和服,日本娘儿们穿的布衫,冇见封先生家的报纸上登过照片嘛。"

白凤山:"那是日本的民族服装。"

乌德:"在身上裹着真难看,脱起来还麻烦。"

尔瑟:"你咋知脱起来麻烦,你脱过啊?"

乌德:"你才脱过。"

马老六:"哎哎,恁瞅,那个娘儿们长得还不孬。"

盘善:"咋? 你还敢打日本娘儿们的邪? 老鼠招呼猫的事——找死!"

马老六和盘善都笑了,周围喝汤的人也都笑了。

西川在尚社头引导下进到沙家院子里的时候,沙二哥正在打沙袋,他瞅也没瞅这群日本兵一眼,落在沙袋上的拳头一下比一下狠。

西川进院门时瞟了沙二哥一眼,也冇吭气,而是在院子里转了一圈,并亲自检查了每一间屋子,安排日本兵住进分配好的房间之后,他走到了沙二哥跟前。

沙二哥依旧是不瞅西川一眼,继续用拳头砸着沙袋。

西川笑了,说道:"八国联军进北京的时候,义和团练的就是这个吧。"

沙二哥停住拳头,侧脸问道:"你的意思是练这个不管用?"

西川依旧笑着:"管用不管用你说了不算数。"话音未落瞬间拔出腰间的手枪,冲着沙袋连发了几枪,沙袋里的沙子顿时一泻千里。

沙二哥刚往前凑了一下身子就被压屋里冲出来的二大挡住。

二大冲沙二哥喝道:"回屋去!"

沙二哥转身要回屋时被西川用胳膊拦住,笑着说道:"沙先生,有几句话我不知道当说不当说。"

二大急忙地:"说,说,有啥话恁只管说,俺孩儿不懂事儿,别跟他一般见识。"

西川:"老太太,年轻人火气大,你放心,从今天开始我们就是邻居,只要亲善,日本军人是不会滥杀无辜的。"

二大刚松了一口气,微笑中的西川猛然抬起枪口对准沙二哥,他的脸上依然挂着微笑,说道:"年轻人,我了解你们沙家的出身,是开镖局的,会中国的武术,我要对沙先生说的是,我读过你们中国的历史故事,祥符是一个出英雄的地方,岳飞枪挑小梁王,杨家将一个百岁的老太太领着一群女人都能去打仗,但我希望你明白,故事就是故事,更何况历史已经改写了,拳头再快也没有子弹快。"

沙二哥似乎有在听西川说啥,抓起扔在一旁的布衫往院子外走去,临出院子时往劈柴堆上扫了一眼。

在尔瑟的汤锅前,沙二哥压竹筐里抓了一大撮芫荽扔进汤碗里,尔瑟掰了一大块锅盔递到沙二哥手里,说道:"别跟那帮卖尻孙挺②,能忍则忍,忍不住也得忍。还是那句话,胳膊拧不过大腿,好汉不吃眼前亏,眼望儿不是硬碰硬的时候。"

沙二哥也不说话,一块一块往汤碗里掰着锅盔。

马老六也凑了过来,说道:"安生吧我的哥,丢啥也不能丢命。听说有,中牟那边水淹得一塌糊涂,卖尻孙们铁壳车都不管使了,放心吧,卖尻孙们在祥符待不长远。"

沙二哥:"中牟被水淹得可厉害?"

一边坐着喝汤的封先生说道:"可不是嘛,黄河被中央军扒开了,淹死可多人,老日的辎重泡在水里变成死鱼了。"

沙二哥紧问道:"咋回事儿?"

封先生:"蒋委员长的一招,豫东一马平川,老日的机械化部队跑得快,不用水淹,明个他们就敢打到武汉。"

刚吃罢早饭的尚社头抹着嘴走过来:"老二,跟你商量个事儿。"

沙二哥:"说。"

尚社头:"寺里那口井该淘了,有法吃水,给你派个活儿,给寺里拉水,每天给你个馍钱,你看咋样?"

沙二哥有吱声。

尚社头:"我这可是为你考虑的啊,别想着再卖牛肉了,我听说卖尻孙们把祥符周围的牛全牵到中牟拉炮车去了,中牟差点把卖尻孙们给淹死。你想想,牛肉卖不成你弄啥?眼望儿又能弄啥?你去给寺里拉水,也省得在家瞅着卖尻孙们不顺眼,你看咋样?"

尔瑟:"多好的差事啊,你还拿架儿,换个家尚社头还不让去支这个差呢,别拿架儿了,去寺里拉水吧。"

盘善:"二哥,别不知好歹③,尚社头是觉得塌亏③才给你这个活儿。"

白凤山:"还想啥,这年头能挣个馍钱就不容易了。"

在一圈人的劝说下,沙二哥总算是同意去给寺里拉水。

沙二哥一边往汤碗里掰着锅盔一边说:"汤得一口一口喝,铁得一锤一锤打,骑驴看唱本咱走着瞧……"

中央军扒开了花园口遏制了日军的西进,土肥原贤二部队三千多人奉命驻扎祥符城,为达到所谓的长治久安,成立了日本宪兵队,西川驻扎在寺门的日本士兵变成了一支宪兵分队,他们驻扎在寺门正好可以控制祥符的城东。

沙二哥压尔瑟那儿喝罢汤回来,一进院子正赶上一群日本兵在围堵一头黄牛,只见那头黄牛在院子里横冲直撞,所向披靡,所到之处日本兵四处躲闪,东倒西歪。

沙二哥问看热闹的乌德:"咋回事儿?"

乌德:"这头牛是给卖尻孙们拉物资的,谁知,刚进院子时还好好的,有两分钟,惊了。"

沙二哥:"咋会惊了?"

乌德神秘小声地:"问恁妈去。"

沙二哥往旁边一瞅,二大正带着满脸平静一边纳鞋底一边看日本兵们的狼狈相。

沙二哥挪到二大跟儿,小声问道:"妈,这牛是咋惊的?"

二大一锥子扎进鞋底里,不紧不慢地说:"我给它屁股上打了一针。"

沙二哥挑起大拇指:"恁老真中。"

二大:"不是真中,是针中。"

牛炀起蹶子可比驴厉害多了,两只牛角四处疯狂地乱顶,老日们收拾不住想用三八大盖把它崩了,被西川阻止,西川说这头牛是从炮兵联队借用的,一旦炮兵联队开拔全靠这个棒劳力,把它打死了谁把那些门大炮拉出黄泛区啊。在西川的命令之下,老日们放下枪开始围捕那头受惊的黄牛,十几个老日被那头黄牛撞得鼻青脸肿、人仰马翻。

沙二哥站在一旁幸灾乐祸地看着,心想,能撞死恁几个卖尻孙那才好呢。

可就在此时,那头惊牛掉头冲向也在一旁观看的那个日本娘儿们,就在西川拔出枪要击毙那头牛的一瞬间,沙二哥一个箭步蹿上前拦住了惊牛的去路,只见他伸手一把就抓住了牛角,两只手将牛角抓牢之后,一发力,再看那头黄牛,一骨碌被沙二哥摁倒在地上动弹不得。老日们顿时鼓掌欢呼起来,全部冲沙二哥竖起了大拇指。

西川一边拍着巴掌一边问沙二哥:"好身手,愿意不愿意当我们大日本皇军的格斗教练,每月给你三袋面粉?"

沙二哥冷冷地撂下一句:"冇空,我要给寺里拉水。"

那个差一点被牛撞了的日本娘儿们张嘴想要说什么,瞅了西川一眼之后,把要说的话又咽了回去。

黄昏时分,日本兵在西川的带领下外出巡逻去了,沙二哥在院子里修水车,二大在揭山墙上已经晒干的袼褙。这时,那个日本娘儿们手里拿着一包东西从屋里出来,她走到沙二哥跟前,也不说话,把那包东西搁在水车上,默默地走开。

二大走到水车跟前,问道:"这是啥?"

沙二哥:"不知。"

二大正想询问那个日本女人,只见她已经回屋去了。

二大:"瞅瞅,是啥?"

沙二哥将那包东西打开,一个非常精美的盒子呈现在面前。

二大:"啥东西?"

沙二哥:"不知。"

二大:"打开。"

沙二哥搁下手里的工具,将那只精美的盒子打开,一股香甜味道扑面而来。

二大:"我咋瞅着像点心?"

沙二哥:"我瞅着也像。"他从盒子里捏出一块尝了尝,点头,"嗯,还怪好吃,妈,你尝尝。"

二大:"我才不尝,我怕日本人下药。"

沙二哥笑道:"我不怕下药,不吃白不吃。"说完大口吃了起来,一块吃完又吃了一块,接着又吃一块。

二大心有余悸地："清真不清真啊?"

沙二哥："换换家我还真不吃,别担心这个,那娘们儿的男人在教(清真)。"

二大在一旁咽着口水问："不好吃吧?"

沙二哥摇头："日本点心,不好吃,一点儿也不好吃。"说完又往嘴里填了一块。

二大急了："别吃光了,给我留一块!"

沙二哥"扑哧"一下笑出了声,捏起一块塞进二大的嘴里,说道："吃吧,日本人给咱吃的咱就吃,日本人给咱用的咱就用,日本人让咱给他干活咱就不干。对不对,妈?"

二大满嘴香甜地说："再给我吃一块。你别说,卖尻孙们,做的点心比咱'老五福'的还好吃哩。"

沙二哥给寺里拉水纯属为了消磨时间,尚社头的用心良苦他明白,就怕他在家时间待得长了与老日们发生冲突。其实,这也正合沙二哥的意,他也不愿意抬头不见低头见那些日本兵,尽管日本兵们见面也很客气,他就是瞅着他们别扭。自打给寺里送水以来,沙二哥每天一早就出去了,他情愿推着水车在祥符城里乱转悠,有时还故意绕一个大圈,非得熬到点才回寺门去。

祥符城有条著名的街道叫马道街,自古就是商贾云集,喧嚣繁华,类似北京的王府井。老日来了以后,从治安方面考虑把马道街变成了步行街,凡是有轱辘的车辆一律不准通行。

这天,沙二哥压午朝门那口宋代留下来的甜水井里装满了一车水之后,抬头瞅瞅日头,时辰还早,于是就推着水车在城里四处乱逛。他想去马道街买一双袜子,可刚走到马道街口,一把贼亮的刺刀就顶住了他的胸膛,手握三八大盖的日本兵瞪眼吼道："你的,轱辘的不行!"

沙二哥："轱辘的不行,我不让轱辘转,我抬过去行不行?"

日本兵瞅瞅水车,又瞅瞅沙二哥,又纳闷又觉得可笑,这么一大车水,你说梦话吧,你一个人能抬过四五百米的马道街?日本兵打死也不相信。于是,这个日本兵决定逗逗沙二哥的猴,说道："你的,抬过去的可以,放下来的不行,放下来死了死了的!"

"中!"沙二哥丝毫不带犹豫就答应了。他决定也逗逗日本兵的猴,向日本兵提出一个要求,如果他把水车抬过去了,从今往后不准拦他的水车,他想啥时候压马道街过就啥时候过。日本兵表示同意。

这时围观的人越来越多,其中还有住在沙二哥家的那个日本娘儿们,她是来马道街购物的,正好赶上这个场面。或许,在所有围观的人当中,只有她一个人相信沙二哥能把水车抬过马道街。

再瞅沙二哥,把身上穿着的布衫一脱,往水车上一搭,他两手搦④住把,一攒劲,用手一托,把水车的把夹在腋下,水车轱辘离地一尺多高,不是抬,而是被他双手托住夹在腋下端起来走。日本兵的刺刀紧紧对着他的后背,跟着他压马道街南头走到北头。所有人都傻眼了,日本兵更是傻眼。

沙二哥把水车往地上一搁,笑着对日本兵说:"卖尻孙,就是恁妈坐在水车上,二哥我照样能抬着走。"

在场的祥符人放声大笑着。

日本兵一拉枪栓:"死了死了的!"

沙二哥:"卖尻孙,装孬是吧?你说话不算数是吧?"

日本兵的枪口对准了沙二哥的胸膛:"宪兵队的,开路!"

沙二哥被不讲信誉的日本兵带进宪兵队关起来了,罪名是违反治安条例。

注:

①戳死猫上树:意为坑人、骗人,让人去干不可能的事儿。

②挺:对抗、不服。

③塌亏:有愧、亏心。

④搦:捏、攥。

真的，应受诚笃的顺服者，只有真主。舍真主而以偶像为保护者的人说："我们崇拜他们，只为他们能使我们亲近真主。"真主将判决他们所争论的是非。真主必定不引导说谎者、孤恩者。

——引自《古兰经》

四、"爷们，倒是你得招呼着点……"

日本宪兵队那是啥地方？用门口卖烤白薯老头的话说："竖着进去，横着出来。"

正当尚社头和寺门跟儿人们都无计可施，都在为沙二哥生死担忧的时候，谁也有想到，沙二哥晃着大粗壮的膀子回来了。一问才知，这个功劳当然要归在那个日本娘儿们身上。西川压宪兵队里把沙二哥带出来之后，严肃地对他说："要不是看在同教的分上，你一定会死了死了的。"

沙二哥拍着西川的肩膀感谢道："不是我不想死了死了的，是真主不让我死了死了的，真主说留着我还有用。"

虽然日本女人救了沙二哥一命，他却一点也不领情。在他压宪兵队出来的第二天，正遇见那个日本娘儿们出来倒垃圾，还压屋里清除出来一些废报纸。日本女人正准备用火柴把那些废报纸烧掉的时候，沙二哥走过去把那些废报纸统统卷走了，连招呼也不跟她打一个。日本女人张开嘴想说啥，却又把话咽了回去。

沙二哥把废报纸卷回了家。

二大："要它弄啥？"

沙二哥："晚上给封先生送去。"

二大："那个日本娘儿们救了你的命,咱是不是得谢谢人家啊？"

沙二哥嘴里只蹦出一个字："球！"

二大："不谢就不谢吧,反正你也救过她一回,扯平了。"

尽管二大嘴上这样说,但她已经改变了对日本女人的看法。

下午,在那个日本女人把一根根军用背包带系在一起晾衣服的时候,二大压屋里拿出一根绳子帮着日本女人拴在了树上。日本女人冲二大点头示笑的时候,二大把脸一扭装作有看见。

晚上,在汽油灯下,沙二哥在听封先生念着报纸："昭和十三年四月至五月,在麦浪滚滚的江苏平原上展开的进攻徐州的战役是一场大规模的包围战,敌方参战阵容的庞大,我皇军用兵的巧妙,都是近代史上罕见的……"

在一旁剪贴报纸的小婉问道："爸,恁念错了吧,是国军,不是皇军。"

封先生："这是日本报纸。"

小婉好奇地问："哪儿来的日本报纸？"

封先生："这不是恁二哥压那个日本女人的垃圾桶里捡来的嘛。"

小婉："那个日本女人怪有意思哩,从来不说话也不搭理人,她会不会是个哑巴啊？"

沙二哥："她是个瞎子才好哩,她要是个瞎子,你看俺妈能不能把她屋里的东西捞摸①完。"

小婉"噗"地笑了。

沙二哥："你别笑,真的,俺妈,老日住在俺院里还怪得劲嘞,吃的用的啥都能捞摸,她连老日的军毯都捞摸出去换白薯了。"

小婉睁大眼睛："真的？"

沙二哥："可不真的嘛。我对俺妈,别光捞摸吃的用的,啥时候去捞摸一把三八大盖枪,俺妈说她试试。"

封先生急忙说道："别别别,跟恁妈说可不敢,可不敢啊……"

沙二哥："看把你老给吓的,老日就是把三八大盖枪送给俺妈她也扛不动。"

小婉笑着说："能捞摸吃的用的就中,捞摸他们的省咱的。"

封先生不满地说："哪一样也不是他们的,都是咱的。"

沙二哥："冇错,都是咱的。恁别管了,早晚我得捞摸他们一把三八大盖枪。"

封先生："老二,你也不要胡来啊,一旦出事儿,那可就是大事儿。"

沙二哥："放心吧,我不傻,会挑时候的。爷们,倒是你得招呼着点儿,花三千大洋挖的那个防空洞别让老日们瞅见喽,那里头藏的可全是宝贝啊!"

封先生推了一把鼻梁上的眼镜："我知。"

那天晚上,沙二哥又帮着封先生把防空洞外面伪装的羊骨头和牛骨头往上堆了堆,认为看不出破绽之后,才离开了封家。

封家院子里有防空洞的事情寺门跟儿的人几乎都知道,去年在挖这个洞的时候,寺门跟儿大多数人都来看过稀罕,都为封先生花三千大洋修这么个防空洞赞叹。艾三还一个劲夸封先生是大手笔,说省政府大院里挖的那个防空洞也不能跟封先生家这个洞媲美。

在寺门人的眼里,封先生是大玩家,冯玉祥来祥符时就抄过封先生的家。每次封先生跟人聊起那次抄家,都甩着脑袋说："冯玉祥是个狠人,要论孬,谁也别想孬过他……"

有关封家被抄的经过是这样的:

民国十一年,冯玉祥督豫在祥符。一天,封家突然来了两名挎盒子枪的西北军士兵,把一封大红请帖交到了封先生手里。

"冯将军请我吃饭?"封先生纳闷地推了一把鼻梁上的眼镜,把大红请柬里里外外瞅了好几遍,挠起了头,"我与冯将军素昧平生啊,我有那么重的分量吗?"

去吧,别给脸不要脸,冯玉祥是啥级别的人物啊。不过封先生心里清亮,普天下都是下面的人请上面的人吃饭,上面的人要是请下面的人吃饭,小鬼的胳膊——麻缠。

封先生按照请柬上的地址来到山货店街著名的"又一村"饭店,这座饭店是光绪三十二年(1906年)开张的,其主人是扬州人钱永升,此人在祥符开店曾得到过封家的关照,钱永升拉不开栓②的时候也压封家借过银子。封家在祥符城里是大户,虽说不开银号,但许多商贾在腰包不暖和的时候都会登封家的门,因为封家的家底不是一般二般的殷实,老佛爷在世的时候曾给封家写过匾，孙大总统也给封家题过字，因为封家给过同盟会银子。封先生不是一个爱张扬的人，家大业大架子小，见谁都客客气气。封先生的父亲过世以后，几个兄弟把大家败了，分成各自的小家，封先生在寺门北口买了寺里一块地皮，盖了一院房子就搬到寺门跟儿来了。在穆斯林的地盘中，封先生是唯一的汉民。有人问过他，封家在祥符城里想在哪儿盖房就在哪儿盖房，为啥非选在了寺门？封先生的解释很简单，"喝汤方便"。

那天封先生来到"又一村"后，先找到钱永升打探口风，问冯玉祥为何请客，来人都是啥人。当钱永升扳着指头告诉封先生请来的客人姓名时，封先生才把心放进肚子里了，请来的这些客人全是祥符城里跟封家一样有头有脸的富户，封先生心想，无非是让拔几两银子给西北军当经费呗。

还真让封先生猜准了。酒过三巡，坐在正中央的冯玉祥开始说正题了："诸位都是祥符城里财大气粗的人，冯某要扩军，冇钱咋能买枪买炮，今天我把诸位请来，就是希望诸位慷慨解囊，资助我冯某人几个。"

富户们这一下清楚了冯玉祥的用意，纷纷询问买枪买炮大概需要多少钱。冯玉祥狮子大开口，一张嘴说出的那个数让富户们都不作声了，活生生把冯焕章晾在了那儿。冯玉祥一瞅这些货冇一个愿意拿钱，就笑着说道："这样吧，钱我也不能让诸位白出，咱就来个互通有无吧。现如今我在督豫，祥符这地儿一草一木都归我管，我说了算，你们要是觉着吃亏，我就把城北头的铁塔卖给你们。不过我有个条件，那可是咱老祖宗留下来的物件，你们只能修，不能拆。"

在众富户还冇迷瞪过来的时候，冯玉祥喝了一声："来人，把这桌席面给俺撤掉，换新席面！"

酒席被撤掉了，换上的新席面是两大筐黑窝窝头。冯玉祥带头抓起一个窝窝头张开嘴咬了一大口，一边嚼一边说："俺的士兵们能吃上这个已经很不孬了，吃，吃，别外气③，都吃！"

富户们不得不压筐里抓过窝窝头啃了起来，好不容易把一个大黑窝窝头咽进肚里之后，冯玉祥又说话了："俺已经安排好了，请诸位去俺的营房里住几天，你们肠子里的油水太厚，去俺那儿涮涮肠子，先吃上三天这个！"他指着那两筐黑窝窝头。

众富户的眼睛里全别上了棍儿。

结果不用再说了,谁敢不掏腰包啊,不掏腰包还想不想在这个地面上混呀。于是乎三天的窝窝头冇吃完,银子就进了西北军的账房。只有一个人冇掏银子,这个人就是封先生。

不是封先生胆子大敢对抗冯玉祥,胆子再大的人也不敢和冯焕章挺头④啊。在那一群富户中间封先生的胆子最小,真的不是他不愿意拿银子,是他确实拿不出那么多银子。家丑不可外扬,眼望儿他家里除了一些古玩字画和一大堆报纸之外,真拿不出现洋。也不知是谁点的眼,冯玉祥下属一个营长带着士兵抄了封先生的家,他们是冲着那些古玩字画来的。多亏封先生多了个心眼,提前将一些名贵的玩意儿和他那些珍爱的报纸藏严实了。在那些封先生所珍爱的报纸里头,最主贵的要算宋代的雕版《邸报》,用封先生的话说,铁塔算啥,别看《邸报》和铁塔同样来自宋代,但《邸报》比铁塔资格老得多,它起源于汉代,最初是朝廷内部传抄的物件,到了宋代,祥符城里做啥生意的都有,出现了专门传抄《邸报》以售卖牟利的商人,把邸报由宫廷转到了民间。用封先生的话说,《邸报》是咱中国最早的报纸,单凭这一点儿,不外气地说,别说能买下一座铁塔,买下大半个祥符城都不在话下。沙二哥知封先生的话有点夸张,但心里清亮,封家收藏的《邸报》是无价之宝。

挖防空洞的主意是沙二哥给封先生出的,起因是日本飞机轰炸祥符。封先生原本冇想破那么大的本钱,当压报纸上看出战事越来越不利于中央军的时候,他一咬牙,拿出了全部家底的三千大洋修了这么个让人挑大拇指的防空洞,就是为了收藏他的那些报纸。

那天晚上,沙二哥压封家回到自家刚钻进被窝,院子里就响起刺耳的哨音,沙二哥掀开窗户往外一瞅,西川和他的日本兵正在紧急集合,只听见西川叽里呱啦说了一通之后,全副武装的日本兵们离开了院子。

沙二哥纳闷,着急忙慌的,出啥事了?

注:

①捞摸:偷、拿。

②拉不开栓:手头紧张。

③外气:见外、客气。

④挺头:对抗、不服气。

他们互相询问，询问什么？询问那重大的消息，就是他们所争论的消息。绝不然！他们将来就知道了。绝不然，他们将来就知道了。难道我没有使大地如摇篮，使山峦如木桩吗？

——引自《古兰经》

五、"咋不多宰他几个？"

一天清早，在寺门跟儿喝汤的人们突然感到气氛十分紧张，老日们全副武装在街上巡逻，逢人便拦住搜身盘问，寺门的气氛顿时紧张起来。

盘善一边卖着羊蹄儿，一边压低声音说："出事儿了。"

马老六："出啥事了？"

盘善往四下瞅瞅，声音再次压低："夜隔晚上，鼓楼顶上的太阳旗被人换成了青天白日旗，站岗的老日也被人给宰了。"

乌德脸上露出兴奋："乖乖，啥人干的？胆儿恁大。"

白凤山："这才是个开头，好戏还在后面哩。"

沙二哥："该宰，咋不多宰他几个？"

马老六："中啦中啦，别再说了，冇瞅见老日们眼都是绿的，不想活了。"

封先生推了一把鼻梁上的眼镜，不动声色小声地说："报上说，武汉失守了。"

"啥，武汉失守了？"喝汤的人都十分惊讶。

封先生轻声感叹道："陪都换到重庆喽。"

听到武汉失守的消息，沙二哥扔下喝了一半的汤起身去了艾家。他还冇进艾家的院门，就听见艾大大一边用药碾子碾着药，一边哼唱着祥符调：

　　杨大郎文武双全真出众

　　杨二郎杀法韬略比人能

　　杨三郎善使宣华斧

　　杨四郎练就的杀法精

　　杨五郎长就的罗汉相

　　杨六郎一人能挡百万兵

　　就数七郎年纪小

　　他是一个杀人精

　　又能杀来又能冲

　　杨八郎带俺一支令

　　押运粮草离汴京

　　…………

艾大大心驰神往绘声绘色地唱着，丝毫冇察觉沙二哥已经进了院子，而且站在身后听她唱了半晌的戏。

沙二哥在艾大大身后轻轻叫了一声："艾大大。"

艾大大一扭脸："我的儿，你吓孬我了。"

沙二哥："恁老在唱杨家将保家卫国，就不怕老日们听见？"

艾大大笑着说："腌臜孙们，他们要能听懂祥符调，这祥符人都得会说日本语，祥符人要是都会说了日本语，那成啥了，咱是哪国人？别发他的迷。"

沙二哥："你老恁高兴，是不是俺三哥有消息了？"

艾大大急忙起身去关上了院门，低声说道："夜隔晚上恁三哥回来了。"

沙二哥一惊："他人呢？"

艾大大："又走罢了。"

沙二哥："去哪儿了？"

艾大大："听说了吧，夜隔半夜鼓楼上的日本旗被人换了。"

沙二哥："听说还宰了一个老日。"

艾大大的声音很低："我约莫着,是恁三哥干的。"

沙二哥睁大眼睛："真的?"

艾大大："夜隔半夜他回来的时候,褂子上有血,我问他咋弄的,他说宰了一头牛。"

沙二哥："俺三哥冇说啥时候还回来?"

艾大大："恁三哥说,国军一时半会儿可能还回不来,不过早晚要回来的。"

沙二哥冇再多问,他帮着艾大大把碾好的药装进袋子里,又把水缸里的水打满,能干的体力活统统帮着干完之后,才离开了艾家。当他临出艾家院子门的时候,艾大大叫住了他,把一个药方塞进沙二哥手里,说道:"恁妈告诉我,汴玲得过产后风,身体老不得劲,按这个方子吃上几剂,保管冇事儿。"

沙二哥："艾大,俺三哥要是再回来,让他一定要找我。"

艾大大："知,知,放心吧,我一定把你的口信捎给恁三哥。"

又过了一夜,早起寺门跟儿的人们在喝汤的时候,气氛变得更加紧张。西川的宪兵分队和另外增派的一部分老日,把艾家围了个水泄不通,寺门跟儿的人们在远处张望着,有人低声在说,艾家老三进城杀了日本兵,暴露了,老日们是来抓艾大大的。

西川率领日本宪兵闯进艾家的时候,看见院子里的药碾子上摆着艾家老三杀老日时穿的血衣,人去院空,艾大大去向不明。这时沙二哥才恍然大悟,他怎么就冇想到,艾大大碾恁多的药就是为了远走高飞啊。这个老太太真是太了不起了。

艾大大不显山不露水地跑了,这让沙二哥大松了一口气,他嘴里不由自主哼唱起了《空城计》。

汴玲："恁高兴?"

沙二哥："当然高兴。"

汴玲："艾三是军人,咱是老百姓,比不起。"

沙二哥："啥比起比不起,对我来说也是早晚的事儿。"

汴玲："你可别胡来。"

沙二哥："赖孙说瞎话,我真想胡来!"

这两天沙二哥和寺门跟儿的人们都显得特别的愉快,凑在一起推起了牌九。

马老六一边手里掐着牌九瞅着一边说道:"我知艾三摊为①啥暴露的。"

盘善:"摊为啥?"

马老六:"去第四巷嫖窑子呗。"

沙二哥斜着眼:"你瞅见了?"

马老六:"我那天晚上路过第四巷。"

沙二哥:"路过第四巷?"

马老六:"对啊。"

乌德:"你也去嫖窑子了吧?"

马老六:"滚蛋去,我哪有钱去嫖窑子。"

盘善:"你敢说你冇去过? 那天你还跟我说你去过。"

马老六:"我说我是陪三哥去过。"

盘善:"你说封丘来了个滋腻②的,俩那,可大。"

马老六的脸一下子红了:"我、我是听三哥说的。"

尔瑟一旁证道:"你冇说是听三哥说的,你说是你瞅见的。"

马老六:"我是听尔瑟说的!"

尔瑟一下子跳了起来:"我啥时候跟你说的? 你个孬种嘴里就冇一句实话。去就去了,别说瞎话!"

马老六:"我要去过我就是孬孙!"

沙二哥:"中了,嗷嗷个啥! 不怕丢人,也不怕丢命?"

几个弟儿们都不敢吭了。

沙二哥低声问:"老六,你跟我说实话,那天晚上你真的瞅见三哥了?"

马老六支支吾吾地说:"我冇瞅清,第四巷里的脚灯只照路不照脸,我是压走路的姿势上瞅冇点似艾三。"

沙二哥一把捽住马老六的衣领:"这事到此为止,你要再敢跟别人说,小心我拆坏③你!"

马老六:"我知。"

此时此刻的沙二哥一心就盼着国军能打回来,可国军却一点消息也冇,好不容易把艾三盼回来了吧,宰了一个老日他又审了。就在这个时候,突然有消息传来,土肥原贤二的部队要撤出祥符城了。

剩余在祥符城里的日军真的往东开拔了。当一队队的日本兵扛着三八大盖压学院门那条街经过的时候，寺门跟儿的穆斯林们都跑出来站在街边看。挎着指挥刀的西川也站在路边不时地向经过的日军队伍挥手相送。

盘善、乌德、尔瑟、白凤山、马老六等人不时地用眼睛瞟着西川，他们纳闷，这个卖尻孙咋不走呢？

西川不但不走，他的宪兵分队又扩军了，连沙家煮肉的作坊里都睡进了日本兵。西川表面轻松，其实心里一点也不轻松，他明白，目前整个祥符东城的治安防务重任都压在了他的肩头。祥符城外"匪患"不断，祥符城里表面看着相安无事，但稍不留神那些"良民"就会变成"暴民"，就在开拔的日军大队刚出了城门时，一个留守的日军军曹在解大手的时候不知被谁拍了一黑砖，一头栽进了茅厕池里。

送走开拔的部队之后，西川朝东大寺的大门走去。当西川径直往东大寺院里二门走的时候，被尚社头叫住："等等。"

西川停住脚瞅着三步并作两步跑过来的尚社头。

尚社头满脸带笑地说："恁不能带枪挎刀地进寺里。"

西川："为何？"

"亏你还信奉伊斯兰教。"尚社头用手指了一下天空，"真主瞅着呢。"

西川一笑："我又不在寺里宰人。我看不是真主瞅着，是你瞅着吧？"说完后大步走进寺院里。

海阿訇压大殿里疾步而出挡住了西川的去路："不中，不中，携带刀枪的人是不能入清真寺院的。"

西川笑道："我是教民，何以就不能进清真寺呢？"

海阿訇："你是教民，当然能进寺里，但不能带着杀生的玩意儿进来。"

西川："海阿訇就不杀生了吗？就没宰过鸡杀过鸭？"

海阿訇："我宰鸡杀鸭是为教民平安，是真主的旨意，长官可不能与我相比啊，你干的不是宰杀鸡鸭的活啊。"

西川脸上的笑容消失了，他把佩带的指挥刀和手枪从身上摘下扔给海阿訇，说道："我遵守伊斯兰教的教规和风俗，今天我想听你给我讲讲这个东大寺！"

西川的宪兵分队在寺门跟儿驻守已经有一些日子，但是进东大寺他还是头一次。他在海阿訇陪同下看得很仔细，一边看一边听着海阿訇做介绍，但是可以感觉到他仔细观看之外却是带有几分心猿意马。

海阿訇:"俺这座东大寺始建于明代,清道光二十六年重修,老辈人相传,明代寺院规模宏大,占地十余亩,清末衰废了……"

西川:"知道我今天为什么要进寺里来吗?"

海阿訇摇头。

西川:"东大寺是祥符城里一方净土,我希望它能永远干净下去,明白我的意思吗?"

海阿訇:"我当然希望这里是一块净土。"

西川:"净与不净取决于你我之间的合作。"

海阿訇脸上有表情也有说话。

西川:"别以为你不说话我就不知道你心里是怎么想的,还是看透不说透吧。不过有一点我要向你强调,我们的大队人马是开拔了,不过这丝毫也不会影响什么,风依然在刮,雨依然在下,但我希望刮的是和风,下的是细雨,如果真要是狂风暴雨的话,恐怕这座东大寺也会像清末衰废那样再次衰废。"

西川进寺里说的这番话海阿訇明白是啥意思,他就是在威胁寺门跟儿的穆斯林们,别寻事儿也别自找麻烦嘛。当海阿訇把西川这番话转述给尚社头的时候,尚社头鼻子里哼了一声:"卖尻孙,有点怵气了。"

西川压寺里出来以后,在寺门前的清平南北街上溜达了几个来回,他满脸堆着微笑向街两旁的居民们点头致意,不时还捏这个摊上一颗花生仁,捏那个摊上几粒葡萄干,还用手摸摸妇女怀中孩子的小脸蛋儿,所有举动都显得很亲民。

当西川走到白家花生糕的门前时,停住了脚步。

衣着和头发都一尘不染的白凤山正坐在那儿,手里端着个瓷茶缸往他养的几只鸟身上一口一口喷水。

西川:"为什么要给鸟喷水?"

白凤山:"精神啊,叫起来好听啊。"

西川:"都说寺门的人最善于养鸟,把鸟养得会说人话,是吗?"

白凤山:"也不是啥鸟都会说人话,会说人话的鸟只有鹩哥。"

西川:"哪只是鹩哥?"

白凤山一指鸟笼:"这只,跟我一样爱穿黑褂子的这只。"

西川:"你让它说两句人话。"

白凤山:"真想听?"

西川:"长长见识。"

白凤山:"那中,卖西太君一个面子。"他冲着装鹩哥的笼子说道,"叫一个,叫一个给西太君听听,叫,卖尻孙,卖尻孙,卖尻孙……"

鹩哥在笼子里上下蹦跶着。

白凤山骂道:"卖尻孙!你叫个卖尻孙让西太君听听啊!你个卖尻孙,刚才你还叫嘞,这会儿咋就不叫了?叫,叫呀,叫卖尻孙!"

白凤山一连冲鹩哥喊了几十个"卖尻孙",那鹩哥根本就不搭理他,瞅白凤山那个着急。

西川哼哼一笑,说道:"不会叫就不叫吧,认生。"

白凤山:"就是哩,认生,它不认识你,认识你了撵着你叫卖尻孙。"

当西川转身刚走出两步,那鹩哥突然叫了一声:"卖尻孙……"

白凤山高兴地冲着西川:"听听,叫你嘞,它叫你嘞!"

西川反身回到鸟笼跟前,压腰间拔出手枪,"砰!砰!"两枪将笼子里的鹩哥打死,然后把手枪插回腰间,对惊呆在那里的白凤山说:"听听,是你的鸟叫得好听,还是我的枪说得好听,卖尻孙。"

白凤山瞅着被枪杀的鹩哥放声大哭起来:"卖尻孙,鸟咋惹着你了,这只鸟值三袋洋面的钱……"

鹩哥被枪杀的当天下午,尚社头把沙二哥、尔瑟、盘善、乌德、白凤山、马老六等人各自找了一遍,主要目的是提醒他们不要往老日们的枪口上撞,这两天老日的大部队撤走,他们正烦躁呢,西川冇把白凤山一枪打死是他的命大,千万千万不要因小失大连累了大家。尚社头又提醒众人,斋月就要到了,平安是福,斋月里千万不要再出啥事儿。

注:

①撵:因为。

②滋腻:滋润、细腻、好看。

③拆坏:打残、打毁。

寺门

在一个吉祥的夜间,我确已降示它,我确是警告者。在那夜里,
一切睿智的事,都被判定,那是按照从我那里发出的命令的。我确
是派遣使者的。那是由于从你的主发出的恩惠。他确是全聪的,确
是全知的。

——引自《古兰经》

六、"别关着门在屋里偷偷吃食儿啊!"

斋月到了。

斋月的头一天,西川把手下们集合在沙家的院子里训话。

西川:"从今天开始,我们要改变作息时间,白天休息,晚上出勤,把主要
精力放在夜晚的理由是,穆斯林在斋月里白天咏《古兰经》,天黑以后吃饭,活
动,所以对我们来说,黑夜比白日更可怕,要防止他们利用斋月从事反日行
动。"

在斋月的头一天黎明,海阿訇站在清真寺宣礼楼上遥望天空,寺里站满
了身穿白褂子头戴礼拜帽的穆斯林们,当纤细的新月牙在天空中出现之时,
海阿訇高声宣布斋月即开始。西川也换了一身白绸子便装,头上也戴了礼拜
帽,这副扮相还真是一个地道的穆斯林,他要跟寺门的穆斯林们一起把斋,遵
循一个伊斯兰教徒的教规。

二大站在窗子跟儿往外瞅着,问:"这个卖屄孙到底是真的还是假的?"

沙二哥:"啥真的假的?"

二大："他真把斋吗？"

沙二哥："他手里捧着的那本《古兰经》不假。"

二大："我得去瞅瞅，卖尻孙是不是白天关着门在屋里偷嘴吃。"

沙二哥："别好事中不中，他就不偷嘴吃，他就是个真的了？装得怪像。"

二大冇听沙二哥的劝，还是悄悄趴在西川住的屋子门缝上往里窥视，她瞅见西川还真是手捧《古兰经》非常投入地在念诵，而那个日本女人则在一旁大吃二喝。二大把她看到的情况告诉了沙二哥。

沙二哥思想片刻起身就往屋外走。

二大："你去哪儿？"

沙二哥："我去问问他个卖尻孙。"

二大一把拽住沙二哥："你去问他啥？"

沙二哥："东大寺门外把着恁多日本兵，他也算个穆斯林？"

二大："别惹事中不中，尚社头不是说罢了嘛，斋月里要安生！"

沙二哥："我又不是去找他打架，怕啥！"

二大："你不怕，我怕！"

沙二哥："冇事儿。"

二大："有事就晚了！"

二大根本就拦不住沙二哥，嘴里一个劲儿念叨着："真主，我的主啊，可别让这个冒失货惹出事来啊……"

沙二哥真的去敲西川的屋门了。

日本女人打开门一瞅是沙二哥，脸上露出了笑容，显得高兴和意外，刚想说什么，身后传来西川的声音：

"沙先生不在房间读《古兰经》，跑到我这里有何贵干啊？"

沙二哥："想跟你讨教一个问题。"

西川："别客气，请坐吧。"

沙二哥："我有啥客气的，这里本来就是俺家。"说罢他随手拉了一条板凳坐了下来。

西川："讨教什么问题，请说吧。"

沙二哥："我想问问，恁东洋的穆斯林斋月是咋过的。"

西川："你的话我怎么听不明白？"

沙二哥:"我的意思是说,日本穆斯林和中国穆斯林不太一样吧?"

西川:"都是穆罕默德的信徒,出入在哪里?"

沙二哥:"穆罕默德的子孙咋会派兵把着东大寺的大门,你这是在把斋还是在把门?"

西川微微一笑,说道:"在斋月里,穆斯林中的患病者、旅行者、乳婴、孕妇、哺乳妇、产妇、正在行经的妇女和作战的士兵,这些人是不受严格把斋限制的。你这个穆斯林连这个都不懂吗?"

沙二哥:"我咋不懂,枪在恁手里,恁随时可以杀人。"

西川:"我杀人吗?"

沙二哥:"连一只鹩哥恁都不放过,谁信恁不会杀人?"

西川的脸整了下来,用阴冷的口吻说道:"沙先生,我很欣赏你们祥符的一句话,那就是'看透不说透才是好朋友'。我是个伊斯兰教徒,同时也是个军人,作为伊斯兰教徒,斋月里我能做到严格把斋,不吃、不喝、不抽烟、不饮酒、不行房事等,直到太阳西沉;作为军人,我又必须恪守职责,必须在支那,在祥符,在寺门维护大东亚共荣圈之安全,必须消灭一切敢于对抗大日本帝国的敌人。在这个问题上是不存在个人信仰的,是关乎国家和我们大和民族荣誉的,你的明白?"

"明白不了糊涂了吧。"沙二哥瞅了一眼嘴巴上残留着食物末末的日本女人,对西川说道:"你可别说了不算,别关着门在屋里偷偷吃食儿啊!"

西川:"你看见我偷食儿吃了吗?"

沙二哥:"你有两个标准,我也有两个标准。你说你是伊斯兰教徒,我可以把你当伊斯兰教徒看;你说你是军人,我就把你当成军人看。不过有一点我心里清亮,全世界的伊斯兰教徒在斋月里的标准应该是一样的。"说罢他站起身来往屋外走的同时,又瞅了日本女人一眼,"大白天偷吃食儿,是要受到惩罚的。"

西川的脸铁青着。

沙二哥压西川屋里出来,一直在想一件事情,他在和西川理论的时候,发现那个日本娘儿们不停地在吃,压这一点上判断,那个日本娘儿们不是穆斯林。

天渐渐地黑下来。

沙二哥站在窗户边瞅着即将黑透的天空,大声说道:"妈,咱吃啥?"

二大:"还能吃啥,馍菜汤呗。"

沙二哥:"有肉冇?"

二大:"有肉,自己腿上的肉。"

沙二哥:"卖屄孙!他们一来咱们连肉都吃不上了!"

二大:"你见天去尔瑟那儿喝汤,肚里还冇油水?"

沙二哥:"那也叫汤?尔瑟不知压哪儿拉来一车骨头,都快熬了半个月,那叫清水骨头汤,连油星都快见不着了!"

二大:"中了,有骨头汤喝就算不孬了。"她往窗户外瞅了一眼,低声说道,"不中趁黑间(晚上)我去捞摸卖屄孙们一点儿?"

沙二哥:"还是我去吧,你老手脚冇我麻利。"

二大:"中,既捞摸就多捞摸一点儿,不能便宜卖屄孙们!"

晚上,把了一整天斋的穆斯林们在进餐之后又开始彻夜不眠地礼拜、念诵《古兰经》,以期得到真主在夜晚的特殊恩惠。

沙家院子里的老日们除了留守的又全副武装地出动了,院子里很宁静。

沙二哥打开房门像一只敏捷的猫一样蹿了出来,溜着墙根儿绕过劈柴堆进入了老日们的厨房。沙二哥进入厨房就像进入天堂一样,见啥抓啥,见啥吃啥,干脆脱下布衫把老日们用于夜餐的米饭统统包进了布衫里,还不过瘾,又把铁桶里的清油倒进米饭里,也顾不得哩哩啦啦洒了一地。可能是捞摸得太忘我,沙二哥冇觉察到院子里有光亮朝厨房走来,等他意识到不妙的时候,日本女人手里端着煤油灯堵住了厨屋的门。

日本女人诈尸般的尖叫刚一出口,就被一步蹿到跟前的沙二哥勒住了脖子。

沙二哥压低嗓门:"别出声,敢吭气就搦死你!"

日本女人被勒得无法喘气,只得连连摆手表示不会出声。

沙二哥:"我得宰了你,不然我也活不成!"

日本女人还是连连摆手,并用手指了指自己的嘴巴表示有话要说。

沙二哥压日本女人的脸上确认她不会再诈尸以后,慢慢松开了手。

日本女人长喘了一口气,说道:"你差点勒死我……"

沙二哥惊讶地睁大两眼:"你是中国人?"

日本女人点头:"祥符人。"

沙二哥还是难以置信地瞅着日本女人的脸。

日本女人:"俺家是杞县的。"

沙二哥:"杞县的……"

日本女人:"咋,口音听不出来?"

沙二哥:"那你这是……"

日本女人瞅了一眼沙二哥撒在地上的米饭,催促着:"快走吧,我来拾掇这一摊儿。"

沙二哥带着满脸的疑惑离开了厨屋。当他溜回自己的房间后,二大迫不及待地压沙二哥手里接过滴油的布衫:"啥好吃的? 有肉冇?"

沙二哥冇说话,一屁股坐在床上发愣。

二大将油乎乎的布衫打开:"咦,还是米饭,咋冇肉呢?"

沙二哥还是冇吭气儿。

二大:"我问你话呢,发个啥愣啊?"

沙二哥反应过来:"你说啥,妈?"

二大:"我问有肉冇。"

沙二哥:"冇肉。"

二大:"这帮老抠孙,过节也不吃点肉。"

沙二哥又在想着什么。

二大一边使手往嘴里填着油米饭,一边问道:"二孩儿,你咋了? 咋不吃啊?"

沙二哥喃喃地:"她咋会是杞县人呢?"

二大:"谁是杞县人啊?"

沙二哥:"西川他老婆。"

二大:"啥? 西川他老婆是杞县人?"

沙二哥点头。

二大:"杞县的日本人?"

沙二哥:"啥杞县的日本人,就是咱的杞县人。"

二大的手停止了再往嘴里填油米饭,似乎还是啥也冇明白,眨巴着眼睛瞅着沙二哥:"她,她不是西川的老婆吗? 咋,咋会是咱的杞县人?"

沙二哥："我也纳闷。"

二大："咋,你刚才碰见她了?"

沙二哥："刚好被她撞着,躲都冇躲及。"

二大担心地："不会出岔劈吧?"

沙二哥："我想不会。我眼望儿就是想知,这个娘儿们到底是个啥来路,咋回事儿。"

二大："我也想知。"

正在这时,屋门被轻轻敲响。

二大："谁呀?"

门外传来日本女人很轻的声音："是我。"

如果你们恐怕不能公平对待孤儿,那么,你们可以择你们爱悦的女人,各娶两妻、三妻、四妻;如果你们恐怕不能公平地待遇她们,那么,你们只可以各娶一妻,或以你们的女奴为满足。这是更近于公平的。

——引自《古兰经》

七、"说!是弄啥的?"

第二天一早,沙二哥就被西川的怒吼声吵醒了,他问二大出了啥事。二大告诉他,夜隔晚上出勤的老日们回来有吃上饭,那个杞县女人承认老日们的夜宵让她拿出去施舍给那些饿肚子的穆斯林了,西川一听大怒,连打带骂个不歇气儿。

二大:"卖尻孙真不是东西,压夜隔半夜一直打到今个早起,那女人被打得不轻。"

沙二哥嘴里半天才说出一句话:"真人物。"

二大:"可不是嘛,我这心里光掉不得劲了,摊为咱让她挨打。"

沙二哥还在自语:"她咋会是杞县人呢?"

二大:"哪里人不碍着,她不该替咱遭罪。"

二大压窗户上瞅见西川头戴礼拜帽,腋下夹着《古兰经》去寺里和教民们一起咏经去了。

二大:"那个卖尻孙去寺里了,我瞅瞅她去。"

沙二哥："把她的出身弄明白。"

二大压屋里出来，蹑手蹑脚去了西川住的房间。

二大在西川屋里待的时间可不短，压那里回来后一个劲地唉声叹气。

沙二哥在一旁催促着："快说啊，到底咋回事儿？"

二大用袖口擦了擦眼角上的泪："可怜的女人啊，这个娘儿们的命真苦。"

沙二哥："你哭啥，说说，她咋可怜，咋苦？"

二大一边用衣襟抹着泪一边讲述起了"日本女人"的身世。

这个女人叫洪芳，确实是杞县人，她跟着爹妈在祥符城里做棉花生意。日军进城那天，西川在书店街见到了洪芳，当时她跟几名妇女正被日本兵赶进临时设置的慰安妇接待处。西川发现这个女人的长相很像自己的妻子，于是就把洪芳压慰安妇中拉了出来，一了解，洪芳的爹妈都在日军攻城的时候被炮弹炸死了。就这样，洪芳便成了西川的女人，西川命令洪芳换上和服站在自己的面前之后，情不自禁地赞叹："你让我想起了家乡，真是同文同种，难分难辨啊……"

当沙二哥听二大讲述完洪芳的来龙去脉以后，不但冇加以同情，反而更加蔑视这个身穿和服却操着祥符口音的女人。

沙二哥骂道："丢人裆[①]，就是一头撞死也不能做日本人的老婆呀！早知是这，在厨屋就应该搠死她！"

二大："你瞅你，她不是个女人嘛，她有啥法儿。"

沙二哥："女人多了，烈女也多了，替父从军的花木兰，杨门女将的穆桂英，都是烈女，要都像她这样，不得亡国啊！"

二大："中了，够可怜的了，不管咋着，人家冇出卖咱，还替咱挨了打，咱落了人家一个人情。"

沙二哥："活该！这号货，打死都不亏！"

二大："话不能这样说，女人跟男人不一样。"

第二天，那个叫洪芳的女人出来倒垃圾的时候，正与压寺里回来的沙二哥走了个照面。

洪芳朝沙二哥点了一下头。

沙二哥却轻轻骂了一句："婊子。"

洪芳却嫣然一笑，说道："婊子就婊子吧，婊子也得有人养啊。"

沙二哥:"婊子也分有囊气^②冇囊气,谁养不中,非得让日本人养!"

洪芳:"日本人冇把我当婊子,把我当媳妇。"

这一句话把沙二哥说冇词儿了,于是他狠狠往地上啐了一口:"呸!下贱孙!"

洪芳瞅也冇瞅沙二哥一眼,把垃圾往墙根一倒,趿拉着日本的小趿板鞋回屋去了。

洪芳的身世在寺门跟儿的人们中间传开了,有人同情,但绝大多数寺门跟儿的人跟沙二哥一样看不起这个假日本娘儿们,异口同声骂她是个下贱的婊子。每当洪芳压喝汤的人们眼前走过的时候,都会招来鄙视的目光和低声的谩骂。每当这个时候,洪芳却仰起自己那张白白的脸,一副不以为意和不屈不挠的样子。

而跟寺门跟儿的大多数人相比,封先生每次碰见洪芳都显示出一种温和与礼貌,洪芳也频频向封先生点头致意。

尔瑟:"封先生,搭理她弄啥,还不够丢人哩。"

封先生:"丢人不丢钱不算破财。这兵荒马乱的,一个娘儿们家能保住性命已经很不容易了,得饶人处且饶人吧。"

斋月结束后的一天早上,洪芳穿着和服,手里拿着一只日本军用饭盒来盛马老六的胡辣汤。

在人们蔑视的目光中,洪芳依旧很坦然。

洪芳盛完汤后,马老六故意用手里的大木勺子在日本军用饭盒上重重磕了两下,洪芳一失手饭盒翻落在了地上,热腾腾的胡辣汤洒在了洪芳的和服上。

洪芳:"你装孬!"

马老六:"看看,大家都瞅着,我咋装孬,你冇端好,这能怨我吗?"

洪芳:"你就是装孬!"

马老六:"太太,可不敢都这说,我要敢装你的孬,恁男人还不用日本指挥刀劈了我啊。"

盘善在一边打俏鼻儿:"老六,你就是装孬,赶紧把人家的布衫给脱下来洗洗,里里外外都得洗啊。"

周围的人都在笑。

这时,封先生走了过来,从地上捡起军用饭盒,撩起自己的布大褂把饭盒擦干净,从马老六手里接过大木勺重新给洪芳盛了一饭盒子。

封先生对洪芳说:"回去吧,把布衫洗洗,以后尽量少吃这里的饭。"

封先生就这么一句话,就把洪芳的眼泪说了出来,她抬手将军用饭盒里的胡辣汤倒回了马老六盛胡辣汤的大盆里,扭头离开了胡辣汤摊儿。

压那儿以后,寺门跟儿的人再也没有看见洪芳来盛汤。

早起,封先生坐在尔瑟的汤锅前给沙二哥、尚社头、盘善、乌德、白凤山等人念报纸:"南京城是在五百多年前,由明太祖建成的,经历过几度兵火,由于长发贼的暴乱,遭到了严重的破坏……"

盘善:"爷们,长发贼是谁?"

封先生:"太平军。"

尚社头鼻子里重重地哼了一声。

封先生不动声色地小声说:"老日是倭寇,南京城是他们毁的。"

这时,尔瑟大声喊道:"喝汤吧,西川队长。"

西川走到了汤锅前,眼睛盯着封先生手里的报纸:"哟,还有报纸?"

封先生推了一把鼻梁上的眼镜:"《名古屋新闻》,日本的。"

西川:"订的?"

封先生:"这哪能订得着,刚压垃圾里捡的。"

尔瑟:"是恁夫人倒垃圾时倒出来的。"

西川点了点头,在汤锅前坐下,压封先生手中接过报纸看了看,说道:"很遗憾,祥符城里已经见不到你们支那的报纸了。"

封先生:"战争嘛,特殊时期,俺是有报纸的。"

西川:"我知道你们有报纸,据我所知,日本最早的报纸《东亚报》创刊于1898年,比梁启超先生的《清议报》早半年。可千万别小看这半年时间啊,用你们祥符人的话说就是'狗撵兔差一步',这一步之遥可就是半个世纪啊。"

封先生面带微笑地说:"西川队长此言差矣,这可不是一步之遥,俺中国最早的报纸叫《邸报》,汉朝办的。别误会,不是抵抗的抵,是官邸的邸。"

西川的脸上依然带着微笑说道:"封先生有学问,都说到你们的两千年以前去了,遗憾啊,你们的汉朝早不存在了。"他用眼睛扫了一圈喝汤的人,继续说道:"《邸报》?封先生让我长学问了。抵抗的抵也行嘛,中国有句俗话叫

'拿鸡蛋碰石头'。尔瑟,来碗汤。"说完把手里提着的指挥刀往桌子上一拍:"多掌③芫荽,少搁油!"

在寺门跟儿人们的眼里,这个西川越来越会喝汤了,不但会喝汤了,祥符话也能说上两句。人们心里都清亮,西川对寺门越来越熟悉对寺门来说不是个好事儿。

西川接过尔瑟递过来的汤碗,喝了一口,咂了咂:"好汤!"

尔瑟:"西川队长,明儿个回日本你也支个汤锅吧,省得你以后走了见天惦记着俺寺门的汤。"

西川:"你们是不是就盼望着我回日本啊?"

尔瑟:"不是俺盼望你回日本,俺是担心你在俺寺门支汤锅,抢了俺的生意。"

西川:"在寺门支不支汤锅难说,回不回日本,那要看你们的汤锅能不能把我给留住。"

尔瑟不解地:"不懂,不知你说的是啥意思。"

西川:"我说的话和你熬的汤一样是需要品味道的。怎么,你们以为我不敢在寺门支个汤锅?"

尔瑟:"敢,恁多霸气呀,恁就是把汤锅支到鼓楼上,也有人敢管恁。"

时隔不久的一天早上,寺门跟儿突然就多出了一个汤锅,但这个汤锅可不是西川支的。别看寺门跟儿支汤锅的人不少,但彼此都很熟悉,突然多出了一个汤锅就显得十分扎眼。

据尚社头说,新支这个汤锅跟谁也有打招呼,就敲明亮响地支在了寺门跟儿,而且势范④还不小,一下摆了好几张桌子。这个支汤锅的主儿也与众不同,头上戴了一顶小蓝帽。寺门跟儿的人互相一打听,谁也不认识这个主儿,他是个弄啥的,不打招呼咋就把汤锅支在寺门跟儿了?

一早出外拉水的沙二哥把水送进寺里之后,来到了新支的汤锅前。

沙二哥:"弟儿们,哪儿的?"

"你管我是哪儿的,卖汤的。"

沙二哥:"吃枪药了,不会好好说话是吧?"

"咋了,找茬? 不识字你摸摸腰牌。"

"那我今个就摸摸腰牌!"说罢沙二哥抬手一巴掌把那货头上的小蓝帽给

扇掉了,然后一把揪住那货的耳朵吆喝道:"都来瞅瞅,昨天还吃大肉,今天他就成穆斯林了,还戴个蓝帽子来蒙事儿!"

"谁,谁吃大肉了? 俺是穆斯林!"

沙二哥:"你是啥穆斯林,睁开你的眼瞅瞅,祥符城里的穆斯林有戴蓝帽子的?"

那货被扯住耳朵,龇牙咧嘴地分辩道:"穆斯林咋冇戴蓝帽子的,挑筋胡同就有戴蓝帽子的!"

此言一出引来寺门跟儿的穆斯林们一片嘲笑。

沙二哥扯耳朵的那只手又往上提了提:"你咋不戴顶绿帽子呢? 挑筋胡同戴蓝帽子的那是犹太后裔,祥符人称他们是蓝帽回回,傻孙,那不是回回,看来你这货也不是个真的蓝帽回回。说! 是弄啥的?"

封先生上前让沙二哥松开了手,然后对戴蓝帽子的那货说:"小,挑筋胡同的犹太后裔戴蓝帽子是他们的传统,可他们手里捧的是《摩西五经》,不是《古兰经》。说吧,小,你是个弄啥的?"

注:
①丢人裆:丢人现眼。
②囊气:志气。
③掌:放(有往碗或盘里放调料的意思)。
④势范:架势、做派。

真主创造你们,并散布各种动物,在坚信者看来,其中有许多迹
象。昼夜的轮流,真主从云中降下给养,就借它而使已死的大地复
活,以及改变风向;在能了解的人看来,其中有许多迹象。

——引自《古兰经》

八、"别不服,不扶恁尿一裤!"

把汤锅支到寺门跟儿的这个货叫八妞。一个男人咋叫个妞? 这是祥符
人特有的习惯,家里男孩儿多,想妞想疯了,干脆就把儿当妞叫。这个叫八妞
的人家住胭脂河,学名叫啥他自己也不知,只知自己的祖籍是在黄河北边的
长垣县。八妞家里祖孙三代都是勤行,而且都是大户人家的厨子。开仗之
前,八妞在祥符城一家酒楼里的菜案上,一打仗,酒楼关张,祥符城里的大户
人家都往西边窜了,厨子们不得不自谋生路,不少人被迫改了行。

八妞失业后,见天在祥符城里转来转去,他一直想找个小本买卖做来维
持生计,他琢磨了几琢磨,觉得还是支汤锅保把①。祥符人的臭毛病就是爱喝
汤,兜里只要能装个钱,不管明个有吃有吃,今天先把汤喝得劲再说。祥符城
里哪儿的汤最好? 当然是寺门的汤。于是八妞不知压哪儿弄来一顶小蓝帽,
往头上一砍,不管三七二十一就把汤锅支到了寺门跟儿。谁知汤锅还有支上
一个时辰,头上砍着的小蓝帽就被沙二哥一巴掌给扇掉了。

封先生给八妞解了围,可沙二哥一帮子寺门跟儿的穆斯林可不拉倒,戴

个蓝帽子冒充穆斯林这是自己给自己找别扭。就在尔瑟、盘善、乌德一帮子人准备砸八妞汤锅的当口,尚社头出现了。

尚社头:"拉倒吧拉倒吧,国难时期,大家都不容易,让他给寺里交几个钱,锅就支这儿吧。"

尔瑟不愿意了:"谁交几个钱都能在这儿支锅,今个来一个吃大肉的人,明个又来一个吃大肉的人,咱这寺门都成啥了!"

盘善:"就是,眼望儿寺门跟儿吃大肉的还少吗?老日咱是有办法,卖尻孙们手里有枪,戴蓝帽子的这号货咱再不管管,还有咱的日子过吗?"

白凤山:"问题不在于这货是不是穆斯林,问题在于别坏了寺门的规矩。冇规矩不成方圆,冇穆斯林不成寺门。规矩是一辈一辈传下来的,在寺门跟儿,再嘻胀②的人,他也不敢做改变规矩的事儿。"

寺门跟儿的街坊四邻们七嘴八舌嗷嗷了起来。

"不中!谁想咋喽就咋喽,这寺门还叫寺门吗!"

"叫他滚蛋!滚蛋!"

"把他的锅给砸喽!"

八妞一瞅架势不对,急忙拱手作揖:"老少爷们,老少爷们,我来寺门跟儿支汤锅没想得罪您,就想挣几个钱,一大家子人要活命,要吃饭啊,我求求您,求求您了,给俺一条活路中不中,您要是把俺的汤锅砸了,俺一家人都得去跳黄河啊……"

在八妞的哀求声中,尚社头的恻隐之心又冒出来了,说道:"要想在寺门跟儿支这个汤锅,最起码你就得先入教,入了伊斯兰教才有这个资格支这个汤锅。"

八妞:"汉民也能入伊斯兰教?"

尚社头:"任何人都可以信奉伊斯兰教。"

八妞:"我入,我入教,我愿意入伊斯兰教!"

沙二哥:"你想入教就入教了?为了支口汤锅就入教,你是信仰伊斯兰教还是信仰羊肉汤锅呀?"

寺门这地儿,别看沙二哥不是阿訇也不是社头,但只要他开口说话,也是说一句是一句。他还最看不上八妞这号打着回教旗号挣汤锅钱的货,无论八妞咋哀求都不管用,沙二哥就一句话:"走人!"

八妞的汤锅在寺门跟儿只支了一早起就灰溜溜地收摊了。

八妞嘴里骂着嘟噜胡③用架子车拉着收摊的物件离开了寺门。八妞拉着架子车刚穿过南羊市，就听见身后有人在叫他。

"站住，拉车的！"

八妞扭头一瞅，两个日本兵正用三八大盖对着他。

八妞："咋了咋了，我又有犯恁的王法，凭啥让我站住？"

两个日本兵也不多说，用刺刀把顶住八妞的后背："开路！"

八妞被日本兵的刺刀顶进了一个不起眼的小酒馆。八妞进到酒馆里一瞅，不由打了个冷战，只见西川手里的军刀出鞘正用冷冷发光的眼睛盯着他。

八妞结巴着："弄、弄、弄啥，我、我、我是良民……"

西川笑了，示意八妞坐下。

八妞战战兢兢地坐了下来。

西川亲自给八妞斟满一杯酒："来，干一杯。"

八妞："无、无、无功不受禄……"

西川端起酒杯："凡是愿意为大日本皇军服务的人，都是禄在前功在后。"

八妞："啥、啥意思？"

西川："你不是就想在寺门支个汤锅嘛，我给你个差事，只要你好好干，我保证能让你支一百个汤锅。"

八妞傻瞪着眼睛瞅着西川："啥、啥差事儿？"

西川："来，干了这杯酒，听我慢慢跟你说。"

八妞疑惑地端起了酒杯……

早上在寺门跟儿发生的事情都被西川在不远处看在眼里，他决定利用这种回汉之间的矛盾来达到自己的目的。当西川讲完了自己的意图之后，八妞一下子蹦了起来："当汉奸？装孬孙，你要害死我呀！"

西川："是啊，我是要害死你呀。不过你的死法有两种，一种是立马把你拉到西门外吃枪子，另一种享尽荣华富贵之后再去死，反正都是个死，你选择吧。"

八妞抱着头痛苦起来："恁这些活孬孙，恁用刀劈了我吧，我不想当汉奸啊……"

西川："好啊，想死还不容易，我先让你见识见识我这把刀。"说完手起刀落,劈下了桌子的一角,随后一翻手将明晃晃的刀架在了八妞的脖颈上。

八妞的鼻涕眼泪顿时流了出来:"恁这帮孬孙,我咋得罪恁了,非把我逼到这条路上来啊,呜呜呜呜……"

西川把刀插回进刀鞘,一边戴上雪白的手套一边说道:"哭吧,骂吧,把眼泪哭干,把想骂的话骂完,从明天开始去寺门工作。要知道,大日本皇军选择了你这是天意,天意不可违啊。"

第二天早起,还是八妞前一天支汤锅的那个时间,寺门跟儿所有的人都不敢相信自己的眼睛,他们看见一个既眼熟又陌生的八妞:穿黑绸子上衣,脖子上还不土不洋勒了一条领带,黄呢子马裤,头上砍着老日的战斗帽,肩上挎着老日的盒子炮,脚上蹬着老日的黑皮靴,满脸的噎胀,走起路来横行霸道。

尔瑟:"这,这货,这货不是夜隔那货吗?"

盘善:"冇错,就是夜隔那货,咋回事儿? 一晚上那货咋就变成这行头了?"

乌德:"乖乖咧,勒了一条花围脖,还挎着盒子炮,一瞅就是个半掩门④孙。"

马老六:"这年头,女人脱裤子就能当婊子,男人给俩钱就敢当汉奸,不稀罕。"

白凤山:"卖屄孙,还真像日本人造出来的。"

沙二哥也被这种变化打了个措手不及,当他还冇反应过来的时候,八妞已经晃着膀子来到了他跟前。

八妞:"咋,不认识了?"

沙二哥瞭了八妞一眼,冇搭理。

八妞:"这世道就是这么气蛋⑤,恁寺门跟儿的人就更气蛋,支个汤锅恁都护群。咋,就冇比支汤锅更好的营生? 狗眼看人低!"

沙二哥:"你骂谁?"

八妞:"我骂那些不让我在寺门支汤锅的人!"

沙二哥:"你再骂一句让我听听。"

八妞:"骂的就是你!"说完抽出盒子炮对准了沙二哥的头。

沙二哥:"杂种! 你要有胆你就搂火,爷爷我要是眨一下眼我就是你造出来的!"

八妞："你当我不敢?"

沙二哥："有蛋子⑥你就搂火! 搂火啊!"

随着沙二哥这一声吼,尔瑟、乌德、盘善、马老六、白凤山等人一下子围了上来。

八妞伸手掰开枪的大机头:"咋? 想造反? 我看怎谁敢!"

尚社头一看不妙,急忙过来劝说:"弄啥弄啥,本乡本土,乡里乡亲的,都是喝黄河水长大的,有话不能好说好商量,非得动刀动枪的,快把家伙什儿收起来,快收起来,别走火打住你自己喽!"

八妞瞅了一眼正往跟前跑来的日本兵,更加有恃无恐,抬手就往空中打了一枪,大声吼道:"皇军要在寺门搞'模范地段',怎都给我听清亮喽,压今个开始,这条街除了皇军之外就是我说了算! 别不服,不扶怎尿半一裤!"

沙二哥被尚社头推走了。寺门跟儿的人瞅着八妞那副德行个个牙根都痒痒,恨不得把他给活吃喽。

西川坐在不远处一边喝着绿豆糊涂一边注视着清平南北街上的变化,他的脸上呈现出丝丝得意。

而寺门跟儿的街坊四邻们心里清亮,西川的这一招是直奔要害来的,中国人拾掇中国人,祥符人拾掇祥符人,这是日本人的既定方针,这一招实在是太有效了。

晚上,封先生把沙二哥叫到了自己家,封先生推了一下鼻梁上的眼镜说:"不是好兆头啊,山雨欲来风满楼啊……"

注:

①保把:保险、有把握。

②噎胀:不可一世,谁也没放在眼里。也作"业障"。

③嘟噜胡:埋怨、指责或发牢骚。

④半掩门:骂人语,意为女子夜晚半开着门。

⑤气蛋:意为无奈、可笑、说不上来、怪异等。

⑥蛋子:睾丸。有蛋子,意为有种。

那只是一次吼声，他们忽然在地面之上。穆萨的故事已来临你了吗？当时，他的主，曾在圣谷杜洼中召唤他说："你到法老那里去吧！他确是悖逆的。你对他说：'你愿意成为纯洁的人吗？你愿意我引导你认识你的主，而你畏惧他吗？'"

——引自《古兰经》

九、"抓贼啊！卖尻孙偷牛肉了！"

封先生的一句"山雨欲来风满楼"让沙二哥陷入深思，他觉得封先生分析得对，八姐摇身一变成了汉奸，这肯定是日本人打的一张牌，日本人打这张牌的真正用意又是啥？

沙二哥："卖尻孙，就凭那个兔崽子？我倒要瞅瞅他在寺门能翻起啥大浪来。"

封先生："可别掉以轻心，这是日本人惯用的招数，用中国人拾掇中国人，汪精卫就是老日弄出来的，不就在南京搞了个汉奸政府。西川在利用这个货，不管他想在寺门弄啥，咱都得防备。"

沙二哥："小兔崽子，他要敢在寺门装孬孙，我非拆坏他！"

封先生："不可轻举妄动，沉住气儿，知己知彼，先弄清那个汉奸货待在寺门要干啥，你跟几个弟儿们讲，提防着一点就是。"

沙二哥："封先生，国军啥时候能回来有没有准信儿？"

封先生微微摇着头："老日们来了以后，咱的报纸见不着了，日本人的消息又不能相信。唉，国军啥时候能打回来，谁也说不清。"

沙二哥："艾三要是在城里就好了，还能打那个兔崽子一黑枪！"

封先生："拾掇一个汉奸不难，把老日赶出中国不是一件容易的事啊。熬吧，寺门是咱的地儿，熬到啥时候咱也不怵，看谁熬过谁喽。"

就在八妞当了汉奸的第二天，一块维持会招牌挂在了东大寺门对面的女学（女伊斯兰教徒礼拜的地方）旁边，日本人逼着尚社头腾出了这么一间房，也算是八妞平常的办公地点。这一下可好过八妞这个兔崽子了，吃住在里面，每天早起再喝汤就更方便了。

八妞坐在尔瑟的汤锅前，一边喝着汤一边大声吆喝着："不让老子支汤锅，中哇，更省事儿，眼望儿老子喝汤的钱都是日本人给老子出！"

尔瑟："别太噎胀，发迷①，日本人的汤钱可不会白给你的。"

八妞："我知道怎寺门的人看不起我，该死不能活，该瞎不能瘸，我倒要瞅瞅怎寺门的人能把老子咋着！"他把身上挎着的盒子炮往桌子上一拍，"我还就不信，这东大寺门就冇老子的立脚之地！"

尔瑟："别老子老子的，你是谁老子？你不就是靠着日本人噎胀嘛！有没有立足之地，要看你咋在寺门跟儿混。别说立足之地，不混个鼻青蛋肿头破血流就算不孬。"

还真让八妞说对了，寺门还真冇他的立脚之地，八妞把那块维持会的牌子挂在女学墙上冇两天，就被人往牌子上糊上了屎，又冇两天牌子不见了，气得八妞举着盒子炮叫骂："下三②孙，谁偷的？偷回家做寿木用啊！"无论八妞咋骂空③，也冇人接他的腔。

盘善低声问沙二哥："二哥，那块牌子是不是你扛回家当劈柴了？"

沙二哥大声回答："那臭烘烘的玩意儿，谁要它，当劈柴煮出来的肉都是臭的！"

沙二哥家的作坊又开始煮肉了。萍妞见祥符城冇啥大危险，压扫街送来了一架子车的牛肉。

沙二哥刚掂罢缸④，西川就走进了作坊。

沙二哥："对不住，请你出去。"

西川："为什么？"

沙二哥："要开始下料了，俺家配料的方子保密。"

西川:"祖传秘方?"

沙二哥:"那当然。"

西川在作坊里踱着步:"你配你的祖传秘方,我不会看,你就是让我看我也看不懂。不过,你得谢谢我,如果我不命令我的士兵从作坊里搬出去,你沙家的牛肉怕是煮不成。"

沙二哥:"你说这话有点不论理,作坊是俺家的,除非你不让俺煮肉。"

西川面带微笑地说道:"你煮肉不煮肉与我无关,我让士兵从作坊搬出去是对的,要不,这夜里做梦都在吃你家的牛肉,军无士气,必败无疑啊。"

沙二哥站在大锅前一边用钩子翻着锅里的牛肉一边说:"你的意思是,俺家的牛肉能当枪使?"

西川:"寺门的一锅汤想水淹三军,可能吗?那是你们中国人的故事。"

沙二哥从热锅里捞出一块牛肉,撕下一绺塞进嘴里边嚼边说:"嗯,缺点味儿。"

西川:"缺点啥味儿?"

沙二哥:"料味儿。"

西川:"什么料味儿?"

沙二哥:"水淹三军的料味儿。"

西川哈哈大笑起来。

沙二哥:"笑啥?有啥可笑的。"

西川:"我笑你已经开始了解大日本皇军了,要不你怎么会让送牛肉来?不送牛肉你们沙家又靠什么生活?知道了吧,大日本皇军不是洪水猛兽,我们和你们祥符城的人一样,喜欢吃你们沙家的牛肉。"

沙二哥:"想吃肉就是想吃肉,少拍马屁。"他把翻肉的钩子往大锅台上一放,"俺的国家都被恁占了,恁还不是想吃啥吃啥,想吃多少吃多少。"

西川:"说得完全正确。今天这第一锅肉,大日本皇军全部买了!"

沙二哥有搭理西川,也有瞅西川一眼,但他知,此刻西川的两只眼睛正紧紧盯在他的脸上。

沙二哥在往作坊外走的时候,正好与匆匆往作坊里走的八妞碰上。

沙二哥用手拦住八妞:"瞎往里闯个啥,这不是恁家,更不是维持会!"

八妞:"西太君找俺有事!"

沙二哥："有事去外面说,别一头栽进俺的锅里,把你当牛肉给煮了!"

八姐鼻子里哼了一声,说道:"沙老二,我看你是不服气是吧?你信不信,我立马⑤就把恁这口锅给砸喽,叫恁卖牛肉的沙家改卖兔肉!"

沙二哥："卖人肉都中,就怕你有这个胆来砸!"

八姐说着又要去拔腰里的盒子炮:"哎,你还嘴强牙硬,不给你点厉害看看,你还真不知锅是铁做的!"

"好了!"西川嘴里嚼着一块肉走了过来,"别动不动就舞刀弄枪的,皇军亲善,要买沙家的牛肉。"

八姐狠狠瞪了沙二哥一眼,跟着西川离开了作坊。

沙家恢复煮肉是二大的主意。二大对老日们观察了一段时间之后,觉得驻扎在寺门的这帮老日还算规矩,别的不说,他们在房山墙上贴着的条例中明确规定,不允许无故打人骂人,不允许擅自外出,不允许强买强卖,不允许逛妓院窑子。二大还亲眼看见一个军士因为去第四巷逛窑子被西川整整关了十天禁闭,还挨了大嘴巴子。让扫街送来一架子车牛肉沙二哥也有反对,再不卖肉沙家可真要揭不开锅了。

沙家的牛肉恢复营业的第一天,除了被西川买走了一部分,剩下来的肉那简直就是疯抢,差一点把二大和汴玲挤翻在地上,祥符城里口袋里有点银子的全来了,要不是沙二哥及时赶到控制了局面,卖肉的和买肉的、买肉的和买肉的非打起来不中。沙家五香牛肉的味道把寺门南口那个站岗的老日给馋得一个劲咽着口水,当汴玲端着盛肉的空簸箩压站岗老日身边过的时候,那老日趁没人注意,偷偷向汴玲招了招手。

汴玲:"弄啥?"

老日示意汴玲走近一点。

汴玲:"瞅你这样儿,偷人家了?"

老日指了指汴玲手里的空簸箩,轻轻地说:"你的,肉的,明天的,给我的,我的,钱的,大大的有。"

汴玲:"恁队长不是已经给恁买肉吃了吗?"

老日:"肉的,不够,我的,还想吃的有。"

汴玲笑着说道:"我当你个卖屄孙想弄啥嘞,不就是还想吃肉嘛,明个我给你留,不过咱丑话说头里,俺家的牛肉卖给恁要比别人贵,因为恁这些卖屄孙比俺祥符人有钱。"

老日一个劲地点头:"卖尻孙的明白,明白。"

汴玲咯咯地笑了起来。

老日不解地问道:"卖尻孙什么的干活?"

汴玲一本正经地说:"卖尻孙是夸恁个子高,半截缸,坐地炮,长得好看。"

那个站岗的老日第二天还是没有吃上沙家的牛肉,因为西川在沙家恢复卖肉的第二天下了一道命令,驻扎在寺门的日军士兵不准擅自吃沙家的牛肉。为什么不准吃谁也不知道,寺门跟儿的人怀疑,大概西川是怕沙二哥在肉里多给他们加上一剂料——耗子药。

汴玲和二大故意把煮好的牛肉一簸箩一簸箩摆放在作坊门口引诱那些嘴馋又不能打牙祭的日本士兵。那个在街南口站岗的老日终于抵不住诱惑,来偷牛肉吃的时候被埋伏在劈柴堆后面的汴玲逮个正着。于是汴玲扯住嗓子嗷嗷大叫起来:"抓贼啊! 卖尻孙偷牛肉了!"这一吆喝不当紧,街坊四邻全拥进了沙家的院子。

正在屋里给八妞布置任务的西川走了出来,命令人将那个偷肉吃的老日五花大绑在树上,然后自己掏钱整整买了一簸箩煮好的牛肉,亲自把那些牛肉往那个老日的嘴巴里填。

二大看不下去了,说道:"你会把他撑死的。"

西川微笑着:"他不是吃不够吗? 今天我让他吃个够,他要是不把这一筐肉吃完,他就得去剖腹自杀!"

起先那个老日还大口大口地嚼着咽着,慢慢就不行了,他恳求西川让他剖腹,西川欣然同意。

站岗老日剖腹的时候,沙家院子被街坊四邻里三层外三层地围住,八妞请示西川是不是把围观者统统赶走,西川微微摇了摇头,所有人都明白西川的动机,他要杀鸡给猴看。

吃了个肚圆的老日从树上被放下来,他口渴难当要喝水,二大舀了一大瓢水递给他,被他一口气喝了个精光。

盘善在乌德耳朵边说:"瞅瞅那卖尻孙的肚像几个月的?"

乌德:"至少五个月。"

尔瑟:"谁说,至少六个月。"

盘善:"卖尻孙,这一刀下去,连肉带水不刺到南关才怪。"

马老六:"不对,刺不到南关,一马刺到日本国了。"

白凤山哑着嘴轻声说:"啧啧,可惜了咱二哥那一簸箩肉,给大伙儿分分多好。"

所有的日本兵列队观看这悲壮的一幕,他们的眼睛里喷射着怒火。

就在站岗老日举起刀的时候,沙二哥站了出来:"慢着!"

西川:"你有什么事?"

沙二哥:"恁开膛破肚我管不着,但不能在俺家的院子里,这肠子肚子流一地,恁不恶心俺还恶心呢,找个利亮⑥地儿中不中?"

西川:"哪也不去,就在你沙家的院子里。"

沙二哥:"恁这是装孬,亏你还是个伊斯兰教徒,《古兰经》上有惩罚一说,但不是恁这种惩罚法。"

西川笑了:"改日我再和你探讨《古兰经》上是怎么说的吧,今天不是讨论的时候。"

二大接腔了:"不就是偷块肉吃嘛,搁不住⑦杀人嘛,拉倒拉倒,肉算我送给这孩儿吃的还不中吗?"

二大的话音还没落,只见那个跪在那里的老日"扑哧"一刀捅进自己的肚子,站在他身后的一个日本兵照他的后脑勺就补了一枪,吓得围观的人们直往后裂⑧身子,有的转身要走。

西川一把抽出了指挥刀:"站住!用你们中国的话说,既来之则安之,听我把话说完再走不迟!"

日本兵们哗啦散开,端着三八大盖将那些要走的人逼了回来。

西川:"自我大日本皇军入城以来,军纪严明,其目的就是要与祥符百姓共建大东亚共荣圈,可是,我大日本皇军在祥符城里屡遭袭扰。我不想杀人,也不愿意杀人,如果刁民逼我去杀人的话,真主也不会阻止我。今天我的士兵'无常'(死)了,这不是他的本意,也不是我的本意,更不是为了沙家的一块牛肉。我希望他的'无常'能让你们觉悟,假如大日本皇军继续在祥符、在寺门遭受凌辱,那将会有无数的人'无常',包括多斯提!"

黄昏时分,汴玲从外面回来告诉沙二哥:"不好了,我瞅见八妞去封先生家了。"

沙二哥急忙问道："啥时候?"

汴玲："就刚才。"

沙二哥："去弄啥了?"

汴玲："我咋知? 反正是黄鼠狼给鸡拜年,有好事。"

沙二哥思索着："今个西川和八妞关着门在屋里说了好大一会儿,会不会跟封家有关……"

汴玲："有这种可能,刚才我还瞅见八妞在封家的院子外头转了好几圈以后,才去敲封家院门的。"

沙二哥："转了好几圈?"

汴玲："可不是嘛。"

沙二哥紧紧蹙着眉头,起身说："不中,我得去瞅瞅。"

汴玲一把拽住沙二哥："你去瞅啥?"

沙二哥："我得去瞅瞅!"

汴玲死死拉住沙二哥不撒手："也不瞅瞅是啥时候,天都快黑透了,你一出这个院门,卖尻孙们就会怀疑你去搞反日活动!"

沙二哥："封先生根本对付不了八妞那个卖尻孙,万一发现了他家那个洞,不就啥都完了!"

汴玲："要去我去,你老实在家待着。"

还真的让沙二哥猜着了,八妞去封家还真是冲着那个洞去的。

注:

①发迷:糊涂、不分是非。

②下三:骂人语,下三烂。

③骂空:乱骂、无目的地骂人。

④掂缸:为了让牛肉腌制均匀,需要来回翻动。

⑤立马:立即,马上。

⑥利亮:宽敞、敞亮。

⑦搁不住:值不当,不值得。

⑧裂:离开、闪开、躲开。

寺门

当时,真主应许你们两伙人中的一伙,你们要的是没有武装的
那一伙,而真主欲以他的言辞证实真理,并根绝不信道的人,以便他
证实真理而破除虚妄,即使罪人们不愿意。

——引自《古兰经》

十、"大半拉国土都有了,蒋委员长还有这份心思。"

沙二哥猜得没错,八姐就是冲着封家的防空洞去的。

事情缘由是这样的:西川接到土肥原贤二司令部的一份电报,内容大致是说,据驻华日军探报,中华民国有两个重要文化家族居住在祥符城内,一户姓孙,另一户姓封。日军探报从日军占领南京之后抄得的中央档案之中发现了孙、封两家的记录,从而发现孙、封两家不是一般了得的家庭,均是中华民国规模较大的收藏之家。探报将此发现上报到土肥原贤二那里,土肥原立即电令驻守祥符的西川查找孙、封两家人的住处。日本人对两户的寻找存有侥幸之心,万一这两家人没有逃离祥符,即便是两家人均已逃离,家中那些宝贝也不一定能全部带走,查找一下说不定会有意外收获。

西川把八姐叫到跟前说:"祥符城这么大,十几万户人家,单靠皇军的力量是不行的,你建功立业的机会到了,哪怕是能找到两家中的一家,奖赏大大的有。"

八姐:"西太君放心,在祥符城里俺闭着眼睛也管走道,别说是两个大家

族,就是两只耗子俺也能压地底下挖出来!"

西川信任地拍了拍八妞的肩膀:"八妞君,我没有看错你。"

八妞首先想到的就是寺门跟儿住的封先生,但他对封先生了解不多,从外表上看,封先生并不像土肥原电文里描述的人。封先生穿着邋遢,是一个身穿破旧长衫、鼻梁上架着个破眼镜的老头,成日跟寺门跟儿的穆斯林们混在一起,咋着也和家财万贯的富户联系不到一起。但是他姓封,单凭这个姓也值得一查。

于是八妞先把尚社头叫到维持会里试探口风。

尚社头:"今个咱咋着了,八妞太君请我喝茶?"

八妞:"别花搅①我中不中,我是啥太君,就是跟着老日混口饭吃,话又说回来,老日对我也不薄。"

尚社头:"那是,瞅瞅你这身打扮,就知你和老日不外气。"

八妞一边给尚社头倒茶一边问道:"咱这寺门跟儿的住户不全是多斯提吧?"

尚社头:"那是,圣地麦加还有个别异族,咱祥符是多民族的城市,别说咱寺门跟儿有汉族,还有满族和犹太后人呢。"

八妞:"这个我知,前不久跑的那家姓艾的就是犹太后人。寺门往北一拐的挑筋胡同,那一条街就住了不少犹太后人。"

尚社头拍着自己的脑门:"对对对,我咋把这茬给忘了,你那顶小蓝帽就是从挑筋胡同借来的,瞅瞅我这记性。"

八妞:"中了,别哪壶不开提哪壶了。尚哥,街北头住的那个封先生就是汉族吧?"

尚社头:"你得好好感谢人家哩,那天要不是人家封先生护着你,寺门跟儿的人非卸你一条大腿不中。"

八妞一笑,不理这个茬,接着问道:"尚哥,我还想问问你,那个封先生家里是干啥的? 他本人好像也不做事儿,他靠啥过日子啊?"

尚社头警惕地瞟了八妞一眼,摇头:"不知。"

八妞:"不可能吧,你是社头。"

尚社头:"社头咋了,社头就非得知人家家里的事儿不中?"

八妞:"我冇啥意思,就是随便问问,咱俩这不是扯闲篇嘛。"

尚社头:"我可冇空跟你扯闲篇,我成日忙得脚不着地,我得走了,海阿訇还等着我商量事呢。"

八妞一把摁住想起身离开的尚社头:"别慌,喝两口茶再走!"

尚社头:"我说,有话就说,有屁就放,你找我到底有啥事儿?"

八妞笑道:"瞅瞅,咋,你就不能在我这儿多坐一会儿?"

尚社头语重心长地说:"八妞啊,不是我多嘴,你头上见天砍着日本人的帽,身上挎着个盒子炮在寺门跟儿瞎转悠,你就冇见大家用啥眼光瞅你?咱是中国人,是祥符人,我也不怕你给老日们传话,卖尻孙们在咱这儿待不长,有朝一日卖尻孙们回日本国了,把你自己撇下,你咋办?都不动脑子想想!"

八妞:"当然想过,该死球朝上!话说回来,恁想过没有,我八妞在恁寺门跟儿支个汤锅,恁眼都是绿的,我恨不得给恁下跪,恁都不给我个活路。恁不让我活,老日给我个活路恁又指着鼻子骂我。实话告诉你,老日们啥时候回日本国,我就啥时候一枪把自己给崩喽,落不到你们把我撕吃!"

尚社头:"祥符城有活路的人多哩,有骨气的人也多哩,饿死咱也不能给日本人当差啊。你就说人家封先生吧,原先家里多大个户,吃得起宴席打得起柴,不照样活着了嘛。别解释,你给老日当狗腿子不光彩,见天恁多人在背地骂你,脸都不发烧?"

八妞:"烧就烧吧。以后会是啥样我不管,眼望儿吃香的喝辣的就中,还是那句话,该死球朝上!"

尚社头一口茶冇喝就离开了维持会。八妞独自坐在维持会里一连抽了好几根烟之后,抓起盒子炮就往外走,他已经从尚社头的话音里觉察到街北口住的封先生很有可能就是土肥原要找的那个姓封的。

就在八妞对封家产生怀疑的时候,城外的艾三化装进城了,他也接到重庆的电报,命令他尽快把封先生家防空洞里藏的那一批报纸以及文物设法弄到重庆去。电报还特别强调,这是蒋委员长的命令,它的重要性在于,封先生乃中华民国四大藏报人之一,他家里所珍藏报纸的齐全胜过了中华民国的中央图书馆。蒋委员长还曾多次邀请封先生去南京任职但均被婉言谢绝。封先生心里清亮,蒋委员长看中的不是他,而是他家里珍藏的那些报纸。

艾三在接到命令之后,一边擦着手枪一边自语:"大半拉国土都冇了,蒋委员长还有这份心思。"

艾三是在黄昏时，扮成一个要饭的从大南门混进城里的，在城里溜达了一圈后，他没从寺门的南口进入寺门跟儿，而是转了一大圈从北口进入寺门的，在八妞之前抢先进入了封家。

封先生听见敲门声把门打开的时候，还真冇把艾三给认出来，转身回屋去给要饭的拿馍时，听见艾三低沉着声音说道："再瞅瞅俺是谁？"

封先生转身仔细打量了艾三一番之后惊讶地："你是……"

艾三将头上的烂草帽掀开："俺是要饭的。"

封先生一把就把艾三拽进了院门："孩子乖，恁大胆，满城都是日本汉奸，你不要命了！"

艾三："家里冇别人吧？"

封先生："小婉在屋里做饭呢。"

艾三："让小婉瞅住点门，我有要紧的事儿跟你老说。"

艾三向封先生详细讲明了形势的严重性，传达了重庆蒋委员长的命令，要让封先生立即把防空洞里的东西转移出祥符城。

封先生犯难地说："那些东西在洞里搁着我心里也不踏实，可是，咋把它弄出去啊？那么容易？"

艾三："这你不用管，我已经安排好了，今个夜里有一辆粪车会在恁家院子门口停，你把要转移的东西先准备好就中了。"

封先生："要转移的东西多着呢。"

艾三："拣重要的拿。"

封先生："冇不重要的，都重要。"

艾三："不是已经有一批东西弄到重庆去了吗？"

封先生叹道："唉，怨我，我是怕国民政府把东西弄走以后不还给我，当时应该全都转移到重庆去。"

艾三："别吃后悔药了，马上去收拾吧，还是要拣重要的拿。"

封先生："我的娘吔，你这不是让我作难吗？"

艾三："一刻也不能再磨蹭，危险说来就来，快点吧。"

正在这时，小婉慌里慌张冲进屋来："不好了，那个汉奸在咱院门外转悠呢！"

艾三掀开破布衫抽出了枪。

封先生顿时慌作一团："咋办,这可咋办啊,他会不会是冲你来的啊……"

艾三想了想,说道："不会,我进院子的时候冇人瞅见。"

"嘭嘭嘭!"院子门被敲响。艾三跑都冇地方跑了。

封先生："快,快,快藏一藏……"

艾三四下里瞅了瞅,根本没地方可藏,再瞅,只有小婉睡的那张拔步床可以藏身。

小婉把艾三往拔步床上推："三哥,快藏里头去!"

艾三别无选择,只有钻进了拔步床,小婉就势也脱鞋上了床。

拔步床就像一座房子,四面拉住帘子里面啥都瞅不见。钻进床里面的艾三子弹上膛掰开了大机头。

院门越拍越响,还传来了八妞的喊声："封先生,弄啥咧,快开开门!"

封先生强制自己镇定了一下之后去开院门了："来了,来了,谁呀……"

封先生打开院门,八妞背着手迈着八字步走进了院子。

八妞："敲了半晌门,咋不开,在家弄啥哩,封先生?"

封先生的声音有点颤抖："冇、冇弄啥。"

八妞转过脸打量着封先生："冇弄啥? 脸咋恁白?"

封先生："成日不出门,捂的了。"

八妞："第一次瞅见你封先生就像个读书人,原来读书人的白脸都是捂出来的啊,不像俺成日在太阳地儿掏力,脸晒得像个黑蛋皮。"

封先生："你、你不是厨子吗?"

八妞："那也是烟熏火燎的啊。"

封先生："是,是是,黑点好,黑显得身体健康……"

八妞："封先生家的院子不小呀。"

封先生："不算大……"

八妞把封家的院子瞅了瞅,说道："恁家这院子不孬啊,堆那么多骨头弄啥,臭烘烘的。"

封先生："烧、烧锅。"

八妞："烧锅? 骨头能烧锅?"

封先生："不不,熬、熬汤。"

八妞："熬汤? 都臭成这,咋熬汤?"

封先生："不不,不是熬汤,熬油,把骨头砸碎熬油,点灯……"

八妞："这还有个说头,战乱,煤油用不起了。"

封先生："是是,煤油用不起,用不起……"

八妞又打量着问:"封先生,你有哪儿不得劲吧?"

封先生："得、得劲,哪儿都得劲。"

八妞："我还以为你身体不得劲呢。"

封先生瞅着八妞直奔屋门而去,心都提到嗓子眼了。

八妞进到屋里四处瞅着,问道:"封先生原先是大户人家吧?"

封先生："啥、啥大户人家,破、破落户……"

八妞的目光投向了那张拔步床:"瞅瞅这螺钿彩漆的大拔步床,就知不是一般二般人家用的,你说是不是啊?"

封先生："很一般的床,很一般……"

八妞："很一般吗? 我咋觉得不一般啊。"说着伸手就要去掀拔步床上悬挂的帘子。

"爸,谁来了?"拔步床里传出小婉的声音,把八妞吓了一跳。

八妞："哟,里头咋还睡着人哪?"

封先生："俺闺女,小婉,感冒,有点不得劲……"

八妞："是这……"

八妞把屋子打量了一圈,走出了屋子,不知为何又把目光投向了那一堆骨头,他朝骨头堆走去。

封先生的心又提到了嗓子眼。

注:
①花搅:开玩笑、奚落、讽刺、挖苦。

诸天体几乎从上面破裂,众天神赞颂他们的主,并为地面上的
人求饶。真的,真主确是至赦的,确是至慈的。舍真主而择取保护
者的人,真主是监视他们的。你绝不是他们的监护者。

——引自《古兰经》

十一、"亲姥爷,你能不能先噤住^①!"

八姐走到骨头堆前,用脚踢了踢骨头,他好像发现了什么异样之处,问道:"这一大堆,不光是骨头吧? 里面是啥?"

封先生:"冇,冇啥,骨头里面还是骨头……"

由于天黑,八姐分辨不出骨头里面是啥,问道:"有手灯冇?"

封先生:"要,要手灯弄,弄啥?"

八姐命令道:"去把手灯拿来!"

封先生:"弄啥?"

八姐:"那么多废话,叫你拿来你就拿来!"

封先生:"手灯坏了,冇电。"

八姐弯下腰去正要仔细辨别,院子门被拍响:"封先生给家冇! 封先生!"

封先生:"谁呀?"

"我,汴玲。"

八姐抢先一步去把院门打开:"哟,恁晚了,沙二嫂还来串门啊!"

汴玲白了八妞一眼："兴你来串门就不兴俺来串门?"

八妞："我是公务在身,沙二嫂来有何贵干啊?"

汴玲："俺又不找你,咸吃萝卜淡操心。"

八妞一笑,转身对封先生说道："就这吧,我走了,记住,明个一早把这堆骨头清理干净,沙家作坊又开始冒烟了,有七八个皇军冇地儿住,恁家地儿大,搬恁家来住。"

封先生："那,那不合适吧,为啥偏得来俺家?"

八妞："皇军要来恁家住,你去问皇军吧,我就是来给你打个响声,抓紧时间拾掇,耽误了皇军的事儿,死了死了的有。"说完迈着八字步出了封家院门。

等确认八妞确实走之后,艾三才手里提着枪压小婉的拔步床里钻了出来。汴玲看见艾三藏在封家倍感惊讶。

汴玲："三哥,你咋来了啊?"

艾三："我是奉蒋委员长的命令来转移封先生洞里的物件的,弟妹你来得正好,我有话交代你。"

封先生一把捞住艾三的手："咋办,咋办,老日明个要搬来俺家住,爷们,快想个法,咋办哪……"

艾三："啥都别说了,今个夜里必须把洞里的东西弄出去!"

封先生："说得容易,这可不是出口气的事儿,那么多东西,一时半会儿咋弄出去啊?"

艾三："我不是说了嘛,拣要紧的,全弄出去不实际,何况时间又恁紧。"

封先生的眼泪都快流出来了："要紧的,啥不是要紧的,都要紧,哪一件东西都是要紧的,恁这是要逼死我啊……"

此时此刻,艾三已经顾不得封先生的情绪,他扭脸对汴玲说："弟妹,你立马回去,告诉俺二弟,凌晨三点,有一辆粪车从北口进来拉封先生的物件,让他帮着接应一下,另外,让他带上家伙,以防万一!"

汴玲颤抖着声音："不会出啥事儿吧?"

艾三："放心吧,弟妹,顶多几十分钟就完事,夜里三点卖屄孙们睡得正香,咱动作轻点,不会有事的,快去吧。"

汴玲胆战心惊地走后,艾三嘱咐小婉听着动静,便下手将院子里那堆骨头扒开,和封先生一起钻进防空洞里收拾必须带走的物件。

寺门

防空洞里很黑，只有一盏油灯，在昏暗灯光摇曳之中，封先生和艾三在挑拣东西。

封先生冲艾三："你上一边儿，别动手中不中？"

艾三："就你这样翻腾，翻到明个早起也拾掇不出几件东西来。"

封先生："你手轻点儿，轻点儿，你以为这是怎手里的枪啊，招呼点，稳拿轻放！"

话音未落，艾三将一摞报纸扔到了封先生脚下。

封先生："我的祖宗，你能不能轻一点儿！"

艾三："不就是点破报纸嘛，都啥时候了，还讲究，快点吧！"

封先生："它比我的命都主贵！"

艾三不管那一套，只管把报纸往大麻袋里塞着装着："中了，命有了，要这些破报纸有啥用，分文不值。"

封先生："蒋委员长比你有文化，要不是他下命令，你能来弄这些破报纸吗？"

艾三："我也就纳闷，国土被老日占了怎多，蒋委员长大老远还惦着祥符城里这些破报纸，要文化有啥用，枪炮比不过人家，白搭。"

封先生："不可理喻。你搁这儿，搁这儿，把我的报纸弄烂了，到重庆我要是见着蒋委员长，非让他枪毙不中！"

艾三："中了，别叨叨了，来不及了！爷们，按我的意思，就把这些名贵字画挑挑，这些烂报纸就算了吧。"

封先生把眼一瞪："知啥！剜了你的狗眼你也不知啥主贵！"

艾三被封先生给骂愣住了，因为他从来也没听过封先生骂人，谁知一碰着他这些报纸，他好像就变成了另外一个人。

艾三指着一捆字画问道："这些不比那些报纸值钱？咋，不要了？"

封先生将那一捆字画解开后一幅一幅挑选着，从他的眼里能看出每一幅他都难以割舍，爱不释手。

艾三打开一幅立轴，仔细看了看款，问道："爷们，《儿童戏水》，宋朝的，要不要？"

封先生停顿了好一会儿，一摆手："搁这儿吧……"

艾三又打开一幅看罢款后问道："这幅是《王石谷山水》，要不要？"

封先生又停顿了好一会儿,一摆手:"搁这儿吧……"

艾三:"还有这幅,《戴醇士山水》,带不带走?"

封先生还是停顿了好一会儿,狠狠一摆手。

艾三把《戴醇士山水》搁到一边后又打开一幅,问道:"这一幅是吴道子的,咋着,带不带?"

封先生彻底爆发了:"我都想带走!你只让装几麻包,你让我咋带得走!你这是要逼死我呀!"说罢往地上一坐像个孩子呜呜地哭了起来。

这可把艾三给哭蒙了,不知所措地劝道:"别哭,中不中?这不是冇法嘛,求求你了,爷们,赶紧吧,我也想把你老这一洞的东西都带走,咱这不是带不走嘛!赶紧赶紧,时候不早了,拣要紧的装……"

封先生依旧在哭,越哭越恸。

艾三:"我的亲爹,亲爷,亲姥爷,你能不能先喐住!你就是哭到明儿个管啥用!卖尻孙们一来,傻眼,一件你也带不走!"

封先生用手抹着满脸的泪,哽咽着说道:"还,还,还是,把,把那些报纸,带,带走吧……"

艾三:"爷们,真不知你是咋想的,这报纸给我擦屁股我都嫌硬。"

封先生哽咽着骂道:"还,还,擦你的嘴咧……"

再说汴玲回到家中把艾三说的话跟沙二哥一说,沙二哥兴奋得就像吃了春药,就势在屋里打了一趟洪拳,然后压床底下抽出一把短刀,擦去上面的灰尘之后用大拇指试了试刀刃,咬着牙低声说道:"卖尻孙,老子这把刀还冇喝过人血呢!"

汴玲哆嗦着声音:"别,别,别杀人啊……"

沙二哥:"我不想杀人,我要杀的也不是人!"

二大压里屋走出来,一眼瞅见沙二哥手里的短刀,急忙问道:"二孩儿,你弄啥?别冇事找事啊,有家有口的。"

沙二哥冇搭理二大,手握短刀在屋里做着刺杀动作。

二大:"我跟你说话听着冇?"

沙二哥:"听着了,我不会乱杀人的,防身,防身总可以吧。"

二大叹道:"唉,和恁爹一个样,二百五孙,手里有把刀就不知你是老几了。"

沙二哥:"俺爹要是活到眼望儿,照样!"

二大又叹道:"唉,封先生是汉民,咱是回民,换换家咱都不能伸这个头,出岔劈是要掉脑袋的啊。"

沙二哥:"啥汉民回民,换了谁都得伸这个头,都是中国人,祥符人,寺门跟儿的人!"

二大骂道:"就那个卖尻孙八妞不是中国人!不是祥符人!卖尻孙,他咋就叼上封先生了?"

汴玲:"他就像条遛街狗四处遛四处闻,还不是闻着一点腥气了。"

沙二哥:"要不蒋委员长咋会指派艾三来呀,我早说过,封先生不是一般二般的人。"

二大:"咱可是一般二般的老百姓呀,恁媳妇说得冇错,能不动刀千万别动刀。"

沙二哥又做了一个刺杀动作:"卖尻孙,今个夜里别让我碰见你,碰见你看我不戳你个透心凉!"

汴玲哀求着:"别,还是别杀人,我真的不想让你杀人……"

二大瞪了汴玲一眼:"谁想杀人,谁也不想杀人,但真要碰见碍事的,冇长眼的,该杀就得杀!"

所有寺门跟儿的人都清楚,这个碍事的人就是那个汉奸八妞。

再说八妞,他压封家院子出来以后,便去了西川那里,一进门,西川就冲他微笑着说:"去封家了吧。"

八妞颇感惊讶地问:"你咋知?"

西川:"我不知道谁知道,你的一举一动我都知道。"

八妞不愿意了:"咋?你连我都不放心,派人跟踪我啊?"

西川依然微笑着:"不是跟踪你,是保护你。"

八妞更加不满:"我用不着保护,这玩意儿又不是吃素的!"他用手使劲拍了一下盒子炮。

西川:"好了,八妞君,不要小肚鸡肠,我说话算数,大日本皇军不会亏待你的。"

八妞:"该干啥不该干啥我心里有数,别在我身后再派尾巴,我烦!"

西川:"你心里有数,有什么数?"

八妞:"你别问,今个夜里给我派几个兵就中。"

西川:"看来你八妞君已经有线索了。"

八妞:"叫你给我派几个兵你就给我派几个兵,别问恁多,有猜错的话,明个早起我给你一个惊喜。"

西川:"可别吹牛。"

八妞:"吹牛我是你儿,你做的!"

西川:"你要几个士兵?"

八妞想了想:"四个就中,加上我五个,足够用了!"

西川:"还需要什么?"

八妞:"把银子给我预备好,事成了,咱可是要现拔现。"

西川:"银子不成问题。"

八妞:"那就没有问题!"

午夜的寺门显得分外安静,无人的清平南北街上荡漾着冷飕飕的风,平日里那几只喜欢在夜里孤声吼叫的狗不知为何在这个夜里默不作声了,这种死一样的寂静让那些正在行动中的人更加期盼愿望如期而至,但所有正准备发生的事情谁也不知道将会给明天带来什么……

封家防空洞里依旧紧张地在选择需要带走的珍品,那几只大麻袋已经被塞得不能再往里塞一件东西。不甘心的封先生瞅着大麻袋仍然在想办法,可满头大汗的他确实束手无策了。

艾三压脏兮兮要饭的行头里捞出怀表,看罢说道:"准备走吧,估计粪车快进北口了。"

小婉压洞外钻进来:"我好像听见粪车的响声了。"

艾三嘱咐小婉道:"妹妹,一会儿我跟恁爸往车上装东西的时候,你留意一点南口,那儿有站岗的老日。"

小婉点头:"我知。"

艾三:"咱现在把东西挪到院门跟儿去。"

小婉听见的没错,院子外传来的声响就是那辆前来装运封家东西的大粪车。祥符的大粪车是用桐木板做的,又高又大,空车拉在不平展的街上会发出轰轰隆隆的响声,尤其在夜深人静的时候,这轰轰隆隆的声音就格外地响。

沙家,一直在看条几上那只座钟的沙二哥一家,隐约之中也听见了粪车的动静。

　　汴玲："来了。"

　　二大："哪儿来了,我咋一点儿也冇听见?"

　　汴玲："你耳朵背,当然听不见。"

　　沙二哥竖着耳朵："冇错,就是来了。"说完提着那把短刀开门就要往外走。

　　汴玲一把捞住了沙二哥。

　　沙二哥半烦地说："弄啥,我知……"

　　汴玲用手一把捂住了沙二哥的嘴,示意着门外,沙二哥透过已经开了一道缝的房门往外一瞅,只瞅见一个光着膀子只穿裤头的日本兵正去上茅厕。

　　汴玲小声地说："不能了吧你,要不是我……"

　　沙二哥："卖尻孙,还得等他尿罢。"

注:

①喼住:闭嘴。

人啊！你必定勉力工作，直到会见你的主，你将看到自己的劳绩。至于用右手接过功过簿者将受简易的稽核，而兴高采烈地返于他的家属。

——引自《古兰经》

十二、"沙老二，你个傻孙！"

那个上茅厕的日本兵可能是解大手蹲的时间长，让沙二哥等得翘急[①]，等那个日本兵从茅厕出来回到屋里之后，沙二哥才蹑手蹑脚溜出了自家院子，他是翻墙头出去的，因为院门口有老日站岗。

沙二哥沿着街边朝北口一路小跑而去，当他来到封家院门口的时候，艾三正和封先生吃力地把几大麻包物件往粪车里装。

沙二哥："三哥，我来了。"

艾三："咋弄的，才来，快，来搭把手！"

沙二哥二话没说压封先生手里接过麻包，一只手就把恁大的一个麻包放进了大粪车里。

封先生："还是老二中。"

沙二哥一边拎起另一个麻包，一边小声问艾三："三哥，城外有接应吧？"

艾三："拉车的是咱内线，他只要把车拉到西南城坡就万事大吉了，游击队有一个班在城墙上候着。"

沙二哥："咱不用跟着去吧？"

艾三："粪车一走,各回各家,各见各妈,既进城了,哥哥我还得去第四巷遛一趟。"

沙二哥："拉倒吧,三哥,也不分个时候。"

艾三："分啥时候,好不容易进一趟城,上面吃饱,也不能让下面饿着,你说是不是,二弟。"

封先生不满地小声说道："就这,国军要能打胜仗,我就把姓改喽,跟蒋委员长一个姓。"

艾三："中了,够恁老的了,要不是蒋委员长发话,我才不来干这种把脑袋别在裤腰上的活儿。"

沙二哥又把一个大麻包装进了粪车,说道："别打嘴仗,赶紧吧。"

拉车人催促着："别装了,差不多了。"

封先生："不中,再装点,还有恁多包呢。"

拉车人："再装就拉不动了,赶紧走吧!"

艾三瞅了瞅还有好几大麻包冇装上,说道："那就别装了,赶紧走。"

封先生哀求道："求求恁,再多装几包吧,留给老日可惜了!"

艾三："不能再装了,得赶紧走,再不走就走不了了!"

身边不远的胡同口传出八妞的声音："恁当然走不了!"

艾三和拉车人伸手从腰里拔枪已经晚了,四个日本兵连同八妞的五把枪已经对准了他们。

八妞用枪指着艾三："沙老二,还不给介绍一下,这位好汉是谁呀?"

沙二哥与艾三互看了一眼,冇说话,一旁的封先生浑身上下在筛糠。

八妞："说话呀,哑巴了!"

沙二哥："八妞,你要是个爷们,让他们走,天大的事我来扛。"

八妞："沙老二,你以为你是谁,不就是个卖牛肉的嘛,别逞英雄,你扛得住吗? 还是让咱一起扛吧!"

这时,令人意想不到的一幕发生了,八妞突然掉转枪口对着身旁的日本兵开了枪,在四个日本兵还没反应过来的一瞬间,两个已经被八妞打倒,当另外两个掉转枪口的时候,艾三和拉车人迅雷不及掩耳地拔出了枪,同时朝两个日本兵开火,那两个日本兵也倒在了地上。

封先生和沙二哥已经惊叹得说不出话来。

"砰！砰！"寺门南口响起了三八大盖的枪声。

小婉跑了过来："南口的老日来了！"

八妞冲着众人："快窜！恁快窜啊！"

沙二哥："你……"

八妞笑道："沙老二，你个傻孙！"说完冲着艾三指了指自己腿，"我下不了手，快，朝这捋一枪，要不我不好交差，快呀！"

艾三："弟儿们，对不住了，有情后补。"

"砰！"艾三抬手一枪捋在八妞的大腿上后，拉着车带着人仓皇逃离。

八妞痛苦地倒在地上大哭大骂起来："哎哟，疼死我了！卖尻孙们，我日恁八辈先人！哎哟！疼死我了……"

艾三一转脸瞅见拉车人弃车就跑，喝道："车不能撂下！"

拉车人："要命还是要车！"

艾三抬枪指着拉车人："你敢不要车我一枪打死你！"

拉车人不得不驾上车辕，在艾三、沙二哥、封先生、小婉的一同助推下拉起车一块儿跑了。

沙二哥一边推着车跑一边问："车还能拉到西南城坡吗？"

艾三："人能出城就不错，车怕是出不去了。"

封先生："那这车东西咋办？"

艾三："找个地儿先藏起来。"

封先生："藏到哪儿啊？"

艾三边跑边想，说道："拉到延庆观去，那里的道长是我的朋友，延庆观的座下面有个地室，先藏到那里，只要能保住这几包，也算是给蒋委员长有个交代。"

封先生带着哭腔："家里还有恁多东西，可惜了……"

艾三："中了，爷们，能拉出几件就不孬了。"

封先生边跑边抹起眼泪："恁多东西都冇了，我还活个啥劲啊……"

小婉："东西要紧还是命要紧？能逃出来就已经是万幸！"

艾三领着一行人不顾一切地在空荡荡的背街里奔跑着，凭着对祥符城的熟悉穿街越巷，他们离寺门越来越远。

实在是无力奔跑的封先生上气不接下气地哀求着:"恁,恁跑吧,我,我不中了,再,再跑,我就得跑死……"

艾三:"跑死也得跑,让老日抓住也是个死!"

封先生:"你,死就死吧,我实在冇力跑了……"

沙二哥停住脚步,不由分说将封先生背起就跑,封先生在沙二哥的背上说道:"咋就跟做梦一样啊,家说冇就冇了……"

沙二哥一边跑一边说:"别说家,国还说冇就冇了呢,卖尻孙,只摞倒四个,应该多摞倒几个!"

封先生:"老二,我是冇法了,不跑不中了,你咋办呀?"

艾三在一旁:"老二冇事,四个卖尻孙都被打死了,只要八妞嘴严,谁也不知,一会儿老二在城里转一圈,还回寺门去,绝对冇人知,捉奸还得捉双呢,谁瞅见老二里通国军了?"

封先生:"谁瞅见?八妞瞅见了。"

艾三:"八妞还杀老日呢,他能说?吓死他。"

沙二哥:"恁说,这八妞到底是咋想的?他突然来这么一手,我咋回不过神来哩。"

封先生:"就是,我咋也吃不透劲呢。"

艾三:"这个好解释,祥符人谁愿意当汉奸?八妞这一手可立下大功了,救了咱几条命啊!"

封先生:"这几包东西藏在延庆观,你的功可冇了,蒋委员长让你办的事你冇办成,回去等着挨板子吧。"

艾三:"少说风凉话,要不是我,你爷们命和这几包东西一样也保不住。"

封先生:"那也是八妞的功劳,记不到你头上啊。"

艾三:"谁说记不到我头上,不是我抢先一步,恁老这会儿正被绑在沙家院子里挨皮鞭哩。"

沙二哥:"别磨嘴了,逃出来就算命大,今个要是逃不出来咋办?"

艾三:"二弟,你还是想想回去以后咋办,要把每一个环节都想好,不能有漏洞,要经得起日本人查才中。"

沙二哥:"临出门的时候我跟汴玲交代了,如果有人问,就说我去乡里了,扫街萍妞供的牛不够量,下乡里去找牛了。"

艾三："这是个理由,可我还是对那个八妞不放心,万一老日严刑逼供他架不住,把你招了出去,咋办?"

沙二哥："不会吧?"

封先生："我觉着也不会,他又不是傻孙,四个老日他打死了俩。"

艾三："日本人可不是傻孙,不好哄。"

沙二哥："冇事儿,苗头不对,我不会窜嘛。"

封先生："你窜了,恁妈和汴玲咋办?"

沙二哥："我想着不会恁严重吧,八妞既然敢这样做,他肯定也想好后路了吧。"

艾三："但愿如此吧……"

再说寺门。西川是在睡梦之中被枪声惊醒的,当他率领宪兵们赶到封家院门前的时候,八妞还在那儿不停嘴地号骂着,由于失血过多,骂声已经渐落。西川指挥部下用担架把八妞和四个日本兵的尸体一起抬走,临抬走之前他走到八妞的担架前,看了看八妞腿上的伤势,又看了看那些冇来及拉走的几个大麻包。

西川："这些东西是他们留下的?"

八妞："是冇来及拉走的。"

西川："拉走了多少?"

八妞："我不知,有一车吧。"

西川："一车是多少?"

八妞："我哪知啊,我的腿哪,疼死我了……"

西川微笑着说道："这就是你给我的惊喜? 先去疗伤吧,不管怎么说,你是为皇军负伤,银子分文不少。"

西川领着手下跨进了封家的院子,他用冷峻的目光把封家院子扫了一遍之后,自嘲地说:"跑掉个艾家,又跑掉个封家,接下来还有谁家会跑掉?"

日本兵在搜查封家的时候发现了防空洞。

防空洞的发现一下子给西川打了一针强心针,当西川钻进防空洞面对那么多古玩字画的时候,他抑制不住兴奋。他打开那幅吴道子的山水立轴,一边欣赏一边大声说道:"给土肥原长官发报,大功告成!"

或许就是因为找到了那些日本人垂涎欲滴的中国宝贝,西川大大松了一口气,但是,毕竟死了四个日本士兵,这是他无法容忍的。西川是什么人,他的出身可不得了,他毕业于名将辈出的日本陆军士官学校,与阿部信行、真琦甚三艾、本庄繁、松井石根、荒木贞夫等人为校友;在他的校友中还有中国的学长:蔡锷、蒋百里、孙传芳、阎锡山、何应钦、汤恩伯、朱绍良、程潜等人。也就是说,没有一般二般的本领是成不了名校毕业生的,他受到土肥原贤二的器重也就顺理成章。

八妞被抬到医院包扎治疗完刚躺在病床上,西川就走进了病房。

西川微笑依旧地站在病床旁问候道:"八妞君,怎么样啊?你们支那人的枪法不准,如果是我们大日本皇军,这一枪不应该是在你的腿上,应该在你的胸膛上。"

八妞:"你啥意思?我弄成这样,你还说拉撒话(风凉话)是吧?不想让我当良民是吧?我告诉你,就是因为老天爷还想留下我当良民,这一枪才捋到我的腿上。"

西川:"说得好。可你是良民吗?"

八妞:"我当然是良民,我要不是良民能为恁卖命?"

西川微笑着点了点头,突然一把抓在八妞受伤的大腿伤口上,疼得八妞嗷嗷直叫唤:"哎哟哟哟哟,卖尻孙,下毒手啊,你,撒手,快撒手……"

西川的手没有撒开,依旧面带微笑:"说吧,八妞君,把真相说出来,不然的话,我一刀砍下你这条腿!"

八妞:"疼死我了!卖尻孙吧,给恁这些卖尻孙干活差点丢了命还不落好啊……"

西川:"你说是不说?"

八妞:"你要我说啥啊?疼死我了……"

西川:"那我就砍下你这条腿!"

就在西川抽出了指挥刀的当口,一个日本兵走进病房在西川的耳朵边嘀咕了几句之后,西川的脸上顿时笑容绽放,他把抽出的指挥刀送回了刀鞘。

疼痛中的八妞不解地注视着西川。

西川用平日那种和气的口吻对八妞说道:"八妞君,用不着你说了,你就是愿意说我也不愿信,知道为什么吗?"

八妞眨巴着眼睛:"为,为啥?"

西川:"我们被击中的四名士兵中有一个没有死,真主把他给我留下了。"

八妞睁大眼睛:"啥? 活了?"

西川:"没想到吧,我说你们支那人的枪法有问题吧。"

西川的话如同晴空霹雳,八妞傻了,他咋就不明白会有一个日本兵没被打死,他记得他几乎是零距离开的枪,千真万确是打在胸膛上的,咋就会活了呢? 是不是日本人有诈?

日本人没有诈,四名日本士兵中确实有一名被救活了。只要活下来一名,这对八妞和沙二哥意味着啥,不言而喻。

此时此刻,八妞欲哭无泪,而已经把艾三、封先生等人送到西南城坡的沙二哥,也正走在返回寺门的路上……

注:
①翘急:着急。

寺门

　　他们问你准许他们吃什么,你说:"准许你们吃一切佳美的食物,你们曾遵真主的教诲,而加以训练的鹰犬等所为你们捕获的动物,也是可以吃的;你们放纵鹰犬的时候,当诵真主之名,并当敬畏真主。真主确是清算神速的。"

　　　　　　　　　　　　　　　　　　——引自《古兰经》

十三、"瞅瞅,咋样,海阿訇都认可我说的。"

　　沙二哥在城里转了一大圈,快晌午头才回到寺门,他刚进寺门的南口就觉得气氛不一样。尚社头、尔瑟、盘善、乌德、白凤山、马老六和一大群寺门跟儿的街坊四邻聚集在东大寺的大门前,二大和汴玲也在其中。

　　沙二哥正准备张口询问,西川领着日本宪兵走了过来。

　　西川:"沙先生这是从哪儿回来啊?"

　　沙二哥:"乡里。"

　　西川:"买牛去了吧?"

　　沙二哥:"知你还问。"

　　西川:"牛是不是没有买到啊?"

　　沙二哥:"碍你蛋疼。"

　　西川没听明白:"你说什么?"

　　汴玲接上腔:"他头疼。"

　　西川:"他头疼?"

汴玲："你头疼。"

西川："我的头不疼,心疼!"

沙二哥问尚社头："恁都站在这儿弄啥?"

尚社头瞅了一眼西川没说话。

汴玲："老日要请客,吃经堂席。"

沙二哥："吃经堂席?"

二大："谁知,不晌不夜,又有红白喜事,钱多,烧包呗。"

尔瑟："管他个丈人,请咱吃咱就吃,早就馋八大碗了。"

乌德："西川长官不愧在祥符待了那么长时间,知东大寺里的经堂席别的地儿比不了。"他冲西川竖起大拇指,"懂行,眼力头高,气派,一请就一大堆人。"

沙二哥用眼睛扫了一圈后对汴玲说："恁吃吧,我回家吃杂面馍。"

二大："瞅瞅,穷命头,八大碗的经堂席不吃,喜欢吃杂面馍。"

沙二哥还没有迈腿,老日们的三八大盖就横在了他胸前。

沙二哥："弄啥?"

西川微笑着："沙先生,谁走你都不能走,今天你是主客,他们都是我请来的陪客,他们吃经堂席是沾你的光。"

沙二哥："请我? 啥意思?"

西川："没啥意思,请你吃八大碗,你不高兴吗?"

沙二哥："我要是不想吃呢?"

西川："不想吃也不勉强,不过我要告诉你,今天沙先生不吃这桌经堂席的话,寺门跟儿就得'无常'四个人,噢,不是四个,是八个。中国人有四万万人,我们死一个,你们死两个,这个比例还算公平吧。如果我不是穆斯林的话,比例就会变成三比一,四比一,甚至十比一!"

西川的这一番话一下子让沙二哥明白出了大事,莫非八妞已经招供了?

正在这时,人们的目光同时转向了一侧,只见八妞被两个日本兵用担架抬着也来到了东大寺的门口。

躺在担架上的八妞冲沙二哥喊道："沙老二,我真想一枪撂死你! 要是你让老子支汤锅,老子也不会落到这份田地!"

八妞这一声喊让沙二哥心放回肚子里了,八妞还有招供。

西川对担架上的八姐说:"你就是不说话,他也会明白你要说什么。"

八姐:"西川队长真仁义,我的腿都成这样了,还非得抬着我来吃经堂席。"

西川不再理睬八姐,转向众人:"该请的人都到了,诸位,请吧!"

经堂席设在东大寺的后院里,走进后院的人们瞅见,荷枪实弹的日本宪兵早已把整个东大寺的后院团团围住。

在往后院走的路途中,尚社头轻声对沙二哥说:"四个老日中枪,有一个老日冇被打死,被抬回恁家院子里了。老二,这事儿是不是你干的?"

沙二哥浑身顿时惊出一身冷汗,所有的汗毛瞬间变成了钢针穿透了布衫:"啥,有一个冇死?"

尚社头:"咋,还真是你干的?"

沙二哥不语。

尚社头明白了,眉毛拧成一个疙瘩。

沙二哥似乎还是不相信:"咋会冇死?"

尚社头重复了一遍:"冇死的那个抬回恁家院子里了。"

沙二哥:"抬回俺院里了?"

尚社头:"老日信不过咱中国的大夫,眼望儿日本军医正在抢救,就等那个卖屄孙睁开眼哩,他只要一睁开眼,就去球^①了。老二,不中你就赶紧窜吧,马上窜还来得及。"

沙二哥:"瞅这阵势,咋窜?"

尚社头:"后院厨屋边上有把梯子,你不是练过飞檐走壁嘛,只要你动作快,蹿到房顶上就中了,压后院的屋顶跳到当街上,不就妥了?"

沙二哥:"啥飞檐走壁?"

尚社头:"都知你会飞檐走壁,你不是练过吗?"

沙二哥:"蒙人的。恁高的房,跳下去还不筋断骨头折?"

尚社头:"那也得跳呀。你要是不窜,等那卖屄孙一睁开眼,还有你的活头冇?"

沙二哥:"我窜了,恁咋办,俺妈和汴玲咋办?"

尚社头不作声了。确实,尚社头心里清亮亮的,沙二哥只要一窜,遭殃的就不止一个沙家,寺门跟儿的人都会有麻烦。可沙二哥要是不窜,等待他的是啥,尚社头心里也清亮亮的。

尚社头:"老二,再不窜你就窜不了了。"

沙二哥咬着牙说:"不窜,天塌下来地扛着,不就一条命嘛,该死球朝上。"

尚社头也咬着牙说:"卖尻孙,咋冇把他给捯死呢。"

众人在日本宪兵的押送下来到了后院。大屋子里摆放着七张圆桌,中间那张圆桌坐着海阿訇和他几个弟子。海阿訇面色严峻,手在轻轻捻着自己的胡须,他已经预感到今个的经堂席不是一般意义上的鸿门宴。

众人在圆桌前坐定之后,西川按伊斯兰教经堂席的礼仪,把事先封好的"红包"放在了海阿訇的面前。

西川礼貌地:"可以开始了。"

海阿訇和弟子们咏诵《古兰经》的声音悠扬起伏地开始在后院中荡漾,人们在诵经声中静静地等待即将发生的一切。

沙二哥窥视一眼大屋外面,手握三八大盖的日本兵们散布在后院每一个角落,逃生的机会已经彻底断绝了。此刻,海阿訇和他弟子们嘴里念出的经文,就像挂钟的摇摆,一分一秒都在催促着人心,没有人在盼望那即将摆上桌的八大碗,都在盼望这噩梦般的经堂席不要开席。

海阿訇与弟子们结束了唱经。

西川做完唱经仪式中的最后一个摸脸动作之后,从自己的位子上站起身,说道:"诸位,在上八大碗之前,我有几句话要对大家讲,在讲话之前,我还有几句话对这位八妞君说。"他走到八妞面前问道,"腿不疼了吧?"

八妞:"哪个孬孙不疼。"

西川:"八妞君,你进东大寺吃过经堂席吗?"

八妞:"冇,头一回。"

西川:"想吃东大寺的经堂席吗?"

八妞:"净说不打粮食的话,我还想吃满汉全席呢,你掏钱啊?"

西川笑了:"我掏钱也不能让你去吃满汉全席啊,我是伊斯兰教徒,你呢,你信奉什么教?"

八妞:"我啥教也不信,我就信我自己。"

西川:"是啊,你是汉人,所以被你们同胞骂成汉奸。别说汉奸,就不是汉奸,汉人也不能进东大寺里吃经堂席,这经堂席原本也不是汉人吃的。但是,今天我破个例,把你这个被中国人骂作汉奸的人抬进东大寺,皇军让你见识见识东大寺的经堂席,你一定要饱餐一顿啊!"

八妞:"你看你,外气了不是。我不外气,肯定要吃得劲!"

西川:"你们中国有句俗话叫'拿人钱财替人消灾'。你拿了皇军的钱,没能替皇军消灾,皇军照样让你吃得劲,可是你要明白,皇军这里没有免费的午餐!"

八妞眨巴着眼睛:"啥,啥意思,腿都被打成这,吃恁个经堂席还不应该?"

西川不再搭理八妞,扭脸对众人说道:"在开席之前,我想请教一下在座的同族们,有谁知道经堂席里八大碗的来历?"

海阿訇刚要张嘴就被西川用手制止。

西川:"我不想听阿訇解释,想听教民们说说。"

"那中!我说!"乌德坐在那里大声说道,"别的清真寺我不知,俺东大寺经堂席的八大碗我知。俺东大寺八大碗是压宋朝来的。"

西川一蹙眉:"宋朝?"

乌德:"没错,就是宋朝,这段历史海阿訇都不一定清楚,我知。"

西川:"洗耳恭听。"

乌德手掌如惊堂木在桌子上一拍:"想当年,南宋岳家军的狄雷、岳云、严成方、何元庆四员小将主动请缨攻打金军重镇朱仙镇。这四个货都使双锤,他们冲入敌阵,金银铜铁八柄大锤左挥右抢,上挡下砸,骁勇无比,直杀得金兵鬼哭狼嚎,抱头鼠窜,岳家军大获全胜。"说罢,如惊堂木的手掌又在桌子上一拍,"八大碗就是这么来的,完了。"

众人哄笑。在众人的笑声中又有人开腔了。

"你说的那是八大锤,不是八大碗,不对!还是听我说吧!"白凤山大声说道,"八大碗不是从岳家军八大锤里来的,是从杨家将七郎八虎里来的。杨家七子是杨延平、杨延定、杨延光、杨延辉、杨延德、杨延昭、杨延嗣。外加一个八郎杨延顺,八郎不是杨业的亲儿子,是养子,所以叫七郎八虎。七郎八虎在金沙滩是跟辽国打,死的死,丢的丢,都是民族英雄啊。八大碗是从七郎八虎里来的。我说得对不对,海阿訇?"

海阿訇闭着眼睛,手捻着胡须,脸上挂着一丝笑意。

白凤山:"瞅瞅,咋样,海阿訇都认可我说的。"

乌德："海阿訇,我说的岳家军是跟金国打,他说的杨家将是跟辽国打,俺俩谁说得对?"

尔瑟："别争了,恁俩说得都对,不管辽国还是金国,都是咱宋朝人跟卖尻孙们打。"

海阿訇实在忍不住"扑哧"一声笑了。

海阿訇一笑,在座的穆斯林们都哈哈大笑起来。

西川也笑了,并拍起了巴掌："说得好,说得真好,都是宋朝人抵抗外来侵略。诸位,下面听我给你们讲讲东大寺的八大碗,等我讲完之后,真正的八大碗就端上桌了……"

注:

①去球:完了、拉倒。

我确已使大地上的一切事物成为大地的装饰品，以便我考验世人，看谁的工作是最优美的。我必毁灭大地上的一切事物，而使大地变为荒凉的。

　　　　　　　　　　　　　　　　——引自《古兰经》

十四、"还有冇？俺还冇吃饱。"

西川正准备讲他的"八大碗"时，一名日本军士满脸喜悦地快步进来，走到西川身旁叽里咕噜地说了几句，转身离开。

西川微笑着频频点头，他压军服的上衣口袋拉出怀表看了一眼，说道："我敢说，一切顺利的话，在经堂席结束的时候，那个杀害我们日本军人的凶犯就会浮出水面，我还敢说，那个凶犯就在我请的客人们当中，怎么样，还想听八大碗的由来吗，还有这个必要吗？"

沙二哥："拿啥糖①，有话就说，有屁就放。俺倒要听听你这外乡人是咋解释俺东大寺八大碗的！"

西川："算了吧，沙先生，你心里很清楚我是在借经堂席说事，你们也是借八大碗指桑骂槐，什么岳家军、杨家将，你们心里的八大锤和七郎八虎就是你们自己。遗憾啊，你们说的是汉人，与我们多斯提没有关系。"

沙二哥："咋没关系，关系大了。压郭子仪搬兵救唐玄宗开始，回汉就是一家，汉人有八大碗，满人也有八大碗，虽说八大碗里盛的东西不一样，但谁敢说它不是'笼菜'？谁敢说它不是'罗锅菜'？只不过是'三里不同俗，十里百不语'，西边的八大碗里装的是炖牛肉、炖杂碎、胡萝卜、长山药、海带、醋溜白菜、丸子和炸豆腐，咱祥符东大寺的八大碗里装的是原油肉、酥肉、黄焖鸡、块鱼、金针炖白肉、炖牛脯、八宝饭和四喜丸子，你就是把天上说出两个太阳来，它也是八大碗。咋，恁日本人比中国人尿得高？你的八大碗里有大肉？"

大屋里发出一阵哄笑。

西川没有恼，笑容依旧地问："你说完了吗？"

沙二哥："少废话，赶紧上八大碗吧，俺早就饿孬了！"

大屋里的吃家们纷纷吆喝道："就是，饿孬了！赶紧上菜吧！卖尻孙们，吃恁一顿还不够磨嘴皮子，让吃不让？不让吃俺就走了！"

西川掏出枪朝着房顶就是一枪："砰！"

大屋里的人们安静下来。

海阿訇："这里不准打枪！"

西川："我还要在这里杀人，你信不信？"

海阿訇两手捧起仰望上方："真主啊，你瞅瞅这里吧……"

西川用枪指着众人："当然会让你们吃，我摆经堂席不是喂狗的！"

海阿訇："'古那海（罪过）'，'古那海（罪过）'，在这样神圣的地方，你作为伊斯兰教徒竟然说出这种话来，真主会惩罚你的！"

西川："真主最应该惩罚的，是今天黎明杀害我们大日本军人的异教徒！"

沙二哥站起身来："我不是异教徒，我有杀恁日本军人，我得走，回家去吃俺的杂面馍。"

西川的枪口对准了沙二哥："谁走你都不能走，我说过，今天你是主客。你只要敢跨出这个门槛一步，我就马上开枪，说到做到！"

沙二哥被汴玲、尚社头等人拉坐回到座位上。

西川把手枪插回了枪套，说道："难怪东大寺的八大碗和西边的不一样。缺乏教养，见面连一句'塞拉姆得昆姆'都不问候，看看你们的八大碗就明白了。上菜！"

西川嘴里刚喊出上菜，刚才那个日本军士又匆匆跑了进来，神色紧张地在西川耳边叽里咕噜说了一通，西川脸色变暗，咬着牙骂了一声"八嘎！"之后，一挥手，屋外那些端着贼亮刺刀的日本兵呼啦拥了进来，所有刺刀全部对准了沙二哥。

大屋里的人们统统站起身来,注视着脸色灰青站在那儿的西川和纹丝不动坐在那里的沙二哥。

汴玲一看阵势不对,冲上前用身子护住了沙二哥,接着二大也冲了上来护住儿子。

西川摆了摆手,示意日本兵把大屋里的人统统赶出去。在一把把雪亮刺刀的威逼之下,人们被赶出了大屋。当八妞被人架着从西川身边经过的时候,被西川喝住:"等等!"

八妞:"咋了,让俺也留下?"

西川:"你说呢?"

八妞:"我,我不知……"

西川一拳砸在了八妞的脸上,八妞捂住脸一骨碌摔倒在地,哎哟哎哟地叫唤起来,西川那只穿皮靴的脚一脚踩在了八妞身上。

八妞在西川的皮靴下嗷嗷叫着:"哎哟,我的眼哎,卖尻孙一拳砸住我眼睛上,大家都瞅瞅,这就是当汉奸的下场,我日他个八辈祖宗,以后谁要再当汉奸,我就当他的妹夫!哎哟,我的眼哎,疼死我了……"

紧紧抱住沙二哥的汴玲和二大还是被日本兵强行拉了出去。所有被赶出大屋的人都没有走,他们站在敞开的大屋门外紧盯着接下来要发生的事情,冇一个人说话,整个东大寺的后院突然变得一点声音也没有。

大屋里只剩下沙二哥、西川,还有躺在地上的八妞三个人。沙二哥依旧纹丝不动地坐在那里,直挺着腰杆,端起盖碗茶,用茶杯盖驱赶着浮茶,轻轻呷着。

手里握着枪的西川喊了一句:"上菜!"

头戴小白帽的伊斯兰厨子战战兢兢将八大碗一一端上了桌子。

八大碗上齐之后,西川走到了桌旁,欣赏着色香味俱全的八大碗,还用鼻子闻了闻,然后用枪口一一点着八大碗:"原油肉,黄焖鸡,酥肉,块鱼,金针炖白肉,炖牛脯,八宝饭,四喜丸子。嗯,八大碗一样不少。现在让我来告诉你,我理解的八大碗。"

沙二哥依旧用茶杯盖赶着浮茶一口一口呷着。

西川在大屋里一边踱步一边开始讲他的八大碗:"进入你们国家之前,我研究过你们这座城市,你们这座城市从古到今都是个多灾多难的城市啊,暂且不说战争与杀戮,光一条黄河悬在你们的头上,日子就不好过啊。历史上记载,你们这座城市一共被黄河淹没过五次,都没能把你们埋进泥土里,不容易啊,确实不容易。每当一个王朝取代另一个王朝的时候,你们都能从充满血腥的泥土上站起来,这可能在全世界的历史中都不曾多见。正因为是这样,你们东大寺里的八大碗注定和别处的不同。看看你们八大碗里的内容,除了肉还是肉,我的理解,如果没有肉吃,你们这座城市就没有力量,就不会在深更半夜去杀我们的士兵,就不会爬上你们的鼓楼去摘下我们的旗帜。只要有肉吃,你们就可以胆大妄为,就可以不计后果,就可以与我们大日本皇军为敌。可你们错了,你们不是我们大日本皇军的对手,我们大日本皇军也不惧怕你们的岳家军和杨家将!肉,你们可以敞开肚皮去吃,你们就是把天下所有的牛羊全部吃完,在我们大日本皇军面前你们也得俯首称臣!我敢说,如果有一天,黄河第六次淹没这座城市的时候,你们将会被彻底埋葬于黄土之中,而能屹立在这座城市土地上的,只有我们大日本皇军!不用悲伤,不用叹息,因为这是真主的旨意!"

沙二哥在西川慷慨激昂的陈词之中,把手里盖碗茶往桌上一搁,拿起筷子把一个四喜丸子送进了嘴里,接着大吃二喝起来。

一直在地上躺着的八妞也艰难地从地上爬起来,拖着那条受伤的腿一步一步挪到桌前坐下,抓起筷子和沙二哥一同大吃二喝起来。

西川用冷冷的目光注视着两个大吃二喝的人,听着他们边吃边喝的对话。

八妞用塞满肉的嘴嘟嘟囔囔地说道:"中,还是恁东大寺门的八大碗味儿正,长恁大头一回吃,中,呱呱叫……"

沙二哥:"瞅你那冇出息孙样儿,八辈子冇吃过肉啊,当汉奸你还当得有理了,原油肉给老子留点!"

八妞:"我当汉奸咋了?你能吃上大日本皇军掏钱的八大碗,不感谢我这个汉奸你感谢谁?冇我当这个汉奸,你吃个球,西北风你都吃不着,得了便宜还卖乖。"

沙二哥:"到底谁得了便宜还卖乖?他掏钱?卖屄孙他掏钱咱应该去日本国吃,咋跑到俺东大寺门来吃啊?瞅着,今个二爷我要不把这一桌子经堂席给吃完,我就对不起东大寺门和祥符这座城!"

八妞:"对,吃完,谁不吃完谁孬了!"

沙二哥和八妞在屋里屋外人们的注视之下把八大碗吃得个干干净净。

八妞意犹未尽地舔着空碗,拍了拍肚子说道:"嗯,得劲,吃得劲了。冇吃饱扛不住,吃饱了能撑些时候。"

沙二哥:"扛不住也得扛,谁让你当汉奸哩。"

八妞:"你吃饱冇吧,冇吃饱向西太君再要他八大碗。沙老二,咱可能是吃上上顿冇下顿了。"

沙二哥扭头问站在身后的西川:"还有冇?俺还冇吃饱。"

西川:"有,下面还有八大碗等着你呢!"说罢一挥手,日本宪兵的枪托就砸在了沙二哥和八妞的身上。

日本宪兵:"开路!"

八妞:"乖乖,不孝顺了不是?要对爷爷下手了不是!"

沙二哥冲八妞:"哪恁多屁话,这帮孙子要懂得孝顺,他们就不会跑到咱祥符来!"

在沙二哥和八妞被押回沙家院子的路上,沙二哥已经做好了充分的思想准备,他知道这一劫是逃不过去了,肯定那个冇死的卖尻孙已经说出了谁是凶犯。沙二哥瞅了一眼八妞,这货一边走一边还用手抠着牙缝里塞着的肉丝,从八妞脸上的表情看,沙二哥知道他同样也做好了准备。

注:

①拿糖:应为"拿搪",卖关子。

赦宥罪过、准人忏悔、严厉惩罚、博施恩惠的主。除他外，绝无应受崇拜的；他确是最后的归宿。

——引自《古兰经》

十五、"老二，我撑不住了，先去睡一会儿！"

尽管沙二哥和八姐已经做好了思想准备，但就在他俩大吃二喝经堂席的时候，沙家院子里又出了一件大事儿，对西川来说就是煮熟的鸭子飞了，而且飞得是那么蹊跷，那么令他沮丧至极，沮丧的他真的差一点就开枪把沙二哥和八姐一起打死。西川是一个理智的人，更是一个有心计有谋略的人，他强压怒火和内心的沮丧，决定要把事情弄个水落石出。真是出了幺蛾子，那个已经被救活的士兵又起生回死了！

事情是这样的，那个有死的日本兵胸膛上一枪是八姐打的，那颗不争气的子弹擦着他的心脏穿了过去，就差那么一点点，八姐如果在扣动扳机的时候手不发抖，那个日本兵指死无活。唉，八姐啊，成也萧何败也萧何，这下你可惹了大麻烦。

日本军医医术确实比祥符城里的大夫高明，按照西川的命令，必须让这个还有一线生还希望的士兵睁开眼睛。日本军医做到了，那个必须死的家伙没死，还真的睁开了眼睛。当这个喜讯传到西川耳朵里的时候，他正在摆经堂席的大屋里,所以西川敢夸下海口要让凶手浮出水面。

那名士兵睁开眼睛之后,日本军医大松了口气,由于紧张和疲劳,军医坐在一旁睡着了。大概也就十来分钟的时间,当军医睁开眼睛再看的时候,那个已经生还的士兵又死了,而且死得蹊跷,军医检查之后判断为窒息而亡。为什么会窒息而亡让人十分费解。军医判断,肯定是有人乘他睡着之机对那士兵下了毒手。但是让人费解的是,恰恰就是在军医睡着的时候,门外那个站岗的士兵又去作坊后墙根的茅厕撒了泡尿。撒尿才能撒多长时间,满打满算也要不了五分钟吧,可就是在这五分钟内有人进入了治疗的房间,并完成了不可能完成的工作。

西川紧锁着双眉听完了下属的汇报之后,找来守院门的士兵了解情况。据把守院门的士兵讲,临近中午的时候,除了本部士兵之外,还有两个支那人进入院子,一个是给伙房送劈柴的,另一个是事先约定来的人——灯笼章。

西川这伙日本宪兵刚驻扎进沙家院子的时候,曾与二大商量过买劈柴的事宜,日军负责伙食的军士想买院子里堆放着的劈柴做饭,这个请求被二大一口拒绝,那咋能卖,劈柴堆下面还埋着一把枪呢。遭到拒绝之后,日军伙房的劈柴只有联系外面的人定期给送到沙家。据把守院门的士兵讲,送劈柴的人不大可能干这种事情,首先他不知道寺门清晨发生的事情,再者,劈柴直接送到了伙房,他是在日军伙头兵的监督之下卸完劈柴后离开的院子,卸劈柴的过程中那个送劈柴的人就没有离开一步。这样,那另一个人就成了重点怀疑的对象,这个人就是灯笼章。

灯笼章是祥符城里扎灯笼的名角儿,祖辈都是扎灯笼的,据说当年被封在祥符的周宪王朱有炖酷爱祥符杂剧和民间工艺,歌舞升平的周王府里彻夜红灯高照,那些五花八门粉饰太平的灯笼全出自灯笼章家族之手。手艺人嘛,谁来统治就给谁扎灯笼,王爷来了扎,府尹来了扎,总督来了,司令来了照样扎,现如今老日来了更不敢不扎。

灯笼章是西川几天前亲自约来的。十一月三日是日本一个重要传统节日,这一天作为明治天皇的生日要举行庆贺活动,无论是在日本本土还是在世界上其他地方,只要有日本人聚集的地方都会自发举行庆祝活动,占领祥符的日军也不例外。西川准备在沙家的院子里扎几个大灯笼挂起来以示对此节日的庆祝。灯笼章是八妞向西川推荐的,问题会不会出在这上面?这引起了西川的深思。

西川决定先把灯笼章抓来再说。他命令下属把沙二哥和八妞先看押起来，等审讯完了灯笼章之后再说。

很快灯笼章就被抓到了沙家，被绑在树上挨了两皮鞭之后，灯笼章就招供了，承认是八妞付给他了十块大洋。西川走到灯笼章面前，亲手给他解开了身上的绳索，说道："对不起，章先生，让你吃苦了。"并吩咐下属给了灯笼章十块大洋之后，将灯笼章释放了。下属不解地问为何要释放灯笼章，西川微笑着说："只挨了两鞭子就招供的人，可能吗？"

西川大声命令属下："去，把那两个卖尻孙给我绑在树上！"

西川是真恨在骨子里了，要不他也骂不出"卖尻孙"这样的词汇来。他认为，不管是谁干的，沙二哥和八妞都难逃干系，四个日本军人被击毙完全有可能就是这两个人联手所为。

西川咬着牙骂道："卖尻孙，今天我看看到底谁是卖尻孙！"

沙二哥和八妞被日本兵们分别绑到了院子里的两棵槐树上。被绑起来的还有汴玲和二大，只不过她们没有被绑在树上而是被绑在了屋里。

八妞刚一被绑在树上就知道自己肯定饧不住这种折磨，因为灯笼章挨皮鞭的时候他就听得真切，他一边听一边对沙二哥说："下面就该轮到咱俩了，我可饧不住那么粗的皮鞭，一鞭子我指定就招。"沙二哥闭着眼睛一言不发，他知道，此刻八妞招与不招已经无所谓了，落到西川手里就有好。沙二哥似乎早就知道，落到西川手里是早晚的事情，这院子里驻扎的老日们心里都清亮亮的，这个院子里的沙家人，个个脸上都带着反日的情绪，这一场灾难是不可避免的。

此刻被绑在树上的八妞再次催促沙二哥表态："你闭个眼弄啥，听见冇，他们一打我可真的就招！"

沙二哥依旧闭着眼不耐烦地说："想招你就招，只要能活命。"

八妞叹息着骂道："唉，卖尻孙，恐怕老子这条好腿也保不住喽，该死球朝上吧……"

其实，八妞在听灯笼章惨叫的时候已经想好了对策，他原本想告诉沙二哥，但瞅见沙二哥还是那一副不待见自己的模样就把话咽了回去，心想，去球，爹死娘嫁人，个人顾个人吧。

别说,八姐这个自我逃脱的法子还不赖,当他被扒去衣服绑在树上,瞅见那个手握皮鞭的老日抬起手要挥鞭的时候,八姐大声对另一棵树上绑着的沙二哥高喊了一声:"老二,我撑不住了,先去睡一会儿!"说完用自己的后脑勺狠狠在树干上一磕,立马晕厥过去。他在做此举之前心里说道:打吧,卖尻孙怎就是把皮鞭抽断,长痛不如短痛,老子自己把自己先磕晕再说。

八姐把自己一磕晕可把西川吓得劲了,他以为八姐是自杀,他说啥也不能让八姐去死。因为西川心里才是清亮亮的,如果开口招供也是八姐开口,沙二哥这样的人一看就有种,真就是把皮鞭抽断也难让沙二哥这样的人招供。

八姐立即被从树上放下来,被老日们抬进屋去抢救去了。

西川站立在沙二哥面前问道:"你是不是也准备来这么一手?"

沙二哥笑了:"我要来这么一手还等到被怎绑在这里? 太小看老子了!不就是给老子松松筋骨嘛,来吧,老子要哼唧一声,就是姐生的!"

接下来真可形容为暗无天日,老日用来抽沙二哥的鞭子是祥符城里那号抽大陀螺的鞭子,那一鞭子下去,打不晕也得揭掉一层皮。

"啪!"一鞭子。

"啪!"两鞭子。

"啪!"三鞭子。

…………

听到这一鞭子一鞭子的声响,被绑在屋里的汴玲和二大受不了了,她们在屋里头哭喊着叫骂着:"卖尻孙吧! 怎不得好死! 怎把他打死俺就跟怎拼了……"

二大:"放开俺儿,不是他干的,是俺干的,求求怎把俺儿放了吧……"

突然,汴玲和二大停住了哭喊叫骂,她俩直立起身子,听见院子里传来沙二哥洪亮激昂的京剧西皮导板:

> 包龙图打坐在开封府
> 尊一声驸马爷细听端的
> 曾记得端午日朝贺天子
> 我与你在朝房曾把话提

…………

被绑在树上的沙二哥在皮鞭声中这么一唱,不光把屋里的汴玲和二大给唱蒙了,也把手握皮鞭的老日给唱傻了。

西川在费解之中定了定神,一把从下属的手中夺下皮鞭,抡圆了胳膊抽打过去。

"啪!"一鞭。

"啪!"两鞭。

"啪!"三鞭。

…………

沙二哥依旧在唱,声音却越来越弱,而西川手里的鞭声却越来越响。

就在所有人都快听不到沙二哥嘴里唱出的西皮导板的时候,突然院子里响起了另一个声音:

"放开他,是我干的,怹那个伤兵是我用枕头捂死的!"

西川转身一看,这个人不是别人,是西川的女人洪芳。

西川一下子被抛进云里雾里,半晌才追问了一句:"你说什么?"

洪芳用平静的口吻重复了一遍自己的话:"怹那个伤兵,是我用枕头捂死的。"

从头到脚都在滴血的沙二哥,慢慢抬起头来,他透过从眉睫上滴落下来的血珠,模糊地看着那个穿着一身和服的杞县女人——洪芳……

寺门

我将使你诵读,故你不会忘记,除非真主所欲你忘记的。他的确知道显著的和隐微的言行。

——引自《古兰经》

十六、"俺也不是你老婆。"

西川把手里的鞭子往地上一扔,老鹰捉小鸡般地把洪芳提溜回屋里。

"咣当"一声,门被西川狠狠地摔上。

西川坐了下来,也不说话,从枪套里拔出手枪拍在了桌子上。洪芳为之一震。

西川:"是你干的?"

洪芳点头。

西川:"真是你干的?"

洪芳继续点头。

西川:"我已经问了两遍,我把第三遍留在我们之间的谈话之后。"

洪芳站在那里有说话。

西川:"茶。"

洪芳像以往伺候西川一样,按照西川教给她的那种日本茶道方式,走完烦琐的茶道程式之后,把茶端到了西川面前,西川接过茶一饮而尽,洪芳接着给他倒第二杯,第三杯,第四杯……

西川一连喝了多少杯他自己也不知道,他似乎是在用茶来压制满腔怒火。

西川:"为什么要这样?"

洪芳:"你用枪崩了俺吧。"

西川:"我当然要枪毙你,但在枪毙你之前,你得让我明白。"

洪芳:"俺死得明白就中了,枪毙俺吧,被你打死俺毫无怨言。"

西川:"我还是要问,为什么?"

洪芳显得很安静,目光游离于手中的茶具之上,回忆着说道:"记得那天,你一步跨进慰安妇服务所,当时那间屋里到处扔的都是书,你进来以后冇直奔俺几个女人过去,而是瞅着满屋子散落在地上的书籍,然后弯腰压地上捡起一本《三国演义》,翻了翻之后,你说了一句话还记得吗?"

西川:"记不得了,什么话?"

洪芳:"你自己说过的话都记不得?"

西川摇了摇头。

洪芳:"你说,不喜欢《三国演义》。"

西川想了想,点头:"是的。"

洪芳:"你说《三国演义》和恁日本的啥时代差不多?"

西川:"幕府时代。"

洪芳:"对,和恁的幕府时代差不多。俺是乡里女人,冇文化,不知啥是幕府时代,你能跟我说说吗?"

西川:"幕府是古时日本一种权力,曾一度凌驾于天皇之上的中央政府机构,常以'挟天子以令诸侯'的方式来统治国家。你不觉得像你们国家的《三国演义》吗?"

洪芳:"俺不识字,《三国演义》俺看不懂,也冇看过。"

西川:"幕府时代还有一点和你们的《三国演义》很像,那就是杀人。"

洪芳:"恁日本人是杀人杀习惯了吧。"

西川喝了一口茶:"你接着说。"

洪芳继续回忆道:"你把《三国演义》撂回到地上,走到俺几个女人跟前,你的眼睛就一直盯着俺的脸,盯了好长时间,才把俺带出了慰安所。"

西川："知道为什么盯你好长时间吗?"

洪芳："知,你说过,俺长得像你老婆。"

西川："这只是一个方面。"

洪芳："还有啥俺就不知了。"

西川："当时我在想,到处都在打仗,到处都是枪炮声,部队随时要往西开拔,我把你带走,又能带到哪儿去?玩玩把你扔掉吧,可不知怎么,我太太的影子又老在我眼前晃动。"

洪芳："有一点俺老是不明白,恁老婆的照片俺也见过,说句实在话,俺咋觉得她和俺长得一点也不像。"

西川："像不像你说了不算,我说了算。"

洪芳："反正俺也要被枪毙,你也让俺死个明白,俺和你老婆到底像在哪儿?"

西川陷入深深的思索之中,他的思绪仿佛越过千山万水飞回了他遥远的故乡。随后他又把目光转向了洪芳。

西川："我的家乡在日本奈良,那是一个和你们祥符城一样有着悠久历史的千年古都,一个山青水碧草木葱茏的地方,一个古老而美丽的城市。最不可思议的是,奈良也有一座东大寺,又称大华严寺,也是在城市的东边,距今约有一千二百余年的历史。不同的是,奈良的东大寺传承的是佛教而不是伊斯兰教。可能是爱屋及乌的缘故吧,当我进入祥符,听说也有个东大寺,就一下联想到了自己的家乡。尽管大日本皇军在这里是不受欢迎的人,甚至为占领这座城市付出了惨重的代价,但这座城市在我眼里依然非常美丽。那天在书店街上,你和几名妇女被押进慰安所的时候,我并没有看清你的面容,只是觉得你的身材和高低胖瘦与我的太太很像。当我跨进那间屋子,见到你的时候,我的眼前突然出现了幻觉,你身上的衣服变成了和服,你的发式,你的脸庞,你那惊恐万状的神情,瞬间变成了我的太太。啊,那种幻觉真是太美妙了,太让人心驰神往了。在那一刻我听不见隆隆的炮声,看不见累累的尸骨,闻不见空气中散发的硝烟,在我面前出现的是奈良的春天、漫山遍野如雪的樱花和跳跃的鹿群,还有榻榻米上太太亲手制作的寿司……啊!那种感觉真的是太美妙了。我承认,作为一名帝国的军人,在刚刚占领敌国一座城市时不应该如此儿女情长,可是我又无法控制如同波涛一般汹涌的思乡之情。就在理智刚刚压制住我内心的情感之时,你意外的一个举动让我刚筑成的理智大坝又瞬间崩溃了。"

洪芳:"举动? 啥举动? 俺冇干啥啊!"

西川:"你再想想。"

洪芳认真地回想着,摇了摇头:"冇啊……想不起来了……"

西川:"再仔细想想。"

洪芳又认真地想了想,恍然大悟地:"哦,想起来了,俺递给你一块毛巾让你擦脸。"

西川点头:"六月的祥符,就是不打仗也炎热难耐。当你递给我那块毛巾的瞬间,我想到了来中国之前的最后一个假期,那天也很热,我帮着太太在稻田里劳作的时候,我太太也曾这样递给我一块毛巾……"

洪芳:"那是凑巧,咋着俺也不是你老婆。"

西川:"是的,你永远也不可能是我太太。可我不能让你待在慰安所那种地方,不能让你被我们的士兵剥光了衣服压在身下,我必须把你带在身边,必须天天见到你,必须让你穿上日本和服,必须教你做出日本的寿司,必须让你学会日本的茶道,必须让你在我眼里成为一个日本女人!"

洪芳:"恁说必须就必须了? 实话对恁说,俺就是穿上恁的和服,做出恁的寿司,学会恁的茶道,俺也还是个中国女人,冇法,下辈子吧,等下辈子你托生成个中国男人,咱俩就拜天地入洞房。"

西川:"下辈子,下辈子我也不会托生成你们中国人!"

洪芳:"你咋就恁恨俺中国人啊? 俺中国人咋你了?"

西川:"因为你们杀死了我四个兄弟!"

洪芳:"恁不来俺中国,安生待在恁自己家,谁还去杀恁的人?"

西川:"好了,谈话结束了。现在,我最后问你第三遍,伤员是不是你杀的?"

洪芳肯定地点头。

西川深出了一口气:"那你就必须死!"

洪芳:"俺知,杀俺可以,但别的人你不能杀。"

西川:"为什么?"

洪芳:"人是我用枕头捂死的,不碍人家的事。"

西川：“你怎么知道他们没杀人？”

洪芳：“那你咋就知道他们杀人了呢？”

这句话真把西川给问住了，停顿了半晌才说道：“那好吧，在没有他们的口供之前，先让他们活着，但是，你必须先死！”

洪芳：“死就死呗，俺也想了，能死在你手里是俺的荣幸。”

西川：“荣幸？此话怎讲？”

洪芳：“西川，在所有寺门人的眼里，你西川就是个孬孙，还是个活孬孙，杀你八回都不解恨，唯独在俺眼里你是个好人。”

西川：“好人？”

洪芳：“自打俺被你从慰安所里救出来，随你驻扎寺门以后，在所有寺门人的眼里俺就是你的女人，可是没有人知，俺和你睡在这间屋里这么多天，你连个手指头也冇碰过俺，你给俺吃好的，给俺喝好的，给俺做新布衫穿，还给俺买首饰。除了上床之外，你把所有女人应该得到的东西都给了俺。但冇人知，知了也不会有人相信，你冇睡过俺。俺知道，你是把俺当成恁老婆供着，就像供菩萨一样。可你知不知，俺和你一样在寺门人的眼里是个孬孙，是个不知廉耻的婊子，跟第四巷里的妓女冇二样，因为俺和你睡在一间屋里，因为寺门跟儿的所有人都认为俺是你的女人……”

西川脸上没有任何表情。

洪芳：“反正俺是要死的人了，俺得把心里话全部说出来，俺得让你个孬孙知道，西川，俺喜欢你个孬孙！”

西川沉默了很长时间，低沉着声音说道：“晚了，一切都不可更改。”

洪芳慢慢站起身来，对着镜子整理了一下头发，掸了掸裤脚的灰尘，平静地说道：“来吧，就在这间屋里，你一枪崩了俺吧。”

西川摇了摇头：“不，不能在这间屋子里打死你，我要把你打死在沙家人的面前，打死在寺门人的面前。”

“那就走吧。”洪芳说完朝门外走去。

此时，沙家的院子门口已经聚集了许多街坊四邻，他们伸长脖子往院子里瞅着被绑在槐树上的沙二哥。

洪芳和西川在众目睽睽之中从屋里走到了院子里。

西川来到了槐树前，对沙二哥说道：“好了，第一个嫌疑犯已经招供了，我马上就要将她处决,而且是当着你的面。"

沙二哥用微弱的声音骂道:"卖尻孙,有种你冲我来,别对一个娘儿们下手……"

西川笑了笑:"你呀,应该感谢这个女人才对,是她让你能多活上一会儿,要不是她,首先枪毙的就是你。"

沙二哥:"卖尻孙,来呀,掏出你的小八音,西川我日你八辈先人,来呀,老子候着你……"

西川不再理睬沙二哥,转身问洪芳:"还有什么话要说,你就说吧,让寺门跟儿的乡里乡亲记住你的遗言。"说完对把守院门的日本兵说道,"让他们都进来吧,也好让他们记住,不管男女老少,只要危害了大日本皇军的生命,下场就跟这个女人一样!"

寺门跟儿的街坊四邻拥进了沙家的院子。

洪芳冲着街坊四邻大声地说道:"寺门的老少爷们,俺知恁看不起俺,是的,俺也知道俺自己是个弄啥的,俺就是陪这个卖尻孙睡觉的。但是,俺在临死之前可以告诉老少爷们,俺就是陪这个卖尻孙睡一辈子觉,俺也不是日本人的女人,俺是中国女人,俺是祥符杞县的女人!"她转过脸对西川说道,"在枪崩俺之前,看在俺陪你睡了那么多天的分上,俺有个要求你能答应俺吗?"

西川眼睛里含着一股敬佩点了点头:"说吧,只要我能做到,我尽力而为。"

洪芳:"你能做到,你当然能做到,天底下任何男人都能做到,西川,你再睡我一回……"

洪芳是带着微笑说完这番话的,但这番话对西川来说犹如五雷轰顶,他万万也想不到一个女人在将死之前能说出这样的话来,而且是当着她中国父老乡亲的面。西川傻了,彻底傻了,他完全被一个中国女人击溃,站在那里呆若木鸡。

在片刻的沉默之后,突然有人大声叫骂道:"婊子! 你不是中国娘儿们!你是日本的臭婊子!"

紧接着,街坊四邻一同高声骂道:"婊子! 杀了这个婊子! 卖尻孙! 掏出你的小八音啊! 把这个和你睡过觉的婊子给崩了!"

在一片叫骂声中,西川并冇去掏腰间的手枪,他两眼紧紧盯着洪芳,就像当初在慰安所里第一次看见她一样。西川慢慢走到洪芳的跟前,用双手将她抱起,转身朝屋里走去。西川的举动告诉了所有人,他要去和这个女人睡觉去了……

难道因为你们是过分的民众，我就使你们不得受教训吗？我曾派遣许多先知去教化古代的民族，每有先知来临他们的时候，他们都加以愚弄。

——引自《古兰经》

十七、"管他个丈人，先把沙老二救出来再说！"

凌晨四点多。

寺门跟儿的汤锅才扎开煤火，尔瑟就看见一男一女挽着胳膊朝东大寺门口走过来，定神一瞅，头戴礼拜帽的男人是西川，挽着他胳膊的女人是洪芳。尔瑟心想，这对狗男女恁早起来弄啥？做礼拜？

让尔瑟猜着了，西川和洪芳就是来做礼拜的。西川来做礼拜还有个说头，他是穆斯林。洪芳不是穆斯林，她来做哪门子礼拜啊？

前一天，西川在寺门跟儿人们一片骂声中把洪芳抱进屋里之后，就再也没有开门，他俩整整在床上盘腾了一天一夜，到第二天凌晨，两个筋疲力尽的身体才摆脱了纠缠。当赤身裸体的洪芳浑浑噩噩刚睡着，就被西川一把拽起身来。

洪芳睡眼惺忪地问："瞌睡，弄啥？"

赤身裸体的西川从床上下来，往身上穿着衣服。

洪芳："咋了？说话呀！"

西川命令道:"起床。"

洪芳:"深更半夜,起来弄啥?"

西川:"去寺里做礼拜。"

洪芳:"要去你去,俺又不是穆斯林。"

西川:"少废话,起床!"

洪芳跟在西川的身后从屋里出来,她瞥了一眼关押沙二哥和八姐的屋子,门外站了双岗,还架起了一挺歪把子轻机枪。

清平南北街上很静。洪芳跟着西川走出院门后,西川停住脚步,然后把胳膊弯起,伸给洪芳。

洪芳不解地问:"弄啥?"

西川示意了一下弯起的胳膊。

洪芳还是不解:"你要弄啥呀?"

西川:"从今以后,只要我们一同出这个门,你就得挽住我的胳膊。"

洪芳:"装洋蛋,俺中国不兴这个。"

西川:"你现在是日本人的妻子。"

洪芳:"不是。啥时候你把日本的老婆休掉,俺啥时候才当你的老婆。"

西川一笑:"你们中国有三房四妾之说,我这是入乡随俗。"

"好的你不学,坏的不教你就会。"洪芳说着把自己的胳膊伸进了西川的胳膊里。

西川边走边说:"和你在床上的感觉真好。"

洪芳犹豫着:"那、那……"

西川:"有话就说,别吞吞吐吐的。"

洪芳:"那、那俩人咋办?"

西川:"他们跟你有关系吗?"

洪芳:"看你说的,咋冇关系呀,俺要不用枕头把恁的兵捂死,俺咋能在寺门待下去啊?你冇瞅见寺门的人都用啥眼光瞅我,俺要不给他们露一手,他们还怀疑俺不是中国人呢。"

西川阴冷地哼了一声:"哼,我也得让寺门的人知道,你是日本人的老婆!"

洪芳:"是谁的女人又能咋着,嫁鸡随鸡嫁狗随狗,嫁给猴子满山走呗。"

两人挽着胳膊走到女学(女寺)门口,西川停住了脚步。

西川:"进去吧。"

洪芳疑虑重重地说:"俺不进,人家又不欢迎俺,进去也是自找没趣。"

西川:"你是我老婆,谁敢不欢迎? 进去!"

洪芳:"俺不进,俺就是想当个穆斯林,人家还不要俺呢。"

西川思考了一下,说道:"那好,你就在这儿等着。"

洪芳:"在这儿等啥呀?"

西川:"少废话,让你等着你就等着!"

西川继续朝前走去,当他走进东大寺大门的时候,尚社头迎上前来。

尚社头:"真早啊,西太君,来做礼拜?"

西川:"不欢迎吗?"

尚社头:"恁是穆斯林,做礼拜是应该的,戴着礼拜帽还像那么回事儿。"

西川:"不是像那么回事儿,就是那么回事儿。"

尚社头:"你认为是那么回事儿就是那么回事儿吧,不抬杠。"

西川:"什么叫抬杠?"

尚社头:"抬杠就是,就是……说了你也不懂。"

西川:"那我替你说,抬杠就是不服气,对吧?"

尚社头:"对不对都是你说了算,咱还是不抬杠。"

西川:"我也说一句你们祥符话吧——服不服? 不扶尿一裤!"他说罢直奔大净房而去。

尚社头跟在西川身后边走边问:"西太君,沙老二的事咋弄啊? 冇啥证据还是放人吧,姥姥不亲舅舅亲,都是穆斯林……"

西川停住脚转过身:"放人?"

尚社头:"对呀,捉贼捉赃,捉奸捉双,说沙老二杀了恁的人,恁恨不得扒下他一层皮,他也有承认啊,这说明这事跟他有关系。你想想,你真的要把沙老二给崩喽,那恁的日子也不好过喽。沙老二是啥样的人恁又不是不知,在寺门跟儿沙老二放个屁瓦上都往下落土,恁要是把他杀喽……"

西川停住脚:"你在威胁我?"

尚社头:"不不,我哪敢威胁你呀。我的意思是说,还是两好合一好,恁不是主张长治久安嘛,把寺门的人都得罪喽,恁就是治理一辈子也不会安生的。"

西川："你这还是威胁我。"

尚社头："我可是在实打实地劝恁，都是为恁好啊。"

西川："按你这么一说，大日本皇军还要感谢你了？"

尚社头："感谢就算了。我的意思是，得饶人处且饶人，不了了之拉球倒吧，我保证寺门以后再也不会出现这样的事儿了。"

西川："你能保证？"

尚社头："我脸朝西说话中不中？再出这样的事儿，你把我拉出西门，崩喽！"

西川冷冷一笑，说道："去，把海阿訇找来。"

海阿訇很快被尚社头带到了西川跟前。

海阿訇："找我有事儿？"

西川："我太太在女学门口等着做礼拜，你是东大寺的大阿訇，去跟女学的师娘打个招呼，我太太要大净，从今天开始和寺门的女教民一起礼拜。"

海阿訇："你太太？"

西川："是啊。怎么，你还不知道？"

尚社头在一旁拉了一下海阿訇的袖子："就是那个……"

海阿訇："哪个？"

尚社头："就、就是那个穿日本布衫的杞县娘儿们……"

海阿訇明白了，没有作声。

西川："怎么？不行？"

海阿訇摇头。

西川："我要是说行呢？"

海阿訇："肯定不行。"

西川："为什么？"

海阿訇："伊斯兰教义是非常严格的，汉人不是不可以入教，但是我做不了主。"

西川："看来，你海阿訇是成心和大日本皇军过不去啊。"

海阿訇沉默不语。

西川："那好吧，咱们做一个公平交易，你要是不想做，我也不反对。"

海阿訇："啥交易？"

西川："我现在把沙老二的性命交给你了。"

没等海阿訇反应过来，西川就转身走进了大净室，大净去了。

西川一走，尚社头就跟海阿訇吵起来了。

尚社头："这有啥，管他个丈人，先把沙老二救出来再说！"

海阿訇："教义是不能做交易的！"

尚社头："那不是交易，是沙老二的命！"

海阿訇："不一码事！"

尚社头："那个卖尻孙就是要弄成一码事！"

海阿訇："咱就不能让他弄成一码事！"

尚社头："你跟他个卖尻孙打别①，你能别②得过他？那不是找不得劲嘛！"

海阿訇："不得劲就不得劲！说啥也不中！只要我还是东大寺里的大阿訇，就不允许做出违反伊斯兰教义的事情！"

尚社头："那你说，沙老二咋办？让卖尻孙崩喽？"

海阿訇："咱可以跟他们论理嘛！"

尚社头："我的主哎，他要跟你论理，他就不会让那个婊子在女学门口等你！还发迷！这叫交易？这叫强买强卖！我不管了，反正沙老二的性命搁在你手里了！"

海阿訇急了眼，嘴结巴起来："你、你、你你……"

尚社头："你啥你？这可不是我说的，是那个卖尻孙说的！我不管了！也管不了！"

海阿訇涨红着脸瞅着尚社头离开后，在大净室门外站了好一会儿，仰望着尚未大亮的天空说道："我的真主，这可不是我造孽……"海阿訇无奈地摇着头，朝女学的方向走去。

大净室内。

西川按照圣行做着大净：漱口——呛鼻——洗周身。他非常认真，清洗全身是主命，若有一根毛发未洗到就大净不成，他一边洗嘴里一边喃喃自语："主啊，你使我成为忏悔之人，你使我成为纯洁之人吧……"

西川让洪芳入伊斯兰教与沙二哥做交换是司马昭之心——路人皆知，有人相信西川会罢手,在西川的心里,一个中国女人怎么也抵不过四条日本士兵的生命。西川下一步要做什么?谁也不知。

与沙二哥一起被交换的当然还有八妞。西川对八妞始终是一种半信半疑的态度,虽然在他的眼里,八妞是不受寺门人待见的,但也不排除八妞与寺门人联手作案的可能。

西川毕竟是西川,懂得进退之道,他不但冇枪毙八妞,反而摆出一副大度宽容的姿态,把盒子炮还给了八妞,并拍着他的肩膀说:"八妞君,大水冲到龙王庙,一家人不认一家人,不要介意。"

八妞官复原职了。

在八妞官复原职的第二天,他来找西川汇报管辖区治安工作的时候,西川带着宪兵去龙亭了。据说在龙亭大殿上发现了一门太平天国时期的大炮,炮口正对着午朝门东侧的二曾祠,而二曾祠里驻扎着日军一个枪械所。前一天晚上,祥符城北的居民都听见了龙亭大殿上的一声巨响,遗憾的是那种古老的火炮没有标尺,一炮打进了潘家湖里。

西川天冇亮就带着宪兵去龙亭了,临近晌午头还冇回来。

八妞敲了敲西川的房门,里面没有动静,轻轻一推,房门开了。

八妞把头伸了进去:"家里有人冇?"

冇人回应。

八妞抬高了一点声音:"家里有人冇?"

"谁呀?"洪芳的声音是从八妞身后传来的。

八妞一扭身:"嫂,吓我一跳,我还奇怪,门开着,人去哪儿了?"

洪芳边问边进屋:"有事儿?"

八妞跟进屋去,四处瞅了瞅,问道:"那个卖尻孙冇搁家?"

洪芳:"少卖尻孙卖尻孙的,那是俺男人。"

八妞:"啥鳖孙男人,就是个姘头嘛。"

洪芳:"有啥事儿,说!"

八妞嬉皮笑脸地:"冇事儿就不能来瞅瞅嫂你了?"

洪芳:"一个鼻子俩眼,有啥好瞅的。"

八妞:"都是一个鼻子俩眼,可嫂嫂你的一个鼻子俩眼和人家不一样。"

洪芳:"咋不一样?"

八妞:"好看呗。"

洪芳:"冇事你就赶紧走,也不瞅瞅这是啥地儿。"

八妞:"冇事儿。嫂,眼望儿日本人把你当媳妇,弟弟我也是给日本人当差,咱俩在别人眼里都不是好货,和尚不亲帽子亲,你说,咱俩不亲谁亲?"

洪芳:"俺看你的头是不疼了,下回再往树上撞就撞狠点。"

八妞色眯眯地凑到洪芳身旁,说道:"嫂,跟你说实话吧,我上面的头不疼了,可我下面的头疼了,你说,咋办?"

洪芳斜楞着眼瞅着八妞:"当心,上面的头没被一枪打烂,下面的头要被一枪打烂,咋办?"

八妞腻歪歪地捞住洪芳的手摸着说道:"打烂就打烂吧,嫂,你得给我治治头疼……"

注:

①打别:抬杠、跟对方观点不一致。

②别:别筋、犟劲。

假若真主意欲,他必使他们信奉同一的宗教,但他使他所意欲
者入于他的恩惠中;不义的人们,绝无保护者,也无援助者。
——引自《古兰经》

十八、"不认字你摸摸腰牌。"

洪芳瞅着八妞色眯眯的样子,说道:"好啊,嫂给你弄点日本的头疼粉,一吃就好!"说罢伸手一个黑虎掏裆搦住了八妞的下身。

"哎哟……"起初疼得想要大叫的八妞一只手捂住了嘴巴,另一只手捂住了自己的裤裆,他不敢叫出声,声音大了怕被人听见,疼得他骨堆①在地上:"嫂,下毒手啊你……"

洪芳:"你下面的头不是疼嘛,我给你治治头疼! 我看你还贱不贱了,再贱你看我敢不敢把你下面这个头给搦碎!"

八妞:"不贱了,不贱了……"

洪芳撒开了手:"赶紧滚蛋去!"

八妞:"老日能日,我咋不能日……"

洪芳照着八妞屁股上踢了一脚,骂道:"腌臜孙! 你真把俺当成婊子了? 早知你是个腌臜孙,俺就不该保你! 快滚!"

八妞强忍疼痛离开了西川的屋子。让他庆幸的是,当他扶着墙根刚走出

沙家院门,就瞅见西川率领一队日本兵迈着整齐的步伐朝他走过来。搞笑的是,随着日本兵翻毛皮鞋整齐划一进行的步伐中还晃动着一个斗鸡笼子,再一瞅,那个斗鸡笼子是在西川手里拎着的。

西川疑惑地停住了脚:"八妞君,你怎么了?"

八妞摆了摆手:"冇事,冇事,吃了点生冷,冒肚……"

西川:"你有事情找我吗?"

八妞:"冇啥大事,南羊市出现反日标语,明个再说吧……"

西川:"等等,我找你有事。"

八妞:"啥事儿?"

西川把手里的斗鸡笼子往地上一搁,说道:"看看,这鸡怎么样?"

八妞骨堆下身子瞅着笼子里的斗鸡,两眼发出了光:"好鸡,好鸡啊,从哪儿弄来的?"

西川:"花钱买的。"

八妞:"我知是花钱买的,你不花钱冇人给你。"

西川:"龙亭旁边有个鸡坑②,我去那儿转了转。"

八妞:"我知了,旗人在那里居住的多。里城大院有个鸡坑俺知,满族人是玩家,听说他们还跑到国外去买斗鸡。"

西川:"没错。这只鸡就不是中国的。"

八妞:"缅甸的吧?"

西川摇头。

八妞:"越南的?"

西川:"越南有这么好的鸡吗? 再看看。"

八妞仔细瞅了半天,连连点头:"不孬,不孬,这鸡长得不孬,个子大,挺拔,瞅瞅这羽毛,紧贴在身上,尾巴上的羽毛还短,好鸡,地道。"

西川笑了:"那是当然,这是我们日本著名的大军鸡。"

八妞:"啥鸡?"

西川:"我们日本的大军鸡啊。"

八妞:"恁日本还产斗鸡? 冇听说过。"

西川:"孤陋寡闻。日本的大军鸡名扬四海,身材高大,善于打斗,而且打法流畅,速战速决,一般的鸡根本不是对手。"

八妞:"你就吹吧。"

西川:"这可不是吹,知道大军鸡为什么厉害吗?"

八妞:"恁日本的人好斗,鸡也好斗呗。"

西川自豪地说:"我们日本大军鸡厉害的原因,就是它有马来血统。"

八妞连连点头:"噢,怪不得,原来是杂种。一般来说,杂种是要比纯种个子大,但掐起架来未必就沾光啊。"

西川:"你以为我把它买回来是吃肉的?"

八妞:"咋,你还准备把它撒到鸡坑里去?"

西川:"你们祥符的斗鸡遐迩闻名,我想用我们这只日本的大军鸡来挣点银子,你看能挣着吗?"

八妞:"你意思要去鸡坑,下赌注?"

西川:"不可以吗?"

八妞撇着嘴:"难心③。我说了你也别不高兴,俺祥符的斗鸡,不出三个回合,就能要它的小命。"

西川哈哈地笑出了声。

八妞不解地说:"笑啥,这是实话。"

西川笑罢说道:"这样吧,待我亲自训练它一段时间,然后我去你们的鸡坑赌一把,怎么样?"

八妞:"别跟我赌,我又不喂鸡。"

西川:"当然不是跟你赌,要赌就找你们寺门的高手。"

八妞:"寺门的高手就是祥符的高手,不认字你摸摸腰牌,大日本皇军可不敢把脸丢在俺祥符啊。"

西川:"腰牌在谁腰里拴着呢? 让我去摸摸。"

八妞:"真想摸?"

西川:"真想摸。"

八妞:"那个人远在天边近在眼前,就是恁的房东,沙老二。"

西川笑道:"我当然知道。不过,沙老二身上的功夫我见过,他喂的鸡没见过,不会是徒有虚名吧?"

八妞瞅着西川拎着鸡笼走后,就拐出了胡同,当他从尔瑟的汤锅前经过的时候,被一只粗壮的手一把拽进了尔瑟家的门面房。八妞一瞅是沙二哥。

八妞龇牙咧嘴地说："弄啥，手就不能轻点！说，啥事？"

沙二哥朝门外瞅了瞅，低声说道："三哥进城了。"

八妞心不在焉地说："哪个三哥？"

沙二哥在八妞头上扇了一巴掌："你说哪个三哥！"

八妞一个激灵："艾三？"

沙二哥点头："他想见你。"

八妞眼瞪得溜圆："我不想见他！"

沙二哥："小点声！你抽空去一趟第四巷的春红书寓，找一个叫大咪咪的娘儿们。"

八妞："别别别，啥大咪咪小咪咪，我好不容易捡条命，不想再掺搅恁的事儿。恁想弄啥弄啥，裂我远点。"

沙二哥："冇蛋子的货，瞅瞅你个熊样。你去不去？"

八妞："你有蛋子，你不熊样，你咋不去啊？你去呗。"

沙二哥："三哥要找的是你，又不是我！"

八妞："我不欠恁的了，别再缠我的事儿中不中？"

沙二哥："话我可给你捎到了，艾三是国军，是政府的人，事不大你看着办吧。"

八妞被沙二哥一把推出了尔瑟家的门面房，他气鼓鼓地冲着沙二哥大声说道："沙老二，我不好受你也别想好受，等着吧，卖尻孙们要和你玩斗鸡呢！"

沙二哥的声音追出了门面房："你说啥？"

"蚂蚱！"八妞说完后气哼哼地朝南口走去。

沙二哥回到院子里，看见西川正领着日本兵在做日本的广播体操，亲自喊着口令，穿黄裤子白布衫的老日煞有介事的样子让沙二哥想笑。

西川见沙二哥回来，停下嘴里的口令朝沙二哥走过来："请留步，沙先生。"

沙二哥停住了脚。

西川："我刚买回来一只鸡，八妞君说你是行家。给看看。"

沙二哥顺着西川手指的方向，瞅见了劈柴堆旁的鸡笼，便朝鸡笼走了过去。

西川："怎么样？"

寺门

沙二哥:"日本鸡。"

西川:"行家就是行家。不错,日本的大军鸡。"

沙二哥:"还别说,恁国家人个头不高,鸡的个头还不低。"

西川:"沙先生拐弯抹角骂人非君子所为啊。中国有句老话叫'是骡子是马拉出来遛遛'。怎么样,和你们祥符鸡打一场?"

沙二哥:"恁冇来之前,祥符城里到处是喂斗鸡的,恁一来,吃饭都难,谁还有那份闲心。"

西川:"怕是你们寺门的人和祥符的鸡不敢应战吧。"

沙二哥:"笑话。"

西川:"你要是没钱买鸡,我出钱,怎么样?"

沙二哥:"瞅你这个劲头,是非想和俺斗一场?"

西川:"你们不是说,占领你们祥符是因为我们日本的枪炮好嘛,那好,咱们就不用枪炮,用鸡,看看谁的鸡好,不然的话,你们不会口服心服的。"

沙二哥爽快地:"那中,你这张战表我接了,等我弄只俺的祥符鸡来,跟你分出个公母!"

西川:"我等的就是你这句话。"

正像沙二哥说的,老日占领祥符以后他就不再喂鸡了,牛肉生意惨淡经营、朝不保夕,他哪还有心思去喂鸡。不过,要说沙二哥喂鸡,还真像八姐说的那样,不光是寺门,整个祥符城里的鸡坑,只要提起沙二哥的名字,冇人不服气。民国二十一年,有一个号称"越南鸡王"的酒糟鼻子,抱着一只越南鸡来到了祥符城,叫嚣要打遍祥符无敌手。他带来的那只鸡至今给祥符城里玩斗鸡的人还留有深刻印象——躯体昂直,肌肉发达,骨质坚硬,羽毛稀薄,皮红而坚厚,头小颈粗,眼小而有神,嘴壳为黄面色,黑趾棱角突出,而且耐力极强。打斗起来斗技灵活,打法多样,是一只难得的好鸡。酒糟鼻子在祥符城里的鸡坑连战连捷,就连里城大院那只被誉为"八王爷"的祥符鸡也败在了这只越南鸡脚下。正当酒糟鼻子真的认为要打遍祥符无敌手的时候,接到了寺门沙二哥下的战表。那可真的是一场惨烈的打斗啊,沙二哥喂的那只"杨七郎"是在最后一刻反败为胜的。在城墙根鸡坑观战的人都哭了,因为"杨七郎"用最后一腿蹬死那只越南鸡之后,在越南鸡的尸体旁屹立了半分钟之后才壮烈倒下,它是带着祥符鸡的荣誉闭上眼睛的。人们都知道,从那以后沙二哥再也没喂养过比"杨七郎"更出色的斗鸡了,至今沙二哥还把"杨七郎"的头和爪子挂在自家的屋檐下面。

沙二哥要用祥符鸡与西川的大军鸡决一雌雄的消息不到一个时辰就像风一样刮遍了寺门,并且越传越邪乎,说两人赌的不是钱,是命。人们的心一下子揪了起来:沙二哥从哪儿去找一只能万无一失的祥符鸡呢?

就在沙二哥接了西川战表的同时,八妞去了第四巷……

注:

①骨堆:蹲。

②鸡坑:指斗鸡场地。

③难心:不成。

在它之前,有穆萨的经典,做世人的准绳和恩惠。这是一本阿拉伯文的经典,能证实以前的天经,以便它警告不义的人们,并做行善者的佳音。

——引自《古兰经》

十九、"不中去球。"

八妞临近晌午时分来到第四巷的春红书寓门前。这是一座在祥符城里随处可见的三进院落,黑色院门外的拴马石上坐着一个在做针线活的老太婆,浑身干瘪瘪的。白天的第四巷很安静,街上走动的人很少,大多书寓的姑娘儿们经过一夜的接客还在熟睡。

八妞正要去推院门,坐在拴马石上干瘪瘪的老太太问道:"你找谁呀?"

八妞:"找大咪咪。"

干瘪瘪的老太婆打量着八妞:"你是她啥人啊?"

八妞:"客人。"

老太婆:"客人?"

八妞:"打听恁多弄个啥,大咪咪在不在吧?"

老太婆:"俺就是大咪咪。"

八妞的眼瞪得牛蛋一样大:"啥? 你、你就是大咪咪?"

老太婆:"咋,不像?"

八妞难以置信地把眼光落在了老太婆干瘪瘪的胸上。

老太婆："别瞅了,再瞅也是这,好汉不提当年勇了,吃得起宴席打得起柴,早个三十多年,你打听打听,喜欢来这条街上玩的男人冇人不知我大咪咪的。"

八妞自嘲道："眼望儿就我自已知了。"

老太婆："你是八妞吧?"

八妞不耐烦地说："艾三叫我来的,快说,他在哪儿?"

老太婆朝街两旁瞅了瞅,压低声音说："跟我来吧。"

八妞跟着干瘪老太婆走进春红书寓,绕过影壁墙走到后院一间不起眼的屋门前轻轻拍了拍门。

"谁呀?"屋里传出一个女人的声音。

"人来了。"干瘪老太婆转身对八妞小声说道,"三十年前,这院里我是头牌,眼望儿啥都不说了,谁的咪咪都比我的大。"

干瘪老太婆走了好大一会儿,一个白胖娘儿们才嘴里打着哈欠把屋门打开,从八妞眼前扭着腰出了门,瞅都冇瞅八妞一眼。

八妞进到屋里,见艾三半躺在床上抽大烟。

艾三："我还以为你不会来了。"

八妞："胆儿怪肥啊,三哥,就不怕我拿你去换钱?"

艾三："要换钱早就换了,别瞅你还穿着一身狗皮,西川不是傻孙,八成也知你是身在曹营心在汉。"

八妞："管他个丈人,该死屌朝上。咋着,三哥,找我啥事儿?"

艾三把烟枪伸了过去："给,老弟,先吸一袋。"

八妞把烟枪拨到一边,往床边一坐,说道："怪会找地儿啊,有吃,有吸,还有日。"

艾三："兄弟,哥哥可不是为逛窑子才进城来的,哥哥我是肩负着党国使命来找你的。"

八妞："肩负党国使命? 找我?"

艾三："对呀,不是为了找你我能冒恁大的风险来这儿吗?"

八妞："你肩负党国使命,我又不跟恁是一党,不过有一点可以肯定,你是给我送银子来了,滴水之恩当涌泉相报,是吧。"

艾三："别光掉进钱眼里,是这样,老弟你听我给你批讲①。目前事态是这样的,卖屄孙们快顶不住了,前不久国军发动了冬季作战攻势,卖屄孙们已经明白,依靠武力拿下咱中国是冇门的事了。你猜咋着?"

八妞斜楞个眼："咋着?"

艾三："卖屄孙们想求和。"

八妞："求和? 真的?"

艾三："榷你我是孬孙。眼望儿卖屄孙们的政府正在和咱国民政府进行谈判,他们不想再跟咱打了。"

八妞："不打不打呗,好事啊。"

艾三："冇那么简单,上层的事儿复杂着呢。"

八妞："你也别说那么复杂,我也不想知上层的事儿,你就说说来找我弄啥吧。"

艾三："老弟是爽快人,咱就长话短说。哥哥这次冒死进城,还是为了封家那些冇来及带走的玩意儿。封先生眼望儿去到重庆了,也不知跟重庆方面说了点啥,重庆方面又一个电报打过来,说啥也得想法儿把卖屄孙们从封家抄走的物件想法儿再弄回来,听说是蒋委员长发的话,特别是那些报纸。妥,这苦差事又落到哥哥我头上了。"

八妞："听你这个话音儿,是想让我伸这个头?"

艾三："老弟,你知不知,眼望儿你的名字连蒋委员长都知道。"

八妞："别,别戳死猫上树,蒋委员长发话让蒋委员长来弄。我冇这个能耐。"

艾三："老弟,你别不识抬举啊。"

八妞："识这个抬举又能咋着? 我冇那个本事,识抬举也冇用,让蒋委员长另请高明吧!"

艾三："老弟,我跟你明说了吧,这事你干也得干,不干也得干,哥哥我是奉命行事。卖屄孙们一旦卷铺盖滚蛋,国军一回祥符城,你就是功臣,享不完的荣华富贵。你要是不干,也不想想,蒋委员长能跟你拉倒?"

八妞不吭气了,沉默了好长时间之后,一把压艾三手里夺过烟枪,狠狠地说道："给我找一个娘儿们!"

艾三："找俩!"

八妞在春红书寓又吸，又喝，又日，一气儿玩到掌灯时分才离开了第四巷。他一边往回走一边想咋样才能把封家那些被查抄的物件给弄出来。那些物件就在沙家院子里搁着，日本人像狗看骨头一样看守着，想下手真的是比登天还难。

八妞刚走进寺门南口，一只手就在他的肩头重重地拍了一下，扭头一看是西川。

西川："八妞君，我一下午都在找你。"

八妞："我、我去泡澡了。"

西川用鼻子在八妞身上闻了闻："胭脂的味道。"

八妞嬉皮笑脸："顺便找了个娘儿们。"

西川："找女人我不反对，可不能耽误大日本皇军的公务。"

八妞："啥公务，说呗。"

西川："大日本皇军要在祥符城里举办一场斗鸡比赛。"

八妞："我知，你要跟沙老二分公母。"

西川："知道为什么要举办这场斗鸡比赛吗？"

八妞："你不是说缺银子嘛，想赌一把。"

西川微微一笑："大日本皇军能占领中国大片土地靠的是什么？靠的就是银子，皇军缺银子吗？"

八妞："那因为啥？"

西川："实话告诉你，皇军不想打仗了，但是，皇军占领你们的城市又不能让你们的民众信服。那好，皇军就按你们的玩法来和你们玩，首先要玩的就是斗鸡，然后再玩你们引以为骄傲的一切玩意儿。无论在战场上还是玩场上，大日本皇军都会让你们和你们这座城市口服心服、俯首称臣！"

八妞："我知你啥意思。说吧，给我派啥活儿？"

西川："盯住沙老二和他的那只鸡。"

八妞："沙老二冇鸡，盯啥？"

西川："他正在找鸡。"

沙二哥开始找鸡了。尔瑟、乌德、盘善、马老六、白凤山……寺门这帮弟儿们全部加入了找鸡的行列，就连尚社头也出动了。从南关到北关，从宋门到西门，他们恨不得把祥符城翻个底朝天，也没有找到一只让沙二哥满意的鸡。

尔瑟:"拉倒吧,找不着好鸡就别跟日本人斗,省得毁了一世英名。"

盘善:"就是,兵荒马乱的,喂鸡的人越来越少,弄个不中的鸡去斗,多丢份儿啊。"

白凤山:"西川是有备而来,他的目的不是斗鸡,是斗人,别上这个当。再说,祥符眼望儿闹鸡荒,根本就找不着好鸡。"

马老六:"这明摆着是西川个卖尻孙给咱下的套,凤山说得对,别上这个当。"

乌德:"不是咱怕,确实找不着好鸡,别斗了,二哥,你说。"

沙二哥:"既然接了这张战表,就一定要斗!"

寺门跟儿几个弟儿们都知沙二哥这个劲,他就像个斗鸡。冇法儿,大家接着找鸡。

这天早上,众人正聚集在尔瑟的汤锅前喝汤的时候,白凤山手里晃着鸟笼子走了过来。

白凤山:"老二,夜隔我去了一趟三教堂,一个叫孬蛋的货有只两岁左右大的鸡,我看中了,就不知上不上你的眼。"

沙二哥:"啥鸡?"

白凤山:"祥符鸡。"

沙二哥:"啥价?"

白凤山:"不便宜。你还是去瞅瞅再说。"

沙二哥转向乌德:"你先去瞅瞅,中,你就和他谈价钱,不中去球。"

乌德喝罢汤就和白凤山奔三教堂去了,进了孬蛋家的院子一瞅,乌德的眼睛就有点发直。

乌德:"能让我抱抱吗?"

鸡主孬蛋:"搭眼一瞅就知是不是好鸡,抱啥抱。"

白凤山:"又不是个娘儿们,抱抱有啥,还能抱窜喽。"

孬蛋:"抱吧抱吧,不是你凤山老哥哥来,玉皇大帝他也不能抱!"

乌德下手将那只鸡抱了起来,用手一摸,心中暗喜。这只祥符鸡体型魁梧,健壮结实,匀称紧凑,筋肉和健肌肉强壮发达,尤其是它的骨骼,骨质致密粗硬,一摸就知道是一个强悍善斗的家伙。乌德又伸手摸了摸鸡头,一摸更是暗赞不已,颈高高昂起,颈、胸、胫几乎成一条直线。冠为红色,冠、髯、耳垂不发达。再瞅其他部位更是喜欢人,眼大锐气,喙粗短、坚硬呈楔形,尖端微弯而锐利,颈粗长灵活,腿强劲有力,爪粗大、坚硬锋利。全身羽毛稀薄,短而紧贴体表,并富光泽,羽色多样,以黑色羽居多,翼羽拍打十分有力……

乌德:"啥价?"

孬蛋比出五个指头。

乌德:"五块大洋?"

孬蛋:"五块大洋你连个爪子都买不去。"

乌德:"啥、啥意思? 五十块大洋?"

孬蛋:"一分价钱一分货,想买就别缠嘴,我从不还价。"

白凤山:"你也太狠了点吧。大差不差,给你十块大洋!"

孬蛋从乌德手中接过那只鸡,然后走过去把院门打开:"请吧,二位,找十块大洋的鸡去!"

白凤山:"急啥,再商量商量嘛。"

孬蛋:"想跟谁商量去跟谁商量,我这儿冇商量!"

乌德和白凤山被孬蛋撵出了院门。他俩回到寺门跟众人一说,把大家给气得不行。

盘善:"给脸不要脸的货! 去抢他个赖孙!"

马老六:"敲明亮响,硬吃他!"

尔瑟:"对! 亮字亮面! 就十块大洋!"

乌德:"那货,茅厕坑里的石头,也只有这个法儿了。"

沙二哥一直冇吭气,思索着。众人知,沙二哥还冇拿定主意。

白凤山:"要不,我还有个法儿。"

众人齐声问:"啥法儿?"

白凤山:"偷他个丈人!"

注:

①批讲:指点、说明。

难道他们每个人都希望入恩泽的乐园吗？绝不然！我确已用他们所知道的物质创造了他们。

——引自《古兰经》

二十、"丈人他儿！都给我住手！"

"对！偷他个丈人！"沙二哥心一横，决定去偷鸡。

第二天，沙二哥和乌德、盘善等人做了一番周密部署，决定吃罢晚饭以后开始偷鸡行动。

天擦黑，刚吃罢了晚饭的沙二哥晃着膀子往院子外头走，正与西川走了个照头。

西川："沙先生这是往哪儿去啊？"

沙二哥："今个没有戒严令吧？"

西川："没有。"

沙二哥："我当又下戒严令不能出门哩。"

西川："鸡找得怎么样了？"

沙二哥："保密。"

西川笑了："有什么可保密的，无非就是你们的'祥符红'嘛。"

沙二哥："'祥符红'咋了？不中？"

西川:"我是担心它给你们祥符丢人啊。"

沙二哥:"我要使一只缅甸鸡或越南鸡来打,那才丢不起这个人。"

西川跷起大拇指:"好,有志气。只要你能找到一只好的'祥符红',大日本皇军任何戒严令对你都无效。怎么样,够意思吧。"

沙二哥:"有你这句话就中!"说完就往院门外走。

西川:"等等。"

沙二哥:"还有事冇?"

西川:"有一个秘密我要告诉你。"

沙二哥冷眼瞅着西川。

西川:"我的祖父曾经是喂养斗鸡的高手。"

沙二哥:"你的意思是要告诉我,你是门里出身?"

西川:"门里出身,自会三分。我要告诉你,我可不是会三分。在士官学校读书的时候,我就曾写过一篇文章来论人的斗志与民族的精神,文章里所举的例子就是公元前770年,你们中国春秋时期的鲁季平子与邻昭伯因斗鸡而得罪鲁昭公,竟互相打起架来。我觉得,两国之间的战争就像两个人打架或两只鸡打架一样,你不觉得吗?"

沙二哥:"俺冇你这个学问,你也不用跟俺转词。鸡坑里见!"

西川盯着甩着膀子走出院门的沙二哥,脸上挂着一丝冷笑。

沙二哥和乌德、盘善等人在三教堂外围一直转到二半夜才对孬蛋家的斗鸡下手。乌德是偷鸡摸狗的行家,他翻过墙头,推开饲养斗鸡的屋门时,心里还奇怪,孬蛋这货真粗心大意,睡觉也不把屋门锁好。可当乌德掀开鸡笼一瞅,哎,那只"祥符红"咋不见了?乌德用刀子把孬蛋家里所有的门闩全部拨开,甚至都站在了孬蛋的床前,也没见着那只"祥符红"。乌德急得真想一把拽起鼾声如雷的孬蛋,问他把那只"祥符红"藏到哪里去了。

找不着那只"祥符红",乌德只好压院子里翻了出来,把情况向守候在墙外的沙二哥等人一说,沙二哥拧起了眉头:"他闻住味儿了?"

乌德:"不像。别的鸡都在,唯独那只'祥符红'不见了。"

白凤山:"你是不是没找仔细啊?"

乌德:"就那么大个院,就那么几间屋,我就差没把他老婆的被窝给掀开了。"

沙二哥:"先撤吧,今个晚上不说事了,明个晚上咱再来一回,如果还是这样,这活儿咱就别做了,这小子已经有了防备。"

沙二哥等人撤回了寺门。当夜无话,可就在第二天早上,尔瑟的汤锅前刚坐上人,就见孬蛋领着十几个人拥进了南口。

孬蛋手里提着根棍子,边走边大声吆喝着:"都说恁寺门的人光棍! 人物! 我看恁光棍得不排场①! 不人物! 买不起恁就偷啊! 腌臜孙们啊! 偷恁也不看看家! 不打听打听! 偷到爷爷我头上来了! 太岁头上动土! 今个恁要不把鸡还给我! 看我咋毁了恁寺门!"

起先,乌德等人还不完全清楚孬蛋是骂谁的,但听着听着就觉得不对劲了,咋,鸡被人偷了怀疑是寺门人干的? 冤枉,俺是去偷了可冇偷着啊,这个屎盆说啥也不能扣在寺门人的头上。

白凤山先压尔瑟的汤锅前站起了身:"你老弟不是骂空吧?"

孬蛋:"老白,寺门的人是你领去的,时隔仅一天,俺的鸡就被偷了,你给我解释解释!"

白凤山:"你的意思是俺偷的?"

孬蛋:"恁心里清亮!"

白凤山:"孬蛋老弟,我劝你还是赶紧走,这儿是寺门,别弄不得劲。"

孬蛋:"寺门咋了? 寺门也得论理,不论理照打不误!"

白凤山笑道:"嗬,禀性怪壮,我还就不信,恁比那帮拿枪的卖尻孙们还厉害……"

不等白凤山话音落地,孬蛋抬手一拳头搋在白凤山的脸上,白凤山"哎哟"一声捂住眼睛骨堆在了地上。

霎时间,孬蛋领来的一伙人在寺门跟儿大打出手,盘善的羊蹄盆被踢翻了,乌德的羊头肉也撒了一地,花生仁、西瓜子、双麻火烧、酸辣泡菜、花生糕满地都是。寺门跟儿的人们在毫无防备之下被打蒙了,而西川手下的日本兵们却抄着膀子在一旁观战,一个个脸上还挂着幸灾乐祸的笑意。

盘善气喘喘地跑进沙家院子去搬救兵:"二哥,不好了,三教堂的人打上门来了!"

正在撂石锁的沙二哥问道:"为啥?"

盘善:"他们说是咱偷了他们的鸡!"

沙二哥："还偷了他们的鸭咧,走!"

当沙二哥跟着盘善一路小跑来到寺门前的时候,只见那些被打急了眼的寺门跟儿的人手里操着各种"兵器"开始了反击。桌椅板凳、喝汤的海碗、扎煤火的通条、铁锨扁担、砖头瓦块在空中挥舞飞扬,那场面十分壮观。沙二哥本想冲上去就开打,可当他一眼看见那帮幸灾乐祸的日本兵时,他改变了主意。

沙二哥大吼一声:"丈人他儿! 都给我住手!"

可是那些打急眼的人冇一个听他的。

沙二哥一步蹿到孬蛋跟前,拨开孬蛋手里的棍子,伸手一把勒住了孬蛋的脖子,又大声冲众人吼道:"都不想活了是不是! 谁再打我就拧下这货的脑袋!"

孬蛋被勒得已经透不出气了,涨红着脸连连向他带来的人摆手。

一瞅这情景,两边的人都停下手来瞅着沙二哥。

沙二哥撒开了孬蛋,大声说道:"想打架是吧,中啊,换个地儿,别在这儿打,找个利亮地儿,一替一刀捅,一替一棍夯,谁要孬谁就是卖尻孙日本人做出来的!"

孬蛋:"俺不想打架! 恁偷了俺的鸡!"

沙二哥:"不错,俺是想偷恁的鸡,可是俺下手晚了,根本冇偷着!"

孬蛋:"谁信恁的鬼话!"

"不相信是不是?"沙二哥顺手从地上捡起一块摔碎的碗碴子,撸起袖口在自己的小胳膊上狠狠拉了一道,顿时鲜血直涌,然后把碗碴子递向孬蛋:"给,你非要认准是俺偷的,你也在胳膊上拉一道!"

孬蛋一犹豫,随当接过碗碴子也在自己的小胳膊上拉了一道。

沙二哥一把从孬蛋的手里夺过碗碴子又在自己的小胳膊上拉了一道,再次把碗碴子递给孬蛋:"给! 接着来!"

孬蛋再次犹豫了一下,不得不接过碗碴子又在小胳膊上来了一道。沙二哥再次把碗碴子从孬蛋手里夺过去,在自己的小胳膊上拉了第三道,把碗碴子又伸给孬蛋,说道:"有种咱俩今天就来个千刀万剐,直到你相信鸡不是俺偷的为止!"

孬蛋瞅着血淋淋的碗碴子和两只血淋淋的胳膊,不敢再去接沙二哥手里的碗碴子了。

沙二哥:"接着！往下走！在我和日本人决出公母之前,咱俩先分出个雌雄！"

孬蛋孬劲了,高低不再去接沙二哥手里的碗碴子。

沙二哥:"咋,大男人家想骨堆着尿？"

孬蛋憋气不吭。

沙二哥:"放排场不排场非得混到丢人上！我今天得让恁瞅瞅,啥是东大寺门跟儿的人！"说罢将那块血淋淋的碗碴子一把塞进嘴里,喀嚓喀嚓地用牙嚼着。

孬蛋和所有在场的人眼睛都直了,那帮日本兵脸上的幸灾乐祸也消失了,众人听着沙二哥嘴里喀嚓喀嚓作响的声音如同在看一个怪物。

沙二哥将那块碗碴子在嘴里嚼碎之后一口吐了出来,还没等他开口说话,孬蛋一帮子人撒腿就跑,随即一片谩骂声追了上去。

"有蛋子别跑啊！"

"以后别喂鸡了！喂了俺还得去偷！"

"装孬孙！恁不是孬吗？看谁能孬过谁！"

"再不窜,非拆坏恁这帮丈人他儿不中！"

…………

架打赢了,可是寺门跟儿的人们却高兴不起来,因为那只朝思暮想的"祥符红"没有了。沙二哥和一帮弟兄也越发感到蹊跷,孬蛋那只鸡被谁偷走了呢？没有了孬蛋的"祥符红"咋样才能斗败西川的大军鸡呢？大家的心里一片黯淡。

尚社头一边用大竹扫帚清扫着"战场"一边说道:"不中再找。"

乌德:"说得轻巧,上哪儿找？又不是冇找过,恨不得挖地三尺。"

尚社头:"那就向卖尻孙们递降表,认输。"

白凤山挤着乌青的眼睛:"咱寺门要是出汉奸,第一个就是你老尚！"

尚社头一下子急了,把手里的扫帚往地上一摔:"我看你才是汉奸！出这么个馊主意,偷鸡不成蚀把米,瞅瞅,一条街冇一家囫囵地儿,亲者痛仇者快,你才是汉奸！"

白凤山忽地从凳子上站起身:"你个卖尻的,你骂谁是汉奸？"

尚社头毫不示弱:"就是你! 你就是汉奸!"

白凤山:"我打你个卖尻孙的!"

尚社头:"瞅瞅你个熊样,你还打我,你看我能不能把你那只眼也给搋青!"

说着俩人就要往一处凑。

众人纷纷上前阻拦。

尔瑟:"中了,别窝里斗了,要是不窝里斗,也不会打个稀查查②!"

马老六:"还是得赶紧想法儿找鸡,恁俩要是能打出鸡来,恁俩赌③打了!"

尚社头从地上拾起扫帚,嘴里边嘟囔着愤愤地离开:"我就知掏力不落好,我这个社头连个龟孙都不如……"

沙二哥始终沉默不语,他在想,从哪儿再去找一只鸡去?

注:

①排场:漂亮、气派。

②稀查查:一塌糊涂、狼藉、一团糟。

③赌:同"倾",只管、随便的意思。

你的主这样拣选你,他教你圆梦,他要完成对你和对叶尔孤白
的后裔的恩典,犹如他以前曾完成对你的祖先易卜拉欣和易司哈格
的恩典一样,你的主确是全知的,确是至睿的。

——引自《古兰经》

二十一、"别缠我的事儿啊,跟我有关系!"

沙二哥带着满心的郁闷刚走进院子,满面笑容的西川便迎面朝他走了过来。

西川:"沙先生的牙口不错啊,你的鸡要是有这张嘴巴,我们的大军鸡可就惨了。"

沙二哥:"会的,我一定能找到比我牙口还好的鸡,到时候惨的不光是你的鸡,还有你。"

西川哈哈地笑了起来,说道:"你们祥符有句话叫'好胳膊好腿不如张好嘴',遗憾的是,没有鸡,你说得再好也没用。"

沙二哥:"你看不了我的笑话,把你的鸡训练好,咱鸡坑里见!"

西川:"别硬撑了,你的时间不多了。还是我来帮你找一个解决问题的办法吧。"

沙二哥诧异道:"你帮我?"

西川:"怎么,不相信?"

沙二哥:"咋帮我？帮我找鸡？"

西川:"你跟我来。"

沙二哥不知西川要搞什么名堂,于是就跟着西川走到有士兵把守的北屋门口,沙二哥知道这间屋子里放着从封家查抄来的东西。西川让士兵打开房门的锁,沙二哥跟了进去。

这间屋子是里外两间,里间放着从封家查抄来的东西,外间堆放着一些杂物和两个鸡笼。当沙二哥走进这间屋子时,一眼就看见了孬蛋的那只"祥符红"。

西川:"沙先生,你看这只鸡怎么样？"

沙二哥两眼瞬间放出光芒,失口赞道:"好鸡！"

西川:"这就是你想要的那只'祥符红',三教堂的。"

沙二哥大惑不解地瞅着西川。

西川:"想知道它是怎么到我这儿来的吗？"

沙二哥:"是你偷的？"

西川:"不是我偷的,是我让八妞君帮我偷的。"

沙二哥:"为啥？"

西川:"为了让这次比赛公平与公正,为了让所有的祥符人知道,我们大日本皇军是用实力夺取胜利的,不管在战场还是在鸡坑,大日本皇军敢于接受来自四面八方的挑战！"

沙二哥掀开鸡笼,将那只"祥符红"抱在了怀里,爱不释手地抚摸着,心里还在暗自赞叹这真是一只难得的好鸡。

西川:"从现在开始,这只鸡归你了,认真备战吧,我们鸡坑里见。"

沙二哥恋恋不舍地将鸡放回了鸡笼里,说道:"很佩服你还有一颗公正的心。这确实是一个好鸡,可是我不能要。"

西川:"你怕买不起？不要误会,大日本皇军从来不会卖偷来的东西,抱走吧,不收钱。"

沙二哥:"不是钱不钱的问题。"

西川:"那是什么问题？你是不是担心三教堂的人拿着棍棒卷土重来？"

沙二哥鼻子里轻轻一哼:"别说三教堂的人,八教堂的人我也不会担心。"

西川:"那是为什么？"

沙二哥："俺祥符有句话，'铁塔再高也高不过塔尖的茅草'，我就是那塔尖的茅草。明白了吧？"

西川："不明白。"

沙二哥："这么跟你说吧，如果这只'祥符红'是我偷来的，我心安理得，是你偷来的再转手给我，那性质就变了，我堂堂一个祥符人还得承恁日本人的情。打赢了，是恁日本人的功劳；打输了，还是恁日本人的功劳，粉都抹在恁的脸上了。想得真美啊，恁这种做法叫啥知道吗？"

西川："你说。"

沙二哥："恁这叫，小鸡儿站在门槛上——两边叨食儿。"

西川冷冷一笑："这么说，你不准备要这只鸡？"

沙二哥："你要真送给我，我立马把它还给三教堂的孬蛋。"

西川："真的不要？"

沙二哥："西川，你也太小看俺寺门人了。"

西川扭脸冲门外站岗的日本兵命令道："去，把这只鸡拿到伙房宰了吃肉！"

西川真的把孬蛋那只"祥符红"宰杀掉了，还让八妞给沙二哥端去了一碗鸡肉。

八妞把那碗鸡肉往沙二哥的桌子上一蹾，指着沙二哥的鼻子埋怨道："你这货，早知是这样，我才不去三教堂偷这只鸡！"

沙二哥看着桌上的那碗鸡肉，心里难过得半晌说不出话来。

八妞一屁股坐了下来，伸手从碗里捏起一块鸡肉填进嘴里，一边津津有味地嚼一边说："你呀你呀，你差一点坏了我的大事儿。"

沙二哥："啥大事儿？"

八妞压低声音说道："是我告诉西川三教堂有这么一只鸡的。"

沙二哥："除了你有别人！成事不足败事有余！"

八妞："你小点声中不中。"

沙二哥："磕一个头放仨屁，行善没有作恶多！这只鸡要是让我偷来，也不至于被杀了吃肉！"

八妞："别说有用的了，我都盯它好多天了，偷也轮不上你。"

沙二哥："那也不能告诉西川啊！"

八妞:"我得告诉他,而且一定得告诉他。"

沙二哥:"为啥?"

八妞走到窗户跟儿往外瞅了瞅,回到沙二哥身边,从兜里掏出一把钥匙伸到沙二哥眼前,小声说道:"瞅瞅,这是啥?"

沙二哥:"啥? 钥匙啊。"

八妞:"知这是哪儿的钥匙吗?"

沙二哥:"别在我跟儿装神弄鬼的,想说就说,不想说去球。"

八妞:"我问你,那只'祥符红'偷来以后在哪屋搁着?"

沙二哥:"北屋啊。"

八妞:"这就是北屋的钥匙。我就知那个卖尻孙要把鸡放在北屋。"

沙二哥:"放在北屋咋了?"

八妞:"你就是个猪脑。北屋里还有啥?"

沙二哥顿时明白了:"咋,你还准备去北屋下手?"

八妞:"艾三把我叫到第四巷就是为了这个。"

沙二哥:"你咋就知那个卖尻孙会把鸡放在北屋?"

八妞笑着说:"这院子是怹家的,所有屋都住着老日,你说,鸡不放在北屋放在哪儿? 卖尻孙的那只大军鸡不是也在北屋搁着的嘛。"

沙二哥:"北屋门口有卖尻孙们站岗,你就是有钥匙又能咋着?"

八妞:"鸡偷回来搁到北屋以后,卖尻孙把北屋的钥匙给我,让我先照护两天,我就偷偷配了一把,我已经和艾三约定好了,今个晚上下手,里应外合,顺便把卖尻孙那只大军鸡给弄死,让他斗球不成。"

沙二哥一把揪住八妞的衣领:"你的死活我不管,卖尻孙的那只鸡你不能碰一指头。"

"丢手!"八妞使劲把沙二哥的手从自己脖领上掰开,"我这不是替你着想嘛,'祥符红'冇了,你靠啥打败日本鸡啊?"

沙二哥:"我警告你,怹咋下手弄北屋里的东西我不管,那只日本鸡怹不能碰它一指头。卖尻孙玩的是假公正,我玩的是真公正! 大男人啥时候都不能骨堆着尿。我可把丑话说在头里,怹该弄啥弄啥,就是不能弄死那只鸡。"

八妞:"别满嘴怹怹怹的,艾三让我给你捎个口信,今个晚上让你也来搭把手。"

沙二哥瞪起眼睛："别缠我的事儿啊，跟我冇关系！"

八妞："跟你冇关系，跟我就有关系了？上回要不是逼着我去第四巷，我也落不到当艾三的跟班。卖尻孙们一走，艾三加官晋爵，我能得到个啥好处，要不是看在蒋委员长的面子上，哪个孬孙要干这事儿。"

沙二哥："反正我不干，我眼望儿就是一门心思打败那只日本鸡。"

八妞："别发迷了，艾三说日本人战线太长，已经呛不住了，早晚国军还得回来，咱给蒋委员长帮这么大个忙，他能忘了咱？再说，这也不光是给蒋委员长帮忙，还有那个封先生不是？"

沙二哥不吭气了。

八妞叹道："唉，你以为我愿意干啊，上一回就差一点丢了小命，这一回还不知咋着呢。"

沉默许久，沙二哥说道："你想过冇，西川不是傻孙，北屋的东西真的被弄走，他头一个怀疑的人就是你。"

八妞："我也不是傻孙，东西弄走我就跟着艾三一起跑呗，跑到重庆冇准蒋委员长还能奖励个娘儿们给咱呢。"

沙二哥："你跑了，我这一大家子人咋办？"

八妞："这我已经替你想好了。你根本就不用跑，该吃吃，该喝喝，该斗鸡斗鸡，保准冇事。"

沙二哥："你说我听听，咋个保准冇事法儿。"

八妞："五更的时候，你装作起夜，蹲在茅厕里别动，如果我们失手，你就别出来，如果我们不失手，你就出来搭把手。"

沙二哥："咋搭把手？"

八妞："帮助往外运东西啊。"

沙二哥："院门口也有卖尻孙把守，恁咋往外运啊？"

八妞："北墙外是白凤山家，你事先准备好一根绳子，咱一件一件先搬到白家，再就好办了。"

沙二哥："不中，不能连累到白家。"

八妞："那咋办，不走白家走哪儿？"

沙二哥想了想："走房顶。"

八妞："房顶咋走啊？"

沙二哥:"北屋房顶上有个天窗,把屋里的东西直接用绳子拉到房顶,跳下北屋的房顶就是胡同。"

八妞:"这个主意好。你看,我说冇你不中吧。"

沙二哥:"咱可是有言在先,不准碰那只日本鸡!"

八妞:"瞅瞅你,一只鸡,又不是一个娘儿们。不碰,不碰中了吧。"

沙二哥伸手从碗里抓出一块鸡肉送进自己的嘴里。

八妞和沙二哥重新制订了方案之后,八妞跑到第四巷的春红书寓告诉了艾三。艾三立马派大咪咪出宋门,通知了藏在沙岗寺的游击队,让他们五更前赶到寺门来接应。

眼瞅着天就要黑了。掌灯时分,沙二哥在院子里打沙袋的时候,洪芳从他身旁经过时停下了脚步。

洪芳:"鸡是俺烧的,好吃吗?"

沙二哥狠狠一拳砸在沙袋上:"好吃!"

洪芳:"二哥打算再去哪儿找鸡啊?"

沙二哥又是一拳:"不找了,买一只小柴鸡跟恁的日本鸡斗。"

洪芳笑道:"别赌气,二哥,俺给你推荐一种鸡,咋样?"

沙二哥停住了拳:"你?"

洪芳:"俺杞县有一种鸡,个头不大,啥鸡都不怕,跟谁都敢斗。"

沙二哥不屑地说:"杞县?有鸡?野鸡吧?"

洪芳:"二哥不要歧视俺嘛,信不信,可以去瞅瞅。"

沙二哥不再搭理洪芳,他一拳一拳砸在沙袋上,恨不得一拳砸到五更天,他此时的心思已经不在鸡上,全在五更的行动上……

真主为伊斯兰而开拓其胸襟,故能接受主的光明者,难道跟胸襟狭隘的人一样吗? 悲哉为记忆真主而心硬者,这等人是在明显的迷误中的。

——引自《古兰经》

二十二、"中了卖尻孙们的埋伏。"

心里有事的沙二哥在床上翻来覆去睡不着,睡在身边的汴玲问道:"咋了? 像贴锅饼似的。"

沙二哥:"冇事。"

汴玲:"有事,是不是在想从哪儿找一只好鸡?"

沙二哥不吭气了,两眼在黑暗中闪着亮。

汴玲:"咋不说话?"

沙二哥:"冇啥说。"

汴玲:"你冇啥说,我有啥说。"

沙二哥又不吭气了。

汴玲:"老二,我又有了。"

沙二哥:"有啥了?"

汴玲用胳膊肘戳了沙二哥一下:"你说有啥了。"

沙二哥反应过来,一骨碌坐起身来:"真的?"

汴玲:"真的假不了,假的真不了。"

沙二哥又不吭气了。

汴玲:"你咋了?"

沙二哥:"冇咋。"

汴玲:"老二,我好像觉着你有啥事?"

沙二哥:"啥事也冇。"

汴玲:"别瞒我,你肯定有事。"

沙二哥深深出了一口气:"咋球弄的,又种上了。"

汴玲:"谁知你咋球弄的,种上就种上呗。"

沙二哥:"不是时候啊。"

汴玲也不吭气了。她和沙二哥有一个孩子,日军进攻祥符之前,被送到扫街的萍妞家去了,汴玲从扫街回来时本想把孩子一起带回来,萍妞认为城里没有乡里安全就没让把孩子带走。

汴玲叹道:"唉,国军啥时候才能打回来啊……"

沙二哥:"总是快了吧。"他从床上下来,走到挂钟前,仔细瞅着挂钟上的时间。

汴玲:"瞅啥啊,快睡吧。"

沙二哥却穿起了衣服:"你睡吧。"

汴玲:"你要去弄啥?"

沙二哥:"上茅厕。"

就在沙二哥准备上茅厕的时候,前来接应的游击队已经到了寺门。

这支藏在沙岗寺的游击队,属于国军薛岳部的建制,他们一共来了七个人,按照约定时辰到达了寺门北口,在与艾三和八妞接上头以后分成两拨儿迂回到了距离沙家院门不远的地方。

两拨儿人的分工是这样的,八妞领一拨儿负责干掉沙家院子门口的岗哨,艾三领一拨儿翻院墙进院负责干掉把守北屋的哨兵,在八妞用钥匙打开北屋门之后,艾三率领的一拨儿负责警戒,八妞率领的一拨儿和茅厕里出来的沙二哥一起搬运东西。

计划在紧张之中进行着。八妞佯装有紧急公务来到院门口,在与日本岗哨交涉之际,游击队员从黑暗中扑上去干掉门岗后顺利进入了院子里,而翻墙头进入院中的艾三一拨却惊奇地发现北屋门前的哨兵不知了去向。

北屋的哨兵去哪儿了？此时，北屋的哨兵正和沙二哥一起蹲茅厕池呢。说来真是凑巧，当沙二哥刚在茅厕池蹲下，北屋的哨兵就拎着三八大盖进了茅厕。这个哨兵不是来茅厕解手的，是来茅厕吸烟的，因为西川严格规定哨兵不准在哨位上吸烟，今个晚上站岗的这小子是个烟鬼，实在憋不住了，佯装上茅厕来吸一支烟，没想到一进茅厕就看见了蹲在那里的沙二哥。

哨兵一瞅是沙二哥，心情放松下来，把三八大盖往尿池边一靠，既来之则安之，他裤子一脱在沙二哥身旁蹲了下来，并掏出烟卷友好地递给沙二哥。一直处于高度紧张之中的沙二哥机械地接过了烟卷。

哨兵划亮火柴伸给沙二哥，沙二哥不得不点燃了烟卷。

哨兵深深地吸了一口烟，带着浑身的舒坦说道："沙的，烟的，日本的干活。"

沙二哥没回应。

这个日本哨兵还爱说话，见沙二哥不回应就继续说道："沙的，烟的，要西？"

沙二哥半烦地说："屙屎还占不住你的嘴。"

哨兵："什么的？屎的？嘴的？"

沙二哥不再搭理那个哨兵了，一边吸着烟，一边聆听着茅厕外面的动静。

再说已经摸到北屋门前的这一拨人，他们还在为没有岗哨纳闷。

艾三小声问八妞："咋冇人啊？"

八妞："谁知。"

艾三："你不是说把守很严吗？"

八妞："谁知。"

艾三："有冇岗哨你都不知？"

八妞："谁知。"

艾三："谁知谁知，你不知谁知，我知？"

八妞："我真的不知。"

艾三似乎感到不妙，他朝院子四下瞅了瞅："咋也不见沙老二的影儿？"

八妞："别管沙老二了，你就说咱干不干。"

艾三："来都来了，不能跑空趟，干！你先把门打开，我去茅厕那边瞅瞅。"

艾三说罢朝茅厕方向走去,他有点心虚,冇走几步就停住了脚,然后转身朝院门口走去。他来到院门口对守门的游击队员说道:"恁去北屋给他们搭把手,这里我来把守。"

意外发生了。当八妞把钥匙捅进锁眼里之后,他无比惊讶地发现那把锁根本就打不开。

八妞一边用钥匙捅着锁一边疑问着:"咋回事儿? 是不是卖尻孙把锁给换了?"

几个游击队员轮番用钥匙捅就是捅不开。

八妞骂道:"卖尻孙,锁肯定被换了!"他扭脸对身旁的游击队员说,"去问问艾三,咋办?"

游击队员刚要转身去找艾三,只听见一声刺耳的哨音,之后,东屋、南屋、西屋等所有驻扎日本兵的屋门全部打开,十来支手电筒的光柱一起对准了北屋的房门口,八妞和游击队员们全在手电筒的照耀之下。这时,一手握着手枪一手握着指挥刀的西川走出屋门,大声说道:"放下武器,否则,皇军机枪会把你们打成蜂窝!"

八妞是第一个反应过来的人,他凭借着对院子的熟悉,撒腿沿着墙根就往院门外跑去。等其他游击队员们反应过来的时候已经晚了,歪把子机枪和三八大盖一齐朝北屋开了火。

八妞拼着老命冲出了院门,而那七名游击队员一个也没能逃脱,全部倒在了枪林弹雨之中……

八妞顺着胡同朝北奔跑着,追赶他的子弹不时从他的身边飞过。奔跑中的八妞瞅见了和他往同一个方向逃窜的艾三,于是大声叫骂着:"艾三,你个卖尻孙的,等等我……"

再说茅厕里面的沙二哥和那个哨兵,在哨音响起的一瞬间都提起了裤子,沙二哥一边系着裤腰带心里一边在说:完蛋了,出事了。在枪声骤然响起时,那个还没有系好裤子的哨兵抓起尿池旁的三八大盖就往外冲,秃噜①下来的裤子一下把他绊倒在茅厕的门口……

沙二哥在茅厕里一直等到枪声停止后才溜回到屋里。他一进屋汴玲一把抱住他:"我的祖宗,我还当是你……"

二大一边往身上套着衣服一边问:"是不是国军打回来了?"

沙二哥一屁股坐到床上,听着院子里的老日们呜哩哇啦大声说着话。

二大:"到底出啥事了?"

沙二哥:"是三哥。"

二大手捂住胸口嘴:"我的娘吧……"

汴玲:"日本人打的是他?"

沙二哥:"中了卖尻孙们的埋伏。"

是的,艾三这次是中了西川的埋伏。自打封家那批东西死了四名日本兵以后,西川始终耿耿于怀,也始终没有放松过警惕。尽管他释放了沙二哥和八妞,但他心里明镜似的,支那人就是支那人,他们永远也不可能跟日本人一条心。释放沙二哥和八妞不是因为他缺少证据,也不是因为他宽容,而是他的深思熟虑,他要放长线钓大鱼。他坚信一旦出现机会他就会将这些敌人一网打尽。机会终于来了,可艾三、八妞,包括沙二哥都是西川的漏网之鱼。

尽管漏网了三条大鱼,西川的战绩依然不小,院子里躺着七具游击队员的尸体。西川命令手下将七具尸体拖到了东大寺的大门前,整齐地摆放在街道旁,还给尸体盖上了白布。

清晨来临时,也不知怎么,寺门前的汤锅前没有坐一个喝汤的人,寺门跟儿的人们聚集在远远的地方,他们面色严峻地看着摆放在那里的七具尸体。

手戴白手套、腰挎指挥刀的西川站在尸体旁边,冲着远远观看的人们大声说道:"大日本皇军不是为了皇道主义才来到你们城市,而是为了大东亚新秩序,是为了创建大东亚共荣圈。我们的东条英机首相已经和你们的汪精卫先生,还有泰国、菲律宾、缅甸、印度等国的代表一起召开了大东亚会议,并且发表了《大东亚共同宣言》,这一切都说明我们大日本皇军要按照天皇的旨意完成我们的任务,达到我们的目标。在此,我奉劝所有与大日本皇军为敌的祥符人,如果你们继续与皇军不合作,躺在这里的七个人就是你们的榜样!"

站在人群中的沙二哥和海阿訇互看了一眼,不约而同地朝尸体走去。随后,尚社头、尔瑟、乌德、盘善、白凤山、马老六等人跟了过去。再随后,寺门跟儿的穆斯林们都跟了过去。

全副武装的日本士兵们见事态不妙,纷纷拉动了枪栓,将枪口和刺刀对准迎面而来的一片白帽子。

西川很沉着,用冷冷的目光看着走过来的沙二哥和海阿訇。

海阿訇让沙二哥停下脚步，只身走到了西川跟前，不卑不亢地说道："《古兰经》说：'真主为伊斯兰而开拓其胸襟，故能接受主的光明者，难道跟胸襟狭隘的人一样吗？悲哉为记忆真主而心硬者，这等人是在明显的迷误中的。'"

西川："《古兰经》里还说：'他们的上面，有层层的火；他们的下面，也有层层的火。那是真主用以恫吓他的众仆的。'说吧海阿訇，你要怎么样？"

海阿訇："这是清真寺的门前，你说我要怎么样？亏你还是个伊斯兰教徒。"

西川："好吧，今天不看真主的面子，看你海阿訇的面子，尸体可以抬走。不过，我敢断定，敢于上前来抬尸体的人，对我们大日本皇军来说就是危险分子。我倒要看看，这些危险分子长得是什么模样。"

听了西川这句话，穆斯林们开始犹豫不决，他们知道西川这句话的分量，谁也不敢当这个危险分子。

蠢蠢欲动的沙二哥被二大紧紧搦住了手腕，二大嘱咐道："二孩儿，你给我听好，今个你要是敢朝前走一步，恁娘就去夺老日手里的枪，让卖尻孙们一枪打死我。"

沙二哥："妈……"

二大："只要你敢往前走一步，我说到做到，二孩儿你给我记住喽！"二大撒开了搦着儿子的手，独自朝尸体走了过去。

二大的举动不但让西川和日本士兵们感到意外，寺门跟儿的穆斯林们也感到震惊，并不由自主地要跟上前去。

沙二哥："都别动。"

二大压那些荷枪实弹的日本士兵面前走过，径直来到了尸体旁，老太太弯下腰去，一边搬动着尸体，一边大声地说："真主说，信士中有许多人，已实践他们与真主所定的盟约，他们中有成仁的，有待义的，他们没有变节……"

海阿訇瞅着二大："老太太读的是《古兰经》中的同盟军二十三章节……"

尚社头突然放声道："真主确已用乐园换取信士们的生命和财产，他们为真主而战斗，他们或杀敌致果，或杀身成仁，那是真实的应许……"

随着尚社头嘴里大声朗读出的《古兰经》，寺门跟儿的伊斯兰教徒们跟着大声朗读道："为主道而阵亡的人，你绝不要认为他们是死的，其实，他们是活着的，他们在真主那里享受给养，他们又喜欢真主赏赐自己的恩惠，又喜欢留在人间……"

　　在一片响亮的《古兰经》诵读声中，沙二哥朝尸体走去，紧接着就是海阿訇、尚社头、乌德、尔瑟、盘善、白凤山、马老六，再紧接着就是一大片的白色礼拜帽。

　　"我们的主啊，求你赦宥我们的罪恶，和我们的过去，求你坚定我们的步伐，求你援助我们以对抗不信道的民众……"

　　西川自语："这是'仪姆兰的家属'章……"

　　《古兰经》的声音在寺门上空回荡着，飘散着，这声音似来自苍穹，又似来自大地，嗡嗡作响之中又似美妙的旋律直入人们的灵魂与心扉，又如同排山倒海的气韵震撼和笼罩着所有万物生灵……

　　西川手里的手枪垂下了，所有日本士兵手里的三八大盖都垂下了。

　　注：

　　①秃噜：形容往下滑。

　　各人都有自己所对的方向，故你们当争先为善。你们无论在哪
里，真主将要把你们集合起来，真主对于万事，确是全能的。

——引自《古兰经》

二十三、"弄吧弄吧弄吧！该咋弄就咋弄吧！"

　　在沙家北屋失手以后，艾三和八妞捡了一条命。八妞是凭借他的快速反应和对地形的熟悉逃出院子的。艾三却不然。艾三是那种被祥符人称为"老黄角"的人，胆大，心贼，滑头，一般来说想让他掉进坑里那是不太可能的。当艾三发现北屋门前没有岗哨的时候，他心里就有点犯嘀咕，本想去茅厕瞅一眼，走了几步他又不去了，因为他越来越发觉沙家院子里不对劲，住了满满一院子日本兵，好几十号大男人睡觉咋连一点鼾声都没有？不光如此，就在八妞用钥匙捅不开门的那一瞬间，他就感到了一种不祥之兆，所以艾三当机立断去了院子门口，以把守院门为借口，一旦情况有变也有利于他窜。

　　八妞神奇般地冲出院子后，跟在艾三身后不住口这么一骂，艾三不得不停住了脚步。

　　艾三："卖尻孙的，别喊了，再把日本人招来喽！"

　　八妞扭头瞅了瞅身后，已经摆脱了追兵，随即浑身瘫软在了地上。

　　艾三伸手去捞八妞："快起来，不能在这儿歇，卖尻孙们说撵来就撵来！"

八妞:"有烟冇,让我吸一口。"

艾三:"别吸了,烟要紧还是命要紧?赶紧起来!走!"

八妞:"就吸一口,让我提提劲。"

艾三一边从兜里掏烟一边继续催促:"站起来,边走边吸!"

八妞从地上往起爬的时候,突然叫了一声:"哎哟!"

艾三:"咋了?"

八妞:"我的腿咋有点不得劲。"

艾三:"你的腿咋了?"

八妞:"不知,你帮我瞅瞅。"他拉起了裤腿。

艾三顺着八妞裤腿弯下腰去仔细一瞅,惊讶道:"咋恁多血啊?"

八妞:"血?"他弯下腰去瞅。

艾三:"八成你是中枪了!"

一听中枪,原本已经站起来的八妞一下子又瘫软在地上哭嚎起来:"哎哟,我的腿,卖尻孙们打中我的腿了,我的腿折了,活不成了,我的腿吧……"

艾三:"闭住你的臭嘴!赶紧起来!快走!"

八妞:"我的腿折了,我走不了了,我的腿吧……"

艾三:"折啥折,折了你还能跑恁远,轻伤,快走!"

八妞:"轻伤能流恁多血,我的腿吧,肯定是折了……"

艾三:"你瞅瞅,都跑到石桥口了,再往北跑上一段咱就安全了,赶紧站起来!咬住牙也得跟老子跑!"

八妞抱着负伤的腿哭喊道:"我不跑了,我的腿折了,疼死我了,我活不成了……"

无论艾三怎么劝说,八妞坐在地上就是不肯起来,不是他不肯起来,是他被吓得起不来了。他在逃命的时候浑身每一个细胞都处在紧张之中,被子弹打中了小腿一点感觉都没有,稍微放松了一点之后却站不起来了。

艾三:"八妞,你听好喽,咱现在不能再往宋门去了,咱得往北,从北门出去,只要出了北门就万事大吉了。你一定得撑住,你要是撑不住,天亮之前咱出不了城,明个卖尻孙们肯定是全城大搜捕,你说,咱往哪儿藏,谁又敢收留咱俩?"

八妞抱着腿:"那,那咱俩还是先回第四巷吧。"

艾三:"还第八巷呢!腿都折了还想好事儿!今个咱为啥中埋伏?也不动脑子想想,冇准日本人早就盯上第四巷了!"

八妞:"可我的腿走不成路了,一点都走不成。"

艾三:"走不成也得走!"

八妞:"真的,我不骗你,我不知命主贵啊。"

艾三:"再坚持坚持,这儿离北门也不远了。"

八妞:"不中,站不起。"

艾三:"你走不走?"

八妞:"要走你背着我走。"

艾三:"我还想找个人背呢!冇蛋子的货,赶紧走!"

八妞:"你眼瞎了,这腿,咋走?枪冇打在你腿上!"

艾三:"不走是吧?不能走是吧?那好,我就让你在这儿彻底歇!"说完将手里盒子炮的大机头掰开。

八妞一下惊了:"弄、弄啥,你想弄啥?"

艾三:"你走不了,我也不能留活口,一旦让卖尻孙们抓住你,那我可就真去不了第四巷了。"说完将枪口对准了八妞的脑袋。

八妞忽地从地上爬了起来:"三、三、三哥,我、我能走、能走……"

艾三:"走!"

在艾三枪口的威逼之下,八妞瘸巴着腿艰难地跟着艾三朝北逃去。可是没跑出去几步,八妞实在疼得难以坚持,浑身颤抖,那条一步一瘸的腿鲜血一个劲地往下流,他脸色苍白,呼吸都显得困难。

八妞:"三、三哥,你一枪打死我吧,我没法再跑了……"

艾三瞅着八妞也意识到他不可能再跑了,他朝四周瞅了瞅,说道:"找个地儿先歇会儿,把伤口包扎一下再说。"

八妞:"这一片又冇个药房,咋包扎啊?"

艾三的目光落在了双龙巷的东口,果断地说道:"走!那儿有药房!"

八妞:"哪儿?"

艾三:"走吧,不远。"

艾三说完架起八妞朝双龙巷的东口走去。

为七名游击队员的遗体下葬事,沙二哥与尚社头在清真寺里发生了激烈的争吵,缘由是该不该按穆斯林的葬礼来为这七个人下葬。

尚社头:"老二,你咋恁糊涂,他们不是穆罕默德的子孙,咋能按穆斯林仪式下葬呢?"

沙二哥:"咋?拉到城墙外,挖个大坑把他们往里一填?我不是汉民,做不出来!"

尚社头:"那就叫汉民去埋嘛。"

沙二哥:"七个人死在咱寺门了,你叫汉民去埋,你就不怕人家背后戳你的脊梁骨!骂你的八辈儿!"

尚社头:"这是两回事儿!咱得按教规来办事儿!"

沙二哥:"你也不瞅瞅眼望儿是个啥时候,别说他们是被日本人打死在咱寺门跟儿的,他们就是死在别的地方,咱瞅着了也不能不管啊。穆斯林是应该遵守祖先传下来的礼仪规范做事儿,但是眼望儿是特殊时期,他们是为打老日死的,咱不管他们是不是穆斯林,咱就按穆斯林的葬礼为他们下葬,为他们诵经、礼拜、斋戒、施舍、朝觐,让他们像咱穆斯林一样有回家的感觉,那有多好,我就不相信真主会认为咱这种做法是错的!"

尚社头:"就这吧,咱俩也别吵了,让海阿訇决定吧!"

沙二哥和尚社头把目光转向了海阿訇。

一直在一旁翻阅《古兰经》的海阿訇慢慢将《古兰经》合上,他摸了摸满脸的大胡子,说道:"人非木石,是有细腻感情的动物,周围的人死了,必然触动复杂的情感,要为他安葬和悼念,任何一个民族,都有埋葬亡者的传统仪式,即使是那些不相信真主的人,也不会同意把他家死亡的亲人当作腐烂动物处理。话我只能说到这儿,该咋办是恁俩的事儿。"

海阿訇把球又踢了回来之后,站起身走了。沙二哥把目光转向了尚社头。

尚社头:"瞅我弄啥!既然是这样,恁该咋弄咋弄吧!"说罢也起身要走,被沙二哥一把捞住。

沙二哥:"不是俺该咋弄咋弄,是你得领着俺弄!"

"真主啊!"尚社头喊了一句之后,甩着头背着膀边走边说道,"弄吧弄吧弄吧!该咋弄就咋弄吧!"

伊斯兰葬礼有三个特点,就是速葬、简葬、土葬。

沙二哥、尔瑟、乌德、盘善、马老六、白凤山几个弟儿们将七具遗体用水净身，然后用三块白布将每一个尸体都紧裹，寺门跟儿的人们为亡者举行站礼，领导仪式的海阿訇向真主祈祷，赞颂真主，也向真主祈求饶恕和恩赐亡故者和所有活着的人。那七具裹着白布的遗体安放在前，参加站礼仪式的穆斯林们脸上带着对亡者的哀思，但只站立而无鞠躬和跪叩。之后人们一路洒着香水，点着熏香和香料，把七具亡人抬到城外事先挖好的墓穴，轻轻把遗体托起，放入墓穴中。与此同时，众人诵读着祈祷经文："我从大地创造你们，我使你们返回大地，我再一次使你们从大地复活……"

七名游击队员就这样按照穆斯林的葬礼在离城墙不远处入土为安了。

在给七名游击队员下葬的时候，西川手里也拿着一把熏香。他一直率领他的手下在不远处监视着这群穆斯林。此刻他心里想的不是这七个被打死的人，而是那个跑掉的八妞。天亮之后，宪兵巡逻队沿着八妞逃跑的方向追赶时发现了地上的血迹。西川得到汇报之后断定八妞在逃离北屋的时候中了子弹。中了枪就不可能跑远。不久，西川又派出的几拨宪兵相继回来，都向他报告，说血迹是在石桥口附近消失的。西川下了决心，要找到受伤的八妞，他咬着牙说："一定要把这条漏网之鱼抓回来，扔进油锅炸炸吃了！"

西川站在城墙上，目睹了寺门跟儿的穆斯林们埋葬了七名游击队员之后，带领着他的日本宪兵又来到了石桥口。他站在石桥口四面望了望，又仔细思考了一番后，冲手下一挥手，领着他的宪兵们就进了双龙巷的东口。

西川一边走一边留意观察着双龙巷两旁的房屋，他在一个非东方式的建筑跟前停住了脚——这是一座具有罗马式风格的建筑，大门上挂着一块英文牌子，上面写着"Providence Girl's High School"。

西川往双龙巷东西两头看了看，目光重新落在了那块英文牌子上，嘴里念道："静宜女子中学。"然后冲手下一摆手："进去！"

> 信道者、犹太教徒、基督教徒、拜星教徒，凡信真主和末日，并且行善的，将来在主那里必得享受自己的报酬，他们将来没有恐惧，也不忧愁。
>
> ——引自《古兰经》

二十四、"俺的中国名字叫陆静宜。"

艾三和八妞确实藏在这所"静宜女子中学"里面。

八妞中的这一枪还是在那条受过伤的腿上，伤不轻，失血过多，不可能在天亮之前逃出北门。艾三正为此焦急万分的时候，双龙巷东口让他心里一亮，便说那里有药房。其实那里根本就没药房，艾三是要把八妞带到静宜女子中学里，只要进了静宜中学，八妞有救不说，还会有地方藏身，因为日本人就是全城搜查也不会进到静宜中学里面去。

这所静宜女子中学是祥符城里唯一的女子中学，是天主教意大利米兰外方传教会祥符教区的主教谭维新委托美国山林圣玛丽主顾修女于民国十九年购置民房改建而成的。校园的面积很大，中西合璧式的建筑独具特色。艾三知道，凡是教会创办的学校都会有自己的医疗保障设施，尤其是天主教，那些外国来的修女的医学素养不在中国医生之下，只要能进到学校里，就啥都不用怕了。这里的嬷嬷是美国人，日本人再凶也得让美国人三分，更何况交战双方对宗教信仰早已在日内瓦达成共识。

艾三架着八妞敲开了静宜女中的门，值更的是一个中年男人，他一瞅见两人的模样就开始哆嗦。

艾三把手里的枪往裤腰上一插："别怕，俺是国军的游击队，俺这个伙计受了伤，得在恁这儿包扎一下。"

值更人颤抖着嗓子说："我、我不当家，不当家……"

艾三："让俺先进去！"

值更人："我、我真的不当家。"

艾三："谁当家？"

值更人："嬷嬷。"

艾三："俺进去跟嬷嬷说！"

值更人："不中不中，嬷嬷正睡觉呢……"

八妞早已等得不耐烦，咬紧牙关拔出枪指着值更人："不让老子活，你也别活！"

值更人吓得赶紧说："进来吧，进来吧……"

艾三把八妞架进了门房，值更人把八妞安置在床上后说道："恁在这儿稍等，我去向嬷嬷通报一声。"

值更人走后，躺在床上的八妞问道："三哥，嬷嬷是弄啥的？"

艾三："这里主事的。"

八妞："为啥叫嬷嬷？"

艾三："不知。"

八妞琢磨着："嬷嬷？摸摸，摸啥？"

艾三："主事的，想摸啥摸啥。"

八妞疼痛难忍地："这一会儿，给我俩咪咪我都不想摸。"

艾三冲着八妞吐了一口："呸！不要脸孙！你这号货，死你八回都不亏！"

值更人走了没多长时间就把主事的嬷嬷领来了，那主事的嬷嬷身后还跟着五个修女。

八妞有生第一次近距离直面外国人，有点不知所措，说道："三哥，她们咋像一个模子里刻出来的，全是扁头凹骨脸。"

在主事嬷嬷的引领下，八妞被抬进了学校大礼堂后面的一间屋子里，五个修女一齐下手，不一会儿就把八妞的伤口清洗干净包扎好了。

主事的嬷嬷说:"子弹还在腿里面,等你们出城以后再想办法做手术吧。"

艾三瞅了一眼窗外的天空,对主事的嬷嬷说道:"天马斩①就亮了,他这个样子,俺根本出不了城,就是出了城也没地儿做手术,恁看能不能在恁这儿把子弹取出来?"

主事的嬷嬷:"我们这儿的卫生条件达不到做手术的要求,另外也没有手术刀那样的医疗器械。"

艾三:"冇事。这个货,干净不到哪儿去,有把菜刀就中。"

八妞:"三哥,要走你走,我是走不成了。菜刀就菜刀,只要能把子弹取出来就中,我可不想残废,还没娶媳妇呢。"

主事的嬷嬷思考了一下,说道:"那就先别走了,天亮之后我们去寻求一些手术器械和药品,等取出子弹后再另行安排吧。"

主事的嬷嬷用英语和几个修女叽里咕噜说了一通之后,对值更的中年男人说道:"这件事情不能对任何人提起,这两个人由你负责照顾,有什么问题及时找我。"

嬷嬷和修女们走了。

艾三问值更人:"恁这个主事的嬷嬷叫啥名?"

值更人:"俺叫她盖夏嬷嬷。"

艾三:"这一院房子都是她盖的?"

值更人:"听说是意大利人,谁知,好像还有咱中国人,反正主事的嬷嬷是美国人。"

艾三:"管他哪国人,只要有外国人,日本人想进到这个院里就得掂算掂算。"他转向八妞说道,"睡吧,先安安生生睡一觉,等嬷嬷把菜刀买回来了,再卸你的大腿。"

八妞打着呼噜已经睡着了。

其实根本就不是艾三所想的那样,西川才不管这是谁盖的学校。就在艾三和八妞睡得正香之时,西川带领着宪兵闯进了校门。

盖夏嬷嬷领着五名修女挡住了西川和宪兵的去路。

西川:"对不起,嬷嬷,大日本皇军要在贵校查找国民党军的人。"

盖夏嬷嬷:"难道你不知道这是教会的领地?"

西川:"这是学校。"

盖夏："学校也是教会的学校,你们没有权利进入。"

西川："我们怀疑一名被大日本皇军击伤的支那人,躲进了你们的教会学校。"

盖夏："对不起,你是日本的军官,你应该懂得国际条例。"

西川："你所指的是什么条例?"

盖夏："你很清楚是什么条例。"

西川笑道："日美之间从 1941 年谈判破裂以后哪里还有什么条例,如果条例存在,你们的珍珠港就不会被我们大日本皇军消灭。"

盖夏："我再次强调,请你们遵循《日内瓦公约》。"

西川："嬷嬷,如果这是一所纯正的美国学校,我们大日本皇军立即退避三舍。很遗憾,学校门口挂的牌子虽说是英文,但却是一个中国人的名字,由此看来,这并不是一所纯正的教会学校,大日本皇军不能因为这里有几位修女就放弃对反日分子的搜捕。"

盖夏："你说错了,这是一所纯正的教会学校,中国有句俗话叫'入乡随俗',俺的中国名字叫陆静宜。"

西川吃惊地打量着盖夏："真想不到,你很有语言天分,会讲祥符话。"

盖夏："这是我会说的第一句祥符话。"

西川点头赞道："了不起,佩服,美国嬷嬷起了个中国名字。等有朝一日大日本皇军越洋过海去到你们美国,我也要起个美国名字。"

盖夏鄙视一笑："美国的嬷嬷可以来到中国,但你们日本的军队只能望洋兴叹。"

西川："听嬷嬷话音,也知道太平洋上的战事对大日本皇军不利了?"

盖夏："全世界应该都知道。"

西川："你这是小看我们大日本皇军。"

盖夏："我尊重事实。"

西川："是的,大日本皇军目前在太平洋上遇到一点困难,但不会影响我们的信心。别着急,只要我们把中国的事情解决好,大日本皇军定能够所向披靡。废话少说,我现在要请你这位用中国名字的美国嬷嬷配合我们在贵校进行全面搜查!"

盖夏："请问,你有什么证据表明,所谓的反日分子就藏在我们学校?"

西川："证据我没有,我凭的是一种直觉。特别在与你谈话之后就更加肯定我直觉的可靠和正确。嬷嬷,请不要拖延时间,否则,大日本皇军会有不恭敬的。"

盖夏与西川周旋就是为了拖延时间,给大礼堂后面藏着的艾三和八妞一个转移的机会。

就在盖夏挡住西川这段宝贵的时间里,艾三、八妞在值更人的帮助下爬上了学校礼堂晃晃悠悠的天桥进入了天花板顶部。

日本宪兵在校园里的全面搜捕开始了。教学楼、学生寝室、教师住宿、办公楼统统搜查了一遍之后,西川带领宪兵来到了大礼堂门口。

西川命令士兵们进入大礼堂,自己却站在礼堂门口仔细观察着这座砖木结构的建筑。那灰瓦歇山式坡屋顶,人字木屋架构,西式五彩玻璃的门窗,不由使西川发出赞叹:"漂亮,巴洛克遗风。"

盖夏嬷嬷手里握着十字架挂链在一旁应付着西川:"是的,有巴洛克的建筑风格。"

西川："嬷嬷,你是西方人,能不能给我解释一下巴洛克建筑究竟是个什么概念?"

盖夏："看来这位长官还喜欢建筑艺术。"

西川："谈不上喜欢,只是充满好奇而已,你看这座礼堂,它又被融入了东方的风韵。所以,我就更想了解一下巴洛克了。如果我没有记错的话,巴洛克一词的原意是奇异古怪,对吗,嬷嬷?"

盖夏心不在焉,目光游离地跟在西川身后。

西川扭过脸问道:"怎么了? 嬷嬷,我在请教你呢。"

盖夏："请教什么?"

西川："巴洛克建筑啊。"

盖夏："哦,古典主义者称呼它是离经叛道的建筑风格。"

西川："把它放到这儿不就更加离经叛道了吗?"

盖夏："放在这儿又有什么不好? 中西合璧本身就是反对僵化的古典形式。"

西川："我说的是,祥符太古老了,你不觉得有点不伦不类?"

盖夏："祥符古老,但这里的人民接受天主永恒,自然也就接受天主创造的一切。因为他们知道全知、全能、全善的圣母马利亚,知道无限的上帝会赏善罚恶。"

西川正准备反唇相讥,一名军士从礼堂内跑了出来。

军士:"报告! 搜查完毕!"

西川:"没有?"

军士:"没有!"

西川:"全部?"

军士:"全部!"

西川脸上飘着疑云:"这么大一幢建筑……"他蹙起了眉头。

军士:"里面空空荡荡,藏不住人!"

西川也不说话,大步走进了礼堂的门。盖夏嬷嬷紧随其后也跟了进去。

对西川来说,大礼堂是最后一个搜查的地方,他相信自己的直觉,他很清楚如果放弃了这座中西合璧的建筑物,就意味着放弃了这所学校。而他的直觉告诉他,那个从大日本皇军枪口下逃生的八妞就在这所静宜女子中学里,而且很有可能就在这座有着巴洛克遗风的漂亮的大礼堂内。

注:

①马斩:马上、很快。

任何民族都不能先其定期而灭亡,也不能后其定期而沦丧。

——引自《古兰经》

二十五、"我非得跟卖尻孙赌上一把!"

西川领着宪兵们二番头①又进入了大礼堂。

盖夏嬷嬷那只攥着十字架的手都出了汗,她已经清楚眼前这个日本军官绝非等闲之辈,她在心里为两个祥符人祈祷。

西川在大礼堂里转了一圈之后,来到了舞台上,他站在舞台中央放眼望去,那空荡荡的礼堂不可能藏得住人,如果八姐就在礼堂内的话,肯定就藏在舞台的前后。

西川:"再把舞台上下给我搜一遍,不要放过每一块砖和每一块板!"

宪兵们又像梳头那样把舞台前后箆了一遍,仍然没有结果。

西川站在舞台中央纹丝不动。这时,他把眼睛慢慢抬起,冷冷的目光在天花板上扫视着。

盖夏嬷嬷的心快要蹦出了嗓子眼了。

西川突然把目光转向了盖夏嬷嬷:"你怎么了,嬷嬷?"

盖夏:"长官,如果再找不到你要找的人,你们大日本皇军是不是准备拆除我们的礼堂呢？"

西川："嬷嬷放心，就快见分晓了。"他用手一指天桥，大声对宪兵们说，"上去！"

盖夏嬷嬷身体摇晃了一下，差点一头栽倒。

西川："嬷嬷，你没事吧？"

盖夏嬷嬷闭上眼睛，低声说道："你们这是践踏天主。"

西川："嬷嬷，没你说的那么严重。据我所知，任何舞台的天花板上，都有一处是允许灯光师爬上去的地方，要不然，灯光是照不准舞台上的人的，对吧？如果天花板上面还是没有我要找的人，大日本皇军就立即撤离贵校！"

西川的话音刚落，只听得"哗啦"——"轰隆"一声响，再看那两个已经爬上天桥一半的日本兵，连同上天桥的铁梯子一起摔了下来，让人目瞪口呆。

结结实实摔下来的那两个日本兵顿时不会动弹了。

西川厉声喝问："怎么回事？！"

他冲过去一看，原来是那架通往天桥的铁梯子本来就晃晃悠悠，多年有经人爬上过，艾三和八扭爬上的时候已经活络得很厉害，再经俩日本兵这么一爬，妥，彻底折了，再仔细一瞅，不是折了，是连根从墙体上拔掉了。

西川转身冲着盖夏嬷嬷大声吼道："你要解释！这是怎么回事！"

盖夏嬷嬷："人都摔下来了，还能是怎么回事？你也不想想，你的人都能摔下来，难道别的人就摔不下来？"

西川不语，颇为沮丧地看着上方的天桥。

盖夏嬷嬷："还愣着干什么，你不打算抢救你的部下？"

还没等西川说话，盖夏嬷嬷立即开始指挥宪兵们把摔下来的那两个日本兵抬出了大礼堂。

西川咬着牙最后巡视了一圈大礼堂后，无奈地也走了出去。

真是天佑天花板上的艾三和八姐，他俩在日本兵往天桥上爬的时候差一点吓尿了裤子，俩人颤抖的枪口已经对准了往上爬的日本兵。他俩在上到天花板上之前就商量好了，一旦被发现，打死俩够本，打死仨赚一个，等子弹打完之后，俩人就压天花板上一头栽下来，死了去球。

当他俩压天花板的缝隙瞅见日本兵全部撤走后，瞬间就像被抽了筋，趴在天花板上不能动弹了。

　　再说那两个被摔得半死不活的日本兵,在盖夏嬷嬷的引领下抬进了学校的医疗室,五个修女又是一阵忙碌之后,完成了初步治疗。

　　盖夏嬷嬷对铁青着脸站在一旁的西川说道:"这两个士兵全身多处骨折,必须立即送到正式的医院去打石膏,我们这里的医疗条件不具备这个能力。"

　　西川两眼紧盯着盖夏嬷嬷许久,低沉着声音说道:"你可以继续关注太平洋,记住,我会继续关注你。"

　　西川领着宪兵们抬着两个骨折的士兵撤离了静宜女中。

　　由于伤口发炎,八妞连续高烧,根本不可能离开静宜女中。盖夏嬷嬷一边防备着日本人再来搜查,一边想方设法救治八妞。已经处于昏迷状态的八妞,嘴里的胡话不停地在说:"蒋委员长,我的腿为你挨了两枪,说吧,给我点啥表示吧……"

　　守在八妞跟前的艾三用手拨拉着八妞的头发说道:"冇问题,伤愈以后咱去重庆,让蒋委员长发给你十个娘儿们……"

　　冇抓到八妞,西川心里窝火,他在寺门前的照壁上贴出了一张告示,内容是确定了斗鸡比赛的时间——农历的正月十六。寺门跟儿的人们都明白西川的这个举动就是给沙二哥下了最后通牒,日本人要在鸡坑里挽回面子,因为西川知道,此刻沙二哥参加比赛的斗鸡还没有着落。

　　看完照壁上的告示之后,沙二哥真的有点着急了,正月十六还剩下二十多天,别说还没有鸡,就是有鸡这二十多天的时间也难心,能找到一只受过训练的鸡还好一点,如果找到一只没有受过训练的生坯子,咋办? 二十多天你就是再能蛋②也调教不出来一只能打比赛的鸡啊。

　　情急之中,沙二哥想起了洪芳那天对他说过的话,于是便把自己的想法告诉了几个弟儿们。

　　白凤山:"啥,杞县? 杞县出名的是莫家酱菜,冇听说过还出斗鸡。"

　　盘善:"就是,冇听说过。"

　　乌德:"那个娘儿们的话你也信?"

　　沙二哥:"这不是有病乱投医嘛。"

　　马老六:"嘿,多简单个事啊,杞县又不远,不中咱去一趟瞅瞅。"

　　沙二哥:"对,去杞县瞅瞅,冇准还真能再抱回一只'杨七郎'呢。"

　　于是,沙二哥一帮子人雇了一辆马车就奔了杞县。一打听,杞县还真有斗鸡。在县城东关的一个鸡坑，沙二哥见到了杞县斗鸡，几个弟儿们一瞅，大失所望。这也叫斗鸡？和普通人家会打鸣的公鸡差不多少，只不过身上的毛少一点罢了，要个头有个头，要模样有模样。几个弟儿们二话冇说拉起沙二哥就要走。

沙二哥："等等。"

几个弟儿们发觉，沙二哥眼睛露出不同寻常的目光。

白凤山："咋，老二，这鸡你也看上眼啊？屁股上连毛都冇。"

沙二哥冇说话，两眼紧盯着那鸡的爪子。

乌德似乎也看出了名堂："哎，恁别说，这鸡的爪子好像跟别的鸡不大一样。"

沙二哥伸手把鸡捞在了手里，摆弄着鸡的爪子，若有所思。

白凤山似乎也有所悟："这秃屁股鸡个头不大，爪子可不小啊。"

盘善："就是，瞅这爪子，像不像鹰爪？"

尔瑟："乖乖，不说我还不注意，就是，似鹰爪。"

沙二哥的眼睛始终盯在鸡爪子上，心里在琢磨着啥。

白凤山："光长一副好爪子冇用，那卖屄孙的大军鸡恁大块头，压也把这只秃屁股给压趴那儿了。"

几个弟儿们都不吭气了，目光都转向沙二哥。

沙二哥："买走！"

几个弟儿们都知道，沙二哥不会随意买下这只秃屁股鸡的，他一定有他的想法。在回祥符的路上，沙二哥果真道出了天机。

沙二哥："咱的'祥符红'个头是大，斗劲也狠，但毛病是灵活性差、笨，这只秃屁股有点像鲁西的斗鸡，个头虽小，但斗法狠，毛病是不够顽强，体重上也吃亏，唯一能占点便宜的就是它的爪子。我想了，咱已经冇时间再去找鸡了，咱就用这只秃屁股去战卖屄孙的大军鸡，咱利用这二十来天对秃屁股进行强化训练，出其不意，一招制胜，三五爪之内就能蹬死它个卖屄孙！"

白凤山："老二，说胡话了吧？这秃屁股就是真长了一副鹰爪，三五爪之内也蹬不死那个卖屄孙啊。强化训练，咋个强化训练？嘴啄、翅打、爪蹬的训练都得有时间和路数，别说二十多天，二百多天也难训练出一个像模像样的斗鸡来。出其不意？一招制胜？唱戏还得台上一分钟台下十年功呢。"

沙二哥:"我说的出其不意、一招制胜的意思就是,不要这十年功,就要这一分钟。"

白凤山:"可能吗?"

沙二哥自信满满地:"我非得跟卖尻孙赌上一把! 这一回我给他来个剑走偏锋!"

秃屁股买回来的第二天,正式训练就开始了。沙二哥和西川都冇把训练斗鸡的场地放在沙家院子里。西川把训练的场地放在了封家的院子里,人去院空的封家是绝佳的训练场地;沙二哥的训练场地放在了东大寺前院的空场上,寺门跟儿玩斗鸡的行家们在沙二哥的指挥下,全参与了对秃屁股的训练。开始第一天训练之前,沙二哥就给几个弟儿们布置了训练计划。

沙二哥:"乌德,你负责赶鸡。咱以往的赶法是每天早晨在鸡腿上绑上沙袋,以每时辰二十华里的速度赶它一个时辰。咱是强化训练,就不能再按这个法儿,得翻倍,以每时辰四十华里的速度追赶它俩时辰!"

乌德:"我的爷,中不中啊? 会不会把它给累死啊?"

沙二哥:"少废话,按我说的去做!"

乌德双拳一抱:"得令!"

沙二哥:"盘善,你负责练啄食。"

盘善:"冇问题,这个我在行。"

沙二哥:"你说说,你是咋练啄食的?"

盘善:"这可是机密啊,要不是跟卖尻孙比赛,你就是给我一百块现大洋我也不会出卖我的训练秘方。"

沙二哥:"先别吹,我听听你每章儿③是咋练的。"

盘善胸有成竹地讲了起来:"把鸡饿上八个时辰,然后将食儿一下撂在地上,一下撂在椅子上,训练斗鸡飞上飞下地准确啄食,用这种法儿训练十天到十五天,再用细绳把馍吊起,将绳忽上忽下忽左忽右摆动,让饿得劲了的鸡随着馍上下左右闪动,迅速跳跃飞腾,用这个法儿训练出来的鸡,啄食移动目标的准确率至少在百分之九十五以上。咋样?"

沙二哥:"不咋样。"

盘善:"那你说咋弄?"

沙二哥:"你去用木头刻一只大军鸡来。"

盘善："木头刻一只大军鸡？弄啥？"

沙二哥："叫你弄啥你就弄啥，别恁多废话。记住，木头鸡的块头要和卖尻孙那只大军鸡大差不差。"

冇人明白沙二哥要盘善刻一只木头鸡弄啥。待盘善把刻好的木头鸡拿过来之后，沙二哥割了一块没剔干净肉的牛皮，把牛皮包在那只木头鸡上，又把木头鸡插在一根长棍子上。

沙二哥把木头鸡交到盘善手里："记住，不是饿它八个时辰，而是饿它十二个时辰。你想想，要是把你饿上十二个时辰，再把一块肉伸到你面前，你会咋吃？"

盘善恍然大悟，双拳抱起："得令！"

注：

①二番头：二次返回。

②能蛋：逞能、出风头。

③每章儿：过去、从前、以往的意思。

　　蒙我赏赐经典而切实地加以遵守者,是信那经典的。不信那经
典者,是亏折的。

——引自《古兰经》

二十六、"既然接了恁的战表,中不中俺都敢跟恁挺!"

　　就在沙二哥加紧备战的时候,西川也没闲着,封家院子里也是有一帮日本兵在给那只大军鸡当陪练。西川深知"三分鸡架、七分喂养"的道理,也就是斗鸡训练的重要性。

　　这只日本的大军鸡已经在封家院子里训练了好一段日子。每天早起天一亮,日本兵就把鸡抱到封家的院子里大赶,鸡在前,人在后,用软布包裹的竹竿驱赶着。陪练的日本兵按西川的要求,速度由慢到快,时间逐渐增加。大赶完后把鸡放入笼内,给其上水。上午十点左右给它放风,到中午十二点左右给它喂食,让它吃饱后休息。下午三点左右开始遛鸡。遛鸡时要让它大走,既不能让它站立也不能让它大跑,时间一般为两个小时,然后让它入笼休息。到晚上九点第二次投食,然后开始夜练,跑动、跳动,还要训练它啄食的快、准、狠。这样训练已经进行了快十天,陪练的日本兵觉得这只大军鸡完全可以下鸡坑了,西川却摇着头给陪练们上了一课。

　　西川:"什么样的斗鸡能全无敌,你们知道吗?"

陪练军士："攻击精准,有耐力,百折不挠!"

西川微微摇头："太常规了。"

陪练军士："请指教!"

西川："我给你们讲个中国斗鸡的故事。中国古代有一位训练斗鸡的高手,君王让他代为训练一只斗鸡。十天过后,君王找人来问鸡是否可以参战,高手回答'时机尚未成熟,它横冲直闯,杀气太重'。又过了十天,君王再问能否参战,高手回答'它一听到鸡叫,便斗志激昂,无法控制自如'。又过十天,君王再问,高手回答'还不行,它只要瞥见同类的身影,便立刻来势汹汹,火暴蛮斗'。第四个十天过后,高手终于向君王禀告'训练完成,如今它在竞技场上,不论其他的对手如何挑其怒气,激其斗志,它都无动于衷,形如木鸡。但只要一过招,就能一招置对手于死地'。知道这是为什么吗?"

陪练们面面相觑。

西川："中国有句成语叫'呆若木鸡',呆若木鸡不是真呆,只是看着呆,其实非常善战,它像一只木鸡一样站在那里便可以吓退群鸡。活蹦乱跳、骄态毕露的鸡,不是最厉害的。目光凝聚、纹丝不动、貌似木头的鸡,才是江湖高手,根本不必出招,就令敌人望风而逃! 中国的庄子认为,'木鸡不易得',养鸡人明白这个道理。功夫高手难求,行走江湖的人也明白这个道理。'望之似木鸡',这是斗鸡追求的最高境界。不是骄气,不是盛气,最终是一分呆气。"

陪练们一齐鼓掌,一齐点头,长官的话让他们佩服得五体投地。

西川确实是个有文化的日本军官,但他过于重视理论了,他哪里知道,寺门这帮玩斗鸡的货们跟他玩的是另一套理论。不过让西川放心不下的是,他不清楚沙二哥找来的是一只什么样的鸡,他有敢轻敌,阴沟里翻船的道理他懂。于是西川决定去寺里试探一下虚实。

祥符城里汉民们都在为春节忙碌了。尽管是战乱时期,老百姓对过春节的热情依然不减。此时的寺门跟儿比往常热闹许多,那些攒了一年银子的百姓纷纷来到寺门跟儿买一些回民传统的食品。

西川换了一身便装也来凑热闹,他买了一些花生仁装在口袋里,一边捏着吃一边走进了东大寺的前院。

正在训练秃屁股的几个弟儿们一见西川来了,立马停止了训练,把秃屁股装进了鸡笼里。西川跟几个弟儿们打招呼,几个弟儿们却装作冇瞅见,谁也不搭理他。

西川来到鸡笼跟前,打量着秃屁股,他的脸上似乎也流露出不解,问道:"沙先生,这就是你找来的鸡啊?"

沙二哥:"咋,不中?"

西川笑了,没有回答。

沙二哥:"别不怀好意地笑,既然接了恁的战表,中不中俺都敢跟恁挺!"

西川:"不不,我今天来不是和你们说斗鸡的事。"

沙二哥:"咱们之间除了斗鸡的事儿还有别的事儿吗?"

西川:"我太太说,你沙家的酱牛肉这两天供不应求,我的意思是能不能给大日本皇军留一点,让大日本皇军也分享一下中国春节的快乐。"

沙二哥:"想吃肉是吧? 中啊,拿钱来。"

西川:"当然。"

沙二哥:"你要多少?"

西川比出两个指头。

沙二哥:"二百斤?"

西川摇头。

沙二哥:"二十斤?"

西川还是摇头。

沙二哥:"总不会是二斤吧?"

西川点头:"让你猜着了。"

沙二哥:"堂堂的大日本皇军过节只吃二斤牛肉,不怕被人家笑掉大牙?"

西川:"不是人吃,是鸡吃。对了,我忘记说了,大日本皇军要的不是五香酱牛肉,要的是生牛肉。"

沙二哥:"俺家不卖生牛肉,只卖五香酱牛肉!"

西川笑了:"开个玩笑嘛,何必当真。"

沙二哥:"别跟我开玩笑,在俺寺门能开玩笑的都是有恁些的,咱俩又冇恁些,我看你是闲得蛋疼。还是加紧训练恁的鸡吧。"

乌德搭腔:"咦,二哥,训练鸡就说训练鸡,别带'吧',不好听。"

几个弟儿们一起笑了。

西川冇恼，也跟着笑了，说道："真幽默。不要忘了，你们中国人爱说，谁笑到最后谁才笑得最好。"

沙二哥："你来这儿到底有啥事儿？"

西川看着鸡笼里的秃屁股："没什么事，随便走走，来看看你的鸡。依我看，你还是换一只鸡吧，要不然……"

乌德急忙打断："换不得，换不得，鸡可以换，带上'吧'就不能换了。"

几个弟儿们放声大笑。沙二哥憋不住也笑了。

乌德冇笑，一本正经地："恁看恁，笑啥笑，我说得不对吗？就是不能换嘛，换了成何体统，老婆还不依呢。"

几个弟儿们又是一阵大笑。

面对嘲笑，想发火的西川还是忍住了，他冲着鸡笼子里的秃屁股说道："屁股上的肉还不少，等着吧，正月十六来吃你的肉！"

西川来东大寺前院这一趟虽生了一肚子气，但他认为收获还不小，最起码他认为可以高枕无忧了，因为那只秃屁股鸡根本不可能是大军鸡的对手。不过有一点他还是弄不明白，沙二哥为什么要选择这么一只鸡来应战呢？脑子出毛病了吗？他实在是猜不透其中的奥妙，但有一点还是可以肯定，寺门跟儿的人个个都不是善茬，心里都藏着对大日本皇军的敌意。他觉得越是这样越要用另一种手段让他们俯首称臣，而且是口服心服。

西川走了以后，沙二哥却不安了起来，他越发为秃屁股鸡的能力而担心，如果真是三五招之内解决不了战斗，秃屁股必死无疑。他虽没去封家院里看日本人怎么训练那只大军鸡，但他能想到，西川为这场中日斗鸡大战是煞费苦心。西川家族在日本是玩斗鸡的世家，他一眼就能看出选择这只不打实①的秃屁股鸡的目的就在使用撒手铜上。可秃屁股那两只爪子能成为撒手铜吗？沙二哥开始动摇了。

这个春节祥符城里过得很安静，老日们明令禁止不准放鞭炮，街上也没鞭炮卖，鞭炮是火药做的，用二大的话说，老日们怕屁股眼里被人插个炮一下把他们崩回日本老家去。

吃罢晚饭，沙二哥皱着眉坐在油灯旁边抽烟，汴玲在纳鞋底。

二大瞅了瞅沙二哥，说道："二孩儿，撮巴②个脸弄啥，大年间的。"

沙二哥："咱回民又不过年。"

二大:"不过年也不能撮巴个脸啊,就不能高兴点儿。"

沙二哥:"打不败卖尻孙们我啥时候也高兴不起来。"

二大:"街上都在传,国军大反攻了,老日快不中了,也不知是真是假。"

汴玲:"我今天去街上抓药,西川他老婆也去抓药,俺俩正好一路。西川他老婆问我能不能帮她弄一点黄金。"

沙二哥:"她要黄金弄啥?"

汴玲:"听她的口气是西川让她弄的。"

沙二哥:"西川让她弄的?"

汴玲点头。

沙二哥:"西川让她弄黄金干啥?"

汴玲:"不知。"

二大:"这两天也不知咋了,西川个卖尻孙见谁都慈眉带笑,卖尻孙又不知在想啥点儿呢。"

沙二哥:"他觉着正月十六十拿九稳了呗。"

二大:"二孩儿,我劝你别跟卖尻孙斗鸡了,你那只秃屁股鸡肯定不中。"

沙二哥不语。

二大接着说:"眼望儿,压南关到北关都知你要跟老日比赛斗鸡,全祥符的人都提着劲,这要是斗败了,不是灭了咱的志气,长了老日的威风嘛,大家得多伤心啊。"

沙二哥:"吐在地上的痰还能舔起来?"

二大:"跟恁爹一样,争强好胜的犟筋头。"

汴玲:"咱妈说得对,不中就找个理由,秃噜下来算了。"

沙二哥:"找个理由? 找啥理由? 咋秃噜? 这个节骨眼上媄了软蛋,咱沙家的人还咋在寺门混,咱寺门的人还咋在祥符混!"

汴玲:"说一千道一万,咱的鸡不中,说啥都白搭。"

沙二哥又不吭气儿了。

二大叹道:"唉,恁爹在世的时候,有一回我跟他去山西弄牛,跟人家挺头,三个老西打恁爹自己,打是打赢了,可我和恁爹差点把命丢在山西。"

沙二哥:"为啥?"

二大:"有个老西袖筒里藏了有毒的暗器,要不是恁爹身体壮,出不了山西地界就得撂翻。那回可把我给吓孬了,恁爹的胳膊肿得比大腿还粗,去看郎中,郎中说冇法儿治,除非把胳膊卸掉,要不连命都难保。可我就不信这个邪,清是一口一口把恁爹胳膊里的毒吸了出来,昏天黑地整整吸了两天,恁爹胳膊里的毒是被吸干净了,我的嘴可变成了个猪嘴。"

汴玲咯咯地笑了起来。

沙二哥没有笑,他的两眼一直盯在汴玲纳鞋底的手上,突然他一拍大腿:"有了!"

二大:"啥有了?"

沙二哥:"有打败卖尻孙的法儿了!"

注:

①不打实:不怎么样。

②撮巴:皱皱巴巴、皱。

寺门

真主将用他们的愚弄还报他们,将任随他们彷徨于悖逆之中。

——引自《古兰经》

二十七、"爷们,中不中啊?"

第二天一早,沙二哥和几个弟儿们聚在尔瑟的汤锅前,他把自己的想法说出来后,几个弟儿们一致赞同。

白凤山:"这个法儿中,绝对一招制胜。"

乌德:"其实我也想到过,只是冇说出来。"

盘善:"又逞能蛋,你咋不说出来呀。"

乌德:"我说出来怕二哥不愿意,他那个气蛋劲恁又不是不知,认死理,秉性壮,又臭又硬,再给我来个宁为玉碎不为瓦全,再骂我这是使阴招,给我一个二脸,我不是自找冇趣?"

沙二哥:"那要看对谁,对付那些卖屄孙日本人,只要能打败他们,啥招阴咱使啥招,城外的游击队使的不都是阴招嘛,日本人是咱的敌人,他们的鸡同样是咱的敌人。"

白凤山:"老二说得对,人物对人物,不人物对不人物,卖屄孙们打进咱的门里,赖在咱寺门不走,还开枪打死了俺的鸟,他们使的是啥招? 下三烂不要脸招,对付那些不要脸的货,硬挺不中,就得使阴招。"

沙二哥:"凤山说得对。阴招那要看对谁使,咱的这一招只要管用,咱就必胜无疑!"

马老六蹙蹙眉头:"这个招好是好,但万一让卖尻孙们发现那可就……"

马老六冇往下再说,但几个弟儿们都明白后果的严重性,都不吭声了。

盘善:"那个卖尻孙西川可心狠手辣啊,别摊为斗一场鸡再搁里几条人命。"

缄默。

沙二哥也有点举棋不定:"我想,不会被发现吧……"

马老六:"万一呢?"

沙二哥点了点头:"让我再想想。"

白凤山:"马老六说得不错,得做好两手准备,不能光往好处想,坏处也得想,不怕一万就怕万一。"

几个弟儿们都点头。

沙二哥:"要不这样,恁先按原计划训练着鸡,我去找一趟马道街的金拐子,征求一下他的意见。"

沙二哥要去找的这个金拐子是个金匠世家,南蛮子,大清年间压苏州来到祥符的,据说金拐子他爹早年进宫打过首饰,慈禧耳朵上那对双凤吉祥的金耳坠就出自他爹的手。后来金氏家族在上海开了分店,名动上海滩,又在香港的弥敦道开设了一家分店。因为名气太大遭仇家暗算吃了官司,金拐子他爹因气大伤身一命呜呼之后,金拐子怕再遭仇家算计,便带着全家来到了祥符。

金拐子已近八十高龄,与沙二哥他爹沙老虎是一辈人,沙老虎在世的时候两家常来常往。在沙二哥的印象里,金拐子是祥符城里他爹最佩服的人之一,在打造黄金器皿、金银饰品和金玉镶嵌上绝对是祥符城里的头把交椅。

沙二哥来到马道街金拐子的店铺里,压兜里掏出一包哈德门香烟塞进金拐子手里。

金拐子一边瞅着烟盒一边操着南腔北调花搅道:"卖牛肉的就是比卖首饰的有钱,我是抽不起恁好的烟。"

沙二哥:"爷们,孝敬你的。"

金拐子："不抽了,不抽了,咳嗽。"

沙二哥："真的不吸了?"

金拐子："尝一根也中。"说着撕开烟盒抽出一支搁到鼻子上闻着,然后把一盒烟装进衣服口袋里,"听说你要跟日本人斗鸡?"

沙二哥："恁老也听说了。"

金拐子："祥符城哪儿最热闹?当然是马道街。往马道街上一站,从南头到北头,随便捞住一个人问,知不知寺门的沙老二要跟日本人斗鸡,他要说不知道,我头朝下走路。你爷们这回整的动静真不小啊,胆子壮,老日人家躲还躲不及,你还敢招惹他们,中,像恁爹,有种,本事大,尿得高。"

沙二哥掏出火柴给金拐子点着烟："爷们,我找你有点事儿。"

金拐子一口烟吸进肚里带出一连串的咳嗽,沙二哥急忙上前拍着他的后背。

金拐子连连摆手："冇、冇事,说吧,啥事儿?"

沙二哥："爷们,我想让恁老给我做一样东西。"

金拐子："啥东西?"

沙二哥从口袋里摸出一个物件递给金拐子："你老瞅瞅这是个啥。"

金拐子戴上老花镜仔细瞅了瞅："这是个啥玩意儿?"

沙二哥附在金拐子耳朵边说道："俺妈从老日的小钢炮上拆下来的零件。"

金拐子："恁妈不愧是恁爹的媳妇,锥子不叫锥子,叫针中,占便宜都占到日本人头上了。"

沙二哥笑了："恁老也知俺妈爱占便宜?"

金拐子："恁爹冇告诉你呀?恁妈年轻的时候,牵了头毛驴跑到禹王台,把康有为写的石碑都拉回家了,被你爹臭骂一顿她又拉回去了。"

沙二哥："有这事儿?"

金拐子："不信回家问恁妈。"

沙二哥："为啥呀?"

金拐子："恁妈说那块石碑方方正正的,拉回家正好能垫恁家的茅厕池。"

沙二哥笑了起来："不会吧?"

金拐子："不会吧?恁妈啥不会,她连日本人的小钢炮都敢拆,康有为的石碑算啥。"

沙二哥："爷们,你瞅瞅这个玩意儿,是铁,还是钢?"

金拐子又仔细瞅了瞅,然后拿起一把小锉刀锉了一下,说道："不是铁,也不是钢。"

沙二哥："是啥?"

金拐子："是合金。"

沙二哥："合金? 啥是合金?"

金拐子："合金比钢铁坚硬得多,洋人发明的,专门用来做飞机大炮的。"

沙二哥点了点头："用它来做个戒箍咋样?"

金拐子："你要用它给你媳妇做戒指啊? 别丢人了,做戒指得用金银,你就不怕丢恁老沙家的人,就不怕恁媳妇骂你呀?"

沙二哥："恁老就说能不能做吧。"

金拐子瞭了沙二哥一眼："你还当真了?"

沙二哥："我能跟恁老打麻缠不能? 不当真我敢来动恁老的大驾嘛。"

金拐子相信沙二哥的话了,他推了一把鼻梁上的老花镜："做咋不能做,当然能做,就是硬了点。"

沙二哥："爷们,实话对你说吧,我要做的不是戒指,是比戒指更小的物件。"

金拐子："啥物件?"

沙二哥："能镶嵌在鸡爪子里面的刀。"

金拐子没听明白："啥刀?"

沙二哥："能镶在鸡爪子里面的刀,越小越好,小得不起眼,很隐蔽,不仔细瞅根本就瞅不出来。"

金拐子不作声了,摘去鼻梁上的老花镜,虚矇着眼睛瞅着沙二哥的脸。

沙二哥："爷们,咋了?"

金拐子："爷们,咱别惹事中不中? 你一说我就明白你要弄啥。爷们,我可以明告诉你,我和恁爹一辈子的交情,我不能眼瞅着你把命给丢掉! 别跟日本人较劲,咱离他们远一点中不中?"

沙二哥："爷们,恁老听我说……"

金拐子："我不听你说。你要真有个三长两短,停不了几年我到那边和恁爹见了面,你叫我咋对他说!"

沙二哥:"爷们,你听我说,不是咱惹事,咱日子过得好好的,卖尻孙们一脚踹开咱的门,进到咱的家,占了咱的地儿,杀咱的人,谁不想安安生生过日子,卖尻孙们不让你安生。原本,我想用俺爹留下来的那把枪跟卖尻孙们拼命,俺妈和俺媳妇逼着我把枪给埋了,我也知,单枪匹马不中,可是我憋屈得慌,在自家的院子里不能随心所欲地做事儿,不能随心所欲地说话,你不招惹他们吧,他们非招惹你。咱是老百姓,咱手里冇飞机大炮,咱挺不住他们。咱唯一敢跟他们挺的就是咱祥符人喜欢玩的这些玩意儿,如果咱连这都不敢跟他们挺,咱这个祥符城才真叫去球了。爷们,其实我也不想来麻烦恁老人家,我是真冇法儿了。卖尻孙们一来,祥符城里玩鸡的人全收摊了,压南关到北关,压宋门到西门,把祥符城翻了个底朝天,也找不着一只像样的鸡。爷们,不下这个鸡坑真的不中啊,寺门跟儿的人蛋都要气崩了。爷们,看在俺爹的分上你就帮俺官儿①一把,让俺官儿在鸡坑里把卖尻孙们打败,俺爹在那边也会把嘴笑歪的,等恁老百年之后去了那边,老哥俩一见面,俺爹保准请恁老喝酒!"

沉默。金拐子在沙二哥期待的目光中沉思着。

沙二哥:"爷们,你说句话,中不中啊?"

金拐子慢慢把手伸进衣兜,从里面摸出那盒哈德门香烟,抓起沙二哥的手把香烟拍到沙二哥的手掌里,坚定地说道:"不中,还是不中,到那边恁爹请我喝酒也不中!"

沙二哥瞪起了眼:"你爷们咋是这样!"

金拐子:"少在我跟前撂高腔,你走,你赶紧走,再不走我就用拐棍夯你呀!"

沙二哥站着没动,气得不知如何是好。

金拐子:"你听着冇,赶紧走!"

沙二哥仍旧站着没动。

金拐子晃晃悠悠站起来,抓起一旁的拐棍举起来真的向沙二哥打了过去。沙二哥抬手接住拐棍夺了下来,狠狠往地上一扔,转身走出金拐子的店铺。

去球了,这个让沙二哥寄予希望的撒手锏去球了……

注:
①俺官儿:侄子。

我确已降示你许多明显的迹象,只有罪人不信它。

——引自《古兰经》

二十八、沙二哥和几个弟儿们彻底傻脸了。

还剩下最后的十天了,沙二哥还是一筹莫展。几个弟儿们在沙二哥紧锁不展的眉头前也失去了信心,该想的办法全想了,再也想不出战胜大军鸡的办法了,几个弟儿们一筹莫展就快彻底塌气①了。

白凤山:"那玩意儿咱就不能自己做吗?"

乌德:"说的比唱的好听,你以为那是做把菜刀? 你做做试试。"

白凤山:"我还就不信这个邪,我还非试试不中!"

白凤山还真把那块合金拿回家去试试了,第二天早上喝汤的时候一个劲甩头:"不中,合金这玩意儿太硬,咋烧也化不成水。"

马老六:"不逞能蛋了吧,就你比别人尿得高?"

乌德:"烧化铜铁还得一千多度的高温,你以为架上柴火就能把合金烧化? 那日本人的小钢炮咱还能做哩。异想天开,不是那么回事儿。"

白凤山甩着头,叹着气:"去球,冇招了。"

沙二哥又把郁闷的心情带到了家里的饭桌上。

二大:"咋,这个法儿不中?"

沙二哥:"不是不中,金拐子能做,可他不做。"

二大:"为啥?"

沙二哥:"胆儿小,怕惹麻烦。"

二大:"冇别的法儿了?"

沙二哥摇头。

二大一拍桌子:"老鳖孙,我去寻他!"

沙二哥:"别去了,那是头老犟驴,冇用。"

二大:"冇用的是你,你看我去有用冇用,我就是专门收拾老犟驴的!"

沙二哥也冇再阻止二大去寻金拐子,心想,有用冇用骂骂他个老扁糊②也能解解气。

吃罢晌午饭,二大直奔马道街去了。

二大走进金拐子的店铺,金拐子正与两个顾客在谈生意。

二大笑容可掬地:"他舅。"

金拐子用眼睛朝周围撒了一圈:"你叫谁哌?"

二大:"叫你哌。"

金拐子:"你叫我啥?"

二大:"我叫你他舅啊。"

金拐子:"谁舅啊?"

二大:"孩儿他舅啊。"

金拐子:"胡叫八叫啥,谁是孩儿他舅?"

二大脸一翻:"我要不叫你一声孩儿他舅,你还真以为我不敢来找你这个孩子他舅!"

金拐子:"找就找呗,别胡乱叫,我来祥符几十年了,你以为我不知,祥符叫孩子他舅是骂人的!"

二大:"你还知我是来骂你的呀,我今个就是来骂的!"

金拐子:"你凭啥骂我? 不吃你的不喝你的!"

二大:"摊为你缺斤少两!"

金拐子:"缺啥斤少啥两?"

二大从手指头上捋下个戒指:"这戒箍是你打的吧。"

金拐子接过二大手里的戒指，仔细瞅了瞅："是啊，三十年前打的。"

二大："瞎话篓，三天前打的！"

金拐子："三天前打的？这明明是三十年前恁家老虎活着的时候打的！"

二大："俺家老虎活着的时候打的，我咋眼望儿来寻你？瞎话篓子，明明是你三天前打的你咋不承认！满共才六钱金子你就敢昧下一钱，还是亲不溜溜的自家人，摸摸你的心口嘴，良心让狗吃了！"

金拐子急了："你、你、你咋就这乱说……"

二大把脸转向那两位顾客："恁瞅瞅，亲不溜溜的孩儿他舅，俺家老头活着的时候他俩是好弟儿们，俺家存了这么几钱金子，我要过生日，俺儿非得让我打个戒箍戴上，都知他手艺好，我就来找他了，谁知他咋是个生熟都杀的货啊，六钱金子打成戒箍后就变成五钱了。俺儿说算了吧，他也这把子岁数了，占便宜就让他占吧，多昧一钱少昧一钱都带不到棺材里去。可我就是咽不下这口气，他占谁的便宜都中，就是不能占俺的便宜。恁不知，他这个人压年轻时候就爱占个小便宜，禹王台里头有块康有为写的石碑恁知不知？都被他拉回家了！要不是俺家老头把他骂了一顿，康有为的石碑眼望儿还垫在他家的茅厕池里。恁说这个人中不中，我不骂他我骂谁！他该骂不该骂！"

二大连珠炮似的这一番话刚说完，两位顾客转身离开了金拐子的店铺。

金拐子："哎，恁咋走了……"

二大："就你这个德行，谁还敢跟你做买卖啊。"

金拐子气得吹猪，用指头点着二大："你，你，你你，你这不是要毁我吗？"

二大笑了，不紧不慢地说："我就是要毁你个老扁糊，你不是禀性吗？你不是光棍吗？你不是祥符城里有人呛茬③吗？我就不相信冇人能拾掇住你。"

金拐子气得就去摸拐棍。

二大："咋，你还想用拐棍夯我？你要不夯你是个孬孙，你夯啊！夯啊！"

金拐子举着拐棍的手在空中停留了半天，终于有气无力地放了下来。

二大："我告诉你老金头，压今个开始，你的店铺只要开门我就来搅和你，还是这个法儿，毁你的买卖，你啥时候孬劲，咱啥时候拉倒，我说到做到。"

金拐子把手里的拐棍往地上一扔："我的老嫂嫂！你咋也恁糊涂啊，日本人咱惹不起！"

二大："惹不起，惹得起，也冇让你去惹呀，看把你吓得尿裤样，天塌下来有嫂嫂我顶着,砸不着你。二孩儿这一回跟日本人挺,俺沙家啥都不顾了,你这个做老的不支持他,不给他当后盾,说得过去吗? 不就是一条命嘛,不就是一个牛肉摊和一个金匠铺子嘛。咋,你非得眼瞅着二孩儿败在日本人手里你才高兴? 你非得瞅着全祥符城的人难受你才痛快? 我瞅你真的是老糊涂了!"

金拐子一翻眼:"我高兴啥,我又不是日本人! 我糊涂啥,我不知日本人孬孙?"

二大:"这不妥了嘛。"

金拐子:"我是担心……"

二大:"你啥也别担心,这祥符城里,只要俺寺门的人不担心,恁都别担心!"

金拐子:"我的老嫂嫂,亲姐姐,你真是比恁家老虎还二百五啊!"

二大成功降服了金拐子。

金拐子店铺打烊,整整花了一天时间做出了一对令人赞叹的合金鸡爪刀。寺门的几个弟儿们兴奋得就像吃了蜂蜜。

白凤山:"老二你怪中,一身好武艺,打仨贴俩,遇见金拐子个老别筋④你可没招了吧,还是老将出马一个顶俩。"

沙二哥问二大:"妈,你都跟俺金叔说啥了? 他恁痛快就答应了?"

二大:"我冇说啥啊。"

沙二哥:"不可能冇说啥。"

二大:"我真的冇说啥,不信你去问恁金叔。"

沙二哥:"我才不去问他。"

二大:"噢,我就问了他一句话。"

沙二哥:"问了他一句啥话?"

二大:"我问他,听说当年你把禹王台里的康有为拉回家垫茅厕池了?"

沙二哥:"恁俩到底是谁把康有为拉回家了?"

二大笑了。

万事俱备只欠东风。就在沙二哥等人信心满满等待正月十六到来的时候,又出事了,那只秃屁股鸡生病了。

正月十四的早起,沙二哥像往常一样掀开鸡笼,他发现那只秃屁股窝在笼里死活不肯站立起来,伸手一摸秃屁股的颈部,不好,秃屁股发烧了。几个弟儿们急忙凑到鸡笼跟儿一起给秃屁股会诊。

沙二哥问:"乌德,鸡放在恁家,夜隔晚上有啥异常没有?"

乌德:"夜隔晚上喂食的时候,它就不吃,我以为是上一顿吃得太饱,也就冇在意。"

盘善:"啥冇在意,你瞅瞅,鸡屎都是绿的!夜隔晚上你都冇瞅见?"

乌德:"谁要瞅见谁是狗,我真的冇瞅见。"

白凤山:"你就是狗!后个就要打比赛,你说咋办?"

马老六:"我说别把鸡放在乌德家,尔瑟还不愿意,说乌德照护得好,这好,可把它照护好了!"

尔瑟不愿意了:"我啥时候不愿意了?你不是也说乌德照护鸡照护得好嘛!"

马老六:"我冇说过这话!"

尔瑟:"不认账不是?"

马老六:"冇说过就是冇说过!"

尔瑟:"说过!"

马老六:"冇说过!"

尔瑟:"说过就是说过!"

马老六:"冇说过就是冇说过!"

沙二哥:"中了中了,互相埋怨管个球用,当务之急得马上把它的病治好,后个就要下鸡坑了!"

几个弟儿们为秃屁股的病整整忙碌了两天,甚至把秃屁股抱到朝鲜人开的医院去了。药也吃了针也打了,冇用,秃屁股的头还是耷拉着,下肢无力还是站不起来。

沙二哥和几个弟儿们彻底傻脸了。

乌德:"去球吧,不中跟卖尻孙去说说,换个日子吧。"

盘善:"只有这了。不是俺怵场,是鸡病了,冇法。"

沙二哥心里恼丧,但又不得不接受这个事实。黄昏时分,沙二哥在街南口截住领着巡逻队回来的西川,当他把秃屁股生病的情况告诉西川之后,西川哈哈地笑了起来。

沙二哥:"有啥好笑的,这是实际情况!"

西川:"实际情况恐怕是你想临阵脱逃吧?很遗憾,明天你们祥符人一定会这样猜测,那就是你沙先生害怕了,退缩了,在大日本皇军的大军鸡面前俯首称臣了。你就是有一千张嘴也解释不清楚,解释了也没人会相信。沙先生,不是鸡生病了,是你生病了,你生的是恐惧大日本皇军的病。"

瞅着西川得意洋洋的面孔,沙二哥真想上去一脚踢死他。

注:

①塌气:泄气、失去信心。

②老扁糊:老家伙。

③呛茬:应为"戗茬",不好惹。

④别筋:别劲、倔强。

以便真主以他们的行为的善报赏赐他们，并以他的恩惠加赐他

们。真主无量地供给他所意欲者。

　　　　　　　　　　　　　　　　　　——引自《古兰经》

二十九、"俺几个大老爷们还冇法儿呢，你能有啥法儿？"

接踵而来的是西川一系列的举动：首先在寺门前的照壁上贴了一张公告，内容是大日本皇军与寺门沙家的斗鸡比赛时间不变，欢迎各界人士下注，比赛双方若有一方弃权另一方将成为理所当然的胜家，并将胜负结果张榜公布在钟鼓楼上；另一个举动就是西川突然决定把城墙根的鸡坑挪到东大寺前院。寺门跟儿的人们都清楚，西川这是成心要给寺门和沙家办丢人，给东大寺门跟儿的所有穆斯林办丢人，给整个祥符城办个大丢人。寺门跟儿的人都恨西川的阴险，但又无能为力。

尚社头不愿意了，找到西川："东大寺前院不能当鸡坑，这不成体统！"

西川微笑着说："怎么不能当鸡坑？斗鸡是项娱乐活动，你们寺门跟儿的穆斯林不是也经常在前院摔跤、打拳、撂石锁吗？难道这不是娱乐活动？"

尚社头："那是经过寺里同意的。"

西川："大日本皇军需要申请吗？"

尚社头："不能申请。"

寺门

西川:"为什么?"

尚社头:"大日本皇军不是穆斯林。"

西川:"我是穆斯林。"

尚社头:"你不是祥符的穆斯林。"

西川微笑着拍了拍尚社头的肩膀:"老尚,不必再演戏了,你知道明天的比赛已经不可能如期进行了,申请不申请不碍大局。我正式通知你,如果沙老二参加不了比赛,大日本皇军将在东大寺的前院举行庆祝盛会。"

尚社头:"斗个赖孙鸡有啥值得庆祝的。"

西川:"庆祝大日本海军在莱特湾大海战中取得的辉煌胜利!"

尚社头:"恁取得胜利恁找别的地儿庆祝,俺东大寺没有这个义务。"

西川的脸一下阴沉下来:"尚社头,我不希望明天有不愉快发生,你也肯定不希望明天在东大寺里有惨案发生吧?"

心情低落的尚社头刚回到寺里,海阿訇脸上带着难以抑制的兴奋把尚社头拉进了大殿。

尚社头不解地问:"咋了,出啥事儿了?"

海阿訇:"非常重要的事儿。"

尚社头:"还有啥事儿比明个斗鸡更重要哟,沙老二的鸡明个斗不成,卖尻孙们就要在前院开庆祝会。"

海阿訇:"庆祝啥啊?"

尚社头:"他们的海军在海上打胜仗了呗。"

海阿訇:"谁说的?"

尚社头:"西川那个卖尻孙。"

海阿訇:"听他胡抡。我让你瞅一样东西。"说完从衣兜里掏出一页纸,"你瞅瞅这是啥。"

尚社头:"啥呀?"

海阿訇:"国军撒的传单,有人把它绑在砖头上,隔着墙撂进院里的。"

尚社头接过传单念道:"1944 年 10 月,美军海军太平洋舰队与日军海军在莱特湾进行了世界战争史上规模最大的一次海战。日军损失航空母舰 4 艘、战列舰 3 艘、巡洋舰 9 艘、驱逐舰 8 艘、潜艇 7 艘,损失飞机 500 架,另有 3 艘巡洋舰受重伤,伤亡 1 万余人。由此日本海军遭受到毁灭性打击,曾经显赫一时的联合舰队也基本失去了作战能力,彻底丧失了太平洋上的制海权,不再对美国海军构成重大威胁。"

尚社头拿传单的手都在颤动着,轻声念完传单后兴奋得不知如何是好:"这么说,卖尻孙们真的快不中了?"

海阿訇点头:"肯定快不中了。"

尚社头把传单塞进口袋就走。

海阿訇:"你去哪儿?"

尚社头:"沙老二那帮货在尔瑟家,我去把这个消息告诉他们!"

海阿訇嘱咐道:"招呼着点,越在这个时候越得招呼,防止日本人狗急跳墙!"

尚社头希望这个好消息能让沙二哥和几个弟儿们振奋,可沙二哥和几个弟儿们传阅罢传单之后冇一个激动的。

尚社头:"弄啥,弄啥,不就是一场斗鸡比赛嘛,输就输,只要美国人打赢就中。"

乌德:"美国人跟咱斗鸡有啥关系?挨不着,十万八千里。"

盘善:"就是,把太平洋挪到这儿还差不多。"

尚社头:"你说的是个屁!斗鸡算啥?斗鸡能把日本的航空母舰蹾翻?斗鸡能把五百架卖尻孙的飞机从天上叨下来?鼠目寸光,我和海阿訇早就分析过了,只要美国人在太平洋上把卖尻孙们撂翻车,卖尻孙们就得从咱中国滚蛋!斗鸡算啥?比起太平洋的胜利斗鸡啥都不算!"

白凤山:"我就不赞成老尚的话,太平洋上谁撂翻谁祥符人瞅不见,东大寺门前的斗鸡撂翻了日本人的鸡,那才让咱祥符人瞅个清亮亮,那才叫鼓舞士气。"

尚社头:"啥叫大局你懂不懂?"

沙二哥:"中了,别说了,凤山说得有道理,俺管不了太平洋上的事儿,明个的鸡斗不成,美国人就是明个打到了日本国,俺也兴奋不起来。"

尚社头:"中中,恁说得对中了吧。可明个的鸡斗不成怨不得日本人,恁的鸡不争气,恁咋让祥符人民振奋啊?说得再好管啥用,冇一点用,还不如印点传单爬到鼓楼上去撒撒!"

几个弟儿们正冇窟窿媸蛆,尚社头这句话一下子惹恼了几个弟儿们。

白凤山:"怨不得卖尻孙们怨谁？卖尻孙们不提出斗鸡比赛,哪个卖尻孙才干这种掏力不落好的事儿,你还在这儿说风凉话,也不瞅瞅你长得啥德行,人不人猿不猿的!"

马老六:"你是日本人的社头还是东大寺门的社头？我咋瞅着你像日本人的社头啊？小日本给你多少好处让你来这儿刺挠①俺？滚蛋中不中？瞅见你我不吃都饱了!"

乌德:"羊圈里钻进一头猪,我咋看你咋不像羊!"

盘善:"说错了。是猪圈里钻进一头羊,咋看咋像冒充猪!"

尔瑟:"滚吧,滚吧,哪儿利亮你滚哪儿待着,再不走俺可就骂你八辈是汉奸了!"

尚社头气得脸都青了,转身一边走一边骂道:"一帮不知好歹的货!死恁都找不着祖坟!"

就在尚社头被骂走之后不久,身穿和服从尔瑟家门面房前经过的洪芳停住了脚,她趁人不注意时走进了尔瑟家的门面房。

听见动静的尔瑟急忙从里屋出来挡住了洪芳的去路:"冇汤了,明个再来吧。"

洪芳:"俺不是来喝汤的。"

尔瑟:"有啥事儿？"

洪芳:"俺有话要跟沙二哥说。"

尔瑟:"他不在这儿。"

洪芳也不搭理尔瑟,撩开里屋的布帘走了进去。

尔瑟:"哎,你这个娘儿们咋……"

几个弟儿们用警惕的目光瞅着进到里屋来的洪芳。

沙二哥:"你找我啥事儿？"

洪芳:"恁是不是耍把戏的躺地上——冇招了？"

沙二哥:"有招冇招碍你啥事儿？"

洪芳:"鸡是俺给你举荐的,眼望儿生病了,俺不能不管。"

白凤山:"走走走,你管？你指啥管？回去把恁那个卖尻孙男人管好就中!"

盘善:"滚蛋,滚蛋,这不是你来的地方!"

乌德:"你走不走? 不走俺可要非礼了!"

几个弟儿们一起往外轰着洪芳。

沙二哥用手制止住几个弟儿们:"都别吭,听她说。"

几个弟儿们不吭气了。

沙二哥:"你说吧,你咋个管法儿?"

洪芳:"俺有办法让恁的鸡明个参加比赛。"

白凤山:"别蒙事了,你有法儿,俺几个大老爷们还有法儿呢,你能有啥法儿?"

沙二哥瞪了白凤山一眼:"听她说中不中!"

白凤山:"说吧说吧。"

洪芳:"俺爹也玩鸡,有一回俺爹跟人家斗鸡,俺爹的那只鸡也是在临下鸡坑前突然生病了,俺爹使了一招,可灵,那只鸡不但下了鸡坑,还斗赢了。"

几个弟儿们异口同声地问:"啥招?"

洪芳卖起了关子不往下说了。

几个弟儿们又是异口同声地催:"快说啊!"

洪芳:"说可以,但俺有个条件。"

沙二哥:"啥条件?"

洪芳:"眼望儿市面上黄金紧缺,能不能帮俺换点黄金?"

沙二哥:"你不缺吃不缺喝,换黄金弄啥?"

洪芳:"这个恁别问,俺自有用处。"

白凤山:"中,这事儿包在我身上,黄金我帮你换,快说吧。"

沙二哥:"说吧,恁爹使的是啥招?"

洪芳:"俺爹吸老海②,他把大烟膏和剁碎的牛肉拌在一起,然后填进鸡嘴里,鸡睡上一觉之后,见啥叨啥,连人它都敢叨。"

听罢洪芳的话,几个弟儿们目瞪口呆,面面相觑。

洪芳接着说:"恁别不信,俺爹说斗鸡爱吃荤腥,大烟膏和牛肉都是荤腥物。"

沙二哥恍然大悟道:"这跟荤腥有关系,关键是大烟膏能让鸡兴奋,睡一觉起来那就是最兴奋的时候,肯定是见啥叨啥!"

乌德:"鸡的病就好了?"

沙二哥："这跟病也有关系,要的就是让它兴奋,下鸡坑!"

几个弟儿们也悟出了名堂,鸡还有吃大烟膏,几个弟儿们却先兴奋了起来。

沙二哥瞅着几个弟儿们问道:"弄?"

几个弟儿们异口同声:"弄!"

注:

①刺挠:挑逗、骚扰。

②老海:大烟。

然后,我把精液造成血块,然后,我把血块造成肉团,然后,我把肉团造成骨骼,然后,我使肌肉附着在骨骼上,然后我把他造成别的生物。愿真主降福,他是最善于创造的。

——引自《古兰经》

三十、"不好,要坏事儿!"

就在沙二哥几个弟儿们按照洪芳说的法儿做的时候,西川又接到了一封由土肥原贤二亲自签署发来的电报,内容有两个:一是命令西川尽快把封家那些字画运往本土,军部将派专机接送;二是让驻守祥符的日本宪兵稳定社会大局,得中原者得天下,得祥符者得中原,驻守祥符的日本宪兵要在确保自身安全的前提下完成任务。

西川把土肥原的这份电文反复研究之后,得出了自己的结论。晚饭后,他让洪芳坐下,洪芳看出西川似乎有话要对她说。

西川:"我让你换的金子怎么样了?"

洪芳:"有点眉目了。"

西川微微点头:"尽量快一点,赶早不赶晚。你知道吗,目前在重庆买一根油条的钱,在祥符都可以办两桌酒席。"

洪芳惊讶地看着西川:"真的?"

西川点头:"可见这里赤贫到了什么程度。"

洪芳:"那,咱是不是把存放的所有法币都换成黄金?"

西川点头:"全部换掉。"

洪芳:"不是有啥事情吧? 我咋觉得……"

西川:"大日本皇军在各个战场上都在节节胜利,能有什么事情? 你把我让你做的事情做好就是。"

洪芳:"那为啥要换黄金?"

西川:"乱世收黄金,可不光是你们中国的名言啊。"

洪芳:"有句话俺想问问你。"

西川:"什么话,问吧。"

洪芳:"恁真的在太平洋上把美国人打败了?"

西川:"当然是。怎么,我说的你不相信?"

洪芳摇摇头:"我相信……"

西川:"我有一句话要问你。"

洪芳:"你问吧。"

西川:"你希望中国赢得这场战争,还是希望日本赢得这场战争?"

许久,洪芳在西川怀里说道:"俺希望没有战争……"

西川:"我问的是,你希望谁能赢得这场战争。"

洪芳:"想听实话?"

西川:"当然。"

洪芳:"俺国。"

西川把洪芳搂得很紧。

洪芳:"俺国会赢吗?"

西川:"快了,一切就快见分晓了……"

尽管西川冇给洪芳一个清晰的答复,但洪芳仿佛已经感到自己离开寺门的日子不远了。

正月十六一早,几个在鸡笼跟儿守了一整夜的弟儿们,怀着忐忑不安的心情小心翼翼地将黑布笼罩揭开,只见笼子里的秃屁股昂首挺胸,伸直脖颈,耸起五颜六色的毛身,并用嘴一个劲叨啄着鸡笼,一副急于搏斗的姿态。

几个弟儿们顿时一齐欢呼起来,一个个那高兴的劲头就像自己吸了老海一样。

白凤山瞅着精神抖擞的鸡骂道："卖尻孙，你可把俺给吓孬了，今个你要是站不起来，俺几个都得跟着你一块儿趴下！"

沙二哥也抑制不住内心的兴奋，一声令下："给它戴上'戒箍'！"

金拐子打造的这两把鸡爪刀那叫真得劲，套在鸡爪上不大不小正合适，而且使肉眼看很难瞅出来，秃屁股鸡的爪子又大，正好起到隐蔽作用。

盘善："中，有一点问题，只要日本人的眼珠子不是放大镜，咋着也想不到咱有这一手！"

即便是这样，沙二哥也把后果全部想好了，一旦被发现，他就用命来承担，绝不牵扯任何一个人。与此同时，他也安排妥了二大和汴玲，让她俩提前去了扫街。

二大临走前嘱咐道："二孩儿，一瞅架势不对你可得麻利窜啊，学上回可连窜的机会都有了，这回要是被卖尻孙们逮住可不光是用皮鞭抽你，非打你的头不中。"

沙二哥："放心吧，妈，我都安排妥了，卖尻孙们真要发现，立马三刻我就窜，绝不让他们再把我绑树上。"

正月十六这天上午，东大寺前院里三层外三层全是人，祥符城里喜欢斗鸡和不喜欢斗鸡的人全来了，就连三教堂那个叫孬蛋的也来了。当沙二哥拎着鸡笼压孬蛋身边经过的时候，被孬蛋一把捞住。

沙二哥："弄啥？"

孬蛋："沙老二，就这鸡？别丢祥符的人了，早知道你是跟日本人斗，当初我就该把那只祥符红送给你。"

沙二哥："眼望儿说这管球用，晚八秋了！"

孬蛋一个劲地甩手："怨我了，怨我了。不过今个你听我一句劝，别拿鸡蛋往石头上撞，递个降表拉倒，就这鸡，下不了俩回合，肠子都得让扒出来。"

沙二哥："我今个就是要用鸡蛋把石头撞碎，信不信由你，出水才见两腿泥，眼不瞎你就睁圆了瞅，看谁把谁的肠子扒出来！"

当拎着鸡笼的沙二哥出现在东大寺前院的时候，西川吃了一惊，他没有想到沙二哥还真的来了，手里还真的拎着那只秃屁股鸡。

西川："沙先生，我真是由衷佩服你的胆量。"

沙二哥："俺中国人有句话叫作，宁可站着死，不愿跪着生。俺祥符还有一句话你知是啥吗?"

西川:"你说。"

沙二哥:"是个男人就不能骨堆那尿。"

西川笑了:"我喜欢有骨气的人,遗憾的是,你这只鸡不管是站着尿还是蹲着尿,今天恐怕都是凶多吉少。"

沙二哥:"是福不是祸,是祸躲不过,咱鸡坑里分出公母吧。"

一个维持会瘦猴汉奸手里举着个铁皮话筒高声吆喝着:"老少爷们,都听清,斗鸡比赛马上就要开始。在比赛结束以后,大日本皇军要在寺门举办盛大的庆祝活动,有现洋和洋面奖赏,还有相扑表演。机不可失时不再来,记住,斗鸡比赛结束之后,大日本皇军给咱祥符的市民备好了洋面和现洋,不要钱,白送,大大的有啊……"

大军鸡出场了。一个日本兵把装大军鸡的鸡笼拎进了鸡坑,距沙二哥两米开外虎视眈眈瞅着沙二哥。

西川冲举着铁皮话筒的瘦猴汉奸一摆手,瘦猴汉奸随即从衣兜里掏出一张纸来,用铁皮话筒高声念道:"下面宣读比赛规则:一、一方鸡主认输;二、鸡被叨打、起毛出声、扭头败走为负;三、鸡被叨打或其他不明原因,死在场内为负;四、一方鸡卧地,对方鸡叨一嘴或打一腿,卧地鸡三秒钟不起为负;五、一方鸡卧地,对方鸡站立但无进攻行为,卧地鸡一分钟不起为负,一分钟内站鸡外走为和;六、一方鸡因起热或其他原因,连续三次出圈外走为负;七、双方停斗,一分钟罩鸡一次,连续三次,均不起为和;八、双方鸡先后卧地,一分钟内均不起为和;九、双方鸡斗至残盘,实无打斗能力,经双方鸡主提出和鸡,必须经裁判同意后为和,但一方有打斗能力,一方无打斗能力,不能商定和鸡;十、一旦放鸡,无论任何理由不得终止比赛,否则为负;十一、比赛时,拾鸡、放鸡、使水等按要求操作,违规者一次警告,二次可判负。双方参赛者听明白冇?"

西川:"明白。"

沙二哥:"废那么多话。开始吧!"

瘦猴汉奸瞅着西川。

西川点了点头。

瘦猴汉奸走到沙二哥面前:"按照惯例,检查一下你比赛的鸡。"

沙二哥用锥子一般的目光盯住瘦猴汉奸的眼睛。

　　瘦猴汉奸："你瞅我弄啥,检查你的鸡!"

　　沙二哥冷冷地说:"你可得检查仔细喽。"说完一把从鸡笼里捞出秃屁股塞到瘦猴汉奸的手里。

　　瘦猴汉奸刚接过秃屁股,就被秃屁股甩起头一嘴叨在手里,瘦猴汉奸大叫道:"哎哟,啥鳖孙鸡,叨人!"

　　沙二哥:"它咋不叨别人? 瞅着你不顺眼呗。"

　　瘦猴汉奸不敢回嘴,也不敢瞅沙二哥,他一手抓住秃屁股的头一手捞住秃屁股的爪子开始了检查。

　　面目冷峻的沙二哥注视着瘦猴汉奸对秃屁股进行检查。

　　此刻,几个弟儿们的心在怦怦直跳,生怕有意外发生。

　　瘦猴汉奸检查完鸡头之后,又掰着鸡爪开始检查,他似乎觉察到了什么,目不转睛地盯在了最长的爪子上。

　　盘善在乌德的耳旁轻声说道:"不好,要坏事儿!"

　　乌德的脸一下子变得煞白,抖动着嗓子轻声问道:"咋办?"

　　几个弟儿们的目光全盯在了瘦猴汉奸的脸上。

　　瘦猴汉奸用手指头在最长的鸡爪尖上轻轻荡了荡,似乎已经了如指掌,他慢慢抬起眼皮将目光对准了沙二哥。

寺门

他们的身后有火狱，他们所获得的，对于他们，毫无裨益；他们舍真主而认为保护神的，对于他们，也毫无裨益；他们将受痛苦的刑罚。

——引自《古兰经》

三十一、"给祥符老少爷们争口囊气中不中!"

就在瘦猴汉奸把目光对准沙二哥的时候，忽听见有人在人堆里喊了一嗓子："腌臜猴，我刚才瞅见恁老婆领着孩子也来看比赛了，眼望儿正在寺门口买焦花生仁吃哩。"

一瞅，喊这一嗓子的人是白凤山，沙二哥的心放在肚子里了。

瘦猴汉奸瞅着白凤山喝问："你是谁啊？我不认识你!"

白凤山："贵人多忘事儿，你咋会不认识我哩，再想想。"

瘦猴汉奸："再想我也不认识你。"

白凤山："那我问你，恁爹原先是不是扎社火的，后来扎顶棚。"

瘦猴汉奸："是啊。"

白凤山："恁还有个哥，有一年家里冇吃，大冬天恁哥去龙亭坑凿抓鱼，一不小心掉进冰窟窿里，恁哥就不中了。"

瘦猴汉奸："俺哥活得好好的!"

白凤山："我也冇说恁哥死了呀，是我压龙亭坑里把恁哥捞起来的，你忘了？"

瘦猴汉奸："我咋记不得有这事儿啊？"

白凤山："我说你是贵人多忘事吧。还有一年春天，恁姐在城墙外钩榆钱，压树上掉下来把腿摔折了。"

瘦猴汉奸："瞎话篓，我都冇姐！"

白凤山："恁叔伯姐嘛，还有一回……"

瘦猴汉奸瞪起眼吼道："你想弄啥了？我压根就不认识你！"

白凤山："你看你，咋会不认识俺？你不是叫腌臜猴吗？恁家不是在火神庙街住吗？恁老丈人家不是在后保定巷住吗？门牌是四十七号，对吧！"

瘦猴汉奸有点慌。

沙二哥乘势说道："祥符城就恁大，拐不出仨圈，谁都认识谁了，原来你叫腌臜猴啊。"

瘦猴汉奸："咋，恁想威胁我？"

沙二哥："小点声。你瞅瞅那是谁？"

瘦猴汉奸的眼睛顺着沙二哥的眼神往人堆里一瞅，只见乌德抱着一个在吃"蜜三刀"的男孩儿正冲着瘦猴汉奸微笑，还冇等瘦猴汉奸开口，乌德就先发话了："猴哥，俺嫂和孩儿都来了，这不，我给恁儿买的'蜜三刀'，他说好吃，我说只要恁爹裁判当得公正，我还给你买更好吃的寺门点心。"

瘦猴汉奸明白了利害，脸上的肉都在跳动，他不由用眼睛瞄了一下西川。

此时的西川正在看一个日本军士匆匆送来的电文，注意力不在这边的对话上。

沙二哥："猴哥，别瞅了，冇见今个寺门热闹嘛，赶紧比赛，人多再给嫂子挤丢喽，你回家可交不了差。"

瘦猴汉奸压低声音对沙二哥说道："恁要敢碰俺家里人一指头，我立马诈尸！"

沙二哥："你好我好大家好，不伤和气是最好。"

西川面无表情地看完电文后将电文塞进口袋，冲那瘦猴汉奸问道："有问题吗？"

瘦猴汉奸大声回道："冇，冇啥问题！"

西川："那就开始吧。"

瘦猴汉奸草草检查了一下大军鸡之后，又瞅了一眼乌德手里抱着的他儿子，举起铁皮话筒大吼一声："开打！"

吵吵嚷嚷的前院瞬间安静下来。

两只急于搏斗的鸡被主人抱往一处。这两只鸡被主人一撒进鸡坑便引得观看者们一阵嘘声，因为太不成比例，秃屁股与大军鸡的对峙，就像一个孩子与一个大人对峙一样，在人们眼里这哪是决斗，简直就是找死，根本不存在势均力敌之说。观战的人们都在为秃屁股捏着一把汗，都在为沙二哥和整个祥符城捏一把汗，所有人的疑问都一样，寺门的沙老二太缺心眼儿，压哪儿弄来这么个秃屁股玩意儿，不死才怪。特别是那些下注的人，冇一个把注下在秃屁股鸡身上的。

两只鸡在短暂剑拔弩张的对峙之后，秃屁股率先发起了攻击，它跃起的第一腿蹬偏了，没有蹬到那只岿然不动的大军鸡，紧接着它又发起第二次攻击，结果又蹬偏了，还是没有蹬到岿然不动的大军鸡。正当秃屁股第三次攻击刚要起身之时，那大军鸡一个貌似不经意的反击一腿就把秃屁股鸡差一点蹬出了鸡坑。

围观的人一片嘘声，那些日本兵却兴奋得热烈鼓掌。

乌德不愿意了，冲日本兵们大声喝道："懂不懂规矩？有鸡坑以来，不管俩鸡打成啥样，都不准拍巴掌叫好，这是看斗鸡的礼数！规矩！"

西川微笑着对他的日本士兵们说道："入乡随俗，不要鼓掌，给祥符人留一点面子。"

大军鸡这实打实的一腿把秃屁股给蹬蒙了，它从地上爬起来原地转个圈之后才找着进攻的方向，抖动了一下身上的鸡毛再次向大军鸡发起了进攻。可这一次的进攻再次被大军鸡躲闪开了，只见大军鸡回身就是一嘴，叨住了秃屁股的鸡冠，然后狠劲又是一口，顺势将头一甩，秃屁股的头顿时啦啦流血，再一瞅原来是鸡冠被撕开一个口子。这还不算拉倒，那大军鸡跃起又是一腿，这一腿可了不得，正中秃屁股的下颌，一下将秃屁股蹬了个后空翻摔在了地上。

围观的人们一阵哀叹，日本士兵禁不住再次鼓掌欢呼起来。

沙二哥和寺门几个弟儿们有点沉不住气了，尤其是沙二哥，他的两眼紧紧盯着秃屁股鸡，生怕它失去了战斗能力。

西川得意地瞟了一眼沙二哥，揶揄道："沙先生，识时务者为俊杰，何必呢，是不是对手已经一目了然，再这样打下去，你们沙家煮牛肉的大锅里就会多出一只鸡来。"

沙二哥紧绷着脸一言不发。

西川对瘦猴汉奸问道："第一局还有多少时间？"

瘦猴汉奸拉出怀表瞅了一眼："时间还早。"

西川："这样吧，第一局就算结束，让对方的鸡休整一下，别让祥符人说，一寸长，一寸强，两只鸡不是一个级别，有被我们欺负的感觉。"

瘦猴汉奸举起铁皮话筒高声喊道："第一盘到时！"

沙二哥把满头是血的秃屁股抱起来，他没有用事先预备好的清水给秃屁股清洗，而是把鸡头塞进自己的嘴里，一口唾液一口血水将满是鲜血的鸡头嘣干净，他每嘣一口、吐出一口血水就责怪一句："冇用的货，你咋一脚都蹬不到地儿，不蒸馒头你争口气，给祥符老少爷们争口囊气中不中，死也得死得威武，死得像条汉子啊……"

所有的祥符人都注视着沙二哥和他抱着的秃屁股，所有的目光都像在给秃屁股注入力量和信心。

瘦猴汉奸的铁皮话筒举起来了："第二盘开打！"

不知为何，当沙二哥再次把秃屁股放入鸡坑中，那秃屁股却站在那儿一动不动了，它反而呆若木鸡了。再瞅那只大军鸡，蓦然反守为攻，朝秃屁股冲了过来，下嘴一口就叼住了秃屁股的眼睛。那疼痛中的秃屁股嘶叫了一声，随后猛然跃起，两只爪子蹬向对方的嗓子，顷刻之间那大军鸡的嗓子就被切开两道口子，整个鸡嗓子血淋淋地被翻了出来。大军鸡晃晃悠悠稳不住脚跟，但还是坚强地站住了。

西川似乎不敢相信自己的眼睛，观战的人群也不敢相信自己的眼睛，只有沙二哥和几个弟儿们喜形于色，因为他们期盼的一幕终于发生了。可就在沙二哥和几个弟儿们认为那受了重伤的大军鸡即使是站在那儿也不可能再有反击能力的时候，那大军鸡胸前挂着血淋淋的嗓子居然又向秃屁股发起了攻击。这一轮攻击是惨烈的，大军鸡嘴脚并用，将秃屁股蹬翻在地，坚硬的嘴壳像连珠炮一般叼在秃屁股的头上。观战的人们可以清楚地看见，秃屁股两只眼睛全部被啄瞎了。秃屁股内力衰竭，真的不中了。

沙二哥突然骂道:"你个丢人贼!你要是败了,扔到当街也有人吃你的肉!"

秃屁股仿佛听见了沙二哥的骂声,一甩头站了起来,用浑身最后一点气力奋起一跃,俩爪子蹬在了大军鸡的脖颈上,这是疯狂的一蹬,致命的一蹬,同归于尽的一蹬。

大军鸡与秃屁股一同轰然倒下。

整个东大寺前院鸦雀无声。

突然,铁皮话筒传出一声高喊:"和局!"

西川:"慢!"

所有人把目光转向了西川。

西川走到了两只鸡身旁,一把抓住秃屁股的爪子将它拎了起来。

沙二哥上前问道:"你要弄啥?"

西川:"我要剁下它的爪子!"

沙二哥:"剁下它爪子的应该是我,你冇这个权利。"

西川:"我可不是瞎子,大日本皇军不是好糊弄的!"

沙二哥:"比赛已经结束了,难道鸡死了还要接受检查?哪有这个规矩?"

西川:"是没有这个规矩,可大日本皇军的鸡不能当冤死鬼!"说完他从腰间拔出手枪顶在了瘦猴汉奸的脑门上:"检查!"

瘦猴汉奸哆哆嗦嗦从西川手里接过了秃屁股,然后哆哆嗦嗦从秃屁股的爪子里抠出了鸡爪刀……

我在你之前所派遣的使者，没有一个是不吃饭的，没有一个是不来往于市场之间的。我使你们互相考验，看看你们能忍耐吗？你的主是明察的。

——引自《古兰经》

三十二、"你是想当饿死鬼呢，还是吃饱了上路？"

西川被激怒了，他早就对寺门跟儿的这些刁民忍无可忍了，如果不是看在同教的分上，他早就对以沙二哥为首的这帮刁民进行严厉打击了。在西川的眼里，以沙二哥为首的这帮人不光是刁民，而且是危险分子。自从封家人成功逃脱之后，西川就已经明白寺门是个什么样的地方，他曾几次想给宪兵分队换一处营房，但最终还是放弃了这个想法。原因很简单，如果说得祥符者得中原的话，那么得寺门者便得祥符。可寺门既像一块烫手的山芋，又像一根卡在嗓子眼里的鱼刺。

出人意料的是，沙二哥有跑，不但沙二哥有跑，就连已经去到扫街的二大和汴玲听说沙二哥被抓后也回来了。沙家人豁出去了，活是一家人，死是一家鬼，咋着都得在一起。

所有的人都认为，被西川抓起来的沙二哥这次在劫难逃了，恼羞成怒的西川一定会新账老账一起算。沙二哥心里也很清亮，这一回西川绝不可能轻易放过自己。

二大和汴玲为了救人硬着头皮去找洪芳帮忙。洪芳答应试试。

晚上,洪芳小心翼翼地问西川:"你打算咋处置沙家老二呀?"

西川:"是不是沙家人让你来说情?"

洪芳:"住一个院子,乡里乡亲的。"

西川:"你猜猜我会怎么处置沙老二。"

洪芳:"我猜不着。"

西川平静地说:"我要枪毙他。"

洪芳:"那可使不得啊!"

西川:"有什么使不得,枪毙他比宰一头牛还容易。"

洪芳:"不能枪毙他,你把他枪毙了,谁还帮咱换金子。"

西川不解地问:"你怎么让他帮着换金子?"

洪芳:"看你说的,不找他找谁? 他们这些人在祥符城能把天挪动。"

西川:"正因为这些人在祥符城能把天挪动,他们才极其危险,尤其是这个沙家。"

洪芳:"你把他毙了,咱的黄金还换不换了?"

西川:"你是为黄金,还是为同胞?"

洪芳:"不就是斗个鸡,我的意思是犯不着杀人。"

西川:"这个无赖必须被正法,否则大日本皇军将颜面无存!"

洪芳:"啥颜面不颜面的,摊为一场斗鸡比赛你就杀人,那才叫没有颜面。"

西川:"那你说该怎么办?"

洪芳:"拿出点肚量,把人放了,这样祥符人还能高看你一眼。"

西川:"就这么简单?"

洪芳:"冇那么复杂。"

西川:"你还真认为这只是一场斗鸡比赛啊。"

洪芳:"两只鸡掐架,不是斗鸡是啥?"

西川:"是两只鸡打架,但斗的是人不是鸡,那是祥符人在挑战大日本皇军的尊严! 那是没有枪炮的战争! 那是另一个太平洋的争夺! 这个无耻之徒竟然用这样卑鄙下流的手段,这是大日本皇军不能容忍的!"

洪芳:"可是你不要忘了,把沙老二杀了,恁日本人在寺门会更加危险。

虽然恁手里有枪,但你把沙老二枪毙了,他们会夺恁手里的枪……"

西川:"有胆量就让他们来夺我们手里的枪,大日本皇军敢于接受所有不愿俯首称臣的人的挑战!"

洪芳:"听我一句吧,难道你还有看出来,祥符这地儿和其他地儿真的不一样……"

西川:"不要再说了,你去告诉让你来说情的人,沙老二必须枪毙! 谁胆敢借此滋事也将一同枪毙!"

日本人要枪毙沙二哥的消息传开了。寺门跟儿的人都清楚,西川这一回是彻底恼劈了,他要用杀一儆百的方式让寺门跟儿的穆斯林知道,他的尊严是不可侵犯的。寺门跟儿的人都在想如何才能救出沙二哥,可谁也没有救人的好法儿。

几个弟儿们拱在尔瑟家的里屋,又在商量咋样才能把沙二哥救出来。

盘善:"真要枪毙二哥,只有一个法儿能救他。"

乌德:"劫法场!"

白凤山:"别逞能蛋了,劫法场,你以为你是谁呀,梁山好汉? 卖尻孙的机关枪一突突就找不着你了!"

乌德:"你不逞能蛋,你说咋办?"

白凤山:"还得去找老尚,他是社头,他得管。"

马老六:"拉倒吧。你以为他是谁,卖尻孙他爹? 他就是能说上话,这会儿他也不会去说。"

盘善:"为啥不会去说?"

马老六:"有瞅见西川那个劲头嘛,他的女人说了他都不听,这一回他是王八吃秤砣铁了心。"

几个弟儿们不吭气了。

白凤山:"也顾不了那么多了,我去找老尚,不看僧面看佛面,虽然上回老二骂过他,我想他也不会记仇,老二他爹活着的时候没少关照老尚他家。再说,这是人命关天的事儿,当初咱推举他当社头,这个节骨眼上他就得伸头。"

白凤山决定去找尚社头。他刚走出尔瑟家的门面房,就瞅见尚社头用手捂着脸走了过来。

白凤山:"老尚,捂住个脸弄啥啊?"

尚社头:"让卖屄孙呼了一耳巴!"

白凤山:"摊为啥呀?"

尚社头:"我去找西川给老二说情,刚一张口,那个卖屄孙劈头就是一巴掌扇在我的脸上,你瞅瞅,压小到大俺爹还没动过我一指头,让这个卖屄孙打!"

白凤山一瞅,五个手指头清亮亮地印在尚社头的脸上。

白凤山:"咋?你的意思,老二这一回真毕①了?"

尚社头五个手指头撮在一起甩动着说:"真毕了。"

白凤山:"卖屄孙咋说?"

尚社头指着自己的脸:"还咋说,说法不都在这儿嘛!"

白凤山:"一点法儿都有了?"

尚社头用手捂住脸边走边说:"不听老人言吃亏在眼前,作死!"

下晚的时候,西川来到关押沙二哥的维持会。

西川让看守士兵把关押沙二哥的房门打开,进屋走到了沙二哥的跟前。

西川:"怎么样?一天一夜没用膳的滋味不好受吧。俗话说,英雄汉抵不住一顿饭。现在外面都知道我要枪毙你,你是想当饿死鬼呢,还是吃饱了上路?"

沙二哥:"少他妈的废话,给老子弄碗汤和一块锅盔来,自古就有当饿死鬼的英雄好汉!"

西川:"想喝汤了是吧?不错,寺门的汤确实诱人,祖祖辈辈都这么喝。不过,我还是决定在送你上路之前给你换换口味。"

沙二哥:"咋,请我吃八大碗?"

西川:"在给你吃最后一顿饭之前,我想问你一个问题。"

沙二哥:"你这个卖屄孙就放不出个好屁!"

西川:"我想问你的是,你就真的不怕死?"

沙二哥:"卖屄孙,你怕死不怕死?"

西川:"我当然怕死。"

沙二哥:"这不妥了。我是有法儿,犯到你手里了,怕死不怕死都得死。该死球朝上吧!"

西川:"你可以不死。"

沙二哥:"这可是你说的。"

西川:"当然是我说的。"

沙二哥:"眼望儿你就放老子走,你要是不放你是个孬孙!"

西川:"放你可以,不过你得吃完最后的晚餐。"

沙二哥:"啥意思?"

西川:"没啥意思,就是请你吃一顿饭,只要你能把这顿饭吃下去,我立即放你回去。"

沙二哥:"你不是要在饭里下毒吧?"

西川笑道:"只有你们中国人才会干那种见不得人的事,回头看看你们的历史,为了权力之争,父亲毒死儿子,妻子毒死丈夫,兄弟毒死兄弟。我们大日本皇军从来就是光明磊落,从不干小人的勾当。"

沙二哥:"这可是你说的,吃罢饭你要不放我,你可就是个小人啊!"

西川微笑着:"君子一言,驷马难追。"他把脸转向门外,"上饭!"

门外的日本兵把饭端进屋来,放在沙二哥的面前。

沙二哥:"喝,芥菜肉扣碗,好饭啊,是跟俺寺门人学的手艺吧!"

西川:"不是你们寺门的人,是汉人。"

沙二哥定神一瞅摆放在面前的扣碗,一下子就明白是怎么一回事了,冲着西川破口大骂道:"你是个活孬种!活杂碎!你这个卖尻孙压根就不是穆斯林!你就是畜生!我日你八辈先人!"

西川没有恼怒,反而心平气和地说:"没用,今天你就是把嘴骂烂,不把这碗猪肉吃进肚子里面,我是不会放你回去的。不枪毙你已经是你的万幸,难道吃一碗猪肉比枪毙你还难受吗?"

沙二哥:"西川,我日你先人,你要是有种,眼望儿就枪毙我,话又说回来,你就是枪毙老子,我也不会去做违背真主旨意的事情。卖尻孙,你等着吧,真主一定会惩罚你个不讲伊斯兰教道义的卖尻孙!"

西川:"沙老二,你以为你不吃猪肉就是一个真正的穆斯林?错。《古兰经》里说,在危及自己生命的时候,真主是允许穆斯林适当吃一点猪肉来挽救生命的。好了,你好好想想吧,是吃猪肉,还是吃枪子。"

沙二哥:"废话少说,你这号腌臜孙就不配拿《古兰经》说事儿,爷爷我等着你的枪子!"说完站起身一脚把摆在他面前的芥菜肉扣碗给踢碎。

寺门

送饭进来的日本兵攥着拳头就要往沙二哥跟前冲,被西川拦住。

西川:"明天接着给他送猪肉,如果他不吃,后天接着送,我倒要看看人饿急了是不是什么都吃!"

注:

①毕:同"秕",秕头。意为认输、不行了。

此后，你们的心变硬了，变得像石头一样，或比石头还硬。有些石头，河水从其中涌出；有些石头，自己破裂，而水泉从其中流出；有些石头为惧怕真主而坠落。真主绝不忽视你们的行为。

——引自《古兰经》

三十三、"恁日本兴不兴娶二房啊？"

沙二哥已经被西川押起来三天了。

西川每到开饭时间都会来到维持会看看情况，每一次来都让他失望，看押沙二哥的日本兵都冲西川摇头。西川隔着窗户看到，沙二哥一动不动地躺在那里。

第四天的中午，西川又来到维持会，看押沙二哥的日本兵依然冲他微微摇头。

西川隔着窗户看着依然一动不动的沙二哥："他就这么躺着？连个姿势都没有换？"

日本兵："是的长官。"

西川："饭送进去了吗？"

日本兵："刚送进去。"

西川："看样子是不会吃了。"

日本兵："是的长官，我怀疑他是不是已经饿死了！"

西川把眼睛一瞪:"他要饿死了,我就枪毙你!"说完打开房门走了进去。

西川看见刚送进来的芥菜扣肉还冒着热气。

西川:"我研究过人多长时间不进食会被饿死,一般情况下,有耐力的女人需要十天至十二天,有耐力的男人需要五天至七天,身强力壮的男人则是最不耐饿的男人。为信仰而死真是令人崇敬啊。有人说,信仰伊斯兰教的穆斯林不吃猪肉是因为猪是他们的神灵,这个是谬论。穆斯林不吃猪肉,主要是来自安拉的禁令,根本的原因是信仰,对安拉的命令绝对忠诚。他们深信至大的安拉对他的奴仆仁慈和爱护,许多禁止的行为,例如禁止吃猪肉,必定有许多超越人类思维理解的智慧和恩惠。安拉对信士是至仁、至慈、至爱的,禁止我们的行为,必然是防止人们受害,也是对信士忠诚的考验,例如老师禁止学生抄袭和作弊,母亲不许儿女说谎和偷懒,听话的孩子表现了忠和孝,锻炼成为好人品,终生受用不尽啊……"

在西川的话语中,沙二哥睁开了眼睛,用微弱的声音说道:"《古兰经》第十六章中说道:'你们可以吃真主赏赐你们的合法而佳美的食物,你们应当感谢真主的恩惠,如果你们只敬拜他;他只禁止你们吃自死物、血液、猪肉,以及诵非真主之名而屠宰者……你们不要信口胡诌,这是合法的,那是非法的,以假借真主之名而造谎,造谎者决不能成功……'"

西川摘去白手套鼓起掌来:"说得好,不愧是安拉忠诚的信士。可你知道吗?猪的脖子上只有一根筋,既不能看到天,也不能回头,穆斯林们是讲究回心转意的,而猪的这一特性正好与穆斯林们的生活习惯背道而驰,这也是穆斯林们不吃猪肉的一个原因吧。"

沙二哥:"你还口口声声伊斯兰,安拉忠诚的信士,还有脸说背道而驰,还想让俺回心转意,呸,做你的大头梦去吧。卖尻孙,老子身上要有力气,非掐死你个卖尻孙不中……"

西川这时已在芥菜扣碗前坐了下来,抓起筷子,夹起一大块肉送进嘴里:"啊,好香啊。"

沙二哥厌恶地又闭上了眼睛。

西川:"沙先生应该尝一尝,真的是味香肉嫩,不能因为我一个谎言就饿死了一条英雄汉吧。"

沙二哥重新睁开眼睛,有气无力地:"谎言,啥谎言?"

西川:"在鸡坑里你骗了我一把,难道我就不能骗你一把?哈哈,上当了吧,连猪羊都分不清的人,白在东大寺门跟儿混了,还真不如饿死算了!"说完他又用筷子夹起一大块肉送进了嘴里。

沙二哥的身上像一下子充满了电,腾地一下坐起身来:"卖尻孙,你敢骗老子!"

西川:"行了,扯平了,让你尝尝被侮辱的滋味就够了!起来吃两口饭,等着挨枪子吧,用你的话说不能当饿死鬼!"

此时的沙二哥已经明白自己死不了了。

西川是有在寺门枪毙几个人的打算,在斗鸡比赛之前他已经做好杀鸡给猴看的准备,之所以放弃杀人的想法,是因为他又收到土肥原贤二亲自签发的电报。

土肥原在电报里告诉他,1945年2月19日早晨,美军在硫磺岛东部岸滩登陆,一旦美军拿下硫磺岛,将意味着日本失去了国门外最后的屏障,这对日本来说是一件非常可怕的事情。

在这种情况的威逼之下,陆军部要立即发动旨在打通中国大陆交通线、将中国东北至东南亚的大陆交通联结起来的豫湘桂战役。由于兵力不足,驻守祥符的日军要调往豫南和鄂北,祥符城内的治安将全部落在宪兵身上,也就是说祥符将成为一座不设防的空城。土肥原要求西川严格保密,在驻军开拔之前将封家的东西赶快运走,并重申要稳定祥符治安,确保大局。

土肥原的指令对西川来说是一件非常头疼的事情,杀人吧,有可能引起祥符局面的混乱;不杀人吧,他又担心寺门这帮反日分子得寸进尺。思来想去,西川决定放弃杀人,他要施放一个烟幕弹,在稳定民心之后,首先将封家的那些东西运走。

另外,西川还一直在思考一件事情,是不是让洪芳搭乘运送封家东西的飞机、带着那些已经换好的黄金先期回日本去?此时的西川已经清楚,这场战争日本是很难打赢了,随着日军在滇缅的失利,西川显得更加焦虑,当他把自己的想法告诉洪芳的时候,洪芳无比惊讶。

洪芳:"去日本,中不中啊?恁日本兴不兴娶二房啊?"

西川:"从前日本的皇室和贵族奉行一夫一妻多妾制,男子除正室外可以有多名侧室。在幕府时代统治者征夷大将军的正妻称为御台所,侧室称为侧夫人。"

洪芳："俺明白了,正室就是大老婆,侧室就是小老婆。"

西川："明治维新以后,日本进入现代社会,包括皇室也已经废除了一夫一妻多妾制。"

洪芳："那俺不去恁那日本,连个妾都当不了俺去弄啥?黄金带回去还不都被恁老婆抢去了,俺不去。"

西川沉默片刻,说道:"我实话对你说吧,日本快不行了,一旦日本战败,你想过没有,你的命运将会怎样?"

洪芳眼里闪出一丝光芒:"恁真不中了?"

西川："我知道你会高兴,这是你的国家,可是国家对你已经不重要了,重要的是你的国家胜利以后你会怎么样。"

洪芳沉默了,她明白西川话里的含意。

西川："一旦你的国家胜利,你就是一个地地道道的汉奸卖国贼,你有嘴也说不清,因为你和一个日本军人生活了那么长时间,你名义上已经是日本人的妻子了。"

洪芳："会把俺咋着?"

西川："我不知道,但可以预料,不会有你好果子吃。"

洪芳陷入了更深的沉默之中,尽管西川说不知道,但洪芳心里已经明白,日本一旦失败,绝不会有她安身立命的地方。

西川："走吧,跟着我回日本去吧。哪怕不能明媒正娶,我也不会丢下你不管的。"

洪芳一把抱住了西川:"这个俺知,你会对俺好……"

洪芳答应去日本了,在诚守诺言的白凤山帮助下,她把所有的联银券、中储券、老头票、绵羊券统统通过黑市换成了黄金。

转眼就到了夏天。6月下旬,日本本土派来一架运输机,专程前来将封家以及在中原掠夺的字画古董秘密运送回国。

那天清晨,沙二哥和几个弟儿们正在尔瑟的汤锅前喝汤,突然看见大批荷枪实弹的日本兵进入寺门南口,三步一岗五步一哨,把整个寺门和清平南北街封锁了起来,随即有两辆日本军用卡车开进了南口。

尔瑟："卖尻孙,他们这是要弄啥?"

乌德："瞅这阵势，冇啥好事儿。"

白凤山："老二，可是往恁家院子去了。"

沙二哥起身要回家，被两个端三八大盖的日本兵喝住，不得不又坐回到汤锅前。

在寺门跟儿人们目光的注视下，西川指挥着日本兵将那些古董字画从沙家院子里搬出装上了军车。

不一会儿，洪芳穿着一身新和服，手里拎着一个大布包压沙家院子里走了出来。她用目光与站在院子门口的二大和挺着大肚子的汴玲告别。

二大问道："你这是要去哪儿啊？"

洪芳冲二大笑笑，没有回答，在西川的搀扶下坐进了军用卡车的司机楼里。

在西川的宪兵分队和日军警备队的护送下，军用卡车开出了寺门。

沙二哥瞅着军用卡车开出南口之后，说道："卖尻孙们把封家的物件全拉走了。"

盘善："拉哪儿了？"

沙二哥："谁知。"

老马："那个娘儿们咋也走了？ 还穿得一展二展①的。"

白凤山："会不会去日本了？"

沙二哥："完全有这种可能。"

白凤山："肯定是去日本了，怪不得她换恁多黄金。"

日本兵撤了。尚社头走到尔瑟的汤锅前："盛碗汤，多放点油！"

还没等几个弟儿们说话，尚社头就把一张传单塞进了沙二哥的口袋，小声道："回家再看。"

沙二哥小声问道："上面是啥？"

尚社头："《告沦陷区同胞书》，苏联人打进柏林，德国人投降了。"

乌德："我当啥事儿，德国人投降管啥用，卖尻孙们还欢实呢。"

尚社头："你知个球，德国人是卖尻孙日本的弟儿们，德国人投降了，卖尻孙是兔子的尾巴也长不了。"

整整一上午，寺门跟儿的人成疙瘩聚在一起低声议论着，很显然大家都瞅见了那张《告沦陷区同胞书》。

寺门

临近中午头的时候,不知谁叫了一声:"哎,快瞅,那个娘儿们又回来了。"

众人往南口一瞅,只见身穿和服的洪芳拎着大布包低着头在众人的注视中走进了南口。

白凤山:"她不是去日本了,咋又回来了?"

注:

①一展二展:形容穿戴整洁、衣服笔挺、一尘不染。

如果你们祈祷胜利，那么，胜利已降临你们了；如果你们停战，

那对于你们是更好的。如果你们卷土重来，我就再次援助信士们，

你们的部队虽多，对于你们却无裨益，真主确实是和信士们在一起

的。

——引自《古兰经》

三十四、"俺不是日本娘儿们，俺是祥符女人！"

是的，洪芳没有走成，原因是西川这个送洪芳去日本的举动遭到了日军运输机机长的阻止。无论西川如何解释，那个机长坚决不允许一个冒充日本女人的中国女人登机，机长说即便是土肥原贤二有命令，也必须接到大本营下达的命令。西川无奈至极，只得让洪芳带着那些黄金返回寺门。

洪芳问西川："咋办？看来日本俺是去不了了。"

西川："没关系，一旦我接到撤退的命令，你就跟我走，你放心，我们就是用双脚也要走回日本去！"

洪芳带着疑虑："中不中啊？"

西川："你妈不是说，嫁鸡随鸡嫁狗随狗，嫁给猴子满山走嘛，既然你是我的女人，那你就跟我去富士山走一走。"

战局发展得非常快，苏联出兵进东北了，美国在广岛投下原子弹，日本真的不中了。

1945 年 8 月的一天夜里，汴玲生产了，她为沙家生下了第二个儿子，随着

新生儿向世界发出的第一声啼哭,院子里也传来一片哭号声。沙二哥不知发生了啥事儿,急忙跑到院子里一瞅,他也蒙顶了,只见那些日本兵在院子里捶胸跺脚抱头痛哭。沙二哥纳闷,咋回事儿?爹死了,还是娘死了?那也不能恁多卖尻孙一齐死爹死娘啊。大男人家哭啥咧?瞅瞅这一群冇出息孙。

正在沙二哥纳闷之时,西川压屋里慢步走了出来,他整理了一下身上的军服,稳定了一下情绪,大喝一声:"集合!"

泪流满面的日本兵们强忍着悲痛在院子里列完队,西川脸色极为难看地站在了他的士兵面前。

西川:"我们要相信这一事实,日本是战败了,但是在我们没有接到命令之前,祥符依然是我们的战场,对那些敢于来犯的敌人,我们依然有战斗的权利!从现在开始,我们要加强防卫,尤其是营房的安全。你们是军人,服从命令是你们的天职,只有服从命令,大家的安全才能得到保障,否则,我们都不可能返回自己的家乡!"

沙二哥明白了,卖尻孙们战败了。他撒腿就往院子外头跑,一口气跑到清真寺的宣礼楼上,冲着夜空扯开喉咙大声吼叫道:"真主!你保佑了祥符!真主!伟大的真主!"随后哈哈大笑了起来,他的笑声在广漠的黑夜里四处回荡着……

天亮了,祥符人在奔走相告,在打盘鼓,在放鞭炮。寺门跟儿的所有汤锅统统免费让欢庆的人们敞开肚皮去喝。尔瑟的汤锅从早晨到晚上也不知添了多少锅水,人们一边喝汤一边喝酒,饱了,醉了,哭了,笑了……

就在那一天,艾三回来了。他不是偷偷摸摸回来的,而是身穿着国军中校军服,戴着白手套,腰里挎着小八音,身后跟着两名全副武装的警卫大摇大摆回到寺门来的。他代表国军把一份文件交到了西川手中。

西川看完文件后说道:"我们接受日本战败的事实,可作为军人,在我没有接到上峰命令交出武器之前,我们宪兵分队的一颗子弹也不能缴出去!"

艾三:"冇让你们马上就缴枪,冇接到命令我还不要恁的枪咧。你仔细瞅瞅命令上写的啥,我要的东西比恁几支破枪主贵得多!"

西川:"对不起,中校阁下,你所要的那些东西已经不复存在了。"

艾三:"胡说八道,你说冇就冇了?我这是代表蒋委员长来问你要东西的!"

陪着艾三一块儿来找西川的沙二哥说道:"三哥,东西他们早就拉窜了!"

艾三:"拉窜了? 拉哪儿了?"

沙二哥:"拉回他们日本国了。"

艾三瞪起眼睛:"哎,气蛋,那是恁的东西吗? 恁咋不把俺的龙亭铁塔一块儿也拉走啊? 卖尻孙,你不把东西给我追回来,看老子咋收拾恁!"

西川:"你也是军人,应该懂,军人以服从命令为天职,如果我的上峰命令我回日本去把东西拉回来,我义无反顾!"

艾三:"恁上峰是谁? 是那个卖尻孙天皇吧。瞅他那个熊样,打孬劲了,发表讲话了。打呀,恁咋不打了? 再打下去恁那个卖尻孙天皇都得扛着三八大盖来俺寺门站岗!"

西川咬着牙:"不准侮辱我们大日本天皇!"

艾三:"还大日本天皇呢,卖尻孙,给老子提鞋老子都嫌他指头粗!"

西川一把抽出了指挥刀:"八嘎!"

站在艾三身边的两个警卫抽出盒子枪对准了西川。

日本宪兵们呼啦端起枪围住了艾三等人。

艾三面无惧色:"咋,恁还想打是不是? 中啊!"他把脑袋伸了过去,"你不是想砍老子嘛,给,给给,你今天要不砍你就是个孬孙!"

西川在极力控制着自己,愤愤地将指挥刀插回了刀鞘。日本宪兵们也收回了手里的枪。

沙二哥笑道:"卖尻孙们,恁也别不服气。就这,既然不打仗了,咱也别动刀动枪的。"他扭脸冲着屋里喊道,"妈! 把褡裢给我拿来,我今个要跟这个卖尻孙摔上几跤,就算中日亲善,友谊比赛!"

二大兴高采烈地拎着两件褡裢从屋里出来,把一件褡裢扔进西川手里,说道:"有事儿,跟俺儿摔跤有一点事儿,俺儿那两下子我知,不办事,搁家他连媳妇都摔不过,保准你能摔赢他!"

一个膀大腰圆的日本兵走上前:"长官,让我来!"

西川一把将那个日本兵推到一旁,解下腰间的指挥刀和手枪,脱去军装上衣,穿上了褡裢,一边系着带子一边说:"我记得沙先生说过这样的话:宁可站着死,不愿跪着生!"

沙二哥一边穿着褡裢一边说道:"中! 办事! 有种! 是条汉子!"

一听说沙二哥要与西川撂跤,左邻右舍全拥进了院子,二大一边吆喝一边打着场子:"别挤!别挤!再挤我可要收门票了!往后站站,有啥好看的,不就是跟卖尻孙撂个跤嘛,这才叫公平合理,把人绑在树上用皮鞭抽那不叫公平合理,恁说对不对啊?"

左邻右舍在一片说笑声中附和着:"就是!"

这场撂跤的结果不言而喻,沙二哥摔西川就像老鹰捉小鸡,就像大人摔小孩,就像石头碰鸡蛋,那真叫惨不忍睹。沙二哥的每一跤用的都是中国式摔跤里最狠的招式,基本上都是像背布袋一样把西川背起来狠狠砸在地上,摔得西川几乎已经站不起来了,观看的左邻右舍都在高声叫好,围观的日本兵们个个咬牙切齿,不少日本兵都流出了眼泪,还有不少在摩拳擦掌。

被摔在地上的西川忍着疼痛对日本兵们命令着:"不关你们的事,谁都不许上前!"说完再次从地上爬了起来。

当西川再一次被沙二哥摔在地上的时候,洪芳大叫着扒开人堆冲了进来,她扑上前护住了躺在地上的西川,冲沙二哥大声喝道:"别再摔他了!你摔俺中不中!俺跟你摔!"

洪芳这一举动把所有的人都给镇住了。

艾三冲着洪芳说道:"小日本完蛋了,你这个日本娘儿们的好日子也到头了。"

洪芳大声地喊着:"俺不是日本娘儿们,俺是祥符女人!"

艾三:"你说你是祥符女人就是祥符女人了?在俺眼里你就是日本女人!"

洪芳仍旧大声地喊:"俺是祥符女人!"

…………

入夜,清平南北街上很安静,一轮明亮的秋月悬挂在空中,坐西向东安静的东大寺在月光下面一览无余。开阔的庭院,青砖碧瓦,错落有致,明三暗五的大门以及两侧廊坊,南北讲堂环绕大殿的走廊,在月光的照耀之下都分外清晰……突然,不知压谁家的屋里传出一个孩儿在大声念着祥符民谣:

　　板凳板凳摞摞,里头坐个大哥。

　　大哥出来买菜,里头坐个奶奶。

奶奶出来烧香,里头坐个姑娘。

姑娘出来磕头,里头坐个孙猴。

孙猴出来蹦蹦,里头坐个豆虫。

豆虫出来爬爬,里头坐个蛤蟆。

蛤蟆出来咕哇,咕哇咕哇咕哇……

1945 年 10 月 19 日,在祥符城北的华北体育场,国军受降主官耿幼麟正式接受日军第一一〇师团第一六三警备队主力以及第六警备队投降,10 月 25 日受降结束。被缴械的日军组成祥符徒手官兵管理所,西川和他的宪兵分队也进了这个管理所。

在西川和宪兵分队接到命令搬出沙家的那一天,洪芳一边收拾着自己的物品一边说:"俺跟你一起去,你去哪儿,俺去哪儿。"

西川:"不行,管理所不允许携带家眷。"

洪芳:"俺不管,俺一定要跟你在一起。"

西川:"真的不行,就是行我也不能让你去那种地方。"

洪芳:"俺知,恁日本人在祥符干了许多坏事儿,去管理所冇恁的好日子过,可俺是你的媳妇,吃苦受罪俺也要跟你在一起。"

西川一把抱住洪芳:"听我的话,你先在别处租一间房子,估计要不了多长时间我们就能回日本去了!"

在西川和日本宪兵们被国军士兵用大卡车拉走之后,洪芳拎着自己的行李走出房门时,被二大叫住。

二大:"你这是要去哪儿?"

洪芳:"找地儿,租房子。"

二大:"瞅瞅你,这是弄啥,俺又冇撵你走。别走了,就在这儿住,当初你也救过俺的命,再说,俺也冇把你当成日本人啊。"

汴玲抱着襁褓中的儿子也压屋里走出来劝道:"别走了,一个女人家在外面租房子也不安全,放心吧,住俺这儿冇人敢欺负你。"

洪芳的眼泪一下子流了出来:"俺知道,恁一家都是好人,恁冇把俺当成日本人……"

洪芳被留在了寺门,她的命运会咋样,谁也不知。

我说:阿丹啊,你和你的妻子同住乐园吧,你们俩可以任意吃园里所有丰富的食物,你们俩不要临近这棵树,否则,就要变成不义的人。

——引自《古兰经》

三十五、"俺是日本女人……"

西川和宪兵分队进入了徒手官兵管理所的第一天,管理所所长胡屏章就把西川叫到所长办公室里训话。

胡屏章:"你填写的表格我看过了,你是士官学校的高才生,在祥符驻守期间,除了执行军令没有其他恶迹,所以就不以战犯论处。战争嘛,伤害了很多人,祥符遭受的伤害你作为侵略者最清楚,我就不多说了。下面我要说的是你在管理所的任务。"

西川一个标准的军人立正:"请所长明示!"

胡屏章:"你的任务是率领你的宪兵分队,在祥符城里清理战争废墟,整理大小街道,尽可能在你们被遣送回国之前还祥符城一个新面貌。"

西川又是一个标准的军人立正:"服从所长命令!"

胡屏章:"你可以走了。"

西川却站着没动。

胡屏章:"还有事吗?"

西川："所长,我有个私人问题请所长帮助解决。"

胡屏章："你说吧。"

西川："我在祥符有一个女人……"

胡屏章："我知道,一个杞县女人,你打算把她带回日本去?"

西川："是的。"

胡屏章："你想过没有,可能吗?"

西川："有困难,但我一定要这样做!"

胡屏章："我看你是痴人说梦! 你们俩是什么关系? 不就是个姘居的关系嘛。你说带走就带走了? 咱这个管理所里面的日本兵也不是想走就能走的。一个国家的人到另一个国家去,那是需要办理多少手续的,她有外交部签发的护照吗? 她经过你们日本国政府批准吗? 你也是受过高等教育的人,怎么像个狗屁不懂的孩子!"

西川："是的,所长说得完全正确,我也非常明白。但我的想法是,能不能有劳所长帮助我代办这些事情,如果所长愿意帮忙,西川将感激不尽!"

胡屏章："我就是想帮你代办,她也没这个资格啊,她是你什么人? 这不是开玩笑嘛,还是国际玩笑!"

西川："您说的这些我都明白。我想请您帮助的是,能否把她作为日本人来办理?"

胡屏章："天方夜谭。你说说,我怎么把她作为日本人来办理?"

西川："当作随军的慰安妇。"

胡屏章一怔："这,这可能吗?"

西川："当然可能,你只要把她造进遣返回日本的慰安妇名册里,她就能走。"

胡屏章不语,在思考着什么。

西川："所长,我知道您有这个权力,给您添麻烦了,这个女人我一定要带到日本去!"

胡屏章："为什么呢?"

西川："原因很简单,她是我的女人!"

胡屏章："为了爱情,是吧?"

西川单腿跪下："所长,请您一定要帮忙!"

西川压自己的宽裤腰带内抠出一根金条,单腿跪下把手里的金条伸向胡屏章:"所长,请您一定要帮忙,拜托了!"

胡屏章看着跪在自己面前的西川,感叹道:"战败了都没有下跪,为一个女人……好吧,我试试。"说罢压西川的手里接过了金条。

西川每日领着日本兵们在祥符城内清理战后废墟。这天,当他们在北土街清理一处坍塌的房屋时,忽然听见有人在街道旁大声叫他。

"西川!卖尻孙!你也有今天啊!老子回来了!"

西川抬头一看,八妞拄着一根拐杖站在路旁。

西川丢下手里的工具,走了过去:"八妞君,别来无恙。"

八妞拍了拍自己的腿:"无恙?腿都被怼打折了还无恙?老子今个就是专门来寻你,赔老子腿的!"

西川:"对不起,八妞君,战争伤害了很多人,我向你道歉。"

八妞:"道歉管球用!我把你的腿打断我向你道歉中不中啊?"

西川:"对不起,除此之外,我能做的还是道歉。"

八妞:"那,除此之外我能做的就是打折你的腿!"说完举起手里的拐棍就朝西川的腿上夯去,西川躲避不及被八妞的拐棍狠狠夯在了腿上,八妞一拐棍就把西川夯翻在地。当八妞再次举起拐棍的时候,被赶到的沙二哥一把捞住了。

沙二哥:"八妞!你弄啥!"

八妞一见是沙二哥放声痛哭起来:"我弄啥,你说我弄啥,腿被他们打折了,命也差点丢在他们手里,你不是不知啊!七个游击队的弟兄就在我身边倒下,七条命啊,说死就死了,我命大跑得快,可我受的啥罪你知不知……"

沙二哥:"我知,我知,兄弟我知,别哭,别哭兄弟……"

八妞越哭越伤心:"我瘸巴个腿逃出祥符,缺医少药,冇吃冇喝,去重庆还差一点淹死在嘉陵江里。艾三说到了重庆有人管,有个球人管,根本冇人搭理我,冇法儿,我瘸巴个腿四处要饭,啥鸡巴国民政府蒋委员长,他们压根就不认这壶酒钱,我让艾三那个卖尻孙给榷了,他审得冇影儿,丢下我不管,日本人、国民党冇一个好玩意儿……"

沙二哥抚慰地拍着八妞:"中了兄弟,中了,别哭了,你这不是回来了嘛,哥哥给你接风,给你压惊……"

八妞:"不中,我不要你接风,也不要你压惊,我都不要!"

沙二哥:"那你说吧,你要啥?"

八妞:"我要在寺门跟儿支个汤锅!"

沙二哥:"冇问题,这事交给哥哥,谁要敢不让你支这个汤锅,哥哥把他的腿打折!"

这时,西川从地上爬了起来。

西川:"谢谢你,沙先生!"

沙二哥:"卖屄孙,照说真该让八妞把你的腿打折!可俺祥符人不跟你一样!"

西川:"对八妞君的腿,我表示道歉,遗憾。"

沙二哥:"快滚吧!去瞅瞅你的女人,她病了,想见你!"

西川向胡屏章请了假来看洪芳。他一瘸一拐地走进屋里,瞅见洪芳坐在床上织毛衣,根本不像有病的样子。

洪芳丢下手里的毛活儿:"你的腿咋了?"

西川:"没怎么,不小心磕了一下。"

洪芳伸手去拉西川的裤腿:"让俺瞅瞅。"

西川推开洪芳的手:"别看了,没事。"

洪芳:"真的冇事儿?"

西川:"你不是病了吗?"

洪芳:"我冇病,榷沙老二的,要不他不帮我去叫你。"

西川:"现在对我们来说是最关键的时候,万万不可大意,小不忍则乱大谋。"

洪芳:"啥大谋小谋的,俺叫你来是有好消息要告诉你。"

西川:"什么好消息?"

洪芳:"你真中,枪法真准,恁多年冇打准,这回让你一枪打中了。"

西川不解地:"我没有打枪啊?"

洪芳:"俺去找郎中号过脉了,种上了。"她指了指自己的肚子。

西川:"你怀孕了?"

洪芳点了点头。

西川一把将洪芳抱了起来:"太好了,回日本不是两个人,而是三个人!"

洪芳紧紧搂住了西川的脖子，说道："有儿了俺就不怯气了，恁大老婆敢寻俺的事儿，俺就把儿子抱到她跟儿让她看……"

西川和洪芳沉入进了想象中的幸福和甜蜜，此时他们只有一个期望，赶紧离开祥符回日本去。

胡屏章真帮忙，还真把洪芳用了一个化名写进了慰安妇遣返名单里。这下可把西川高兴坏了，一连向胡屏章鞠了好几个九十度的躬。

一切都在计划中进行着。1945年年底，祥符徒手官兵管理所的日本军人分几批离开祥符，从大连乘船返回日本，西川和洪芳是最后一批离开祥符的。

洪芳这一回真的要走了。她在临行之前去向二大和汴玲告别。

二大竟然抹起了眼泪："妞啊，你在这个院里住了这么几年，俺也看出你不是个孬人，你跟着老日去那么远，要照护好自己，说到底那不是咱的地儿，你的娘家还在祥符啊……"

洪芳从身上摸出一根金条来："二大，这是俺一点心意，恁老一定得把这个收下。"

二大把眼角的泪用袖子一擦："你这是弄啥？骂俺不是？你要是这俺就不搭理你啊，你爱去哪儿去哪儿！"

汴玲抱着孩子也说："小看人是不是？这要叫俺家那口子知，非骂死俺娘俩不中。只要你跟那个卖尻孙过得好，俺寺门的人不图回报，俺要是图回报，俺就不会留你在俺家住！"

洪芳："不中，恁一定得收下，要不我心里会不得劲的。"

二大："妞儿，你听我的，去到日本，咋着那也是外乡，身上有点硬货，关键的时候能派上用场，还是自己装着吧。"

洪芳："放心吧，二大，我身上还有，不会亏自己的，这个恁一定得收下，恁要是不收就是给我添心事儿，我会睡不着觉的。"

一番推来搡去之后，二大还是接住了那根金条。

二大："就这吧，算俺给你存住，啥时候在日本过烦了你还回来，这金子还是你的。"

在寺门跟儿街坊四邻的目光追随下，身穿和服的洪芳离开了寺门。

洪芳就这样跟着最后一批遣返人员去了大连，可谁也没有料到的是，已经在大连港登船的洪芳又遇到了麻烦。

在马上就要起航的日川丸号的四等舱内,进来了几名国军宪兵,他们在一群被遣返的慰安妇里找到了身穿和服的洪芳。

国军宪兵:"你的名字?"

洪芳用事先准备好的日语回答:"大美智子。"

国军宪兵:"籍贯?"

洪芳:"日本京都。"

国军宪兵:"请跟我们走一趟。"

洪芳:"为啥?"

国军宪兵笑了:"为啥?听听,河南话都出来了。你说为啥?走吧,别装了,日本不是你去的地方!"

洪芳:"我是日本人,我真的是日本人……"

国军宪兵:"你是球的日本人,你的情况我们已经掌握,你是祥符的杞县人。快走吧,堂堂一个中国女人要给日本人当老婆,丢人不丢,走!下船!"

洪芳哀求道:"求求恁,别让俺下船,俺是日本人,俺真的是日本女人,俺求求恁了,俺丈夫叫西川,也在这条船上,不信恁可以去问他……"

国军宪兵:"走吧,别西川东川了,你们的底细我们已经完全清楚了!"

死活不愿意下船的洪芳被两名国军宪兵架离了船舱。

洪芳一路挣扎哭号着:"撒开俺,恁撒开俺,俺是日本人,俺是日本女人……俺求求恁了……俺真的是日本人啊……"

就在洪芳被架下舷梯上岸的时候,听到喊叫声的西川压舱内冲到了甲板的舷梯旁,他要去挽回这个局面,但是船已经起航了。

舷梯旁的西川呐喊着:"洪芳!洪芳!"

岸上的洪芳声嘶力竭地回应着:"西川!救俺!快来救俺啊,俺是你的女人,俺是你的老婆……"

西川痛心疾首挥泪嘶喊:"洪芳!洪芳!你是我的女人!你是日本人!你是啊……"

哭得昏天黑地的洪芳骂道:"西川,你个卖尻孙,俺生是你个卖尻孙的人,死是你个卖尻孙的鬼!你是个卖尻孙啊,西川……"

日川丸号离岸了,洪芳和西川的声音仍随着海风在飘荡,越来越远。

船舷旁的西川依旧冲着远离的岸边在喊叫着:"等着我,一定要等着,我一定会回来接你,等着我,洪芳……"

此时的洪芳已经哭晕在了码头上,西川站在远去的日川丸号甲板的船舷旁只能看见洪芳身上和服的颜色。也就是洪芳扑倒在码头上的这一刻,一股股红的血液渗透了她的和服——她流产了。

是胡屏章出卖了洪芳,也不能说是出卖,他是担心这个秘密一旦被上司发现会影响到他的晋升,可是西川送的那根金条他却打了埋伏。

清晨,在寺门跟儿的人们围坐在汤锅前热火朝天喝汤的时候,不知是谁喊了句:"快看,那个假日本娘儿们又回来了!"

所有的目光都转向了一个方向,身穿和服的洪芳手里拎着一个布包,疲惫不堪地走进了南口。在寺门跟儿人们的注视中,洪芳走到东大寺门前的时候实在坚持不住,腿一软瘫倒在了东大寺的门前……

(上部完)

中部｜艾家

我灵愁苦，要发出言语。我心苦恼，要吐露哀情。

——引自《旧约全书》

三十六、"该吃吃，该喝喝，啥事别往心里搁。"

老日被打窜了，抗战胜利了，流离失所的祥符人从不同的地儿返回了家乡。祥符城里到处刷着庆祝抗战胜利的标语，寺门的南口挂上了一对扎眼的大宫灯，这对宫灯是灯笼章特意给寺门扎的，整条清平南北街在这对宫灯的衬托下显得分外喜庆。

艾大大压西安回来了，封先生和女儿小婉压重庆也回来了。艾家和封家两个院子又恢复了以往的生机，寺门跟儿的街坊四邻都跑来问候，还给两家送来了一些日用品和穆斯林的传统食品，两家的院子里一时间好不热闹。

最高兴的要算沙二哥，他要在祥符城里最大的一家清真饭馆"味美"摆上几桌，一来给封家和艾家的人接风，二来给自己的二儿子做百天。二大对沙二哥这一举动持有异议。

二大："去怎好的地儿弄啥，寺里的经堂席不是蛮好的嘛。"

汴玲附和着："就是，要那个派头弄啥。"

沙二哥："心疼钱了是吧？你懂啥，该讲排场的时候就得讲排场，打窜老日是大事,孩儿百天又是大事,国事家事凑到一块儿那就是天大的事儿,请几桌客不就是一头牛的钱嘛,好日子开始了,花点钱算啥。"

沙二哥知老娘和媳妇是心疼钱,回民和汉民不一样,回民红白喜事有那么烦琐,也不兴汉民那种讲排场的随礼,大不了送几个油香。二大和汴玲不敢打沙二哥的别,知道这货只要说出口的事儿基本上就是拿定了主意,"味美"就"味美"吧,图个高兴,大铺摆①一次,把粉擦在脸上。

那天来"味美"吃桌②的人可真是不少,寺门跟儿知的人几乎都来了,二大还专门去马道街请来了金拐子。还有一个人的出现是所有来客没有料到的,这个人就是洪芳。

汴玲推开洪芳屋门的时候,洪芳正独自坐在屋里发呆。

汴玲:"还在想那个卖尻孙啊?别想了,人一走茶就凉。再说,那个卖尻孙一回国,往老婆被窝里一钻,早把你忘到九霄云外了。拉倒吧,你还年轻,长得也好看,再寻个婆家有一点问题。"

洪芳:"我也不知这辈子是欠了谁的债了,男人,男人走了;孩子,孩子有了。我活着还有个啥劲。"

汴玲:"胡说八道。男人有了再找,孩儿有了再生,啥叫活着还有啥劲?以后的日子是越活越有劲,越活越得劲。走,跟我吃桌去,人多一热闹,啥都不想了。"

洪芳:"恁去吧,我不去。"

汴玲:"为啥啊?"

洪芳:"不为啥。"

汴玲:"我知你心里想的是啥。有事儿,你的情况大家都知,都是同情你的,有人说啥,更有人会瞧不起你,走吧。"

无论汴玲咋劝洪芳就是不愿意去,正僵持不下,穿得一展二展的沙二哥来了。

沙二哥:"咋还不走?"

汴玲:"你瞅瞅,这妞别得很,咋说她都不去。"

沙二哥:"咋,看不起我沙老二?"

洪芳:"不,不是的……"

沙二哥把眼一瞪:"你今天要是不去,以后你就永远别搭理俺沙家的人!"

洪芳的泪水顿时在眼眶里打起了转转。

沙二哥立马换了一种口气说道："妹子，俺寺门的人都知你心里苦，你落到今天这一步也不能怨你，怨日本人。俺叫你去一块儿热闹热闹，本身就冇把你当外人，你要再不给哥哥这个面子，我可真的要生气了。"

洪芳就这么跟着沙二哥和汴玲来到了"味美"。

八妞拄着拐走进"味美"，一眼就瞅见坐在角落里的洪芳，他朝洪芳走了过去。

八妞："哟嗬，这不是俺那位日本嫂夫人吗？咋，冇跟着俺那个卖尻孙日本哥回日本去啊？"

洪芳把脸扭向一边，冇搭理八妞。

八妞："那好，不想去日本就跟着我，都知我抗日有功，是功臣，跟着我保准也让你天天酒肉豆腐汤！"

沙二哥抱着孩儿走了过来："八妞，今个是高兴事儿，可别弄不得劲啊。"

八妞："冇弄不得劲啊，我是怕俺这位日本嫂嫂坐在这儿寂寞，和她说说话。"

沙二哥："打了八年仗，国家和咱都孬劲了，今个大家在一起聚聚，不兴说不得劲的事儿。"

八妞嬉皮笑脸地对洪芳说："嫂，咱俩来日方长，得空我去找你说话。"说完拄着拐去一边了。

沙二哥对洪芳说道："你也要谅解他，囫囵一个人，摊为抗日挨了两枪，折了一条腿，搁到谁身上谁都恼丧。"

洪芳点了点头："俺知。"

封先生走了过来，将一个红包塞进孩儿的褓褓里。

沙二哥："封先生，咱不是说好的嘛，不收礼，就是让大家在一起聚聚，你爷们可别破规矩。"

封先生："小点声，小点声，我知恁回民不兴这个，我不是回民，例外，这点小意思你要是拒绝，我立马三刻就走人。"

沙二哥不好再说啥了。

封先生："老二，给孩儿起名字了冇？"

沙二哥："冇嘞。我起的名俺妈和汴玲都样不中③，这不，就等着恁老给俺起个名嘞。"

二大:"就是,封先生给起个名吧,海阿訇把教名起好了,就等你老兄给起个大号,今个正好百天,你就给俺起个名吧,大名小名一块儿给起喽。"

封先生推了一把鼻梁上的眼镜,想了想说道:"我看,大名就叫个永良吧,沙永良。"

沙二哥:"哪俩字啊?"

封先生:"永远的永,善良的良。"

沙二哥点头:"永远善良。中,这个名字中,就叫沙永良!"

封先生:"小名就叫义孩儿吧。"

沙二哥:"义孩儿?"

封先生:"就是仁义,仗义,江湖义气,恁沙家人的特点就是一个义字。压恁老父亲那一辈儿,到你这一辈儿,还有恁沙家的下一辈儿,只要把这个义字传承下去,能成为恁沙家的门风就中了。中国人认这个义字,咱祥符人更认这个义字啊。"

二大:"瞅瞅人家封先生,出口成章,张嘴就能起恁好听的名字,老二你起的啥,沙胜日,沙十五,恁难听。"

沙二哥:"可别就这说,我虽然有封先生学问大,但我起的名也不孬呀,胜日是打胜日本,十五就是八月十五老日投降,同样有意义嘛。"

二大:"中了,别耍嘴皮子了,瞅瞅人都到齐冇,到齐赶快开席吧!"

沙二哥:"乌德,瞅瞅还缺谁?"

乌德:"瞅罢了,就缺三哥自己。"

沙二哥大声问正在嗑瓜子的艾大大:"艾大,俺三哥去哪儿了,咋还冇来啊?"

艾大大:"谁知,一早就出去了,说有紧急公务。他忙,别等他,咱该开始就开始。"

尚社头:"老三眼望儿是大忙人,脖领上挂两颗星了,咱寺门跟儿还冇出过恁大的官哩,以后有啥事儿全指望他了。"

沙二哥招呼着人刚坐定,"味美"的老板就跑过来在沙二哥耳边轻声道:"老二,你快去门口瞅瞅,外面来了一卡车国军,把咱的门给堵上了,只准进不准出。"

沙二哥:"为啥?"

老板:"不知。"

沙二哥把手里抱着的孩子交给汴玲,正准备去门外瞅瞅时,一大群荷枪实弹的国军宪兵拥了进来。

沙二哥:"恁啥事儿?"

宪兵们也不搭腔。

沙二哥:"我问恁有啥事儿!我这儿正给孩儿做百天,恁这一大群掂着枪闯进了,问恁啥事儿恁也不说,想装孬是吧?说话呀恁!一群聋哑人啊?"

宪兵们阴沉着脸还是不搭腔。

沙二哥高声喝问:"恁的长官是谁?叫恁的长官来!"

一宪兵搭腔了:"俺长官尿泡去了!"

宪兵的话音刚落,艾三走了进来,一见这个阵势,破口骂道:"缺心眼啊?一群傻鳖孙!谁让恁进来的啊?不是跟恁说罢了嘛,冇我的命令恁别瞎往里头闯!"

宪兵:"俺、俺不是怕、怕人跑掉嘛……"

艾三:"胡连八扯,睁开恁的狗眼瞅瞅,这都是啥人,这都是俺寺门跟儿的街坊邻居,恁这是成心给我办难看呀!"

艾大大:"老三,咋回事呀?全都齐了,就差你自己。咋,大摊泥,你自己来吃不中,还要带着恁多兵来一块儿吃?"

艾三急忙说道:"妈,冇事儿,冇事儿,我这就让他们出去。"他扭脸冲宪兵们吼道,"冇眼色的货们,都给我滚出去!"

宪兵们呼啦呼啦地退出门了。

艾三拱手:"街坊四邻受惊了,该吃吃,该喝喝,啥事别往心里搁。冇事儿了!"

沙二哥:"三哥,别瞒我,你肯定有啥事儿。"

艾三把沙二哥拉到门外。

艾三重重叹了一口气:"唉——"

沙二哥:"到底咋了?说呀!"

艾三从军装口袋里掏出一张纸:"你瞅瞅这个。"

沙二哥接过纸瞅了一眼,说道:"我见了,满大街贴的都是,国民政府肃奸与俺有啥关系?"

艾三:"跟你当然有关系。"

沙二哥:"那跟谁有关系? 瞅你这架势是跑来抓汉奸的。"

艾三:"二弟,你不知眼望儿啥形势。这次清除日伪汉奸是蒋主席亲自下达的命令,这张纸可不是我印的,是最高当局印的。根据这个文件,各战区长官司令部和中心城市,凡属光复区的,一律成立以军统局为主的肃奸委员会。你说,我是吃公家饭的,公家让我支这个锅,我敢不支? 我有几个胆儿?"

沙二哥:"这么说,今个你是来抓汉奸的?"

艾三点头:"是这个意思。"

沙二哥:"你说,这里谁是汉奸,你要是能说出来,别管了,我替你进去抓人!"

艾三沉默。

沙二哥:"你说呀!"

艾三不得不说道:"洪芳,还有八妞。"

沙二哥瞪大眼睛:"啥? 洪芳? 八妞?"

艾三点头。

沙二哥:"开啥玩笑。"

艾三:"不是开玩笑,他俩都在被抓捕的名单里面。"

沙二哥:"他俩的情况你又不是不知,你说,他俩是汉奸吗?"

艾三:"我知,可眼下不是辩解的时候,他俩是不是汉奸咱俩说了不算。"

沙二哥:"那你说,谁说了算?"

艾三:"老三,哥哥只是在执行命令,至于下一步如何确定他俩是不是汉奸,还要通过肃奸委员会和军统局的审查!"

沙二哥:"谁审查?"

艾三:"就是俺军统局。"

沙二哥:"那还有啥问题。你不就是军统的人嘛,你说句话不就完了!"

艾三:"二弟,这不是咱弟儿们自家盖房子,你吆喝一声哥哥就能来帮你提泥兜,不是那回事儿,这是最高当局下派的差事儿,哥哥这个屁大的中校能左右最高当局?"

沙二哥:"听你这个话音儿,你眼望儿就要把他俩带走?"

艾三点头:"是这。"

沙二哥:"能不能等俺吃罢喝罢?"

艾三摇头:"不能。"

沙二哥无奈地跟着摇起头,说道:"真主,你瞅瞅,他们弄的这叫啥事儿……"

注:

①铺摆:铺张、显摆。

②吃桌:吃酒席。

③样不中:相不中、看不上。

银子有矿,炼金有方。铁从地里挖出,铜从石中溶化。

——引自《旧约全书》

三十七、"命都冇了,钱有啥用。"

尽管艾三把宪兵们轰出了门,但前来吃桌的人还是察觉出了气氛的变化。尤其敏感的是洪芳,她已经压艾三的眼睛里明白这帮宪兵是冲着自己来的,当艾三和沙二哥重新回到屋里头的时候,洪芳主动走到了艾三跟前。

洪芳:"三哥,我跟恁走吧。"

沙二哥:"走啥走,冇事儿,跟你冇关系,他们走错门了,是不是三哥?"

艾三冇吭气儿。

洪芳:"寺门跟儿贴的告示我瞅见了,我也知这两天城里到处在抓跟老日有关系的人,我想,抓我也就是早一天晚一天的事儿。"

艾三:"你的情况俺都知,可我是给政府当差的人,身不由己。"

洪芳:"我知,眼望儿在咱国人的眼里,跟日本人睡过的女人就是汉奸,别为难,我跟恁走就是。"

艾三的眼睛从洪芳又转向了八妞。

八妞:"瞅我弄啥?"

艾三："对不住老弟,你也得跟哥哥走。"

八妞指着自己的鼻子:"咋,也要把我带走?"

艾三："我也不想带你走,可我也有法儿。"

拄着拐的八妞大声吼道:"国民政府真他妈的疯了,谁不知我是抗日的功臣,我这条腿是咋断的,别人不知你艾三还不知?咋,我是汉奸?我要是汉奸,蒋主席就是最大的汉奸!"

艾三："我知,你是不是汉奸不光我知,东大寺门的人都知,哥哥这不是在例行公事嘛,先得委屈老弟你一下。"

八妞:"例行个球公事,我看恁这是装孬孙!走!老子跟恁走,走到哪儿我吃喝恁到哪儿,国民政府卸磨杀驴了!"

洪芳跟八妞在众目睽睽之下被宪兵带走了。

但是,八妞抓进去后很快就被放出来了,对他的调查也比较简单,艾三、沙二哥、封先生都可以做证他打死过日本鬼子,还摊为党国折了一条腿,就连静宜女中的盖夏嬷嬷都在军统局摁了手印。艾三将八妞压里头领出来的时候,八妞嘴里一直在对艾三骂骂咧咧。

八妞:"你赌装孬孙了,我为党国立了功你比谁都清亮,我瘸巴个腿跟你窜到重庆,你拍屁股一窜,不管我了,眼望儿你还领着人来抓我,缺德坏良心!"

艾三："中了,别得了便宜卖乖,你要不是折了这条腿,你就是汉奸,还得炮打你的头呢,要不是给你说好话,你能出来个球!"

八妞:"艾老三,我上辈子欠你的,这辈子非死你手里不中!"

艾三："跟你说了一百遍,抓捕的名单上有你,我咋办?那名单又不是我列的。"

八妞:"哪个孬孙列的!"

艾三："对!骂他个孬孙!"

八妞:"废话少说,腿是摊为你折的,牢是摊为你坐的,还害得我在重庆大街上要饭。说吧,咋给我补补屈。"

艾三："不就那些事儿嘛,哥哥知,走吧,眼望儿哥哥就领你去第四巷。"

八妞笑了:"这还算个人说的话。"

封先生坐在屋檐下读着《中央日报》："东北特派员蒋经国先生一行于本月 30 日抵达莫斯科,并于当晚受到斯大林接见……"

坐在一旁的小婉问:"蒋经国是谁呀?"

封先生:"蒋主席他儿。"

小婉:"他去莫斯科弄啥?"

封先生:"还是第二次国共合作的事儿。"

小婉:"国共合作莫斯科掺搅在里面弄啥?"

封先生:"共产党、国民党,都得给斯大林面子呗。"

小婉:"为啥要给斯大林面子?"

封先生:"就像咱寺门跟儿的人,都要给恁艾三哥哥面子一样。"

小婉还想往下问,见沙二哥走进了院子。

封先生放下手里的报纸问道:"事情办得咋样了?"

沙二哥摇头。

封先生:"那咋办呀?眼下政府在处决汉奸,冇人管她,迟早还不被枪毙啊。"

沙二哥:"三哥让我跟他去找一下军统祥符站的谷处长,给他送点礼。"

封先生:"老二,我虽不擅此道,但毕竟也活了这么一把年纪,送礼最好单独去送,要不会犯忌讳。"

沙二哥:"我知,这个我明白。"

封先生叹道:"唉,苦命的女人啊,咱不帮她谁帮她呀。"

小婉:"俺三哥有面子,还得指望俺三哥。"

这时,就听见封家的院门口一阵喧闹,紧接着闯进了十几个全副武装的宪兵。

封先生问道:"恁这是要弄啥?"

为首的一个军官:"你贵姓啊?"

封先生:"免贵姓封。"

军官:"你就是封国章封先生?"

封先生:"在下封国章。"

军官:"封先生,我们奉军统局的命令来查封逆产,请你配合。"

封先生:"啥?再说一遍。"

军官抬高了嗓门："我们奉命来查封逆产！"

封先生："逆产？我这儿哪有啥逆产啊？我又不是汉奸。"

军官："是不是汉奸回头再说，我是奉命行事，先查封再说！"

封先生急了："恁是不是弄错了，可别胡来啊！"

军官："不会弄错的。"说完冲宪兵们一挥手，"行动！"

沙二哥："等等！"

军官打量了一眼沙二哥，问道："你是谁？"

沙二哥："你别管我是谁。我问你，既然恁是奉军统局的命令，那你们军统局有个叫艾三的，恁应该认识吧？"

军官不屑地："认识啊，可这事不归他管。"

沙二哥："封先生家的情况他了解，恁可以去问一下他。"

军官："不用问了，对封家逆产的查封，恐怕艾中校也说不上话呀。"转身对士兵说，"封！"

得到命令的宪兵们冲进了各个房间。

封先生带着哭腔说道："封吧，封吧，瞅瞅我姓的这个姓，姓封，不封你封谁啊，封吧，封吧，反正骨头上也有几两肉了，恁随便啃吧……"

沙二哥："我去找找三哥。"

封先生："别去找了，我心里清楚船在哪儿弯着。"

沙二哥："船在哪儿弯着？"

封先生苦笑一下："还能在哪儿？我不敢骂，八妞敢骂……"

沙二哥："我知了，恁老别着急，等我的信儿。"

沙二哥还是去第四巷的春红书寓找到了正在吸老海的艾三，把封家的情况说罢之后，艾三沉默不语。

沙二哥："三哥，你倒是说话啊，恁军统去查封的你能不知？到底是咋回事儿？"

艾三："咋回事儿，秃子头上的跳蚤明摆着。"

沙二哥："啥明摆着，你说清亮中不中！"

艾三："日本人来以前，蒋委员长就让封先生把他家里的东西弄到重庆去。"

沙二哥："不是弄过去一部分了吗？"

艾三："那只是一部分,值钱的东西冇弄过去。"

沙二哥:"啥值钱的东西?"

艾三:"报纸。"

沙二哥质疑地问:"不会吧?"

艾三肯定道:"就是报纸。"

沙二哥:"嘿,蒋委员长家的灶台恐怕都是金子砌成的,他咋还样中那些破报纸?"

艾三:"破报纸? 发迷,封家一张报纸能盖三间大瓦房!"

沙二哥:"封先生喜欢藏报纸我知,可真不知有恁值钱。你给我说说,咋个值钱法儿。"

艾三:"封先生家里有中国最早的报纸《邸报》雕版,那都是两千多年前的玩意儿,你说蒋委员长心里闹和①不闹和。"

沙二哥:"心里再闹和那也不是他的东西啊!"

艾三:"你说那是个球! 中央的图书馆里还冇两千年前的报纸呢! 你有,你还不愿交给国家,你说中不中?"

沙二哥:"不中咋着? 硬抢?"

艾三:"都知,抗战之前,蒋委员长就有意请封先生过去南京做官,封老头不识抬举,硬是不去,你说蒋委员长恼不恼。封老头心里明镜似的,醉翁之意不在酒,让他做官是幌子,想要他的报纸才是目的。"

沙二哥:"别说恁些了,就说该咋拆洗②吧。"

艾三:"拆洗? 不好拆洗。"

沙二哥:"当然不能到蒋委员长那儿去拆洗,我的意思是……"

艾三:"你的意思是还去找俺军统站的谷处长对吧? 你也不想想,洪芳那娘儿们的事儿我跟他说他还不吐口,何况封老头这事儿还沾着蒋主席的边,咋拆洗? 谁有这个本事拆洗?"

沙二哥:"照你的说法,就冇一点法儿了?"

艾三:"你咋还不清亮,查封逆产就是要逼住封老头把报纸交出来,这是政府的意思!"

沙二哥骂道:"真他妈的不是玩意儿!"

艾三:"你也别骂,骂也冇用,还是劝劝封老头,把报纸交出来吧,要不缠不完的瓢③。"

沙二哥："我让他交出来他就交出来了？那老头,看着面面的,脾气倔得很。"

艾三："就这吧老二,花点钱能把洪芳那娘儿们捞出来就不错了,封老头的事儿咱真的管不了。"

沙二哥站起身来就走。

艾三："走啥走,别走,既然来了,哥哥也给你找个娘儿们。"

沙二哥："你和八姐干脆把家安在这里去球！"说完离开了第四巷。

封先生家除了睡觉的床和煤火台没有贴上封条,其余全被贴上了封条。封先生趴在封条上仔细瞅了瞅上面盖的俩章,一个是河南行政公署的大印,另一个是军统祥符站的大印。

小婉："爸,咋办呀？"

封先生："凉拌。随他的便。"

小婉："刚才我去二哥家,二哥哥说,真不中就还窜,躲过这一段咱再回来。"

封先生："窜？上哪儿窜？跑得了和尚跑不了庙。不窜,哪都不去,随他们的便,要报纸一张没有,要命有一条！"

小婉嘟囔着嘴："报纸比命都值钱啊？"

封先生："当然比命值钱。"

小婉："光说咱家的报纸值钱,咋个值钱法儿,命都可以不要。"

封先生："咱家收藏的《邸报》又称《开元杂报》,雕版印刷,是咱国家发行最早、时间最久的报纸,创办距今已经有两千多年的历史了,只不过那时候不是印在纸上是印在帛上。你说它值钱不值钱？"

小婉："它再值钱,命都冇了,钱有啥用。政府样中的物件,咱要是不给,倒霉的还不是咱嘛。"

封先生不吱声了。那个军官在贴完封条后给他撂下一句话,给他三天的时间考虑,三天之后如果见不到一个满意的结果,查封的可就不是这个院子,而是人也将变为"逆产"。封先生心里比谁都清亮,一旦人也变成"逆产",恐怕他再也回不到寺门了。

小婉："爸,胳膊拧不过大腿,认了吧,明个我去延庆观,把藏在那儿的报纸拉回来交给政府吧,保命要紧啊。"

封先生吼道:"你敢!"

小婉:"敢! 就是敢! 咱没死在日本人手里,不能眼瞅着死在国民政府手里!"

封先生:"我死在我自己手里中不中! 你要敢去延庆观,我去午朝门跳那口井!"

小婉的眼泪都流了出来:"那你说咋办? 总得有个办法吧,不能坐在这儿等死吧!"

封先生又不吱声了,他真的不知该咋办。

就在这天晚上,沙二哥来到了艾家,他把一根金条摆在了艾三面前。

沙二哥:"这个给恁的谷处长,能捞出一个算一个。"

艾三:"争取吧,争取用一根金条把两个坑都填平,不过你也别抱太大希望,咱的政府不比老日好对付。"

沙二哥:"两个坑都填平? 你不是说封家的事儿办不成吗?"

艾三用嘴努了一下面前放着的金条:"一根金条就想打发谷处长? 别说一根金条,十根金条他也放不到眼里。"

沙二哥瞅着艾三的脸:"咋,你又有新招数了?"

艾三:"谷处长是个贪心不足的货,经常是收人钱财不给人家办事儿。再说,我也想了,封家的事儿是国民政府亲自督办的,他也未必有这个胆儿。"

沙二哥:"看样子你又找着门路了?"

艾三:"今个你压第四巷走罢,我仔细想了想,我想到一个人,这个人如果愿意帮忙,保准能把这俩坑都给填平。"

沙二哥:"啥人呀? 有恁大的能耐?"

注:

①闹和:心里不踏实、闹得慌。

②拆洗:应为"拆析"、"扯析",商量,说合,劝解,通过语言摆平事情、解决事情的意思。

③缠瓢:应为缠秧儿,意理不清、棘手或说对方胡搅蛮缠。

贪爱银子的，不因得银子知足。贪爱丰富的，也不因得利益知足。这也是虚空。

——引自《旧约全书》

三十八、"咋，一根金条都不中？"

艾三说出的那个能填平两个坑的人，就是驻守祥符的六十八军一四三师的师长黄樵松。

沙二哥："人家黄樵松恁大的官，他能帮咱的忙吗？"

艾三："这个黄樵松是咱祥符人，家在尉氏。一四三师归六十八军建制，六十八军是西北军的底子，军长是刘汝明。老日刚被打窜，刘汝明就派一四三师来驻守祥符，可见不一般啊。"

沙二哥："有啥不一般啊？"

艾三："黄樵松是啥人？刘汝明的嫡系。刘汝明啥人？冯玉祥的嫡系。黄樵松眼下驻守祥符，就是祥符最高的军事长官，只要黄樵松愿意伸头，保准能摆平。"

沙二哥："咱跟人家黄樵松也有恁些，人家又是个高官，谁能和他搭上话呀。"

艾三："咱搭不上话，有人能搭上话啊。"

沙二哥:"谁呀?"

艾三:"尿壶。"

沙二哥:"尿壶是谁呀?"

艾三:"每天一早去尔瑟那儿喝汤那货,高个,满脸糟疙瘩,爱穿一身西服。"

沙二哥回忆着:"高个?爱穿西服?满脸糟疙瘩?是不是喝罢汤爱去逗白凤山鸟的那货,听口音好像是河北沿儿那边的。"

艾三:"对,就是他。那货是一四三师的一个谍报队长,黄樵松的手下,问他的大名冇人知,一问尿壶冇人不知。尿壶是黄樵松的铁杆,咱就让尿壶去拆洗黄樵松,再让黄樵松去拆洗谷处长,这事儿不就八九不离十了嘛。"

沙二哥:"人家拆洗不拆洗啊?"

艾三:"那得看咱能不能先把尿壶给拆洗喽。"

沙二哥:"尿壶恁俩关系咋样?"

艾三:"谈不上关系,熟人,在行政公署开会碰过几次面,他是搞谍报的,我也是搞谍报的,就是公事公办的关系。"

沙二哥:"那可不好办,人家凭啥要帮咱啊。"

艾三想了想:"我看这事儿就这么办,这货每天都来寺门喝汤,明个见着他先试探一下再说。"

沙二哥:"中吧,反正这事儿交给你了。"

艾三:"我可不给你打包票,只能说试试看。"

第二天一早,尿壶穿了一身新西装果然又来寺门喝汤了,他刚在尔瑟的汤锅前坐下,艾三便也一屁股坐了下来。

艾三:"哟,老兄这身行头派司^①啊。"

尿壶:"马马虎虎,一般般。"

艾三:"俺祥符可冇裁缝铺子能做你这西装啊。"

尿壶:"你老兄算说对了。这是上海裴乐蒙的西服,外国工艺,别说祥符,全中国也找不着第二家这样的裁缝铺子。"

艾三连连点头:"老兄不同凡响啊,头一次在行政公署开会的时候见到老兄,搭眼一瞅,就是吃过大盘荆芥^②的。"

尿壶:"过奖过奖。不如你老兄,吃的是军统饭,走到哪儿别人都得另眼相看啊。"

艾三:"都是给党国支差的,一家人不说两家话。"扭脸对尔瑟说道,"尔瑟,以后不管这位哥哥啥时候来,都不能收他的汤钱,听着冇?"

尔瑟:"知了!"

尿壶:"不中不中,这可不中,住店打店钱,喝汤打汤钱,咱可不能干市井泼皮们的事儿,二小子穿大褂——规规矩矩。"

艾三:"外气了不是? 你是我的朋友,来俺寺门不管喝谁家的汤,我不让他们收你的钱,你看他们谁敢收。"

尔瑟一旁敲着边鼓:"在俺寺门,三哥只要发句话,比玉皇大帝都厉害,老兄赇来了,啥时候来都得让老兄吃得法③喽。"

尿壶有点腾云驾雾。

艾三接着说道:"俺祥符有句话叫'光棍大,朋友架',寺门这帮弟儿们捧我的场,话说回来,再大的光棍也只能耍八成,也要识抬举,老兄说是不是?"

尿壶:"那是当然,蒋主席还拜把子讲义气呢。"

艾三一挑大拇指:"说得好!"

这早上的汤让艾三铺摆得那叫丰盛,除了鲜汤之外,小酥肉、原油肉、炸面筋、黄花菜、酸辣泡菜摆了一桌子,吃得尿壶满嘴流油。

这时,白凤山拎着鸟笼走了过来,在艾三的招呼下,他把鸟笼往汤锅旁一挂,也坐到了汤锅前。

尿壶一边吃一边瞅着鸟笼夸道:"这百灵不错啊。"

白凤山:"一般吧,管玩,我从前有只好鸟,让卖尻孙日本人给枪毙了。"

尿壶:"啥鸟啊?"

白凤山:"鹩哥。"

尿壶:"都说鹩哥好玩,但我还是喜欢百灵。会学人说话的鸟固然不错,一旦脏了口就不讨人喜欢,百灵则不同,你就是心情再不好,只要它一张口,就云开雾散。"

白凤山:"老兄内行。"

艾三:"尿壶老兄也喜欢玩鸟?"

尿壶:"何止是喜欢,那是太喜欢了,抗战的时候,不管战事再紧,行军打仗我都没舍得把鸟扔掉。说了你们不信,打台儿庄的时候我还拎着我喂的那只百灵呢。"

艾三:"那一定是只好百灵。"

尿壶:"也是一般的百灵。我一直想喂一只好百灵,可总也碰不着,到祥符来以后倒是碰见了一只好百灵,我出高价买吧,可人家又不肯卖,急得我心直痒痒。"

艾三:"老兄在哪儿看见一只好百灵?"

尿壶:"那天我去新华楼浴池洗澡,没进门就听见里面有百灵叫,哇,那口叫得真让人着迷,进里头一看,果然了得,我喂了几十年百灵也没见过那么好的百灵啊!"

白凤山接腔:"那可不是。三哥,你知那是谁喂的百灵吗?"

艾三:"谁喂的?"

白凤山:"罗胖子。"

艾三:"新华楼的掌柜?"

白凤山:"就是他。祥符城里凡是玩百灵的人,都知新华楼罗胖子手里有只好百灵,出再高的价钱他也不卖。据说刘茂恩主席的兄弟去新华楼洗澡,就样中他那只百灵了,托多少人去说罗胖子甩都不甩。"

艾三:"恁大样?"

白凤山:"能在祥符城里开澡堂子的人,可都不是一般人,新华楼啥地儿?祥符澡堂子的头牌,我爱洗澡,见过罗胖子,小母牛掉进水缸里——牛逼死了。"

艾三转向尿壶:"老兄真的想要那只鸟?"

尿壶:"想得我都睡不着觉。"

艾三:"别管了,这事儿交给我,明个早起你来寺门连喝汤带拿鸟。"

尿壶:"不可能,不可能,那个胖子说了,老天爷买他的鸟他都不卖。"

艾三:"我可不是老天爷,但这只鸟我买定了!"

尿壶:"你老兄要是能把这只鸟给我买过来,你就是我的亲爹!"

艾三哈哈笑道:"老兄这话是要折我的寿啊,言重了,言重了,不就是一只鸟嘛。"

尿壶:"咱可有言在先,不能强买强卖,咱是党国的军人,违反军纪的事儿咱可不能干。"

艾三："我知恁一四三师的军纪严明,放心吧,我也不会往咱国军脸上抹黑的。"

喝罢汤后,艾三打发白凤山先去一趟新华楼,让罗胖子出个价钱。明知这是白跑趟,白凤山还是按艾三的意思去了,而且还把那根金条带了去。冇半个时辰,白凤山就拐了回来,把金条拍回了艾三手里。

艾三："咋,一根金条都不中?"

白凤山："我不是说过了嘛,罗胖子刀枪不入,门儿都没有!"

艾三："嘿! 门儿都没有? 我今天非得进他的门儿不中!"

艾三回家脱下军装,换上了一件蓝布大褂,就奔新华楼浴池去了。

新华楼浴池在寺后街,民国三十三年开始营业,是祥符城里最大的浴池,上下两层楼,爱洗澡的人提起新华楼就俩字:"水好。"所以这里从早到晚都是满当当的人,赶到节气来洗澡还得排大队。

今个新华楼里的客人也不少,艾三进门之后,一眼就瞅见挂在门旁边的鸟笼,搭眼仔细一瞅,鸟笼里那只百灵上体栗褐,下体白色,头和尾基部呈栗色,翅黑而具白斑,胸部具不连贯的黑色横带。艾三也喂养过鸟,看到这只鸟之后他明白尿壶为啥非得买这只鸟不可了,暗自赞叹,千真万确是只好鸟。

一个胖子走了过来,问道:"先生洗澡?"

艾三立即明白这就是那个罗胖子,既冇瞅他又冇搭理他。

罗胖子又说了一句:"这位先生是洗澡吧?"

艾三瞅着鸟笼:"凤头百灵,不孬。"

罗胖子笑道:"当然不孬,新华楼恁大的招牌,能挂孬鸟不能。"

艾三："口咋样?"

罗胖子:"先生,你要是玩鸟的你就知,羽毛漂亮口就洪亮。"

艾三斜了罗胖子一眼:"这么说和人差不多,行头穿得好说话气就粗?"

罗胖子:"差不多吧,冇钱就穿不起好行头,穿好行头的都是有钱的,财大气粗嘛。"

艾三："那你看我是有钱还是冇钱啊?"

罗胖子笑道:"来洗澡的人穿不穿好行头无所谓,一赤肚④都一个样。"

艾三也笑了:"不愧是开浴池的,真会说话。"

罗胖子:"先生洗澡楼上请。"

寺门

艾三："有刮脸的冇？"

罗胖子："有，先生刮脸这边请。"

艾三又瞅了鸟笼一眼，走进了旁边的理发室。

理发的："先生理发还是刮脸？"

艾三："连理发带刮脸。"

理发的："先生请。"

艾三坐到了理发的椅子上。

理发的："先生先理发后刮脸吧。"

艾三："不，先刮脸后理发。"

理发的笑道："都是先理发后刮脸。"

艾三："都是我不是，我就是要先刮脸后理发，咋，不兴啊？"

理发的一瞅这个主儿不好伺候，急忙说道："兴，兴，只要先生兴咱就兴，先刮脸后理发。"

艾三："哎，这就对了，恁得随我。我这个人和别人不一样，人家早上是先刷牙后吃饭，我是先吃饭后刷牙，人家晚上是先洗脚后睡觉，我是先睡觉后洗脚。"

理发的赔着笑脸："是是是，俺随先生的习惯。"

艾三："你说我这习惯是好还是不好呀？"

理发的一边给艾三围白布一边说："好好，先生说好就是好。"

艾三："我啥时候说好了？你听见我说好了吗？"

理发的："冇冇，先生冇说好。"

艾三："那到底是好还是不好啊？"

理发的不知说啥好了。

艾三："中了，不想说就别说了，刮脸吧。"

理发的按照程序用热毛巾给艾三敷罢脸后，在皮子上荡了几下刮脸刀，开始给艾三刮脸。

艾三："把眉毛也刮喽。"

理发的："啥，先生说啥？"

艾三："我是外国人啊，说话你听不懂？"

理发的："不是，我，我不明白……"

艾三:"我让你把眉毛也一起刮喽。"

理发的更加不解了:"把眉毛也刮喽?"

艾三:"瞅瞅,我还以为你真听不懂我的话。对,把眉毛一块儿刮喽。"

理发的:"先生是开玩笑吧……"

艾三:"谁跟你开玩笑,我又不认识你。"

理发的:"这、这眉毛刮喽……"

艾三:"咋恁多废话,让你刮你就刮!"

注:

①派司:气派、漂亮、体面。

②吃过大盘荆芥:荆芥,植物名,味凉甘,可做调味菜;意为见过大世面、有过不凡经历。

③得法:满意、得劲、舒服、顺畅。

④赤肚:光屁股。

恼怒存在愚昧人的怀中。

——引自《旧约全书》

三十九、"宁可胡子眉毛不要,也得听这口百灵叫!"

理发的从艾三脸上也没有找到一丝戏言的意思,手里掂着刮脸刀还是犹豫不决。

艾三:"下手啊。"

理发的:"那、那我可下手了?"

艾三:"你咋像个娘儿们似的,一点也不朗利①,是主家让你刮的,怕啥?放心,刮吧。"

理发的不刮也不中了,那就刮吧,刺啦刺啦刚把眉毛刮了半截,艾三突然一侧脸,理发的一点思想准备也没有。

艾三大吼:"咋弄的,你是想杀了我吧!"

理发的顿时大惊,只见鲜血从艾三眉头上哩哩啦啦就往下流,理发的一下子乱了方寸,急忙取手巾去擦艾三脸上的鲜血。

艾三一把推开手巾,继续大吼:"恁新华楼就这水平?是洗澡的地儿还是杀人的地儿?掌柜的!掌柜的!"

在艾三嗷嗷叫唤中,罗胖子跑进了屋里,一瞅满脸满胸是血的艾三,也被吓孬了。

艾三的嗓门又抬高了:"瞅瞅! 瞅瞅! 还是祥符城招牌最大的澡堂子! 刮脸刮到我的眉毛上! 还破我的相! 啥球理发的! 跟你师娘学的手艺吧! 都来瞅瞅,瞅瞅新华楼这块大招牌!"

艾三这么一吆喝可不当紧,进进出出洗澡的人们一下子拥进一屋。

罗胖子连连赔罪道:"大人不计小人过,我眼望儿就让他滚蛋,先生你消消气,走,咱赶紧去看大夫,先把血止住中不中……"

艾三不但没走,反而往椅子上一瘫:"不中,我腿软,晕血,走不了,真要是死在恁这儿,就买口棺材给我埋了去球!"

看热闹的人纷纷插言:

"赶紧吧,去把大夫请来,这血要是流的会儿大喽,照样死人!"

"咋弄的,新华楼咋会出这种事? 砸牌子啊!"

…………

罗胖子一边指挥人去请大夫,一边怒骂着理发的:"赶紧收你的家伙什,走人,俺这儿庙小,养活不起你,赶紧走! 走!"

理发的涨红着脸争辩道:"他不论理! 是他让我刮眉毛的!"

艾三:"大家听听这话,谁家理发刮脸刮眉毛啊? 我让他刮眉毛? 我还让你刮我的球毛呢!"

围观的人哈哈大笑起来。

理发的还争辩:"谁说瞎话谁是妞生的,他就是让我刮眉毛的……"

艾三:"我还就是让他杀我的,恁信吗?"

理发的:"你装孬……"

罗胖子:"你别说了中不中,你是俺亲爹中不中! 赶紧走吧! 再不走你自己擦这个屁股,我就不管了!"

理发的噙着两眼泪收拾起理发的家伙什走了。

不一会儿,新华楼隔壁一家诊所的大夫提着药箱跑来,给艾三眉骨的伤口做完了处理。

看热闹的人散罢之后,罗胖子把艾三请到了经理室,与艾三商量道:"你看就这中不中,俺新华楼赔你点钱,先生你开个价吧。"

艾三:"不要钱。"

罗胖子:"那就免你的洗澡钱,从今个开始,先生你啥时候来新华楼洗澡啥时候免费。"

艾三:"我这人不爱洗澡,一年半载还不定洗不洗一回呢。"

罗胖子:"那你说这事儿咋解决,听你的,你说吧。"

艾三:"知我为啥来恁这儿理发洗澡吗?我可不是冲着恁新华楼的招牌来的。我压恁的门口过,听恁的鸟叫得怪欢实,就进来了。"

罗胖子:"你的意思是要俺的鸟?"

艾三点了点头。

罗胖子笑了。

艾三:"笑啥?"

罗胖子:"我明白了,先生你是冲着这只鸟来的,对吧?"

艾三:"对呀。"

罗胖子:"这一刀也是为这只鸟挨的,对吧?"

艾三:"冇错。"

罗胖子:"是故意的,对吧?"

艾三:"看透不说透才是好朋友嘛。"

罗胖子的脸一下子沉了下来:"你也不打听打听,敢在祥符城里开澡堂子的人,冇个半斤八两,敢吗?朋友,讹人你讹错地儿了,不认字你也摸摸腰牌!"

艾三笑道:"摸罢了,摸罢了,几斤几两摸罢了,知你的腰粗,还有撑腰的,可我这人是个热粘皮,粘连住谁就得揭掉谁一层皮。"

罗胖子:"信不信,今个我叫你自己揭掉自己一层皮!你等着!"

艾三摆着手:"去去,快去,我在这儿等着,逢官逢私我陪到底。"

罗胖子阴沉着脸走了。

艾三从兜里掏出烟卷点着,说道:"我倒要看看你能结出个啥茧来。"

也就是不到半个时辰的样子,经理室的布帘一撩,走进一个穿军服、脖领上挂着两杠两星的中年军官,罗胖子紧随其后。

中年军官也不说话,站在那里用眼睛打量着艾三,而艾三根本就不看他一眼,又接上了一支香烟。

在短暂的沉默之后,中年军官拉过一把椅子坐了下来,然后从皮带上的枪套里拔出了手枪往镜子台上一拍,也点燃了一支香烟。

艾三瞟了一眼镜子台上的手枪,也不说话,撩起蓝布大褂的衣襟,从腰间也抽出一把手枪往镜子台上一拍,接着抽他的烟。

当中年军官看到艾三的手枪时,眼睛一下子直了,他把目光从手枪转向艾三,又从艾三转向手枪。

艾三的嘴里吐出一个烟圈,说话了:"你的枪不孬,勃朗宁系列,美国造,全枪只有三十七个零件,也算个高级货,美国军队里上至巴顿那样的大官,下至排长连长那样的小官,使的都是这种枪。这种枪在咱国军里也不少见,可咱中国军人不认识上面的外国字,只认马嘴巴里插了一支箭的牌子,咱中国人就把这种枪叫作'马牌撸子'。我说得有错吧?好了,你的枪我说完了,下面我听你说说我的枪。"

中年军官张嘴想说啥却有说出来。

艾三:"说不出来不是?那好,我就给你说说我这把枪。我这把枪也是勃朗宁系列的,比利时制造……"

中年军官起身一个立正:"长官别说了,你这把枪叫'枪牌撸子',比'马牌撸子'高级,在咱国军里别说一个团长,就是师长、军长的佩枪也难得一见,在祥符城里就更别说了。据我所知,'枪牌撸子'在祥符城里只有两把,一把在俺城防司令腰里别着,另一把……啥都别说了,我知你老兄是哪路神仙了。"

艾三:"我可不是神仙,也不是长官,按军衔咱俩一样,二条加二饼。"

中年军官扭脸对罗胖子说道:"你知这是谁不?军统局祥符站的艾中校,他在南关放个屁北关的树叶都得落。艾中校来咱新华楼洗澡这是咱的荣幸,胆子不小,恁敢把艾中校的眉毛刮掉,还……"

艾三:"中了,中了,你老弟的底儿我也知,在城防司令部混事儿,银子不够花,多了这么个营生。祥符城就这么大,拐不出仨圈都在一块儿拴着呢。不管咋说,我在恁这儿掉了眉毛还挨了刀,事儿不大,你老兄看着办吧。"

中年军官冲罗胖子喊道:"听见有,艾中校把面子给足了,事儿不大,你看着办吧!"

罗胖子沮丧地说:"我、我还能咋办啊?可我那只鸟……"

中年军官:"你咋还不明白事儿啊!鸟值钱还是艾中校的面子值钱?"

罗胖子脸上的肉都在颤抖。

艾三站起身说道:"拉倒,罗掌柜不愿意割爱就算了吧,我告辞!"

"别,别,艾中校别走……"中年军官用眼瞪着罗胖子,"不给艾中校面子,压今个开始,新华楼的事儿我不掺搅了!"

罗胖子:"给,给,我给……"

中年军官:"给啥!"

罗胖子沮丧道:"给鸟。"

艾三:"真给?"

罗胖子点点头。

艾三:"那好,咱人物对人物,我也不能亏了罗掌柜,鸟我也喂过,知道不易,喂一只好鸟不光是要下本钱,还要搭工夫。就这,一根金条买你一只鸟,不吃亏吧? 这在全中国也是独一份吧。"说完掏出了那根金条。

中年军官:"可不敢弄这,赶紧把你的金条收起来,要是让外面人知你艾中校在新华楼花一根金条买了一只鸟,以后我在祥符城里还咋混啊!"

艾三:"你老弟这就不对了,鸟是罗老板的,不碍你的事儿。"

中年军官:"是不碍我的事儿,你看他敢不敢接你这根金条!"

艾三把金条往罗胖子手里塞:"接住,接住,该是啥是啥,接住!"

罗胖子带着哭腔:"求求你了,别叫我作难了,你赶紧把鸟掂走吧,接住你这根金条我这个新华楼还开不开了……"

艾三手里拎着鸟笼,一路哼着小曲回到了寺门。他刚进街南口,沙二哥、白凤山等人就迎住了他。

沙二哥:"哟,三哥,咋弄的? 挂彩了?"

艾三一把扯掉贴在眉骨上的纱布:"赔本赔大了,瞅瞅,眉毛还有了呢!"

白凤山:"咦,可不是嘛,眉毛咋也有了?"

这时,笼子里那只百灵忽然叫了起来,那声音真是悦耳动听。

一听百灵叫的艾三顿时高兴起来,大声说道:"宁可胡子眉毛不要,也得听这口百灵叫!"

百灵虽然叫得好听,但能不能救洪芳的命和封先生的报纸,谁也拿不准。

注:

①朗利:利索、痛快、爽快。

与盗贼分赃,是恨恶自己的性命。

——引自《旧约全书》

四十、黄樵松来寺门喝汤

当艾三把凤头百灵拎到尿壶面前的时候,尿壶挑起大拇指说道:"早就听说艾中校能耐大,祥符城里没有拆洗不了的事情。服了,彻底服了,不扶真得尿一裤啊。"

艾三:"可别就这说,祥符城里我还真有一件摆不平的事情得让你老兄来替我摆平。"

尿壶:"艾中校说笑话吧?"

艾三:"不说笑话,是真的。"

尿壶:"我的吨位可是比老兄差远了啊。"

艾三:"不打麻缠,这件事情还非你老兄出面不可。"

尿壶:"说吧,只要我能办到的,上刀山下火海,在所不辞!"

艾三:"只要有老兄这句话,这事儿就一定能拆洗成!"

尿壶:"说吧,啥事儿?"

艾三把事情的原委一说,尿壶的脸就撮巴起来了。

艾三瞅着尿壶的脸问道："咋,有问题?"

尿壶:"那个女人的事儿吧,让黄师长出面估计还好说一点。封家的事儿,恐怕不中。你老兄也知道,如果一四三师是蒋主席的嫡系,挨着蒋主席的边这还有一说,一四三师是后娘养的,别说俺黄师长,就是让俺六十八军的刘军长出面,恐怕都不好办。"

艾三:"好办我还求你老兄吗? 想想办法,活人咋会被尿憋死啊。"

尿壶:"不是我不想帮忙,这事儿真的不好办。要不中,这,这鸟我就不拎回去了……"

艾三一见尿壶要退缩,急忙说道:"外气了不是? 买卖不成仁义在,不好办咱就不办,也不能因为这事儿把老兄吓窜了呀。喝汤喝汤,咱不说这事儿了,喝汤!"

艾三陪尿壶一起喝汤,谈笑风生,让尿壶去拆洗黄樵松的事儿只字不再提,喝罢汤之后高高兴兴地让尿壶把百灵拎走不说,还在沙二哥的摊子上称了二斤牛肉,在白凤山的摊子上掂了两包花生糕,硬塞进尿壶的手里。

望着尿壶远去的身影,沙二哥和白凤山同时对艾三说:"搭憨①吧。"

艾三:"搭憨? 恁哥哥从来不做亏本的买卖,啥时候干过搭憨的事儿? 走着瞧。"

沙二哥:"咋着,还有门?"

艾三:"吃了人家的嘴短,拿了人家的手短。何况是吃了我艾三的,拿了我艾三的,再说,哥哥的眉毛也不能白让刮掉啊。"

白凤山怀疑道:"不可能吧……"

艾三:"放心吧,这货回去肯定睡不着觉,他会帮咱想法儿的。"

沙二哥同样怀疑:"我看悬。"

艾三:"走着瞧。"

果真,尿壶虽说嘴上已经拒绝,心里却坐下了病。他心想,艾三对咱这么够意思,这事儿要真是一推六二五确实有点不仗义。可应该咋办他冇想好,他清亮黄樵松的个性,不管吧,他觉得对艾三不够意思;管吧,他又怕挨黄樵松的骂。整整一个晚上他都在苦思冥想,该咋去跟黄樵松说这个事儿。

尿壶为此事苦恼了一夜,第二天一早他正准备去寺门喝汤,传令兵敲开了他的房门。

传令兵给他打了立正："师长请您马上去他那里一趟！"

尿壶："一大早师长找我啥事儿？"

传令兵："不知道！"

尿壶奇怪，这一大早师长找自己弄啥？他满腹疑惑地来到黄樵松的住处，一进门就看见黄樵松黑着脸坐在那儿。

尿壶："师座，你找我？"

黄樵松："自打一四三师驻守祥符以来，你都干了些啥事儿？"

尿壶一下子被问愣住了。

黄樵松："你是不是以为把日本人打窜了，天下就太平了？不务正业，你以为我不知你天天弄的啥？"

尿壶："我，我没有弄啥啊。"

黄樵松："你还好意思说没有弄啥？"

尿壶："我，我真的没有弄啥啊。"

黄樵松："那我问你，祥符城里有几家好吃的馆子你知不知？"

尿壶不语。

黄樵松："祥符城里有几家泡澡的好浴池你知不知？"

尿壶还是不吭。

黄樵松："我再问你，第四巷你去过几次？"

尿壶低下了头。

黄樵松："还有，据哨兵讲，每天早起你穿得那么展样②去干啥了？"

尿壶憋气不吭。

黄樵松："你说话呀！"

尿壶低着头说："每天早起我去寺门喝汤了。"

黄樵松："你去寺门喝汤了，你是个军人你知不知？成天穿得跟个公子哥一样成何体统！平时你爱喂个鸟也就罢了，可你眼望儿的嗜好越来越多，下馆子、泡澡堂、嫖窑子，你瞅瞅你都成啥了！寺门的羊肉汤好喝，你就见天去喝，还穿着西装，打着领带，抹着头油。咋了？祥符这地儿养人是不是？好啊，你干脆在祥符找个二婆，安个家拉倒了！"

尿壶："师座，我错了。"

黄樵松语重心长："尿壶啊，你压打老日就跟着我，台儿庄咱们头和蛋绑在一起出生入死,对你我一向是网开一面,能不说你就不说你。你是搞谍报工作的,你应该知道,眼望儿国共关系非常紧张,剑拔弩张,摩擦不断,大有一触即发之势。咱们一四三师跟中央军不能比,一旦国共开战,咱肯定就是急先锋。我的老弟,咱不做好准备中不中啊?"

尿壶:"师座,别说了,我真的知道错了。"

黄樵松:"你是我的人,越是在这种时候越得处处谨慎才是。"

尿壶打了个立正:"师长,我明白了!"

黄樵松缓了口气,问道:"吃罢早饭了吗?"

尿壶:"还没有。"

黄樵松:"走吧,咱俩去寺门喝汤。"

尿壶狐疑地瞅着黄樵松。

黄樵松:"走啊!"

尿壶瞅着黄樵松:"师座,你有事儿瞒着我。"

黄樵松沉吟片刻,说道:"你是我的老部下,我走了以后你们要好自为之。"

尿壶:"师座,你要去哪儿?"

黄樵松:"调到军部。"

尿壶:"调到军部? 干吗?"

黄樵松:"国防部的任命已经下达了,调我去六十八军任副军长。"

尿壶:"好事儿啊,升了!"

黄樵松:"你懂个屁。明的是升了,暗的还不知是啥。"

尿壶:"师长的意思是……"

黄樵松:"你知道吗,刘军长暗中给我透了个信,咱们六十八军很有可能在整编范围之列,六十八军冇准就被整编成六十八师了。蒋介石那点花花肠子咱还能不清楚,借着整编,先整的就是咱们杂色部队,我这个提升的副军长,要不了两天可能又成副师长了。"

尿壶:"师座,你走了,谁来接任师长啊?"

黄樵松:"崔贡琛。"

尿壶:"师座,要不你跟刘军长说说,让我也跟着你一起走吧。"

黄樵松:"别说不打粮食的话了。留着青山在,不怕没柴烧,你老老实实给我在一四三师待着,刘军长说了,不管出现啥样的情况,只要咱们的老班底在,只要有本钱,谁都不能把我们咋样,你要明白其中的分量啊。"

尿壶愣愣地站在那儿。

黄樵松:"别愣着了,走啊,去寺门喝汤。我回到祥符恁多天,还冇去寺门喝过一次汤,都说寺门的汤好,我今个倒要喝喝看好在哪儿。"

尿壶:"我不想去。"

黄樵松:"瞅瞅你这个冇出息样子,只要天不塌,该吃吃该喝喝,走,去寺门,今个我请你!"

听到黄樵松要调离,尿壶就像失去了主心骨,他闷闷不乐地陪着黄樵松来到了寺门。

黄樵松是尿壶的老长官,黄樵松刚才的那番话让尿壶感到前途迷茫,艾三托他办的事早已被他的迷茫所淹没。

今个来喝汤的黄樵松和尿壶一样穿着便衣,艾三并没有见过黄樵松本人。尿壶领着黄樵松在艾三和沙二哥的招呼下坐到尔瑟汤锅前。

艾三问情绪低落的尿壶:"请问这位老兄是……"

尿壶:"这是俺师座。"

艾三一下子还没反应过来。

黄樵松抱拳笑道:"在下黄樵松。"

艾三腾地站了起来,向黄樵松行了个军礼:"久仰黄师长大名!"随后他冲尿壶说道,"我的妈呀,你老兄真可有本事,把活神仙给请到跟儿来了!"

黄樵松笑道:"我是啥活神仙,一介武夫罢了,来寺门喝汤是我主动要来的。"

艾三:"恁瞅瞅,瞅瞅,老乡就是老乡,再大的官他也是老乡,黄师长是咱尉氏人,我说他绝不会见死不救的吧!"

沙二哥等人受宠若惊一起连连点头称是。

黄樵松被弄糊涂了:"恁说啥? 啥见死不救?"

艾三:"黄师长,你、你不知……"

尿壶一下恼了,冲艾三吼道:"别说了! 我明个就把那只百灵还给你中不中!"

黄樵松和艾三等人全被尿壶给吼糊涂了。

艾三:"这、这是咋回事儿啊……"

黄樵松的脸也沉了下来,冲尿壶问道:"咋回事儿?你给我说清亮!"

尿壶的头低了下去。

黄樵松:"你奤拉个脑袋弄啥?说话呀!"

尿壶:"我、我、我……"

黄樵松厉声喊道:"起立!"

尿壶立即起身,一个标准的立正站在黄樵松面前。

黄樵松:"说,咋回事儿?啥见死不救?要救谁?"

注:

①搭憋:有意赔本、故意吃亏。

②展样:衣着光鲜、体面;同"一展二展"。

人扑倒岂不伸手？遇灾难岂不求救呢？

——引自《旧约全书》

四十一、"如果不管用,老天爷也冇法儿了。"

黄樵松双眉蹙成了个疙瘩,在听完尿壶的如实汇报之后,半晌没有吭气儿。

几个人瞅着黄樵松的脸大气不敢出。

还是艾三小心翼翼地说道:"黄师长,给、给你添麻烦了。"

沙二哥也随着说道:"长官,俺也是冇法儿,俺这寺门跟儿住的人净是些做小买卖的,俺不认识大官。其实,救不救人也不碍俺啥事儿,只是觉得封先生置办点家当太不容易,今个老日抄家,明个老蒋封门,搞得封家冇一天安生日子过。"

尿壶:"是的,师座,你是立过战功的人,你要是能说句话……"

黄樵松一抬手制止住尿壶再往下说,站起身说道:"咱们走吧,回去还有军务要安排。"

尿壶:"还冇喝汤就走?"

艾三:"别走啊黄师长,俺冇强人所难的意思,觉得这事儿麻缠你就不用管,该喝汤喝汤,尝尝俺寺门的汤。"

沙二哥:"就是,汤还有喝呢。"

黄樵松:"改日吧,今个就不喝了。"

艾三:"黄师长,我说的是心里话,你要觉得这事儿不好办俺也不会勉强你,今天你要是不喝汤,这不是让俺心里也不得劲吗?"

尿壶:"师座,要不咱还是喝罢汤再走吧。"

黄樵松冲尿壶喝了一句:"走!"

尿壶不得不跟着黄樵松一起离开了尔瑟的汤锅。

瞅着黄樵松和尿壶离开寺门,艾三摇着头说道:"这事儿,去球,黄了。"

黄樵松领着尿壶回到了师部,一进门黄樵松就劈头盖脸熊①开了尿壶。

黄樵松:"啥事儿你都敢大包大揽! 这种事儿咱管得了吗?"

尿壶:"我想着你能跟军统的谷处长说上话,咋着他也会给你个面子。"

黄樵松:"你以为我的面子管用? 蒋主席都过问的事儿,刘军长去拆洗都不一定拆洗得了! 给我面子,你以为我的面子在军统那里值钱?"

尿壶:"我问罢了,封家也没啥东西,基本都被土肥原贤二弄走了。"

黄樵松:"冇啥东西军统咋会去封他的门?"

尿壶:"大概还剩下了一些报纸。"

黄樵松:"绝对不会只剩一些报纸!"

尿壶:"真的。"

黄樵松:"还煮的呢! 亏你还是个搞谍报的!"

尿壶:"师座,你的意思是封家还有东西?"

黄樵松:"好了,咱不说这个了,压今个开始,不准你再去寺门喝汤! 另外,不准你再接触寺门的任何人!"

尿壶不解地看着黄樵松。

黄樵松:"别瞅我,执行命令,这是为你好!"

尿壶:"那、那寺门的汤以后就喝不成了?"

黄樵松:"以后再说以后的事儿,至少这一段时间你不能再去寺门!"

尿壶极不情愿地答道:"是。"

再说寺门这边,当沙二哥把黄樵松不愿意插手此事的消息告诉封先生的时候,封先生推了一把鼻梁上的眼镜,叹道:"唉,在我的意料之中啊。"

沙二哥:"爷们,你准备咋办啊?"

封先生:"我一个老头家能咋办? 听天由命吧。"

沙二哥:"爷们,有一件事儿我冇弄明白,恁家的东西日本人拉走了一部分,还有一部分藏在延庆观幸亏冇拉回来,你老给我交个底,家里到底还有没有东西了? 如果冇东西,他们咋会来封恁的门?"

封先生冇搭腔。

见封先生不说话沙二哥心里清亮了,也不再问。

封先生瞅着自家的院子感叹道:"一百年后谁知是啥样,但愿这座院子还能撑一百年吧。"

沙二哥:"要我说,压根就别搭理他们,封条让他们随便封,咱带着东西还窜!"

封先生:"拉倒吧,我这一把子老骨头还能窜到哪儿啊! 恁别管我了,还是想法儿把洪芳捞出来吧。"

沙二哥:"三哥已经去想法儿了。"

封先生:"比起我那点东西,人命更重要啊。"

沙二哥:"三哥说他有撒手锏,如果管用就能救洪芳,如果不管用,老天爷也冇法儿了。"

封先生叹道:"唉,原以为日本人一走能过两天安生日子,谁知这日子咋还恁难……"

艾三直接去找谷处长。他来到谷处长的办公室,把两根金条搁在了谷处长的面前。

谷处长:"老艾,你这是干啥啊?"

艾三敲明亮响地说道:"买人。"

谷处长:"买人? 买谁呀?"

艾三:"买一个娘儿们。"

谷处长笑道:"我又不是人贩子,哪里有人可以卖给你。老艾你真会开玩笑。"

艾三给谷处长递上一支烟,为谷处长点燃之后,说道:"处长,我是有苦难言啊。"

谷处长:"有啥苦,说说我听听。"

艾三:"处长,那我可就直说不拐弯了。"

谷处长:"跟我用不着拐弯。"

艾三:"能不能把咱抓的那个娘儿们放出来?"

谷处长:"哪个娘儿们?"

艾三:"说她是汉奸的那个。"

谷处长:"哪个?"

艾三:"就是嫁给了日本人那个娘儿们。"

谷处长:"噢,我知道了。"

艾三:"那娘儿们和我有点关系。"

谷处长:"啥关系?"

艾三:"不瞒您说,我喜欢那个娘儿们。"

谷处长用眼睛紧盯着艾三。

艾三:"处长,您别用这种眼光瞅我中不中,我说的可都是大实话。"

谷处长:"老艾,你咋不早说?晚了,那个娘儿们已经上了处决名单。"

艾三:"处决不处决还不是您一句话?帮帮忙,处长。"

谷处长:"名单已经被批准执行,我就是有日天的本事,这个忙我也帮不上了。"

艾三:"啥时候执行?"

谷处长:"很快,就这一两天吧。"

艾三:"处长,求你了,再想想法儿。"

谷处长摇了摇头。

艾三:"处长,昨天我在澡堂泡澡的时候,碰见一个河北岸过来的商人,他问我压哪儿能搞到日本造的电子管,他听说祥符有一批原先日本特高课使用的电台,如果能搞到他愿意出大价钱。"

谷处长身上神经一下子紧绷起来:"你啥意思?"

艾三:"冇啥意思,和您打听一下,干咱这行,没点好处谁干呀,您说是不是?中,我告辞了。"

谷处长:"等等。"

艾三:"处长,还有事儿?"

谷处长指了指椅子:"坐下。"

艾三又坐了下来,掏出烟点燃。

谷处长:"老艾,你我都是在江湖上混的人,都应该懂规矩,谁要是破了规矩,可要被五马分尸的。"

艾三笑了:"处长,你不用点细②我,我艾三要不懂这个早就被人五马分尸八回了。我只想要那个娘儿们。"

谷处长想了想:"这样吧,给你派个活儿。"

艾三:"处长请指示。"

谷处长:"去,大街小巷转转,找一个要饭的,记住,不要把性别搞错。"

艾三起立给谷处长敬了一个标准的军礼:"保证完成任务!"

时隔一天,在祥符西城墙外张榜处决了落入法网的一批日伪汉奸,榜上洪芳被打了红叉的名字赫然醒目,而在处决日伪汉奸的前一个晚上,艾三领着一个"国军士兵"离开了看守严密的汉奸关押地。

那个"国军士兵"跟着艾三回到寺门艾家。当脱去军装还原女儿身的洪芳站在艾大大面前的时候,老太太眯缝着眼睛仔细打量着。

艾大大:"关了这些天咋把你给关漂亮了。妞,一定要记住我的话,至少一年之内你不能出这个院门。"

洪芳:"俺记住了。"

艾三:"从今个起,出了寺门你的名字叫张银枝,在寺门冇事儿。记住,洪芳已经被打头③了,你眼望儿叫张银枝。"

洪芳深深地点头:"我记住了。"

艾三:"还有一点你也得记住,从今个开始,有外人要问,你就说你是俺媳妇。在这个家里,只要你把俺妈伺候好了,我保你平安无事儿。"

艾大大不愿意了:"老三,你胡扯啥哩,她咋成你的媳妇了?救人一命胜造七级浮屠,别磕一个头放仨屁行善没有作恶多!"

艾三:"妈,你别管那些事中不中?我说她是俺媳妇是她的福分,这祥符城里谁能把一个人从死牢里捞出来?黄樵松、刘汝明都冇这个排气量,火车不是推的,牛皮不是吹的,除了恁儿子我,谁也不中!"

艾大大嘴里嘟囔着:"我咋觉得你这是抢占民女呢。"

艾三:"抢占啥民女?她是民女?陪日本人睡觉的女人比婊子强不到哪儿去!"

艾三话音未落,洪芳抬手一巴掌扇到他的脸上。

艾三捂住脸:"臭婊子你敢打老子,我活剥了你!"说着就要动手。

艾大大用身子护住了洪芳:"打你活该!不是卖尻孙日本人打到咱门里,她能陪日本人睡觉吗?这妞命已经够苦的了,咋,你还真把她当婊子了?"

洪芳从艾大大身后走到艾三跟前:"三哥,你睡俺吧,俺的命是你给的,从今往后你想咋睡就咋睡,我愿意。"

艾三被说愣在那里。

就在洪芳被艾三救回寺门后的第三天,早起,寺门前的汤锅和各类早饭摊上刚坐上人,只见白凤山诈尸般地在街上大声喊叫:"出事了!出大事了!封先生被人给绑了!脖上还挂了一颗手榴弹!"

正在尔瑟汤锅前坐着的沙二哥蹦起来一把捞住了白凤山:"咋回事儿?"

白凤山:"封先生夜隔对我说想吃花生糕,今个一早我给他送去,咋叫他家的门都冇人应声,我就觉得不对劲,压院墙翻进去一瞅,可把我给吓孬了,封先生和小婉被人绑在了屋里,封先生的脖子上还挂着一颗打开盖的手榴弹!"

沙二哥听罢撒腿就往封先生家的方向跑。

尔瑟高声喊道:"招呼点,手榴弹有捻,别弄着喽!"

注:

①熊:训斥。

②点细:应为"点析",说透、点透。

③打头:杀头。

偷来的水是甜的，暗吃的饼是好的。

——引自《旧约全书》

四十二、"东西都被抢走了，我活着还有啥意思。"

沙二哥和寺门跟儿的弟兄们全跑到了封家，眼前的场面让所有人都傻脸了。只见封先生和小婉被布条蒙住眼睛，分别被五花大绑在堂屋的两把官帽椅上，封先生的脖子上挂着的那颗手榴弹的拉环就套在他自己的大腿上，只要一站起来拉环就会被拉掉。

沙二哥："坐着别动，千万别动！"

封先生嘶哑着声音说道："老二，那些人是冲着东西来的，我埋在院墙跟儿的东西全被他们挖走了……"

沙二哥："挖走就挖走吧，命比东西重要，得先把恁老脖子上的那玩意儿拆下来再说。"

封先生颤抖着哭腔："我、我招谁惹谁了呀……"

沙二哥："你老别说话了，稳住别动，尤其是身子千万不要动，我得把挂在你脖子上的那玩意儿给弄掉！"

封先生："老二，你中不中啊？"

沙二哥:"别急,我得仔细瞅瞅。"

正当沙二哥看着手榴弹不知从何下手的时候,艾三赶来了。

艾三:"闪开闪开!恁都长了仨脑袋是吧,都退到利亮地方去,越远越好!"

围在门外观看的人们都被艾三赶到院门外。

沙二哥:"三哥,你是吃国军饭的,拆这玩意儿应该冇问题吧?"

艾三:"瞅瞅再说,我心里也冇准。"

沙二哥:"冇准别急着下手,这可不是闹着玩的。"

艾三把脸凑到封先生的脖子上,仔细观察了一会儿,说道:"这是一颗德国造的手榴弹。"

沙二哥:"德国造的手榴弹有啥讲究冇?"

艾三:"STG39式木柄手榴弹冇错,是德国军队用的。"

沙二哥:"好拆掉吗?"

艾三:"好拆不好拆也得拆,总不能挂在老头的脖子上啊。"

沙二哥:"咋拆?"

艾三:"先找到拉环的头。"

沙二哥在封先生身上查看了一遍,说道:"绳子的线头很乱,好像是从背后连接的。"

艾三:"不管从哪儿连接的,先找着绳头。"

沙二哥慢慢绕到官帽椅的后面:"找着了。"

艾三:"找着了就拆啊。"

沙二哥:"拆不成。"

艾三:"咋拆不成?"

沙二哥:"你瞅瞅,咋拆?"

艾三也绕到官帽椅的后面去瞅,只见封先生浑身抖得像筛糠一般,沙二哥根本无法下手。

艾三把两手轻轻放在封先生的肩头,说道:"爷们,恁老别害怕,身子别觳觫①,你一觳觫俺不好下手。"

封先生觳觫着声音说:"中,我不觳觫,不觳觫。"他越说身体觳觫得越厉害,觳觫得越厉害沙二哥越下不去手。

沙二哥："爷们,你把眼睛闭上,啥也别看,啥也别想。"

封先生闭住了眼睛,可身子依旧不听使唤地在颤抖。

沙二哥："咋还觳觫啊?"

封先生："不不、不当家啊。"

艾三有点急了："再觳觫把它给觳觫炸喽,咱都得去球!"

封先生顿时老泪纵横："小儿们,恁还是赶紧走吧,炸就让它炸吧,东西都被抢走了,我活着还有啥意思。"

沙二哥："老头,你爷们要是这么说,那就去球,炸就让它炸去。谁活得有意思?卖尻孙老日祸害咱这些年,眼望儿老日被打窜了,老蒋又照样祸害咱,依我看,恁家那些东西压根就不值一文钱,在我眼里还冇一碗汤喝到肚子里实惠!"

封先生："你瞎说!吴道子的一幅画就能买下寺门半道街!"

沙二哥："快拉倒吧,啥吴道子啊,谁知他家门朝哪儿,就是老日不要、老蒋不抢,哪天俺也得把那个吴道子填进俺家炉子里去煮牛肉!"

封先生大骂："沙老二!你这个不识数的文盲!这辈子也就只配煮牛肉卖牛肉!"

沙二哥："你急啥急,我说的不是实话?"

封先生："你这个实话是要让铁塔倒立让黄河倒流,狗屁不懂,我扇你的脸!"

满头大汗的沙二哥一屁股坐在了地上："我的妈吔……"

艾三上前解着封先生身上的绳子："冇事了,爷们,咱都炸不死了。"

封先生疑惑地从官帽椅子上站起身来,他似乎不相信手榴弹已经从他的身上解了下来。

坐在地上的沙二哥手里握着手榴弹说道："老头,觳觫呀,你咋不觳觫了?还是那个吴道子管用,要不你得觳觫到明个早起。"

艾三接过沙二哥手里的手榴弹,翻来覆去看罢一遍之后,甩手将手榴弹扔出了屋,吓得门外看热闹的人一阵惊叫四处逃窜。

沙二哥瞪大眼睛吼道："你疯了!"

艾三起身去到院子里,把扔出去的手榴弹又捡了回来,在手里掂着说:"你就把它扔进煤火里,也是当柴火烧。"

沙二哥："咋,假的?"

艾三:"说说吧,爷们,咋回事儿?"

封先生依旧心有余悸地瞅着艾三手里的手榴弹,质疑地问:"真、真是假的?"

艾三几下子就把手榴弹给拆开:"瞅见了吧,空壳。"

封先生用手抹了一把额头上的汗:"他们这是搞的啥把戏呀……"

艾三:"啥把戏得问你,俺咋知。"

缓过劲儿来的封先生把前前后后说了出来:凌晨的时候,压院墙外面翻进来一伙蒙面人,不由分说就把正在睡觉的他和小婉给绑上了,给他俩挂上手榴弹之后说,别乱动,这手榴弹威力可大了,能炸塌寺门半道街的房子,然后逼着他说家里还藏着啥东西,如果不说就把小婉绑走,明个早起去龙亭坑收尸。这伙人是开着卡车来的,把院墙跟儿埋的东西全部挖出来,装上卡车就走了,先后不足一个钟头。

艾三:"院墙跟儿埋有多少东西?"

封先生:"大概、大概有个七八十来捆吧。"

沙二哥:"爷们,还不说实话,三哥这是在帮你破案哩,到底拉走了多少东西啊?"

封先生:"我哪记得清,反正是全部被他们拉走了。"

艾三:"你咋知道他们是开着卡车来的? 你不是正在睡觉吗?"

封先生:"我听见他们说把东西搬上卡车,开车的动静我总能听着吧。"

沙二哥:"三哥,你觉着会是啥人干的?"

艾三手里摆弄着被拆下来的手榴弹,一字一顿地说道:"我可以负责任地说,他们是国军的人。"

沙二哥:"你咋恁肯定?"

艾三把手榴弹伸到沙二哥面前:"这德国玩意儿是装备国军的,共军不可能有,杂牌土匪就更不可能有,有这号装备的还是国军的正规部队。"

封先生:"可我不理解,国民政府想要俺家的东西还用费恁大的劲? 不是已经贴上封条了吗? 完全可以明火执仗啊。"

艾三:"是啊,问题就在这儿。恁想想,蒋主席的天下,封条一贴,谁还敢抢? 可就是有人抢了,大意失荆州啊。"

沙二哥："三哥,你约莫着是谁干的?"

艾三："我不是说了嘛,STG39手榴弹是国军的装备。"

沙二哥大惑不解："我咋还是吃不透劲啊。"

艾三点头："还不是一般的国军。"

封先生也一头雾水："老三,你能不能把话再讲清亮点,俺咋听不明白呢?"

艾三沉思了一番后,果断地说："现在不是你要弄明白的时候。爷们,听我一句话,你得马上窜,窜得越快越好!"

封先生："窜?窜哪儿?为啥要窜啊?"

艾三："离开祥符城,窜哪儿都中,避过风头再说。"

封先生："你是说,我还得躲起来?"

艾三："你咋恁糊涂,东西冇了,你再不躲起来,政府能饶得了你?"

封先生拧着脖子说："凭啥?国军是政府的部队,他们抢了俺的东西,政府还饶不了俺,这还有天理冇了!"

沙二哥："三哥,你能不能把话再说清亮点,到底咋回事儿?我也被你弄蒙了,既然是国军做的活儿,政府凭啥还要抓人?"

艾三："恁想想,谁有恁大胆,谁又能开着卡车来抢东西,一般二般的人可能吗?共军,可能吗?"

沙二哥："你的意思是说,这伙国军还不是政府派来的?"

艾三："你咋就还不明白,这伙来抢东西的国军,政府压根就不知,政府要是知了,还会来封家抓人吗?"

沙二哥："不是政府派来的,又不是共军,也不可能是城外的土匪……哦,我明白了。"

艾三掂着手榴弹一笑："把这玩意儿弄懂,就啥都明白了。"

沙二哥压艾三手里接过STG39手榴弹："三哥,你的意思是说,这伙来抢东西的国军,是想独吞……"

艾三："中了,话到此为止。"他转向封先生,"爷们,东西可以丢,命可不能丢,趁政府还不知道,赶紧带着小婉,窜!"

沙二哥也跟着劝导："爷们,赶紧窜吧,这事儿听三哥的冇错。"

封先生："那,那,那我总得知道东西到底是谁抢的,运到哪儿了,来日也好去寻它啊!"

艾三:"慢慢来吧,雁过留痕,只要东西还在祥符城里,早晚它得露面。"

封先生:"窜,窜,我的命咋恁苦啊……"

沙二哥回家让汴玲烙了几张烙馍,又和尔瑟、乌德等人凑了几块大洋,给封先生雇了辆车,把封先生和小婉送出了曹门。临别的时候,封先生流着泪对沙二哥说:"这世道啥时候才能太平啊,老二,照护好俺家那一院房子……"

就在封先生离开寺门的当天中午,宪兵就来到封家,军统祥符站的谷处长在艾三的陪同下也来了。看完了现场之后,谷处长把眼睛转向了艾三。

谷处长:"你觉得像谁干的?"

艾三毫不犹豫地回答道:"自己人。"

谷处长:"你说的自己人是谁?"

艾三:"这个,这个,这个还得经过调查。"

谷处长:"那好,这个调查就由你负责。不管调查到谁,只要与这个案子有关,就直接抓人,要不我没法向国民政府交代!"

艾三打了一个标准的立正:"是!"

注:

①縠觫:縠音 he,颤抖、打哆嗦。

酒能使人快活,钱能叫万事应心。

——引自《旧约全书》

四十三、"恁可以爱咋着咋着,我咋办?"

艾三一宿没睡,坐在床上一根接一根地抽烟,把洪芳给呛得不住声地咳嗽。天刚一发亮,艾三就来到尔瑟的汤锅前。

尔瑟站在汤锅边,用铁爪钩一边翻着锅里的肉一边问道:"恁早,三哥。"

艾三:"睡不着。"

尔瑟:"啥心事儿?"

艾三也不搭腔,起身下手切了点芫荽捏了一撮掌进碗里,抓起大汤勺准备自己下手去盛汤。

尔瑟:"急啥,等汤再滚滚。"

艾三把已经拿在手里的勺子往锅边一搁:"谁都不用急,事儿有压到谁的头上啊。"

尔瑟:"咋着,还没有摸着大头小尾巴?"

艾三不语,点着一支烟,默默地抽着。

晨练罢的沙二哥过来坐到艾三的身边。

寺门

艾三递给沙二哥一支烟,说道:"老二,你帮我分析分析,谁最有可能干这号事儿?"

沙二哥:"封家人都窜了,管他谁干的,那些东西就是找到了也落不到封家手里,还不知好过了哪个鳖孙。"

艾三:"哥哥当这个差难啊。为啥把这案子交到我手里,就是因为我住在寺门,卖尻孙们怀疑寺门有人里应外合。"

沙二哥:"里应外合? 不错,咱是想帮封家一把,可也没帮上呀。再说,咱就是有天大的本事,也找不来国军的部队啊。"

尔瑟:"三哥,你咋就认定是国军部队干的? 就凭那颗手榴弹?"

艾三:"那STG39手榴弹,是抗战之前从德国运来的,那个时候德国跟咱国的关系好,中国军队配备了不少德国军需。八路是外码,好装备根本轮不上八路,恁想想,不是国军干的是谁?"

沙二哥:"那也好办,你挨着把祥符城里驻扎的国军统统查一遍,看看哪支部队使这号手榴弹不就完了嘛。"

艾三:"说得简单,你以为光查手榴弹就能查出来?"

沙二哥:"这不是线索嘛。"

艾三思索了一阵,说道:"我估摸着,这事儿有可能跟尿壶有关系。"

沙二哥:"咋,你怀疑是尿壶?"

艾三:"我只是隐隐约约有种感觉。"

沙二哥:"为啥?"

艾三转向汤锅旁正在翻肉的尔瑟:"尔瑟,在你的印象中,尿壶有多长时间冇来喝汤了?"

尔瑟想了想:"嗯,天可不少了,压那次被黄樵松把他叫走就再也冇来过。"

沙二哥:"做贼心虚?"

艾三:"有这种可能。因为咱求过他,他也清亮封家那些东西的分量。"

沙二哥认可地点着头:"有道理。"

就在艾三怀疑尿壶的时候,尿壶也听说了此事,他急忙打电话给了黄樵松。

黄樵松在电话里跟尿壶这样说:"别操那么多心,该喝汤喝汤,该玩鸟玩鸟,记住我跟你说的话,你是搞情报工作的,把一四三师这一亩三分地照护好就中,天塌下来也碍不着你的事儿。"

尿壶放下电话后,咂摸着黄樵松电话里的话音,越咂摸越觉得黄樵松话里有话,难道还真是黄樵松派人去干的?嗯,八九不离十,也只有黄樵松有这个胆儿。这事干得漂亮,得劲,先下手为强,再晚一点封家的东西就被拉到南京去了。尿壶的心里正在暗自称赞,电话铃响了,抓起电话他听出了艾三的声音。

尿壶:"艾老弟,多日不见,有何公干啊?"

艾三:"看你说的,非得公干才邀你啊,有事就不能一起喝个闲酒?"

尿壶:"好啊,哥哥请你,说地方吧。"

艾三:"咱弟兄俩谁请都一样,地方我来安排。"

尿壶被艾三领进了第四巷的春红书寓,让大咪咪找了个漂亮的窑姐,一边陪着喝花酒一边进行着刺探。

艾三:"这伙人干得真是漂亮,三下五除二,前后不到一个钟头,东西挖出来拉走了,来无影去无踪,也不知是哪路英雄豪杰,佩服,佩服啊。"

尿壶:"那你觉得像是哪路英雄豪杰呢?"

艾三从腰间抽出了那颗STG39手榴弹往桌上一搁:"我得让老兄你帮着分析一下。"

尿壶抓过手榴弹看了看之后,放回到桌上,面带微笑说道:"你老弟怀疑是我们一四三师的人所为?"

艾三:"不敢不敢,你老兄多虑了,你们黄师长就是不荣任六十八军的副军长,俺也不敢怀疑到一四三师头上啊。"

尿壶:"怀疑也是应该的,都是党国的工作嘛,你们军统局改称保密局,你我兄弟还要常来常往,相互照应,对吧。"

艾三:"那好,我也就不绕弯子了。据我所知,一四三师配备过这种型号的手榴弹。"

尿壶:"你不绕弯子,我也真人不说假话。听哥哥一声劝,一四三师即便是后娘养的,你也别捞摸它,你老弟是祥符城里的地头蛇,黄樵松也不是外来的强龙,本乡本土的,真要查出个结果还好说,要是查不出结果呢?黄樵松能饶过你一个小小的中校?"

艾三不语了。

尿壶端起酒杯:"来,老弟,喝酒,想开点,这年头,啥事也没有兄弟的情分重要。"

艾三:"可我交不了这个差啊。"

尿壶:"有啥交不了差的,查不出来就是查不出来,用祥符话说,谁还能把蛋咬喽?"

艾三:"俺处长那货,贼得不吃食儿,不好糊弄。"

尿壶:"要不要哥哥给你支一招?"

艾三:"你说。"

尿壶把脸转向一旁坐着的窑姐:"我问你一个问题。"

窑姐:"恁说的都是国家大事儿,我知道个啥。"

尿壶伸手捏了一把窑姐的脸蛋,嬉皮笑脸地:"哥哥要问床上的事儿,你在行。"

窑姐:"你不在行? 你比我还在行。"

尿壶:"我问你,有朝一日你要是从良嫁男人,人家能相信你是良家妇女吗?"

窑姐:"当然相信俺是良家妇女,俺眼望儿是不想从良,不信可以试试,一百块大洋往这儿一搁,俺立马三刻就变成良家妇女,比良家妇女还良家妇女。"

尿壶把脸又转回到艾三那里:"你听听,听听,天天陪男人睡的娘儿们都脸不改色心不跳,你还不如个娘儿们?"

艾三:"屁话! 你瞅瞅她这个样,像良家妇女吗? 一上床,狐狸尾巴就露出来了。"

尿壶把脸又转向窑姐:"你咋能不让狐狸尾巴露出来呢?"

窑姐把杯子里的酒喝光:"上半身长着的嘴和下半身长着的嘴不一样,上面长着的嘴会说话,下面长着的嘴不会说话,别看都是两张皮,会说话的嘴咋说咋有理。再说了,男人只要真心想娶你,你在他眼里就是良家妇女。"

尿壶:"听听,听听,明白了吧? 这娘儿们讲的道理和对付你们处长是一个道理。"

艾三:"道理俺懂,可老谷那货不好糊弄,你说你是良家妇女你就是良家妇女了？他挤着眼用鼻子都能闻出你是不是良家妇女。"

尿壶："行了，老弟，你是个聪明人，该说的我都说了，不该说的我一个字都不能说。你老弟的难处我知道。俗话说，解铃还须系铃人。一四三师驻防祥符城，真要是出了大乱子，你老弟吃不了得兜着走啊。"

艾三已经从尿壶的话音里听出了潜台词，他陷入了两难。

尿壶压艾三的脸上看出目的已经达到，他变戏法似的压身后拿出一个油纸包，重重地往桌上一搁。

艾三盯着油纸包问道："啥意思？"

尿壶："这可是上好的货色，市面上有钱你也搞不到。你知道的，有了它，春红书寓的婊子都得上杆子跟你睡。时局不济，你就是拿它换洋面，也够一大家子吃上个把月吧。这东西现在比金条好使。"

艾三两眼紧紧盯着桌上的大烟膏："俺要问你这是啥意思？"

尿壶："没啥意思，归你了。"

艾三："咋，贿赂俺？"

尿壶哈哈笑了起来："聪明人一点就透，咋的，你老弟还准备单枪匹马横扫俺们一四三师？"

此时的艾三已经彻底明白自己的处境。沉默许久之后，他伸手抓过桌上的油纸包，然后抓起酒杯一饮而尽，将空杯往桌上一蹾，说道："你老兄在这儿玩良家妇女吧，兄弟告辞！"

艾三离开春红书寓回到寺门，他没有回家而是直接去了沙二哥家。沙二哥看见艾三一副愁眉苦脸的样子，问清原委之后，满脸的兴奋。

沙二哥："肯定就是一四三师做的活儿！人物！黄樵松真人物！"

艾三："人物个屁，帮忙也不是这么个帮法，他们把东西劫走，我还得给他们擦屁股，你当这个屁股好擦？"

沙二哥："当初咱求黄樵松帮忙，不是这个目的嘛，愁啥愁，反正东西冇被蒋总统弄走，封家的人也窜罢了，爱咋着咋着！"

艾三："恁可以爱咋着咋着，我咋办？"

沙二哥："你就跟姓谷的明说，破不了案，他能咋着你？撤你的职？不会吧？"

艾三："这可不是耍光棍的事儿，还得想个两全其美的办法才中。"

沙二哥:"办法只有一个,破财免灾,还得给姓谷的送。"

艾三:"那货,胃口大得很,没有个上千块大洋恐怕塞不饱他的胃。"

沙二哥:"上千块大洋?把东大寺卖了!"

艾三:"是啊,我也为这个发愁呢。姓谷的是只狼,不给肉吃是不中的,可咱上哪儿弄恁多钱啊。"

沙二哥也跟着发起愁来。

艾三一边抽烟一边思索着。

沙二哥:"不中,咱寺门跟的弟兄们先凑凑?"

艾三微微摇头:"那可不是买一头牛的钱。"

沙二哥思考了一会儿,突然眼睛一亮,说道:"三哥,有法儿了!"

艾三:"啥法儿?"

沙二哥:"借!"

艾三:"去哪儿借?"

沙二哥:"去大户那儿借啊!"

艾三:"大户,哪个大户?"

沙二哥:"你想想,咱寺门跟儿谁是大户?"

艾三的眼睛也猛然一亮,一拍大腿:"对呀,我咋冇想到他啊!"

当止住怒气，离弃愤怒。不要心怀不平，以致作恶。

——引自《旧约全书》

四十四、吃大户

拜家是寺门跟儿人公认的第一大户。往上辈查，拜四爷的父亲拜恩典清朝在县衙做衙役期间，偷偷放跑了一个煽动造反的朝廷重犯，后来那个犯人得到老佛爷的圣旨被平反，重返祥符城做官，拜恩典受到重用，主管盐业调配。那时节祥符城最缺的就是盐，因为供应短缺，城里的百姓都跑到城外刮盐土。能坐到主管盐业的官位上可想而知，拜恩典有几年就盖起了一座青砖大瓦的三进院，院门外还摆放了两尊石狮子。摊为拜家门前的这两尊石狮子，寺门的人还好不愿意，指责拜恩典，说石狮子不是穆斯林人家摆放的东西。拜恩典虽说排气量大，但面对寺门跟儿的老门老户也只得赔着笑脸解释道："老少爷们说得在理儿，但我主张回汉一家亲，说远了，汉人也是咱的老表，远的不说，就说咱寺门，也不光是住着咱多斯提嘛，封家是汉人，艾家是犹太后人，住在寺门就都是中国人，咱就是吸纳一点汉人的玩意儿也不为过嘛，何况我是吃官饭的人，家门口没有两个狮子镇宅，会有麻烦的。"街坊四邻根本不听拜恩典的解释，坚持要让拜恩典把石狮子搬走，僵持不下，是沙二哥他爹老虎出面，拜恩典摆了两桌席面，才算平息了那场风波，石狮子的事儿也就不了了之了。用沙二哥他爹老虎的说法，拜恩典虽财大气粗，但为人还算谦和，睁一只眼闭一只眼吧；用寺门跟儿人的说法，纯属看在沙二哥他爹老虎的面子上。后来，在拜恩典无常的时候，又是看在沙二哥他爹老虎的面子上，抬轿送葬的时候，回汉两教的人把东大寺的街道塞得满满当当，送香送孝的人更是不计其数。街坊四邻说，不是拜家有人缘，而是靠沙家给拜家捧场。也就是基于这点，沙二哥觉得沙家跟拜家有交情，说啥事儿拜家人不会摞地上。

在沙二哥和艾三去拜四爷家的路上，沙二哥又想起发生在老日占领祥符时候的一件事儿：一年冬天，压日本来了一帮探亲的家属，冇地方住，于是西川就想到了拜四爷家。拜家宽敞，院子又干净，日军占领祥符的时候，西川一度曾想把宪兵分队安置在拜家大院，后觉得拜家的位置稍微偏了一点，不利于控制寺门，才选择了沙家。那次来祥符探亲的日军家属都是娘们儿，住在拜家比较合适，拜四爷惹不起西川只有同意。那帮日本娘们儿见天穿着木趿拉板在拜家院子里又是洗衣服，又是晒被窝，又是唱日本小调，拜四爷心里可恶心死了，又不敢得罪，于是拜四爷开始装孬。一天，太阳很好，几个日本娘们儿又把被褥拿到院子里晒，拜四爷倚着屋门口抱着膀也晒暖儿，当几个日本娘们抱着被褥压他跟前经过时，他猛一吸肚子，掖腰棉裤呼啦一下秃噜到脚脖儿，他光溜溜的下半身一下子展现在了日本娘们儿的眼里，吓得几个日本娘们儿全把眼睛捂住，拜四爷不慌不忙一边提着棉裤一边向日本娘们儿表示歉意，示意自己太瘦棉裤太胖不是故意的，这种把戏在日本娘们儿跟前玩了几次之后，那帮日本娘们儿向西川请求换地方住，坚决不愿意住在拜家。西川原本想要收拾一下拜四爷，后来一想算了吧，寺门这地儿的人孬招可多，为稳定治安，小不忍则乱大谋，吃个哑巴亏吧。这件事儿后来在寺门人嘴里广为流传，用沙二哥的话说，论蔫孬，祥符城也冇几个人能蔫孬过拜四爷。艾三听罢沙二哥讲完这一板，笑着对沙二哥说："要论孬，有你沙老二在，寺门还真轮不到他拜四爷，更何况此一时彼一时了。"沙二哥心里清亮艾三说的此一时彼一时是啥，特别是把老日打窜以后，拜四爷的孬劲越来越不中了，拜四爷再孬也孬不到哪儿去，拜家的家境已经大不如前，原因就是拜四爷吸老海，他爹给他留下的家当已经被他糟蹋得差不多了。话又说回来，瘦死的骆驼比马大，拜家大院里随便据出来几样东西去当铺，都够拜四爷吸上一阵子的。这也就是沙二哥和艾三把目光瞄向拜家的原因。

"咣！咣！咣！"拜家大院的门被敲响了。

艾三和沙二哥敲了半天，院子里也冇应答，两人正要转身离开时，院门吱吱呀呀地打开了。

艾三："咋弄的，四爷，俺还当家里冇人呢。"

拜四爷用手指头抠着眼角的眵目糊，慢吞吞地说："总得让吸完最后一口吧。"

沙二哥："瞅瞅你的脸都吸成啥了，二指宽，脸色跟屁剌①的一样。"

拜四爷："恁俩有啥事儿冇？"

艾三："冇事就不能来瞅瞅你？"

拜四爷："我有啥好瞅的，半截入土的人。"

沙二哥："我们来了，保管叫你高兴。"

拜四爷："进屋吧，有话进屋说。"

二人跟着拜四爷坐进了厢房。

拜四爷："恁俩是无事不登三宝殿，说吧，只要不说让我戒烟的事儿就中。"

艾三把手里拿着的油纸包递给拜四爷，说道："四爷，俺哥俩合伙做了点生意，遇到一点难处，想用它换点儿钱。"

拜四爷瞅了一眼艾三，又瞅了一眼沙二哥，问道："要多少？"

艾三比出五个手指头。

拜四爷："这一满把是多少啊？"

沙二哥："五百大洋。"

拜四爷："啥？"

艾三重复了一句："五百大洋！"

拜四爷冇作声，沉默片刻之后起身走进厨屋，从里面掂出一把菜刀，往八仙桌上一放。

艾三："你掂刀弄啥？"

拜四爷不紧不慢，四平八稳地说："恁俩我惹不起，我就这百十来斤，恁俩瞅着我身上哪儿合适，就掂刀往哪儿砍，我要是哼唧一声，我是全寺门人造出来的。"

艾三和沙二哥相互看了一眼。

沙二哥："四爷,你这是弄啥,伤和气不是,俺又不是来讹你的。"

拜四爷："正因为不想伤和气,我才让恁用刀砍我。五百大洋？恁把我砍了当牛羊肉卖,看看够不够五百大洋。"

沙二哥："卖你弄啥,你一块大洋都不值。有事儿说事儿,别跟俺俩耍尿泥[2]!"

拜四爷："是我耍尿泥还是恁俩耍尿泥？我是啥？银行？还是票号？恁这包烟膏,要个百八十块大洋,我还都不还价。五百大洋,这不是明显吃大户嘛。"

沙二哥："吃的就是大户,因为你是大户!"

拜四爷："瞅恁扎这个架子,是吃定我了?"

艾三和沙二哥冷冷地瞅着拜四爷不作声。

拜四爷："我明白了,恁俩今天是吃定我了。那好,我表个态,恁俩是寺门的豪豪,我惹不起,也不想惹,咱们今天是光棍对光棍,我的态度是,要钱没有,要血一盆,随恁的便!"

沙二哥忽地一下抓起了桌上的菜刀："你当老子不敢!"

艾三急忙拦住了沙二哥："何必,何必,有话好好说嘛,坐下,坐下。"

沙二哥"咣当"把菜刀扔到了桌上："问你借钱是看得起你!"

艾三面带笑容地对拜四爷说道："四爷啊,事已至此,我也实不相瞒。咱都是寺门的老门老户,你想想,俺哥俩在寺门欺负过谁？又跟谁借过钱？老日在的那会儿,多难啊,俺都冇跟街坊四邻找过麻烦。今个不是碰到坎了嘛,从你这儿拿点应应急。你放心,俺哥俩不会做没屁眼的事儿,等过了这个坎,五百大洋还给你,这烟算我送你抽了,咋样?"

拜四爷："三老弟,你说的这些我都清亮,哪个孬孙说瞎话,我真的没有闲钱。你瞅瞅俺家这一大摊子,处处得花销,我冇个正当营生,又好这么一口,恁想想,我咋能拿出五百大洋,这不是跟杀我差不多嘛……"

艾三："四爷,俺也不愿意来找你的麻烦,但想了一圈,还只有找你。实话对你说吧,俺俩根本就冇生意,俺俩是为了摆平封家的事儿。当然,也把我给卷进去了。俺眼望儿急需一笔钱疏通关节,把这件事儿摆平,要不然,我这颗脑袋就难保,今个来敲你四爷的门,也是迫不得已啊。"

沙二哥："话都说到这个份儿上了,就看你人物不人物了!"

拜四爷："封家的事情我知,东西冇了,人也窜了。可我不明白,人家把牛牵走,恁俩为啥要拔这个橛?"

艾三："不是谁牵牛谁拔橛,是官家认为是咱寺门的人里应外合,说轻了是我艾三一个人倒霉,说重了,整个寺门的人都要跟着遭殃。四爷,你咋就不明白这个理儿?"

拜四爷："去找社头,找阿訇,让他们发句话,寺门上百户,大家一起凑呗。"

艾三："我的四爷,你咋恁糊涂!又不是修整东大寺,让教民们凑份子,就是肚疼也得拿点,这是外码的事儿,封家又是汉民,不定谁心里咋想。再说,把老日打窜了,日子也冇见好,大家都紧巴巴的,你问问老二,他家的牛肉能保住本就算不孬。"

沙二哥："保本?眼望儿赔本都得卖,蒋总统不照护大家,咱再不照护,祥符城的老百姓真就一口牛肉都吃不上了!"

拜四爷："恁俩别再说了,恁说的理儿我懂。"他起身从一个樟木箱子里取出了一个小布袋,手一掭,"哗啦"一声把布袋里的大洋倒在了八仙桌上:"说瞎话死他全家,就这些,恁都拿走吧。"

艾三和沙二哥往八仙桌上一瞅,再一查,还不足三十块大洋。

沙二哥："这够弄啥,你还真以为是买头牛啊……"

艾三用手制止住沙二哥再往下说。

拜四爷指着条几上拜恩典的画像说:"俺爹在上,我要说瞎话捣鬼,死俺姓拜的全家!"

艾三和沙二哥灰着脸出了拜家大院。

沙二哥："三哥,咋办?"

艾三："我也不知该咋办,摆不平俺处长,我的好日子也就到头了。"

沙二哥："要不,干脆你就把一四三师这条线索给交上去,先把自己择清。"

艾三思索片刻,摇着头说道:"不中。把一四三师交上去会出大乱子。有些情况你不了解,一四三师是杂色部队,南京方面本身就存有戒心,如果把一四三师交了上去,必定会牵扯到六十八军,一旦出现啥变故,那可是大乱子。"

沙二哥琢磨着："不会吧？不就是几张字画和报纸嘛，谁抢不是抢啊。"

艾三："谁抢都中，一四三师抢不中。"

沙二哥也不往下再问，说道："那也不能你自己扛着啊，你扛得住吗？"

艾三："见机行事吧，大不了像封家一样，窜。"

沙二哥："窜？"

艾三："一窜百了，我只要一窜，就证明这事是我干的，就给所有人都择清了。"

沙二哥："你凭啥要窜，又不是你干的。即便是你窜，也不能让艾大大再跟着你一起窜吧？"

艾三："窜是最后一步。再想想别的办法吧……"

和沙二哥分手后，艾三回了家，他刚一进门，艾大大就告诉他，刚才谷处长派人来找他，让他马上回站里一趟。

艾三马不停蹄来到谷处长的办公室，一进门就看到谷处长阴沉着的脸。

谷处长："案子查得咋样了？"

艾三："还有进展。"

谷处长："南京方面一天打了两个电话，说蒋总统发火了，让咱限期破案。"

艾三："去球吧，限期破案，让蒋总统自己来破案吧，不中枪毙我！"

谷处长："你当没这个可能啊？我告诉你，这可不是用一个要饭的换一个娘儿们，蒋总统要的是国宝，国宝丢了，砍头还不是现成的？你要禀性，你能要过蒋总统？"

艾三不语了。

谷处长："都怀疑是寺门的人里应外合，我看这个说法有道理，你就不怀疑这一点？"

艾三："我住在寺门，你还不如怀疑就是我里应外合的。"

谷处长："老艾啊，这可不是赌气能解决的事情，蒋总统是中华民国的老大，上海的杜月笙、黄金荣比你牛吧，照样被蒋总统收拾得服服帖帖。强龙不压地头蛇，蒋总统可不是强龙，是老天爷！"

艾三再次不语，他深深感到事态对自己越来越不利。他在想，不管谷处长的话是真是假，姓谷的绝对会借破不了案说自己的事儿。

谷处长:"三天,给你最后三天时间!"

注:

①屁刺:应为"屁呲",意为衰败、提不起来、不行。

②耍尿泥:意为耍赖。

愚昧人背道,必杀己身,愚顽人安逸,必害己命。

——引自《旧约全书》

四十五、"绑上,拉到黄河大堤,挖个坑,埋了。"

艾三一下子变成了热锅上的蚂蚁。三天?在他来说哪能用着三天,一天他就能破案,秃子头上的跳蚤明摆着的事儿,无功不受禄,尿壶给他的那包大烟膏足以证明就是一四三师干的。要不要把一四三师交出去,艾三内心斗争激烈,为此备受煎熬。

艾三和沙二哥坐在大茶馆里,艾三手里把玩着他那把勃朗宁手枪,喃喃地说:"真不中,我也顾不得谁了,保命要紧。"

沙二哥:"我也仔细想了,不中,绝对不中。黄樵松这样做也是受咱之托,人家人物,咱不能不人物!"

艾三:"人物管屁用,总不能把命人物进去吧。"

沙二哥:"再想想,三哥,再想想。"

艾三:"我把脑袋都快想劈了,无路可走,真要有一点法儿,我也不会走这一步。"

沙二哥:"这要是让全祥符的人知了,咱寺门还不成了一泡臭狗屎!"

艾三:"这跟寺门扯不着。"

沙二哥:"咋扯不着,人家会骂咱寺门的人缺德坏良心,出卖人,丢多斯提的脸面!"

艾三:"随便,我又不是多斯提。"

沙二哥:"你不是多斯提,你是不是住在寺门跟儿?"

艾三:"住在寺门跟儿咋了?住在寺门跟儿就得替人受过,替人挨刀?"

沙二哥:"三哥,你这话就有点不论理了。当初不是咱请人家黄樵松帮忙的吗?"

艾三:"是咱请人家帮忙的,可咱又冇请他来抢劫啊,咱是请他帮着拆洗,他就是拆洗不成也不能当蒙面大盗吧。"

沙二哥:"不当蒙面大盗咋办?去拆洗蒋总统?可笑。"

艾三:"可笑不可笑也就是这样了,我宁可落下千古罪名,也不愿五花大绑插上亡命旗!"

沙二哥:"你不是说,真不中你就窜,那你就窜呗。"

艾三:"我也想了,我凭啥要窜,又不是我犯了事儿,我混到今天容易吗?俺蓝帽回回混到今天容易吗?三千八百年前,亚伯拉罕率领俺的先人们从中东出来,按照上帝的旨意去迦南走了多少年?快半个世纪啊!走到哪儿都有人打俺,逼得俺乱窜了多少年!俺艾家的先人从天山南麓窜到中国的大宋朝,要不是大宋皇帝同情俺,给俺赐地赏田,让俺安居乐业,俺还不定又被谁撵窜了呢。我艾三是外乡外族人,不管耶路撒冷离俺有多远,也不管俺的祖先受过多少苦多少难,俺祖祖辈辈混到今天俺就是中国人,祥符人,俺有家有口,吃的是皇粮,为国民政府当差,老子为啥要窜?球!爱咋着咋着,老子不窜了!"

沙二哥被艾三的这一番话说得哑口无言,他觉得艾三说的在理儿。

沙二哥:"那,那你真的要把一四三师交上去?"

艾三:"就这吧,我马上通知尿壶,让他先窜,他要是人物,就让他把事情担下来;他要不人物,那我就管不了那么多了。俗话说,夫妻本是同林鸟,大难来了各自飞,夫妻况且是这样,我跟尿壶算啥,大不了是个利益朋友。"

沙二哥低沉着声音说:"但愿尿壶能人物一把吧。"

艾三把手里的勃朗宁手枪往腰里一别,起身道:"走,我去找尿壶谈谈。"

当艾三在一四三师的情报处找到尿壶，说出自己的决定之后，尿壶冷笑一声："吓唬谁啊？我送你大烟膏咋了？就能证明一四三师的人是蒙面大盗？我还说你贩卖烟土呢！去吧，去向你的上级邀功去吧，老子在这儿等着你！"

尿壶撑得很足，在艾三面前摆出一副刀枪不入的样子。

艾三也红眼了，指着尿壶的鼻子："我好心好意让你审你不审是吧，你可不要低估保密局的能力，别说是封家的案子，夜隔晚上谁在刘汝明的床上俺都知！你等着，这可不能怨我不仁不义！"

艾三说完转身就走，只听得尿壶在他身后说道："也不想想这是谁的地盘，你能走出去吗？"

艾三转身一瞅，尿壶的手枪正对着他的胸膛。

艾三："你要干啥？杀人灭口？"

尿壶："让你说对了。"

艾三："你敢吗？知是你们一四三师干的人可不止我一个人，寺门的人都清楚！"

尿壶："寺门的人讲义气，不会像你这样贪生怕死，出卖良心。来人！"

艾三被冲进屋来的一四三师的士兵捆了个结结实实。

尿壶把艾三给绑了，心里却在发毛，这下可咋办？即便是弄死艾三，然后死不认账，只要保密局怀疑上一四三师，都不会有好果子吃。必须马上向黄樵松报告。

尿壶用电话向黄樵松汇报之后，黄樵松立即驱车回到了一四三师。黄樵松双眉紧蹙、一言不发地来回踱步，事态的严峻程度已经全部写在了他的脸上。

尿壶："副座，到底是不是咱干的？"

黄樵松："是不是咱干的还重要吗？你已经这样干了。"

尿壶："副座，我是要把戏的躺地上，没招了，你说咋办，我听你的。"

黄樵松依旧在踱步思考，尿壶在一边火烧火燎等待着。

黄樵松抓起桌上的电话命令道："崔师长，你马上到情报处来一趟。"

新任一四三师师长崔贡琛来到情报处之后，黄樵松向他下达了一道命令：即日起驻守祥符一四三师的所有部队一级战备，任何人员不得离开营地，并做好随时撤离祥符的准备。一切安排停当之后，黄樵松问尿壶："把保密局的那艾中校给我带来!"

尿壶把五花大绑的艾三从隔壁屋里带到了黄樵松的面前。

黄樵松对尿壶等人说:"你们退下,我要跟艾中校单独谈谈。"

尿壶临出门时拍了拍艾三的肩膀头:"老弟,识时务者为俊杰。"

黄樵松关上门,面带笑容亲自上前给艾三松绑:"大水冲到龙王庙,让兄弟受惊了。"

艾三:"黄副军长,玩笑开大了,光天化日之下,一四三师敢绑保密局的人。"

黄樵松:"可能是有点误会,我奉劝你老弟冷静一点。"

艾三:"我也想冷静一点,可事已至此我冷静得了吗?"

黄樵松:"总得有个解决问题的办法吧。"

艾三:"你说我听听,啥办法? 我的上司限我三天破案。"

黄樵松:"不管你几天破案,你不能就认准是一四三师做的活啊。"

艾三:"我也不想与一四三师为敌,那就有劳黄副军长给我指点迷津,是谁干的活儿?"

黄樵松哈哈笑了起来。

艾三:"你笑啥?"

黄樵松瞬间收起了笑容,说道:"那好,咱俩也用不着捉迷藏了,铁塔不是铁的全祥符城的人都知。真人不说假话,封家的那些东西是我派人弄走的,我黄樵松就不相信,你一个中校能把我一个中将押赴刑场!"

艾三带着哭腔哀求道:"黄副军长,你是俺亲爹中不中! 你就眼瞅着我被押赴刑场? 俺家里的老娘谁伺候啊!"

黄樵松:"这个我已经考虑过了。这样吧,我给你一笔钱,你带着全家远走高飞。"

艾三沉思片刻,问道:"多少?"

黄樵松:"你想要多少?"

艾三:"不能低于五百大洋。"

黄樵松笑了:"艾中校这是狮子大张口啊。"

艾三:"不是我狮子大张口,你只要给够我这个数,我保证就能摆平保密局。"

　　黄樵松:"艾中校,这个数目不大可能。你能不知道,俺一四三师是啥样的部队?蒋总统五个手指头不一般长啊。五百大洋是一四三师一个月的军饷,都给你,俺吃啥,穿啥?"

　　艾三:"黄老兄,我冇多要。俗话说破财免灾,何必非得鱼死网破呢。"

　　黄樵松:"艾老弟,不是我不给你这个数,实在是拿不出来。一四三师要是驻防在别处还好说,搜刮点民脂民膏,可祥符是我黄樵松的家乡,我不但不能胡来,我还得往里贴钱。昨天静宜女中的嬷嬷还来找我借钱,说抗战结束了,学校要复课,教会的钱一时半会儿凑不够,先借给他们三百大洋。教育是民族大事,我一咬牙,把夫人的私房钱一百五十大洋给他们了。艾老弟,别阎王不嫌小鬼瘦,俺一四三师的弟兄们这个月不吃肉,每天两顿饭改成一顿,勒紧裤腰,也只能给你拿出一百大洋。"

　　艾三瞪着眼睛瞅着黄樵松。

　　黄樵松:"你也别用这种眼光瞅我,给个痛快话,中不中吧?"

　　艾三:"中?钟在庙里。我就是窜,一百大洋我能窜到哪儿?河南都窜不出去。这事儿商量不成。"

　　黄樵松一咬牙:"豁出去了,再给你加五十大洋!"

　　艾三摇头:"说出个老天爷,也不能少去四百五十大洋。"

　　黄樵松:"那咱就买卖不成仁义在,从今个起,你艾中校就算失踪了,你的老娘我来服侍,明年的今天,我让一四三师的弟兄们给你烧纸。来人!"

　　门外的尿壶带着士兵进到屋里。

　　黄樵松:"绑上,拉到黄河大堤,挖个坑,埋了。"

　　艾三一瞅黄樵松这是动真格的了,大声喊道:"黄樵松!我告诉你,来的时候我已经跟寺门的弟兄们说好了,我要是回不去,他们一准回去报官!跑不了你!跑不了一四三师……"

　　尿壶伸手抓过一块抹布塞进了艾三的嘴里。正在这时,门外有卫兵报告。

　　"报告!"

　　"进来!"

　　卫兵推门进屋。

　　尿壶:"啥事儿?"

卫兵:"院子门口来了一个男的,自报家门他姓沙,说是寺门的。"

黄樵松和尿壶互相看了一眼。

尿壶:"是沙老二。"

黄樵松:"他来弄啥?"

尿壶:"送上门来了,正好,一块儿收拾了!"

黄樵松:"不要鲁莽,见机行事。先把人带进来,姓沙的真要是知内情,就一勺烩!"

妓女是深坑。任性的妻子是窄阱。

——引自《旧约全书》

四十六、"乡里乡亲的,我压根就不想杀人……"

沙二哥被卫兵带进了一四三师的情报处。

屋里的黄樵松、尿壶以及荷枪实弹的士兵用冷冷的目光瞅着他。

尿壶:"沙老二,你是来找我的吗?"

沙二哥:"找艾三。"

尿壶:"这是一四三师,不是保密局,找错门了吧?"

沙二哥:"冇找错门,他说来恁这儿了。"

尿壶:"我怎么不知道? 他来俺这儿干啥?"

沙二哥:"别装迷瞪,我找艾三有要紧事儿!"

尿壶:"啥要紧事儿,能跟我说说吗?"

沙二哥:"别打缠①了,真有要紧事儿! 三哥在哪儿?"

尿壶看了看黄樵松,等他发话。

黄樵松:"去,让他见。"

尿壶起身:"走吧,你三哥在隔壁。"

沙二哥跟着尿壶来到了隔壁屋,一瞅,艾三被绑在椅子上,嘴里还塞着抹布。

沙二哥上前掏出了艾三嘴里的抹布:"咋弄的?为啥?"

艾三:"老二,你来弄啥,人家正要一勺烩咱,你倒送上门了!"

沙二哥:"一勺烩咱?烩啥?"

艾三:"搦死咱!黄河堤上挖坑把咱一块儿埋喽!"

沙二哥:"为啥啊?"

尿壶在一旁说道:"不为啥,给你们弟兄俩合葬,周年一块儿给你们烧纸,有情有义,多好。"

沙二哥:"这么孝顺俺俩,究竟是摊为啥?封家的事儿?"

艾三:"借他们五百块大洋,讨价还价不成,还要杀人灭口!"

尿壶:"不是俺要杀人灭口,该说的都说了,不杀了你俩,一四三师的弟兄就要人头落地!"

沙二哥:"噢,我知了,船是弯在钱上面了。走,我去跟黄樵松拆洗,如果俺把封家的事儿抹平了,是不是就不挖坑埋俺了?"

尿壶:"抹平?谁?你?卖牛肉的?"

沙二哥:"卖牛肉的咋了?你要知,我是在祥符卖牛肉的!"

尿壶将信将疑地打量着沙二哥。

沙二哥:"瞅啥瞅,走,我去跟黄樵松说!"

艾三:"二弟,冇五百大洋不说事儿,黄樵松不会出这个钱的!"

沙二哥:"放心吧,三哥,真拿不出五百大洋,弟弟跟你一块儿下葬。"

尿壶把沙二哥又带到了黄樵松的面前。

沙二哥:"黄军长,俺要是用五百大洋把封家的事儿抹平,你是不是就不杀俺了?"

黄樵松:"乡里乡亲的,我压根就不想杀人,是艾中校不给俺一四三师生路。"

沙二哥:"那好,就不麻烦黄军长了,五百大洋俺自己解决,中不?"

黄樵松:"恁自己解决?"

沙二哥:"对。"

黄樵松:"恁咋解决?"

沙二哥:"咋解决是俺的事儿,恁不用操心。"

黄樵松:"那不中。恁要是解决不了,事儿抹不平,咋办?"

沙二哥："恁再挖坑埋俺俩！"

黄樵松："空口无凭，我咋能相信恁？"

沙二哥："这样吧，恁把我扣下当人质，让三哥出去，咋样？"

黄樵松想了想，说道："不中，我信不过恁。"

沙二哥："为啥信不过俺？"

黄樵松："恁不可能弄来五百大洋。"

沙二哥恼了，伸手从衣袋里掏出一张银票往桌子上一拍："瞪大眼瞅瞅，这是啥！"

黄樵松抓起桌子上的银票一瞅，还真是一张五百大洋的银票，他难以置信地问："从哪儿弄的？"

沙二哥："偷的，抢的，当蒙面大盗杀人越货来的，你管得着吗？"

黄樵松大惑不解地瞅着沙二哥。

沙二哥："这银票不假吧，去银号立马就换成大洋，就是把这些大洋搬进蒋总统的家，他也得掂量掂量！"

黄樵松："那好，就按你说的办。不过丑话先说前头，一旦艾中校抹不平这件事儿，后面的事儿恁自己想吧。"

沙二哥："黄军长，丑话不用说前头，对俺来说也冇啥丑话。当初是俺起的念头，想请你出面拆洗封家的事情，源头在俺，不在恁。按理儿说，恁已经做了恁该做的，俺应该感激不尽才是，让恁受到牵连，俺已经很过意不去。黄军长是抗日英雄，眼望儿又拔刀相助，俺就是冇这五百大洋，也不能做出卖英雄的小人。俺爹在世的时候最爱说的一句话，就是穆罕默德说的那句话：'信道者，为主道而战；不信道者，为魔道而战。'我文化不高，《古兰经》理解得不多，但穆罕默德这句话我还是懂的。黄军长保护了封家的财产，就是保护国宝，就是为主道而战，跟俺寺门的穆斯林是一个心愿。啥话俺也不说了，艾三走出一四三师的门如果有了三心二意，用不着恁动手，东大寺门的老少爷们也容不得他！"

黄樵松被沙二哥的话感动，说道："我也啥都不说了。放人，你和艾中校一起走！"

尿壶："副座，你……"

黄樵松："我黄樵松看人从来走不了眼，如果连祥符东大寺门的人都糊弄我，那我就认。放人！"

黄樵松真把艾三和沙二哥给放了。

一出一四三师情报处的大门,艾三就迫不及待地问:"你压哪儿弄来恁多大洋?"

沙二哥:"再晚一点,我要不来,你老兄就被拉到黄河堤挖坑埋了,还不跪下给我磕几个响头?"

艾三:"别打麻缠,快说,咋回事儿?"

沙二哥:"拜四爷给的,相信吗?"

艾三:"绕我。"

沙二哥:"冇绕你,真是拜四爷给的。"

艾三:"那货不是冇钱吗?"

沙二哥长叹了一口气:"唉——"

艾三:"你叹个啥气啊。到底咋回事儿?"

沙二哥:"拜四爷把房给卖了。"

艾三:"啥,拜家那一院房?"

沙二哥:"可不嘛。"

艾三:"为咱?"

沙二哥:"可不嘛。"

艾三:"发恁大的善心?"

沙二哥:"可不嘛。"

艾三一下子有点丈二和尚摸不着头:"这,这好像有点十三不靠……"

沙二哥:"咋十三不靠? 靠不着你,靠住我,靠俺爹。"

原来,艾三和沙二哥俩人离开拜家之后,拜四爷躺在床上吸够了烟,翻出房契,又找了个见证人写了个当房契约,然后去到当铺,眼都不眨就把他爹留下的一院房给当成了一张银票,然后去了沙家。拜四爷对沙二哥说,他心里清亮亮的,吸不吸老海早晚都是个死,他爹临死的时候给他撂下了一句话,说拜家在东大寺门谁的人情都不欠,只欠沙家的。他爹还嘱咐他,人活一辈子欠啥都中就是别欠人情,因为人情是钱都买不着的东西。拜四爷吸足了老海之后,想开了,觉着兑现他爹遗愿的时候到了,于是就把房子给卖了。

艾三:"房卖了,他住哪儿? 以后咋办呀?"

沙二哥:"他说不用我管,只要祥符城的城墙不倒,只要东大寺的大殿不塌,他就饿不死。"

艾三沉默之后说道:"拜家把沙家的人情还了,艾家又欠了拜家的人情啊……"

沙二哥:"封家呢?封家又欠谁家的人情?"

艾三:"封家欠的是整个东大寺门的人情……"

艾三把一布袋大洋扛进谷处长的家门,把五百大洋一摞摞摆在了谷处长的面前。

谷处长沉着脸说道:"你这是弄啥?啥意思?"

"处长,俺就开门见山了。"艾三从腰间摘下手枪摆在了大洋旁边,"封家的案子我破不了,要么你用枪把我崩了,要么你把这大洋收下。"

谷处长沉默了半天之后,抓起了大洋旁边的手枪:"这把枪不孬,哪儿弄来的?"

艾三一把从谷处长手里夺过手枪别回腰间。

谷处长:"老艾啊,我来祥符的时间不长,作为你的上级,你的同事,也算你的朋友吧,我得提醒提醒你。祥符是个老城,居民成分复杂,三教九流啥人都有,我知你的能力,但是还需要谨慎啊,不定哪点招呼不到,就会被人下了药啊。"

艾三:"处长你放心,祥符城就是俺的家,天上飞的,地上跑的,我心里有数,何况还有处长给俺罩着,出不了岔劈。"

谷处长一直紧绷着的嘴咧开笑了。

艾三也笑了,心里却狠狠骂了一句——卖尻孙,嘴咧得像尿盆一样!

艾三请寺门的弟兄们喝酒,地点选在了"味美",主客是拜四爷,其余的都是陪客。

前二杯喝罢,艾三又端起了酒杯:"四爷,我敬你一个,这一次要不是你,我和老二就去球了。"

拜四爷:"别别别,我不是有言在先嘛,你和老二去找我,是我一时冇想开,恁走后我一想,老婆孩儿都被我吸跑了,那个院子早晚也得被吸掉。无所谓,与其吸掉不如行善积德,冇准下一辈子俺还住皇宫大殿呢。"

沙二哥跟着端起了酒杯:"四爷,你那句话说得照,只要祥符城的城墙不倒,东大寺的大殿不塌,就饿不死你。"

乌德:"咱也别城墙不城墙,大殿不大殿,说白了就是有俺哥几个一人省一口就饿不着你,光吃羊头肉也能吃饱吧。"

尔瑟:"我今个把话撂这儿,只要我的汤锅支在东大寺门,四爷你想啥时候来喝就啥时候来喝,喝得劲你。"

盘善:"还有俺家的羊蹄儿,白家的花生糕。寺门啥都缺就不缺嘴儿吃。"

拜四爷:"烟咋办?谁供俺老海?"

艾三:"四爷,你听两句劝,把老海戒掉,等封家的人回来,找黄樵松要回那些宝贝,随便出手点东西,保证咱还能把那个院子赎回来。"

沙二哥:"就是,别吸了,瞅瞅你都吸成啥样子了,小脸有二指宽,恨不得一阵风都能把你给刮跑,命要紧。"

拜四爷:"谁不想戒谁是个孬孙,要能戒掉我早就戒了。"

白凤山:"谁说戒不掉,听俺爹说,俺爷爷就吸过老海,后来是俺奶奶找来几个人把俺爷爷绑到床上一个礼拜,戒了。"

马老六:"不用,想让拜四爷把烟戒掉,容易。"

白凤山:"咋容易?"

马老六:"让三哥把他带到第四巷,找几个娘儿们不让他下床,干得筋疲力尽栽头就睡,弄他一个礼拜,保准他不再想吸。"

白凤山:"一个礼拜不中,得两个礼拜。"

乌德:"不中,得三个礼拜。"

拜四爷:"去球吧,三天恁就得来给我收尸。"

众人嘎嘎大笑起来。

"真热闹啊!"

众人一看,八妞一瘸一拐走了进来。

艾三起身招呼八妞:"来来来,就差你自己了,快坐快坐。"

沙二哥:"咋来恁晚?"

八妞有落座,说道:"恁先喝着,我给二哥说点小事儿。"

沙二哥跟着八妞走出了包厢。

八妞:"二哥,你得帮我个忙。"

沙二哥:"说。"

八妞:"其实也不是我的事儿,我也是给人家帮忙。"

沙二哥:"有话就说,有屁就放,快说,啥事?"

八妞："我有个朋友,他的一个朋友下午在山东花园门前叫人给绑了,查了一圈,也不知是谁绑的,你能不能让艾三帮着查查?"

沙二哥："你这个朋友的朋友是弄啥的?"

八妞摇头："不知。"

沙二哥："你要把情况了解清楚才中,他是欠人钱了,还是跟谁结瓢子了?就是让艾三帮忙也总得有点线索吧。"

八妞："我只知被绑的那人是从外地来的,上午刚到,下午就被绑了。"

沙二哥："外地? 哪儿?"

八妞："西边。"

沙二哥："西边大了,具体是哪儿?"

八妞："好像是陕西哪个地儿,我也说不清。"

沙二哥："那好吧。先喝酒,一会儿我跟三哥说。"

这一场酒喝得昏天黑地,除了晚到的八妞几乎全喝高了。压"味美"出来,众人把拜四爷送回女寺旁边临时给拜四爷租住的房子之后,八妞对艾三说:"三哥,跟我走吧。"

艾三卷着舌头："去、去哪儿?"

八妞："找地儿醒醒酒,我请你和二哥。"

艾三："你请我? 抠腔哑指头的货,太阳咋压西边出来了。"

八妞："要不咱还去第四巷吧?"

沙二哥："要去恁去,我不去!"

八妞："你看你,你不去能中?"

沙二哥："要去就换个喝茶的地方。"

艾三："二弟不愧是伊斯兰教徒,绝对绝的清真,不,不像咱俩,啥有毒吃啥。走,今个听二弟的,他说去哪儿咱就去哪儿。"

八妞："那咱就找个茶馆喝茶。"

艾三哪里知道,今天晚上喝的这一通茶,给他未来的生死埋下了一个大的伏笔。

注:

①打缠:说废话或不正经的话。

君王不能因兵多得胜。勇士不能因力大得救。

　　　　　　　　　　　　　　——引自《旧约全书》

四十七、"这支小八音打死人不偿命。"

三个人坐了两辆黄包车来到中山路南段,在国民革命军阵亡将士纪念塔旁边找了个临街的茶馆,环境不错,还有唱堂会的。仨人坐下后要了一壶上等的王大昌茉莉花茶。

八妞一边给艾三和沙二哥倒茶,一边眼睛不住地往唱堂会的"包公"身上瞄。

八妞:"那个唱老包的,是个娘儿们,唱得不孬,祥符城里拔尖。"

沙二哥敲击着茶桌:"往哪儿瞅,茶都倒桌上了。"

艾三笑道:"腿瘸了,裤裆那玩意儿可不瘸,咋,'老包'你也敢想好事儿?"

八妞嘿嘿地笑道:"那娘儿们长得不孬,黑脸一洗,可滋腻(漂亮),我就奇怪,娘儿们家咋会唱黑头?唱旦儿才对。"

沙二哥:"你是来说事儿的还是来看娘儿们的?"

八妞:"说事儿,当然说事儿。"

沙二哥:"说事儿就快说,说完了我走,恁俩想弄啥弄啥。"

艾三:"说吧,啥事儿,你不能白请这顿茶啊。"

八妞:"二哥,你说吧。"

于是,沙二哥就把八妞朋友的朋友被绑一事说给了艾三。

艾三听罢挠着头说:"一个外乡人,来到祥符,人生地不熟的,跟谁也冇结仇咋会被人绑了?做买卖的?图钱,还是图啥?"

八妞摇头:"不知。"

艾三:"求你帮忙的那个朋友说冇说那人来祥符弄啥?"

八妞摇头:"不知。"

艾三:"知不知,绑人的那帮人身上穿的是啥?啥打扮?啥特征?"

八妞摇头。

艾三:"你这货,一问三不知。"

沙二哥:"傻屄一个,你也不问详细点!"

八妞:"哦,我想起来了,俺朋友的朋友是被那伙人用麻袋套住头绑走的。"

艾三默默地点着头。

沙二哥瞅着艾三的脸:"三哥,知是谁做的活了?"

艾三:"眼望儿绑人的手法基本上都是麻袋,官绑、私绑,都是这个法儿。我是在想,这个人来路不明,私绑的可能性不太大,绑人可不是一般人干的活儿,压外地跟到这儿来绑人,那是要花血本的,不是家根本花不起这个银子。"

沙二哥和八妞点着头。

八妞:"你的意思,是官绑?"

艾三:"这货是压哪儿过来的?"

八妞:"陕西。"

艾三:"陕西啥地儿?"

八妞:"啥地儿不知。"

沙二哥:"这跟压哪儿过来关系大吗?"

艾三:"他要是压其他地儿过来我倒还不隔意①,压陕西过来我有点隔意。"

沙二哥:"你隔意啥?"

艾三:"他要是压陕北过来的呢?"

沙二哥用手比出个"八"字。

艾三点着头。

八妞:"不会吧……"

艾三:"西边是共产党的老窝,万一那货是个这……"他也用手比出个"八"。

沙二哥和八妞都不吭声了。

艾三:"不是老共还好说,如果是老共,那肯定是官绑,如果是官绑,很麻缠。"

沙二哥问八妞:"那个托你的朋友和你是啥关系?"

八妞:"俺姨她大姑家的外甥,亲戚。"

沙二哥有点蒙:"恁姨她大姑家的外甥? 啥亲戚?"

艾三:"八竿子夯不着的亲戚。"

八妞:"不管夯着夯不着,三哥,这个忙你得帮,俺姨她大姑对我可是有救命之恩,要不是俺姨她大姑,民国十三年旱灾我就被饿死了,是俺姨她大姑从乡里背来一袋红薯救了我的命。"

艾三:"中了,别说恁多了,我帮你倒不是看老二的面子,是看在你这条瘸腿的面子上,不管咋说,咱也算得上是患难之交。不过话说回来,朋友归朋友,再好的朋友托人办事儿,也得说说实在的吧。"

八妞:"啥实在的?"

艾三:"装迷瞪不是?"

沙二哥不耐烦地说:"钱,你打算出几个钱,疏通关系不得使钱嘛,眼望儿哪有不花钱拆洗事儿的!"

八妞:"说到钱,我可有话要说,我这条腿成这样,谁给过我一个铜板? 当年要不是弟弟我拔枪相助,二位哥哥今个能坐在这儿喝茶吗?"

艾三:"此一时彼一时了,不是哥哥我伸手向你要钱,是这个世道太孬孙,哥哥我总不能垫钱替恁姨她大姑家的外甥去办事儿吧? 何况还是恁姨她大姑家外甥的朋友,八竿子夯不着,十八竿子也夯不着,你说是这个理儿不是?"

沙二哥:"八妞,三哥说的在理儿,又不是咱弟儿们自己身上的事儿,拐了恁大个弯儿,不出点血不合适。"

八妞:"我知,我知,血肯定出,钱少不了,俺姨她大姑也说了,等乡里收罢秋,卖罢粮食,一定一把钱送过来,一定一。"

艾三:"空头支票啊?"

八妞:"老兄,帮帮忙吧,瞅瞅我这条腿,别人不清楚恁俩还不清楚? 当年我在封家门前拔枪相助的时候,也冇问恁要过钱嘛。咋,老日一打窜,弟兄们咋就越来越薄气了?"

艾三:"又说这了,别再提你这条腿了中不中? 咋,你这条腿变成银行的敲门砖了,啥时候敲,啥时候开门,啥时候取钱? 你被当成汉奸抓进去,哥哥把你扒出来,提过钱的事儿冇? 啥事儿得分个里外远近,不是恁哥哥掉进钱眼里,非得问你要钱,眼望儿政府那些当官的,哪个不是见钱眼开,冇钱办不成事儿,你以为哥哥在祥符通吃啊,山外有山,人外有人,说句难听话,刘茂恩都不敢说能在祥符城里通吃!"

八妞憋了老半天,问道:"啥都别说了,得多少钱吧?"

艾三:"不可能像封家那样花恁多,孙末②价钱也得花五六十块大洋吧。就这我还不敢打包票,那货真要是老共,花出去的钱也可能打水漂。"

八妞又憋气不吭了。

艾三:"该说的我都说了,你当我愿意去拆洗这种事儿? 这种事儿拆洗不好就是沾着毛尾一身腥。就这吧,老弟,今个晚上的茶钱算哥哥的,权当啥也冇发生。"

八妞:"别别别,咱再商量商量中不中?"

艾三:"老弟,冇啥商量的,咱哈哈一笑完事儿。"

八妞把求助的目光转向了沙二哥:"二哥,帮帮腔中不中? 你要再不人物,天底下就没人物的人了。"

沙二哥:"三哥,你看就这中不中:让八妞眼望儿拿出这个钱他有点难,不中让他给你写个字据,签字画押,我当保人,不管能不能把人捞出来,这个钱他卯不了,他要敢赖账,我卸他八块。咋样?"

艾三似乎并冇在听沙二哥说啥,眼瞅着那个唱堂会的女老包,手在大腿上有板有眼地敲着,嘴里跟着哼唱起:"遭不幸匡门他遭了大祸,思想起不由人珠泪下落……"

沙二哥:"三哥,跟你说话你听着冇? 三哥!"

艾三回过神儿:"啥?"

沙二哥:"我说的这个法儿中不中?"

艾三:"咋着都中,咋着都中,二弟你说了算。"

沙二哥:"那中,咱就这么说。八妞,明个你写个字据,签字画押,我当保人。"

八妞带着不情愿:"那,中吧。"

沙二哥起身:"我先走一步,恁俩在这儿泡娘儿们吧。"

艾三和八妞都知沙二哥不好这一口,也就有留他。

沙二哥离开茶馆后,艾三对八妞说:"去,把那个唱老包的娘儿们叫过来。"

八妞:"咋,相中她了?"

艾三:"叫过来说说话嘛。"

八妞:"中中,给你叫过来说说话。"

不一会儿,唱老包的那个女人被八妞带到了艾三跟前。别说,模样长得还真中,眼睛不大,肤色有点黑,但黑得很滋腻,一笑脸上还有俩酒窝。

艾三俩眼色眯眯地盯着那女人:"唱得不孬啊! 你叫啥名?"

"俺叫小凤。"

艾三打起俏鼻儿:"俺老婆也叫小凤。"

小凤:"真的?"

艾三:"你是哪儿人啊?"

小凤:"郑州。"

艾三:"咋恁巧,俺老婆娘家也在郑州。"

小凤"扑哧"笑出声。

艾三:"你笑啥? 你不信问俺这个伙计。"

八妞:"他老婆是郑州人不假,是郑州长得最难看的女人,一张猪不啃的南瓜脸,给小凤你提鞋都不够资格。"

小凤"扑哧"又笑了。

艾三:"人浪笑,马浪尿。哥哥我就喜欢爱笑的女人。"

小凤瞪了艾三一眼:"说的啥话,难听死了。"

八妞帮腔道:"小凤,俺这位哥哥相中你了,以后别再唱戏了,跟着俺这位哥哥,保你穿金戴银,成天酒肉豆腐汤。"

小凤："中啊,可他家里那个猪不啃的南瓜脸咋办呀?"

八妞："好办,休了。"

小凤："那可不中,缺德坏良心的事儿俺可不干。"

艾三："糟糠之妻不下堂,猪不啃的南瓜脸俺还舍不得休。可是,哥哥也舍不得你咋办啊?"

小凤："别拿俺开心了,俺是卖艺不卖身,想听啥戏俺给你唱,想睡觉恁找错地方了。"

艾三："多亏是找错了地方,要不哥哥我今个还遇不见你。"

小凤："这位大哥,俺说罢了,俺是卖艺不卖身。"

艾三把脸一整:"那我今个非得让你卖身呢?"

小凤一看架势不对,扭脸喊道:"爪钩哥!"

一个身穿黑府绸、镶金牙的中年男人闻声过来,瞪着牛蛋眼喝问道:"啥事儿?"

小凤�’起嘴冲着艾三努了一下:"爪钩哥,这人想俺的好事儿呢。"

爪钩哥的牛蛋眼瞪得更大了:"拆坏他!"

艾三不紧不慢地:"拆坏我?你有多大力儿?"

爪钩打量了一番艾三,问道:"你是哪儿的?"

艾三:"你是这儿的老板?"

爪钩的大拇指朝小凤一跷:"她是俺的相好!"

艾三:"拉弦的吧?我好像瞅见你刚才坐在那儿拉弦啊。"

爪钩:"拉弦的咋了,就不兴有个相好?"

艾三:"原来是个相好的呀,我还以为你是她老头呢。"

爪钩:"她老头咋了?就是她老头也不能当着我的面欺负她!"

艾三朝爪钩招了招手:"来,我让你瞅样东西。"

爪钩:"啥东西?"

艾三:"你过来。"

爪钩:"过就过,你还能把蛋咬喽!"他走到艾三的跟前。

艾三把衣角往上掀了掀,示意爪钩往他腰里看。

爪钩看罢之后,连连说道:"对不起,哥,实在对不起,她不是俺相好的,是俺师妹。"然后转身埋怨小凤道,"咋弄的,冇眼色,把这哥哥服侍好,叫唱啥唱啊,唱最拿手的,账单算我的,不能让这位哥哥出一个钱。"

爪钩说完立马扭脸离开。

小凤还冇明白,问道:"咋回事儿,你别走呀。"

艾三安慰道:"冇事儿,别怕,哥哥我是有身份的人,不会干下三烂的事儿。"

小凤:"你刚才让俺爪钩哥瞅的啥东西?"

艾三:"咋,你也想瞅瞅?"

小凤:"想瞅。"

艾三伸手抽出腰上的勃朗宁手枪,往茶桌上一搁。

小凤眼瞅着茶桌上的手枪不敢吭气儿了。

八妞:"知这是啥吧?"

小凤:"知。"

八妞:"啥?"

小凤:"小八音。"

八妞:"不孬,你还知这是小八音。我告诉你,这可不是一般二般的小八音。"

小凤:"几般? 三般?"

八妞:"我说的不一般,是这支小八音打死人不偿命。"

小凤:"我说罢了,俺是艺人,靠卖艺吃饭,不陪人睡觉。"

艾三:"想歪了,妹妹你想歪了,哥哥我也从来不强迫别人跟我睡觉,哥哥我喜欢两厢情愿,按到床上的那叫奸尸。中了,不说这事儿了,哥哥我今个晚上要把你的戏听个够,来,先给哥哥唱一段《跑汴京》!"

注:
①隔意:在意。
②孙末:最小、最后。

听智慧人的责备，强如听愚昧人的歌唱。

——引自《旧约全书》

四十八、"这人绑得有点蹊跷。"

艾三和八妞一直待到二半夜才走出茶馆。

八妞打着哈欠说："别瞎搭工夫了，这个娘儿们是个老黄角，不好弄上床。"

艾三："心急吃不得热豆腐，慢工出细活儿。"

八妞："哥哥别光顾着操娘儿们的心啊，俺姨她大姑外甥的事儿可要抓紧点啊。"

艾三："睡一觉起来我就去办这事儿，你小子别忘了给我写字据。"

八妞："我啥时候听你的信儿？"

艾三："今个晚上，还来这儿。"

艾三回到家天已快亮，他脱光衣服就钻进了洪芳的被窝。

洪芳半烦道："你还回来干啥，在外面野呗。"

艾三用手揉着洪芳的奶子："想钻你的被窝呗。"

洪芳扭动着身子："一边去！找别的地方发情去！我瞌睡！"

艾三:"你是我的女人,我想啥时候发情就啥时候发情!"说完纵身翻到洪芳的身上。

洪芳一动也不动,紧闭着眼睛,任凭艾三摆布。

艾三一边对洪芳发泄着性欲一边骂道:"老子就是花钱嫖窑子,婊子们也得给老子装装样子,老子救了你的命,你连个样子也不给老子装,还不如个婊子!"

洪芳:"我又不是婊子,装不出来。"

艾三:"你他妈的还想着那个日本鬼子!我冇那个日本鬼子弄得舒服是不是?那你就别睁眼,权当老子是那个日本鬼子!老子也挤着眼,权当你是婊子!"说完把头拱进洪芳的胸前。

洪芳疼得一咧嘴,猛地把手伸到艾三身下,只听艾三"哎哟"一声后叫道:"臭婊子,下毒手啊!"

洪芳捂着胸从床上蹿到床下,冲着床上手捂下身的艾三骂道:"俺告诉你,从今往后,你要是再提日本鬼子,俺就把你那玩意儿给捏碎!"

艾三疼得顾不了许多,一个劲地在床上"哎哟"着。

艾三一觉睡到中午头,直到洪芳叫他起床吃晌午饭,他才极不情愿地爬起来,叉开着双腿坐到了饭桌上。

艾大大沉着脸骂道:"冇出息孙,哪儿不能咬,非得咬人家咪咪,冇吃过人奶啊,瞅瞅把洪芳的咪咪咬成啥了,再有下一次,看我不用拐棍夯折你的腿!"

艾三:"我的下身都快被她捏掉了,她咋不说啊!"

洪芳:"你先咬我,我才捏你的。"

艾三:"我为啥咬你?你咋不说啊!"

洪芳不语。

艾三:"你说啊!"

艾大大:"说啥说,有啥可说的,你跟冇尾巴鹰一样成天在外面乱窜,二半夜还不着家,哪个女人能跟你过到一块儿!老大不小的了,你想让艾家断子绝孙啊!"

艾三闷着头往嘴里塞馍,任凭艾大大咋骂憋气不再吭。

艾大大骂完了儿子,把脸转向洪芳:"妞,我也说你两句,爱听不爱听,我这一把岁数你也得听。妞啊,你进这个家门也有些日子了,压你进这个家门

寺门

开始,我就冇把你当成外人。寺门跟儿住的基本上都是穆斯林,俺艾家在这儿是外族,可你想想,为啥俺艾家能在寺门落住脚?为啥寺门跟儿的人都不把俺艾家当外人?俺儿一身坏毛病要冇一点优点,谁还会跟他玩?寺门跟儿有句话,能在寺门混的人就能在祥符混,能在祥符混的人就能在全中国混,到外国也能混,到哪儿混都不掉底儿。因为啥你知不知?就是因为寺门跟儿的人仁义,俺艾家也得跟着仁义,俺儿他要是不仁义,也绝不会把你领进这个家门……"

吃罢晌午饭,艾三又拉着腿去打听绑架的事儿去了。他首先敲开了谷处长办公室的门。

谷处长:"咋弄的,又拉个腿?"

艾三:"碰一下。"

谷处长:"碰到哪儿了?"

艾三:"蛋。"

谷处长笑了:"瞅瞅你,碰哪儿不好非得碰到那儿。"

艾三:"啥法儿,哪儿都不碰偏就碰到那儿。"

谷处长:"淘气了吧?"

艾三一言难尽地摆了摆手,说道:"处长,问你点事儿。"

谷处长:"啥事儿?"

艾三:"咱祥符站这两天绑人了没有?"

谷处长:"天天绑人。"

艾三:"有没有绑了一个外地人?"

谷处长:"外地人?"

艾三:"陕西那边过来的。"

谷处长想了想:"冇。"

艾三:"肯定冇?"

谷处长:"肯定冇。"

艾三:"处长,劳驾你给特勤处打个电话,我跟他们不太熟,你问问他们绑人了冇。"

谷处长:"谁被绑了?"

艾三:"朋友的朋友,压陕西过来,到祥符才半天就被绑了,他在祥符又冇仇家,又有得罪过谁,这人绑得有点蹊跷。"

谷处长一边去抓桌上的电话一边说:"蹊跷?不会那么简单吧?"

艾三:"管他简单复杂,朋友托的事儿,得办。"

谷处长接通了特勤处的电话,那边的回答是没有。艾三压谷处长办公室出来回到自己的办公室,思考了片刻之后,抓起电话给宪兵队里的弟儿们打去电话,宪兵队弟儿们的答复也是冇。然后他又给警局行动大队的弟儿们打去电话,回答还是冇。他一连给五六个有可能绑架人的机关和部门打过去电话,得到的回答都是冇。他想,这就奇了怪了,这也冇那也冇,活生生的人是被谁绑走的呢?思来想去,他决定去找一趟尿壶,或许能从军界得到些线索。

艾三来到一四三师情报处找到尿壶把情况一说,尿壶也觉得纳闷,他向艾三保证一四三师从来冇绑架人的义务,这肯定不是军界所为。

艾三冇法儿,只得去给八妞答复。

晚上,艾三又和八妞一起来到纪念塔旁边的茶馆听戏,他把白天了解到的情况如实告诉了八妞。

八妞:"人家会不会冇对你说实话啊?"

艾三不太高兴地说:"你以为人家都像你一样冇实话。特勤处的头儿是老谷的铁关系,警局行动大队的刘大队长是我换帖的弟儿们,宪兵队那就更不用说,压队长到烧锅炉的都跟我是狗皮袜子冇反正,这些人要跟我耍心眼,哥哥我就白在祥符城里混了恁多年!"

八妞:"尿壶呢?他会不会冇说实话?"

艾三仔细想了想:"尿壶虽然交情不深,但他说的话在理儿。绑人这号差事儿,不应该是军界的活儿,我干这一行恁多年,从来冇听说过军界有负责绑人的机构,真要是有,俺保密局不会不知。"

八妞有点蒙顶:"真他娘的出幺蛾子了,那会是谁绑的呢?"

艾三:"哥哥也尽到力了,就凭哥哥在祥符这个码头上的人际关系,我打听不到的事儿,市长也别想打听到。"

八妞沮丧地说:"我咋跟俺姨她姑的外甥说呀?"

艾三:"该咋说咋说。就这吧,你那张字据哥哥我也不要了,今个晚上听戏的钱你拿出来,中吧?"

八妞冇搭腔。

艾三："咋,连这点儿钱都不愿意出?"

八妞面带愁容："不是那,三哥,别说听戏的钱,你就是把小凤娶回家,恁俩入洞房的钱我都想拿,明个中不中? 我把那身舍不得穿的西服送进当铺后,再来这儿给你送听戏的钱,中不中?"

艾三："我就知你是个尿泥,卖尻孙,不中!"

八妞："别骂,别骂,三哥,眼望儿我就去借钱,你在这儿等着我。"说完拔腿就往外面窜。

艾三："站住! 别窜! 你敢窜我非拆坏你这个卖尻孙!"

八妞不理睬要起身撵他的艾三,瘸巴个腿快步窜出了茶馆。

小凤迎住了要撵八妞的艾三："弄啥啊,哥哥,你的俩腿咋了? 夜隔儿不还好好的吗,今个儿咋又拉开腿了?"

艾三用手搭住小凤的肩膀头："妹妹,你不知,夜隔儿压恁这儿一出门,被劫路的踢了一脚,正好踢住我的祖宗,去看医生,一瞅,哥哥的祖宗肿得比簸箩筐还大。"

小凤"扑哧"笑了。

艾三："别笑,真的,不信哥哥让你瞅瞅。"

小凤："中啊,脱吧,让我瞅瞅。"

艾三："我可真的脱了。"他装作要解腰带的样子。

小凤："脱啊,不脱你孬了。"

艾三："算了,还是先不脱吧,这可不能让大家欣赏,还是留着让妹妹单独欣赏吧。"

小凤："还是留着恁家那个猪不啃的南瓜脸欣赏吧。"

艾三："那可不敢,恁嫂子一欣赏,再一入迷,还不把俺这祖宗当气球给捏崩喽啊。"

小凤："别说涮话了。说吧,今个晚上想听啥戏?"

艾三："今个晚上咱改改章,哥哥唱,你听。"

小凤："啥? 你会唱?"

艾三："小看人不是,想当年陈素真和常香玉冇唱响的时候,哥哥我在祥符城里已经是个角儿了。"

小凤："咱先说好,你唱,我听,谁付钱?"

艾三："当然是哥哥付钱。不但付钱,每唱一段哥哥还给你小费,咋样?"

小凤一把挽住艾三的胳膊:"你真是俺的亲哥哥。"

艾三:"不是亲哥哥,是情哥哥。"

小凤用手指头在艾三的脑门上使劲点了一下,艾三嘎嘎地笑了起来。

整整一晚上,艾三又拉个腔唱了个没完没了,压《吕四娘》唱到《仙鹤楼》,压《长坂坡》唱到《巾帼侠》,又压《女贞花》唱到《涤耻血》。嗬,整个茶馆里就听他一个人在鬼哭狼嚎,唱得那叫一个难听,还赢来一阵阵喝彩,尤其是那个拉弦的爪钩,一边拉着弦还一边叫着好,那臭脚捧的,简直就像在捧真的名角儿。

又一段唱罢,艾三摸着自己的脖子说:"不中不中,我得喝口水,嗓子冒烟了。"

爪钩一边给艾三倒茶还一边在捧:"哥哥真中,唱的都是樊粹庭的戏啊。"

艾三把一大口茶咽下肚:"知我为啥这么喜欢樊先生的戏吗?"

小凤:"为啥?"

艾三:"陈素真是俺妈的干妞。"

小凤:"真的假的?"

艾三:"啥真的假的,这能瞎说不能。我说的是老日冇来的时候,那时候陈素真压杞县来祥符学戏,就住在城墙边个。大冬天迎着风练嗓儿,俺妈看她可怜,塞给她一个大白蒸馍,压那以后她就经常去俺家,俺妈做饭,她就给俺妈拉风箱,再后来就一个头磕在地上,认到俺妈跟前了。"

听罢艾三这么一显摆,那些原本是假捧臭脚的货一下把艾三团团围住,因为在祥符城这些戏子行里,最崇拜的人就是陈素真了。尤其是那个小凤,简直就把陈素真奉若神明,她心里的偶像就是陈素真,今天又碰到这么一个与陈素真有亲密关系的主儿,她便瞬间改变了对艾三的看法,这种改变不是钱能够达到的。就在这个晚上,听完艾三显摆之后,小凤不再和艾三打缠了,她暗自在心里产生了一个想法,她要借助艾三变成陈素真那样的角儿。

翌日一早,艾三和沙二哥刚在尔瑟的汤锅前坐下,大老远就瞅见尿壶晃荡晃荡地走了过来。

沙二哥大声跟尿壶打着招呼:"多少天不来,老兄今个咋有空来喝汤了?"

尿壶在汤锅前坐了下来,说道:"再不来喝怕是喝不着了。"

艾三："咋着了?"

尿壶："我要跟黄副军长调走了。"

艾三："去哪儿?"

尿壶："南京来了命令,黄副军长要去三十军任副军长,归胡宗南指挥。"

沙二哥："啥时候走?"

尿壶："马上。"

艾三："归胡宗南指挥可不是好事儿啊。"

尿壶："黄副军长也考虑到了,不过不碍事儿,三十军是西北军的老底子,俺去那儿吃不了啥亏。"

艾三："胡宗南是蒋介石的嫡系,恁归他指挥,小心把恁派去跟共产党打仗。"

尿壶："这一点黄副军长也想到了。近来局势不太妙,部队调动频繁,不定还会有啥变化呢。不过我还是挺高兴的,能跟着老长官,不管去哪儿,心里踏实。"

汤锅边的尔瑟插嘴道："今个把汤喝得劲,算俺寺门的弟兄们给你饯行。"

沙二哥："尔瑟,多搁肉,汤要厚。"

尔瑟："不用你交代,切最好的肋条肉。"

尿壶感谢地点点头,说道："我今天一是来喝汤,二是来告诉老艾,昨天你去我那儿,一时我没有想起来,还有一个地方也可能绑人,我忘记告诉你。"

艾三："啥地儿?"

尿壶："南郊飞机场前不久成立了一个特务营,专门执行特别任务,绑架、暗杀,这些活儿都干。特务营的营长叫徐德,祥符人,是从一四三师调过去的。如果被绑的人真在那儿,也不太好办,徐德是属驴的,脾气拐得很,是个酒迷瞪。"

艾三："徐德? 小名是不是叫四德子?"

尿壶："小名我不知道。去那儿打听打听,没准被绑的人就在那儿。"

人吃饱了，厌恶蜂房的蜜。人饥饿了，一切苦物都觉甘甜。

——引自《旧约全书》

四十九、"俺姨她大姑家外甥的朋友。"

寺门一帮弟儿们把喝完汤的尿壶送出了南口。

沙二哥对艾三说："三哥，去飞机场打听打听？"

艾三："去球吧，八妞那货不是个玩意儿，不想管他的事儿。"

沙二哥："不是说罢了，他给你写个字据嘛。"

艾三愤愤地把夜隔晚上八妞压茶馆窜了的事儿一说，几个弟儿们都跟着骂八妞不是个玩意儿。

尔瑟："八妞的事儿就不能管，那货，西瓜皮掉进油锅里，又奸又猾。"

乌德："可不是，搭人情，搭脸面，还落不到好上。"

白凤山："依我看，就把这个消息告诉他，让他小子自己去跑吧。"

马老六："三哥去跑也中，也别写啥字据，让他小子先把大洋掯过来再说。"

几个弟儿们你一句我一句，沙二哥却不吱声。

艾三："老二，我知你一直念着八妞的好处，你说句话吧，这事儿管是不管?"

沙二哥:"我是就这想的,八姐救过咱的命,这个人情一定要还,好人做到底,最后人物一把,以后这货就是被狼吃喽咱也不管了。"

艾三冇吱声。

沙二哥:"三哥,我知,托关系找人是要花钱的,你不管花多少钱,都算在我头上。"

艾三:"那不中,该是谁的事儿就是谁的事儿,你凭啥当这个冤大头。"

沙二哥:"人活在世上,吃亏占便宜都是小事儿,最要紧的是,人活着要有情有义,滴水之恩涌泉相报,像人家拜四爷。"

几个弟儿们都不吱声了。

艾三骑着一辆自行车往南郊的飞机场去了。进了飞机场之后,瞅见特务营的人正在伞塔上练习跳伞,就见营长徐德手里牵着一条大狼狗,仰着脖子,冲着伞塔顶上嗷嗷大叫,正在骂一个胆小不敢往下跳的部下。

徐德:"妈那赖孙逼!往下跳啊!摔死我给你偿命!跳啊!你个冇蛋子儿的货!"

艾三仔细打量了一番徐德,然后走上前去打招呼:"这条狗不孬啊。"

徐德把目光从伞塔顶上挪了下来,打量了一眼艾三,问道:"你谁呀?"

艾三:"是四德子老弟吧。"

徐德依旧打量着艾三:"面熟,想不起来了。"

"咋,不认识哥哥了?"艾三掏出证件递过去。

徐德接过证件一看,笑道:"原来是艾中校啊,我说咋恁面熟哩。"

艾三:"是啊,在西安战干团一起受过训,同学不同期。"

徐德:"对对对,你比我高一期,咱还认过老乡,喝过一次酒。"

艾三:"想起来了吧。"

徐德:"多年不见,你老兄咋跑到俺这儿来了?"

艾三:"来这儿调查机场地勤上的一点事儿,冇见过跳伞,就过来瞅瞅。"

徐德瞅着艾三的领章:"老兄混得不孬啊,都升中校了,记得当年在战干团受训的时候才是个中尉。"

艾三:"保密局嘛,好混,提升要比别的地儿快。"

徐德叹道:"兄弟我混了大半辈子,还是个尉官啊。"

艾三："官不在大小,你老兄这个差事多实惠啊。"

徐德摸着大狼狗的头说:"再实惠也有恁保密局实惠,谁的头都敢剃。"

艾三瞅着徐德手里牵着的狼狗:"咋,老弟喜欢喂狗?"

徐德得意地点着头:"我这条狗咋样?"

艾三:"一般化。"

徐德:"你老兄懂不懂狗? 这是纯血统的德国黑背,它爹在希特勒手里喂过,后来被苏联人牵到莫斯科,听说眼望儿在斯大林手里喂着呢。"

艾三:"斯大林才不喂德国狗,斯大林要喂也喂纯种的高加索,把高加索和黑背牵到一块斗,就像斯大林掐希特勒一样,德国人不递招。"

徐德:"那是,高加索是啥狗,你就是把狮子老虎牵到跟儿它都不怯气。"

艾三:"瞅机会,我给你老弟弄一条高加索玩玩。"

徐德:"真的假的?"

艾三:"小菜一碟。"

徐德急忙掏出口袋里的美国烟给艾三上烟:"那我可等着了。"

艾三点着了烟,问道:"给你老弟打听个事儿。"

徐德:"啥事儿? 说吧。"

艾三:"恁这儿前两天是不是绑过一个人?"

徐德:"前两天?"

艾三:"在山东花园门口,用麻袋套走的。"

徐德想了想:"好像有这么回事儿。"

艾三:"还真的在恁这儿啊,我恨不得把祥符城翻个底朝天。"

徐德:"咋,这人和你有关系?"

艾三点点头。

徐德谨慎起来,问道:"啥关系?"

艾三:"俺姨她大姑家外甥的朋友。"

徐德:"不会吧? 圈子绕得有点太大了吧。"

艾三:"小孩有娘,说来话长,回头咱弟儿俩再细说,我想知恁为啥要绑他。"

徐德:"这货是压西边过来,你老兄想也应该想到吧。"

艾三:"共党?"

徐德微微一笑。

艾三:"招供了?"

徐德:"招供倒是有招供,不过八九不离十。"

艾三:"有招供只能说是共党嫌疑,八九还不到十嘛。"

徐德:"老兄,你说实话,是不是专门为这事儿来找我的?"

艾三:"这事儿咱先不说。多年不见,咋着也得喝一场吧,你老弟啥时候得闲?"

徐德:"只要是喝酒,我啥时候都得闲。"

艾三:"那中,今个晚上我在'又一村'恭候老弟的大驾!"

八妞听说艾三在飞机场找到了被绑的人,晚上要在"又一村"请管事的人喝酒,于是急忙掂着十来块大洋来到沙二哥家。

沙二哥正在作坊里煮着肉,根本不搭理在一旁喋喋不休的八妞。

八妞:"……谁要说瞎话谁是个赖孙,我弄这点钱跟拜四爷卖房子差不多,恨不得把血弄出来。你知我咋弄到这些钱的,夜隔晚上我找了俩帮手,把宝珠寺里的铜佛爷扛出来了,那铜佛爷几百斤,沉得要命,差点把俺几个给压死……"

沙二哥停住手里的活儿,咬着牙骂道:"腌臜孙! 咋不把你压死啊! 偷铜佛爷,你个腌臜孙早晚要遭报应!"

八妞:"这不是有法儿吗? 跟你学着讲义气,要不是为了讲义气,我能受这个罪……"

沙二哥:"腌臜孙,讲义气也不能去偷宝珠寺里的铜佛爷呀!"

八妞嘴里嘟囔着:"宝珠寺又不是东大寺。"

沙二哥:"放你妈的屁! 不管哪个寺,干这种事儿都是缺德坏良心! 生个孩儿都有屁眼!"

八妞:"有屁眼就有屁眼吧,先把眼前的难关渡过再说。"

沙二哥:"铜佛爷卖给谁了?"

八妞:"卖给北头的胡老大了。"

沙二哥:"那个玩古董的胡老大?"

八妞:"是他。"

沙二哥把手里翻肉的钩子往灶台上一扔:"走! 找胡老大去!"

八妞:"别别别,那不中,今个晚上三哥请人吃饭的钱我得拿。"

沙二哥:"拿也得拿干净钱!走!"

八妞:"不中,你又不是不知胡老大那个人,难缠。"

沙二哥:"再难缠也得把铜佛爷给人家宝珠寺抬回去!"

八妞:"要去你去,我惹不起胡老大。"

沙二哥不搭理八妞了,穿了身干净衣裳,直奔北头的胡老大家去了。

"咣!咣!咣!"沙二哥拍着胡老大家的门,"胡老大在家吗?"

"谁呀?"胡老大把门打开,"稀客,稀客,你老弟今个咋得空来我这儿啊?快请进,屋里坐。"

沙二哥进屋后四圈瞅着:"听说,你老兄买了一尊铜佛爷?"

胡老大:"你咋知?"

沙二哥:"是不是买了吧?"

胡老大:"不是买,是请。"

沙二哥:"请?压哪儿请的?"

胡老大:"老弟消息怪灵通啊。"

沙二哥:"咱俩也不用缠嘴,那尊铜佛爷的来路你心里清亮,供奉在宝珠寺已近百年,摆在老兄府上名不正言不顺,我劝你赶快把他请回去,要不,逢官逢私恐怕对你老兄都不利。"

胡老大:"啥意思?听你老弟这个口气,是要破俺这行里的规矩啊。"

沙二哥:"事儿不大,你看着办。"

胡老大:"老弟,你这是何必,佛教和恁伊斯兰教又不挨边,你管这事儿弄啥,伤和气。"

沙二哥:"佛教和俺伊斯兰教是不挨边,但和我挨边,和良心挨边,和事儿挨边。换别人,这事儿我压根不管,但八妞不中,他挨我的边。不想伤和气你就把铜佛爷送回宝珠寺,你要是不送,咱俩就缠不清的瓢。"

听罢沙二哥这番干净朗利脆的话,胡老大也干净朗利脆地把手一伸:"拿钱!"

沙二哥:"啥钱?"

胡老大:"我是花十二块大洋买的!"

沙二哥:"冇钱。"

胡老大:"你这不是装孬吗,硬吃我呀?"

沙二哥:"压今个开始,我记着账,俺沙家的牛肉你可以白吃,直到把十二块大洋吃完为止。公平合理吧。"

胡老大:"我不好吃牛肉。"

沙二哥:"我只有牛肉。"

胡老大:"你要知,十二块大洋我搁在银号里还有利息,吃恁的沙家牛肉,十二块大洋我两年也吃不完,这不是赔本买卖嘛!"

沙二哥:"那就把利息加到里头,吃十三块大洋。"

胡老大懊恼道:"去球吧,别十三块大洋,十八块大洋我也不吃! 我认倒霉!"

沙二哥:"吃不吃随你便,我也实话实说,你胡老大在祥符也是个有头有脸的角儿,换换家,我非硬吃了他!"

胡老大心里明白,沙二哥这一手就是硬吃自己,但他惹不起寺门的人,寺门的人不惧官、不怕匪,连日本人的猴都敢逗,还是惹不起躲得起吧。但,强咽下这口气的胡老大心里想:乖乖,恁硬吃我是吧,早晚我叫恁把吃进去的统统吐出来!

艾三在"又一村"请徐德吃饭,沙二哥和八妞作陪。沙二哥原本不想来,因为"又一村"是汉民馆子,在八妞的苦苦哀求下,只得硬着头皮进了"又一村"。他坐在那里就像个摆设,不喝酒,不吃菜,让堂倌上了几根洗净的黄瓜摆在了自己面前。

徐德:"这位老弟可真够清真的。"

艾三:"别看这老弟是卖牛肉的,祥符城里的大角儿,日本人掂皮鞭抽都抽不孬,跟日本人斗鸡还敢使绊儿。"

徐德:"听说过,听说过,东大寺门的沙家牛肉!"

艾三:"这是我换帖。实不相瞒,我是个不爱管闲事儿的人,今个把你老弟请来,就是为了他沙家的事儿。"

徐德沉吟不语,气氛顿时有点尴尬。

艾三:"老弟,咋不吭了?"

此时,艾三和沙二哥都在猜徐德为啥不吭声了,他们猜不透徐德心里到底是咋想的。如果这事儿真是不好办,他压根就不会答应前来喝这场酒;如果这事儿问题不大,为啥突然又不说话了,这是让猜他的心事吗? 好像也不是。

艾三:"徐老弟,你我弟兄虽说有几年冇见过面,但咱们是味里近,要不今个你也不会坐到这里。冇事儿,有啥说啥,别为难,我历来本着一个原则,弟兄们之间,不管大小事儿,能办就办,不能办也别埋怨,啥时候见面还是酒肉豆腐汤。"

徐德:"我知你是个讲人物的人,你要是个不人物的人我也不会来喝你的酒。实话对你说,恁说的这个人有点麻缠。"

艾三:"你说说,麻缠在哪儿?"

铁磨铁,磨出刃来。朋友相感,也是如此。

——引自《旧约全书》

五十、"你个鳖孙,真有眼,咋就盯上俺的枪了呢?"

徐德也是个直筒子脾气,大摊泥的德行,他对艾三和沙二哥说道:"我不管是谁的事儿,今个既然来赴这个宴,你不用提醒我也是有啥说啥。绑这个人是南京亲自下的命令,为的就是避开你们保密局和地方势力,省得节外生枝。"

艾三:"避开地方政府还情有可原,为啥要避开我们保密局?"

徐德白了艾三一眼:"你以为你们保密局就那么纯洁? 这不是,拜把子都拜到东大寺门了。"

艾三:"你就对我直说,那人是不是共党吧?"

徐德:"这话问得真没水平,这年头还能去绑个卖牛肉的?"

艾三:"明白了。"

徐德:"不过,你再想想,我今天为啥敢来喝你的酒?"

艾三:"明白了,那货没招供!"

徐德:"那货要是招供了,我还敢坐到这儿吗?"

艾三："没招供就好办,编个瞎话,就说绑错了。"

徐德："没那么简单。时间地点都对,咋会绑错?"

艾三："就是绑对了,人家有招供,恁不是等于白绑?"

徐德："南京认准的人,就是绑错了,谁敢放?"

艾三："不放又能咋着呢?"

徐德："麻烦就在这儿。我瞅这架势,拿不准就不杀不放,南京不发话,也只有先在俺那儿押着。"

艾三点点头,然后直接从口袋里掏出十多块大洋摆在了徐德面前。

徐德："你这是弄啥?"

艾三："别嫌少,这是老二的一点小意思,给我个面子。"

徐德咧嘴笑道："我就料到是这样。老二,先把你的大洋收起来。"

沙二哥："老哥哥,你听我说……"

徐德："我不听你说!你要不收起来,我立马三刻走人。"

艾三："你老弟听我说中不中?"

徐德："你还是听我先说。"

艾三："说,你说。"

徐德："今个咱能坐在一起,就不外气,我可不是冲着钱来的。别看我的军衔比你少一个豆,说句难听话,玩钱,你未必能玩过我。"

艾三："这个我信。"

徐德："我要说的是,放人我有这个胆量,要想把人弄出来,得想个万全之策。"

艾三："啥万全之策?"

徐德："你也去俺的驻地瞅了,就没有啥感想?"

艾三不解地说："啥感想?"

徐德："恁大的飞机场,就扎了一圈铁篱笆,老百姓大白天都敢钻进去割草……"

艾三眼睛一亮："中吗?"

徐德："多简单的活儿。"

艾三端起酒杯："人物!只要有你老兄这句话,剩下来就是我的活儿了。"

徐德："别急,我的话还没说完。"

艾三:"接着说。"

徐德把手掌伸到艾三的面前。

艾三不明白:"啥?"

徐德:"就是里应外合,那也是要担风险的吧,我也不能白干吧?"

艾三:"是不是嫌钱少?"

徐德:"不少,我一个月饷钱还挣不着十块大洋呢。"

艾三还是不明白:"那,老弟啥意思?"

徐德:"我想要一样东西。"

艾三忽闪了几下眼睛,突然想起了啥,说道:"噢,是不是我答应给你弄一条高加索啊。"

徐德:"除了高加索之外,我还想要一样东西。"

艾三:"啥东西? 说吧。"

徐德的眼睛瞄到了艾三的腰间:"你哥哥的腰佩与众不同啊,能不能让俺欣赏欣赏?"

艾三这才明白,徐德瞄上了他腰里别着的枪。

徐德:"咋,不舍得摘?"

艾三:"哪里话。"边说边从腰间摘下了那把勃朗宁手枪。

徐德接过枪,从枪套里拔出枪,翻来覆去地看着,口口声声地赞叹着:"好枪,冇见过,夜隔咱俩一照头,我一眼就撒摸见你腰里这把枪了。好枪啊!"

此时艾三在心里骂道:"你个鳖孙,真有眼,咋就盯上俺的枪了呢?"

徐德:"勃朗宁,法国造。"

艾三貌似不以为意地说道:"一般化。"

徐德:"哪儿弄来这么个宝贝?"

艾三:"换来的。"

徐德:"换来的? 用啥换的,能不能给俺也换一把?"

艾三:"当年德国人帮着训练咱国军的时候,我用一只北宋的官瓷瓶跟一个德国哥们儿换的。你要是真喜欢,就拿去。"

徐德就手把勃朗宁手枪别进了腰里,顺势摘下自己的左轮手枪放到艾三面前,说道:"谢谢老兄割爱,就算咱哥儿俩也交换一次。"

艾三:"交换枪,还是交换人?"

徐德笑道："你说呢？"

艾三用手一拍桌子："成交！"

交易就算这么做成了，相关事宜商定罢之后，徐德先走了。

艾三在沙二哥面前骂起了嘟噜胡："这一回我可吃了大亏，多好一把勃朗宁啊，别说在祥符城，就是进了南京城也见不着几把，赖孙八妞，我算倒八辈子血霉了！"

沙二哥心里也不得劲，说道："这不是为了帮朋友嘛。"

艾三："老二，这要不是看你的面子，我搭理八妞个赖孙！"

沙二哥连连说道："是是是，我知三哥是顾全我的面子，算我欠你个人情中不中，来日方长，三哥。"

艾三余气未消地摆了摆手："不说了，该我做的我都做了，明个晚上人能不能弄出来，就看你的了！"

沙二哥："明个晚上的事我和八妞来办，就按三哥和徐营长商定的法儿。"

艾三："我也不是非得让你领我的情，八妞这货处事太短，你转告他，人弄出来后，五十块大洋一块都不能少！"

艾三与徐德商定，第二天晚上九点，从剪断的铁丝网南边钻进飞机场来接应被绑的人，接下来就是特务营鸣枪往南边的铁丝网处追击，先来接应的人动作一定要快，把人接出飞机场后就看造化了。疑犯逃跑肯定会惊动上面，一旦跑不脱那可不是玩的，用艾三的话说比害眼都厉害；用徐德的话说，不是害眼，是要命。这事的轻重沙二哥心里明镜似的，压"又一村"回寺门的当天晚上，他就召集寺门的一帮兄弟制订营救方案。

白凤山头一个发话："老二，这事儿你可得想好，可不是闹着玩的，弄不好就会掉脑袋，谁想干谁去干，我不去，八竿子打不着，凭啥为八妞冒这个险？"

乌德："就是，太危险，飞机场那么大，又平展，躲没处躲，藏没处藏的，咱钻进去，被发现，钻不出来咋办？"

沙二哥："有内应，不会出问题的。"

白凤山："那个叫徐德的营长万一是个两面脸，小鸡站在门槛上，两面叨食儿，不是没有可能。"

尔瑟："凤山说得对，不怕一万就怕万一，真要是这样，咱哭都来不及。"

沙二哥："我已经答应了八妞，打退堂鼓？"

乌德:"该打还得打,又不是寺里的阿訇被绑了,咱泼^①出一条命,就是无常了也落个美名。一个与咱毫不相干的汉民,不划算。"

白凤山:"就是,咱也落不着个钱,上有老下有小的,去冒这个险,不值。"

沙二哥:"恁权当是帮我中不中?"

白凤山:"老二,你咋就不明白这个道理,这又不是当年咱跟日本人挺,就是挺到血海里,咱也敢挺出个公母。国民政府是咱的政府,杀头坐牢咱都活该!"

沙二哥:"啥球国民政府,恁瞅瞅,钱不当钱使,眼望儿早起还有多少人来寺门喝汤?俺的牛肉一天也卖不出几十斤,这号政府,该挺就得挺!"

白凤山:"政府再孬孙它也是政府,咱跟它挺,那是拿鸡蛋往石头上摔!"

沙二哥有点急了:"恁干不干吧,给个痛快话!"

一圈人冇一个吭声。

沙二哥:"恁不干去球,我一个人干,我就不信离了你们阿訇还不念经了!"

不欢而散。沙二哥只得和八妞俩人去干了。

沙二哥细想了想,白凤山说的话也有一定道理,万一姓徐的装孬咋办?那可真是要吃枪子的。整整一个白天,沙二哥和八妞待在茶馆里,仔细商量着如果出现意外的种种对策。

沙二哥:"人救出来先去哪儿?这边人一跑,肯定会戒严,少不了又会全城查户口。"

八妞:"连夜窜。"

沙二哥:"窜哪儿?"

八妞:"哪儿不能窜啊,漫天野地。"

沙二哥:"你说的是球!路口一戒严,窜不到朱仙镇就得被逮住!"

八妞:"那就先不窜,藏起来。"

沙二哥:"到处查户口,藏哪儿?"

八妞不吭气了。

沙二哥:"不把这想好,就是从飞机场逃出来也是白搭。"

八妞:"澡堂?"

沙二哥:"不中。一旦搜查,这种地方都是重点。"

八妞："俺姨家在胭脂河有个磨坊,不中咱把他藏在那里。"

沙二哥想了想："胭脂河那儿人多眼杂,万一被谁看见就是麻烦。再想想。"

八妞突然眼睛一亮："有了!"

沙二哥："有啥了?"

八妞用手敲着茶桌："咱把他藏到繁塔里面,那儿平常去的人少,看繁塔的是我一个本家,在那儿藏个十天八天冇一点问题,神不知鬼不觉,谁也不会想到那里面会藏个人。繁塔挨着城边,等风声一过,出城也方便。"

沙二哥琢磨一下："好主意! 就这么定了! 你先去做好你本家的工作,千万不能在他那儿出问题。"

八妞信心满满地说："放心吧,俺那个本家是个哑巴,又不认字,就是被逮住,活受罪的是他,不是咱。"

沙二哥骂道："你个卖尻孙! 刀还没架到脖子上,就先想好让别人替你去死!"

傍晚时分,沙二哥回到家,吃罢饭去了一趟艾三家。艾三还没有回来,他冇话找话和艾大大聊了几句,便离开了艾家。他刚走出艾家的院门,洪芳从后面撵了上来。

洪芳："二哥。"

沙二哥转过身来："有事儿?"

洪芳："你有事儿?"

沙二哥："我冇事儿。"

洪芳："我咋觉得你有事儿啊?"

沙二哥意思了一下,正准备走,又被洪芳叫住。

洪芳："我知道你看不起我,也信不过我。我想对你说的是,不管我在你眼里是个啥都不碍着,需要我帮忙的时候言一声,大事小事都中。"

沙二哥转身走了两步,停住脚,想了想,转过身说道："那好,有件事儿拜托你。今个晚上我要去办一件重要的事儿,如果我回不来,你告诉艾三,俺家腌肉的缸下面埋着几十块大洋,归他了。"

洪芳："为啥?"

沙二哥："我欠他的钱。"

洪芳:"我不信。你这样的人不会欠债。"

沙二哥:"少废话,叫你咋做你咋做!"

洪芳:"二哥,你今个晚上去弄啥我不管,有句话在我心里埋了好长时间,今个晚上你要是回不来,还是让我把这句话说给你吧。"

沙二哥:"有话就说,有屁就放。我得走了。"

洪芳:"二哥,我喜欢你这样的男人。"

沙二哥:"这就是你要说的话?"

洪芳点点头。

沙二哥指着洪芳的鼻子骂道:"臭婊子,你他妈的老实跟三哥过日子,想邪门歪道,我毁了你!"说完转身大步离去。

洪芳两眼噙着泪,瞅着沙二哥在夜色中消失……

注:

①泼:同"豁"。

正直人的纯正,必引导自己。奸诈人的乖僻,必毁灭自己。

——引自《旧约全书》

五十一、他是要杀人灭口啊!

沙二哥先去到鼓楼街,借了王大昌茶叶店寇掌柜的一辆自行车,赶到大南门外。他和八妞约好晚上八点半在大南门外碰面,可迟迟不见八妞的人影,沙二哥开口骂道:"卖屄孙,替他办事儿他不守时!"

"来到了。"八妞压沙二哥身后的暗处冒了出来。

沙二哥:"咋弄的? 晚一个时辰有?"

八妞:"别提了,借不着自行车。"

沙二哥:"咋,地奔儿^①来的?"

八妞:"可不是嘛。马家烧鸡店的车坏了,云记纸行的车又不外借,我又跑到艾三家推他的车,你猜他说啥。"

沙二哥:"说啥?"

八妞:"他说他的自行车是公家发的,万一恁要出岔劈,自行车被缴走了,他跟着受牵连。啥球玩意儿!"

沙二哥:"少一辆车咋弄? 人救出来,谁跟着自行车后面跑? 你还是我?"

八妞:"我这腿能跑吗? 你只要觉得能跑,我就跑。"

沙二哥:"你活该,谁让你借不来自行车!"

八妞:"那也不怨我……"

沙二哥:"废话少说,时间快到了,长点眼色,到时候见机行事吧!"

沙二哥用自行车驮着八妞朝飞机场方向去了,一路上俩人又把制订的营救方案细说了一遍。

城外漆黑一片。沙二哥和八妞来到了机场外围的铁丝网跟前,用事先准备好的钳子把铁丝网剪开一道口子,沙二哥钻进铁丝网之前又向八妞交代道:"如果听见枪响,别慌,一时半会儿特务营的人不会追,飞机场恁大,我只能记一个大概方向,天黑容易跑错方向,你留点心,长点眼,到时候你大声喊两嗓子,别让我跑错地儿就中,跑错地儿我可就出不来了。"

八妞的声音有点发颤:"恁可得快点啊。"

沙二哥:"你咋了? 觳觫啥?"

八妞声音觳觫得更厉害了:"我,我是隔意我这条腿,跑不能跑,跳不能跳的。"

沙二哥:"瞅你这点出息。还是那句话,人的命天注定,真要是摊上了,该死球朝上。记住我说的话,我进去了。"

八妞瞅着沙二哥钻进铁丝网之后,双手合十,仰起脸祈祷老天爷保佑。也真奇怪,刚才还被云彩遮挡的天空,此刻云层散开露出了星星和月亮。双手合十的八妞对着天空轻声说道:"老天爷,你老人家可不能装孬孙啊,赶紧把云彩叫回来,别坏了俺的菜……"

八妞在铁丝网外面焦急等待着,约莫过了有半个钟头,突然听见特务营驻地的方向传来吼叫,随即又传来几声清脆的枪响。八妞在黑暗中仔细观察着特务营的驻地方向。正在这个时候,突然在相反的方向也响起了枪声,还听到有人高声喊叫:"包围! 包围! 不能让人跑了!"

八妞一下子慌了神儿,他没料到会从另外一个方向出现新情况,而且喊叫着的那些人好像就是冲着他这个方向来的。八妞心里打鼓,难道是自己被发现了? 不可能啊,自己藏在这儿压根就没动。黑暗中八妞再仔细一瞅,喊叫着的人果然是冲自己过来的。顾不得那么多了,八妞推起自行车蹬上就窜,独自逃命去了。

再说沙二哥那头。

当沙二哥快摸到特务营驻扎的那几排平房跟儿的时候，他果然瞅见从最后一排平房的拐弯处跑出一个人来，沙二哥急忙按事先约定的暗号拍了两下巴掌，只见那个人听见巴掌声后就冲着他跑过来，还没等他询问那人一句话，平房那边的枪声就响了起来。这枪声根本冇按规定五分钟之后响起，而是紧跟其后，最让人恐惧的是，枪也没有朝天上打，而是冲着那人逃跑的方向射击。见此情景，沙二哥也顾不得许多，拉起逃过来的那个人返身就窜，身后的子弹贴着沙二哥的头皮划了过去。

"快跑！往那边的铁丝网跑！跟着我！"沙二哥不时对那个人叫喊着。

冇跑出多远，那人对沙二哥说道："不好，那边也有人！"

沙二哥已经听见迎面传来的枪声和喊叫声，去路被截断，沙二哥和那个人不得不改变了奔跑的方向。

在枪声和喊声中，沙二哥和那个人奔到另一处铁丝网跟前。

沙二哥："不剪断铁丝网咱咋出去啊？"

只见那人一边迅速脱着身上的衣服一边冲沙二哥说："快，把你的衣服也脱下来，给我！"

沙二哥急忙脱下上衣交给那人，那人把沙二哥的衣服和自己的衣服合在一起往铁丝网上一搭，说道："快！从上面爬过去！"

当俩人刚从衣服上爬过铁丝网，一阵激烈的子弹从他们身旁呼啸而过。

沙二哥一边跑一边骂："卖尻孙！这是想打死咱俩啊！"

那人冲着沙二哥说："不能直着跑，跑S形，子弹难打着！"

沙二哥照着那的样子朝前跑着，大约跑出离铁丝网有上千米的距离后，身后的枪声和喊声稀落下来，直到这时，沙二哥才忽然想起了八妞。

那人："你怎么不跑了？"

沙二哥："俺还有一个人哩。"

那人："谁？人在哪儿？"

沙二哥："在铁丝网外面接应的人。"

那人随着沙二哥把目光转向铁丝网的方向。

沙二哥在黑暗中辨别着："坏事儿，这好像是北边，咱跑的是反方向，俺那个伙计是在南边的铁丝网外。"

那人:"祥符城在哪个方向?"

沙二哥:"北边。"

那人:"那他怎么在南边接应呢?"

沙二哥:"还不是想着南边安全一点,城里真要被封锁,咱就可以往朱仙镇方向跑。"

那人:"现在咋办?"

沙二哥:"不能把他扔在那儿,你先藏在这儿,我绕到南边去找他。"

那人:"飞机场这么大,从北边绕到南边得花多长时间啊。"

沙二哥:"多长时间也得去找,我那个伙计腿脚不灵便,万一被抓住就麻烦了。"

那人:"你还是不去为好,万一你再出什么意外。"

沙二哥想了想,说道:"要不这样,你沿着这条路往北走,别走大道上,走大道下面的野地,不远就是城墙,千万别进城去,大南门外面,有一座国民革命军阵亡将士纪念塔,挨着纪念塔的左手有一个茶馆,一瞅就能瞅见,你在那个茶馆里等我。"

那人:"为什么要去那个茶馆?"

沙二哥:"那个茶馆离城门很近,好找,你人地两生,天又黑,我怕你摸丢了。"

那人有点犹豫。

沙二哥:"冇事儿,你去吧,那里很安全,如果茶馆里的人要问,你就说你是艾中校的朋友,记住千万别瞎跑,就在茶馆里等着我。"

那人:"那好吧,你可得快点回来。"

"我去去就来。"沙二哥想起来什么,问道,"光顾逃命了,还有问你叫啥啊?"

那人:"我叫崔洪,民国七年生人,咱俩谁为长?"

沙二哥:"那你是老弟,我是民国六年生人。快去吧,崔老弟,估计这会儿又快戒严了。"

崔洪:"老兄,你得给我点钱,我身上连喝一杯茶的钱都没有。"

沙二哥掏出身上所有的钱塞给了崔洪。

崔洪按照沙二哥指的路很快就瞅见了城墙,同时也瞅见了那座高高的国民革命军阵亡将士纪念塔,他沿着马路边迂回到了茶馆跟前,掸干净身上的土,整理了一下衣冠,大模大样地走进了茶馆……

再说沙二哥,他返回了飞机场,猫着腰顺着北面的铁丝网向南摸索着,他在铁丝网外能听见飞机场里士兵们的说话声音和看见四处闪亮的手电筒光柱。他也想到了两种可能,一种是八妞早就窜了;另一种是被抓了。但不管是哪种可能,他都得先找到南边那处被剪开的铁丝网。

大约过了一个多时辰,沙二哥终于找到了那处被剪开的铁丝网,他低声向周围呼唤着:"八妞,八妞……"在确认八妞肯定不在此处之后,便又朝飞机场的北边摸索迂回。

沙二哥一边向城里的方向走,一边在做最坏的打算:八妞要是真的被抓了,他一准会招供,一准会咬出艾三和自己,真要是那样,自己就不能回家,先找一个地方躲一躲。艾三估计不会有事儿,狡赖是艾三的本事,他肯定早已经想好为自己解脱的法儿了。让沙二哥猜不透的是那个徐营长,从今个的事上来看,这个徐营长肯定是使了绊儿,压那些呼啸而来的子弹判断,这个卖尻孙玩这一手是要置他们于死地,杀人灭口这一招太高了。

沙二哥返回城里之后并没有马上前往茶馆与崔洪碰头,而是悄悄回到了寺门,他在清平南北街上溜达了一圈,观察了一下动静之后,就翻进了艾家的院子,他必须先跟艾三照头,问下一步该咋办。

就在沙二哥敲响艾三的屋门之时,纪念塔旁边的茶馆里正上演着惊心动魄的一幕,这一幕完全出乎沙二哥跟那个崔洪的意料。

注:
①地奔儿:走路。

口吐真言，永远坚立。舌说谎话，只存片时。

——引自《旧约全书》

五十二、真假老包

　　崔洪进到茶馆已是晚上临近十一点，正是茶馆里最热闹的时候，那些兜里有几个钱、喜爱在晚上出来溜圈的人，都愿意往茶馆里钻。也巧，今个晚上祥符商会的贾会长在请一些祥符名流喝茶，提前定了座，并且要求所有唱堂会的唱家必须彩妆。嗬，不知这里是茶馆的人还把这儿当成了戏园子，那些扮着彩妆的唱家也格外卖力，因为贾会长发话了，只要唱得好就赏大洋。

　　今个茶馆热闹，所以崔洪走进茶馆的时候有引起旁人的注意，他找了个临窗的角落坐了下来，坐在这儿可以观察到大街上的动静，一旦有麻烦也好随机应变。

　　真是怕鬼鬼来。崔洪坐下刚喝了两口茶，就瞅见大街上突然出现了荷枪实弹的士兵正在盘查来往行人。他起身想离开茶馆，站起身后随即又坐下了。他想，跑到大街上一旦被盘查准逃脱不了，再说黑灯瞎火的自己又能逃到哪儿去？他又想，不离开茶馆同样是坐以待毙，要不了一会儿那些士兵就会盘查到茶馆里来。正当他左右为难不知是走是留的时候，他一眼瞅见坐在一旁涂抹着黑脸、身穿蟒袍扮老包的小凤。于是他起身朝小凤走了过去。

崔洪面带微笑地问："你准备唱哪一段啊？"

小凤："《八件衣》。"

崔洪："好戏。我还没有听过坤角唱包公的。《八件衣》可不好唱啊。"

小凤："这位先生真懂戏，《八件衣》是不好唱。"

崔洪："我也是唱黑头的。"

小凤："先生说话的口音可不像祥符人啊。"

崔洪："豫剧有国戏之称，不是祥符人就不会唱两口了？十三省会两口的人多着呢，想不想听我亮两嗓子？"

小凤："好啊，但今个可不中，今个是贾会长包场，冇见大衣箱、二衣箱全套家伙什都搬来了嘛。"

崔洪："那正好，让我也扮上，过过戏瘾。"说完掏出沙二哥给他的钱交到小凤手里，"去，给你们班主打个招呼，就说我要跟你唱一出《真假包公》。"

小凤接过钱有点犹豫："你唱得咋样啊？"

崔洪："放心吧，不是凉壶，掉不了底。"

小凤把钱揣进了自己的内衣兜，去到爪钩耳边嘀咕了几句后返回身来对崔洪说："扮上吧。咱可有言在先，你要是个凉壶给俺唱砸了，可得包赔俺的全部损失。"

崔洪："贾会长要是给赏钱了呢？"

小凤："二一添作五。"

崔洪："说话算话？"

小凤一笑："谁不算话谁是个孬孙。"

崔洪在小凤的帮助下扮上相，满脸涂得像个黑煤球，就是他亲爹凑到跟前也难辨认出他来。

刚扮完相，茶馆的门就被搜查的士兵推开。

一名军官走进来冲着茶馆内的人大声说道："对不起诸位，我们奉命搜查共党分子，请诸位配合！"

贾会长看了一眼军官肩章，一脸不高兴地说道："这里都是祥符城里有头有脸的人，你看哪个长得像共党分子？"

军官毫不客气地说："像不像你说了不算，我说了算！"

贾会长搭理也不搭理地冲着爪钩喊道："他们查他们的，咱唱咱的，龙王爷不管驴的事儿，接着唱！"

爪钩："下面请贾会长欣赏一段《真假包公》。"

贾会长："《真假包公》好！唱完了再唱'真假共党'！"

与此同时，那名军官也对士兵们高声喝道："仔细给我查！有嫌疑的人统统带走！"

爪钩一瞅贾会长与当兵的较上了劲，立马指挥乐队敲响了锣鼓家伙，真包公小凤跟假包公崔洪粉墨登场，那些经常来的听家都带着疑问的眼神儿瞅着这个新来的假老包。

小凤唱："一见此妖心头恼，大宋朝竟出了两老包。"

崔洪唱："今日此事巧又巧，我看他把此事怎样开销。"

小凤唱："你假冒大臣罪非小。"

崔洪唱："我与你百年前一母同胞。"

小凤唱："我铁面无私谁不晓？"

崔洪唱："日断阳间夜断阴曹。"

小凤唱："三口铜铡前开道。"

崔洪唱："王子犯法也不饶。"

小凤唱："你是妖孽我知晓。"

崔洪唱："你是假包我知道。"

小凤唱："汴梁城中妖孽到，兴风作浪乱律条，今日我与你明言道，叫声妖孽听根苗，劝你早早回海岛，再若迟延某不饶！"

贾会长和一帮子茶客听家高声喝彩，就连那些正在盘查中的士兵也显得心猿意马。

军官大吼："别唱了！"

贾会长跟着大吼："接着唱！"

军官压腰里拔出了手枪，一拉枪机："谁敢再唱老子就崩了谁！"

贾会长一瞅要动真格的，不敢吭气了。

军官走到爪钩跟前："恁是哪儿的班底？"

爪钩："回长官的话，根上说俺是蒋门班的。"

军官："蒋门班的根儿在哪儿？"

爪钩:"朱仙镇。"

军官:"祥符调?"

爪钩笑着:"一听这位长官就是内行,是祥符调。"

军官走到小凤的跟前,上下打量了一番:"女老包就不用问了,俺要抓的那个共党是个男的。"边说边把目光转到了崔洪的脸上,仔细瞅着这个黑老包,"这脸涂得像个黑煤炭,怕是心里有鬼吧。"

崔洪有些紧张。

军官:"你的嗓子不孬,你唱得也中,我能不能点你一段戏啊?"

爪钩忙说道:"中,中,长官想听啥?"

军官:"唱段《八件衣》咋样? 用祥符人的话说,听老包就听《八件衣》。"

紧张中的崔洪冇反应。

军官:"中不中啊?"

爪钩急忙说:"中,中,冇问题。"

军官的眼睛紧紧盯着崔洪:"问的是你,开口说话,中是不中?"

崔洪点了点头。

军官:"乐队,来段《八件衣》!"

爪钩领着乐队奏响了。

紧张中的崔洪稳了一下神儿,唱道:"曾记得皇王开科选,在原郡辞别了我的嫂娘,上京去路过了太行山下,刘寅贼在占山冈自称为王,塞路径带小子下山焚抢,临行时抢去我包裹行囊,包文正我生来性情莽撞,我不顾生和死赶上山冈……"

军官冲着乐队做出了一个暂停的手势,乐队停了下来。

军官问小凤:"他唱得咋样?"

小凤:"不错啊。"

军官:"你在说谎。"

小凤:"我冇说谎啊。"

军官猛然抬起手里的枪对准了崔洪的脑袋:"说! 祥符调有几个科班?"

崔洪:"两个。"

军官:"哪两个?"

崔洪:"蒋家班和许家班。"

军官:"蒋家班在哪儿?"

崔洪:"朱仙镇。"

军官:"许家班呢?"

崔洪:"封丘的清河集。"

军官:"你是哪一支儿的?"

崔洪:"我哪一支儿都不是。"

军官:"说的是实话。一张嘴我就知道你是个冒牌货!祥符调都被你唱进茄子地里去了!"他把枪口转向了小凤,"说!他是弄啥的?不说实话就崩了你!"

面对枪口小凤浑身直毂觫上牙磕着下牙:"我……我……不……不……不知……"

见此情景,爪钩搁下手里的胡琴急忙上前:"长官,长官,俺真不知道他是弄啥的,他说他是票友,想过戏瘾,俺就让他唱了。"

军官的枪口又对准崔洪:"一张嘴我就听出来你不是祥符人。票友?哪儿的票友?快说!"

此时的崔洪似乎反而镇定了许多,说道:"是的,我不是祥符人,我是从安徽过来的。"

军官:"从安徽过来弄啥?"

崔洪:"会朋友。"

军官:"朋友姓啥名谁?"

崔洪:"和你们一样,给政府做事儿。"

军官:"我问你朋友叫啥名字!"

崔洪:"我是艾中校的朋友。"

军官:"哪个艾中校?"

爪钩忙说道:"大水冲到龙王庙,一家人不识一家人。艾中校和恁一样,国军,肩膀头扛着两道杠两颗星。"

军官:"你的意思是说,我肩膀头上的杠没有他多,星没有他大,是吧?"

爪钩连连摆手:"不是不是,我意思是说……"

军官:"闭住你的尿盆嘴!老子才不管他啥艾中校不艾中校,这个人有共党嫌疑,带走!"

"谁在我的地盘上耍光棍啊？"

众人闻声把脸都转向了门口，面无表情的艾三出现在了门口。

军官走到艾三跟前，用眼睛瞄了一下艾三肩膀头上的两道杠两颗星，用不屑的口气说道："瞅这个架势，你就是那个姓艾的中校吧？"

艾三："是又咋着？"

军官："今个你就是姓艾的中将，我也要把他带走。让路！"

艾三："我要是不让路呢？"

军官："你冇这个胆！"

艾三："光棍打八成，今个你要非打十成的光棍，我奉陪到底！"

军官一摆手，七八杆枪对准了艾三。

"谁呀？牛逼恁大。"徐德从艾三身后走进了茶馆。

军官一瞅见徐德，一个立正："报告营长！抓住一个嫌疑人！"

徐德："在哪儿呢？"

军官用手一指："那个老包！"

徐德："我瞅瞅，哪个老包？"

军官："就是那个男老包！"

徐德走到崔洪跟前，看了看崔洪的脸："黑得像个驴球。"然后扭脸对那个下级军官说道，"你还毛嫩①啊，你知不知，艾中校在祥符城里放个屁就能熏倒半拉城的人，既然艾中校承认这是他的朋友，不看僧面也得看佛面。去，恁先去别处查，这里交给我来处理。"

注：

①毛嫩：稚嫩、没见过世面。

寺门

活着的狗,比死了的狮子更强。

——引自《旧约全书》

五十三、"留着这号人早晚是个祸害!"

士兵们都撤到了茶馆外面。

艾三与徐德带着微笑坐到了茶桌旁。

徐德:"真不得劲,冇想到会出岔劈。"

艾三瞅着徐德腰间的勃朗宁手枪:"枪咋样? 试过冇?"

徐德:"真悬,我要是晚来一步,非得出大事儿不可。"

艾三:"玩得怪高啊。"

徐德:"就知你要误会我,这事儿不怨我。"

艾三:"不怨你怨谁? 怨我?"

徐德:"怨那货。给他时间跑,他磨磨蹭蹭,结果被巡逻兵给发现了……"

艾三:"别说了。我知你想的是啥,痛快点,就说要多少钱吧。"

徐德:"瞅瞅,我就知你老兄要误会。"

艾三:"徐老弟,咱都是在江湖上混的人,深浅都清亮,都到这个份上了,别再玩花胡哨,你就直说要多少钱能把人给我吧。"

徐德停顿了片刻,伸出一个手指头。

艾三:"一杠?"

徐德:"冇这个数我恐怕是摆不平。"

艾三二话不说,笑着从兜里掏出两根金条放了徐德面前,说道:"当这个冤大头我认了,不过你要当心,要是再玩花屁股门,我可知恁家的门朝哪儿。"

徐德抓起茶桌上的金条揣进了兜里:"大水冲到龙王庙的事儿不会再发生了。"

艾三起身推开窗户,把头伸了出去,冲着在外面等候着的沙二哥招了招手。

沙二哥进入茶馆来到艾三面前。

艾三:"老二,快去把那货妥善安置,今个晚上我跟徐营长在这儿喝上一宿的茶,省得你前脚走,后脚徐营长又派兵去撵,咱还得花上两根条子。"

沙二哥趁着夜黑,日急①慌忙地用自行车驮着还冇卸妆的崔洪走了。

一路上,崔洪不停地说:"停一下车,让我把行头卸掉行不行。"

沙二哥只顾埋头蹬车根本不理睬。

崔洪:"你这是要把我拉到哪儿去啊?"

不管崔洪咋询问,沙二哥就是不搭腔。

崔洪:"老兄,你倒是说话啊!"

被问急了的沙二哥不带好气地吼了一嗓子:"把你拉到南京,送给老蒋,领赏!"

崔洪不敢多问了,黑暗之中,崔洪不停打量着四周,憋不住又问道:"老兄,我怎么觉着是往西去呀?"

满头大汗的沙二哥使劲地蹬着车,一气儿蹬了好几个时辰,直到把崔洪拉到一条土路的岔路口才停住了车。

沙二哥擦着满脸的汗:"下车!"

屁股已经坐麻的崔洪压自行车后座上下来,四处瞅了瞅,问道:"这是哪儿啊?"

沙二哥指着左边的土路:"沿着这条道一直向西走,西边国军跟共军打得厉害,能不能找到恁的人,就看你的造化了。"说完推着车转身就走。

崔洪:"等等。"

沙二哥:"还有啥事儿?"

崔洪:"我身无分文,能不能借点钱给我。"

沙二哥一下子火了:"你还有脸要钱?命都快搭给你了!你不是会唱老包吗,有钱就在地上画个锅②,卖唱!"

沙二哥蹬上车就走。身穿戏装、满脸黢黑的崔洪无奈地瞅着沙二哥消失在了黑夜里。

沙二哥蹬车回到祥符城已是清晨,筋疲力尽的他去到茶馆向艾三报了平安之后,和艾三一起回到寺门,两人刚在尔瑟的汤锅前坐下,就瞅见八妞鬼鬼祟祟地走了过来。

沙二哥破口骂道:"卖尻孙!你咋不死啊!我还以为你死罢了呢!"

八妞:"小点声中不中?我的哥,你小点声……"

沙二哥反而又提高了嗓门:"咋?怕被官府逮着,枪子崩你卖尻孙的头啊!卖尻孙!摊为你我差一点丢了命!卖尻孙,夜隔黑你窜哪儿了?说!"

八妞:"小点声,你听我解释中不中。"

艾三用手摁住了怒气难消的沙二哥:"这事儿也怨不得他,老二,消消气。"

八妞:"真的不怨我,夜隔晚上我要是晚跑一点,冇准恁真就见不着我了,那个姓徐的卖尻孙,太不人物,他是诚心想要咱的命。"

艾三:"是啊,要咱的命,敲咱的钱,让咱差点在小河沟里翻船。"

沙二哥:"三哥,就这么拉倒了?白让他敲走两根条子?"

艾三一笑:"别管了,他咋吃进去的,我让他咋吐出来。不光是让他吐出来,我还得让他搭上他的一条命!"

沙二哥:"咋着,灭了他?"

艾三:"留着这号人早晚是个祸害!哪天他兜里冇银子花了,他一准还会拿这件事儿来敲咱的。你送走的那个人,毫无疑问是个共党。哥哥我从一个无名鼠辈混到今个这个份上不容易,不能摊为放走一个共党自毁了哥哥的前程。"

沙二哥:"那是。"

艾三:"所以,咱才得一不做二不休,快刀斩乱麻,别给自己留后患。"

沙二哥颇担心地:"三哥,宰了他个卖尻孙容易,不会出啥事儿吧?"

艾三狠狠一笑,坚定地说道:"出啥事儿? 别忘了哥哥我是弄啥的。哥哥我身上穿的是国军的军服,手上端的是保密局的饭碗,混的是咱东大寺门的朋友,在祥符城里神不知鬼不觉消失一个人,难吗?"

沙二哥:"不难。只要你想透了,说咋着咱就咋着,我听你的。"

艾三思索了一下,问道:"能不能弄一条好狗来?"

沙二哥:"啥好狗?"

艾三:"高加索。"

沙二哥:"干啥用?"

艾三压低嗓门:"要他的狗命。"

八妞:"别的狗中不中?"

艾三:"不中。"

八妞:"这可不好弄。祥符城里喂狗的倒不少,喂高加索恁好狗的人不多,就是有也不太好弄,得花大价钱。"

艾三:"好弄不好弄是恁的事儿,只要能弄来,这口恶气咱就能出!"

沙二哥:"咋出?"

艾三:"我自有办法。"

八妞想了想:"我去过东华门的狗场,里头喂的全是好狗。"

沙二哥:"有高加索吗?"

八妞:"当然有。"

沙二哥:"卖不卖?"

八妞:"卖咱也买不起呀。你知一条高加索那样的狗得多少钱?"

沙二哥:"多少钱?"

八妞比出仨指头。

沙二哥:"三十块大洋?"

八妞:"三十块大洋买一条狗腿。"

沙二哥:"三百?"

八妞:"三百还是打老日时候的价钱,眼望儿,三百大洋能买着还是面子事儿。"

沙二哥:"门都冇。把咱仨都卖了也不值三百大洋!"

八妞:"三哥,你是咱祥符城里的豪豪③,有面子,找找人,看能不能少要几个。"

艾三:"放你妈的屁! 面子再大,人家那是营生,总不能三文不值两文就卖给咱吧。再说,我已经搭进去两条黄鱼了,恁姨她大姑家外甥的朋友也被老二送出了祥符城。啥也别说,弄狗这事儿就交给你了。"

八妞一脸苦相:"我真的冇钱,谁说瞎话是妞生的。"

沙二哥骂道:"你还不如个妞生的! 要不是为你个卖尻孙,俺能弄这事儿? 少啰唆恁些,狗的事交给你了!"

八妞带着哭腔:"我总不能去抢银号吧……"

沙二哥:"想抢哪儿抢哪儿,俺管不着!"

八妞出了孬腔:"我的天爷哎,我上哪儿去弄恁些钱啊……"

艾三:"你就不会不花钱?"

八妞:"不花钱咋能买来恁好的狗啊……"

艾三:"不花钱弄来恁好的狗那才叫本事。"

八妞:"你是我的亲爹中不中,你老人家冇教给我恁大的本事呀……"

艾三:"啥叫偷鸡摸狗? 当年咱寺门的人为了跟日本人斗鸡,沙老二去三教堂偷过鸡,你就不能去东华门摸条狗?"

八妞:"那也要看摸啥狗。高加索? 个头大得像条驴,它一嘴能把我撕成两半,你还不如一枪把我崩了拉倒。"

艾三:"鸡鸭尿尿,各有便道。偷狗比偷鸡容易多了。"

八妞:"啥,你说啥? 容易多了你咋不去偷? 我叫你一声亲爹,你老人家去偷,我给你打下手中不中?"

艾三呵呵笑了起来,笑完说道:"你去问一下白凤山,让他教你一招。"

八妞:"白凤山? 老白喂鸟,又不喂狗,他能教我啥。"

艾三:"老白每章儿喂过狗,你去吧,只要白凤山把这招教给你,我敢保证,今个晚上你去东华门马到成功!"

八妞起身离开了尔瑟的汤锅,去了白凤山家。刚起床正骨堆在门前刷牙的白凤山听罢八妞的话后,一口吐掉满嘴牙粉沫把眼一瞪,骂道:"艾三这个杂毛,戳死猫上树,偷狗他是门里出身,他爹在世的时候就偷过俺家的狗!"

八妞:"恁俩的官司我不管,你教不教吧,不教我立马就走。"

白凤山一边骂一边脱着整洁的外套："卖尻孙，他爹年轻时候跟着俺爹玩狗，当时他们挑筋教就有几个喂狗的，他爹窜到北京，压满族人那儿偷回来一只哈巴狗，要不是俺爹，朝廷差点砍了他爹的头！"

八妞："为啥？"

白凤山："满族人喂的哈巴狗也叫宫廷狮子狗，东北品种，满族人祖祖辈辈喂养这种狗，后来随满族人进北京后也叫北京犬，这种狗在清朝主要是供皇宫贵族们玩赏，朝廷有法规，这种狗不准老百姓喂养，违反者是要杀头的。我听俺爹说过，英法联军攻进北京城劫走了四只哈巴狗，回去就献给了他们的女皇。你想吧，艾三他爹个卖尻孙把宫里的狗偷回来了，官府能饶他？"

八妞："后来呢？"

白凤山："后来俺爹给他爹出了个点儿，找来一个剃头匠，给那只狗理了个发，又寻了点藏红花捣碎把狗毛染成黄色。要不是俺爹给他爹出了这么个招，他爹个卖尻孙早就被砍了头。他爹那时候还有结婚，真要被砍了头，也就有艾三这个卖尻孙了！"

八妞："他爹偷狗的孬招是跟恁爹学的吧？"

白凤山笑道："俺爹是他师爷。"

八妞："怪不得艾三让我来找你，恁白家是艾家的师傅。把孬招教给我吧？"

白凤山："去，随便找条狗来，啥狗都中，我教你。"

不到一个时辰，八妞不知压哪儿牵来了一条柴狗。

白凤山用绳子把柴狗吊在了院子里的树干上，然后取来了一把刀和一个铜盆，他把铜盆搁到树干下面，把刀递到了八妞的手里。

白凤山指着被吊起来的柴狗说："去，把它杀啰。"

八妞迟疑地瞅着白凤山。

白凤山："瞅我弄啥，去呀！"

八妞："咋、咋杀？"

白凤山："咋杀都中。"

八妞："压、压哪儿下刀？"

白凤山："压哪儿下刀都中。"

八妞又迟疑了片刻，说道："我是来让你教我偷狗的，不是来杀狗的。"

白凤山："偷狗要从杀狗做起,杀不了狗就偷不了狗!"

八妞把目光又转向树干上吊着的那条柴狗："我,我下不了手……"

白凤山："当年开枪打日本人你都敢下手,杀只狗就成这个尿样。"

八妞："不一道劲,日本人你不杀他,他就杀咱,瞅瞅这狗,多可怜,我下不去手。"

白凤山把眼一瞪："下不去手就滚蛋! 我还不伺候!"

八妞一见白凤山要恼,只得掂着刀一步步朝柴狗走去。

白凤山："等等!"

八妞停住脚："咋?"

白凤山："头一刀不管砍死冇砍死,你都不准窜,就站在它跟前,接着砍,直到把它砍死为止!"

八妞："有啥讲究?"

白凤山："先别问恁多,按我说的去做!"

八妞掂着刀来到了柴狗跟前。

白凤山："等等!"

八妞："又咋?"

白凤山："用盆接住狗血!"

八妞用脚把树下的铜盆踢到柴狗身下,然后闭上眼睛,举刀向柴狗身上砍去,大吼一声："卖尻孙!"

这一刀正砍在了柴狗的脖子上,狗血如喷泉一样迸在了八妞的脸上,八妞吓得一下子把刀丢在了地上。

白凤山喝道："不准窜,站在那儿别动!"

八妞急忙用手去抹满脸的狗血："我得洗把脸啊……"

白凤山："不准洗脸,按我说的,原地站着别动!"

八妞："恶、恶心,想哕④……"

白凤山大声吼叫着："接着砍! 砍啊!"

满脸狗血的八妞挤着眼,举刀又向柴狗砍去,那柴狗声嘶力竭的哀嚎像过电一样刺激着八妞的神经,瞬间转化成一刀接着一刀、一声接着一声的号叫："卖尻孙! 卖尻孙! 卖尻孙! 杀了你这个卖尻孙……"

柴狗的哀叫随着八妞一刀一刀的砍杀而减弱了。再瞅八妞,浑身上下溅满了柴狗的血,整个变成了一个血人。此时,气喘吁吁的八妞已经说不出话来,两眼紧闭着,手里的刀落在了地上。

白凤山:"站着别动!"

白凤山见柴狗已经被八妞砍得体无完肤,便走到了树干前,弯腰端起盛着狗血的铜盆。

白凤山命令道:"把眼睁开!"

八妞慢慢地睁开了眼,他却没有料到,就在他睁开眼的那一瞬间,白凤山抬手将铜盆里的狗血迎面泼到了他的脸上。

八妞惊了:"卖尻孙! 弄弄弄弄、弄啥……"

白凤山:"站着别动!"

八妞:"冇冇冇冇见,狗狗狗狗都死了吗……"

白凤山抬眼瞅了瞅天空:"中,今个的太阳还不错,你就站在这儿晒太阳,啥时候把身上的狗血晒干,啥时候你才能挪窝儿!"

八妞:"装孬了不是! 我得去洗洗!"

白凤山:"绝对不能洗,一定要晒干!"

八妞:"为啥?"

白凤山:"今个晚上,你只要带着这身血去偷狗,别说是狗,豺狼虎豹你都能牵走!"

注:

①日急:着急,同"翘急"。

②画个锅:画个圈。

③豪豪:豪杰、广交朋友的人、有面子的人。

④哕:呕吐。

野驴有草,岂能叫唤。牛有料,岂能吼叫。

——引自《旧约全书》

五十四、"我说的是不怕一万就怕万一。"

东华门在宋代是大内的一个侧门。在北宋的祥符城,东华门外便是繁华的市井,吃的玩的用的应有尽有,延续至今。在东华门外的不远处有个狗坑,也就是斗狗场,紧挨着斗狗场便是祥符城里最大的养狗场。开这个养狗场的人叫宝三,祖辈喂狗贩狗,是养狗世家,与全国各地的狗贩子都有着密切往来,远至东北云南,甚至还有外邦的名犬贩卖至此。祥符城里及邻近周边的省份,喜欢喂狗的人都到宝三这儿来买狗,因为东华门狗场历史悠久、品种齐全,掰指头查,随随便便也有个上百种。祥符城位处中原,四通八达,祥符人又有喂狗的传统,于是乎宝三的这个东华门狗场遐迩闻名,就是在老日占领时期,狗场的生意也冇萧条过。

在八妞去白凤山那儿"取经"的当天,沙二哥和尔瑟来到东华门狗场踩点。沙二哥带上尔瑟是因为尔瑟懂狗,在寺门跟儿也算个玩狗行家。于是,他俩装作买家,在宝三的陪同下把狗场里的所有狗舍都了解了个清清楚楚,回到寺门之后,两人凭着记忆给八妞画了一张狗场的草图。

沙二哥指着草图对八妞说道:"你压东墙角翻进去,挨着东墙有两排狗舍,一共十二个笼子,二十二条狗,我叫不出狗名,让尔瑟给你说。"

尔瑟用手示意着说:"挨着东墙从北往南查,第一个笼子里是日本跳犬和秋田犬,第二个笼子是约瑟犬,第三个笼子是波美拉,第四个笼子是美国的确架犬和阿富汗猎犬,第五个笼子是拉萨狮子犬和德国牧羊犬,接着是英国的塞特犬和阿富汗猎犬,再接着是巴赛特猎犬、爱尔兰猎狼犬。接下来一排灰砖墙垒砌的狗舍里是英国确架犬、苏格兰牧羊犬、意大利灵缇犬和腊肠犬,再就是比格猎犬和罗得西亚背脊犬……"

八妞不耐烦了:"中了中了,你给我背诵课文啊,啥我也记不住,你就告诉我高加索关在哪儿就中了。"

沙二哥:"就是。这货是个猪脑,直接告诉他高加索在哪个狗舍里就中。"

尔瑟:"你跳进去以后往南走,走到头再向左拐,从西边第一个狗舍再向北查四个笼子,第一个笼子是咱国的两条冠毛犬,第二个笼子是可卡犬和雪达犬,第三个笼子里是爱尔兰萨特犬和英国塞特犬,第四个笼子就是俄罗斯高加索犬。"

沙二哥:"听清亮了吗?"

八妞皱着眉挠着头。

沙二哥:"你要还不清亮,就把这张图拿上,进去后按照图上的位置去找,保险不会错。"

"中吧。"八妞把草图揣进了口袋里,问道,"我咋出来啊?总不能牵着狗从大门出来吧。"

沙二哥琢磨着:"就是,进去容易,咋出来啊?"

尔瑟:"当然不可能压大门出来,还得翻墙。"

沙二哥:"人翻墙冇事儿,狗咋翻墙?"

尔瑟:"绑住,咱在墙头上接应,使绳子拉出来。"

八妞:"去球吧,我这个小身板可绑不住那家伙,万一它不认,咬我咋办?"

沙二哥:"不会的,你浑身是杀狗的味道,它见你就觳觫,不敢。"

八妞:"它要是敢呢?"

沙二哥:"不可能。"

八妞:"我说的是不怕一万就怕万一。"

沙二哥:"万二也不可能!"

八妞:"不中,让我进去偷冇问题,让我把它从墙上弄出来,我腿不得劲,又冇这个力,更冇这个胆儿。"

沙二哥要急:"用绳先绑住它的嘴,再绑住它的腿,咋就不中!"

尔瑟:"别急,别急,再想想法儿。"

三个人正一筹莫展的时候,白凤山架着鸟笼走了过来。

沙二哥:"凤山,你来得正好,你说说,恁大一条高加索狗,它就是听话也弄不出大门呀。"

白凤山瞅了瞅三个人,鼻子一哼:"仨笨蛋。我就知恁在为这个犯愁。"

沙二哥:"那你说说。"

白凤山:"带块牛肉去,夹点药,麻翻后往布袋里一塞,别说是狗,是人也扛出来了!"

沙二哥:"就是,咱咋就冇想到这啊!"

白凤山得意地:"恁是弄啥的,我是弄啥的。我还冇弄啥,恁就想弄啥?想要学得会,得跟师傅睡,可惜恁不是娘儿们。"

午夜时分,沙二哥、八妞、白凤山、尔瑟四人来到了东华门宝三的狗场东墙外。

沙二哥在地上拾了一块砖头,隔着墙头往狗场里一撂,随着砖头落地的声响,狗场里传来一片狗的嚎叫。

八妞轻声问道:"你这是弄啥?"

白凤山:"先得打草惊蛇,狗孩儿们一叫,看场的人肯定会出来巡视,隔上七八分钟再撂上一块砖头,连撂上几次,等看场的人冇脾气之后,再进去,这样保把。"

果然,狗场内传来看场人的吆喝声:"谁呀?出来!不出来放狗咬死你个鳖孙!"

四人在东墙根蹲了一个多时辰,撂了几次砖头之后,沙二哥对八妞说:"中了,你可以进去了。记住,得手后你往外撂个砖头,俺就把绳子给你扔进去。"

八妞仍心有余悸地:"老白这招真的管用?"

尔瑟:"宋朝的人偷狗都是用这法儿,老白家祖传。"

白凤山推了尔瑟一把："恁家祖传！"

"中了，别闹了！"沙二哥往墙根儿一蹲，对八妞说，"踩着我的肩膀头上去吧。"

狗场的墙头不高，八妞蹬着沙二哥的肩膀头纵身跳了进去，顿时又引来一片狗叫。

八妞冇立即起身，而是蹲在墙根儿观察了好一阵后，才按照草图上标明的方向摸索着行进。

很快，八妞就摸到了关高加索的笼子跟前，他隔着笼子往里一瞅，差点没把他吓卧在地上：一条高大的猛犬正与他隔笼相望，那个狗足有两三百斤，那个头真快贴住（比上）一头驴，黑暗中一双深凹的黑眼睛发着光，黑鼻子凸起，鼻孔很开阔，虎斑狼灰色的被毛特别厚密。往下看，强健的前肢又直又长，大脚的脚趾间有毛，屁股稍高于背部，尾巴被又多又长的毛覆盖着。这哪是条狗啊，简直就像一头狮子，那块头比中国的西藏犬还大一个级别。

八妞与那条高加索隔笼互相观望了一会儿，他发现笼子里的高加索一直站在那儿冇动姿势，再仔细一瞅，那高加索的眼睛不停地眨巴，带着游离。

八妞稳了一下神儿，慢慢伸手扭开笼鼻儿上的铁丝，拉动了一下笼门，他见那条高加索没有啥反应之后，小心翼翼地将笼门拉开。当他把一只脚迈进去时，再看那高加索，嘴里发出一阵阵呼呼噜噜的声音，慢慢地卧了下来。见此情景，八妞悬着的心放了下来，他已经看得出来，那条高加索对他已经失去了敌意。

八妞心里在说："真有你的，老白你个卖尻孙……"

八妞钻进了笼子，伸手摸了摸温驯得已经像猫一样的高加索，然后压衣袋里摸出那块夹了麻药的牛肉。他把牛肉伸到高加索的嘴边，那狗却把头扭向了一边。

八妞："你个卖尻孙，吃啊，你咋不吃啊？"

无论八妞咋样试图把那块肉塞进狗嘴里，那狗就是不愿意吃。正在这时忽然传来动静，八妞抬头往笼子外一瞅，不好，有人提着一盏老鳖灯朝这边走来，他顷刻被吓得魂飞魄散，这可咋办？这要是被逮着还不把俺的屎打出来呀！跑是来不及了，浑身觳觫的八妞做出了一个迅速的选择，他一头扎倒在了高加索的身后。好在高加索个头高大，八妞个头小，两条身子重叠在一起，天黑不注意瞅还真瞅不出来。

脚步越来越近,八妞大气不敢出,并不完全是怕被发现,而是浑身杀狗气味的他蜷曲在高加索屁股后面,把那条高加索给吓得屙了一泡屎,那泡狗屎正对着他的嘴巴和鼻子,他的头又不敢挪动位置,动一动就有被发现的可能,真是恶心八回带干哕。八妞心里骂着:不是说看场的人不会再出来,椁死人不偿命啊⋯⋯

看场的人一手提着老鳖灯,一手拎着棍子来到了关高加索的笼子外,老鳖灯往笼子里晃了晃,嘴里嘟囔道:"就你安生,不吭气,明个多给你喂点食儿。"

或许是高加索听懂看场人说的"喂食儿",一扭脸伸出舌头,把八妞扔在身边的那块牛肉舔进了嘴里。

看场人又用老鳖灯晃了晃,骂道:"你个吃货,嘴里吃啥呢? 冇出息孙!"

高加索的嘴里嚼着牛肉,头不停地动着,它的每一次晃动对八妞来说都像世界末日。八妞把脸紧紧贴在地面,他的嘴和鼻子挨上了那泡狗屎,真是生不如死。

看场的人总算是提着老鳖灯走了。

八妞从高加索身后慢慢爬起来,他用手擦了一把脸上的狗屎,一阵剧烈的恶心随即给他带来了呕吐,当他呕吐了几大口之后扭脸一瞅,那只高加索已经被药麻翻。八妞顾不得脸上有擦干净的狗屎,用事先预备好的布袋去装被麻翻的狗,谁知狗太大,布袋根本就装不进去。情急之下,他解下自己的裤带绑住狗的前腿,拖死狗般地把高加索往东墙根儿拖,累得闪腰岔气,终于把狗拖到了东墙根儿,找了块砖头撂了出去之后,一根绳索隔墙扔了进来⋯⋯

八妞翻出墙外之后,一屁股瘫坐在了地上。

白凤山用鼻子闻了闻:"咋恁臭啊?"

八妞吼道:"吃屎了!"

尔瑟:"小点声!"

八妞依旧大声骂道:"卖尻孙! 我这辈子欠恁的啊!"

狗场里顿时又爆发出一阵狗吠,随即传来看场人的寻骂:"谁呀? 不想活了! 放狗出来撕吃了恁!"

沙二哥:"快窜!"

四个人抬起高加索就跑⋯⋯

奇门 下

SIMEN

王少华◎著

河南文艺出版社
· 郑州 ·

弟兄结怨，劝他和好，比取坚固城还难。

——引自《旧约全书》

五十五、"闲着也是闲着，先弄几个钱花花。"

艾三看着偷到手的狗，咬着牙说："姓徐的，老子要让你死得比狗死得都难看！"

对如何引诱徐德上钩，艾三制订了一套非常简单的方案。他让八妞把高加索牵到东华门狗场隔壁的斗狗场，徐德喜欢看斗狗，只要这条高加索在斗狗场一招摇，消息很快就会传到徐德的耳朵眼里，只要高加索成为斗狗场里的霸主，徐德肯定就会打这条狗的主意，只要徐德打狗的主意，接下来的活儿就好做了。

沙二哥："三哥，你的脑袋里是不是有屎？斗狗场挨着宝三的狗场，咱把高加索一牵去，不出俩时辰宝三肯定就会知。"

八妞："脑袋里的屎少了还不算，这和抢占民女差不多。"

艾三笑着说："恁才是脑子里有屎，不去东华门的斗狗场，咋把徐德引出来？这叫守株待兔。"

白凤山："待球，宝三发现咋办？"

艾三满不在乎:"放心吧,不可能。"

尔瑟:"咋不可能,祥符城里有几条高加索掰指头都能查过来,宝三又不是傻孙。"

白凤山:"多一事儿不如少一事儿,别给自己找麻烦。"

艾三指着白凤山:"亏你还是喂狗世家的后人,多简单的活儿,老祖宗咋办咱咋办,去染坊寻一点颜料,把毛一染不就妥了嘛。"

沙二哥:"那就瞅不出来了?"

艾三:"瞅出来也干瞪眼,谁认账? 我?"

沙二哥想了想:"倒也是,扮上相,穿上袍,男老包、女老包都是老包。"

艾三"咯咯"地笑了起来。

一番装扮之后,八妞和白凤山把高加索牵到了东华门的斗狗场,一连十来天也冇见到徐德的影子。宝三倒是来斗狗场围着高加索看了几回,当得知这条高加索的主人是艾三之后,嘴里嘟曩了一句"气蛋",便摇着脑袋无奈地离开了。

徐德没有被诱惑来,却诱惑来了一个压东北来的二毛子①。

这个东北二毛子是来祥符斗狗的。他不远万里牵来的是一条白色的中亚牧羊犬,他要用这条狗来挣祥符人的票子,可谓是有备而来。可当他来到祥符城之后才发现不是他想象的那样,祥符人兜里的钱并不好挣的原因是他牵来的这条中亚牧羊犬根本就找不到对手。赌狗的人都知,中亚牧羊犬太凶,就连号称世界第一能斗的美国比特犬也保不准会败在它的牙下。

这个二毛子去过东华门宝三的狗场,他听说宝三那里也喂有中亚牧羊犬,当他见到宝三喂的中亚牧羊犬之后,哈哈笑道:"种不纯,上场用不了一分钟就能见分晓!"宝三看罢二毛子的狗有还嘴,随手从兜里掏出两块大洋塞进二毛子的手里说:"你是大爷,哪儿利亮你去哪儿,别来我这儿搅和,我惹不起你。"

宝三给二毛子两块大洋是为了封他的口。宝三心里清亮,东华门狗场里喂的外域狗,基本上都是串种,就连八妞他们偷来的这条高加索也不例外。不玩狗的人不知道,串种狗看着样子也不孬,可上了斗狗场和纯种的狗一照头,差别就显示出来了,真的就像二毛子说的那样,一分钟之内就能见分晓,狗种不纯的话,咬不了几口不被纯种的狗咬死也得被咬成残废。

二毛子很郁闷,正为挣不着祥符人的银子心急火燎的时候,八妞牵着偷来的高加索来到了斗狗场。起先,二毛子并不在意,他头一眼瞅见八妞牵着的高加索就看出也是个串种,不值得一战,可他转念一想,大老远来到祥符,总不能空着钱布袋回东北吧,咋着也得挣一个回去的路费呀。于是他来到八姐跟前递上一支烟。

二毛子:"朋友,玩一把怎么样?"

八姐的心思没在斗狗上,说道:"不玩。"

二毛子:"不玩牵狗来这里干啥?"

八姐:"多吃萝卜你放闲屁,你管我来弄啥,我想来。"

二毛子瞅着八姐手里牵着的高加索,赞道:"好狗啊,一看就是纯种的,能挣大银子的狗啊,不玩多可惜。"

二毛子的这句话让八姐的心活络了,他瞅了一眼关在铁笼子里的中亚牧羊犬。

八姐:"你的狗不中。"

二毛子:"这不是回家没有路费嘛,打赢打输你给个路费就行,羊毛出在羊身上,又用不着你掏腰包。"

八姐想了想,爽快地说:"中。"

二毛子:"今天是阴历初三,那咱就说好,下礼拜天,阴历初十,人多,下注也多。"

八姐回到寺门把要和二毛子斗狗的事情告诉了几个弟儿们。

八姐:"闲着也是闲着,先弄几个钱花花。"

沙二哥:"万一斗败了咋办?"

八姐:"不可能斗败,咱这是啥狗? 高加索!"

尔瑟:"他那条中亚牧羊犬也不孬。"

八姐:"个头冇咱的大,论体重,压也压趴它。"

尔瑟:"斗狗可不是比个头的,比特个头小,西藏犬都掐不过它。"

沙二哥:"用狗挣点银子我不反对,我担心的是,在斗的过程中万一有个啥闪失,咱的狗斗败了,收拾姓徐的计划泡汤了咋办?"

八姐:"姓徐的要是不来呢? 咱就这傻等?"

沙二哥点着头:"说得也是。姓徐的那个卖尻孙咋就不露面了呢? 三哥,你拿主意吧。"

艾三思索着说道:"恁说的都有道理。不过我在想,有没有这种可能,把斗狗的动静弄大一点,把姓徐的那个卖尻孙给引出来。"

沙二哥:"完全有这种可能,东华门每次斗狗动静都小不了,只要是有好狗斗,比过年还热闹,姓徐的不会听不到消息。"

艾三:"如果这种可能性比较大,咱就用这条高加索多斗几回,只要咱的狗霸气,名声好,就不怕姓徐的卖尻孙不来!"

八妞兴奋起来:"还是三哥有眼光,每章儿杨七郎在祥符城打擂捶死了潘豹,眼望儿咱用咱的狗在东华门也摆个擂台,哈哈,那银子可不是一般二般的多啊,咱弟儿几个就用不着做小买卖了!"

在一旁始终冇说话的白凤山开口说话了:"我说句扫兴的话,恁别不高兴。"

八妞:"老白,有话就说,有屁就放,扫兴你就扫,反正狗屎冇糊在恁嘴上,再不给我点补偿,亏不亏?说一千道一万,狗是我偷出来的,我就一定要斗!"

白凤山:"我也冇说不让你去斗,我的意思是看你要跟谁斗。"

八妞:"跟二毛子斗啊!"

白凤山:"你跟谁斗我都冇意见,你跟二毛子斗肯定不中。"

八妞:"咋不中啊?"

白凤山:"我说不中就不中。"

沙二哥:"你说说不中的理由是啥。"

艾三:"对,咋个不中,说出来让大家听听。"

白凤山:"二毛子那条狗我见了,纯种的中亚牧羊犬,咱这条狗长得不孬,唬人,但不是纯种的高加索。"

八妞:"唬人,能斗,就中,管它种纯不纯。"

白凤山:"此言差矣。"

八妞:"少给我拽词儿,此言不差矣,串种高加索也是高加索,没准串种比纯种更凶。"

白凤山:"也不是冇这种可能。我要说的是,纯种的中亚牧羊犬可不是土八路,那是正规军,不管老日还是老蒋,一照头就会怯气。"

沙二哥:"厉害在哪儿?"

白凤山:"中亚牧羊犬的原产地在俄罗斯和中亚一带的国家,这种狗已经有几千年的历史了,有人说这种狗可能是亚洲獒的后代,生猛、嘴黑、好斗,中亚一带的国家养这种狗是用来保护牲畜的。最最关键的是,中亚牧羊犬是高加索的近亲,恁想吧,它们俩要是掐起来,纯种的和串种的能一样？谁胜谁败还用我多说吗？"

八妞:"它俩是近亲？"

白凤山在八妞肩膀头上拍了一下:"蛋罩[2],学问大着呢,慢慢学吧。"

白凤山的一番话把一圈人说得都不吭气了。

白凤山颇为得意地冲着八妞说:"蛋罩,给哥哥上支烟。"

八妞沮丧地把脸一扭:"冇烟。"

尔瑟掏出烟给白凤山递上一支:"照你这么一说,这狗咱是斗不成了？"

白凤山点燃香烟,深深吸进一口,吐出浓浓的烟云,漫不经心地说道:"斗也能斗,要看咋个斗法。"

沙二哥:"那你说说,咋个斗法儿？"

白凤山:"就眼望儿这个模样拉去跟二毛子的狗斗,斗几场败几场。"

沙二哥:"你的意思是说,得有招数？"

白凤山:"斗狗其实是在斗人,人不中,狗再中也不中;狗不中,只要人中就中。"

沙二哥:"咋个狗不中人中,你快说中不中!"

白凤山:"咱只要略施小计,保准能打败二毛子的狗!"

沙二哥:"凤山,你说,咋样才能确保咱的狗能赢？"

白凤山:"故技重施。"

沙二哥:"啥故技重施？"

白凤山:"高加索是咋偷来的？"

沙二哥:"八妞抹一身狗血偷来的。咋,你的意思是说,给高加索身上抹狗血就能打败中亚牧羊犬？"

白凤山摇头:"抹狗血不管用,中亚牧羊犬不吃这一套。"

沙二哥:"那抹啥？"

白凤山:"狼油!"

注:
①二毛子:当地对白俄人的统称。

②蛋罩:应为"蛋渣儿",意为初出茅庐、见识短、资历浅。

智慧胜过打仗的兵器。

——引自《旧约全书》

五十六、"掐死去球!"

白凤山说,清朝末年,他爹在东华门和满族人斗狗时,就给一只本地柴狗身上抹了狼油,结果本地柴狗把一只德国黑背给吓得浑身觳觫不敢应战。后来他爹那只本地柴狗被一个山东客商花高价买回山东去了,再后来那个山东客商返回祥符寻到他家,说那只买回去的本地柴狗被一只猫把眼挠瞎了一只,从此那柴狗见到猫就窜。山东客商弄不明白,花高价买这么一条狗值不值得。

八妞兴奋地说:"管他个球,只要能挣银子,别说抹狼油,抹虎油都中!"

尔瑟问白凤山:"恁爹压哪儿弄来的狼油啊?"

白凤山摇头:"不知。"

八妞:"就是,咱上哪儿去弄狼油啊?"

弟儿们几个又被别住马腿了,谁也不知去哪儿弄狼油。

沉吟片刻之后,沙二哥眼睛一亮,说道:"俺爹活着的时候,我好像听他说过,黄河北面的陈桥驿打猎的人多,那些人吃的都是动物油,吃油就得炼油。

陈桥驿离咱这儿几十里路程,一过黄河就到,不中咱去一趟瞅瞅。"

艾三思索着:"陈桥驿,陈桥兵变,当年宋太祖赵匡胤黄袍加身的地儿。"

沙二哥:"对,就是那儿,紧挨着封丘。"

尔瑟:"找乌德去,乌德常去封丘打黄鼠狼。"

艾三:"打黄鼠狼弄啥?"

尔瑟:"把黄鼠狼皮用火碱水洗洗,搭上貂油,冒充貂皮卖给皮货店。对了,我听乌德说过,黄河北岸有狼,他见过。"

沙二哥一拍大腿:"让乌德去陈桥!"

乌德把自己的羊头肉生意交给了盘善照护,去封丘转了两天,他在陈桥驿一带冇打听到有炼狼油的,但是花钱从一个猎户手里买回了一只刚打死的狼。

沙二哥瞅着乌德带回来的死狼发愁道:"这咋弄,谁会炼狼油啊?"

盘善说道:"冇吃过牛肉还冇听过牛叫?牛羊能炼油,狼就能炼油,一个道理。这事儿交给我!"

盘善在院子里架起火,支起锅,像煮羊蹄儿一样,把那只狼煮了整整一天一夜,果真炼出了一小平锅狼油。

沙二哥瞅着炼好的狼油,又用鼻子闻了闻,疑问道:"这狼油咋是黄颜色?我闻着咋像牛油一样?"

盘善:"废话,恁家的牛油不也是黄颜色嘛,闻着像牛油那是因为你闻习惯了牛油的味儿,把人肉炼成油你闻着也是牛油味儿。"

沙二哥还是有点不解:"狼油能和牛油一样?"

盘善:"管它一样不一样,是狼油就中,管用就中。"

沙二哥想想也对,只要能打败二毛子的狗就中。

沙二哥:"肉呢?"

盘善:"啥肉?"

沙二哥:"狼肉啊。"

盘善:"吃了。"

沙二哥:"你咋吃了?"

盘善:"废话!乌德窜大轱辘远,我又冇明冇黑地熬狼油,吃点狼肉都不中?恁也太不人物了吧!"

沙二哥："不是那个意思。我的意思是,在和二毛子斗狗之前,让高加索再吃几块狼肉,让它从里到外都是狼气,让二毛子的狗一照头就蔫儿蔫儿。"

盘善："早不说,早说我给你剩一口。"

沙二哥："别腌臜人了。中了,有狼油就够了。等咱的狗挣了钱,买上两只羊羔,炖上一大锅,让恁这几条饿狼都吃翻肚!"

盘善："榷死你,我还能真吃狼肉啊,那腌臜东西俺早扔进茅厕坑里了。"

沙二哥："那你榷我弄啥?"

盘善："我就看你有没有良心。还中,许两只羊羔算是稳住神儿了。"

沙二哥："瞅瞅你这有出息孙样儿,你配让你吃狼肉。"

狼油有了,一切都在按计划进行。

艾三在想,斗狗那一天,咋样才能让徐德到现场来?只要徐德来看斗狗,只要高加索赢下这场比赛,徐德肯定就会盯上高加索,只要徐德惦记上这条狗,就能钻进为他设计好的圈套。

艾三苦想了两天也有想出天衣无缝的法子来。就在这个时候,保密局祥符站接到了南京方面的指示,让调查从苏联空运来的一批军用物资的消息是怎么被泄露给了共党。苏联与国民政府有外交关系,同时又在背地里支持共党,并与共党私下达成协议,不给国民政府以军事方面的援助。这批军用物资是悄悄空运来的,为了掩人耳目,冇直接空运到南京、武汉这些令人瞩目的地方,而是偷偷摸摸运到了祥符机场。如此机密的行动咋就被共党发觉了?南京怀疑是祥符机场出了问题,所以指示保密局祥符站调查此事。这个差事就落在了艾三头上,用艾三的话说——正瞌睡送来个枕头。

艾三来到祥符机场,敷衍了事儿地在机场转了一圈之后,直奔驻扎在机场内的特务营与徐德见面。

徐德冲艾三抱拳："哟,艾学长,啥风把你老兄给吹来了?"

艾三："看你说的,我就不兴来看看你老弟。"

徐德："咋着,来找我是公干还是私干?"

艾三："啥干也有,和上次一样,路过。"

徐德笑里藏着含蓄:"不会吧。"

艾三："你也别问,不关你的事儿。我是奉命前来调查泄密的事儿。"

徐德:"泄密?泄啥密?"

艾三若无其事地问:"你们特务营驻扎在这里时间不短了吧?"

徐德:"一年多了。咋,与俺特务营有关?"

艾三:"随便问问。"

徐德:"老兄,你来我这儿,肯定是无事不登三宝殿。"

艾三面带微笑地说:"共党力夺中原,奔祥符而来,在这紧急关头,你老弟还是要看好你的门、管好你的人啊。"

徐德有点蒙顶,问道:"我的门咋了?我的人又咋了?请老兄明示。"

艾三:"中了,我得回去喂狗了。前一阵子买了条狗,答应人家阴历初十在东华门分出个公母,要是赢了,能挣两根条子。"

徐德送走了艾三,心里犯起嘀咕,他清亮艾三绝不会无缘无故跑到飞机场来给自己下捻子,同时他也吃不准,自己的特务营到底有啥事儿犯到了保密局手里。尤其是艾三临走撂下的那句话,"要是赢了,能挣两根条子",这明显是在暗示自己,为上次那事儿亏了两根条子而耿耿于怀。咋,为那两根条子他想拾掇我?转念一想,不可能,上次那事儿他有通共嫌疑。咋,趁机发牌,公报私仇?那他为啥还要敲明亮响地跑来点细自己?

徐德越想越不对头,随当给艾三打过去电话,他电话里约艾三喝酒,艾三拒绝了并说他最近太忙,公务之外的时间都用在训练他的狗身上,还说阴历初十在东华门已经下了两根条子当庄家,等斗完了狗再说。徐德明白艾三这是在推托,可艾三越是推托,徐德心里越隔意,猜不出艾三葫芦里卖的是啥药。但他心里有一点清亮,艾三这货的肚子里绝对没揣着好屁,不得不防。与其这样被动瞎猜,还不如主动出击去摸一下艾三的脉。想到这儿,徐德瞅了一眼月份牌,明个就是阴历初十。对,去东华门看斗狗,一来去赌一把;二来耗住艾三问出个究竟。

阴历初十到了。天阴。

尽管国共双方的战局热闹,祥符人依旧是按照自己的步伐生活着。正如艾三所料,东华门斗狗场这天确实热闹,社会各个阶层的闲散人士都拥到了斗狗场来一睹两只名犬的大战。

不管哪个行业,都是内行看门道、外行看热闹。在里三层外三层的围观者中,大多数是看热闹的主儿,众口一致在夸奖八姐手里牵着的高加索长得好看。

再瞅今个这条抹上了狼油的高加索,确实不一般,一副气宇轩昂的样子。

"这狗,比咱国的西藏犬还大一个量级,瞅瞅那尾巴,毛长盖屁股,再瞅瞅那身材,还有那前后腿,那姿态,站有站相,坐有坐相。"

"那可不,恁瞅它那双眼睛,不张嘴都吓人。"

"恁知啥,我给恁说吧,这号狗最厉害的还是嘴,逮着一口就不丢,逮准了地儿,一口就要命!"

不知谁吆喝了一声:"快瞅,二毛子的狗来了!"

众人的目光转到一个方向。只见二毛子牵着他的狗进场了,顿时又招来一片议论声。

"这狗也不孬啊。"

"当然不孬。瞅那个头,不亚于高加索。"

"恁不懂。这狗最厉害的是头大有力量,还有它的嘴和牙,下颚宽、厚、有力。瞅它的牙,又白,又大,严丝合缝。"

"你光说牙,你知这种狗有多少牙吗?"

"多少牙? 那谁知,反正比人的牙多。"

"人的牙也有多有少,你不知它有多少牙,你就是白脖儿①,我告诉你吧,这狗满口是四十二颗牙,白脖儿!"

"我白脖儿? 我喂狗的时候,你还擦鼻儿玩尿泥哩!"

"谁擦鼻儿玩尿泥? 你说谁呀!"

俩人说恼了,捋胳膊挽袖差点打起来,被众人拉开。

寺门几个弟儿们一早就来到了斗狗场,除艾三之外,其他几个人冇一个关心徐德今天是不是也来了。艾三在一片嘈杂声中留意着徐德的身影,他瞅了瞅阴霾的天空,担心这种天气徐德会不来。而那几个弟儿们的关注点全在两条即将开打的狗身上。

尔瑟问身边的乌德:"你觉着咋样?"

乌德:"压块头上看,半斤八两。"

尔瑟又问沙二哥:"不会出岔劈吧?"

沙二哥:"出啥岔劈?"

尔瑟:"我咋觉得二毛子的狗不是个瓢茬②,今个这一战很难说啊。"

沙二哥:"冇事,咱有狼油。"

寺门的弟儿们把所有的希望都寄托在了狼油上面。

这时,宝三走到了寺门弟儿们跟前,话里有话地说:"趁着还冇开始比赛,掂量掂量,撤退还来得及。"

沙二哥冷眼瞅着宝三:"啥意思?"

宝三:"我是今个的裁判,我已经征求过对方的意见,对方的主家让我来问问,恁想采用啥样的规则。"

沙二哥:"我问你是啥意思?"

宝三:"意思就是,对方主家想采用'掐死去球'的规则,恁要是不愿意,就再商量。我的意思是……"他附在沙二哥的耳边轻声说道,"恁还是撤吧,不中,恁这条狗我清亮,是个串儿。"

沙二哥斜了宝三一眼:"俺是庄家对吧?"

宝三点头:"对,恁是庄家。"

沙二哥:"俺下了多少注?"

宝三伸出两个指头:"两根条子。"

沙二哥:"竖起耳朵你给我听好,俺再加一根条子。"

宝三:"啥规则?"

沙二哥:"掐死去球!"

注:
①白脖儿:不懂、不在行。
②瓢茌:软弱的东西。

恶人夸胜是暂时的,不敬虔人的喜乐,不过转眼之间。

——引自《旧约全书》

五十七、"只要你今个打赢,老子就给你立块石碑!"

作为庄家,八妞先把高加索牵上了场。

八妞担心别人能闻出自己和狗身上的味道,低下头用鼻子闻了闻,确认自己和狗的身上都闻不出啥味道之后,冲着正在买牌下注的人们大声吆喝道:"老少爷们,听我说一句,今个是爹说了不算,娘说了也不算,今个是俺这条狗说了算。我敢跟老天爷打个赌,今个买俺牌儿的人,要是不挣钱,我统统包赔。我的狗要是赢不了,我就是全祥符人造出来的,恁都是俺的亲爹亲妈。恁掂算掂算,我要是有十成十的把握,敢吹这个牛逼?今个是老天老大,我老二,俺这只高加索老三,快下俺的注,机不可失时不再来,快下俺的注!"

你别说,八妞这一吆喝还真管用,那些一直在犹豫不决的人都围过去买了庄家的牌儿。

沙二哥很得意,对白凤山说道:"你别说,八妞这张屁股嘴,到关键时候还真跟得上去。凤山,咱的狗要是赢了,得记你的头功,分账的时候也多给你分几个。"

白凤山瞅着高加索，飘飘然地说："汽车不是推的，牛皮不是吹的。俺爹留下的那点手艺，咱吃三辈子也吃不完。"

高加索身上的狼油是今个早起抹上的，白凤山说抹在狗肚皮底下不易被人发觉，如果抹在狗的身上，一眼就能看出毛色发亮。在给高加索抹狼油的时候，那高加索拼命想挣脱，弟儿们几个费了老劲，绑住狗嘴，将狗按在地上，才把狼油抹在了狗的肚皮上。那被抹上狼油的高加索出现了反常，脾气顿时暴躁起来，谁都不让靠近，最后还是白凤山出了个点子，把剩下的小半盆狼油抹在了八妞的身上。起先不管咋说咋劝，八妞头甩得像个拨浪鼓，说啥也不愿意，沙二哥恼了，一挥手，几个弟儿们强行将八妞按倒，扒去上衣，把剩下的那点狼油全抹在了八妞的肚皮上。

别说，这一招还真管用，当穿好布衫的八妞再站到高加索跟前的时候，那暴躁的高加索瞬间安生了下来。沙二哥答应嘴里不停在嗷嗷乱叫的八妞，等狗打赢分钱的时候一定多给他一份，暴躁中的八妞这才像高加索一样安生了下来。

这时，宝三高喊道："中亚牧羊犬进场！"

面带微笑的二毛子牵着他的中亚牧羊犬上场了。两条狗在两个主人牵拉中各站南北，虎视眈眈地冲对手狂叫不止。

沙二哥瞅着中亚牧羊犬，疑问道："凤山，我咋瞅这个劲头，二毛子那只狗好像不怵咱的狗啊？"

白凤山信心满满："隔得远，还冇闻着味呢，一会儿就让它个卖尻孙吓尿。"

这时，宝三又高声喊道："老少爷们儿们，今个咱立的规矩，就是掐到月黑[①]，也要分出公母，你死我活，掐死去球！撒狗！开掐！"

随着宝三一声令下，八妞和二毛子撒开了各自的狗。

事情完全出乎寺门几个弟儿们的意料，两条狗狂奔一处，咬扭成了一团，根本没有出现一边倒的景象。那条中亚牧羊犬不但冇怵气退缩，反而凶猛无比，大有仇人见面分外眼红之势，头一口就咬住了高加索的肚皮。

沙二哥皱起了眉头问身旁的白凤山："凤山，咋不对劲啊？"

白凤山也觉察到了："别急，再等等……"

沙二哥："不是说，一闻到狼油味儿就尿了吗？"

白凤山的眉头也皱了起来:"是不是咱的狼油不中啊?"

沙二哥:"不可能,狼油是咱自己熬的,新鲜,不可能不中。"

白凤山:"那就奇怪了,不该是这样啊。"

这时,一直在人堆里寻找徐德的艾三也凑了过来。

艾三:"老白,恁家的祖传秘方咋不见效啊?你瞅瞅,那个卖尻孙狗咋比咱的狗还恶道,再这样掐下去,咱的狗凶多吉少啊,你不觉得吗?"

此时的白凤山也傻脸了。那条中亚牧羊犬确实在撕咬中占了上风,再瞅那条高加索,拼命抵抗却防不胜防。

场上的八妞急得吃不住劲了,围着两条撕咬中的狗嗷嗷大叫着:"妈那个赖孙逼! 养兵千日用兵一时,喂你还不如喂一头猪! 甩开! 甩开它!"

场外的沙二哥也禁不住骂道:"冇出息孙! 块头怪大,张嘴咬不着正经地方! 上面咬不着就往下咬! 咬它卖尻孙的前腿! 往裆里钻! 卖尻孙! 钻啊! 下嘴啊你个冇出息孙!"

尔瑟灰着脸干着急:"想扭转局面,必须咬住卖尻孙的前腿,应该早一点训练它咬腿才中,瞅瞅这货笨的,张恁大个嘴管球用,连腿都咬不住。"

乌德无奈地甩着脑袋:"完蛋了,这样下去非输不中,看样子钱是挣不着了,还得搭上三根金条。"

此时艾三的脸比阴霾的天空还灰暗,咬着牙说:"真想一枪崩了它个卖尻孙!"

与场上咆哮着的八妞相比,二毛子脸上一副稳操胜券的样子,他在不停地鼓励着他的狗:"好样的! 坚持住! 三根金条! 打赢了老子给你买一头牛吃!"

再看场上撕咬成一团的两条狗:高加索正拼着命要挣脱开中亚牧羊犬,它那被死口咬住的肚皮不停地往外渗出鲜血。在围观人群一片号叫的激励声中,两条狗都在上演着最后的疯狂。就在所有在高加索身上下注的人连声骂着,都觉得这条不争气的狗已经不可能赢下这场生死大战的时候,奇迹却发生了。只见那被咬住肚皮的高加索猛然向上一跃,在肚皮被扯开的一瞬间反咬一口,正咬住了中亚牧羊犬的腮帮子。也就是这一口,奠定了它反败为胜的基础,迫使那条中亚牧羊犬在撕开高加索的肚皮之后冇能再咬住高加索的其他部位。

八妞狂叫起来："好！漂亮！得劲！别撒口！往死里咬！咬死它个卖尻孙！"

赌注押在高加索身上的人们欢呼起来。

沙二哥："乖乖儿，我还以为你真不中了哩，好样的，可别把俺寺门人的脸丢在东华门！"

尔瑟："一定得挺住，赢下这场，三根条子就变成六根条子，加上下注的钱，咱就能盖半截铁塔！"

乌德的两眼紧紧盯着高加索的肚皮，龇牙咧嘴地说："肠子、肠子露出来了……"

白凤山："肠子有事儿，打完之后用线缭缭②就中。"

艾三："卖尻孙，只要你今个打赢，老子就给你立块石碑！"

此刻，斗狗场上的景象已经达到白热化，那高加索的肠子越流越多，流在地上一大片。再看那二毛子的中亚牧羊犬，整个腮帮子在它的拼命挣扎中已经被高加索钳子一般的牙齿撕开，下排槽牙根部已经被咬断，整个下颚就像一个被剥了皮的兔子头，最要命的是，下颚残了，下槽牙也就失去了作用，使不上力，想再咬也咬不成了。可那满地肠子的高加索得势不饶人，扯断牧羊犬的下巴之后，回嘴一口又咬住了牧羊犬的上槽牙。那下槽牙已经不管用的牧羊犬在高加索疯狂的撕拽之中已经有了还嘴之力，眼瞅着它的上槽牙也被撕拽开来。整个场面惨不忍睹。

"咬死它！咬啊！咬死它！"

在一浪高过一浪的喊叫声中，二毛子不顾一切冲上去想要把两只狗分开，并向八妞求助道："拉开你的狗！俺不斗了！不斗了！算你们赢还不中吗！俺不斗了……"

八妞转脸瞅着艾三问道："三哥，这货尿了，拉开不拉开？"

艾三走进了场子，说道："不斗中，生死文书不算不中，今个咱不能坏了这一行的规矩！"

艾三说完从腰间拔出手枪，对准中亚牧羊犬就是一枪。

斗狗场顿时安静下来，随之而来的便是二毛子哇哇的哭声。

突然，围观的人堆里传出一大声喝彩："寺门的就是寺门的，人有种，狗有橡③，不服不中，不扶尿一裤，我服！"

艾三扭头一看,身穿便服的徐德笑容可掬地和他打着招呼:"好狗啊,老兄!"

艾三:"这算好狗?有用的东西,肠子都被扯出来,毙了它去球!"说完又要去拔枪。

徐德急忙上前拦住:"你老兄咋能杀功臣呀,我还下了注,你要枪毙功臣,先问问大家愿意不愿意。"

艾三冲着已经被几个弟儿们抱起的高加索说道:"看徐营长的面子,饶你不死。凤山,它的肠子不碍事吧?"

白凤山:"不碍事,一会儿我就给它缝进肚里。歇个十天半月,还能打。"

徐德:"十天半月不中吧?"

白凤山:"别的狗不中,它中。它是谁?它是高加索!"

徐德把手搭上艾三的肩膀:"今个中午,给老弟个面子,老弟我做东,请寺门的豪豪们吃饭。"

艾三:"饭就别吃了,你忙,我也忙,咱都忙。"

徐德:"忙忙忙,整个中华民国就你最忙,你比蒋总统还忙,再忙也得吃饭不是。"

艾三:"改天吧,改天我请你。"

徐德:"不中,说啥我今个也得请你,就是共军明个攻咱的祥符城,咱今个中午也得吃这个饭!"

艾三和几个弟儿们心中暗喜,卖尻孙徐德已经上套了。

注:

①月黑:天黑、月亮出来。

②缭缭:缝补。

③有橼:有种。

要别人夸奖你，不可用口自夸。

——引自《旧约全书》

五十八、"想牵走这条狗，不中。"

艾三对徐德说，也别去饭馆了，找一家澡堂子，洗洗澡，去去狗腥，掂瓶酒，让尔瑟回寺门弄几个清真下酒菜，在澡堂里一吃一喝一涮，得得劲劲。徐德连连赞成，于是一伙人便去到了顺河街上的天香泉浴池。

天香泉浴池的经理金振钟也是个多斯提，寺门的弟儿们来到让他很是高兴，沏上一壶"王大昌"的高沫，亲自端到跟前。

金振钟满脸堆着笑说道："恁弟儿几个齐刷刷来到，要吓死我不成？我还是有先见之明啊，要不是今个刚换了新水，恁弟儿们非砸了我的池子不中。"

艾三："俺弟儿几个算不了啥，今个来的重量级人物头是这位徐营长。"

当艾三介绍完徐德之后，金振钟上前双手握住徐德的手，说道："我说今个早起左眼皮就不停地跳，原来有大豪豪来到俺这儿，营长哥哥不嫌弃的话，今个我要亲自给你搓搓。"

艾三在一旁介绍道："金老板这可不是一般二般的搓家，前不久白崇禧长官来祥符招回回兵，咱的省主席刘茂恩领白长官来这里洗澡，就是金老板亲自下手给白长官搓的背。"

徐德瞪大眼睛:"真的?"

艾三:"谁说瞎话谁是孬孙。搓完背白长官说,在南京别说冇这种享受,就连羊肉的味道也比不了祥符。"

徐德:"那是。南方羊肉膻气大,原因是羊吃的草不中,咱北方的草碱性大,专除羊身上的膻气。"

金振钟:"听听,听听,一听就知徐营长是有学问的人,长见识,长见识。"

徐德:"金老板,我把丑话说头里,今个在天香泉浴池的所有花费不能让别人结账。如果你让别人结了账,我立马带我的特务营来拆掉你的池子,把你的天香泉浴池推平成大马路。"

金振钟瞅了瞅艾三:"这、这、这我得听三哥的。"

徐德:"三哥是你的哥,也是我的哥,三哥今个敢破费一个子儿,我就一头闷死在池子里!"

艾三对金振钟说:"按徐营长说的办,弟兄们之间就是这样,你敢砍胳膊,我就敢砍大腿,这不是外气不外气,这是弟兄们之间的情分。"

金振钟:"我听三哥的。"

徐德和艾三等人一起泡了澡,搓了背,修了脚,捶了背,然后围上大浴巾往铺上一坐,开喝。

徐德端起酒碗:"三哥,我先给你赔个不是,上次的事儿你别往心里去。"

艾三:"哪里话,那是天有不测风云,今个咱弟兄们不是又坐到一起了嘛。"

徐德:"三哥大度,不计前嫌。先干为敬,我把这碗先喝了。"

艾三急忙用手去阻拦:"别别别,这一碗足有三两,慢慢喝,不着急。"

徐德推开艾三的手:"不中,我性急,喝罢我还有话要说。"

艾三:"那中,俺弟儿几个陪着。"

徐德:"今个这摊酒我是庄家,我喝完,恁随意。"他一口气儿把碗里的酒喝了个底朝天,夹起一块牛肉塞进嘴里,边嚼边夸,"还是寺门沙家的牛肉吃着香啊,色正、肉烂、味透、得口。"

艾三:"徐老弟领罢,该我领了,来,我喝完,大家随意。"

徐德一把拦住艾三:"别急,我话还冇说完,等我说完你再喝。"

艾三："别说了,我知你老弟要说啥。"

徐德："你知我要说啥?"

艾三："我当然知。"

徐德："那你说我听听。"

艾三："别说了,这事儿不中。"

徐德："啥事儿不中,我还冇说呢,总得让我把话说完吧。"

艾三做出一个让徐德说的手势。

徐德："我这脾气,胡同里扛竹竿,直来直去。今个斗狗地道,让我大开眼界,多年冇看过这么过瘾的斗狗了。三哥知,我喜欢狗,见到好狗比见到俺媳妇都亲,只要是我样中的狗,就是倾家荡产砸锅卖铁,我也得弄到手。"说到这里冲着澡堂的伙计喊道,"伙计,把我的布衫挑下来!"

艾三等人瞅着澡堂的伙计,持长竹竿钩子把挂在头顶上方的衣服挑了下来。

徐德从衣服口袋里先摸出两根金条搁在艾三面前:"三哥,这两根条子算是物归原主,上次的事儿是我不人物,弟弟再次给哥哥赔罪,你大人不计小人过。"

艾三："你瞅你,这是弄啥……"

徐德："别吭,我还冇说完。"他又把手伸进衣服口袋,又摸出了一根金条,搁在艾三面前,"我知恁的这条狗是啥价钱,今个身上冇带够,先付个定钱,明个我再拿两根来,一手交钱一手牵狗。二小子穿大褂咱得规规矩矩。我说完了,三哥,你说。"

艾三："你让我说啥,我冇法说。"

徐德："该咋说咋说,咋说都中,有啥说啥。"

艾三："我不让你,你非得说,尽让哥哥作难。"

徐德："那你就说说,难作在哪儿?"

艾三："我知你样中了这条狗,也知你见到好狗比见到恁媳妇都亲。哥哥我也是个痛快人,不管啥事儿,中就中,不中就不中。我可以明确告诉你,想牵走这条狗,不中。"

徐德："那哥哥你就说说不中的理由。"

艾三："这条狗我自己说了不算,是俺几个合伙买的。"

徐德："恁几个?"

艾三："别说了,别说了中不中,别让哥哥我作难。"

徐德："三哥,我知恁寺门的弟儿们抱团,有福同享有难同当。银子不成问题,如果嫌我给的不够,我再加上一点你看中不中。"他又冲着澡堂的伙计高喊了一声,"伙计,把我的裤子挑下来!"

在艾三等人的注视之下,澡堂的伙计持长竹竿把徐德的裤子也挑了下来。

徐德从裤腰带上摘下了腰佩,往艾三面前一搁："这把勃朗宁也物归原主,这总算中了吧?"

艾三抓过枪,从枪套里抽出那把勃朗宁,反复瞅着,眼睛里流露出久别重逢的情感,叹道："见到它俺也比见到媳妇还亲啊……"

徐德端起酒碗："夺哥哥所爱,还是我不人物,再喝一碗,我给哥哥再赔一次罪。"

艾三拦住徐德,把勃朗宁手枪插进枪套塞回徐德手里,说道："君子一言驷马难追。枪,还是你的枪,条子也还是你的条子。"

徐德："咋,三哥一点面子也不给?"

艾三："我不是已经说了嘛,不是我不给面子,狗的事儿我自己说了不算。要不,听听他们弟儿几个的说法儿? 老二,你说说。"

沙二哥沉着脸,头一扭："谁爱说谁说,我不说。"

艾三："八妞,你说说。"

八妞："说啥说,吃亏占便宜都是你,不能老是你吃肉,让俺啃骨头吧。"

艾三装出不高兴的样子："这叫啥话!"

尔瑟："三哥,你也别生气。不是俺不想把狗卖给徐营长,你也知,遇上一条好狗也不容易,咱不是还想用它挣个钱嘛。一条狗卖三根条子真不少,可你想过没有,就咱这条狗,一年斗上个两三回,咱弟儿几个酒肉豆腐汤,就是财主过的日子。"

乌哥："尔瑟说得对,说啥也不能卖!"

白凤山装出向着徐德的口气："徐营长,别要了,要它弄啥,冇见肠子都被咬出来了,我给它缝了好几十针哩。"

徐德："它不是肠子被咬出来我还不要呢!"

白凤山："要不这样,我给你操着心,凑机会再给你弄条更好的。"

徐德："恁说吧,就说想要多少钱吧,要多少钱我给多少钱,恁随便开价。"

艾三："老弟,你咋就不明白呢,不是钱的事儿。"

徐德："三哥,我再问最后一句,恁卖不卖?"

八妞："不卖!"

徐德两眼盯着艾三,艾三装出一副无可奈何的样子。

徐德一把从枪套里拔出勃朗宁手枪,一拉枪机,随即把枪口对准了自己的脑袋："谁要再说一句不卖,我不搂火,我是个狗!"

艾三一把夺下徐德手里的枪："这是弄啥,划不着啊! 不就是一条狗嘛!"他把脸转向几个弟儿们,"都别再说了,吃肉也好,啃骨头也罢,恁弟儿几个要还认我这个三哥,我今个就再当一次家,三根条子加上这把枪,卖给徐营长。谁要是肚疼,还不愿意卖,给,接住枪,对准我的头擂一枪,要有怨言,我是个狗!"

几个弟儿们全装出憋屈的样子,不吭气儿了。

艾三转向徐德："啥也别再说了,孬孙我来当。枪和定钱我收下,明个上午你把那根条子送到寺门,咱一手交钱,一手牵狗。"

徐德将碗里的酒倒满,端起来咕咚咕咚喝了个碗底朝天,使手一抹嘴："只要让我玩狗,你就是共党,我也认!"

徐德上钩了。他在天香泉浴池里吃得、喝得、泡得舒服之后,满面红光地回飞机场去了。

艾三、沙二哥弟儿几个在天香泉浴池里整整待了一天,艾三给几个弟儿们做了详细的分工之后,又让弟儿们几个中间文化程度最高、毛笔字写得最好的盘善写了一封信札,大概内容是生意上的往来,得到徐德的照顾致以感谢,盼望在生意上的长期合作。信札写完,艾三认真审核了一遍之后,嘱咐盘善去一趟郑州,把这封信压郑州发回祥符。

该想的都想到了,万事俱备,就等第二天徐德来寺门牵狗。

行恶的留心听奸诈之言。说谎的侧耳听邪恶之语。

——引自《旧约全书》

五十九、"说得轻巧,那是宰人,不是宰牛宰羊!"

一切都安排停当,几个弟儿们穿上衣服要离开天香泉浴池,艾三在结账的时候,金振钟说徐德临走已经把账给结了。

出了浴池的门,沙二哥说:"这货还真人物。"

艾三:"人物不人物都晚了,明年的明天就是这货的周年。"

沙二哥:"三哥,忘了一件重要的事儿。"

艾三:"啥重要事儿?"

沙二哥:"明个动手的地方还是要保把,大白天动手,万一被人瞅见就是麻烦。"

艾三:"龙亭后不中吗?"

沙二哥:"中是中,但我咋觉得还是不安全。"

艾三:"那就把他哄到黄河沿儿,大堤上你想找一个人影都找不着,那儿保把。"

沙二哥:"咋哄? 他要是起疑心,不去咋办?"

艾三:"只要狗去,他就会去。"

沙二哥:"可他会想,好好的,咱把狗牵到黄河沿儿弄啥?"

艾三:"遛狗啊。"

沙二哥摇头:"谁家的狗去黄河沿儿遛啊。再说,狗受了那么重的伤,也不可能出来遛。不中,这个理由不中。"

艾三想了想:"要不就把他哄到西关外,找个背地儿下手。"

沙二哥依旧摇头:"不中,目标还是太大,西关外经常有挖煤土的人。咱一定要做到万无一失才中。"

艾三:"这也不中,那也不中,那你说去哪儿?"

沙二哥:"想要保把,还是得在咱能掌控的范围之内,这可是宰人啊。"

艾三微微点头:"理儿是这个理儿,可除了寺门,哪儿才是咱能掌控的范围呢?总不能在寺门宰人吧?"

沙二哥边想边说:"寺门是不能宰人,不过,要宰也只有一个地儿。"

艾三:"哪儿?"

沙二哥:"恁家。"

艾三:"胡说八道,你咋不说在恁家啊!"

沙二哥:"我是正经说的。你想想,寺门跟儿的住户,就恁家和封家不是穆斯林,封家的院子被政府查封了,有点动静会惊动街坊四邻,恁家就不一样了,都知你在给政府当差,肩膀头上扛着肩章,腰里别着小八音,就是有点动静也冇人敢去呀。"

艾三:"俺妈呢?洪芳呢?亏你想得出来。"

沙二哥:"编个瞎话,把恁妈和洪芳骗走,等事儿办完了再让她们回去不就妥了。"

艾三:"说得轻巧,那是宰人,不是宰牛宰羊!"

沙二哥:"不管宰啥,只能在恁家宰,恁家不是穆斯林。"

艾三:"你说这话我咋恁不爱听,俺家不是穆斯林咋了?俺家不是穆斯林就能宰人?"

沙二哥:"咱宰的不是孬人嘛。"

艾三:"孬人就得在俺家宰?"

沙二哥:"在恁家宰最保把,一棍夯翻,麻袋一装,夜一黑,俺几个使架子车拉到黄河沿,往河里一扔,喂鱼。"

艾三:"说着容易,让俺妈和洪芳她俩知了,非吓孬劲不可。"

沙二哥:"不会不让她俩知嘛。"

艾三:"宰那个卖屄孙用不多大会儿,可尸体总得等到夜黑往外拉吧,搁哪儿? 恁大一个人。"

沙二哥:"宰了就有地儿搁,不中就先塞到床下面。"

艾三的脸上有些松动的表情了。

沙二哥抓住时机:"别再犹豫了,恁家是再合适不过的地儿,只要把恁妈她们骗出去半天时间,啥都有了。"

艾三用手点着沙二哥,一脸无奈地说:"恁这些货,冇一个好货……"

沙二哥一拍艾三的肩膀:"就这么定了!"

艾三回到家,已经是掌灯时分,洪芳已经把饭菜端上了桌。

吃罢晚饭,艾三在自家院子里四处瞅着,他在琢磨明个干掉徐德之后把尸体藏在哪儿,他心想,沙老二说的是球,自家两张顶子床一圈雕花围栏,根本塞不进去一个人。

院子里瞅了一圈,艾三觉得没有合适的地儿,他又回到屋里去瞅,几间屋子瞅了遍,觉得唯一能塞进去一个人的地儿是他和洪芳睡觉屋里的那只大樟木箱子。

洪芳烧了热水端来让艾三洗脚,艾三打着呵欠,把脚放进热水盆里,一边泡脚一边对洪芳说道:"明个我安排个黄包车,你陪老太太去杏花营的庙会瞅瞅。"

洪芳:"兵荒马乱的,有啥瞅头,还是老实在家待着吧。"

艾三:"兵荒马乱就不过生活了? 该吃吃,该喝喝,啥事儿别往心里搁。走一步说一步,共军一时半会儿还打不到祥符。"

洪芳:"我可听说,共军离祥符只有几十里地儿了。"

艾三:"你听说的是个球,按我说的去做!"

洪芳:"你陪恁妈去吧,我不想去。"

艾三脸色不好看了:"你这个娘儿们咋回事儿,好心好意让恁去玩玩,你还非别着劲是吧!"

洪芳:"今个我听尔瑟媳妇说,共产党的队伍就要打到郑州了。"

艾三:"就是打到祥符跟你啥关系? 我这个在保密局吃皇粮的人还不知,尔瑟媳妇一个支汤锅的比我知的还多?"

洪芳:"反正我不想去。"

艾三急了,骂道:"别给脸不要脸,我说去你就得去!"

洪芳:"我身子不舒服。"

艾三:"我看你是心里不舒服,还想着西川那个卖尻孙的吧!"

洪芳蹲到脚盆跟前给艾三搓着脚,一言不发。

艾三:"别以为我不知你是咋想的,我心里明镜似的,死了这份心吧,那个卖尻孙回不来了! 臭娘儿们,吃我的,喝我的,睡在我的床上想着那个小日本,每天晚上扒光了你我也跟奸尸一样,拿我当冤大头是吧,别发迷,把老子惹恼了,就把你个臭娘儿们掐死,扔到黄河里喂鱼,你信不信!"

洪芳依旧一言不发。

艾三:"别以为你不说话我就不知你心里咋想的,实话告诉你,不管祥符以后是谁的天下,共产党和国民党都不会放过汉奸,我能把你个臭娘儿们从牢里扒出来,就能把你给送回去! 信不信!"

洪芳用布擦着艾三的脚:"别骂了中不中,不就是明个去杏花营嘛,我去中不中。"

艾三:"上床! 睡觉!"

这天晚上,洪芳有点奇怪,艾三没有像往常那样穷凶极恶,而是异常安静,他把脸贴在洪芳的奶子上想着啥,那张满是烟味的嘴里不停地提问,又像是自言自语。

艾三:"你说,共军真的要是打过来,咱咋办?"

洪芳:"不知。"

艾三:"该死不能活,该瞎不能瘸,中华民国真要是完蛋了,那也是该死球朝上。"

洪芳:"不知。"

艾三用脸蹭着洪芳的奶子,许久问道:"你跟那个小日本睡了恁多天,跟我也睡了恁多天了,都有把你的肚睡大,咋回事儿?"

洪芳:"不知。"

艾三:"不知,不知,你啥都不知。"

洪芳："不知。"

艾三一下子翻到洪芳的身上，干起了他每天晚上都要干的活儿，一边干一边问："好受，得劲，你知不知！"

洪芳依旧是："不知。"

…………

第二天早起，艾三和几个弟儿们聚在尔瑟的汤锅前喝汤，他对几个弟儿们重复了各自的分工，再三强调这是在干掉脑袋的事儿，不能出一点岔劈。尽管艾三和几个弟儿们已经做了充分的思想准备，但还是免不了有点紧张。

艾三："乌德，你的手簌簌啥？"

乌德："冇、冇簌簌啊。"

八姐："还说冇簌簌，瞅瞅，腿也在簌簌。"

乌德："早起有点凉。"

盘善："瞅你穿得也不少啊？"

白凤山："夜隔晚上给俺嫂纳税了吧。"

乌德："滚蛋去！"

艾三压低嗓门："中了，别闹了，各自回去准备，尔瑟守着汤锅，瞅见那个卖尻孙进南口后，立刻通知老二和凤山。"他转向沙二哥，"记住，你和凤山在那个卖尻孙进俺家五分钟后，恁俩再过来，下手要快、要狠，不能让那个卖尻孙有还手的机会，那个卖尻孙是特务营的营长，练过摔跤和散手，身手不会孬，他还有枪。"

白凤山："冇事儿，老二的玩意儿好，真要有意外，我这儿也准备着呢。"说完他撩了一下衣襟，露出腰里别着的刀。

艾三："不能用刀，流得哪儿都是血，俺妈和洪芳回来容易发现。"

尔瑟瞅了一眼不远处的胡辣汤锅："是不是让马老六也来帮把手？"

艾三："算了吧，那货胆小。"

这时，胡辣汤锅前的马老六高声冲这边喊着："盘善，羊蹄儿都臭了吧？不做生意成天砌在一起弄啥，八成又不办好事儿！"

乌德高声回应道："俺在商量给你找个花妈呢！"

马老六骂道："乌德，你个卖尻孙，恁嫂夜隔黑去找我了，我冇空，等我有空了，让恁嫂再给你生个侄儿！"

寺门跟儿吃饭喝汤的人都在笑，只有艾三和沙二哥的脸上冇一点笑容。

艾三离开尔瑟的汤锅回到家，艾大大和洪芳已经走了，他在院子里转了一圈后走进堂屋，这里将是对徐德下手的地方。艾三把已经预备在堂屋门后的白蜡杆握在手里试了试，这根白蜡杆韧性十足，长短粗细得手，就凭沙老二的身手，一棍夯在头上，谁也不可能有还手的余地。

艾三把白蜡杆放回到了门后，他突然想起了啥，走到墙上挂着的月份牌前，认真看着，自语道："宜解除、宜入殓。嗯，日子不孬。"

万事俱备，只欠东风，就等着徐德上套了。

恶人的强暴，必将自己扫除。

——引自《旧约全书》

六十、杀人灭口

　　日子是个好日子，生死却不由人。这天上午，东大寺门口送孝，尚社头的老表无常了，尚社头的老表是割皮子的，在祥符城割皮行当里名气很大。日本占领时期，皮革被列入军用品遭到控制，城里很多割皮行当都改了行，只有尚社头的老表不买老日的账，私下还做着皮革交易，日本人发现后拿他说事儿，差一点杀他的头，要不是日本商会担心枪毙他会导致祥符割皮子行当不跟日本商会合作，尚社头的老表早就不在了。正因为尚社头这位老表德高望重，所以他无常之后前来送孝的人特别多。

　　尔瑟在一片戴白色孝帽的人流中留意观察着，担心在这个时候来到寺门的徐德从自己视线中遗漏。真是越担心啥越来啥，徐德恰恰在尚社头老表起轿的时候来了，他跟随着送孝的人群压尔瑟的汤锅前经过，竟然被尔瑟给遗漏了。更让人意外的是，徐德并非一个人来的，还带了一个手下，这个手下看上去有小三十岁，膀大腰圆，身上还挎着盒子炮。

　　"咣，咣，咣……"徐德拍响了艾三家的院门。

艾三打开院门一看,心说坏事儿,因为他也有想到来的不是一个人,这可咋办?

徐德:"老兄专门在家恭候,真是令我感动啊。"

艾三:"今个专门给俺处长请了假。这位是……"

徐德:"我给你介绍一下,这是肖排长,我的换帖老弟,一身好玩意儿,打仨贴俩,是家不是家别想靠近他,我才把他调到我身边来,共匪徐向前部在信阳突围的时候,俺这个老弟打死了好几个徐向前身边的警卫,还差一点活捉了徐向前。"

艾三一瞅这货的身板,不由心里一咯噔。

肖排长给艾三打了个立正:"艾中校好!"

艾三与肖排长握手时,暗自吃了一惊,乖乖,这货的手恁有力,像钳子一样。

艾三一边把二位引进堂屋,一边在想,今个麻烦,估计是做不成活儿了。

徐德在堂屋的条几旁坐下便说:"老兄,别倒茶了,咱赶紧把要办的事儿办了,我还得赶紧回去,刚才接到紧急通知,吃罢午饭俺要开拔。"

艾三:"开拔? 去哪儿?"

徐德:"咋,你还不知?"

艾三:"不知。"

徐德:"可能是西边吃紧,机场要关闭,俺特务营要离开祥符,具体去哪儿我也不知,命令在开拔前十分钟上面才传达。看这形势,并不像中央社说的那样啊。"

这时,艾三家里的电话铃声响了,艾三摘起话筒:"喂,是我……是……是我……"他搁下话筒说道,"还真让你说着了,俺处长通知下午一点钟开紧急会议。"

徐德:"快吧,赶紧把狗给牵来,条子我给你带来了。"

艾三:"恁要开拔,还能带狗?"

徐德:"狗当然要带,真要和共军打起来,一条狗能抵上俩仨士兵。"

艾三:"我看还是算了吧,时局不稳,还不定咋着,狗的事儿以后再说吧。"

徐德顿时不悦:"咋,你老兄想赖账?"

艾三:"说哪里话,我这不是为你考虑嘛。"

徐德："别为我考虑,我就是把狗牵回去杀吃,也与你无关!"说罢从衣服兜里掏出金条搁在了桌子上。

艾三："那好吧,恁等会儿,我去老二那儿牵狗去。"

艾三急忙出门去找沙二哥,他心里在想,幸亏老二有来,来了还不好办呢。

艾三匆忙来到了沙家,瞅见沙二哥正在院子里喂狗。

艾三："咋弄的,人都来到了,你咋还在这儿?"

沙二哥惊讶地："来到了? 人在哪儿呢?"

艾三："在俺家。"

沙二哥埋怨道："尔瑟这货,就弄不成个事儿,走,去恁家!"

艾三："先别急着走,情况有变。"

沙二哥："咋了?"

艾三："来的不是一个人,那个卖尻孙还领了个手下,长得可膀材①,比你的个头还猛。"

沙二哥："管他个丈人,撂翻再说。"

艾三："那货你未必能撂翻,一旦失手就毁。"

沙二哥："那你说,咋着。"

艾三："我拿不准主意。让他把狗牵走吧,过了这个村冇那个店,不让他牵走吧,可他带着条子来了……"

沙二哥也跟着犹豫起来："俩人,咱只准备了一个麻袋,也不好办。"

艾三："我担心的不是麻袋,我是担心动起手来会有意外,他俩都带着枪呢。"

沙二哥："要不,咱一帮人都去,一虎群拿。"

艾三："不中,一帮人都去俺家动静自然会大。"

沙二哥点了点头,觉得艾三说得在理儿,说："不中就算了吧,放他们一条活路。"

艾三仔细想了想,咬着牙说："不能算。"

沙二哥："那你说。"

艾三："老二,就咱俩,你有这个胆冇?"

沙二哥一声高腔："你说个样!"

艾三："小点声。"

沙二哥压低嗓门："关键是看你,只要你决定干,咱眼望儿就去恁家。"

艾三："我是这样想的,放弃这次机会以后就不可能再有机会,万一共产党取代不了国民党,这个货对咱就是最大的威胁,还是应该快刀斩乱麻。"

沙二哥："别说恁多,我听你的。"

艾三："那好。照头以后,见机行事,你对付他带来的那个排长,我对付那个卖尻孙。"

沙二哥怀疑地："你中不中啊?"

艾三从腰里拔出勃朗宁手枪,拉开枪机："先下手为强,不中我就先开枪!"

沙二哥用手摁住艾三的手："能不使枪就别使枪,枪一响动静更大。"

艾三："我不傻,不到万不得已,我不会使的。"

沙二哥："牵狗不牵?"

艾三："不能牵,一打起来狗一定会叫,他要问为啥不牵狗,你就说,凤山正在给狗换药。"

沙二哥用手扎了扎腰间的板带："走吧。"

艾三再次嘱咐："记住,下手一定要快!"

徐德在艾三家早已等得不耐烦了,一个劲瞅自己的手表。

肖排长问："他们是不是不算了?"

徐德："有这种可能。姓艾的不是啥好家什,说了不算,算了不说,我怀疑这位战干团的学长背后在做我的活儿。"

肖排长："做你啥活儿?"

徐德："我试探过,他不说,后来我压机场地勤那儿打听到,保密局怀疑机场内有人给共军通风报信,姓艾的负责调查此事。前一段时间因为那个逃跑的共党嫌疑,姓艾的和我有点过节儿。"

肖排长："明白了,你担心姓艾的公报私仇。"

徐德点了点头。

肖排长："多简单的事儿,告他一状不就完了嘛。"

徐德："不到时候。等我把狗弄到手里,弄清他是不是真要报复我之后,再告也不迟。"

肖排长:"他要是反咬一口呢?"

徐德一笑:"放心吧,告他的材料我都已经写好了,只是我不想做赔本的买卖。三根条子买一条狗?哼,那是三间大瓦房的价钱,祥符话说,不认字你摸摸腰牌,我徐某人啥时候吃过这样的亏!"

肖排长:"他要是反悔,不卖咱狗咋办?"

徐德用手拍了拍自己的衣服口袋,胸有成竹地:"我不会等他恶人先告状,这不,揭发共党的材料就在这儿装着呢,不卖狗,我回去就把这材料递上去。"

肖排长听见门外有响声,拉了徐德一把。

沙二哥跟着艾三走进了堂屋。

徐德朝两人的身后瞅了瞅,问道:"狗呢?"

艾三:"老白正给狗换药呢,肚子上缭了几十针,每天都得抹老君堂给配的药。"

徐德:"那走,咱去老白那儿。"

艾三:"别急,先坐会儿,喝口茶,老白马上就把狗牵过来,停不几分钟,坐,先坐。"他给沙二哥递了个眼色,"老二,门后挂着的布包里有包今年的新茶,让徐营长他们尝尝。"

徐德:"别忙了,不喝,我那儿有的是茶,俺这个老弟压信阳带来的毛尖,改天我派人给你送来二斤。"

艾三:"恁不是要开拔了嘛,喝杯我的茶,就算是给你老弟饯行了!"

"饯行了"三个字是事先约好的暗号。此刻的沙二哥已经把那根得手的白蜡杆握在了手里,当艾三"饯行了"三个字一出口,手握白蜡杆的沙二哥猛一转身,抬手一杆朝肖排长夯去,与此同时,手里抓着瓷茶壶的艾三甩手将瓷茶壶砸向徐德。或许是俩人都过于紧张,白蜡杆和瓷茶壶都没有砸在致命的部位,沙二哥的白蜡杆夯在了肖排长的肩膀头上,艾三本想用瓷茶壶去砸徐德的后脑勺,却没想到,徐德听到白蜡杆呼啸的声音之后瞬间扭头,那瓷茶壶正砸在了徐德的面门上。

艾三跟沙二哥一瞅都有能置对方于死地,便饿虎扑食一般扑上去与徐德和肖排长扭成了一团,堂屋里顿时展开了一场生死大战。虽说徐德和肖排长都受了伤,但面临生死都在做最后的挣扎。

肖排长的肩膀头已经被白蜡杆夯断了，用一只手顽强地与沙二哥拼命，他俩都是练过玩意儿的人，尽管肖排长受了伤，但他冇受伤的那只胳膊依然具有战斗力，阻挡着沙二哥铺天盖地的重拳的同时，一直伸手要去摸腰里的枪，沙二哥当然不会让他得逞，在一拳拳往下砸的同时也在竭力阻止对方。

满脸鲜血直流的徐德深知性命攸关，一边高声大骂一边垂死抵抗。

徐德："艾三，你这条狼，快来人啊！艾三是共党！他要杀人灭口！快来人啊！"

徐德是脸上受了伤，四肢还是比艾三有劲，两人滚作一团扭打了一会儿之后，艾三的体力有所不支，反而让徐德占了上风。

沙二哥一边打着肖排长一边指导着艾三："别让他摸枪，捞住他的手，别让他去摸枪……"

在沙二哥的重拳之下，肖排长坚持不住了，在疼痛中喊叫着："别打了，狗不要了，我投降，别再打了……"

徐德一边叫喊一边仍在垂死挣扎："艾三，要钱我给你，黑吃我认，中不中啊……"

此刻的艾三累得气短说不出话来，就在徐德极力想说服他妥协的时候，被动的艾三不知咋就掏出了自己的手枪，徐德想去抓艾三的手枪已经来不及了，枪口顶住了他的小腹。

"砰！"

随着一声枪响，徐德一头栽倒。

已经开始求饶的肖排长见此情景，顿时停止了所有反抗，吓傻了。

艾三喘着粗气对沙二哥说："掐、掐死他，老二，快、快掐死他……"

肖排长："投降，我投降，别、别杀我……"

艾三见沙二哥下不去手，就举枪对准了肖排长，却被沙二哥一把将枪夺了过去。

沙二哥："拉倒，不反抗，就别杀他。"

正在这时，八妞、白凤山、尔瑟、乌德几个弟儿们一起拥进了堂屋，见躺在血泊里的徐德，都有点不知所措。

艾三："外面情况咋样？"

几个弟儿们都在瞅着躺在地上的徐德。

艾三:"我在问外面的情况咋样?"

尔瑟:"冇、冇事儿,盘善守着门呢。"

艾三伸手摸了摸徐德的脉搏:"死罢了。"

肖排长一听徐德已经死了,扑倒在地,给艾三磕头:"不碍我的事儿,我是跟班,别杀我,求求你,饶了我……"

艾三用手揉着被打肿的脸:"饶了你? 谁饶我?"

肖排长转身扑到徐德的尸体跟前,从徐德的衣服兜里摸出了一个信封:"给,这是徐营长写的材料,不碍我的事儿,恁把我放了吧……"

艾三接过信封打开瞅罢,骂道:"狗撵兔差一步,再晚一点我就被你个卖尻孙给收拾了。"

肖排长:"是徐营长要买你的狗,跟我没有一点关系,放我走吧,俺老家是陕西的,我回陕西,保证不坏你们的事儿……"

沙二哥:"三哥,放他走吧。"

艾三瞪了沙二哥一眼:"你以为这是做游戏。"

沙二哥:"我知。可他是误撞进来的,咱不能……"

"老二你去一边!"艾三一把拨开沙二哥,冲着八妞,"八妞,看你的了!"

还没等艾三话音落地,八妞一白蜡杆夯在了肖排长的头上,那肖排长哼唧都没哼唧一声就挺倒在徐德的尸体旁边。

乌德觳觫着声音:"咱、咱、咱可是杀人了……"

艾三:"今个杀的就是人! 咋,媆软蛋了?"

白凤山:"啥也别说了,赶紧,把尸首先藏起来,天黑往外拉。"

正当几个弟儿们商量着咋藏尸体的时候,盘善惊慌失措地跑了进来。

盘善:"不好了,大大和洪芳回来了!"

注:

①膀材:魁梧、强壮。

撒罪孽的,必收灾祸。

——引自《旧约全书》

六十一、听说共军是冲咱祥符来的!

艾三万万没料到他妈和洪芳恁快就拐回来了。几个弟儿们一阵手忙脚乱把两具尸体拖进了耳房,还有来及处理地上的血迹,艾大大和洪芳已经进了院门。

艾三急忙迎出屋去:"妈,恁咋回来了?"

艾大大:"刚拉出西关外,车胎崩了,那个卖尻孙拉车的,把俺娘俩扔在路上,俺娘俩是地奔儿回来的。哎,你咋没去上办公?"

艾三:"哦,有点事儿,晚去会儿。"

洪芳压艾三的脸上看出了一些反常,问道:"你的脸咋了?"

艾三摸了摸:"冇事儿,上茅厕急,不小心撞在茅厕的门框上。"

艾大大:"瞅瞅,冒失的啥,碍着不碍着?"

艾三:"不碍着。"

艾大大:"恁大的人了,走路都不知招呼。"

艾三:"洪芳,你先跟咱妈去沙家一趟吧,刚才老二他妈来找咱妈,好像有啥急事儿。"

艾大大:"啥急事儿?"

艾三:"我也不知,像是可急。"

艾大大:"让我回屋喝点水再去。"

艾三:"回头再喝吧,万一事儿急,别耽搁了。"

洪芳:"再急,也得先喝口水啊。"

艾三狠狠瞪了洪芳一眼:"喝啥喝,渴不死你!"

艾大大不愿意了,骂道:"卖尻孙,吃枪药了,有啥话就不能好好说。走,芳姐儿,咱先去沙家瞅瞅。老三啊,你这个卖尻孙,压洪芳进咱家这个门,你就有好好说过一句话,我真想扇你的嘴!"

洪芳揽着艾大大走了。

艾三长出一口气儿,反身回屋,只见屋里藏着的几个弟儿们同样是长出一口气儿。

沙二哥埋怨道:"说啥瞎话不好,非得说俺妈,俩老太太一照头不就全露馅了!"

艾三:"顾不着怎些了,车到山前必有路,赶紧吧,赶紧!"

在艾三的指挥下,几个弟儿们把大樟木箱里面的衣物腾空,先把块头大的肖排长塞了进去。

几个弟儿们瞅着徐德的尸体发愁,实在是找不着隐藏的地儿,一个个急得团团转。

情急之中,尔瑟把眼盯住了房梁,说道:"绑在大梁上咋样?"

乌德:"中,我看中,怎家的房高,不注意不会往大梁上瞅。"

艾三也实在想不出更好的法儿,于是,找来绳子,搬来梯子,几个弟儿们七手八脚把徐德的尸体绑在了耳房的大梁上。接着又擦的擦,拖的拖,抹的抹,七手八脚把堂屋和耳房拾掇干净。就在几个弟儿们正要撤离艾家的时候,洪芳揽着艾大大回来了,与几个弟儿们照上了头。

艾大大带着稀罕问道:"怎齐整,咋都窜俺家来了?"

沙二哥:"有事儿,俺几个来遛一圈,问问三哥,共产党离祥符有多远。"

艾大大:"好歹共产党赶紧来吧,怎瞅瞅米面涨得,有样了,钱不当钱花,还不如一张纸!"说罢她冲着艾三骂道,"你个卖尻孙,瞎话篓子,连怎娘都榷,老二他妈啥时候找我了？为啥要说瞎话啊？"

艾三装迷瞪："哎？噢，我想起来了，不是老二他妈，是乌德他妈。"

艾大大转向乌德："乌德，恁妈来找我了？"

乌德跟着装迷瞪："我，我不知啊。可能吧？我不知……"

艾大大指着乌德骂道："卖尻孙，你就跟着恁三哥说瞎话吧，寺门跟儿恁这几个货，冇一个好东西，一群瞎话篓子，谁知在捣啥鬼，恁几个跟着恁三哥难学到好上……"

艾大大骂骂咧咧进屋去了，洪芳的眼睛却紧紧盯在艾三脸上。

艾三："瞅啥瞅，还不快去做饭，我饿了！"

晌午饭洪芳做的是卤面，艾三匆匆吃罢就开会去了，临走前他对正在刷碗的洪芳嘱咐道："前些时候，我在尚社头他老表那儿割了一张皮子，准备做双靴子。眼望儿尚社头他老表无常了，你去把那张皮子取回来。"

洪芳："不会是又在说瞎话吧？"

艾三："臭娘儿们，哪儿恁多废话，叫你弄啥你就弄啥！把取回的皮子送到马道街南头的南蛮子开的鞋行里。"

洪芳："我睡会儿再去。"

艾三："要睡去东屋睡。"

洪芳："为啥？"

艾三："冇瞅见西屋我正在收拾东西！共产党真的快来了，咱得提前做准备。"

艾三去开会了。在厨屋洗刷完的洪芳来到西耳房，她意外发现西耳房的门被锁上了，不由越发感到蹊跷，因为耳房是从来不上锁的。

洪芳几间屋四处翻找着，终于在一个放杂物的抽屉里找到了一把耳房的备用钥匙。

洪芳把西耳房的门打开，四处看了个遍，除了堆放在床上的一大堆衣物并冇发现有啥异常。正当她准备离开西耳房的时候，忽然觉得有啥东西滴在了肩膀头上，她伸手摸了摸肩膀头，手指黏糊糊的，她瞅了瞅自己的手指，然后仰起脸往上一瞅，瞬间瘫软在地上。

再说艾三，压家里出来以后，心里一直七上八下的，冇走出多远二番头回到了家里。他走进西耳房一看，恰好看见洪芳瘫倒在地上，于是急忙上前又是拍脸蛋又是掐人中，又从水缸里舀了一瓢水喷在洪芳的脸上，这才把洪芳给弄醒过来。

艾三冲着苏醒过来的洪芳，严厉无比地："谁让你进这间屋的？找死啊你！"

浑身觳觫的洪芳，两眼直勾勾瞅着艾三，一句话也说不出来，"哇"的一口，晌午吃的卤面全部啰了出来。

艾三扶起洪芳："走！去北屋！"

洪芳被艾三搀扶进了北屋，喝了两口艾三给她倒的开水后，慢慢缓过一点神儿来。

洪芳："这个人是你杀的？"

艾三："不是一个人，是俩，还有一个在箱子里！"

洪芳浑身又一觳觫："你，你，你为啥要杀人？"

艾三："不关你的事儿，别问。"

洪芳："杀人是要偿命的。"

艾三一把揪住洪芳的衣领，恶狠狠地说道："臭娘儿们，你给我听好，你要是敢把刚才看到的告诉俺妈，或是告诉别人，我一样也会把你给杀了！"

洪芳有气无力地："我想知，你杀的人是谁？"

艾三根本不去回答洪芳，恶狠狠地接着说："另外，我告诉你，你眼望儿的身份还是汉奸，是我把你压死牢里扒出来的，我立马三刻就可以把你送还给政府，你是汉奸，政府一准枪打你的头！"

洪芳："我不会说出去的，我只想知那个人是谁？"

艾三："告诉你是害你，记住，你永远是啥都不知！"

洪芳："在这梁上绑着，咋能不知……"

艾三："千万别让俺妈知，今个晚上我就把死人弄走。"

一番安排和交代之后，艾三赶去开会了。

两个钟头后，艾三匆匆回到寺门，把几个弟儿们召集到了寺里的前院。刚做过礼拜的寺里非常安静，除了鸟儿瞅不见一个人。几个弟儿们聚在了大殿前的台阶上。

艾三："刚才俺处长召开紧急会议，据可靠情报，共党有一支部队可能是冲着咱祥符来的！"

乌德："鼓楼上的喇叭不是说,河北面万无一失,黄河水大,共产党冇船就不可能过河吗?"

艾三："听它瞎胡扯,冇船不会造船? 共产党都是些上八仙,他们要想过河,谁也挡不住,游也要游过河来了。"

沙二哥："说点有用的,共产党过不过河跟咱冇关系。"

艾三："咱原计划今个晚上把那俩货拉到黄河堤上埋掉,眼望儿不中了,今个晚上一四三师的工兵营要去河堤上埋炸药。"

沙二哥："埋炸药弄啥?"

艾三："一旦共军真要从北边过河,就炸开大堤,把河北边的共军全淹死。"

盘善："把柳园口再变成花园口?"

尔瑟斜了盘善一眼："懂啥,柳园口永远也变不成花园口,河北面地势低,真要是炸了大堤,淹的是河北,咱祥符冇球事儿。"

艾三："不管淹哪儿,这是国防部的命令,俺保密局要配合军方做好这个活儿。"

沙二哥："也就是说,今个晚上大堤去不成了。"

艾三点头。

乌德："那咱就等他们埋罢炸药再去。"

盘善："去球吧,你不怕死我还怕呢,大堤上埋的尽是炸药,一挖坑再把炸药给挖炸了,冇淹着共军把咱给炸死了。"

沙二哥："那就再找个地儿。"

艾三："对,一定要找个牢稳地儿,不容易被人发现的地儿。"

几个弟儿们你一嘴我一嘴,选择了好多处都被艾三否定了。正在这时,尚社头朝他们走过来。

尚社头："老三,恁的那条狗还斗不斗了?"

艾三敷衍着："斗啥,肚皮上的伤还冇好。"

尚社头："伤好了呢?"

八妞："咋,你有狗要斗?"

尚社头："我哪有好狗。拜四爷吸老海,欠了土街刘家大院的钱,刘家大院有条好狗,说是只要能把他们的狗斗败,欠的钱一风吹不说,还愿意赌三根条子。"

八妞差点蹦起来:"真的假的?"

尚社头:"真的。刚刚我碰见拜四爷,他正四处找恁呢。"

八妞兴奋地:"咋样,高加索又要挣钱了,我去找拜四爷!"

沙二哥眼一瞪:"安生!"

八妞一瞅沙二哥的脸,乖乖坐了下来。

沙二哥瞅了一眼走开的尚社头,冲八妞低声骂道:"冇见过钱啊! 正事儿办完了再说!"

一直坐着冇吭气的白凤山在琢磨着啥。

艾三:"凤山,你说说。"

白凤山:"我想到一个地儿。"

沙二哥:"哪儿?"

白凤山:"东华门斗狗场。"

几个弟儿们的脸上似乎都带着费解。

艾三:"为啥?"

白凤山:"咱就把两具尸体埋在斗狗场里。恁想想,谁能想到那个地儿会埋死人? 恁可能会认为那个地儿人多,不错,那是个热闹地儿,但是那个地儿热闹的是狗,平常冇人去,斗狗的时候谁又能想到血糊淋落的两条狗下面还埋着两个人?"

艾三一拍大腿:"好地儿!"

当天夜里,几个弟儿们用架子车把两具尸体拉到了东华门斗狗场,在隔壁宝三喂养的百十条狗的狂吠声中,几个弟儿们在斗狗场的中央挖坑把两具尸体给埋了。埋完之后又把地面恢复平展①。

艾三使脚一边踩着地面一边轻声感慨:"徐德老弟,不能怨哥哥,我要不下手,这会儿可能就是你在埋我……"

八妞也轻声对着地面说:"也不怨我,谁让你跟着恁营长一起来的,你要是不来,咋会让你跟恁营长陪葬,别管了,等下次我来斗狗的时候,一定给你烧炷香……"

共产党军队并不像传的那么邪乎,冇压黄河北面打过来。

转眼又到了阴历初十,拜四爷与土街刘家大院赌狗的事儿说妥了,三根条子不能不挣,寺门几个弟儿们牵着伤愈的高加索又来到了东华门斗狗场。

嗬,别说,刘家大院牵来的那条狗还真不孬,是一条纯种的西藏犬,据狗的主人介绍,这条狗曾经咬死过三只狼。

八姐摸着高加索的头说:"别听他们瞎喷,它能咬死三只狼,你就能咬死一群狼。"

在几百双眼睛的注视下,两条狗上场了。可大出人意料的事情发生了,当两条狗撒开脖圈之后,并没有冲上去血糊淋拉咬成一团,而是一同用鼻子闻着地面,前爪子在地面上使劲挠着,一边挠一边原地打圈转。围观人群纷纷猜测是这两条狗互相怵气不敢掐了,还有人猜测是不是这两条狗身上都被抹上了啥东西。

寺门的几个弟儿们面面相觑,只有他们心里清亮,在埋那两具尸体的时候,白凤山把上次扒下来的狼皮随两具尸体一起埋了。

八姐埋怨道:"老白,都怨你。"

白凤山:"咋能怨我,要怨你去怨三哥。"

艾三:"怨我啥,恁应该感激我才对。"

白凤山:"为啥要感激你?"

艾三用嘴努了努那条西藏犬:"瞅见冇,这货是个童蛋子,头一次上阵,咱的高加索就是再厉害,也不呛②是对手,它俩不打倒是个好事儿,省了三根条子不说,咱的高加索还能保留个晚节。"

远处好像有雷声在滚动。

艾三仔细辨别了一下,说道:"不是打雷,是榴弹炮,共军打的。"

注:
①平展:平整。
②不呛:不能够、不一定。

朋友加的伤痕,出于忠诚,仇敌连连亲嘴,却是多余。

——引自《旧约全书》

六十二、"俺妈巴不得我能嫁给一个吃喝不愁的男人。"

虽说战局很吃紧,但军方和保密局对徐德失踪的调查一直在进行中,让艾三十分得意的是,那封压郑州发给徐德的假信起到了决定性的作用,外加战事紧张,保密局祥符站便将通共的屎盆子扣在了徐德和那个肖排长的头上。艾三和寺门的弟儿们大大松了一口气,几个弟儿们凑在一堆喝茶的时候,沙二哥对几个弟儿们说道:"都面朝西,赌个咒,不管共产党来不来,从今往后谁也不准提这事儿,谁要是再提这事儿,死他全家!"

天气越来越热,在院子里吃晚饭的时候,洪芳问艾三:"你想好冇,共产党真要是打进城,咱咋办?"

艾三压衣服兜里掏出钱夹子,压里面取出三张火车票,往小饭桌上一搁:"这是明个下午的火车票。"

洪芳:"咋,咱都走?"

艾三:"能走的都走了,咱不走在这儿等死啊。"

艾大大满脸不快地:"我才不走,要死也死在这儿,这是我的家,说出个老天爷我也不跑了。卖尻孙的老日来那会儿,急急慌慌地跑,恨不得把我给跑死。这一回,不管谁来我都不跑,我这把老骨头要埋也得埋在祥符!"

艾三:"妈,打别冇用,这不是水里火里一起跳的事儿,共产党可不比老日,老日战败投降,杀不杀他们是国际上说了算。国民党要是打败了,杀不杀人是共产党说了算。共产党和国民党是死对头,谁坐江山一准要杀对方的人,我给国民党当差恁多年,要是被共产党抓住,能有我的好? 别置气①儿,三十六计走为上策。"

艾大大:"前一番不是和解了吗? 延安那边共产党的头头不是去重庆和蒋主席握手了吗? 咋还是死对头啊?"

艾三:"那都是假的,骗人的。"

艾大大:"骗人的? 骗谁啊?"

艾三:"骗自己。"

艾大大:"骗自己弄啥?"

艾三:"跟你说不清。"

艾大大:"我知,你是给政府做事儿的,该跑就得窜,让共产党抓住了比害眼还厉害。还有洪芳,恁俩一起窜,就她那个汉奸罪名,共产党和国民党都不会给她吃好果子。我冇事儿,一个老婆儿家,能把我咋着。"

艾三:"冇事儿也得走,这事儿冇商量!"

艾大大:"卖尻孙,我这条老命非得被你折腾死!"

艾三对洪芳说道:"车票是明个下午的,把家里的东西拾掇拾掇,该带的带走,带不走的该藏就藏。"

洪芳瞅着火车票:"去哪儿?"

艾三:"南边。"

洪芳:"还是恁娘俩走吧,我不想走。"

艾三:"为啥不想走?"

洪芳冇吭气。

艾三:"说话呀,为啥不想走?"

洪芳:"我留下来看门。"

艾三:"说得多好听啊,留下来看门,你以为我不知你是咋想的,你是怕离开了祥符,哪天那个老日回来找不着你,对吧? 死心吧,那个卖尻孙西川永远也别想再回来了!"

艾大大:"冇影儿的事儿,瞎说啥!"

艾三:"我瞎说? 她撅屁股我就知她屙啥屎!"

艾大大:"闭上你的臭嘴! 洪芳恁俩过了恁些年,她是啥样的人你不知?她就不是那种人。你成天不着家,洗呀,涮呀,家里大小事儿不都是指望人家洪芳嘛,人家对我对这个家一百成,我说不到人家二上。我知恁俩经常磨嘴碰牙,不管恁俩拜天地冇拜天地,在一起过了恁些年的日子,恁俩就是两口子。两口子是啥? 两口子是狗皮袜子冇反正,两口子睡的是一张床,钻的是一个被窝!"

艾三:"睡一张床钻一个被窝也不一定就是两口子。"

艾大大:"放屁! 再敢胡说我扇歪你的脸!"

"哼!"艾三用鼻子冷笑了一声。

艾大大用手里的筷子指着艾三骂道:"卖尻孙,你别想歪点儿,洪芳比你早先找的那个娘儿们好一万倍!"

艾三:"说那弄啥!"

艾大大:"说! 我就是要说! 那种只能跟着享福不能跟着受罪的娘儿们压根就不能要! 不听老人言,咋样,把你甩了跟大官窜了吧!"

艾三有点恼怒:"别说这中不中。"

艾大大:"不中! 我告诉你老三,恁娘吃过的盐比你吃过的馍还多,啥样的女人恁娘一瞅一个准。不错,洪芳是跟老日睡过,那她是不当家,冇法儿!别发迷,要说过日子洪芳比谁都强! 就你这个臭德性,能找到洪芳这样的女人,算你上辈子烧了高香!"

艾三瞅见老太太要大急,不敢吭气儿了,两口把手里的馍塞进嘴里,抓起三张火车票,起身离开了小饭桌。

艾大大喝问:"你去哪儿?"

艾三:"听戏。"

艾大大:"兵荒马乱的,听啥戏?"

艾三:"关公戏,身在曹营心在汉!"

艾大大:"卖尻孙,再敢胡说,我掂拐棍夯折你的腿!"

艾三嘴里嘟嘟囔囔地走出了院门。

艾大大叹道："唉,这共产党咋恁有能耐,说推翻政府就推翻政府了? 政府咋就恁软蛋呢,连个共产党都拾掇不住?"

艾三带着一肚子的郁闷来到了纪念塔旁边的茶馆。

茶馆里生意冷清,战事吃紧,冇一个喝茶听戏的。茶馆老板和唱堂会的几个人瞅见艾三到来,惊讶之余都显得欢欣鼓舞,尤其是那个唱老包的小凤。

小凤："咋弄的,恁些天不见你的影儿? 这两天我还一直在想,你是不是窜罢了呢。"

艾三："窜罢了,窜哪儿啊?"

小凤："政府里的人,还有他们的家眷,这两天都在往外窜啊。"

艾三一笑："谁爱窜谁窜,我今个就是来听戏的。"

小凤："你还有心来听戏啊?"

艾三："只要你不窜,我就来听戏。"

小凤："我倒是想窜,可往哪儿窜啊? 火车站人多得挤拱不动,每天只发一趟火车,十块现洋都买不着一张火车票,俺又不是达官贵人,等着挨共产党的大炮呗。"

艾三平静地点燃一根烟："坐下,咱俩说说话。"

小凤坐在了艾三旁边的椅子上："咋了,你好像有啥心事儿?"

艾三："冇啥心事儿,就想找人说说话。"

小凤："咋了? 和恁媳妇隔气②了?"

艾三："冇,就是心里有点烦。"

小凤："烦啥?"

艾三："这不,共产党要来了嘛。"

小凤又竖起耳朵听了听远处的炮声："共产党真的要来了?"

艾三："是啊,那还能假?"

小凤："你是给政府当差的人,你说说,共产党来了会咋着?"

艾三："我也不知。"

小凤："我才不信,你给政府当的还不是一般的差,你要不知,鬼才相信。"

艾三："咱不说这,说点别的中不中。"

小凤："说啥?"

艾三："说说恁女人。"

小凤:"女人咋了?"

艾三:"比方说你吧,你要不喜欢的男人,你和他睡觉吗?"

小凤:"听实话还是听瞎话?"

艾三:"当然听实话。"

小凤:"实话就是,女人可以和任何男人睡觉,问题要看值不值得睡。"

艾三:"你的意思是要得实惠。"

小凤叹道:"唉,俺妈的话是,女人嫁人就是第二次投胎,俺妈巴不得我能嫁给一个吃喝不愁的男人,不管他是瞎子还是瘸子。"

艾三:"假如说,你嫁给我,算是嫁对了还是嫁错了?"

小凤:"胡说啥,你有媳妇。"

艾三:"我说的是假如。"

小凤:"你是想让我评价评价你这个男人吧?"

艾三点头:"对,我想听你评价评价。"

小凤:"共产党要是不来吧,嫁给你就嫁对了;共产党要是来了吧,那可就不好说了。"

艾三笑了。

小凤:"笑啥,你不是要我说实话嘛。"

艾三笑道:"这一回共产党真的要来了,女人能窜还是赶紧窜吧。"

小凤往艾三跟前凑了凑,用肩膀头轻轻碰了他一下,低声说道:"三哥,能不能帮我弄两张去南京的火车票?"

艾三斜眼瞅着小凤。

小凤:"不是我要跑,俺那个后爹在税务局大小是个管事儿的,不是怕共产党来了找他的麻烦嘛。三哥,给俺帮帮忙吧,我会报答你的……"

艾三的肩膀头被小凤的肩膀头轻轻摩擦着,心里酥酥痒痒的。

小凤:"俺也不是祥符的城里人,大官俺也攀不上。说句打嘴的话,俺也不怕三哥你笑话,你是俺认识人当中最有能耐的。谁让俺和你认识得晚了,认识早一点,俺就嫁给你。"

艾三:"你就不怕共产党来了?"

小凤:"共产党来了,我就跟你窜,去南京。"

艾三:"共产党要打到南京呢?"

小凤："那就嫁鸡随鸡嫁狗随狗,认倒霉呗。"

艾三抓过小凤的手,抠了抠她的手心,小声说道："走,咱找个地儿说话,说完话哥哥给你弄火车票。"

小凤："椎我的吧?"

艾三："不见兔子不撒鹰是吧? 那哥哥就让你见见兔子。"说完从衣服兜里把火车票摸出了一角,"瞅瞅,这是啥?"

小凤瞪起眼睛去瞅："啥?"

艾三诡秘地一笑："蚂蚱。"

小凤站起身："我拾掇一下,咱俩换个地儿说说话。"

艾三领着小凤去了寺后街上的河南旅社,这是祥符城里最大、最气派的旅社,俩人一进房间就搅腻③到床上。他俩在越来越近的炮声中睡了一夜。这一夜,艾三和小凤在河南旅社的大床上折腾了个天翻地覆,直到第二天茶坊提着大茶壶敲门问他们要开水不要,他俩才发现窗帘外的日头老高,一瞅墙上的挂钟已临近晌午。

小凤恋恋不舍地说："三哥,咱俩啥时候还能这么得劲啊?"

艾三："看老天爷的安排吧。"

小凤："我会想你的,三哥。"

艾三："我也会想你的。"

小凤一把搂着艾三的脖子,在他的耳边说道："谁说瞎话是狗,我喜欢你……"

艾三紧紧抱着小凤："让哥哥再摸摸你……"

艾三把三张火车票都给了小凤之后,小凤瞅着火车票疑惑地问："那恁咋办?"

艾三："别管了,我自有法儿。"

和小凤告别之后,艾三日急慌忙地往家赶,他刚进寺门的南口,就瞅见海阿訇和尚社头行色匆匆地从寺里走出来。

尚社头："老三,正说去找你。"

艾三："有事儿?"

尚社头："共产党打到杞县了你知不知?"

艾三："打到杞县了?"

尚社头:"你在军队当差都不知?"

艾三苦笑道:"俺的头头早两天就窜南京了。"

尚社头:"你咋不窜?"

艾三:"父母在,不远游。窜哪儿?火车票我都送人了。"

尚社头和海阿訇相互瞅了一眼。

艾三:"恁找我啥事儿?"

海阿訇往四下里瞅了瞅,低声说道:"有人想见你。"

艾三:"谁?"

海阿訇往寺里努了一下嘴。

艾三:"神呀鬼的,谁啊?"

海阿訇:"在主麻拜殿里,去瞅瞅你就知了。"

艾三:"我能进礼拜堂?"

海阿訇:"穆罕默德说:'他们用计谋,真主也用计谋,真主是最善于用计谋的。'在以阴谋对阴谋的时候,我批准你。"

尚社头:"去吧,冇事儿,阿訇当家。"

艾三瞅瞅尚社头,又瞅瞅海阿訇,觉得这俩人脸上的表情有点古怪,他也不多问,朝寺里的礼拜堂走去。

注:

①置气:生气。

②隔气:生气、闹别扭。

③搅腻:意为纠缠不清、不分彼此。

已有的事,后必再有。已行的事,后必再行。日光之下并无新
事。

——引自《旧约全书》

六十三、"不是讹上你,是讹上你们寺门。"

艾三跨进礼拜堂的门槛,礼拜堂内静悄悄的,一排排的拜垫井然有序。
艾三站在那儿用眼睛把礼拜堂内扫了一圈,大声问了一句:"谁找我?"

大约停了几十秒钟,艾三正感到纳闷的时候,压礼拜堂内的柱子后面露
出了半截身子,头上戴着礼拜帽。

礼拜堂内光线太暗,艾三仔细瞅着柱子后面站着的那个人,问道:"谁
啊?"

"艾中校?"

艾三还是冇瞅清那人的面孔,接着问道:"你谁啊?"

柱子后面的人朝艾三走了过来。

艾三不由吃惊地叫了出来:"尿壶?"

尿壶:"是我。"

艾三瞅着尿壶一副穆斯林打扮,问道:"咋回事儿? 你咋来这儿了?"

尿壶上前一把拉住了艾三:"是黄军长派俺来的。"

艾三:"黄樵松?"

尿壶警惕地往礼拜堂外瞅了瞅。

艾三:"在这儿冇事儿,坐下说。"

俩人坐在了拜垫上。

艾三:"三十军不是在西安吗?"

尿壶:"目前还在西安,往后就难说了,仗打成这个球样,我看祥符也难保住。黄军长派我来,我就来了,可我眼下还真不知道该咋办,只有来找你。"

艾三:"到底咋回事儿,你说明白点。"

尿壶:"我是奉军长的命令,来祥符找封国章。"

艾三:"封先生?"

尿壶:"是的。当初,封国章家的那些东西是军长下令弄走的,一直存放在军长那儿,军长担心,仗再这样打下去,那些东西会跟着三十军一起被毁掉。他派我过来,就是要把那些东西还给封家的人。"

艾三:"不是我有先见之明,当初我就猜到是你们做的活儿,除了黄樵松,谁有这个胆儿?"

尿壶:"要不是军长英明,那些东西还不都给运到南京去了?俺军长做这个决定也是冒了很大的风险。"

艾三:"中了,东西冇丢就是万幸。"

尿壶:"没丢是万幸,可现在麻烦更大了,封家没有人,那些东西该咋办啊?随时有可能再次落到南京手里或是被战火毁掉。"

艾三:"啥?东西你已经拉过来了?"

尿壶:"可不是嘛。谁知道共军进展这么快,到祥符城下了。我千辛万苦把东西拉回了祥符,总不能让我再拉回西安去吧。"

艾三:"东西在哪儿?"

尿壶:"在南郊八里湾。"

艾三:"我的个亲爹,哪儿不能拉你要拉到八里湾。南郊是祥符防务的重点地段,共军很有可能就从南郊打进祥符城。"

尿壶:"谁说不是呢,现在我们的车被挡在了南郊,那里的防务部队是说啥也不让车进城,说是刘茂恩下的死命令。"

艾三:"这个我知。那你咋跑到寺里来了?"

尿壶:"负责南郊防务的那个团长是个穆斯林,他给我出了个主意,让东大寺里的大阿訇去省政府找一下刘主席,只要刘茂恩发句话,一切就迎刃而解了。"

艾三:"屁话,这时候谁能找到刘茂恩?俺的处长都窜了,刘主席会不窜?再说,当初刘茂恩对封家被抢也憋着一肚子气,去找刘茂恩还不是自投罗网?"

尿壶:"有病乱投医,只管去试试吧。今天一早,海阿訇去了省政府。"

艾三:"见到刘茂恩了?"

尿壶点点头:"海阿訇说,省政府大院里乱成一锅粥,到处是防御工事,房顶上堆的都是沙袋。海阿訇在省政府的办公大楼里等了好长时间才见到刘茂恩,把来意一说,刘茂恩问了问来人的姓名和部队番号后,满口答应放行,亲自让秘书给开了特别通行证。可是,在海阿訇走出省政府大院之后,就发现有人在跟踪他,一直跟踪到了寺门。刚才我化装成穆斯林去街南头北头转了转,都有便衣。看来刘茂恩是耍了滑头。"

艾三的脸上顿时严肃起来。

尿壶:"老艾,我是练把式的躺地上——没招了。你也清楚这些东西的价值,周折了一圈要是再落到刘茂恩手里,人财两空不说,刘茂恩向蒋介石汇报,俺黄军长也得吃家什①。"

艾三:"海阿訇在刘茂恩跟前提黄军长了吗?"

尿壶:"没有。"

艾三:"他咋说的?"

尿壶:"海阿訇只说了我,说是我背着黄军长干的。"

艾三哼了一声,说道:"刘茂恩根本不会相信。"

尿壶:"相信不相信咱不管。我已经想好了,不能连累黄军长,把事情办完之后,我就消失,只要找不着我,黄军长就是安全的。"

艾三:"那是后话,眼下最危险的是你和那些东西。"

尿壶:"要不我这么着急找你。事到如今,只能依靠你了。"

艾三:"你说的是个球!依靠我?你以为我是谁,齐天大圣?"

尿壶:"老艾,不管你是谁,我现在是走投无路,冲着你们寺门来的,在祥符城,就交了你们寺门一帮朋友,事儿不大,你看着办吧。"

艾三:"你还讹上我了?"

尿壶:"不是讹上你,是讹上你们寺门。东西是封家的,封家的人也是你们寺门的人。"

艾三:"胡说八道。封家和俺艾家都不是穆斯林,俺只不过是在寺门跟儿住,要讹你去讹海阿訇,去讹尚社头,去讹沙老二他们。不中,这事儿我管不了,共军眼瞅着就要打进祥符城,我自己一屁股屎还擦不干净,哪有闲工夫管你这事儿。我得马上回家,拾掇拾掇,领俺家人赶紧窜,再不窜就来不及了。"

尿壶翻脸道:"艾三! 用你们祥符人的话说,你真不人物!"

艾三:"不人物就不人物吧,保命要紧。对不起,告辞。"

艾三冲尿壶一抱拳后,转身朝礼拜堂外走去。他刚走到礼拜堂的门口,就被海阿訇、尚社头、沙二哥等人堵住了去路。

尚社头:"去哪儿,老三?"

艾三:"这事儿谁爱管谁管,我充不了这个大头。"

沙二哥:"先别急着走,咱再商量商量。"

艾三:"冇啥商量头。老二,你禀性,你尿得高,你是英雄好汉,你刀枪不入,你中,哥哥不中。闪开,我得赶紧回家。"

海阿訇:"老三,先别走,听我说一句中不中?"

艾三抬手瞅了一眼手表:"你说吧,快点。"

海阿訇:"我问你,为啥伊斯兰教和犹太教都把耶路撒冷称为圣城?"

艾三:"我哪知,问祖先去。"

海阿訇:"虽说你是祥符人,但你的祖先是一千年前从耶路撒冷来的。"

艾三:"别跟我扯这个,我的先人是啥人我不管,我又不信教。"

海阿訇:"你可以不信教,但你应该知道,在很久很久以前,耶路撒冷就是伊斯兰教和犹太教共同的圣城。在耶路撒冷,有俺伊斯兰教的阿克萨清真寺和萨赫莱清真寺,也有恁犹太教的圣殿和哭墙。咱不管每章儿这两教有多少恩恩怨怨,咱也不管以后会成个啥样,可有一个事实是全世界明眼人都看得见的,那就是不管是每章儿还是眼望儿,在咱的祥符城里,压根就没有这两教人谁瞅着谁别扭的事情发生。你说,这是为啥?"

艾三:"都是清亮人呗。"

海阿訇:"对,都是清亮人,谁都清亮咱是活在一个地儿,祥符是咱的家,无论是九百年前一起抵御女真族的侵犯,还是九百年后一块儿打窜了日本人,都是因为咱清亮这个理儿。咋,今个咱寺门跟儿的封家有难咱就不管?你就不怕别人戳咱寺门人的脊梁骨?"

艾三:"不是那回事儿。别人不了解我艾三,恁还不了解?我不是不想帮忙,是眼下我都自身难保,共产党的军队说打进城就打进城,我是干啥的恁也知,我再不窜,万一被共党逮住,会有我的好?恁咋不替我想想?"

尚社头:"你咋知俺不替你想了,该想的都替你想到了。"

艾三:"替我想到啥了?"

尚社头:"我问你,夜隔晚上你去哪儿了?"

艾三:"我有公务。"

尚社头:"对呀,你有公务,顾不了家,夜隔恁妈跟恁女人急得四处找不着你,是老二和尔瑟他们去恁家,帮着恁妈跟恁女人把该藏的都藏了,该埋的都埋了。老二怕车不好找,还提前说好了一辆车,随叫随到,恁啥时候走都中。"

艾三感激地在沙二哥肩头拍了一下。

沙二哥:"三哥,啥也说了,你放心,就是共产党进了祥符城,你冇窜出去,寺门的人也不会眼瞅着你被共产党抓走。"

海阿訇:"按理说,我也不该管这号事儿,可穆罕默德说:'我们确是你们的同党,我们不过是愚弄他们罢了。'穆罕默德还说:'真主将用他们的愚弄还报他们,将任随他们彷徨于悖逆之中。'不管咋说,封家住在咱寺门跟儿,咱不能坐视不管。"说到这里,海阿訇抬眼瞅着大殿顶上的星月说道,"一切清真寺,都是真主的,故你们应当祈祷真主,不要祈祷任何物。封国章,你听着了冇……"

艾三:"中了中了,这个忙我帮还不中吗!"

尿壶脸上露出了笑容:"我就知你不会见死不救。"

艾三:"东西弄进城搁到哪儿?寺里?"

尚社头:"先别搁寺里,谁知共产党啥劲儿,万一他们容不得咱伊斯兰教咋办?"

海阿訇:"不会吧,共产党里头就冇咱的穆斯林?"

尚社头:"还是保把一点吧。"

沙二哥:"不中就先搁俺家吧,俺家是卖肉的,还是那句话,不管共产党还是国民党,谁来都得吃肉吧?"

　　海阿訇:"我看中,就先搁在沙家,瞅瞅风头再说。"

　　艾三:"那咱就赶紧去八里湾弄东西。"他对沙二哥说,"老二,你把尔瑟他们几个找来,咱们做一下分工,先得把街口的便衣支开。"

　　注:

　　①吃家什:吃官司、倒霉。

慈爱和诚实,彼此相遇。公义和平安,彼此相亲。

——引自《旧约全书》

六十四、"共产党的大炮马上就堵住政府的门了!"

艾三冇回家,直接领着寺门的几个弟儿们去了八里湾。

在八里湾布防的那个团长看罢艾三的证件,说道:"保密局的人把东西弄走,刘主席也冇法儿,赶紧把东西拉进城吧,冇准今个晚上共军就打过来了。"

回城的路上还算顺利,可当马车就快到小南门的时候,坐在马车上的艾三一眼瞅见,几个便衣蹬着自行车朝他们而来。

艾三:"要坏事儿。"

几个弟儿们也瞅见了迎面蹬来的自行车。

沙二哥:"不会是冲咱来的吧?"

艾三肯定地:"一定一是冲咱来的。"

尔瑟:"咋办?"

思考中的艾三没有搭腔。

沙二哥脱去上身的布衫:"兵来将挡,水来土掩,总不能让煮熟的牛肉落进别人的嘴里!"

几个弟儿们都不由摸了摸各自别在腰里的刀。

艾三:"别胡来,见机行事。"

说话间蹬自行车的四个便衣来到了跟前,挡住了马车的去路。

其中的一个瘦脸便衣:"恁是弄啥的?"

艾三从马车上蹦下来:"你管俺是弄啥的。"

瘦脸便衣:"说话怪呛实①啊。"

艾三:"是俺呛实还是恁呛实?大白天挡俺的道。"

瘦脸便衣:"共产党冇进祥符城之前,我想挡谁的道就挡谁的道。"说罢拔出了盒子炮,"少废话!车上装的是啥?"

艾三扭头问坐在车上的几个弟儿们:"车上装的是啥?"

几个弟儿们异口同声:"蚂蚱。"

艾三:"听见冇,蚂蚱。"

瘦脸便衣掰开盒子炮大机头,将枪口对准了艾三:"把手举起来!"

其余几个便衣全都拔出了盒子炮,对准了几个弟儿们。

艾三笑道:"弄啥,别把哥哥吓着了,哥哥我就是被枪吓唬大的。"说罢从衣服兜里掏出证件撂给瘦脸便衣,"长着眼,自己瞅!"

瘦脸便衣瞅了瞅证件,腔调缓和下来:"对不起,俺是奉命行事,得检查一下车上的东西。"

艾三:"我要是不让检查呢?"

瘦脸便衣:"你老兄是保密局的,三头六臂。俺肩膀上只扛着一个脑袋,让俺瞅瞅车上装的是啥,如果不是俺要查的东西,大路朝天各走半边。"

艾三:"我想问问,恁要查啥?"

瘦脸便衣:"西安那边运来的东西。"

艾三:"刘主席派恁来的?"

瘦脸便衣:"看来俺是查对人了。"

艾三:"冇错,俺也真人不说假话,车上的东西确实是压西安拉过来的,不过,上茅厕还有个先来后到,刘主席要蹲这个坑,俺保密局也要蹲这个坑,可是冇法儿,狗撵兔,差一步,这个茅坑俺先蹲上了。"

瘦脸便衣:"俺也不想得罪恁保密局,就这吧,咱一块到小南门的哨位上给刘主席打个电话,把情况向他禀报一声,让刘主席发句话,别让俺为难中不中?"

艾三心里清亮糊弄不过去了,正当他一时想不出脱身的办法时,马车上坐着的白凤山蹦了下来。

白凤山盯着瘦脸便衣问道:"这老弟贵姓?"

瘦脸便衣:"免贵姓高。"

白凤山:"恁爹叫高贵田?"

瘦脸便衣打量着白凤山:"你是谁?"

白凤山:"恁家在营房街住?"

瘦脸便衣:"你咋知?"

白凤山大声骂道:"卖尻孙,我还叫你老弟,你个卖尻孙应该叫我师叔!回家问问恁爹,民国二十四年恁爹嫖窑子得一身病,要不是我给他弄了个偏方,早死他八回了!"

瘦脸便衣一下变成了个大红脸。

白凤山:"谁说瞎话死他全家,回去问问恁爹,真的假的!卖尻孙,胆子不小,截恁师叔的车,恁妈扯着你压兰考来的时候,你光着腚连条裤子都冇,我在相国寺后街用二斤花生糕给你个卖尻孙换了条裤子,恁妈两眼泪恨不得叫我声爹,回家问问恁妈,真的假的!卖尻孙,混展样了,不认人了。走! 老子跟你走! 去见刘茂恩那个卖尻孙!"

瘦脸便衣被白凤山骂迷脸②了,半天缓不过神来。

白凤山的口气也放松了下来:"乖乖儿,摸不着门朝哪儿了是吧? 听清亮,恁师叔我不是保密局的,恁师叔我是寺门卖花生糕的,姓白,你要嫌被我骂得亏,你也得认,谁叫咱有这层关系呢。咱这是啥关系? 别说刘主席得靠边站,就是蒋总统来了,老天爷来了都得靠边站,清亮了吧,乖乖儿?"

瘦脸便衣为难地说:"清亮是清亮了,师叔,可我端的是政府的饭碗啊……"

白凤山:"还发迷,你这个政府的饭碗还能端多长时间? 说句难听话,搞不好明个一早你这个饭碗就冇了,共产党的大炮马上就堵住政府的门了! 听恁师叔的话冇错,赶紧窜吧,再不窜连小命都保不住。"

瘦脸便衣:"可,可眼望儿,不是还冇瞅见共产党的影儿吗? ……"

白凤山:"你担心回去冇法去给刘主席交差是吧?"

瘦脸便衣点了点头:"是的,师叔,你说咋办?"

白凤山:"你就是个猪脑,多简单个事儿啊,回去就说冇查着。"

瘦脸便衣:"中不中啊?"

白凤山:"你比恁爹还闷得不透气,恁师叔说中就是中,赶紧回家吧,照护着恁爹恁娘,找地儿避避。"

瘦脸便衣瞅了瞅身边几个便衣,问道:"恁说,恁说咋办?"

其中一个便衣爽快地说:"俺说啥,大水冲到龙王庙,恁师叔说得在理儿。你走不走?你不走俺可走了,共产党今个要是打过来,窜都窜不及。"

瘦脸便衣掉转车头:"师叔,后会有期!"

白凤山:"先别急走!"

瘦脸便衣:"还有啥事儿,师叔?"

白凤山:"兜里有烟冇?恁叔兜里的烟吸完了。"

瘦脸便衣忙从口袋里掏出一包烟摺给白凤山。

白凤山:"用不着恁多,一支就中了。"

瘦脸便衣蹬车就窜:"拿着吸吧!"

瞅着便衣们蹬车走了之后,白凤山开始给几个弟儿们撒烟。

沙二哥:"多亏了凤山,要不,今个得打到血海里。"

尔瑟:"中啊,老白,野道③得很啊。"

艾三:"中,凤山,你这张脸比保密局的牌子管用。"

沙二哥:"不是凤山这张脸管用,是咱祥符这地儿认这个,六亲不认的货,别在祥符混。"

白凤山:"恁就冇瞅出点问题?"

沙二哥:"瞅出啥问题?"

白凤山:"真冇瞅出来?"

沙二哥:"真冇瞅出来。"

白凤山:"这孩儿的脸盘似我不似?"

艾三:"咋,是你造的?"

白凤山:"不是我造的今个咱能走得脱?"

沙二哥:"滚蛋去吧。"

几个弟儿们顿时放声大笑起来。

几个弟儿们把压八里湾拉回到寺门的东西在沙二哥家安置好之后,艾三回到家已是黄昏时分。

艾三还冇进院门，就听见院子里传出艾大大念儿歌的声音："咱俩好，咱俩好，咱俩对钱买个表，你戴戴，我戴戴，恁奶是个老太太……"

艾三觉得有点奇怪，他跨进院门，瞅见艾大大坐在小板凳上，怀里搂着一个五六岁的小女孩，身旁站着洪芳和一个穿旗袍的女人。当他刚定眼瞅清那个穿旗袍的女人是谁时，便遭到艾大大的怒骂。

艾大大："卖尻孙！你还知回来啊！咋不让共产党一炮摧死你！冇脸冇皮的东西，去哪儿了？一天一夜不着家！"

艾三顶着艾大大的骂声，冲那个穿旗袍的女人问道："你咋来了？"

穿旗袍的女人没吱声。

艾大大："来了咋？又不是来看你的，你个卖尻孙冇一点人味儿，也不瞅瞅是啥时候了！来咋了？再不来，想叫人家来都来不了了！"

艾三的眼睛盯在了那个小女孩身上。

艾大大："瞅啥瞅，再瞅也是咱艾家的血脉，再瞅她也是你的……"

"大大。"穿旗袍的女人立马制止了艾大大下面的话。

艾大大："卖尻孙，作孽啊……"

穿旗袍的女人拉起小女孩的手："乖，去，让这个叔叔抱抱。"

小女孩摇头。

穿旗袍的女人："乖，听话，去让叔叔抱抱。"

依偎在艾大大怀里的小女孩使劲地摇着头。

艾大大用温和的声音对小女孩说道："孩子乖，听恁妈的话，让他抱抱，奶奶一会儿给你买糖豆吃，听话。"

小女孩瞅了瞅艾三，随后一把紧紧抱住了艾大大："不要，害怕，我不要他抱……"

艾大大："不怕，孩子乖，他是，他是，他是叔叔……"

小女孩紧紧抱着艾大大不撒手，艾大大的双臂也紧紧地抱住小女孩。

穿旗袍的女人哭了。

艾大大也哭了。

艾三不知所措地站着，一脸茫然。

洪芳上前慢慢将小女孩和艾大大分开，她把小女孩抱起走到艾三跟前，说道："仔细瞅瞅孩子吧。"

艾三把慢慢抬起的手放在了小女孩的头上，轻轻抚摸着小女孩的头发，他的手在微微发抖。

穿旗袍的女人："乖，听妈的话，叫一声叔叔，叫啊。"

小女孩哇的一声大哭起来。

穿旗袍的女人在小女孩的头上扇了一巴掌："哭啥哭！冇出息！快叫！叫一声叔叔！不叫还打你！"

艾大大从小板凳上站起来，冲穿旗袍的女人吼道："弄啥了你！打孩儿弄啥！怎俩造的孽，凭啥打俺孩儿？卖屁孙，冇一个好东西！"

洪芳把小女孩重新交到艾大大怀里，劝说道："别吓着孩子了，来一趟不容易，以后还不知是啥情况。"

艾大大："说得是，以后能不能再见着都不知，孩儿啊，奶奶是心疼你……"

艾三木呆呆地站着，从始到终俩眼一直盯在小女孩的身上。

注：

①呛实：同"强势"，意为说话冲、态度强硬。

②迷脸：发蒙、傻脸。

③野道：处事果断、不计后果，也有识人多、路子野的意思。

宁可遇见丢崽子的母熊,不可遇见正行愚妄的愚昧人。

——引自《旧约全书》

六十五、赶紧窜,再不窜就来不及了。

艾大大留穿旗袍的女人在家吃晚饭,那女人坚持带着小女孩走了,那小女孩到走也冇让艾三抱上一抱。

穿旗袍的女人走后,艾大大问道:"火车票作废了吧?"

艾三:"送人了。"

艾大大:"送人了? 你不是嗷嗷着要窜嘛,咋不窜了?"

艾三:"谁说不窜了,窜,明个一早咱就窜。"

艾大大:"冇火车票咋窜?"

艾三:"老二把车雇好了,只要去到国军的地盘,就冇啥事儿了。"

艾大大:"卖尻孙,谁知你把火车票给谁了。"

艾三:"别骂了中不中。我烦!"

艾大大:"你烦我还烦呢! 放排场不排场,非得混到丢人上!"

艾三不吭声了,艾大大也不吭气儿了。这时,远外隐隐约约传来炮声,却分辨不出是哪个方向,艾三心里清亮,不管这炮声来自哪个方向,共军都已经逼近了祥符城,如果再不窜就真的冇时间了。

吃晚饭的时候,艾三让母亲和洪芳把随身要带走的东西收拾好,吃罢饭他就去盯车,最晚明个一早就得出城。可饭还没吃完,尚社头就急匆匆跑来说,城里街面上到处是逃窜的人,据那些人说,共产党的先头部队已经堵住了大南门和宋门。

艾三一听把饭碗一推,对艾大大和洪芳说:"赶紧,把随身要带的物件准备好,等着,我眼望儿去叫车!"

艾三一路小跑来到了沙家,已经吃罢饭的沙二哥正光着膀子在院子里撂石锁,听艾三这么一说,沙二哥一边穿布衫一边说:"你回家等着吧,我去把车叫到恁家!"

艾三回到家后左等右等不见沙二哥和车的影子,翘急。这时,八妞急急慌慌跑来,捞住艾三的胳膊问道:"三哥,我窜不窜?共产党来了会不会拾掇我啊?"

艾三:"拾掇你弄球,哥哥是国军,你又不是!"

八妞:"我这心里咋像猫抓似的。"

艾三:"共产党是跟国民党有仇,你只要不是国民党,保准冇事儿。"

八妞:"我给老日做过事儿啊。"

艾三:"你还打死过老日你咋不说?"

八妞一想:"就是,共产党打老日,我也打老日,也应该算是一伙儿的。"

艾大大一旁插话:"国民党也打老日,咋不跟国民党是一伙儿的?孩子乖,不在是不是一伙的,恁三哥是给政府当差,不窜不中,你冇事儿,平头百姓一个。"

吃了定心丸似的八妞走了。

八妞刚走,沙二哥擦着满脸的汗跑来。

艾三:"老二,车呢?"

沙二哥:"别提了,那个拉黄包车的卖尻孙又接别的活儿了!"

艾三:"不是都说死了吗?"

沙二哥:"是说死了,定钱我都付罢了,可那个卖尻孙说是等了咱一天也冇见咱的人,眼望儿祥符城里有身份的人都往外窜,黄包车的价钱比天都高,卖尻孙见利忘义,拉大活儿去了。我一恼,把他家的锅给砸了!"

艾三:"锅砸了管球用,抓不住车不是等死吗!"

沙二哥:"三哥,刚才我回来的时候,路过静宜女中门口,听学生们在发传单宣传,说是共产党根本就不像政府说的那样,冇事儿,用不着窜。"

艾三:"别听学生们瞎宣传,还是那句话,恁可以不窜,我不窜不中。"

沙二哥:"我的意思是,你窜你就窜,俺大大和洪芳可以不窜。"

艾三想了想,觉得有道理:"说得也是。"

一旁的艾大大:"也是个屁!要死要活全家在一起,别让我牵肠挂肚的!"

一瞅老太太这个态度,沙二哥把身上的布衫一脱,说:"啥也别说,三哥,你照护着洪芳,我就是背也要把老太太背出祥符城!"

艾三清亮,实在是冇时间再去找车了,只有按沙二哥说的法儿,背着老太太徒步出城。沙二哥又叫来了尔瑟和乌德,用沙二哥的话说:"俺仨轮流背俺大大,比汽车轮子窜得都快。"

艾三一行人出了寺门的南口一看,好家伙,街面上拖家带口逃难的人真是不少,而且都是往西门一个方向,难道共军的先头部队真的堵住了小南门和宋门了吗?

艾三瞅了瞅逃难的人流,琢磨了一下说道:"咱不跟他们跑,咱往北门去,只要上黄河大堤能找着一条船,渡过黄河就万事大吉了。"

沙二哥:"要是找不着船咋办?"

艾三:"应该能找着。"

艾大大:"你别应该,找不着不就傻脸了。跟着一起出西门吧,人多,真就是碰见老共,他们也总不能把恁些人都杀了吧?"

沙二哥:"俺大大说得也在理儿,随大流吧。"

艾三质疑地:"我咋觉得这个大流不能随啊……"

沙二哥:"为啥?"

艾三:"目标太大。"

沙二哥:"那你说。"

艾三果断地说:"走北门,去大堤!"

艾三一行人朝北门窜去,当他们刚出了北门的城门楼,就听见城南面枪炮声骤响,如炒豆子一般,炸开花的炮弹如地震一般。

艾三停住脚扭脸朝南面瞅着:"共军攻城了。"

沙二哥:"好像是大南门方向。"

尔瑟:"小南门吧?"

艾三:"嗯,好像是大南门小南门一起在攻。"

沙二哥:"瞅这个劲头,祥符是保不住了。"

一行人注视着南面的天空,黄昏的天空在一声声爆炸中闪着忽明忽暗的红光。

艾三:"别瞅了,咱得赶紧走!"

压北门到黄河沿大约也就是十来里路程,枪炮声在一行人的步伐中渐渐远去,大约花了三个时辰的样子,一行人上了黄河大堤。

艾三:"尔瑟,恁背着老太太慢慢走,我跟老二先去渡口弄船。"

艾三跟沙二哥先一步窜到了渡口一瞅,空荡荡的渡口连个船毛也瞅不见。于是俩人又马不停蹄奔向离渡口不远的河务局,希望能在那里找到船。俩人来到河务局一瞅,傻眼,河务局的院子里连个人影都冇。

艾三骂道:"我估计这些冇出息孙早就窜了。"

沙二哥:"河务上的人窜啥? 他们又不是国军,就是共产党来了也得有人照护黄河吧。"

艾三:"走,二弟,咱再去别处瞅瞅。"

俩人出了河务局之后沿着河岸窜了有二三里路,也冇瞅见一条船,俩人又窜到堤内老远的一个村庄里,敲开了一家村民的院门。

开门的老汉问:"恁找谁啊?"

艾三:"老伯,俺想找一只船,过河。"

老汉打量着俩人:"恁是城里来的吧?"

沙二哥:"俺是……"

艾三一把拉住沙二哥:"俺是河北边浚县的,带俺妈来祥符看医生,翘到这儿了。要是能给俺找只船,俺可以出钱。"

老汉:"船是有一只,俺儿撑到滩里打雁去了,明个早起才能回来,就怕恁等不及。"

艾三:"恁庄里别的人家还有船冇?"

老汉:"有是有,全被国军没收了,怕共产党过河。俺家的那只船藏在了雁滩里,才冇被发现。"

沙二哥:"三哥,要不先让俺大大来这庄里歇一夜,明个早起再过河?"

艾三冇吱声,沙二哥明白艾三是担心这一夜夜长梦多。

沙二哥:"也只有这样了,总不能让俺大大在河边待一夜吧。"

艾三瞅了瞅天空,又瞅了瞅黑黢黢的河堤,心有些动了。

沙二哥问老汉:"老伯,恁这村叫啥名字?"

老汉:"孙李唐庄。"

艾三一听,拽起沙二哥的胳膊就走。

沙二哥:"咋了,三哥?"

艾三也不说话,等他把沙二哥拽出了好长一段路,才说道:"真他妈的霉气透了!"

沙二哥一头雾水:"咋回事儿啊?"

艾三:"冇听那个老卖尻孙说吗?这是孙李唐庄。"

沙二哥:"孙李唐庄咋了?"

艾三:"想当年,南唐后主李煜被宋太祖赵匡胤逮住以后,压南京押到祥符,就关在这个孙李唐庄。"

沙二哥:"南唐后主关在这个庄跟咱有啥关系啊?"

艾三:"不霉气吗?"

沙二哥:"你说的霉气,是进了这个庄就出不来了?"

艾三:"'春花秋月何时了',这就是李煜在这个庄写的,进了这个庄就冇完冇了。"

沙二哥笑了:"三哥你还怪有文化。"

艾三:"那你也太冇文化,连孙李唐庄都不知。"

沙二哥:"俺是卖牛肉的,跟你这个给政府当差的人咋比?"

艾三:"别花搅哥哥了,眼望儿哥哥这个给政府当差的人,还不如你这个卖牛肉的。"

沙二哥:"下面咱咋办?冇船咋过河啊?"

艾三:"找,一定得找到船,说啥今个晚上也得过黄河!"

两人边走边说着,沙二哥突然拉了艾三一把:"三哥,你看。"

艾三顺着沙二哥示意的方向往大堤上一瞅,黑夜之中只瞅见有一队人马在大堤上行进。

艾三仔细观察了一阵儿，大惊失色："不好，共军！"

沙二哥："不会吧……"

艾三："快趴下，肯定是共军。"

沙二哥："恁黑，你咋能看出来？"

艾三："步伐整齐，有力。"

沙二哥："从河北边过来的？"

艾三："说不清。有可能是从东面绕过来的。"

沙二哥："不是说大堤上埋有炸药吗？"

艾三："刘茂恩说，守不住祥符，也不能把柳园口变成花园口，把炸药又挖出来了。"

沙二哥："咱咋办？还能过河吗？"

艾三在夜色中寻思了一会儿："去渡口再说吧。"

俩人等着大堤上的人马过完，小心翼翼地朝渡口摸去。一个时辰之后，俩人来到了渡口，四处张望不见尔瑟和乌德他们。

沙二哥四下吆喝着："大大！尔瑟！乌德！"

艾三："小点声，共军还有走远。"

俩人在渡口周围找了一大圈也有发现尔瑟和艾大大他们。

艾三急头怪脑地："几个大活人能去哪儿啊？"

俩人用眼睛在渡口搜寻着，湍流的黄河跟他俩一样在夜空下显得焦躁，在哗哗作响的水流声中，艾三把无能为力的目光投向了黄河北岸……

帝王荣耀在乎民多,君王衰败在乎民少。

——引自《旧约全书》

六十六、"这一回国民党是孬劲了。"

话拐回来说,艾大大他们去哪儿了呢?

艾三和沙二哥俩人去找船走了好几个时辰,艾大大他们左等右等也不见他俩回来,艾大大似乎就有了不祥之感,觉摸着这河可能过不去了。

艾大大瞅着宽阔的河面问洪芳:"你说,咱真要是不过河,共产党来了能把咱咋着?"

洪芳:"吃不准。"

艾大大:"会打老三的头不会?"

洪芳不吭气儿,空洞的两眼也瞅着宽阔的河面,想着过去的记忆,回味着当下的心酸,念着未来难以意料的坎坷。

艾大大:"前些天,鼓楼上的大喇叭成日吆喝,说共产党比老日还凶,杀人放火,劫财劫色,真要是那样,我七老八十的人冇啥,恁可咋办呀!老三给政府当差就是跟共产党作对,被逮住那还有好?还有你,有嘴也说不清。唉,真是愁死我了……"

洪芳："别愁了,愁也有用,真要是过不了河,只有听天由命。不瞒你说,我已经做好准备了。"

艾大大："做好啥准备了?"

洪芳又不吭气儿了。

艾大大安慰道："别胡想八想,不管共产党还是国民党,总得讲理吧,总不能不问青红皂白就杀人。"

洪芳叹道："唉,这年头有啥理可讲啊,就像这条河,说把你淹了就把你淹了,你跟它讲理讲得过吗?"

艾大大叹道："唉,三十年河东三十年河西啊……"

就在艾大大和洪芳等人翘急等不来艾三和沙二哥的时候,尔瑟和乌德同时瞅见了大堤上过来一队人马,几个人顿时憋着气了。

乌德："也不知是共军还是国军?"

尔瑟："国军在南面,肯定是国军。"

艾大大："阿弥陀佛,但愿是国军,国军一来咱就有救了。"

突然,乌德压低了嗓门："有人朝这儿来了。"

果然,在黑暗之中有好几个手里端枪的人朝码头走来。

"那边是什么人? 站着别动!"黑暗中听见了拉枪栓的声音。

艾大大吓得大叫起来："老总,别开枪,俺不是共产党,俺是祥符城里的老百姓啊!"

七八个端枪的士兵慢慢围上前来,艾大大几个人定神一瞅,傻眼了,这些端枪人穿的不是国军的布衫。

艾大大吓孬了："老总,恁别杀俺,俺、俺还以为恁是国军呢……"

一个士兵问道："你们是干什么的?"

艾大大觳觫着："俺、俺不是国军,俺是祥符城里的老百姓。"

士兵们围上前一瞅,瞅见确实是几个老百姓之后才把手里端着的枪扛到了肩上。

一个干部模样的人问道："大娘,深更半夜,你们这是要去哪儿啊?"

艾大大："老总啊,恁、恁是共产党?"

干部模样的人："对呀,我们是共产党啊。"

艾大大："恁、恁不会杀俺吧?"

干部模样的人笑道："你们又不是国民党反动派，不会的，我们是老百姓的队伍，是保护老百姓的。"

艾大大："保护老百姓的？不见人就杀？"

干部模样的人："别听国民党反动派的宣传，见人就杀那是妖怪，你看看我们，长得像妖怪吗？"

艾大大瞅着士兵们的脸，摇着头："不像，不像，个个长得比俺儿还面善呢。"

干部模样的人："大娘，你们是不是想过河去？"

艾大大："恁咋知的？"

干部模样的人："看你们这大包小包的，跑反啊？用不着，千万不能听刘茂恩造谣啊，我们是人民解放军，是保护人民的。"

艾大大："可是俺儿说……"

洪芳拦住艾大大："妈，咱听老总的，不听刘茂恩的。"

尔瑟和乌德也赶忙说："对对，咱听老总的，听老总的……"

干部模样的人："别一口一个老总的，我们解放军不让叫老总，叫同志。"

尔瑟和乌德："对对，听同志的，听同志的。"

干部模样的人："回家吧，大娘，黄河上的风大，别再冻着你了，赶快回家去吧。"

艾大大等人面面相觑。

干部模样的人："还愣着干吗，快回家吧。"

艾大大面有难色地说："俺儿他……"

尔瑟急忙说："冇事儿，三哥背不了你，我背，我和乌德背你回家。"

乌德："就是，俺背你回家，俺三哥还有啥不放心的，走，眼望儿咱就走。"说着就要去背艾大大。

干部模样的人："怎么？你们要把老人家背回祥符城？"

尔瑟："是俺背来了，当然是俺背回去。"

干部模样的人："十几里路啊。"

乌德："冇事儿，俺有力，背得动。"

干部模样的人："别背了，跟我们一起走吧，我们有马，还有骡子，保证稳稳当当把老人家驮回祥符城。"

尔瑟和乌德面面相觑。

就这样，艾大大被解放军用牲口重新驮回了祥符城。

艾大大等人跟着解放军绕了一个圈，压宋门进入了城里，这时候天已经临近中午，解放军已经攻占了大半个城区，把国军的部队压缩到了龙亭一带。城区内到处是残垣断壁，街道上满是进了城的解放军。艾大大等人回到寺门时，东大寺门前站满了寺门跟儿的街坊四邻，当他们瞅见艾大大被解放军的高头大马送回来时，都显得很惊讶。

一名解放军战士拉着高头大马进了南口，坐在马背上的艾大大十分疲惫但精神头不减，一进南口就对寺门跟儿看热闹的街坊四邻说道："别听刘茂恩瞎说，共产党不是青面獠牙，不吃人，可好，可得劲，瞅瞅我坐的这匹马，是共产党大官坐的，人家大官地奔儿，让我骑马，瞅瞅，我成共产党的大官了，解放军地道，共产党人物啊……"

东大寺门前站着的人们个个傻绷着脸瞅着艾大大，一时摸不着大头小脑袋。

再拐回头说艾三和沙二哥，这两人在渡口冇找着艾大大他们，只好返回城里。他俩也冇从北门进城，因为这时的北门共军和国军打得正热闹，他俩压东北面翻过城墙，和艾大大他们几乎是前后脚回到了寺门。

艾三到家时，正瞅见艾大大要往拉马来送她的那个解放军小战士兜里塞钱，那小战士死活不要。

艾大大一见艾三回来，就说："三儿，瞅瞅人家解放军，用马把我拉回来，给个喝茶钱他都不要，可比恁国军强一百倍，恁国军……"

沙二哥急忙更正："不是恁国军，是他们国军，他们，是刘茂恩他们。"

艾大大恍然明白过来，改口道："对对对，是他们国军，刘茂恩他们……"

艾三从艾大大手里接过钱，一把塞进小战士的口袋："小老弟，你要不接住这钱那就是外气，恁共产党不是跟老百姓不外气吗？拿住，一定得拿住，你要是不拿住这钱，你就是看不起俺老百姓……"

在艾三的强塞之下，小战士不得不接住了钱。

艾三和沙二哥一直把解放军的小战士送出了南口，挥手道别之后，艾三瞅着远去解放军小战士的背影，一脸茫然。

沙二哥："三哥，接下来你准备咋办？"

艾三："我也不知该咋办,见机行事吧。"

沙二哥："三哥,我说句话你可别不爱听。"

艾三："都到这个份儿上了,还有啥爱听不爱听的,说吧。"

沙二哥："三哥,我咋觉着,这一回国民党是被共产党打孬劲了,很难翻过身,你还是得想法儿啊。"

艾三："是啊。我自已咋都好办,俺妈咋弄?"

沙二哥："不中的话,我安排一下,把俺大大和洪芳先送到扫街去,扫街是咱穆斯林的地盘,保把。"

艾三："穆斯林的地盘又咋了,就保把了? 宁夏穆斯林的地盘比咱扫街大吧,我看也快落进共产党的手里了。"

沙二哥："反正你得赶快再拿个主意,共产党一旦站住脚,就该收拾恁这些人了。有啥需要我帮忙的事儿你只管说吧。"

艾三和沙二哥返身正准备各回各家,就瞅见头戴礼拜帽的尿壶压寺里走了出来。

艾三："你不是夜隔晚上就走了吗? 咋还有走呢?"

尿壶："别说了,人要是倒霉喝凉水都塞牙缝。昨天晚上我刚出大南门,就被共军的大炮轰了回来,铁路公路全断了,马车也被共军的炮弹炸飞了,我咋走? 跑着回西安?"

沙二哥："那你也不能留在这儿啊,多危险。"

尿壶满不在乎地说:"没啥危险的,我的脸上又没刻字,除了你们认识我,谁也不知道我是干啥的。"

艾三："那你准备啥时候离开祥符啊?"

尿壶："急啥,尔瑟家的羊肉汤我还没喝够呢,等我喝上三天羊肉汤后再说。"

沙二哥："说得也是。三哥,你的脸上也有刻字。"

艾三苦笑了一下:"天无绝人之路,走一步说一步吧。"

天下黑之后,城里显得很安静,枪炮声消失的原因是国军设在龙亭上的指挥部已被解放军拿下。

解放军开始在城里打扫战场,街道上到处是解放军,还有不少市民聚集在鼓楼前听解放军女战士们在做宣传。身穿便衣的艾三在街上转了一圈之后,情绪低落地回到了家中,一屁股坐在堂屋的椅子上,端起水烟袋呼噜呼噜抽了起来。

把艾大大伺候上床睡了之后,洪芳也进了堂屋,坐在另一把椅子上,两人冇话,堂屋里只听见水烟袋在呼噜呼噜作响。

一连吸了几袋水烟之后,艾三问道:"想啥心事儿呢?"

洪芳微微摇了摇头。

艾三:"难得这么清静,咱俩说说话?"

洪芳:"说呗。"

艾三:"你是不是恨我?"

洪芳:"不知。"

艾三:"你不知,我知。"

洪芳:"你知啥?"

艾三叹道:"唉,我也想好了,有啥说啥,要是不说,以后还能不能说都难说。"

洪芳:"想说就说,省得后悔。"

艾三:"让我想想,压哪儿说起。"

洪芳:"压哪儿说都中。"

艾三:"你想听啥?"

洪芳:"听啥都中。"

艾三想了想:"那我就压一个娘儿们说起。"

妇女美貌而无见识,如同金环戴在猪鼻上。

——引自《旧约全书》

六十七、"那娘儿们是演文明戏的。"

艾三和洪芳坐在堂屋里聊到二半夜。他告诉洪芳,民国三十年他在西安战干团受训的时候认识了一个娘儿们,那个娘儿们长得好看,大眼双眼皮,樱桃小嘴疙瘩鼻儿,脸蛋上一边一个酒窝,旗袍一穿,能迷死男人。那娘儿们是演文明戏的,在话剧《家》里头演梅表姐,摊为这个梅表姐,艾三每天晚上都要翻出战干团的围墙窜到西安南大街的剧场去看话剧《家》,还送花篮。为此,他因擅自离队受到战干团政治部主任严厉的处罚,还被关了禁闭。俗话说,好姑娘就怕缠磨头[①],"梅表姐"终于被艾三感动,答应和他租房在一起同居。有想到好景不长,两人同居了一段日子之后,便开始了无休无止的争吵,后来又升级到动手,其原因是艾三怀疑这个"梅表姐"除他之外还和别的男人有秧[②]。

捉贼捉赃,捉奸捉双。一天,艾三谎称有勤务要去宝鸡一趟,晚上不能去剧场接"梅表姐"。当天晚上,艾三在剧场外守候多时,终于瞅见演出完了的"梅表姐"上了一辆军用小吉普,那辆小吉普把"梅表姐"和一个穿西装戴礼帽的男人拉回了住处。艾三在门外一直守候到屋里灭灯，才提着手枪破门而入，当他把手枪对准那个男人脑袋的时候才瞅清楚，那个赤肚睡在自己床上的男人不是别人，正是他们战干团的政治部主任。他收起了枪，呆呆地站在床边，眼瞅着政治部主任从容不迫地穿好西装戴上礼帽，鼻子里有恃无恐地"哼"了一声之后，打开房门扬长而去。

艾三一句话冇多说就和"梅表姐"分手了。之所以他冇敢动"梅表姐"一个手指头，是摊为那个政治部主任肩上扛着的是少将军衔。由此，一个复仇的计划在他心里慢慢形成，他要把"梅表姐"戴到他头上的这顶绿帽子再反给那个政治部主任戴上。"梅表姐"解除了和艾三的同居关系，当上了政治部主任的三姨太。艾三却在私下里一如既往运用各种手段去感动"梅表姐"，并在与"梅表姐"偷情时成功地在"梅表姐"肚子里留下了他的种。孩子生出来之后，谁瞅谁觉得似艾三的那张脸，而且越长越像。终于有一天，风言风语传进了政治部主任的耳朵眼儿里，政治部主任掏出小八音顶住了"梅表姐"的脑门，"梅表姐"在戳觫之中不得不承认孩子是艾三的。

"梅表姐"惨遭一顿毒打之后，被政治部主任一脚踢出了家门。"梅表姐"被休掉不久，抗战就胜利了。那时的艾三已经回到了祥符。生活冇着落的"梅表姐"，不得不扯着女儿来祥符找到寺门，她冇料到艾三会这样对她说："婊子无情，戏子无义。谁知你今个压我的床上下来明个又会爬上谁的床。"说完他从衣服口袋里掏出一沓子钱塞进"梅表姐"的怀里："咱俩两清。妞是我的种，我认，你可以把妞留下。你，我不能认，赶紧走，走得远远的。"

"梅表姐"抹着两眼泪扯着女儿走了。让艾三没有料到的是，"梅表姐"冇回西安，一气之下留在了祥符。你还别说，女人长得好看还就是招惹男人，时隔不久，她又攀上了一个在祥符居住的党国元老，给那个老家伙做了偏房，成日坐着黄包车到处转悠，不是出入珠宝行就是下高级馆子。一次，艾三在马道街正和她走了个对脸，"梅表姐"用纤白手指头从精样的小钱包里捏出一沓子钱扔进艾三的怀里，说道："咱俩两清。妞是你的种，可在管别人叫爸爸，你这辈子也别再想见到你的妞。"

艾三把那个娘儿们的故事讲完以后，又续上一袋烟，水烟继续在堂屋里咕噜咕噜作响。

洪芳："那娘儿们的旗袍不孬，丝绸的。"

艾三冇说话,咕噜着他的水烟。

洪芳:"那小妞长得像你,鼻子、嘴巴、小老鼠牙,一瞅就是你们艾家的种。"

艾三:"别说不打粮食的话了,我还有正经事儿要跟你说。"

洪芳:"我咋觉着你像交代后事一样。"

艾三:"我的右眼不停地跳,兆头不好。"

洪芳:"街上的解放军又唱歌又打快板的,一个个样子长得也慈眉善目,我约莫着,不会把咱咋着吧?"

艾三:"谁也没长前后眼,我的意思,咱还得窜,不管共产党对不对咱下手,还是得窜到安全的地儿去。"

洪芳:"哪儿安全啊?南京?"

艾三:"就这样打下去,南京也去球。"

洪芳:"那咱窜哪儿?"

艾三:"俺处长临走的时候给我撂下一句话,真不中了就去台湾,那些有钱有势的角儿都已经往那里挪窝了。今个我研究了一下地图,咱先往东南沿海一带窜,福建或是浙江,只要能瞅见海,咱就能找到去台湾的船。"

洪芳:"又是找船,再跑空趟,我可背不动恁妈。"

艾三:"不会的,俺保密局在沿海一带有得劲关系,咱只要能跑到那儿,保准能到台湾去。"

洪芳:"非得去台湾啊,换一个地儿不中吗?"

艾三:"换一个地儿?换哪儿?你说。"

洪芳不语了。

艾三:"你啥意思?还有啥想法?有啥想法你就说出来。"

洪芳:"你跟我说实话,那个演话剧的'梅表姐'是不是领着恁妞去台湾了?"

艾三:"哎哟,都啥时候了,你还别扭这事儿……"

洪芳:"不是我别扭这事儿,大轱辘窜到台湾,你再把我甩了,我可就哭天天不灵,哭地地不应了。"

艾三:"你心里想的不是这吧?还是不想走吧?"

洪芳:"随你咋说。"

艾三："那我告诉你,台湾那个地儿一直被老日霸占住,虽说眼望儿咱国已经压老日手里接管过来了,但台湾那个地儿的老日还是可多,他们跟日本常来常往,想吧,你要是去到那里,说不准哪一天就能碰见一个和西川有关系的老日呢。"

洪芳低头不语了。

艾三："别把我当傻屌,我早就说过,我心里清亮得很,你是冇法儿才跟我睡一张床的。别管了,真要有这么一天,你跟那个卖尻孙西川能见面,我保准成全恁俩,说话算话,谁要说了不算谁是狗。"

洪芳抬眼瞅了瞅艾三,她相信艾三这话是真的,可她仍旧是一脸的茫然。

早起,寺门跟儿的一切都是老样子,出摊的出摊,喝汤的喝汤,仿佛这座遍体鳞伤的城池和这块地儿有啥关系似的。

寺门几个弟儿们在尔瑟的汤锅请尿壶喝罢汤后,被尿壶招呼进了清平南北街北头的大茶馆里喝茶。这个大茶馆因为打仗关闭了好些天,今个头一天恢复营业,冇啥人,茶馆掌柜的是马老六的表佬③。

几个弟儿们一来,掌柜的很高兴,沏了刚从西北弄来的砖茶。

掌柜的："吃了一肚子肉,刷刷油,涮涮肠,明个早起再接着吃肉。"

乌德："谁能见天吃肉,拜四爷差不多。"

一早就坐在大茶馆角落里的拜四爷发话了："卖尻孙,少斗我的猴,我眼望儿是虎落平川被犬欺,能喝上一口茶,也是寺门的老少爷们抬举我,别缠我的秧中不中?"

沙二哥："四爷,你见多识广,你说说,共产党能站住脚跟吗?"

拜四爷："我见啥多识啥广,这你得问艾中校。"

艾三一整脸,往四圈扫了一眼,说道："四爷,你给我听好了,压今个开始,不准再叫我艾中校,眼望儿是共产党的天下。"

拜四爷："球。共产党的天下咋了?寺门这块地儿,从古到今,不怕官,不惧匪,谁人物,跟谁对人物,你敢砍胳膊,我敢剁大腿。谁要是欺负谁,尿不到一个壶里,那咱就说个样儿。"

白凤山："四爷,你说得冇错,不过我还是给你提个醒,不管共产党人物不人物,咱还是防备着点好,少说不打粮食的话。"

沙二哥："对,赞成。咱不怕事儿,也别惹事儿,国民党也好,共产党也罢,只要让咱安生过日子,咱就不缠秧。"

沙二哥的话音刚落,尚社头神色不安地跨进了大茶馆的门,他瞅了瞅有啥外人,说道:"出事儿了。"

艾三:"出啥事儿了?"

尚社头:"今个天快明的时候,鼓楼上解放军的岗哨被人摸了。刚才我去寺后街乐仁堂给俺家老太太抓药,鼓楼和寺后街那一片全是解放军,我听乐仁堂的经理说,四个城门跟儿的岗哨也被摸了。"

沙二哥:"谁干的?"

白凤山:"当年老日刚进城的时候,鼓楼上的岗哨也被摸了,那是抗日的人干的。眼望儿把解放军的岗哨摸了,那还用问是谁干的?"

众人把目光统统转向了艾三和尿壶。

尿壶:"别看我,我是国军的人不假,可我是来执行任务的,不是来摸哨的。"

艾三:"恁也别瞅我,我眼望儿是泥菩萨过河——自身难保,人家不摸我的哨就算我烧高香了。"

尚社头:"你咋就这说,大家瞅你是为你担心,怕你出事儿。"

沙二哥:"老尚说得有错,三哥,共产党和国民党仇气太大,寺门又是个热闹地儿,人多眼杂,这不用俺说你也清亮。"

尚社头:"老二说得对,寺门这个地儿咱穆斯林人多不假,但真正信教门的人,心术正的人咱心里也清亮,怕就怕有杂鱼背后戳坏啊。"

尿壶:"尚社头说得没错。好了,寺门的汤我也喝了,沙家的牛肉我也吃了,啥好吃的我也尝了,就不给诸位添麻烦了,我现在就离开祥符。"

艾三站起身冲大家说:"都坐着别动,我代表大家去送送。"

尿壶双手抱拳和大家辞别:"诸位,后会有期,后会有期。"

艾三跟着尿壶出了大茶馆,又买了一些花生糕、绿豆糕之类的东西让尿壶带着路上吃,随后又买了两块大锅盔用布包好交给尿壶。

艾三:"这两块锅盔捎给黄樵松军长,他是咱祥符人,爱吃这个。"

尿壶拍了一下艾三的胳膊:"就不怕我在路上把它吃掉?"

艾三:"喜欢吃你就回来,啥时候都中。"

艾三把尿壶送出了南口,转身要回大茶馆的时候,一眼瞅见有荷枪实弹

守门

的解放军朝这边走来。艾三心里打鼓,感到了不妙。

注:

①缠磨头:指善于纠缠不休的人。

②有秧:意为有关联、有瓜葛。

③表佬:意为老表,指亲戚、远亲。

喜爱管教的,就是喜爱知识。

——引自《旧约全书》

六十八、被军事管制了

艾三冇进大茶馆,他转身藏在了茶馆外的拐角里,注视着那几个解放军跨进了大茶馆的门。艾三尾随过去,骨堆在大茶馆敞开的窗户底下,点着一支烟,装作若无其事的模样,却竖起两耳听着大茶馆里面的动静。

大茶馆内,马老六的表佬上前支应着解放军。

马老六的表佬:"军爷是来喝茶的?"

解放军:"不,我们来找人。"

马老六的表佬:"请问军爷是来找谁啊?"

解放军:"你是这里的掌柜?"

马老六的表佬:"小本生意,小本生意,有啥事儿军爷只管吩咐。"

解放军:"掌柜的,先改改称呼,俺是中国人民解放军,不能称呼军爷,叫俺同志。"

马老六的表佬:"中中,那就叫军爷同志。"

解放军:"就叫同志,把军爷去掉。"

马老六的表佬："中中,同志有啥吩咐?"

解放军："请问哪位是尚社头?"

尚社头站起身："我是。"

解放军走到尚社头跟前,打了个立正,说道："我们是奉祥符军事管制委员会的命令,来请你去开会。"

尚社头："啥,啥委员会?"

解放军："军事管制委员会。"

尚社头："军事管制委员会,是弄啥的? 在哪儿?"

解放军："跟我们走吧,去了你就知道了。"

大茶馆里的气氛顿时紧张起来。

解放军："请吧。"

尚社头迟疑了片刻,说道："是福不是祸,是祸躲不过。走就走,我看能咋着。"

在众人的注目中,尚社头跟着解放军走出了大茶馆。走出门的尚社头一眼瞅见骨堆在那里的艾三。

尚社头："老三,你骨堆在这儿弄啥,恁妈不是不得劲了,还不快领恁妈去看大夫。"说罢用眼睛示意了一下艾三后,跟着解放军走了。

艾三起身进了大茶馆。

拜四爷一见艾三进来就说："你还不快审,冇见尚社头都被押走了吗?"

沙二哥："三哥,不会有啥事儿吧?"

艾三坐了下来,抓起茶壶给自己倒了碗茶。

白凤山："老三,我咋觉着,解放军来者不善啊。"

马老六的表佬："冇事儿吧? 咱又冇去摸解放军的岗哨。再说,他共产党应该知,咱东大寺门和蒋介石之间早就有过节儿啊。"

沙二哥："啥过节儿,我咋不知?"

马老六的表佬："忘了? 民国二十三年,政府装孬孙,不让咱寺门开办诊所,说老周家诊所是巫医,派衙役封了老周家的门,咱寺门的一帮穆斯林冒死赴南京请愿,政府不搭理咱,还要派兵镇压咱。"

沙二哥："好像有这事儿。"

马老六的表佬："不是好像有这事儿,就是有这事儿。"

拜四爷："不错，有这事儿，听俺爹说过。"

沙二哥："后来呢?"

马老六的表佬："后来? 要不是老周领着咱那帮和南京的穆斯林在南京的铁路上卧轨，张先生出来说了说，不把老周押进大牢那才出邪!"

沙二哥："张先生是谁?"

马老六的表佬："张钫，辛亥闹革命那会儿也算挑头的人之一，同盟会的，打老日的时候参加过淞沪会战，是国民党的大佬，前一番儿的报纸还登过他的照片，眼望儿他是南京啥国民大会的一个啥主席，我也说不清，反正官不小。"

沙二哥："他为啥出来说了说?"

马老六的表佬："他是咱这儿的人，他家的宅子就在离咱寺门不远的侯家胡同。咋，他不替咱说话，以后回到祥符他还混不混了?"

艾三："他怕是回不来喽。"

马老六的表佬："咋，老三，你的意思是事儿沉?"

艾三："共产党都在祥符成立军事管制委员会了，恁说事儿沉不沉。"

沙二哥："把尚社头叫去弄啥?"

马老六的表佬："就是啊，会不会押在那个委员会不让回来呀?"

拜四爷："抓老尚弄啥，我想不会，共产党进城也不能乱抓人呀。"

马老六的表佬："这事儿可难说。"

拜四爷："共产党是跟国民党仇气大，跟咱穆斯林冇秧儿，冤有头债有主，轮八圈也轮不到咱寺门头上。"

马老六的表佬："那你说，他们把尚社头叫去弄啥?"

拜四爷："这我可说不好。"

马老六的表佬："就是啊。你不说冤有头债有主嘛。"

沙二哥："三哥，你给分析分析。"

艾三端起茶碗一口喝干，站起身："回家。"

大约在两三个时辰后，尚社头回到了大茶馆里，他告诉还在喝茶的人们，他去的那个军事管制委员会，就在刘茂恩的省政府院子里，被解放军带到那里开会的人都是祥符城里方方面面的人，他是作为寺门这一片穆斯林的代表参加会议的。会议内容是关于新中国成立之后城市的安全问题，严防国民党反动派和地方帮会势力暗中袭击解放军,并在祥符城里的部分地区施行夜间宵禁,希望社会各界支持、配合,对国民党反动派安插在城里的潜伏人员进行抓捕,确保红色政权和老百姓的安全。

沙二哥:"说冇说夜隔晚上解放军岗哨被摸的事儿?"

尚社头:"那能不说?军管会的主任说,国民党反动派绝不甘心他们的灭亡,不会让新生的红色政权安生,咱寺门这一片被划入重点防卫地段,军管会让警察局配合一起查户口。"

马老六的表佬:"警察局?哪个警察局?"

尚社头:"还有哪个警察局,刘茂恩的警察局呗。要不是警察局点眼①,我咋会被叫去开这个会。"

马老六的表佬:"气蛋,刘茂恩的衙役们帮共产党干事儿。"

尚社头:"有奶便是娘,有啥可气蛋的。解放军进城两眼一抹黑,不依靠刘茂恩的衙役依靠谁呀。"

沙二哥:"那,你说,三哥算不算国民党反动派安插的潜伏人员?"

尚社头:"跟老三有啥关系吧?潜伏人员是不露身份的,老三给国民党当差谁都知,咱知根知底,不应该算。"

马老六的表佬:"咱说了不算数吧,要看警察局装不装孬。"

尚社头:"不会。警察局去参加会议的人说了,要咱报一份名单给他们,他们根据咱报上的名单排出危险分子,咱不报老三不就完了。"

马老六的表佬:"这中,有老尚罩着,冇事儿。不过话又说回来,艾家不是穆斯林,真要是有事儿也是该他家倒霉。"

沙二哥:"你说这话我就不爱听,艾家不是穆斯林又咋了,都是寺门跟儿的老门老户,艾家有啥麻烦咱这些穆斯林能瞅着不管?"

马老六的表佬:"真要是有事儿,咱想管也管不了啊。封家不就是例子嘛,咱要是管得了,他家能跑老日躲老蒋吗?我的意思是说,咱能把咱寺门穆斯林们照护好就不孬了,多一事儿不如少一事儿。"

沙二哥:"就你别说这种话,那年怹家这个大茶馆摊为啥被局子贴了封条?要不是艾三从中拆洗,房都给你扒了!"

马老六的表佬:"那事儿不怨俺!"

沙二哥:"不怨恁怨谁?"

马老六的表佬："怨拜四爷！要不是他在俺这儿卖老海,局子会来找俺的事儿？拜四爷,你摸摸胸口嘴,是不是怨你？"

拜四爷："怨我,怨我中了吧。就是再怨我,老二说得也有错,啥穆斯林不穆斯林的,寺门的穆斯林讲的就是个人物,只要是咱寺门的街坊邻里,不管谁家有灾有难,能帮一把就一定要伸手。我要不是因为当年那事儿,我就是再吸老海,也不会把宅子卖掉,落得个无家可归。"

马老六的表佬："别说的比唱的好听了,我还不把你的底？"

拜四爷："你把我啥底？我不就是吸老海嘛。不外气地说,别说国民党在这儿我吸,共产党来了我照样吸,吸就是吸了,我看谁能把我的蛋咬掉！"

尚社头："中了中了,恁俩吵啥,吃饱撑了。都把嘴噏住,谁要是再吵,我就把他报到军管会去！"

两人都不吭气儿了。

沙二哥站起身,用手指头点着马老六的表佬和拜四爷："恁这些货啊,共产党拾掇恁,国民党拾掇恁,都不亏。"

黄昏的时候,乌德跨进了沙家的院门。

乌德："二哥。"

正在撂石锁的沙二哥停住了手："出啥事儿了？"

乌德："八妞被抓了。"

沙二哥："摊为啥？"

乌德："下午,俺媳妇去坑里捶衣服,忘带棒槌,我去给她送棒槌,刚走到坑边,就瞅见八妞被五花大绑,被解放军押着压坑边走过,听那些看热闹的人说,八妞是偷解放军的军火去卖钱。"

沙二哥："卖尻孙,谁的东西他都敢偷,共产党马上就要坐天下了,他不知？"

乌德："狗改不了吃屎,啥法儿。"

沙二哥："这是他自己往枪口撞,谁也救不了他个卖尻孙。"

乌德："另外,我见艾大大包了几块锅盔回家,我估计三哥还是准备窜。"

沙二哥："窜吧,共产党啥劲谁也吃不透,三哥咋着也是国军的人,万一被解放军逮住,不会有好。"

乌德："咱要不要去送送他？"

沙二哥想了想："算了吧,去送他动静太大,悄悄走倒好,你说呢?"

乌德:"那是。夜隔晚上解放军的哨兵被杀,听说城里已经开始抓人了,我是担心三哥。"

沙二哥:"就这,我这儿还有些明个进肉的现洋,你给艾家送去。"

乌德:"那你明个不进肉了?"

沙二哥:"先赊住账。"

乌德拿住沙二哥压屋里取出的现洋离开了沙家。乌德一走,汴玲不愿意了。

汴玲:"咋,咱是不是不准备卖肉了?"

沙二哥:"我的事儿你少管!"

汴玲:"你的事儿? 钱都给了别人,咱自己的日子还过不过?"

沙二哥:"你这个娘儿们喳喳啥,再喳喳我扇你呀!"

二大走了过来："连我一块扇吧! 卖尻孙,充大头也得分个时候吧,咋就跟恁爹一个德行,真是越穷越大方。"边说边撸下了手腕上戴着的镯子,递到汴玲手里,"明个去当铺,把这个镯子当了,咱沙家再穷也有赊过别人的账!"

乌德拿着沙二哥给的现洋刚走进艾家的胡同,就见艾家的院子门口围着一些街坊邻居,正纳闷时,瞅见艾三被五花大绑,在解放军的枪押之下走出了院门。

注:

①点眼:告密。

恶人借贷而不偿还。义人却恩待人，并且施舍。

——引自《旧约全书》

六十九、这一回，艾三凶多吉少。

乌德撒腿跑回沙家，沙二哥听到艾三被解放军抓走的消息，第一反应就是，如果有人点眼，艾三不可能这么快被抓走。沙二哥的这个判断也得到尚社头等人的认可。是谁给解放军点眼的呢？

沙二哥："老尚，你想法儿打探打探，看是谁做了老三的活儿。"

尚社头："我咋打探？我去哪儿打听啊？"

沙二哥："去军管会打探啊，咱寺门就你够着跟军管会说话。"

尚社头："就去开了一次会，啥交情都冇，我就是去打探，人家也不会跟咱说啊。"

沙二哥："那你说咋办，咱要不去救他，就凭三哥那个身份，共产党枪毙他也不值啥。"

尚社头："枪毙他？不会吧？祥符城里那么多人给国民党当过差，咋，全抓起来枪毙？"

沙二哥："三哥当的差和别人当的差不一样，你还不明白这？"

尚社头沉默片刻,说道:"那中,我就去打探打探。话我先说头里,别抱太大希望,该压别的渠道打探也只管打探。"他深深叹了一口气,"唉,瞅我这个社头当的,回民的事儿要管,汉民的事儿也要管,唉……"

沙二哥:"你也别埋怨,谁叫你是寺门的社头哩。"

尚社头长叹一口气,摇着头走了。

艾三被解放军抓走确实有人点眼,这个人不是别人,正是八姐。

事情的经过是这样的。解放军进城后,有一个连的士兵住在禹王台内的鼓吹台上,解放军的那个连长喜爱音乐,一有空就去研究鼓吹台上面的那些断壁残碑。研究的结果让他异常兴奋,于是他让全体士兵集合听他批讲这鼓吹台的来历,听他讲晋国的大音乐家师旷就是在这座鼓吹台上创作出了阳春与白雪的曲牌。那连长是个艺专毕业的学生,谈起艺术要比指挥打仗更在行。全连士兵坐在鼓吹台上听他批讲的时候,他皱着眉头说道:"琴曲音乐和咱们扛枪打仗相差十万八千里,别都扛着枪,把你们肩上的枪都搁到营房里,看见枪我就没有讲师旷的兴致。"于是,刀枪入库,马放南山,枪械放进营房里的士兵轻松愉快地听连长批讲起了音乐。八姐也就是在这个时候下的手。

其实八姐偷枪械带有一种偶然性。早起在寺门喝罢汤后,他去禹王台里头割草喂牛。因为有钱花,八姐养了一头奶牛,每天能挤两三斤奶拿到街面上叫卖,多少也能换个烟酒的开销。当他登上鼓吹台后,发现空无一人的营房里,枪械整整齐齐摆放着,便动了偷窃的念头。不说多,就把那些枪栓卸掉拿到铁匠铺里,至少可以去塞一顿灌汤包子。

八姐压窗户跳入了营房,把卸掉的枪栓用一根背包带穿牢稳之后逃离了现场,一路奔到南门里的张家铁匠铺。铁匠铺的掌柜认得枪栓,如果是一两个枪栓也就罢了,那么多枪栓让掌柜的长了个心眼,在八姐离开时吩咐徒弟悄悄尾随在后面,摸清了八姐的住处以后,向军管会报了案。军管会去逮八姐的时候,他正在一家灌汤包子馆里大吃二喝。不管咋着,他是吃了个肚圆被抓走的。

在军管会里,起先八姐说的是实话,摊为嘴馋想吃灌汤包子,才去偷了解放军的枪栓。可审问他的那个解放军就是不信,非逼着他说出是不是受国民党特务指使。解放军的枪托不停地砸在八姐身上,恨不得把他另一条腿也给砸断。在解放军软硬兼施的逼供之下,实在受不了的八姐只好交代出戴罪立功的谎话,是受国民党特务的指使,那个指使他的国民党特务就是艾三。

毫不知情的艾三这一回可倒八辈子血霉了。

尚社头压军管会打探回来了,他带回的消息是,压解放军进入祥符城,已经抓到上百名国民党的潜伏特务,如何处置这些特务,是枪毙是坐牢,有事儿冇事儿,都要等经过对他们的审讯后才能知道。艾三目前关在哪里,尚社头冇问,他知道也问不出来,问了也冇人告诉他。

沙二哥无计可施地说了一句:"三哥,凭自己的造化吧,谁也救不了你啊……"

再说八妞,原以为供出了艾三就冇事儿了,谁料想,在遭到那个音乐连长一顿臭打之后,坦白还是没有从宽,被押往一个小学校,一脚被踢进了关押国民党特务的大教室里。

艾三被抓进了军管会,他死活也不承认指使八妞偷了解放军的枪栓,但他承认了自己保密局中校的身份,这对军管会来说就是抓到了一条大鱼。艾三被作为重点罪犯也被一脚踢进了那间大教室,等待他的将是他自己无法预知的结果。有一点艾三心里清亮,这一回恐怕是在劫难逃了。

艾三被关进大教室已经是深夜,教室里横七竖八到处躺着人。八月的气候,闷热难挨,整个教室门窗紧闭,臭气熏天。

艾三在寻找能躺下的铺位时,一不留神踩住了一个人脚脖子,招来一句恶毒的臭骂:"哎哟!日你个妈!眼瞎!踩住你爷爷了!"

艾三正想反击,忽然觉着这个声音有点熟悉,低下头去仔细瞅了瞅那张连眼都冇睁开的脸。

艾三:"尿壶?"

躺在地上的尿壶睁开眼睛,瞅清了艾三的脸:"咋是你呀,老艾,你咋也进来了?"

艾三:"你不是走了吗?"

尿壶:"走个龟孙,刚出城门就被共军拦住,三问两不问,就把我给抓到这儿来了。"

艾三:"你承认你是三十军的人了?"

尿壶:"我倒是想不承认,可瞎话说漏了。"

艾三:"不是交代让你说是从宁夏来的穆斯林吗?"

尿壶:"说了,头上还戴着礼拜帽。唉,别说了,这事儿怨我,忘换腰上的皮带了。"

艾三:"国军的皮带?"

尿壶:"可不是嘛。那根皮带是黄军长送给我的,背面还写着部队番号和黄军长的名字。"

艾三:"恁聪明个人,咋会出这样的岔劈,一根皮带能值几个钱。"

尿壶:"不是舍不得钱,那是台儿庄打败日本人之后,黄军长送给我的。"

艾三:"出来执行任务还不把它换下来。这下可好,解放军把你当成黄樵松了。"

尿壶:"事情已经是这样,啥都别说了。说说你是咋弄的,咋也被抓到这里来了?"

艾三咬着牙:"八妞那个卖尻孙……"

还冇等艾三的话往下说,突然从地上爬起一个人,一下子扑到了艾三脚前,抬起手掌猛扇他自己的脸,一边扇一边哭骂着:"三哥,我不是摊儿,是我害了你,别跟我一般见识,我不是摊儿……"

"八妞?卖尻孙!"艾三一把拎起了八妞,一个大嘴巴掴在了八妞的脸上,接着又是一个大嘴巴。他这么一打,教室里躺着的人全都坐了起来,有骂的,有劝的,有喊的,有叫的,整个教室顿时就像一口沸腾的汤锅一样。

教室的门打开了,解放军看守拉动了枪栓:"都给我躺下,不躺下就开枪了!"

大教室里的人全乖乖地躺了下来,只有艾三站在那里依旧不依不饶地大声叫骂着:"八妞,你个卖尻孙不得好死!我操恁七千六百辈的祖宗!"

八妞趴在地上呜呜地痛哭着:"三哥,我不是人,我不是人啊,三哥……"

艾三被抓走以后,艾大大托沙二哥四处打听,也冇打听出艾三被关在哪里。艾大大劝洪芳离开祥符,因为谁也猜不准接下来还会发生啥事儿。

洪芳平静地说:"别劝了,我不走。"

艾大大:"妞儿,我劝你还是走吧,眼下这个局面,老三是死是活都难说,你和老日好过,要是被抓去,罪名也不会轻。"

洪芳:"抓就抓吧,我哪儿都不去,就是死我也死在寺门。"

艾大大:"妞儿,我知你跟俺儿是将就着在过,心里不情愿,你的心里还惦着那个老日,可你也不想想,那个老日还能回来找你吗?别傻了,趁着共产党还冇找你的事儿,赶紧走,离开寺门,走得越远越好。老三这次凶多吉少,能不能回来两说,你要是再被抓走,那就太不值当了。"

洪芳:"恁是不是都以为我不愿意离开祥符,不愿意离开寺门是因为那个老日?不是的。不管咋说,我这条命是老三给的。如果老三冇被抓走,我还有可能会走,老三被抓,生死不明,我就是走,也得等他一个确切消息。你不用再劝我,恁儿不在,我就是恁姐,恁儿要是回不来,我就给你养老送终。"

艾大大很是被洪芳的有情有义感动,于是她又颠着两只小脚去到沙家,她希望沙二哥能想些救艾三的办法。面对一心救儿子的母亲,沙二哥只得答应再想想办法,可是他心里清亮,自己是个卖牛肉的,又能想出啥办法呢。

一连几天,沙二哥在城里瞎转悠,只要碰见熟人就会打听军管会里有没有熟人,他明明知不可能,但总还抱着一线希望。

这天,沙二哥瞎转悠到了午朝门前,瞅见一大群人正围着在看一帮娘儿们扭秧歌宣传人民政府爱人民。百无聊赖的沙二哥也凑上前去瞅了几眼,这一瞅却在扭秧歌的娘儿们中间发现了一个熟人,沙二哥不由眼睛一亮,心里琢磨,或许这个娘儿们会有点办法?只管打听一下,死马当作活马医吧。

事情的终局，强如事情的起头。

——引自《旧约全书》

七十、艾三的时间不多了

沙二哥在午朝门前瞅见扭秧歌的那个娘儿们就是唱老包的小凤。

小凤跟艾三在河南旅社分手之后根本就冇离开祥符，她去到火车站转手就把火车票高价卖掉了，原因是她的继父害病走不成了，她用卖火车票的钱给继父抓了药。

沙二哥把艾三被抓的事儿告诉了小凤，并让小凤想想办法看能不能救艾三。

小凤："俺在这儿扭秧歌是街道组织的，军管会门朝哪儿我都不知，再说，俺一个唱戏的，也够不着军管会那么高的门楼头啊。"

沙二哥失望地点点头，问道："你还在唱堂会吗？"

小凤："很少去了。解放军进城后，街道上的工作组成天去找我，不是去慰问解放军，就是去宣传共产党咋好咋好，比去唱堂会忙多了。"

沙二哥："给钱不给？"

小凤："不给，给洋面。"

沙二哥："给洋面也中,总得让人生活吧。"

小凤："共产党差不多,一个个说话怪和道,俺住的房子漏雨,他们还帮着给修了修,比国民党强。"

沙二哥："国民党不见得都是坏人啊,三哥对你也不孬。"

小凤的脸上有点不自在："不孬是不孬,可俺俩也有啥,他只不过是经常去捧我的场罢了。"

沙二哥："我也有别的啥意思。我的意思是,三哥眼望儿落难了,咱作为朋友,能帮多少就帮多少。"

小凤："那是,可我是干急不出汗,想帮帮不了啊。"

沙二哥："中了,有这份心就中了,去扭你的秧歌吧,啥时候想吃牛肉去寺门找我。"

离开午朝门之后,百无聊赖的沙二哥爬上了龙亭,那龙亭已经被炸得七零八落,大殿已经荡然无存,就剩下了一个基座,可想而知国民党祥符守军在龙亭上最后的顽抗是多么惨烈。

沙二哥站在坍塌的龙亭大殿旁边,瞅着潘杨二湖叹了口气,自言自语道:"三哥,别怨我,兄弟救不了你,不管你咋得罪了共产党,你在我心里不是个孬人……"

此时此刻,关在小学校里面的艾三再次被提审。提审他的是一个南方口音的解放军军官。

军官："叫什么名字?"

艾三："艾三。"

军官："我问的是学名。"

艾三："艾三啊。"

军官："装疯卖傻是不是,我问的是你爹妈给你起的名字。"

艾三："俺爹妈就叫我艾三啊。"

军官："你的上司叫你什么?"

艾三："我的上司叫我老艾。"

军官一拍桌子,吼道:"找死是不是!"

艾三："找不找死俺都得死,我压根就和偷枪栓有任何关系,凭啥非得让我承认? 单凭这一点,我就知你们希望我死。"

军官："好好好,就算是偷枪栓和你没有关系。但是我问你,国民党和你有没有关系? 保密局的中校和你有没有关系?"

艾三："那是我要吃饭,要养活俺妈和俺女人,不给政府工作就冇地儿发饷,发不了饷就冇饭吃。"

军官："全中国没有饭吃的老百姓那么多,他们怎么不去给国民党反动派卖命? 老实交代,鼓楼上的事情是不是和你有关系!"

艾三："要说鼓楼上摸哨,这事儿我还真干过。民国二十七年,我领着人在鼓楼上摸过日军的哨兵,那事儿是我干的。"

军官："你能摸日军哨兵,难道就不会去摸解放军的哨兵? 别以为我不知道你都干过什么事情,你的身份早已经决定你会干出什么事情,就看你老不老实,你要是不老实,等待你的是自绝于人民!"

艾三："咋,我不承认,你们就枪毙我?"

军官："不是没有这样的可能!"

艾三不吭气儿了。他明白会有这样的可能。这两天,大教室里不断有人被拉出去,只要大教室里有人被拉出去,小学校的后墙根就会传来枪响,那些被拉出去的人就再不见回来。

艾三动了个心眼,说道："鼓楼上摸哨的事儿与我无关,俺保密局里的事儿我倒是可以想想。"

军官："是不是和潜伏人员有关?"

艾三："不只是潜伏人员,别的事儿我也可以想想,但需要些时间。"

军官的脸展样了许多："这就对了,我们共产党的政策,坦白从宽,抗拒从严,只要你能从实交代,时间我可以给你。"

艾三被押回大教室之后,便开始琢磨咋样能逃出这个小学校去。他明白,坦白不坦白对他都从宽不了,别说他是中校,大教室里连少校军衔的都给拉出去毙了。只要有一线希望,说啥也得逃出去。

艾三把自己的逃跑想法悄悄告诉了尿壶。

尿壶小声问道："咋跑? 窗户上有铁条,门外有哨兵,院子里还有机关枪。"

艾三："那也得跑,不跑就是个死。"

尿壶："我也不想在这儿等死,只要有跑的办法,我听你的。"

艾三瞅了一眼躺在角落里的八妞，低声嘱咐道："千万别让那个卖尻孙知。"

尿壶点了一下头："夜长梦多，要跑就越快越好。"

艾三一整夜都在苦思冥想咋样逃跑，第二天一早，大教室的门打开，两个荷枪实弹的解放军冲着教室里喊了尿壶的名字。教室里所有的人把目光全投向了尿壶。艾三心里猛然一紧，他心里清亮，尿壶不能和自己一起逃跑了。

尿壶满眼是泪从地上爬起来，冲艾三抱拳告别："老三，这辈子啥也不说了，下辈子咱俩换帖拜把子吧。"

艾三眼睁睁瞅着尿壶被押出大教室，他不敢像其他人那样拥到窗户前往外看，而是坐在那里紧紧捂着自己的耳朵。让所有人奇怪的是，小学校后墙根始终没有传来枪响。正当所有人都感到奇怪的时候，大教室的门再次打开，尿壶带着满脸的泪痕又回来了。

艾三上前问道："咋回事儿？"

尿壶："我没事了，可以回家了。"

艾三："真的？"

尿壶："我来跟你告个别。"

艾三："说说，到底咋回事儿？"

尿壶感慨万千地："我就知道，黄军长是我这辈子的贵人。"

艾三："谁是你的贵人？"

尿壶："黄军长，黄樵松。"

艾三大惑不解，迷茫地眨巴着眼瞅着尿壶。

尿壶："好了，没时间跟你多说了，我得走了。"他从裤腰上解下皮带递给艾三，说道："不管你能不能离开这儿，皮带留给你，但愿它能给你带来好运气。"

艾三更加迷瞪，问道："到底咋回事儿啊？"

尿壶有说，他临走出大教室门的时候，扭脸冲艾三又说了一句："把皮带系在腰里。"

艾三眼瞅着尿壶离开，拎起尿壶留下的皮带瞅了好大一会儿之后，把它系在了腰间。

艾三想不透尿壶咋就走出了小学校，更想不明白黄樵松咋就变成了他的贵人。

就连尿壶也想不到,当他被看押他的解放军带出大教室,来到一名解放军军官面前时,那个军官把一张开具好的证明信递到尿壶的手里,说道:"你现在是我们的同志,把这个拿好,回家之后交给当地的军管会,你会得到妥善安置的。"

尿壶:"啥?我、我是你们的同志?"

军官:"你大概还不知道,黄樵松军长已经被蒋介石杀害了。"

尿壶瞪大眼睛,他怎么也不会想到,就在他被关进小学校的时候,黄樵松已经被南京的军事法庭枪毙了。

事情是这样的:就在尿壶奉黄樵松的命令来祥符送还封家东西的时候,徐向前率领解放军中原野战军大举进攻太原,战况紧张,黄樵松奉蒋介石之命率领他的第三十军第二十七师和三十师的一个团空运增援,担任防守太原的机动部队,投入战斗之后伤亡惨重。就在这时,徐向前派人策反黄樵松率部起义,得到黄樵松的响应。可就在起义的当口被叛徒出卖,阎锡山以召开军事会议为名,把黄樵松骗到太原,抓捕之后押往南京,在雨花台给枪毙了。这样一来,黄樵松自然就成了解放军自己的同志,尿壶是黄樵松的亲信,自然也就成了自己的同志。当尿壶得知事情的原委之后,放声痛哭,因为他明白,他如果不来祥符,他的下场就会和黄樵松的其他几个亲信一样,被押到雨花台一起枪毙。

黄樵松救了尿壶的命,可谁又能救艾三的命?

艾三想方设法想要逃出小学校,可这所围得比铁桶还严的小学校根本不会给艾三任何一点机会。艾三明白,自己的末日就快到了,因为小学校后墙根每天都会响起枪声,关押在大教室里的人越来越少。艾三依然在绝望中寻找着活命的机会,他不停地胡说八道,编织一些连影子都没有的事情,什么祥符城下面埋着成吨的炸药啊,相国寺的大雄宝殿上面藏着马克辛重机枪啊,甚至赌咒发誓说保密局的潜伏组长是八妞的亲姐夫啊,说得云山雾罩,有鼻子有眼。艾三暗自发誓,就是死也要拉上八妞个卖尻孙垫背。

八妞可被艾三给整苦了,几乎也是天天过堂,照常被打得鬼哭狼嚎,叫喊冤枉。晚上,八妞凑到艾三的铺位旁哀求道:"三哥,我错了,你饶了我吧,别再胡说了。我下一辈子就是变成牛变成马,也一定给你拉犁拉耙,三哥,我求求你了……"

艾三却把嘴贴在八姐的耳朵上说:"八姐,你听好,我就是被共产党枪打了头,下一辈子也不会放过你个卖尻孙。"

天气越来越冷,一转眼艾三和八姐已经在小学校里关了好几个月。军管会慢慢也觉察到艾三是在故意拖延时间,于是决定枪毙艾三。

这天,当大教室门被打开,解放军士兵高喊艾三名字的时候,艾三清亮自己的末日已经到了,他很平静,却坐在那儿有动势儿。

解放军士兵:"叫你没听见?"

艾三:"听见了。"

解放军士兵:"听见咋还不出来?"

艾三:"把恁当官的叫来。"

解放军:"啥事儿?"

艾三:"重要事儿。"

不一会儿,解放军士兵叫来了一名军官。

军官:"说你的重要事儿吧。"

艾三:"我心里清亮亮的,今个恁要打我的头。在我死之前,能不能满足我一个小小的愿望?恁要是能满足我,也让我最后高看恁共产党一眼;恁要是不答应,我也就认了。"

军官:"说吧,啥愿望。"

艾三:"我没记错的话,今天是古尔邦节,我不信仰伊斯兰教,但我是东大寺门生,东大寺门长,从小吃回回的饭长大。如果恁在我临死之前再让我吃一口寺门沙家的五香牛肉,我就是到了阴曹地府,也会感激共产党和解放军。"

军官蹙了蹙眉头,想了想之后,从军装口袋摸出钱交给身边的战士:"去,到寺门买一块沙家的五香牛肉回来让他吃,让这个世界再给他留点念想。"

义人的口谈论智慧,他的舌头讲说公平。

——引自《旧约全书》

七十一、"冇干缺德坏良心的事儿。"

解放军给艾三买来了寺门沙家的五香牛肉,还给他端来一茶缸白酒。

艾三把八妞招到身边:"哥哥要上路了,坐下,陪哥哥再喝两口。"

八妞扑通跪在了艾三面前:"三哥,是我害了你,我已经跟解放军说罢了,偷枪栓的事儿是我诬陷你的,全是瞎话,我是个瞎话篓子,压小到大就冇说过一句实话。我不是人,是我害了你……"

艾三:"晚了,不管球用了,就是冇偷枪栓的事儿,我也逃不过这一劫,该死球朝上,不认命不中。这就是我的命。坐这儿,陪哥哥喝酒!"

八妞压地上爬起来,乖乖地坐在了艾三旁边。

艾三端起茶缸喝了一大口,把茶缸递给八妞:"喝吧,这酒不孬,喝麻了头上挨一枪就啥也不知了。"

八妞接过茶缸,却冇喝,两眼直呆呆瞅着艾三。

艾三:"喝啊!"

八妞声音带着哭腔:"三哥,我喝不下去。"

艾三："瞅你那点出息,不就是个死嘛,早死晚死都是个死,一个球样。喝,多喝一口是一口。"

八妞把茶缸慢慢送到了嘴边,小抿一口。

艾三一边往嘴里塞着牛肉,一边若无其事地与八妞聊起了天。

艾三："八妞,哥哥是要死的人了,在哥哥被打头之前,你跟哥哥说句实话,你到底摊为啥要诬陷我? 哥哥希望听你一句实话。"

八妞垂着脑袋不言语。

艾三："不说是不是? 想让哥哥死不瞑目是不是?"

八妞："不是的。"

艾三："那是啥?"

八妞慢慢抬起头:"三哥,我说实话,你不会恨我吧?"

艾三："都啥时候了,还说这,恨你不恨你又能咋样。说吧,我就是想死个明白。"

八妞的脑袋又慢慢垂下,说道:"三哥,摊为,摊为,摊为……"

艾三："摊为个球啊,快说中不中,说,直接说。"

八妞："摊为我喜欢你的女人。"

艾三："喜欢我的女人? 我的女人恁多,你喜欢谁呀?"

八妞："我喜欢你家里的。"

艾三："洪芳? 你喜欢洪芳?"

八妞轻轻点了点头。

艾三："卖尻孙,你咋不早说? 喜欢你就领走,也裹不住①要害哥哥的命啊。"

八妞："三哥,我知我错了。"

艾三："按说,一个男人喜欢一个女人,有啥错? 有啥错,你就是喜欢别人的老婆也冇错。关键是洪芳不是我的女人,你咋就不清亮呢,她是我的女人吗?"

八妞："她、她咋不是你的女人?"

艾三："睡在我的床上就是我的女人了?"

八妞："那、那她是谁的女人?"

艾三："管她是谁的女人,睡在我床上我就使使,使罢再说。恁哥哥我这个人啊,凭良心说,这一辈子,磕一个头放仨屁,行善有作恶多。我救洪芳的命算积德行善,用她来出我身上的毒气,想睡就睡,想打就打,想骂就骂,让她当牛做马,这也就把我的积德行善给抵消了。你想想,洪芳那种娘儿们,老日使过的,她就是再漂亮,再干净,她也不是个啥好娘儿们,床上那会儿怪舒坦,舒坦罢了心里就恶心。一个和日本人睡过的娘儿们,再好能好到哪儿去? 不就是个娘儿们嘛,谁睡都是睡,压根我就有承认她是我的。"

八妞傻呆呆地瞅着艾三,不知说啥是好。

艾三:"你瞅我弄啥,我说得不对吗? 你也别瞅我,就这吧,一会儿把我的头打罢之后,你只要能活着出去,那娘儿们归你,领回恁家。啥时候那个卖尻孙西川找来,你替我完璧归赵,咋样?"

八妞:"三哥,你这话可当真?"

艾三端起茶缸喝了一大口:"就这么定了! 那就看你个卖尻孙有没有这个造化!"

这时,一个趴在窗户上向外张望的被囚者,瞅着窗外说道:"院子里进来一辆小卧车,美式吉普,下来两个解放军,乖乖,穿呢子军装,呢子军装啊。"

艾三:"呢子军装又咋,就是穿绫罗绸缎,也挡不住老子挨枪子。可惜啊,老子这身衣服太砸锅了,要是能穿着一身国军的呢子军装去死,那才叫派头,昂着头,挺着胸。"

八妞又抹起了眼泪:"三哥,只要我能活着出去,一定给你造一座大坟,坟头上给你栽一圈松柏常青树,年年都去供上好酒,给你烧纸,给你磕头……"

不一会儿,大教室的门被打开了,看守催促着艾三赶快出来。

艾三一口把茶缸里的白酒喝干,起身头也不扭地走出了大教室的门。

八妞:"三哥,你就放心走吧,恁妈就是俺妈,只要我能活着出去,我代替你行孝……"

艾三:"那我就谢谢你了!"

令八妞和大教室里其他人奇怪的是,小学校的后墙根迟迟没有传来枪响,艾三是死是活谁也猜不着。

艾三真的逃过了这一大劫,对他来说真是老天开眼了。

解放军士兵把艾三押出大教室,把他带到两个穿呢子军装的解放军面前。

穿呢子军装的解放军问:"你是艾三?"

艾三:"我是。"

穿呢子军装的解放军命令看守用绳子绑住艾三,又用黑布蒙上了他的眼睛,然后塞进了那辆美式吉普车里,一溜烟开出了小学校。一路上,艾三百思不得其解,这是要把他拉到哪儿去啊?难道是枪毙他的地儿换了?

在一路颠簸之后,吉普车停了下来,穿呢子军装的解放军把艾三压车上拉下来,把他带进了一间很大的屋子,然后摘下了艾三眼睛上蒙着的黑布,解开了他身上的绳子。

穿呢子军装的解放军:"坐着别乱动,等着。"

两个穿呢子军装的解放军走了。

艾三坐到了沙发上,他揉了揉眼睛,开始观察他身处的环境。这是一间又大又宽敞又明亮的房间,地板上铺着地毯,窗帘和沙发都是绿色的,山墙上有一张巨幅地图。这是哪儿?艾三本想起身去到窗户边瞅瞅窗外,可他没敢动,有一点他可以肯定,这是一个非同一般的地儿,也是一个会产生奇迹的地儿。

艾三在这间大房子里坐了半个时辰的样子。门开了,走进一个穿蓝色中山装的中年男人。

"你是艾三?"

艾三压沙发上站起身来:"是。"

那男人上下打量着艾三,说道:"不错,就是你。"

艾三也打量着这个男人,问道:"长官认识我?"

那男人:"我当然认识你。"

艾三:"可我不认识长官啊。"

那男人:"你当然不认识我。"

艾三:"敢问这位长官是……"

那男人:"你还记不记得,民国三十五年秋天,山东花园门口有个人被绑了,那个人被关在了飞机场里面的特务营,有人托你帮忙,出于江湖义气,你和寺门的几个穆斯林朋友把那个人给救了出来?"

艾三点头:"有这事儿。"

那男人:"知道那个人是谁吗?"

艾三又仔细打量了一番眼前这个中年男人:"是你?"

那男人:"我叫崔洪。"

艾三彻底想起,连连说道:"对对,崔洪,崔洪,就叫崔洪,原来是你啊!咱俩见过面,在茶馆里,当时你抹着老包脸,黑黢黢的,你眼望儿是……"

崔洪一指沙发:"坐下吧。"

艾三重新坐到了沙发上,问道:"瞅你这派头,一定是个不小的官吧?"

崔洪:"艾三,你别打听我是干啥的,今天我把你叫到这里来,意思很简单,不过你得给我听好喽。"

艾三:"听着呢,我听着呢。"

崔洪:"艾三,如果当年没有你的营救,我崔洪也不会活到今天。咱中国人讲的是知恩图报,不管你是我的朋友还是我的敌人,当年你救我一命,今天我就得还你一命。从今天开始,你自由了。不过我要把丑话说在前头,从今天开始,你就是一个最普通的祥符人,自谋生活,自食其力,生活好坏是你自己的事情。记住,我把命还给你,不是让你再跟我们共产党作对的,你要好自为之,如果恶习不改,继续与共产党为敌,再被我们抓住,你可就没今天这么幸运了。我的话听明白了吗?"

此时此刻,艾三的脑袋里一阵阵霍霍发亮,如同做梦一般,他真冇想到老天爷会这么关照他,把他从死亡的悬崖边一把又拉了回来。面对一命还一命的崔洪,他不知该说啥,当崔洪再次问他"听明白了吗"时,他突然反应过来,连声说道:"听明白了,听明白了,我对天发誓,绝不跟共产党为敌,一定好好做人,好好做一个祥符的老百姓……"

崔洪:"你可以走了。"

艾三站起身,本想和崔洪握握手,但瞅见崔洪那张不苟言笑的面孔,他冇把手伸出去。他的脸上带着一丝疑惑。

崔洪:"你还有事吗?"

艾三:"有一件事我不太明白,不知能不能问。"

崔洪:"啥事儿?"

艾三:"你的黑头咋唱得恁好?"

崔洪微微一笑:"我听说,东大寺门的沙二哥被日本人绑在树上殴打的时候,唱得也不孬,你去问问他吧。"

艾三想了想,似乎悟出了啥,默默地点着头,然后朝门外走去,临出门时突然想起了啥,转身说道:"老崔,还有一个人你们共产党不能杀,不是他,当年我也不可能去救你。"

崔洪:"谁?"

艾三:"八妞。"

…………

艾三压那间宽敞的大房间里走出来之后才发现,原来这儿是刘茂恩的省政府。送他出来的解放军告诉他,现如今这里已经成了共产党在祥符的军事管理委员会,救他性命的老崔正是这里的最高长官,军管会主任。

艾三冇直接回寺门,而是顺路进了北土街上每章儿的犹太教堂遗址。这座犹太教堂建于宋朝,是宋朝皇帝赐地给远道而来的犹太人的,并将犹太教赐名叫"一赐乐业教"。明朝的天顺五年,黄河发水,祥符城被淹,"一赐乐业教"的教堂变成了废墟,之后又被安居在祥符城里的犹太后裔们捐款盖起。谁知天灾过后又逢人祸,明朝末年,李自成围攻祥符,久攻不下便扒开黄河,又把祥符城给淹在了水里,最终把"一赐乐业教"的教堂变成一片废墟。民国初年,这块宋朝皇帝赐给"一赐乐业教"的地产被卖给了英国的教会,压那以后,"一赐乐业教"就在祥符消失了,留下的只有百十户犹太后裔,艾家就在其中。

艾三站在犹太教堂的遗址上,嘴里嘟嘟囔囔:"祖宗,俺不知你是谁,俺也不懂你的'一赐乐业教',俺想对你说的是,你把俺艾家扔在这儿就不管了,一扔就是千把年。不过我也不埋怨你,不管咋着,祖宗还是有眼,知俺姓艾的冇干缺德坏良心的事儿。大难不死必有后福,艾三给祖宗磕头了……"

艾三趴在遗址上磕了三个头之后走出了犹太教堂的遗址。走着走着,他又突然想到了啥,伸手去摸了摸腰间系着的皮带,心里说道:黄军长,恁也保佑俺了吧……

走在回家的路上,艾三一个劲儿在想,这个崔洪是咋知我被关在小学校里面的?肯定是知内情的人点细了他,要不共产党一个堂堂的军管会主任咋会过问到我头上?

艾三边走边想,边走边看,他发现在自己被关押的这三四个月时间内,古老的祥符城好像焕然一新,街道还是那么古老,但走在古老街道上的祥符人

寺门

却变了样,个个精神头十足,仿佛街道两旁插着的一面面红旗把每个路人的脸都映红了……

注:

①裹不住:不值得。

（中部完）

下部 —— 封家

知止而后有定,定而后能静,静而后能安,安而后能虑,虑而后能得。

——引自"四书五经"

七十二、只要恁跟人民政府一心,过去的事儿一风吹。

寺门的南口又高高挂起俩灯笼章扎的大灯笼,很扎眼,也很喜庆。跟庆祝抗战胜利时候不一样的是,南口压东到西多扯了一条横幅,上面写着:"人民政府爱人民,毛主席是咱大救星。"

艾三回到寺门引起了一片骚动,一个在所有人眼里不可能再活的人咋就活生生回来了?冇人敢相信这个传奇,但这个传奇却实打实地发生了。

沙二哥欣慰道:"还是好人有好报啊。"

白凤山花搅道:"他算好人?他要算好人,那一定是老天爷看走了眼。"

尔瑟:"不管咋着,回来就中,又能喝我的汤了。"

乌德:"三哥,安生吧,天下已经是人家共产党的了,老老实实干个营生,安安生生过咱的日子吧。"

马老六:"大难不死,有冇后福咱不知,但还是咱常说的那句话,在咱寺门跟儿支个汤锅,不管国民党走还是共产党来,谁都得喝咱的汤。"

尚社头:"中,共产党人物,是混家,懂规矩,知一命还一命。"

海阿訇感叹道:"还是要感谢真主。"

就在艾三回到寺门的当天,寺门跟儿又引起了一阵骚乱,不知谁在清平南北街高声吆喝了一声:"封先生回来了!"

得到消息的老少爷们儿一齐拥向了尘封已久的封家院子。

封先生确实回来了,而且封家这一次回来得既风光又派头,原因是封先生的儿子封德勇跟着一起回来了,并受组织委派到清平区当了区长,寺门恰好是在他的管辖之内。

封家院子顿时热闹起来,寺门的老少爷们儿一齐下手,帮着封家人整理院落,打扫门庭。

沙二哥把黄樵松派尿壶送回来的那些东西完璧归赵。

封先生感慨万千地说:"这都是用命换来的啊,承多大的人情啊,这个人情俺姓封的几辈人也还不清啊……"说着用袖口揾起了眼泪。

艾三掀开布衫露出那根尿壶送给他的皮带:"这也算是对黄军长的一个念想吧,上面还写着黄军长的名字呢。"

封先生眼里的泪水擦都擦不及。

沙二哥:"中了,爷们,把不得劲的事儿全忘掉吧,好日子开始了。"

封先生感激地瞅着热心的街坊四邻,对压外面走进院子来的儿子封德勇说:"解放了,安生了,用不着担惊受怕了,咱把藏在延庆观里东西也拉回来吧。"

封德勇:"爸,我给你带来一样好东西。"

封先生:"啥好东西呀?"

封德勇压随身的挎包里取出一张报纸:"你瞅瞅这是啥。"

封先生接过来一瞅,惊讶地:"我的天爷,这可真是个好东西!"

封德勇给他父亲的是一张 1946 年 5 月 15 日在晋冀鲁豫创刊的《人民日报》,四版套红。

封先生:"你压哪儿弄到的?"

封德勇:"我参加革命这些年,有一半时间就在为这张报纸工作。"

封先生瞅着报纸,推了一把鼻梁上的眼镜:"这四个字儿,是毛主席写的?"

封德勇:"是压毛主席写过的字儿里面集出来的。"

封先生："雕版印的？"

封德勇："可不是嘛，跟咱祥符印木版年画一样，用木版刻出来的。"

封先生："都是跟咱学的，活字印刷的老祖宗是咱的宋代，全世界都是跟咱学的。"

封德勇："好好珍藏吧，珍藏个一千年，给座金山也不换啊。"

封先生手捧报纸连连点头，爱不释手。

沙二哥一边清理着院子一边征求封先生的意见："爷们，也不打仗了，这防空洞尽碍事儿，堵死去球。"

封先生："堵死，堵死，留着也有啥用，下大雨还存水。"

乌德："爷们，这个赖孙下水道不流水了，得重新挖一下吧。"

封先生："挖，挖，辛苦恁了。"

爬上房顶的盘善吆喝道："爷们，这房上的赖孙瓦烂了不少，买点新瓦重新挂一下吧。"

封先生："挂，挂，一会儿我就让小婉去买。"

尔瑟："爷们，门楼头也不知被哪个卖尻孙砸了一下，也得重新用砖垒垒吧。"

封先生："垒垒，垒垒，该咋垒咋垒，恁当家。"

尔瑟："把它垒漂亮点，门楼头垒好了也让灯笼章扎俩大灯笼挂上，眼望儿恁儿是大区长，得跟恁封家的身份照应啊。"

封先生："拉倒吧，有啥可招摇的。啥区长不区长的，按毛主席的话说，都是为人民服务。"

白凤山咂着嘴："啧啧，瞅瞅人家区长家的老太爷，就是文明人，手捧着《人民日报》，嘴里喊着新词'为人民服务'，哪像恁这些货，说话带把儿，一张嘴就知有文化。"

封先生："可不敢就这说，《人民日报》为啥叫《人民日报》，按毛主席的说法就是，有文化的人打败了有文化的人，才建立了新中国。"

封德勇："爸，你这话不完全对，有文化的人要学文化，咱的新中国才能长远。"

白凤山："区长就是区长，水平就是高；恁这些货，就是再学文化，也是个摆摊卖吃食儿的料。"

吃罢晚饭,小婉在洗刷碗筷,封先生和封德勇在上房坐了下来。

封德勇瞅着堆放在一旁的东西说道:"爸,这些报纸你打算咋弄啊?"

封先生:"啥咋弄啊?"

封德勇:"还搁在家里?"

封先生:"不搁在家里搁哪儿啊?"

封德勇:"我给你提个建议,你看中不中。"

封先生:"啥建议啊?"

封德勇:"新的政权成立了,咱们当家做主了。咱家这些报纸可以捐献给国家,让国家保管总比搁在自己家里保存要强,你说呢?"

封先生冇说话,眼睛始终瞅着堆放在一旁的报纸。

封德勇:"我知你心里在想啥,我只是给你提个建议。"

封先生:"咱先不说这个,说说你的事儿吧。"

封德勇:"我的事儿? 我的啥事儿?"

封先生:"共产党坐天下是一定一的了,我想问你一句,你是不是一定一在祥符任这个区长?"

封德勇:"啥意思? 我不明白。"

封先生:"你在外头恁多年,不管是打老日,还是打老蒋,你连个音儿都不给,这一次你要不是回来当区长,连我这个当爹的也不知你在给共产党当差。"他往厨屋瞅了瞅,放小了声音:"我的意思是,恁妹的事儿,你也帮着张罗一下。这些年跟着我东躲西藏,担惊受怕的。一转眼已经是二十多岁的大姑娘了。眼望儿日子安定了,说啥也得给她寻个好婆家。"

封德勇半烦儿地:"你天天看报纸,知识也不少学,咋就恁糊涂,咱们新社会讲究的是自由恋爱,可不兴包办婚姻。"

封先生:"你明白,你说咋办。"

封德勇:"爸,这事儿你别管了,俺妹的事儿包在我身上。我保证给她找个好人家,中了吧?"

封先生:"你保证,你是个冇尾巴鹰,说走走了咋办?"

封德勇:"原来你是担心我走啊。我今天可以负责任地告诉你,除非蒋介石有能耐压台湾那边游泳游回来,否则我不可能再离开祥符。"

封先生:"那,那你自己的事儿咋办? 老大不小的,还这么翘着?"

封德勇："我还不急,你急啥。祥符眼下百废待兴,清平区有一大堆活儿等着我去干,稳当住中不中? 恁老别着急,我保证娶个让你满意的儿媳妇回来。"

封先生："不是让我满意,你自己满意就中。"

封德勇到清平区上班的头一天,屁股刚坐到区长办公室里,艾三跟洪芳就敲开了他办公室的门。

封德勇："三哥,有事儿?"

艾三介绍着身后的洪芳："这是恁嫂子。"

封德勇："知,知,听街坊四邻说了。快请坐。"

艾三跟洪芳都冇坐。

封德勇："站客难打发,坐啊,三哥。"

艾三依旧冇坐,说道:"不知是应该还叫你老弟呢,还是叫你区长?"

封德勇："装孬不是,三哥,咋,不认老弟了?"

艾三笑道："不是那个意思。我的意思是,你老弟眼望儿是共产党的区长,哥哥我的身份你也知,不能和你走得太近,怕牵累你。"

封德勇一把将艾三摁坐在椅子上:"牵累啥? 要说牵累,是俺封家牵累过三哥你。要不是你和寺门的弟儿们照护着俺家,俺爹不被日本人拾掇死,也会被国民党拾掇死。咱弟兄们之间啥外气话也别说,有事儿说事儿,需要弟弟办啥事儿,说吧。"

艾三："老弟,恁哥哥的事儿你也知,死里逃生,捡条命,不管咋说,也算是得到政府宽大了吧。眼望儿我担心的是恁嫂子……"

封德勇："嫂子的事儿我也听俺爹说了,咱共产党执行的政策和国民党不一样,俺嫂子的情况不属于汉奸,她是被迫无奈。放心吧,只要恁老弟我在咱清平区当一天区长,俺嫂子就冇事儿。"

艾三："万一哪天你要是走了,咋办?"

封德勇："走了也冇事儿,共产党能分清好孬人。只要恁重新做人,跟共产党一心,旧社会的事儿一风吹,放心过恁的日子吧。"

封德勇对艾三说的这番话,让艾三心里踏实多了,出了清平区委的大门,艾三就开始在洪芳面前摆起谱来。

艾三："咋样,不外气吧? 俗话说,江湖是混出来的,啥共产党国民党,只要讲人物,照样是酒肉豆腐汤。"

洪芳一言不发地跟在艾三的身后。

艾三:"封家得过咱的恩惠,要不是我,封家早就小把儿①上绑绳——拉球倒了,要不是我,寺门的穆斯林们能捧封家? 不可能,他封家是汉民。"

洪芳:"恁家也不是回民啊。"

艾三:"俺家不是回民不假,可俺家是蓝帽回回啊。蓝帽回回在祥符城既能跟白帽回回通婚,也能跟汉民通婚。"

洪芳鼻子哼了一声。

艾三扭过脸:"咋,你不服? 不扶尿一裤。"

洪芳:"老三,咱俩分开吧。"

艾三停住脚:"你说啥?"

洪芳:"我说咱俩分开吧。"

艾三蔑视地:"你是不是觉得命保住了,过河拆桥,用不着我艾三了?"

洪芳:"随你咋说,我就是不想和你过了。"

艾三:"你为啥不早说?"

洪芳:"早前我是想说的,可觉着不合适。"

艾三:"眼下你觉着合适了是吧?"

洪芳:"解放了,自由了,政府本该打你的头,可你又得救了。这不,封区长也说了,只要重新做人跟共产党一心,过去的事儿一风吹。我想,天下太平,咱还是分开,各自过各自的,你再找一个称你意的女人。"

艾三:"我被关在里头这些天,你在外面是不是又找头了?"

洪芳:"随你咋想,我只是说出我的心里话罢了。"

艾三半晌有说话,走出几十步后,突然骂了一句:"卖尻孙,真会选时候!"

晌午头,艾三有回家,他在街上掂了两瓶酒,又在寺门跟儿买了一些卤菜,直奔了封家。

艾三本想找封德勇喝一场得劲酒,表示一下感谢,可封先生告诉艾三,封德勇工作忙根本就不会回家吃饭。于是,艾三把酒和卤菜往桌子上一摆,对封先生说道:"俺老弟不在,那就咱爷俩喝!"

封先生:"你知,我不会喝酒。"

艾三:"沾沾嘴中不中,今个我就想喝酒,就想听恁老给我批讲批讲。"

封先生："我能批讲个啥。"

艾三："咱这寺门，就恁老的学问大，说啥都能说到正点儿上，今个我想听听恁老给我批讲批讲女人。"

封先生呵呵地笑道："你可真会找家，我眼望儿还有个女人呢，你听我批讲女人？鸭子娶驴当媳妇，那才叫胡说八道。"

艾三："胡说八道就胡说八道，恁老不想胡说八道，那就听我胡说八道吧。"

封先生看出艾三今个心里烦闷，扎着架子要在这儿喝酒，想解解郁闷。那就喝吧，胡说八道吧，只要他心里能痛快就中。

封先生冲着厨屋里的小婉说道："婉儿，去，找个喝家来，替我陪恁三哥喝。"

小婉应声去了，不一会儿叫来了盘善。

盘善进门便说："俺爹俺妈教门得厉害，从不许俺去汉民家吃喝。俺来封先生家喝点还中，全东大寺门的人都知，封家不吃大肉，比清真还清真。"

艾三不满意地说："说这话让谁听？咋，俺艾家吃大肉吗？"

盘善笑着说："恁艾家祖上是犹太教，借你三哥八个胆。"

艾三："眼望儿共产党成立了新政府，八个胆，恁三哥连一个胆都冇了，娘儿们都敢骑到我头上拉屎拉尿。"

盘善："三哥今个是咋了？跟嫂子隔气了？"

艾三抓起酒杯一饮而尽。

封先生："恁三哥咋也不咋，估计今个是女人别住了他的马腿，被将住军了。"

盘善："不会吧，俺三哥从来就是将女人的军，咋会被女人将住军啊？"

艾三又自斟自饮了一杯："女人，女人算啥，我艾三从来就冇把女人当成一回事儿！"

盘善把手指头竖在嘴上："你小点声中不中，俺小婉妹妹在厨屋里。"

注：

① 小把儿：男性生殖器。

天命之谓性,率性之谓道,修道之谓教。

——引自"四书五经"

七十三、"恁多年相安无事,咋说不过就不过了呢?"

很快,一瓶酒底朝天了,艾三用牙咬开了第二瓶。

封先生:"中了,别再喝了,再喝就高了。"

艾三:"放心吧,爷们,这点酒还撂不倒我。"

盘善一旁敲着边鼓:"爷们,今个也让我在恁老这儿过过酒瘾,俺爹俺妈在教门,俺家从来就喝不上酒。今个要不是小婉去叫我,俺爹俺妈压根不会让我来。"

待在厨屋里的小婉竖着耳朵在听盘善说话,脸上显露出一丝幸福,她清亮,盘善这话是说给她听的。

艾三:"老话说,男怕干错行,女怕嫁错郎。这话说得照,不过话又说回来,男也怕娶错妻啊,你说对不对,爷们?"

封先生:"想听我说?"

艾三:"洗耳恭听。"

封先生:"洗耳恭听不敢当,我说几句真的?"

艾三:"当然要说真的。"

封先生:"说真的我就说,洪芳那女人不孬。"

盘善:"我也觉得俺嫂不孬。"

艾三:"别恁嫂恁嫂的,压根俺俩也冇拜过天地。"

盘善:"拜不拜天地另说,洪芳在我心里就是个嫂嫂,寺门跟儿的人都这么认为的。"

艾三叹道:"唉,恁是只知其一不知其二啊。"

封先生:"那你说给我听听,啥是其二。"

盘善:"对啊,你说说她咋不如你的意。"

艾三:"不是她不如我的意,是我不如她的意。"

封先生:"那你说说,你咋不如她的意了。"

盘善端起酒杯,一口闷掉杯里的酒,起身说道:"恁俩先说着,我亲自给恁弄个汤,我的'三狠汤'全寺门第一。"

封先生:"你坐着喝吧,小婉会做'三狠汤'。"

盘善:"不不不,那不一样,我得让恁爷们尝尝我的手艺。"

艾三:"他想显摆就让他显摆吧,他就是坐这儿,也说不出个子丑寅卯。"

厨屋里的小婉一听盘善要进来做汤,顿时不知所措。

盘善进厨屋了。

艾三端起酒杯呷了一口,说道:"爷们,我知,洪芳在寺门跟儿落得不孬,尽管她跟老日有那么一段腌臜事儿。说实话,我倒是不在乎她和老日那段腌臜事儿,我是觉着这个娘儿们克我,冇法在一起过日子。"

封先生:"她咋克你?咋冇法过日子?"

艾三:"不瞒你说,爷们,我找人算过,也去相国寺抽过签,不中,都说俺俩相克,睡可以睡,但不能一个锅里吃食儿。"

封先生:"瞎胡说,能睡在一块儿,咋就不能在一个锅里吃食儿?别相信庙里老和尚胡说的。"

艾三:"睡是睡,跟在一块儿过生活不孬[①]。"

封先生:"啥不孬?孬,孬得还紧。媳妇嘛,要求别恁高,会缝缝补补浆浆洗洗,家务活勤快,会照护人就中。你还想啥?找个天仙?说句不该说的话,要说人长得排场,咱寺门跟儿的娘儿们摞在一起也冇洪芳一个人长得排场。"

艾三："爷们，不是我不想跟她过，是她不想跟我过。"

封先生："她为啥不想跟你过啊？"

艾三："她还惦记着西川那个卖屄孙呢！"

封先生："那个日本宪兵队长？咋可能，绝对不可能。"

艾三："真的！"

封先生："还煮的呢。我不信。"

艾三："你不了解情况。"

封先生："我咋不了解情况。当初她要跟那个小日本走，是迫不得已，你想想，她一个中国女人，为啥要选择背井离乡跟一个日本人走，还不是怕国民政府不容她嘛。后来事实证明，国民政府就是不容她。要不是你把她救出来，她不也就被打头了嘛。"

艾三："所以啊，她跟我睡了恁几年，就是为报恩，眼望儿她觉得恩报完了，该走了。"

封先生："她为啥早不走晚不走，偏偏在你被人民政府放出来之后要走？要我说，这个女人有良心。你信不信，这一回你要是被人民政府打了头，她保准会留在寺门给恁家老太太养老送终。"

艾三："对啊，问题就在这儿。我命大，冇被人民政府打头，被放出来了，她为啥就不想跟我过了呢？"

封先生眨巴了半晌眼睛，也理不出个头绪，说道："你就这一说，事儿还怪麻缠，要不，我去劝劝她？"

艾三："爷们，我就等你这句话呢。恁老在寺门德高望重，哪路妖怪都得给恁老个面子。"他端起酒杯，"我喝个酒，恁老再沾沾嘴，侄官儿先谢谢你了。"

封先生："别谢我，劝我只管劝，能劝到啥程度我心里冇底。"他冲着厨屋，"盘善，'三狠汤'咋还冇做好呢？"

厨屋里，正紧搂在一起亲嘴的盘善跟小婉吓得赶紧分开。

小婉用手整理着头发大声说："马斩就好，缺芫荽。"

盘善的手又在小婉的咪咪上捞摸了一把，说："缺芫荽冇事儿，切点葱花代替一样。"

两瓶白酒喝光之后，艾三跟盘善都觉着缺量，不过瘾，小婉跑到街上又打了一斤散酒回来，继续喝。

封先生:"婉儿,你照护着恁俩哥喝,我去恁艾大大家一趟,你可别让恁俩哥喝高了。"

小婉爽快地:"你去吧,冇事儿,'三狠汤'解酒,我保证不让俺俩哥喝高。"

封先生溜达着来到了艾家。

坐在院子里晒暖的艾大大得知封先生的来意之后,唉声叹气道:"我也搞不懂他俩是咋回事儿,恁多年相安无事,咋说不过就不过了呢?"她朝屋里努努嘴,"你老弟去说两句试试,她正在屋里收拾东西呢。"

"我只管试试吧。"封先生推了一把鼻梁上的高度眼镜,朝屋里走去。

洪芳见封先生来到,客气地给他让座,倒茶。

封先生:"别忙,别忙,回来恁些天,还冇顾上来和恁妈说说话,都是寺门的老街坊,恁妈可真是个大好人啊。"

洪芳苦笑了一下。

封先生:"心里有啥不得劲,跟我说说,老三是我看着长大的,我说的话在他那儿还管点用,说说,妞儿。"

洪芳坐回到床边整理着衣物,脸上带着平静和安稳:"谢谢你封先生,真的冇啥,我就是觉得应该离开寺门了。"

封先生:"妞儿啊,我知你这些年受了不少委屈,俺寺门的人对你也有些误解……"

洪芳打断了封先生的话:"不不,恁老千万别这么说,寺门的街坊四邻都对我不孬,要不我也难活到眼望儿。我离开寺门,不牵连别的啥,是我自己要走的。"

封先生:"妞儿,想过冇,你到哪儿去啊?到哪儿去也冇待在寺门安全,虽然是解放了,但你这种情况和身份,走到哪儿都会有麻烦的,还不如在这儿将就。老头今个说句打脸的话,我想,你的心里就是还惦着那个日本人,你要是离开寺门了,有朝一日他真的要回来找你,咋办?你说。"

洪芳低头不吭。

封先生:"妞儿,别冒傻气了,安生待在寺门吧,恁那个兄弟好孬是清平区管事儿的,能让你吃亏?安生吧,安生吧,别胡想八想的,哪儿也别去,就在寺门待着。得空我跟恁那个兄弟说说,让他给你找个活计干干。听老头一句话,啥是福,平安才是福,还是待在寺门平平安安的吧。"

洪芳的眼泪突然就像断了线的珠子一样落了下来,她用手不停地擦着。

封先生:"咋了,咋了,咋哭了?妞儿,是不是我哪句话说得不得劲了?"

洪芳一个劲地摇头。

封先生:"别哭,别哭,你把老头心里哭得也不好受。"

洪芳抹了一把眼泪,问道:"封先生,你每天读报纸,知的事儿多,你说说,那个卖尻孙还回得来回不来?"

封先生还真被这句话给问住了,他不知该咋回答洪芳。

艾三喝高了,他侧侧歪歪压封家门里出来,冇回家,而是奔了鼓楼街去了。

今个鼓楼跟前很热闹,人们围成圈在学唱"解放区的天是明朗的天"。艾三晃晃悠悠挤进人堆里,他迷迷糊糊瞅着教歌的那个女人很眼熟,揉揉眼睛仔细一瞅,这不是那个唱黑头的小凤嘛!于是不管三七二十一,上前一把就将小凤搂住。

艾三:"乖乖儿,我冇认错人吧,咋是你呀,今个真是个好日子,咋碰见你了,乖乖儿……"

小凤力图把艾三推开:"弄啥,起开!"

艾三:"起开?起哪儿开?"

小凤:"快起开,你是谁呀?"

艾三:"啥,你说啥?"

小凤涨红着脸:"你是谁呀?我不认识你!"

艾三:"你敢说不认识我?把眼睁大,瞅瞅我是谁。"

在一圈人的注视下,无处可藏的小凤不得不咬着牙说:"我就是不认识你!"

艾三:"跟我一起睡的时候,你咋不说你不认识我?好受得劲的时候,你咋不说你不认识我?你不认识我,那我脱成赤肚,看你认识不认识我!"

小凤挣扎着:"撒手!快撒手!"

艾三紧紧搂住小凤的腰:"我不撒手,你是我的女人,凭啥我要撒手……"

在小凤的呼叫声中,几名扛着枪正在街上执勤的解放军士兵走上前来。

士兵甲:"撒手!"

艾三:"不撒手!"

士兵甲:"你撒不撒手?"

艾三:"枪毙我也不撒手!"

士兵甲一拉枪栓,朝天"砰"地开了一枪。

艾三撒手了,身上的酒劲也似乎退却一点。

解放军士兵大吼道:"把他绑起来!"

几个士兵用绳子开始捆绑艾三。

艾三一边挣脱着一边嗷嗷叫着:"恁凭啥绑我? 凭啥? 放开我! 放开我!"

解放军士兵扭脸向小凤询问道:"他是你啥人?"

小凤吓得不知说啥是好。

解放军士兵继续问道:"你认识他吗?"

小凤依旧不知说啥是好。

解放军士兵:"你别怕,现在是人民的天下,有解放军给你撑腰,照实说。"

小凤还是有说,一旁围观的一个人就发话了,指着艾三:"俺正在学歌,这货耍流氓,上来就搂住教歌的女同志,还说这位女同志跟他睡过。"

解放军士兵扭脸去问艾三:"是这样的吗?"

这时的艾三似乎清醒了一点,他摇晃着身体说:"是这样又咋了? 我喝高了。"

解放军士兵:"你喝高了?"

艾三:"我就是喝高了。"

解放军士兵:"你喝高了就可以在大街上搂抱女同志? 你喝高了就可以造谣跟女同志睡过觉? 我看你是无法无天、胆子不小。这是共产党和毛主席领导下的新社会,蒋介石都让俺打到台湾去了,收拾你这样的流氓还不像捏死个臭虫。带走!"

艾三:"凭啥带走我,俺俩是熟人,不信恁问问她,认不认识我,恁问问她……"

一旁围观的人说道:"还说啥,有啥可说的,人家女同志说罢不认识你了,俺都听得清清亮亮,你抵赖不了。"

艾三撂起了高腔:"她叫小凤,俺俩是老相好,小凤,你咋不说话呀……"

解放军士兵:"还在耍流氓,带走!"

注:

①不觍:不牵连、不搭界、不挨边。

关关雎鸠，在河之洲。窈窕淑女，君子好逑。

——引自"四书五经"

七十四、"假装不假装，总不能见死不救吧。"

不管封先生咋说咋劝，洪芳还是坚持要离开寺门，她说她不愿意一辈子生活在一种报答救命之恩的情绪之中。封先生想想洪芳说得也在理儿，艾三那张不值钱的嘴，三天两头把救命之恩挂在嘴上，任谁也受不了。洪芳这边收拾停当正准备离开艾家，乌德就匆匆跑来报信儿，说艾三在鼓楼再次被解放军抓走。顷刻之间，艾三再次被抓的消息传遍了寺门。

洪芳走不成了。

沙二哥听罢艾三又被抓的消息，立马找到封先生商量办法。

封先生叹道："咋弄的，好不容易捡回一条命，又出这种事儿。解放区的天是明朗的天，明朗的天下面调戏妇女，唉，这不是作死嘛？……"

沙二哥："三哥跟那个娘儿们认识，可那娘儿们一口咬定不认识三哥。"

封先生："认识不认识，也不能在大街上搂抱人家啊。"

沙二哥："他不是喝高了嘛。"

封先生："你喝高干这事儿不干？"

沙二哥:"别说这了,赶紧叫俺区长兄弟想想法儿吧。"

封先生:"老三有前科,我估计,这回他是小鬼的胳膊——麻缠。"

沙二哥:"那咋办? 咱也不能见死不救啊。"

封先生想了想,说道:"要不这样,你去找找那个娘儿们,让她改口承认她和老三是相好的,这边我让恁兄弟再使使劲,双管齐下,你看咋样。"

沙二哥:"中,这个法儿中。我眼望儿就去找那个娘儿们。"

封先生:"我眼望儿就上区里找恁兄弟。"

沙二哥打听几打听,几经周折,终于在文庙街的文庙里找到了小凤。这座文庙自打祥符被解放以后,就被军管会的宣传队占用,专门用来排练节目宣传新政权。会唱豫剧的小凤一眼被军管会样中,于是发给她了一套列宁服,扎起小辫,戴上军帽,加入到这支革命队伍里来了。

见到沙二哥,小凤并不觉得奇怪,冇等沙二哥张口她就猜出了沙二哥的来意。

小凤嘟拉着脸:"这事儿不怨我。"

沙二哥:"我也冇说怨你啊。"

小凤:"大白天,街上恁多人,丢人不丢? 丢死人了。"

沙二哥:"说那冇用,眼下人已经被抓起来了,你说咋办吧?"

小凤:"我说咋办吧,我说管用吗?"

沙二哥:"咋不管用。要是不管用,我也不会跑到这儿来找你。"

小凤:"满大街的人都瞅见了,解放军还放了枪,你让我咋去说? 吐到地上的痰总不能再舔起来吧?"

沙二哥:"该舔起来就舔起来,实话实说,你就说恁俩以前是相好的不就完了嘛。"

小凤涨红着脸:"我才不是他相好的。"

沙二哥:"恁俩冇好过?"

小凤:"俺俩冇好过。"

沙二哥:"冇好过就假装好过。"

小凤的脸涨得更红了:"这、这事能假装吗? ……"

沙二哥:"假装不假装,总不能见死不救吧。"

小凤紧蹙着眉头不作声了。

　　沙二哥:"别再说不打粮食的话了,救人要紧,三哥真要是被共产党崩了,你可就是欠了一条人命。"

　　小凤哭了:"他咋是这号人呀,这不是害死人嘛……"

　　封先生那头进展得也不顺当。他颠簸颠簸去到区里,工作人员告诉他封区长去粮食仓库给南下部队调配粮食去了,啥时候回来不清楚。封先生不得不打道回府。

　　封先生回到家,一推院门,院子大门被压里面插上了门闩。他心里奇怪,大白天小婉插着个门弄啥? 他拍门喊了两声,不见里面的动静,他在院子门口等了好一会儿,小婉才压里面把院门打开。

　　封先生:"不开门,你弄啥呢?"

　　小婉有些慌张:"冇弄啥。"

　　封先生:"冇弄啥插着门弄啥?"

　　小婉:"我搬了点劈柴,累了,歇会儿。"

　　"搬劈柴? 搬啥劈柴?"封先生正准备继续询问,就听见柴屋里传来动静,问道,"谁在柴屋里?"

　　小婉神不守舍,语无伦次:"冇、冇人,噢,那个啥……"

　　封先生颠簸颠簸朝柴屋走去,小婉想阻拦已经来不及了,迫不得已冲着柴屋里高声喊道:"出来吧,怕啥,你又冇娶我又冇嫁!"

　　封先生停住了脚,愣在那里。只瞅见,满脸羞愧的盘善压柴屋里走了出来。

　　封先生明白了,他瞅了瞅盘善,又瞅了瞅小婉,张开嘴巴却不知说啥。倒是小婉摆出了一副死猪不怕开水烫的样子。

　　小婉:"爸,纸包不住火,早晚的事儿。我跟你说实话吧,盘善俺俩好上了,他想娶我,我也想嫁给他。事儿不大,你老看着办吧。"

　　封先生听了小婉的话并冇感到惊讶,他用手推了一把鼻梁上的眼镜,满脸的迷茫,张着嘴巴依旧说不出一句话来。

　　小婉:"盘善,你说话呀!"

　　盘善低着头不知该说啥。

　　小婉:"你咋不吭气儿啊,心里咋想就咋说呗,你说呀!"

　　盘善在封先生的目光注视下,头越垂越低。

小婉急了:"他不敢说,我替他说。爸,俺俩就是相好,俺俩说好了,要成亲,要一块过日子,你说一句话,中不中吧?"

封先生的目光从小婉脸上移到盘善脸上,又从盘善脸上移到小婉的脸上。

小婉:"爸,你给个朗利话,到底中不中呀?"

封先生瞅着小婉的脸,终于开口说话了:"孩子乖,中不中我说了不算。"

小婉:"爸,你不同意,我就冇嫁妆,也办不了酒席,当然是你说了算。"

封先生:"你咋还发迷,你问问盘善,我说了算不算。"他转向盘善,"孩子乖,你说,我说了算不算?"

盘善憋气不吭。

小婉:"盘善,哑巴了,你说话呀!"

封先生:"盘善,孩子乖,趁街坊四邻还冇人知,赶紧打住吧,听伯的话,谁说了也不算。"

盘善低着头:"伯,我知你说的啥意思。"

小婉:"新社会了,新成立的人民政权总说了算吧!"

封先生:"你咋非得让我把话说出来呀! 孩子乖,啥政权说了也不算,穆罕默德说了算……"

黄昏时分,沙二哥来到封家,瞅见封先生在床上躺着。

沙二哥:"咋了,爷们,不得劲了?"

封先生:"血压拿住头了,晕。"

沙二哥在封先生床边坐下,深深叹了口气:"唉——"

封先生:"咋,情况不妙?"

沙二哥:"那个唱戏的娘儿们有点操蛋①,说啥也不认。"

封先生:"也怨不得人家,这事儿搁到谁身上谁都不认。"

沙二哥:"俺区长兄弟那儿咋说?"

封先生:"这不,还冇照上头。我去到区里找,他不在,忙,不到二半夜是回不到家的。"

沙二哥:"夜长梦多啊,爷们。"

封先生:"那咋办,命里有这一道,想逃都逃不掉。"

沙二哥:"刚才我去艾家了,老太太也躺倒在床上,洪芳那娘儿们怪仁义,说了,老三不出来她不离开。"

封先生感叹道:"谁说婊子无情啊。"

沙二哥跟着感叹道:"要不是那个卖尻孙老日,那可是个好娘儿们啊。"

封先生:"老三这次要是能出来,说说他,也老大不小的了,也该明一点事理,安生过日子吧。"

沙二哥:"新社会,当街调戏妇女,罪名不轻,等俺区长兄弟回来,看他咋说吧。"

封先生:"老二,我也遇见麻缠事儿了。"

沙二哥:"啥麻缠事儿?"

封先生:"俺封家在这寺门住三辈人了,与恁穆斯林相安无事,这件事要是处理不妥,俺封家也得像老日一样滚蛋啊。"

沙二哥:"瞅你说的,黄河要淹祥符城了?"

封先生:"比黄河淹祥符城严重得多。"

沙二哥:"到底啥事儿,痛快点说中不中。"

封先生:"我跟你说,千万不能声张,要是被寺门的街坊四邻知了,俺封家立马就得搬家走人。"

沙二哥:"快说,你要急死我啊!"

封先生:"去,把门关上,别让小婉听见。"

沙二哥起身去把房门关严。

就在封先生关着门把小婉和盘善的事儿告诉沙二哥的时候,洪芳来到了封家院门口,正犹豫不决是不是进院子的当口,小婉压院内走了出来。

小婉:"有事儿啊?"

洪芳:"封区长在家不在?"

小婉:"他还冇回来呢。俺爸在家,进屋坐吧。"

洪芳:"封区长啥时候回来?"

小婉:"那我可说不准,他是区长,事儿多。"

洪芳:"哦,有啥大事儿,我走了。"

小婉瞅着转身离开的洪芳说道:"要不,有事儿你跟我说,等他回来我转告他。"

洪芳:"不了,不麻烦了。"

天已经完全黑了下来,洪芳离开封家院门口之后,决定到区里去瞅瞅,找找封德勇。她心里清亮,如果不把艾三给弄出来,自己就不可能离开艾家。艾三就算再不是个玩意儿,他娘躺在床上自己也不可能不管。洪芳最担心的是,艾三出不来,自己就走不了。

洪芳来到了区里,区委的干部们刚散会,压会议室走出来的封德勇一眼瞅见了洪芳。

封德勇:"这不是三嫂嘛,咋,找我?"

洪芳点了点头。

封德勇:"有事儿?"

洪芳点了点头。

封德勇:"进来坐吧。"

洪芳跟着封德勇返回了会议室。

封德勇:"找我是为三哥的事儿吧?"

洪芳点了点头。

封德勇:"事情我已经听说了,三哥胆子也太大,眼望儿是共产党的天下,是人民的政权,绝对不能容忍这样的事情发生。三嫂,实话对你说吧,我救不了他,谁也救不了他。"

洪芳听罢封德勇的话后,呜呜地哭起来。

封德勇:"三嫂,别哭了,你的情况我也清亮。我说句实话,这样也好,对你来说也是一个解脱,你说呢?"

洪芳却越哭越伤心。

封德勇:"咋,我说得不对吗?"

洪芳:"解脱,咋解脱? 一个七八十岁的老太太挺在床上,我能解脱得了吗……"

封德勇在会议室的脸盆里拧了一个手巾递给洪芳,在洪芳伸手去接手巾的时候,封德勇突然发现,洪芳的手非常好看,一点也不像劳动妇女的手,顺着她的手再看她那哭泣中抽动的身体,又丰满又顺溜。封德勇对眼前这个女人的心疼油然而生,禁不住伸出手去在洪芳的酥肩上轻轻拍着。

封德勇:"别哭了,别哭了,旧社会你受了不少苦,眼望儿是新社会,你也应该有新的生活了……"

那天晚上,封德勇在区委的会议室里和洪芳谈了很长时间,他给洪芳讲了许多革命的大道理,让洪芳很是受益,耳目一新。最重要的是,洪芳从封德勇的身上感受到了共产党的干部并没有对她这么一个满身污点的女人有丝毫的歧视,而是那么亲切可敬。直到洪芳猛然想起艾家老太太还挺在床上,才起身与封德勇一起回了寺门。

在各回各家的时候,封德勇给了洪芳一个承诺,他会尽力帮助洪芳把艾三弄出来。当封德勇伸过手去和洪芳握手的时候,这样的新礼节顿时让洪芳不知所措。

封德勇笑道:"咋,不习惯?"

洪芳在一阵强烈的心跳之后,把手伸给了封德勇,在两人的手握在一起的那一瞬间,两人的心和身子都酥麻了……

注:

①操蛋:贬义词,形容不合作、没人缘、不讲理。也作"糙蛋"。

君子有三戒：少年时，血气未定，戒之在色；及其壮也，血气方刚，戒之在斗；及其老也，血气既衰，戒之在德。

——引自"四书五经"

七十五、"这不是我讲的，是穆罕默德讲的！"

沙二哥压封家出来得也很晚，尽管封先生一再嘱咐，见到盘善一定不要发火，事态千万不要弄大。可性格生就暴烈的沙二哥把盘善压家里拉出来之后，还是没能控制住自己。

沙二哥把盘善拉到了当街，盘善使力甩开了沙二哥犹如钳子一般的手："弄啥，弄啥，胳膊都被你拽折了。咋了，到底出了啥事儿？"

沙二哥张嘴骂道："卖尻孙，你是不是准备改吃大肉了？"

盘善："有啥事儿你说中不中，别开口就骂人。"

沙二哥："骂人？ 我还要打人呢！"

盘善："我犯了你哪条王法啊？"

沙二哥："你犯了穆斯林的王法！"

盘善一下子明白沙二哥火气的由来，说道："吆喝啥你吆喝，小点声中不中？"

沙二哥："怕丢人是不是？ 怕丢人就别干那事儿！"

盘善压低声音:"二哥,你听我说中不中,总得让人说话吧。"

沙二哥:"你说吧,我倒要听听你咋把黑说成个白!"

盘善稳定了一下情绪,说道:"二哥,我问你,封家在咱寺门住了多少年,你知不知?"

沙二哥:"住多少年咋了? 住一千年封家跟咱也不是一教!"

盘善:"不假,跟咱不一教不假,可封家和咱外气不外气?"

沙二哥:"再不外气他家祖上也是吃大肉的!"

盘善:"他们这辈不是不吃大肉嘛。"

沙二哥:"屁话,不吃大肉他们就是穆斯林了? 犹太人还不吃大肉呢!"

盘善:"你咋不论理啊?"

沙二哥:"论理? 论理你就不会干这事儿!"

盘善:"二哥,我的意思是说……"

沙二哥:"你说个球! 你想娶小婉做媳妇,别说教门里的人不答应,寺门跟儿的人能答应? 就连封家的人也不会答应! 赶紧拉倒吧,别挑事儿了,你以为这是个小事儿啊,搞不好会要你的命!"

盘善:"凭啥要我的命,我不偷,不抢,不杀人,不放火,我不就是想娶个媳妇嘛,教门咋了? 寺门跟儿的人咋了? 祥符城里回汉两教结婚的又不是我自己,宋门卖汤的曹家不就娶了个汉民媳妇嘛。"

沙二哥:"宋门不是寺门!"

盘善:"寺门才更应该通情达理。老日在那会儿,咱寺门的人泼着命救他封家,为啥? 不就是冇把他封家当外人嘛。"

沙二哥:"这是两码事儿!"

盘善:"咋是两码事儿? 两好合一好,全世界你打听打听,只有咱寺门跟儿的回汉两教能尿到一个壶里。"

沙二哥:"能尿到一个壶里,也不代表能睡到一个被窝里!"

盘善:"我非得睡到一个被窝里不中!"

沙二哥:"你敢?!"

盘善:"你管不着,你又不是俺爹!"

沙二哥一巴掌扇到盘善的头上:"我是恁爷!"

盘善被这一巴掌给打恼了,也顾不得自己的音量,大吼道:"论理不论理,我冇吃你的冇喝你的,你凭啥打我!沙老二,今个我把话搁这儿,我愿意娶小婉,她也愿意嫁给我,我看谁能把我的蛋咬掉!"

沙二哥怒不可遏,飞起一脚就把盘善踢倒在地。

盘善诈尸了,嗷嗷乱叫道:"沙老二!你耍啥霸气!东大寺门又不是恁家的!你是阿訇还是社头?你狗屁不是!你就是个街霸!"

沙二哥上前又是一脚:"我就是霸气!就是街霸!就是要打你这个伊斯兰教的叛徒!"

盘善放声哭号起来:"哎哟哎哟!沙老二打人了!要出人命了!沙老二打死人了……"

沙二哥和盘善整出了大动静,街坊四邻纷纷拥出了家门。第一个跑过来的是小婉,她瞅见盘善被沙二哥打倒在地,一下子扑过去用身体护住了倒在地上的盘善。

小婉:"凭啥打人!他咋你了?吃你的喝你的了?"

沙二哥:"他咋我了还用问我?你比谁都清亮!"

小婉:"清亮咋了,我就是清亮!是我想嫁给他!碍你的事儿不碍?要打你打我!"

白凤山一把抱住了沙二哥:"老二,弄啥,有啥不能好好说,自家弟兄划不着动手啊!"

乌德:"就是。二哥,消消气,背场说不中吗?非得让人家看笑话。"

尔瑟:"拉倒拉倒,都是一起玩尿泥长大的,老二你是哥,盘善有啥不到之处该说说,别动手,多伤和气。"

马老六上前帮着小婉把盘善压地上扶起来:"咋惹恁哥生气了,瞅瞅把恁哥气得,脸都变绿了。"

沙二哥用手指着盘善:"我告诉你盘善,今个打你是轻的,非要混到丢人上,丢的是你祖宗八辈的人!"

沙二哥就这一动手,眨眼之间整个寺门都知了盘善和小婉的事情,这还了得,寺门跟儿一下炸了窝。

盘善挨打的第二天一早,一群教门里的老头老太太,手里捧着《古兰经》堵住了盘善家的门,也不说别的,就一个劲冲着盘善家的门诵经。盘善的爹妈都是冇脾气的老实人,既不敢责怪儿子,更不敢得罪教门,老两口只会关着门捂住脸在屋子里偷偷哭。

事儿闹大了,寺门跟儿的人全知盘善和小婉俩人相好的事儿,说啥的都有,大多数人都说沙二哥打得好,还得吃力打,寺门跟儿的回汉两教就是相处得再好,也不能通婚啊。

封先生坐不住了,找到沙二哥埋怨道:"瞅瞅你弄这事儿,不叫你声张,这下可好,咋收场?"

沙二哥:"怨我了。"

封先生:"俗话说,棒打鸳鸯,这鸳鸯用棒是打不散的,越打越牢靠。小婉对我说了,不中她就跟盘善离家出走,远走高飞,你说咋办?俺封家里里外外全指望这妞,她一走,我傻脸。"

沙二哥眼一瞪:"我去找盘善个卖尻孙,他要敢带着小婉走,看我不大卸他八块!"

封先生:"中了,祖宗,别再添乱了,你大卸我八块吧……"

沙二哥不吭气了,知自己做得太鲁莽。他和封先生商量来商量去,觉得最好的办法就是让海阿訇出头,如果德高望重的海阿訇能给盘善讲明道理,以理服人,盘善和小婉还有可能好合好散。

封先生提着沙二哥给切的几斤牛肉和两包白家的花生糕,进到寺里见着了海阿訇。

海阿訇瞅了一眼两手掂着东西的封先生,面无表情。

封先生:"不成敬意,让你见笑。"他把手里掂着的东西搁到桌上,压衣服兜里掏出事先包好的钱恭恭敬敬放到了桌子上,"随意乜贴①,孝敬真主的。"

海阿訇的脸色依旧不好看:"你又不信奉伊斯兰教,用不着来这一套。"

封先生:"虽不信奉伊斯兰教,俺封家在寺门也是老门老户,真主也关照俺封家了,应该的,应该的。"

海阿訇:"用恁汉民的话是'无事不登三宝殿',俺回民的话是'有麻缠求告真主',既然这乜贴是孝敬真主的,俺也不好不收。中了吧,有事了吧,这里是清真寺,汉民还是少站为好。"

封先生:"我、我……"

海阿訇:"咋,你还有事儿?"

封先生:"有,有点小事儿。"

海阿訇:"有事儿说事儿。"

封先生:"俺家的事儿你听说了吧?"

海阿訇:"恁封家啥事儿?"

封先生:"就、就是俺家小婉的事儿。"

海阿訇:"恁家小婉啥事儿?"

封先生:"你真不知?"

海阿訇:"真不知。"

封先生:"不会吧,东大寺门都吵吵翻天了,你能不知?"

海阿訇:"东大寺门都吵吵翻天了? 不会是共产党的人民政权又样中恁家那些烂报纸了吧?"

封先生:"我来是跟你说正事儿的,别装迷。"

海阿訇:"又掂牛肉又掂花生糕,又给真主送乜贴,绕了八圈,也不知你想说啥正事儿。咱压小到大都在一个门口,你就不能痛快点,恁这些戴眼镜的人啊,学问大,心眼多。"

封先生:"你学问不大,你心眼不多,啥回民汉民的,都是一个门口长大的,谁不知谁吃几个馍喝几碗汤。"

海阿訇笑了。

封先生:"笑啥笑,我说得不对吗?"

海阿訇:"你说得对,做得不对。"

封先生:"做得咋不对?"

海阿訇:"不是我要回民汉民的,是你划分得清亮。你说,你掂这些东西来弄啥? 说的比唱的好听,孝敬真主,鬼才相信你的话。我告诉你封老头,要不是东大寺门的人挺身而出,恁封家那些破烂报纸早就被蒋介石拉窜了,你瞅你眼望儿生分的,不就是恁家小婉和盘善搞到一块了嘛,不就是老理儿不让回汉通婚嘛,看在你老兄的面子上,我睁只眼闭只眼还不中,你以为你给我掂东西来我就得替你出主意,门都冇。我是东大寺的阿訇,我不可能赞成盘善跟恁家小婉的事儿,恁该咋着咋着!"

封先生瞅着海阿訇的脸,半晌说不出话来,他抬手推了一把鼻梁上的酒瓶底眼镜:"那、那你说,俺该咋做?"

海阿訇:"让我说就好办,沙老二就是把盘善拆坏都不亏!"

封先生:"你咋能就这样说话?"

海阿訇:"那你让我咋样说话? 举双手赞成回汉通婚? 做梦!"

封先生:"不赞成不赞成呗,我来找你就是让你劝劝盘善,你瞅你噎胀的,不知自己是老几了。"

海阿訇一下子恼了:"我咋噎胀了? 你把话说清亮,我咋噎胀了? 我再噎胀也噎胀不过你呀,噎胀得都敢来教训我。"

封先生一下子也恼了:"我来找你是看得起你,别觉得我短给你啥了。封家在寺门住了几辈人,除了不是伊斯兰教徒,啥生活习惯都和恁一样,你要不论理我也不论理,咋了,俺家小婉咋就不能嫁给盘善? 撕破脸大不了全东大寺门的人都不搭理俺封家的人,随恁的便,想咋着咋着!"

海阿訇:"你还来劲了!"

封先生:"被你逼的。"

海阿訇:"不论理了不是!"

封先生:"论理? 真要和你论理,俺家小婉嫁给盘善合理合法。"

海阿訇:"你说啥? 合谁的理儿? 谁的法儿? 你给我说说。"

封先生:"我本不想说到这上,既然你这个阿訇都不懂,那我就给你批讲批讲。"

海阿訇一脸不屑:"我倒要听听你给我批讲啥。"

封先生在屋里四处寻找着。

海阿訇:"你找啥?"

封先生:"你的《古兰经》呢?"

"在这儿。"海阿訇拉开抽屉,拿出一本《古兰经》递给封先生,依旧不屑地,"瞅懂瞅不懂啊?"

封先生:"你能瞅懂我就能瞅懂,别以为只有恁伊斯兰教徒才能看懂《古兰经》。"

海阿訇鼻子里冷笑一声:"哼,咱寺门的人就是不一样,汉民都看《古兰经》,说不定明年你还敢跟着我去麦加朝圣呢。"

封先生不再搭理海阿訇,摘下鼻梁上的酒瓶底眼镜,恨不得把脸贴在《古兰经》上,认真查找着。

海阿訇一旁花搅道:"本来就瞎,把眼镜拿掉不就更瞎吗?"

封先生:"懂啥,啥都不懂,近视眼加老花眼,摘掉眼镜刚好找齐。"不一小会儿,封先生便查找到他需要的页码:"听好,我给你念念。《古兰经》中有明确规定:'你们不要娶以物配主的妇女,直到她们信道……你们不要把自己的女儿嫁给以物配主的男人,直至他们信道。'这是啥意思知不知?"

海阿訇:"不知。"

封先生:"不知我给你批讲。意思就是说,如果一个汉人非要娶或嫁一个回族女孩(男子),正统的办法就是信他们的道,入他们的教。程序一般都要先商议条件,要求汉族或其他非穆斯林一方'进教',就是皈依伊斯兰教,或者愿意接受并遵守回族的风俗习惯,才能正式确定婚姻关系,在结婚时,还要由阿訇主持举行'进教'仪式。也就是说,盘善要娶俺家小婉,俺家小婉就先入恁的教,清亮不清亮? 这不是我讲的,是穆罕默德讲的!"

海阿訇瞅着封先生半晌冇说话。

封先生:"倚老卖老,你咋不吭气儿,批讲啊你!"

海阿訇:"穆罕默德都批讲罢了,我还批讲啥……"

注:

①乜贴:捐赠、赠送。

君子有大道,必忠信以得之,骄泰以失之。

——引自"四书五经"

七十六、"我们共产党人不能徇私枉法,要秉公执政。"

在洪芳找了封德勇的第二天,封德勇去了一趟军管会,面见了军管会主任崔洪,说明了来意。

崔洪说:"祥符刚解放不久,百废待兴,眼下最当紧的是恢复秩序,让人民群众的生活有保障。处理问题要谨慎,不能冤枉一个好人,也不能放过一个坏人。"

封德勇:"我也弄不懂这个艾三算是好人还是坏人,就是个街坊。寺门那个地儿,从古到今就是个复杂地儿,各类人等都有,人与人之间关系纵横交错,俺家老父亲也逼着我来给艾三说情。俺家本来就不是回民,住在回民窝里可想而知,我要不替艾三说情,遭街坊四邻的白眼不说,还不定会碰见啥麻烦事儿。最让我头疼的是,艾三曾经帮过俺家的大忙,我要是不替他说话,连俺老父亲都会骂我是忘恩负义。"

崔洪:"那你是啥意思?把艾三放了?"

封德勇:"我拿不准。艾三跟主任你的关系我也知,他也曾救过你的命,你也放过他一马。我担心的是,假如这回放了艾三,寺门的街坊四邻是满意了,祥符广大的老百姓不会满意,特别是那些敌视新生人民政权的人,他们会不会从中做文章?"

崔洪:"做啥文章?"

封德勇:"他们会不会煽动群众对政府的不满情绪?会不会造谣惑众?说咱人民政权连一个当街调戏妇女的军统特务都不管,由此会不会引发更多的治安事件?"

崔洪:"听你的意思还是应该把艾三给办掉?"

封德勇:"仅供崔主任参考,办不办掉,您拿主意。"

崔洪思考了片刻,说:"这样吧,一会儿我派人去宣传队,把那个教唱歌的女同志叫到我这儿来,我问问情况。如果情况属实,该咋办咋办,人民政权对他仁至义尽,他死不悔改是他自绝于人民。"

崔洪派人去到文庙,把正在排练中的小凤叫到了崔洪的办公室。小凤一进办公室的门,就瞅着崔洪有点面熟,她两眼在崔洪的脸上搜索着。

崔洪:"怎么,你认识我?"

小凤:"面熟。"

崔洪也开始打量小凤:"咱们见过面?"

小凤:"好像。"

崔洪:"在哪儿见过面?"

小凤:"记不起来了。"

崔洪:"今天我把你叫来,是想落实一下,那个叫艾三的是不是在大庭广众之下调戏了你,你们从前是不是认识?你要实话实说。"

小凤的眼睛一亮:"想起来了。"

崔洪:"想起来啥了?"

小凤:"领导不提艾三俺还想不起,一提艾三俺想起来了。领导是不是会唱豫剧?"

崔洪:"会啊。"

小凤:"领导唱的是不是黑头?"

崔洪:"对呀。"

小凤:"包公戏是不是唱过?"

崔洪:"唱过。"

小凤越发兴奋起来,提示着:"纪念塔旁边有个茶馆,国民党搜查,要抓共产党的嫌疑犯,一个外乡人唱真假老包……"

这时崔洪才仔细打量起眼前的小凤。

在崔洪的注视中,小凤突然开口唱道:"一见此妖心头恼,大宋朝竟出了两老包。"

崔洪紧接唱道:"今日此事巧又巧,我看他把此事怎样开销。"

小凤:"你假冒大臣罪非小。"

崔洪:"我与你百年前一母同胞。"

小凤:"我铁面无私谁不晓?"

崔洪:"日断阳间夜断阴曹。"

小凤:"三口铜铡前开道。"

崔洪:"王子犯法也不饶。"

小凤:"你是妖孽我知晓。"

崔洪:"你是假包我知道。"

小凤:"汴梁城中妖孽到,兴风作浪乱律条,今日我与你明言道,叫声妖孽听根苗,劝你早早回海岛,再若迟延某不饶!"

崔洪放声大笑起来,一把握住了小凤的手:"真假老包又见面了,缘分啊!"

可以说,是小凤和崔洪的意外相逢再次救了艾三的命。在崔洪看来,上次给了艾三一条命是还他一个天大的人情,让他重新生活本分做人。可这个不思悔改的家伙却不知天高地厚,竟然还敢在共产党和人民政权的地盘上为非作歹。崔洪把小凤找来落实情况的目的,就是要对艾三公事公办,一命已经还一命了,不可能再还一条命。不过有一点崔洪心里清亮,不管小凤是不是跟艾三有前史,作为祥符的军管会主任,该说的话他一定要说。

当崔洪把要严办艾三的意思告诉小凤之后,小凤半晌冇表态,低头掰着自己手指头。

崔洪:"怎么不说话?"

小凤摇摇头。

崔洪:"不同意?"

小凤还是摇头。

崔洪:"那就是同意?"

小凤:"恁准备咋着他?"

崔洪:"我不是说了嘛,事实清楚的话,必须严惩。"

小凤:"咋个严惩法儿?"

崔洪:"封区长说,艾三是他的街坊,寺门不少人都为他说情。但封区长的意思是,我们共产党人不能徇私枉法,要秉公执政。"

小凤:"封区长啥意思?"

崔洪:"严惩不贷。"

小凤:"我想知,严惩不贷能把他咋着,是不是打他的头?"

崔洪:"也不是没有这种可能。政权刚建立,需要杀人,不这样的话,反动分子会越来越猖狂的。"

小凤不语,用袖口擦起了眼泪。

崔洪:"你怎么哭了?"

小凤:"他要是被打头,俺身上不就背人命了吗?"

崔洪:"这又不怨你,是艾三往枪口上撞。我已经给了他一次活命的机会,他自己不珍惜,与你何干?"

小凤:"能不能……"

崔洪:"什么,能不能什么?"

小凤抹着眼泪,冇往下说。

崔洪:"你说说,我想听听你的。"

小凤:"我不知。"

崔洪:"我怎么觉得,你好像不太愿意我们处理艾三啊?"

小凤急忙摆手:"冇冇冇,我冇这个意思……"

崔洪:"你也不用隐瞒什么,你的意思大概是想说,艾三还没有到非杀不可的地步,我们真要是把艾三给毙了,乡里乡亲的,你在祥符的日子也不好过,对吗?"

小凤连连点头。

崔洪:"可是你想过没有,如果我这次再放艾三一条生路,会怎么样? 艾三那种人,准确地说是国民党反动派的残渣余孽,历史复杂,满身恶习,他从本质上是不会跟我们人民政权一心的。这次他在大街上调戏妇女就已经反映出他内心深处对我们共产党坐天下的不满。这种人要是还留在我们的新社会里,将会后患无穷。我和封区长交换了意见,封区长认为,晚杀不如早杀!"

快吃晌午饭的时候,小婉把做好的卤面摆上桌后,匆匆忙忙就要走,封先生问她去哪儿,小婉置气地说去找盘善有事儿,封先生瞅着小婉的背影叹道:"孩儿大不由娘啊,别说我这个当爹的。"此刻封先生心里明镜似的,小婉要跟盘善已经是铁了心。白凤山替盘善传话过来,说就是穆罕默德发了话,全寺门的人都不搭理他,也阻拦不了他娶小婉的决心。白凤山还补充了一句说:"穆罕默德也不会发这个话,《古兰经》里头不是也说罢了嘛。"

封德勇兴冲冲一进门就问:"爸,见着海阿訇了?"

封先生:"见着了。"

封德勇:"啥结果?"

封先生:"我给他念了一段《古兰经》。"

封德勇:"啥意思?"

封先生把去见海阿訇的前前后后对儿子一说,封德勇同样无奈地摇着头说:"不能再管了,再管就要撕破脸了。"

封先生:"谁说不是呢。"

封德勇往饭桌前一坐:"把我饿毁了,吃吧,吃罢我还有事儿。"

爷俩抓起筷子刚吃两口,就听门外传进洪芳的声音。

洪芳:"都在家啊。"

封德勇一瞅站在门外的洪芳,急忙招呼道:"来来来,坐下一起吃。"

洪芳:"我吃罢了。"

封先生:"那也别在门外站着,快进屋里。"

洪芳被招呼进屋,说道:"来得不是时候,好像赶饭茬一样。"

封德勇:"瞅你说的,你就是不来,我也正说吃罢饭去找你呢。"

洪芳:"我就是想问问,艾三的事儿,军管会咋说。"

封先生:"就是,我还冇顾上问,你去军管会,咋说啊?"

封德勇冇作声,只顾往嘴里扒着卤面。

封先生:"咋不说话?"

封德勇还是冇作声。

洪芳："你只管说吧，冇事儿，我扛得住。"

封德勇放下手里的筷子，说道："情况不太妙，三哥这一次怕是真回不来了。"

封先生："咋着，怪严重？"

封德勇："赶的点儿不好，刚解放，为了稳定政权，要杀鸡给猴看。"

封先生："咋，这点事儿还会吃枪子？不会吧？"

封德勇："我去找了军管会的崔主任，崔主任说，像艾三这样罪大恶极的人，不杀不足以平民愤。"

封先生："调戏个妇女就罪大恶极？就要打头？解放前调戏妇女的多咪，也冇见国民党咋着嘛。连一条法律都冇，说杀人就杀人，咋服众啊？"

封德勇："说艾三罪大恶极不只是摊为他调戏妇女，他的出身恁又不是不知，国民党的军统特务，本身就是双手沾满了人民的鲜血，给了他活路他不要，恁说，不杀咋办？"

坐在一旁的洪芳又开始抹眼泪。

封德勇对洪芳说："其实啊，也是坏事儿变好事儿，恁俩的婚姻本来就不能算是婚姻。爱情这个东西，就不能强买强卖，更不能巧取豪夺，爱情也要分阶级，也会有阶级斗争。比如说嫂子你吧，虽然你被人误解，但你是穷苦出身，你和三哥本不是一条船上的人。妇女求解放是咋说的，妇女就是要反抗压迫，就是要追求平等，就是要当家做主人。新旧社会两重天，妇女逆来顺受的时代一去不复返了，苦难深重的妇女们，应该去追求新的生活……"

封先生挥手示意让儿子打住。

封德勇："咋，我说得不对吗？"

封先生："对，你说得对，我完全赞成共产党，赞成人民政权。我想说的是，能不能考虑一下实际情况，恁把艾三枪毙了，他妈咋办？洪芳扔下一个孤老太太，去追求恁说的新生活，可能吗？"

封德勇："这个问题要从两个方面看，艾大大的确年事已高，但总不能摊为一个年事已高的剥削阶级老太太，去毁掉一个贫苦出身的年轻妇女的前程吧，这里面一样存在着两个阶级不同的立场问题。"

封先生："啥两个阶级，艾家是啥阶级寺门跟儿的人谁不知，艾三给国民

寺门

党做事儿不就是为了一个饭碗嘛,寺门跟儿的人谁把他艾家看成剥削阶级了? 要说剥削阶级,咱家才应该是。民国二十六年,祥符城里谁能挖得起高级防空洞? 恁大个省城,一共有两个高级防空洞,一个在省政府院里,一个就在咱封家院里。你说咱是啥阶级,算不算剥削阶级?"

封德勇有点恼:"你咋能就这说,你咋不说整个东大寺门有谁一早就参加了革命? 有谁为劳苦大众去枪林弹雨洒热血求解放? 咱! 咱封家!"

洪芳一瞅封家爷俩争吵起来,急忙说道:"我错了,我错了,恁爷俩别吵了,艾三该咋着就咋着,人民政权枪毙他是他罪有应得。恁放心吧,我以后就是再走一家,我也会带着艾家老太太,给她老人家养老送终……"

艾三要被枪毙的消息就像一阵风刮遍了寺门跟儿,所有人都认为艾三这一回在劫难逃。

质胜文则野,文胜质则史。文质彬彬,然后君子。

——引自"四书五经"

七十七、穆斯林的婚礼

鼓楼上贴出了告示,上面有枪毙了的一批与新政权为敌、破坏社会秩序的反革命分子的名单,寺门的人都窜去看,可他们发现被打红叉的名字当中冇艾三。

沙二哥:"不是说有他吗?"

白凤山:"这一批冇崩,会不会是下一批崩啊?"

尔瑟:"夜隔早起封区长喝汤的时候还说,这一回老天爷也救不了他。老天爷又开眼了?"

封先生:"罪不至死,罪不至死啊。"

乌德松了口气:"封先生说得对,不就是喝高了搂抱个娘儿们嘛,冇犯啥大王法,要是这就够上枪毙,八妞早就枪毙一百回了。"

"滚你的山羊蛋,你咋不说枪毙你一百回啊!"八妞不知啥时候出现在了看布告的人堆里。

沙二哥骂道:"卖屄孙,恁多天不照头,今个咋冒出来了?"

八妞神秘地说:"告诉恁个可靠消息,老三被押送去豫西了。"

沙二哥:"你咋知的?"

八妞:"今个一早,我跟着里城大院那帮满族人去城墙外挖煤土,解放军用绳子捆着一溜人压俺跟前过,突然我听见被捆着的人当中,有一个货在喊我的名字,我一瞅是老三。解放军不让他喊,使枪托把他砸倒在地,可他倒在地上也只管喊:'八妞,告诉洪芳,让她离开寺门,另寻一家!'"

沙二哥:"真的?"

八妞:"谁说瞎话是孬孙。"

白凤山:"你咋知他是被押到豫西去了?"

八妞:"负责押送的解放军班长是咱祥符人,我给他上了根香烟,俺俩喷①了会儿,他告诉我的。我还对他说,都是祥符老乡,路上对老三关照关照。"

封先生:"有这种可能,新创刊的《祥符日报》上说,豫西要建立一个大农场。"

乌德:"农场? 有说是监狱啊。"

白凤山:"懂啥,农场就是监狱,监狱就是农场。豫西地儿大得很,押去个几万人种粮食,一举两得,多得劲。"

沙二哥:"真要是这样,三哥可不得劲了,他哪受过那个罪。"

封先生:"能把命保住就不孬,走一步说一步吧。"

沙二哥等人离开鼓楼回到寺门后,压封德勇那儿证实了艾三确实被押送去了豫西的消息。用封德勇的话说,要不是他以区长的身份在军管会主任那儿泼本②劝说,艾三这会儿已经被挖坑埋罢了。

沙二哥感激地对封德勇说:"多亏你老弟了,三哥真要是被打了头,那可不是一条人命,艾大也活不成。"

封德勇:"有事儿,都是一个门口的,以后有啥事儿言一声,只要我能办到。"

封德勇的这句话感动了寺门跟儿的所有人,都为这位区长挑大拇指。

白凤山:"啥叫人物? 这就叫人物。啥叫两肋插刀? 这就叫两肋插刀。"

尔瑟:"共产党咋着? 国民党咋着? 再大的光棍在祥符这地儿也得讲人物,要不有法儿混。"

乌德:"这叫光棍大,朋友架。德勇认咱,咱也认他,别管了,他啥时候用着咱弟儿们,咱对他照样是他敢卸胳膊,咱就敢卸大腿。"

对封德勇同样充满感激的自然还有洪芳。封德勇不光给她带来了艾三死不了的消息,还给她打了保票,争取把艾三提前从豫西弄回来,让她彻底压艾家拔腿。

洪芳独自去白衣阁给菩萨烧了香,她跪在观音菩萨面前,心里感谢道:大慈大悲的观音菩萨,是你老人家给我这个苦命女人送贵人来了……

别听封德勇说得好听,其实压根就不是他说的那样,艾三能保住命跟他有一点关系。艾三能保住命也是封德勇有料到的,他认为眼下正在开展轰轰烈烈的抗美援朝运动,对那些敢猖狂的阶级异己分子基本上是统统枪毙,用崔主任的话说,留着也是祸害。可让他想不到的是,艾三这个祸害却再一次被崔主任留下了,准确地说,是被那个跟艾三有着一夜情的女老包留下的。尽管小凤那天在崔洪面前流了许多眼泪,崔洪这位祥符城里的最高长官,依然为两人的重逢兴奋不已。那天,小凤被崔洪留在军管会的食堂里共进了晚餐,还给小凤开了一张军管会的出入证,并在告别时一再嘱咐小凤,有啥事儿可以直接来军管会找他。

小凤:"我冇啥事儿来找你,假如说有事儿那还是艾三的事儿,那年在茶馆里要不是艾三,恐怕真假老包都被国民党反动派一起抓走,也不可能有咱今个的重逢。对你来说已经还罢艾三一命了,可我还欠他一命。"

也就是小凤临走时的这一番话,艾三再一次获得了传奇。

封德勇无论如何也想不到半路杀出个程咬金,而这个程咬金却是小凤。

艾三被押往豫西农场劳改去了,从此音讯全无。封先生对此感叹道:寺门的花生糕和糯米枣糕是甜的,混杂着寺门人的眼泪是咸的,就像人生,交织着各种复杂而美好的味道。啥叫人间烟火?清平南北街上一口口汤锅并不局限于家家户户柴米油盐的熏染,在被岁月淹没的每一户人家中,所有悲欢离合都盛在一碗多掌芫荽的汤碗里。这碗汤在寒冷的冬天不仅能暖身暖胃还能暖心……

小婉真的要嫁给盘善了。尽管寺门跟儿的穆斯林们个个都摆出一副不待见的面孔,但生米已经做成熟饭,盘善领着小婉来到寺里,海阿訇按照教规给小婉走了入教程序。小婉在寺里举行罢入教仪式后,盘善压北羊市买了红糖、白糖、桂圆肉、核桃仁、葡萄干、红枣、花生米、芝麻等,然后分别包成一斤重的小包,每个小包上放一条红纸,表示是喜庆的事儿。俩人一起回到了封家。

封先生瞅着盘善摆放在桌子上的东西,感慨地说:"我在寺门住了恁些年,知恁回民成亲的规矩,结婚对恁回民也是人生中最大的事儿,要按规矩。先请媒人提亲,瞅人瞅家道,说色俩目,也叫定茶;然后插花,也叫定亲,或者叫提盒子,也就是纳聘礼,意思是给姑娘插一朵美丽的花;然后是迎娶,请阿訇念尼卡哈,撒喜,闹洞房,摆针线,回门,等等,名堂也不少,和其他民族大同小异。"

盘善低着头说:"我知,是我对不住小婉和恁老。"

封先生:"不是你对不住俺,是寺门跟儿的人不愿意参加恁俩的婚礼。也好,免了,省了,我也搭不上这个精力。"

小婉:"这不是挺好的嘛,我不在乎。"

封先生:"你不在乎,我在乎。来,咱也别破了穆斯林的规矩,大不了从简一点就是。"

小婉跟盘善不解地瞅着封先生。

封先生:"盘善,把你掂来的东西拾掇到一边,该我给你摆针线了。去,恁俩把西屋里那个箱子给我搬过来。"

小婉跟盘善按照封先生的吩咐把西屋里的一只樟木箱搬进了上房。

封先生:"把箱子盖掀开。"

当小婉和盘善打开箱盖后,两人无比惊讶地瞅见箱子里填满了东西:缎子被面、毛毯、布料、鞋袜、镜子、脸盆,还有两轴字画。

封先生:"咋着也是打发闺女出门。寺门跟儿的人都知,俺封家是大户,后来被日本人祸害,又被国民党糟蹋,变成了破落户。不过有句老话,瘦死的骆驼比马大,俺封家嫁闺女再咋着也不能太穷酸。"他压箱子里拿出一轴字画展开,"吴道子的那幅画是有了,这幅唐伯虎画的仕女图也不孬。"

小婉:"咱家不是只剩下报纸了吗?咋还有唐伯虎的画啊?"

封先生:"这幅画是我藏在厨屋房梁上的,厨屋里黑乎乎的,难被人发现。"

小婉和盘善互相瞅了一眼,心里清亮他俩相爱也是从那间黑乎乎的厨屋里开始的。

小婉："爸,你还怪有心眼的,咱家还有多少东西被你藏起来了?"

封先生："冇藏啥了,就这一件了。"

小婉一撇嘴："说给别人听吧,我才不信。"

封先生冇搭腔,在上房正中的八仙桌旁坐下,说道："咱家又冇别的人,恁哥哥去外地出差不在家,今个家里就咱仨,咱还是不破规矩,按穆斯林结婚的章程。恁俩这会儿要聆听阿訇的教诲,还要听阿訇宣读《古兰经》,大概意思是,成亲是恁成家立业的开始,也是恁夫妻重新做人的开始,要尽到各自的责任,要严守教律,孝敬父母,接人待物要宽厚谦虚。这些话我就替阿訇说了。"

盘善："爸,俺俩都记下了。"

封先生："冇证婚人,我也代表证婚人吧,下面我还得替阿訇问恁几句话。"

小婉："爸,俺听着呢。"

封先生转向盘善："你愿意娶小婉为妻吗?"

盘善急忙地："愿意。"

封先生又转向小婉："你愿意嫁给盘善吗?"

小婉使劲点头："当然愿意。"

封先生："我宣布,压今个起,恁俩就正式结为夫妻了,要互敬互爱,要白头到老。"

盘善："爸,你放心,我会对小婉好一辈子。我要是不对她好,出门就让我被汽车撞死。"

封先生："孩子乖,不用赌咒发誓,我信你的话。压今个开始,你也算是咱封家的人了,有些牢骚话对你说说也无妨。"

盘善："爸,你老有啥就说,说啥都中。"

封先生："孩子乖,我这心里不得劲啊,俺封家在寺门住了几辈人,你说,跟谁闹过不得劲,跟谁红过脸?"

盘善："冇。"

封先生："说起来不是一个民族,可谁把谁当过外人?"

盘善："冇。"

封先生："老日来那会儿,咱回汉两教把脑袋掖进裤腰里跟日本人干,谁孬过?"

盘善："谁也冇夯过。"

封先生："那你说，恁俩结婚，小婉也入罢恁的教了，寺门跟儿的人为啥还不认，就连沙家恁好的关系都不愿意照头。咋了，我这张老脸就恁不值钱？"

盘善："爸，你别生气，这不是寺门嘛！换个地儿就不会是这个样。沙家是冇来人，可刚才在寺门口，我碰见二哥，他塞给我二十块钱。"

封先生："能塞钱为啥就不能来捧捧场？人要脸，树要皮，电灯泡要玻璃！"

小婉："中了，中了，咱这样不是怪好嘛，俺俩都不计较，你就别计较了。"

封先生叹了口气："唉，我是不想和他们说恁多，他们根本就不懂，压历史上说，不管是民间传说还是史料记载，回汉通婚都用不着大惊小怪。自唐代以来，回汉一直都有通婚现象发生。有本叫《回回原来》的书，里面就说，唐王命徐茂公用六十个唐朝小伙换回了六十个回回，为了使他们安心，保大唐江山，还设大会给回回纳夫人，让回回们安居乐业。还有《资治通鉴》里的《唐纪》中也有这样的记载，贞观二年三月十六日诸番使人，所娶得汉女为妾者，并不得将还番。和眼望儿差不多，一般都是回男娶汉女，可能是认为女人有很重要的传宗接代使命，再加上男人在家庭中占主导地位，所以回男娶汉女普遍得很。所以我心里踏实，恁俩就属于回男娶汉女，符合规矩，谁说啥也冇用，白说！"

盘善："爸，你真有学问。"

小婉："真是这样啊？"

封先生："历史记载那还能有假？"

小婉："咋不早说啊，瞅瞅费这个劲，还让盘善挨了顿打，俺俩成个亲就像屙他们谁家锅里一样。"

盘善："就是，真气蛋！"

封先生："也别气蛋了，也别屙谁家锅里了，从今往后恁俩好好过日子吧。"

小婉："爸，我出门了你咋办？"

封先生："我冇事儿，恁哥说了，找个洗洗涮涮的人来家，做个饭，搬个柴。再说，我还冇老到爬不动的地步。"

小婉："不碍事儿，都在寺门住，一拐弯俺就过来了，几分钟的事儿。"

盘善："就是,咱家的体力活儿我包圆。"

封先生冲小婉："去,瞅瞅厨屋煤火上炖的羊蹄儿烂了冇,盘善是卖羊蹄儿的,我今个让他尝尝我做的羊蹄儿。"

正当封家三口围坐在小方桌上啃羊蹄儿的时候,院子里传来匆忙的脚步声。

仨人朝门外一瞅,只瞅见沙二哥出现在了门口。

封先生站起身："我想着你就不会不来,快来,啃羊蹄儿。"

沙二哥神情严峻地说："艾大大无常了。"

注:
①喷:聊天。
②泼本:破本。

寺门

贤者狎而敬之,畏而爱之,爱而知其恶,憎而知其善。

——引自"四书五经"

七十八、穆斯林的葬礼

据沙二哥讲,临近晌午,洪芳慌慌张张地跑到沙家,说艾大大上茅厕的时候不小心摔了一跤,沙二哥急忙叫上尔瑟跟乌德,用架子车把艾大大拉到医院,大夫诊断说是脑血管破裂,医院抢救已经来不及。

艾大大的遗体被拉回了家,得到信儿赶来的街坊四邻站满了艾家的院子。洪芳冇哭,两眼呆滞地瞅着艾大大的遗体。

沙二哥问尚社头:"咋办?"

尚社头:"不知。"

沙二哥:"你是社头,你不知谁知。"

尚社头瞪着眼说:"回民的事儿我知,汉民事儿我不知。"

沙二哥又问呆坐在那儿的洪芳:"你说,咋办?"

洪芳摇摇头。

沙二哥又问身旁的封先生:"你老是汉民,你老说吧,咋办?"

封先生苦着脸说:"压根上说,艾家也不算汉民。"

沙二哥："都知,艾家根上是犹太人,那就说远了,眼望儿早就是汉民了,是汉民,就得按汉民的风俗埋人嘛。"

封先生："理儿是这个理儿,可不管是啥民,总得有人来操办呀。谁来操办呢? 我,一个老头? 还是她,一个寡妇娘儿们? 艾三在豫西生死不明,即便是通知到他,能不能回来两说,就是能回来不也晚八秋了吗?"

沙二哥觉着封先生的话在理儿,可是寺门跟儿除了封家和艾家,谁还能出面来操办汉民的丧事儿? 沙二哥被难为住了。

二大："封先生这话实在。再说,艾家的事儿让封家来操办也不合适,汉民埋人讲究的是摔老盆,艾家摔老盆的人不在,总不能让洪芳一个娘儿们家来摔老盆吧? 名不正言不顺啊。我说个法儿,恁看中不中。"

尚社头："啥法儿?"

二大使眼睛扫了大家一圈,话到嘴边又咽了回去。

沙二哥催促着："说呀,妈。"

二大："不好说,说了怕不得劲。"

尚社头："有啥不得劲的,该咋说咋说,说吧。"

二大："那我可说了。"

封先生："说吧,老姐姐,都是自己人,就是说错了也冇事儿。"

二大："艾家压他爷爷那辈就在咱寺门住,要我说,不中咱就按咱穆斯林的葬法儿,给艾家老姐姐送孝。"

二大此言一出,院子里站着的人,你瞅瞅我,我瞅瞅你,冇人赞成,也冇人反对。

二大见冇人搭腔,叹道："唉,艾家老姐姐是个扒扯命啊,年轻守寡,仨孩子死了俩,好不容易把艾三拉扯大,本想着能过上个好日子,谁知落了个这下场,人无常了,连个摔老盆的人都冇……"

沙二哥转脸问封先生："你说呢,爷们?"

封先生："别往我这儿推,我咋说,我不能说,这事儿得恁说。只要恁同意,洪芳冇意见,我就更冇意见。"

院子里站着的人不由自主地都把目光转到了尚社头身上。

尚社头："都瞅我弄啥? 我又不是摔老盆的!"

沙二哥："瞅你弄啥,你是社头,装啥迷,瞅你是让你去寺里找找海阿訇,破破规矩,给这个在咱寺门住了一辈儿的老太太下葬!"

众人七嘴八舌地说了起来:

"就是,破破规矩吧,人挺在家里也不是个事儿。"

"凭良心说,艾三在的时候也给咱帮过不少忙。艾三不在,艾家出了恁大的事儿,咱也不能坐视不管。"

"就是,不中咱一块去寺里说说,让老太太早一点归西。"

"尚社头,咱寺门的人都知,艾家老太爷在世的时候,修缮东大寺,艾家不是咱穆斯林,不照样给咱举乜贴了嘛。"

…………

尚社头为难地说:"我也想让艾大大按咱穆斯林的规矩下葬,可恁都不想想,那是一句话的事儿吗?一个不入伊斯兰教的人咋能举办穆斯林的葬礼,真主在天上也不答应啊!"

众人不吭气了。缄默。

这时,封先生开口说道:"我说一个观点,不一定对,说错了恁可以扇我的嘴。"

沙二哥:"说吧,爷们,说错了也有人扇你的嘴。"

封先生:"我总认为,人类曾经都是一个祖先,不管是真主,还是上帝,还是救苦救难的菩萨,他们都是慈爱的,都是为了拯救人世间咱这些受苦受难的灵魂。不管是穆斯林,还是汉人,还是满人跟犹太人,哪个民族的人都希望死了以后灵魂能升入西天得到安息。我想,今个站在这儿的人只要明白这个理儿,啥都清亮了,我相信阿訇也一定会明白这个理儿,只要明白这个理儿,啥都好办,啥都不在话下。俺家小婉嫁给盘善,小婉可以先皈依伊斯兰教,艾家老太太完全可以在下葬前,让她的灵魂先皈依伊斯兰教,顺理成章的事儿。如果是这样,极乐世界不就又多了一个伊斯兰教徒的灵魂吗?真主一定会欢迎她的……"

当海阿訇在寺里听完沙二哥、尚社头等人的陈述之后,沉默许久后说道:"让善恶体贴相随。就让艾家老太太先入教,再按咱穆斯林的习俗尽快安葬吧……"

艾家的上房门挂起了白布帘子。

沙二哥的媳妇汴玲跟洪芳一起给艾大大脱去平常的衣服,把老太太的身体放平,双腿顺直,用白布盖上。

汴玲轻声对艾大大说道:"艾大大,这是真主的旨意,祈求真主饶恕你生前的罪过吧。"

艾大大被抬进了寺里。几个虔诚的女穆斯林用清水给老太太净身之后,用五块白布把尸体包裹严实,然后在寺里为亡者举行了站礼。领导仪式的海阿訇向真主祈祷,赞颂真主和穆圣及帮助安葬的人们,也向真主祈求饶恕和恩赐亡故者和所有活着的人。

站礼仪式之后,艾大大遗体入轿,当即抬往距祥符城几十里地的朱仙镇,那里有一大片穆斯林的坟地。在这片坟地中间,紧挨着沙家祖坟已经提前为艾大大挖出了一个墓穴。送葬的人们用白布单遮挡住天光,把艾大大的尸架抬到墓穴旁,轻轻把尸体托起,放入墓穴里的圈中,面朝克尔白方向倾斜。海阿訇率领其他几个弟子盘腿坐在墓前诵读祈祷经文:

"我从大地创造你们,我使你们返回大地,我再一次使你们从大地复活……"

墓地很安静,只有阿訇们诵读《古兰经》的声音。穆斯林送葬者们从土地上拾起一小块土,投入墓穴中,口中诵着同样经文,赞颂真主,为艾大大祈祷。熏香、香料、香水,在空气中弥散着,生者与亡者共同在感恩真主……

洪芳没有去朱仙镇,汉民是不能进回民坟地的。

独自在家的洪芳,把屋里院里打扫了一遍之后,坐在床沿上发呆,她不知下一步该咋办,也想不出该咋办。老太太死了,艾三不知啥时候才能回来,封区长说给自己找一个体面的工作也冇信儿,眼望儿倒是可以拔腿走人了,也无牵无挂了,但这么大个院子交给谁? 房子不是自己的又不能卖掉,离开了自己又冇地方住。洪芳心里清亮,杞县老家说啥也不能回去,她不愿意瞅见老家那些人再翻腾一遍她的历史旧账。

洪芳正左右为难的时候,就听见院门口有人连续在问:"家里有人冇? 家里有人冇?"

洪芳:"谁呀?"

"噢,有人,我还当冇人呢。"八妞一瘸一拐地走进院子。

洪芳不冷不热地问:"你咋来了,有事儿?"

八妞:"冇事儿就不兴来瞅瞅你。"

洪芳："我有啥好瞅的。"

八妞："看你说的。家里出了恁大的事儿,三哥又不在家,我过来瞅瞅还不应该啊?"

洪芳冇接腔,挡住了八妞,冇让他进屋的意思。

八妞："咋,也不让进屋喝口水?"

洪芳："家里冇烧水。"

八妞："冇烧水我来烧中不中?"

洪芳："不中。"

八妞坐在了院子里的小马扎上,说道:"我知你烦我,那是咱俩中间有些误会,我今个来的目的就是要消除咱俩的误会。"

洪芳："有事说事,别东拉西扯。"

八妞："中中中,有事说事,有事说事。"

洪芳："快说。"

八妞："你知我眼望儿在弄啥不知?"

洪芳："你弄啥跟我啥关系。"

八妞："压军管会放出来以后,冇吃冇喝,我就跟着里城大院那帮满族人去挖煤土,勉强顾住嘴。你也知,咱这些压旧社会过来的人,酒肉豆腐汤习惯了,兜里冇银子的日子不好过啊,可咱这个身份又能干啥?正儿八经的工作咱又找不着,自知之明咱有,咱知共产党对咱这号人存有戒心,可咱不甘心啊!咱也打过老日,咱也救过共产党的大官,咱为啥就不能继续酒肉豆腐汤?为啥就不能讨个好娘儿们过日子?不甘心,就是不甘心。"

洪芳："你到底想说啥,能不能痛快点儿!"

八妞："前冇多少天,就是在三哥被押送走以后,我踅摸到个发财的机会,而且保证能发大财。"

洪芳："发大财你就去发,七不沾八不连的,碍我啥事儿。"

八妞："俗话说,一个篱笆三个桩,一个好汉三个帮。我这个活儿啊,冇你帮不中,我缺个帮手。"

洪芳："给你当帮手?别说我眼望儿还是艾三的人,就算不是艾三的人,去要饭我也不会去给你当帮手。"

八妞："你瞅瞅,我说咱俩中间有误会吧。实话对你说,三哥压根就冇把你当回事儿,他往豫西押的时候我碰见他,让我给你捎个口信,让你再找个家儿离开寺门。发迷,还说你是艾三的人,艾三压根就冇把你当人!"

洪芳抬手指着院子门:"你给我滚蛋!马上!"

八妞:"滚蛋可以,你得听我把话说完,说完我再滚蛋也不迟。"

洪芳:"我不想听,滚蛋!"

八妞也不搭理洪芳,压小马扎上站起身来,瘸巴个腿朝屋里走去。洪芳上前阻拦被八妞一把推开。

洪芳:"这不是恁家!"

八妞头也不回:"这也不是恁家。"

洪芳见八妞进到屋里,跟着撺了进屋去。

八妞四处瞅来瞅去:"这房子不孬啊。"

洪芳:"出去!孬不孬跟你啥关系!"

八妞:"每章儿有关系,眼望儿有关系。"

洪芳:"跟你啥关系,你算哪一脉!"

八妞一边在屋里四处瞅着,一边说道:"三哥抓去劳动改造了,老太太也死罢了,这房子归咱俩了。我往这儿一搬,咱俩再去人民政府打个结婚证,你说这是啥关系?"

洪芳:"你咋恁不要脸!我活恁大就冇见过还有比你更不要脸的人!"

八妞:"要脸不要脸,今个咱俩得睡一觉,睡到床上我保证你不会再说我不要脸。"

洪芳:"你这号不要脸孙,腌臜孙!滚出去!"说罢就去捞门后的铁锨。

八妞抢前一步搂住了洪芳的腰,将她抱了起来,一路挣扎的洪芳被八妞抱进了厢房。

洪芳大声叫骂着:"你个卖尻孙,臭不要脸的,快来人啊……"

八妞把洪芳摁在了床上:"别喊了,别喊了,喊也冇用,都去给艾老太太送孝去了……"

八妞腿不得劲,手却得劲,他把洪芳死死压在了身下,喋喋不休地说着:"小乖乖,小宝儿,美人儿,心肝儿,你想死我了,咱俩睡吧,睡得劲了咱俩还能发财……"

洪芳挣扎着:"放开我!撒手!艾三回来剥了你的皮……"

八妞:"别做梦了,艾三回不来,还是咱俩过一家人吧! 我保证把你当神仙供,保证让你酒肉豆腐汤,保证让你……"

突然,正使劲的八妞不使劲了,话也不说了,双手也撒开了,脖颈也硬了,俩眼也直了。

一支硬邦邦的枪管顶住了八妞的后脑勺。

蒹葭苍苍，白露为霜。所谓伊人，在水一方。

——引自"四书五经"

七十九、"你还年轻，要有自己新的生活。"

用枪顶住八妞后脑勺的人是封德勇。

洪芳一边整理着身上的衣服一边压床上站起来，抬手一巴掌扇到八妞的脸上。

洪芳："腌臜孙，一枪崩了你个腌臜孙！"

八妞双手举着，嘴片嚯唻着，话都说不成了："我，那个，她，不是……"

封德勇用枪口点着八妞的胸脯："不是啥？是啥？说给我听听。"

八妞："不是，我是说，我和她男人，是、是朋友……"

封德勇："你和她男人是朋友？"

八妞："对对，是朋友。"

封德勇："朋友妻不可欺。你和她男人是朋友你还招呼她的事儿？"

八妞："不、不是，俺、俺俩闹着玩呢。"

洪芳："腌臜孙，谁跟你闹着玩！我听艾三说过，要不是你揭发，他还不会差点被枪毙！"

八妞："那是大水冲到龙王庙,三哥咋可能被枪毙? 不可能,他救过共产党大官的命,这一回要不是因为这,他的命照样保不住……"

封德勇："少胡连八扯! 走,跟我走!"

八妞："去、去哪儿啊?"

封德勇："区里刚成立了公安分局,号子里还有蹲过人呢。走,让你去住住新房!"

八妞哀求道："我再也不敢了,饶了我中不中,我这不是还冇办成啥事儿嘛,求求你宽大处理俺吧……"

封德勇："你还要办成啥事儿? 艾三光搂搂人家就去劳改了,你这是强奸妇女未遂,够你喝一壶的,走!"

八妞咕咚跪在了洪芳跟前："嫂,姐,妹妹,我是腌臜孙,我是不要脸孙,你是我的亲妈中不中,替我求个情,你知,我这条腿是打老日打瘸的,饶了我,再也不敢装孬孙了,真的不敢了,打死我也不敢了……"

洪芳："饶不饶你,我说了不算,封区长说了算。"

八妞："啥区长?"

洪芳："清平区的封区长! 你听清了吧。狗胆不小,封区长发句话就能打你的头!"

八妞拍着裤子上的土,大模大样压地上爬了起来："封区长,是封先生的少爷吧,怪不得,咱俩冇见过面,不熟,恁爸爸俺可是熟不溜溜的熟啊。"

封德勇："听口气,你跟俺爸爸熟,我就不能咋着你了,是吧?"

八妞："你当然不能咋着我,你要是咋着了我,恁爸爸都不愿意你。"

封德勇："口气越来越大啊。我今个还真六亲不认,别说你跟俺爸爸熟,你就是跟俺爷爷熟,我也要法办你!"

八妞："法办我中啊,你带我去哪儿我都跟你去,但是你得听我把话说完。"

封德勇："说完吧,我倒要听听你还能抬出谁来!"

八妞："民国二十八年,老日有一队宪兵在寺门驻扎你知不知?"

封德勇："碍我啥事儿?"

八妞："是不碍你的事儿,因为你不在家,可恁封家差一点被日本鬼子灭了门,你不会不知吧?"

封德勇：“你是说日本人拉俺家东西那件事儿吧？”

八妞用手指着洪芳：“你问问她，那个领头的老日是谁，就是那个日本鬼子的宪兵队长。”

封德勇瞅了一眼洪芳。

洪芳平静地：“领头的老日叫西川，是俺男人。”

八妞：“你再问问她，是谁演了一场苦肉计，一枪打在自己的腿上，救了恁封家。”

洪芳：“你救了封家，让封家承你的情，跑到这来祸害我弄啥。”

八妞：“弄啥？你不清亮？”

洪芳：“不清亮。”

八妞：“不清亮我就给你说清亮。”他转向封德勇，“你是清平区的区长，当年我又是救的恁家，今个我明人不说暗话，当年要不是我八妞，老日灭的可不止恁姓封的一家，整个东大寺门的穆斯林都得受牵连，遭大殃。为了救恁封家，沙老二领着寺门一帮弟儿们都参与了这事儿。生死关头，千钧一发啊，老日三八大盖儿上的刺刀都顶住沙老二的胸口嘴了，要不是我拔枪相助打死了老日，你想吧，啥后果，她那个日本鬼子男人不把寺门当成屠宰场，那才叫见鬼！”

封德勇脸上的神情缓和了下来，他把手里的枪塞回了枪套，说道：“这事儿我早听说了。不错，你是救了俺封家，也救了寺门，可功是功过是过，你不能摊为立了功就来祸害一个无辜的女人啊。”

八妞：“她无辜吗？她不该祸害吗？老话说父债子还，她这是夫债妻还，她那个日本男人被咱打窜了，我这条腿不能白瘸吧。她是老日的女人，我咋不能在她身上出出毒气？我就是要出这口毒气，就是要干老日的女人！”

洪芳：“放你娘的狗臭屁！”

八妞：“区长你瞅瞅，她还敢骂我。你说，这个老日的女人该不该干？我该不该给抗日的烈士们报仇？”

封德勇：“你这是胡搅蛮缠！你说她是老日的女人，全寺门的人都知她是被老日祸害的女人，她是日本侵略中国的牺牲品。老日要不发动战争，她能流落到寺门？在我眼里，她是一个可怜的女人，值得同情的女人，她已经是遍体鳞伤了，咱不能再往她的伤口上撒盐！”

八妞："她可怜？她要可怜天底下就冇可怜人了。封区长你瞅瞅她的模样，细皮嫩肉，穿得恁展样，头发梳得比狗舔得还光溜，她就冇遭过一天罪，老日在的时候她睡在西川的床上，老蒋在的时候她睡在艾三的床上。她可怜，她的腿折了吗？她冇吃冇喝了吗？我才可怜，我的腿折了！我吃罢上顿冇下顿！"

封德勇："中了中了，越说越离谱，赶紧滚蛋吧！要换成别人，就凭强奸妇女未遂这一条就能打你的头。"

八妞不服气地说："要不是封区长你来，今个看我咋收拾她。"

封德勇："赶紧滚！再不滚看我咋收拾你！"

八妞瞟了一眼封德勇腰里的枪，撇着嘴，拧着头，整了整衣冠，一瘸一拐地离开了艾家。

八妞走罢之后，洪芳趴在桌子上呜呜地哭起来，尽情宣泄着内心的痛苦和委屈。

封德勇："别跟这号人一般见识，他要不是抗战时救过俺家，今个跑不了他。别哭了，我啥都知，寺门的人也啥都知，你是无辜的，是被那个日本人逼迫的。"

洪芳边哭边说："不是的，冇人逼我，是我自愿跟西川的……"

封德勇："别瞎说，瞎说对你冇好处。"

洪芳："冇瞎说，这是真的……"

封德勇："啥蒸的煮的，事情都过去了，一风吹，啥都过去了，别再提了，再提会影响你今后的生活。"

洪芳："可在我心里过不去……"

封德勇一拍桌子，吼道："过不去也得过去！"

洪芳的哭声被封德勇的这一声吼给吼住了。

封德勇："你心里过不去，过不去也得过去，这世上就冇过不去的江河湖海，就冇过不去的火焰山！老日侵略咱的国家，全中国有多少家庭支离破碎，有多少像你一样受害的妇女。你要清亮，你是受害者，你是被老日和国民党反动派害成这样的。你冇罪，有罪的是日本侵略者跟国民党反动派！"

洪芳抬起头："可我就是忘不了他。"

封德勇："忘不了谁？那个西川，还是艾三？"

洪芳:"那个老日。"

封德勇:"糊涂啊,你就是个糊涂虫!"

洪芳:"我说的是实话。"

封德勇:"你忘不了他又能咋着? 去日本找他,还是等他回来找你? 可能吗? 中国和日本那是血海深仇,灭他八个小日本也难解咱中国人的深仇大恨,你咋就冇一点民族觉悟? 你是中国人,是中国女人,中国娘儿们,就是一辈子找不着男人,也不能找日本侵略者和国民党反动派!"

洪芳:"艾三不是我找的,是他救了我。"

封德勇:"我知你心里冇艾三,你是知恩图报。该结束了吧,孙悟空被压在五行山下还有个出头之日,你不能一辈子被压在艾三这座山底下吧?"

洪芳:"冇,我已经想通了,该报答的我已经报答了,我不欠艾三啥了。"

封德勇:"这就对了,你还年轻,要有自己新的生活。你可以离开艾家,抹去历史给你心里造成的阴影,天很高,地很广,要投入到新中国的怀抱里。"

洪芳:"咋投入到新中国的怀抱里啊?"

封德勇:"我给你找了一份自食其力的工作,你愿意不愿意去做?"

洪芳:"当然愿意。"

封德勇:"那就收拾收拾,明个我来接你。"

洪芳:"明个?"

封德勇:"对,明个。"

洪芳:"啥工作啊? 我干了干不了啊?"

封德勇:"不但能干了,而且再合适不过。"

洪芳:"到底是啥啊?"

封德勇:"明个你就知了。"

洪芳:"哪个部门啊?"

封德勇:"暂时保密。"

让洪芳来封家做保姆一直在封德勇的计划中,即便艾大大冇死,他也是这么设想的。一来解决了小婉出嫁后家里冇人照护的状况;二来有更多的时间和她接触。说到底一句话,封德勇已经喜欢上了洪芳。如果艾三不出事儿,封德勇不会有这样的机会,大不了是有贼心冇贼胆,眼望儿好了,贼心贼胆都不用了,可以明打明地下手了。封德勇清亮,被押送豫西的艾三是终身劳改,不可能再回祥符城了。

封德勇判断艾三回不了祥符的理由是,就在崔洪把那个叫小凤的女人喊到办公室之后,崔洪主任就加强了对文艺宣传工作的重视,据说,崔洪主任一个星期之内去了两次文庙指导宣传工作。单就这一点来说也无可厚非,大家都知崔主任对豫剧情有独钟,闲暇之时嘴里总是不卯①一段豫剧,但封德勇已经看出了崔洪的心思,对文艺宣传工作的加强背后却打着自己感情的小算盘。

然而,让封德勇彻底把心放到肚子里的是,沙二哥告诉他说,那个叫小凤的娘儿们压根就跟艾三有秧,祥符冇解放之前,那娘儿们在茶楼唱堂会,艾三冇少去捧她的场,光天化日之下耍流氓?咋光耍她的流氓不耍别人?崔洪要能让艾三压豫西回祥符那才叫出邪。封德勇主意已定,他样中了洪芳这个女人,他要娶洪芳当媳妇。

注:
①不卯:不落下。

一日不见,如三秋兮。

——引自"四书五经"

八十、"人民民主专政是保护婚姻自由的。"

下晚,封德勇平静地把自己的决定告诉了他爹,封先生瞪大眼睛张大嘴,惊讶无比地瞅着儿子半晌冇说出话来。

封德勇:"猛一下接受不了是吧,我这可不是开玩笑。"

封先生:"啥?不是开玩笑?我看你是玩笑开大了。不中不中不中不中,就是说出个大天来也不中!"

面对父亲嘴里一连串的不中,封德勇依然显得很平静。

封德勇:"咋不中?说出不中的理由来。"

封先生:"她是艾三的媳妇!"

封德勇:"她不是艾三的媳妇。"

封先生:"全寺门都知她是艾三的媳妇!"

封德勇:"全中国都知也冇用,不合法。"

封先生:"啥法?她在艾三床上睡了恁些年,咋不合法?"

封德勇:"眼望儿是新中国,结婚需要登记,需要在政府部门办理手续,登个报纸就算结婚的时代已经一去不复返了,更何况她和艾三连报纸也有登啊。"

封先生:"我和恁妈结婚的时候也有登报纸,咋,按你这个说法儿,我和恁妈也不合法了?"

封德勇:"我不是说了嘛,新社会跟旧社会的规矩不一样。再说,洪芳本人也不承认她跟艾三是夫妻关系啊。"

封先生:"不是夫妻关系她咋在人家床上睡恁多年?"

封德勇:"那是历史造成的,是战争。如果有那场侵略战争,她会是这样的结果吗? 她是被迫无奈,是寄人篱下。"

封先生:"被迫无奈寄人篱下就要睡在人家床上? 白毛女咋跑到山里去了?"

封德勇:"咋又扯出白毛女了,她和白毛女的情况不一样,性质也不一样。她是为报答艾三的救命之恩,白毛女报答黄世仁啥?"

封先生:"我的儿啊,你眼望儿是政府干部,是共产党的区长,咱封家又是寺门跟儿的老门老户,咱可搭不起这个名声,也丢不起这个人,唾沫星子都会把咱淹死的。"

封德勇:"正因为我是政府干部,是共产党的区长,我才有责任和义务,把这一个饱经旧社会苦难的妇女拯救出来。让她知,啥叫苦尽甘来;啥叫毛主席的恩情比天大;啥叫没有共产党就没有新中国;啥叫旧社会把人变成鬼,新社会把鬼变成人。"

封先生:"你是干部,大道理我说不过你,你要娶啥样的女人做老婆我不管,我就是放不下这张老脸,嫌丢人,心里不得劲。全寺门的人谁不知艾三救过咱家,你这么做我觉得对不住艾三,也为你担心啊……"

封德勇:"你心里的不得劲我理解,艾三救过咱家,对咱家有恩,我心里都清亮。别管了,有朝一日艾三真的回来了,咱也报答他,帮他,我给他找出路,给他安排工作,让他衣食无忧,这中了吧? 至于你的担心,那就更没有必要,谁想说啥让他说去,人民民主专政是保护婚姻自由的。"

封先生长叹一声:"唉,这算是咋回事儿呢……"

封德勇把自己的决定强加给了父亲,对封德勇来说不是个难事儿。第二天他去了艾家,他用同样的方法把自己的决定强加给了洪芳,也遭到了洪芳的质疑和反对。

洪芳:"你中邪了吧？我不相信你说的是真话。"

封德勇:"请你相信，我不是感情冲动，我是很理智的人。"

洪芳:"我想不通，你喜欢我啥？"

封德勇:"头一次见到你就喜欢，也说不出来为啥，就是喜欢。一个人喜欢一个人不需要理由。"

洪芳一针见血:"是想和我上床吧？"

封德勇:"我不是艾三，也不是八妞，更不是流氓无赖。我是共产党的干部。"

洪芳:"去恁家当保姆可以，嫁给你不中。"

封德勇:"为啥？"

洪芳:"你是革命干部，我一身腌臜，咱俩不是一路人。"

封德勇:"我看你是还念着那个老日吧？"

洪芳:"这跟老日冇关系。"

封德勇:"有关系！"

洪芳:"我说了，这跟西川冇关系。"

封德勇:"那你为啥不愿意？"

洪芳:"你要是真的可怜我，真是想帮我，办法很多，用不着娶我。"

封德勇:"我娶你不是可怜你，是为了我自己。"

洪芳:"这话咋讲？"

封德勇:"俺妈死得早，我一早就离开家在外念书，后来参加了共产党，在鄂豫皖解放区的时候，我喜欢过一个女人，那个女人是因为逃婚跑到了解放区。她的父母给她包办了娃娃亲，那个男人是她的远房表哥，他俩从来冇见过面。她来到解放区以后在卫生所里当护士，我得伤寒住进卫生所，一来二去俺俩就好上了。不久，她那个远房表哥找到解放区来，她表哥说，父母之命媒妁之言，就是不中也得见上一面把事儿说清。谁知，她和那个表哥见面之后，她就后悔了。"

洪芳:"后悔啥了？"

封德勇:"她突然发现，她那个远房表哥一表人才，眉清目秀，能说会道，兜里还有银子，总而言之，长得也比我好看。后来，他俩乘着中原突围的时候,装扮成老百姓,甯了。"

洪芳:"甯了? 啥意思?"

封德勇点头:"就是私奔。"

洪芳:"把你甩了?"

封德勇点头。

洪芳:"还有这号不要脸的人。"

封德勇叹道:"唉,一朝被蛇咬,十年怕井绳,伤透了,曾不想再找媳妇,后来我因为工作需要,组织上把我调到晋冀鲁豫去办报纸,成天忙得大头小尾巴,也就顾不着个人的事儿。也有不少人给我拆洗,我都冇兴趣。可这次回祥符工作,可能是缘分,让我一眼就相中了你。"

洪芳:"别犯傻了,我根本配不上你。你有文化,是区长,是官,我是啥? 我啥都不是,你要是娶我,可要比盘善娶恁妹还麻缠,寺门的人不骂死咱俩才怪。"

封德勇:"你先别管寺门的人,我要你给个朗利话,中,还是不中。"

洪芳沉默了。

封德勇:"说句话呀。"

洪芳:"你让我说啥,我不知该说啥。"

封德勇:"你就说,有没有胆量嫁给我吧。"

洪芳:"你要我说心里话?"

封德勇:"当然要你说心里话。"

洪芳又沉默片刻,说道:"我知,我要是说民国二十八年的事儿,你肯定不爱听,可你让我说心里话,我又不得不说那个日本军官西川。"

封德勇:"说吧,爱听不爱听,今个你都把心里话说出来。"

洪芳:"我想说的话只有一句,西川再孬孙,再是侵略者,再是日本帝国主义,可俺俩睡过一张床,他是俺男人,俺答应过他。"

洪芳的话戛然而止。

封德勇:"说呀,你咋不说了?"

洪芳:"说完了。"

缄默。

突然,封德勇冲着洪芳怒吼道:"你冇说完! 你咋不说你爱他! 你咋不说你还念着他！你咋不说还在等他！你是个冇心冇肺的女人！你不知羞耻！你连自己的祖宗都背叛！你下贱！你是全世界最下贱的女人！当初寺门的人真不该救你！艾三真是瞎了眼！像你这样的汉奸娘儿们，枪毙你一百回都不解恨！你知不知！"

在封德勇暴风雨般的辱骂之下，洪芳也爆发了，她猛地站起身冲着封德勇的脸吼叫起来："我就是下贱女人！全中国的男人都瞎了眼！你枪毙我吧！把你的小八音掏出来！一枪崩了我！崩了我这个下贱女人！我不配做中国人！不配做祥符人！不配做寺门人！我是汉奸娘儿们！枪毙我一百回也不解恨的汉奸娘儿们！你枪崩了我吧，你要不把我崩了你就是个孬孙……呜呜呜呜……"

面对放声吼叫接着又放声痛哭的洪芳，封德勇顷刻傻脸了，就在他不知该如何是好的时候，洪芳一下子扑进他的怀里。在大脑短暂的晕眩空白之后，封德勇不顾一切地用自己的嘴堵住了洪芳的嘴，一阵疯狂的亲吻过后，他又不顾一切地把洪芳抱上了床……

那个白天，寺门好像特别的安静，除了街面上偶尔传来食品小贩们的吆喝声，啥声音都听不见。赤身裸体的封德勇和洪芳缠抱在一起，谁也不再说话，他俩的耳朵似乎是在搜索着那些熟悉的吆喝：

"酥皮点心绿豆糕、江米切糕大京枣、萨其马三刀哈拉豆、蜜枣粽子带浇汁儿……"

封德勇亲着洪芳的额头，小声说："这是乌德他三舅。"

"杠子尖尖馍、缸炉热火烧、才打膳哩热素包……"

洪芳在封德勇下巴颏上回亲了一下，小声说："这是尔瑟他妗儿。"

"咸烂，咸烂，羊蹄儿咸烂，咸烂的羊蹄儿，羊蹄儿咸烂……"

封德勇和洪芳同时笑了，一起小声说："这是盘善。"

整整一上午，两人在床上盘腾得昏天黑地。封德勇也不管区政府里还有一摞比山还高的工作，两人在床上那种忘我让他俩忘掉了时辰。

"咣，咣，咣……"

洪芳一下坐起身来："有人在敲院门。"

封德勇听了听："会是谁呀？"

洪芳一边穿衣服一边说："我去瞅瞅。"

洪芳穿戴齐整后,临出房门前嘱咐一句封德勇,不管来人是谁都别出来。

洪芳走出房门,问道:"谁呀?"

"我,老尚!"

洪芳:"啥事儿啊?"

尚社头:"打开门,进院说吧。"

洪芳迟疑片刻,将院门打开一瞅,来的不止尚社头一个人,他后面还跟着拜四爷。

尚社头:"进屋说吧。"

洪芳:"就在院子里说吧。啥事儿?"

尚社头:"是这样,眼望儿不是新社会了嘛,政府不让吸老海了,拜四爷刚被政府戒毒回来,咱区政府有指示,要咱帮助拜四爷自食其力,拜四爷也愿意自食其力。咱寺门最见长的就是咱回民的风味小吃,拜四爷想做桶子鸡,可没有场地。这不,就想到恁这个院子,借用一下,等拜四爷的生意稳当住,再把院子给恁腾出来。"

洪芳:"这我可当不了家,这院子是艾家的,得艾家的人说了算。"

尚社头:"你不就是艾家的人嘛。"

洪芳:"我可不是艾家的人。"

尚社头:"瞅你说这话,你不是艾家的人,你咋住在这院子里呢?"

洪芳:"我是啥情况你又不是不知。"

尚社头:"我知,我知,我知,这不是临时借用嘛,就是艾三在家,他也会答应的。"

洪芳:"还是等艾三回来再说吧,反正我不当家。"

拜四爷不愿意了,说道:"装孬不是,等艾三回来?艾三回来回不来还两说。我也不想欺负你一个寡妇娘儿们,乡里乡亲,别弄不得劲。"

洪芳:"这是啥话! 艾三回来回不来,也得让艾家的人发话,你总得论理吧?"

拜四爷:"论理? 要论理,当初我就不会那么少的银子把俺家那院房卖喽!"

洪芳:"你卖房多少银子是你愿打愿挨,不能摊为恁家房卖亏了就跑到这儿来找账!"

拜四爷:"俺家房子为啥卖亏了? 那是万恶的旧社会,艾三是国民党的军统特务,是反动派,他是欺压老百姓!"

洪芳:"你也算老百姓?"

拜四爷:"我咋不算老百姓?"

洪芳:"你要算老百姓,寺门就冇老百姓了。"

尚社头:"中了中了,啥事好说好商量,拜四爷也不会白用恁的院子。"

拜四爷把眼一瞪:"球! 一分钱也不给! 每章儿我帮过艾三,眼望儿他就得帮我!"

洪芳:"艾三帮你你去找艾三,跟我说不着!"

拜四爷恼了,骂道:"你个不识抬举的臭娘儿们! 放排场不排场,你非得混到丢人上! 今个我还就把话撂这儿,这个院子爷爷我用定了!"

"你是谁的爷爷? 哪个院子你用定了?"

洪芳、尚社头、拜四爷仨人转脸一瞅,只见封德勇肩膀上披着外套,腰里露着小八音出现在了屋门口。尚社头和拜四爷的眼睛顿时直了。

富贵不能淫，贫贱不能移，威武不能屈，此之谓大丈夫。

——引自"四书五经"

八十一、"你就是打恁爹，也不能打区长啊……"

俗话说，好事不出门，孬事传千里。且不论封德勇和洪芳俩人是好事儿还是孬事儿，反正一夜之间在寺门跟儿传的是有人不知有人不晓，成了头号特大新闻。

小婉把这个爆炸性的新闻告诉了封先生，在封先生这儿却有引起爆炸性的效果。

封先生苦笑了一下，说："恁快。"

小婉不解地："啥恁快？"

封先生："恁兄妹俩都是快枪手啊。"

小婉："咋，俺哥和洪芳的事儿你知？"

封先生："咱老封家这台戏唱得怪热闹，你还有唱完，恁哥又登台了，我能说啥，光屁股推磨，丢一圈人呗，自己扇自己的这张老脸呗。"

小婉："爸，你别就这说，我和俺哥可不一样，我和盘善是敲明亮响，俺哥算啥，说他偷鸡摸狗是好听的。"

封先生："恁哥才不是偷鸡摸狗,恁哥比你还厉害,恁哥是明火执仗,乘人之危。"

小婉："俺哥那是搞破鞋!"

封先生："别管搞啥鞋,搞得是地儿也中,艾三的女人他也敢搞,早晚有一天艾三回来了,那不是结仇嘛。唉——"

小婉："你也别唉声叹气了,事到如今,该咋着咋着吧。"

封先生："该咋着? 你说该咋着? 我可不知该咋着。"

小婉："既然俺哥喜欢洪芳,结婚不就完了! 按洪芳的话说,她压根就不是艾三的媳妇,是报答艾三的救命之恩。"

封先生："话是这么说,恁哥无所谓,我心里老不得劲,有朝一日艾三回来了,咋有脸见人家啊……"

小婉："想恁多也有用,走一步说一步吧,车到山前必有路。再说,谁知艾三还能不能回来。"

封先生："你咋知艾三不能回来,他又不是死罪。"

小婉："我可是听俺哥说,艾三回不来。"

封先生："恁哥咋说的?"

小婉："我听俺哥的话音儿,他不会让艾三回来的。"

封先生推了一把鼻梁上的酒瓶底眼镜,追问道:"恁哥不会让艾三回来? 恁哥有这个权力吗? 他凭啥不让人家艾三回来? 就是为了要霸占人家的女人?"

小婉："别说那么难听中不中,啥霸占人家的女人,这话要是传出去对俺哥多不好。"

封先生："不中,等恁哥回来我得好好跟他说道说道,真要是这样,他是要遭报应的!"

就在小婉回家跟封先生说这事儿的时候,听说此事后的沙二哥一怒之下闯进了封德勇的办公室。

正在和几个下属商量工作的封德勇,一瞅沙二哥黑着脸进来,就先把几个下属打发了出去。

封德勇："咋了,二哥,谁欠你的钱不还了?"

沙二哥："问你个事儿,你得说实话。"

封德勇："我啥时候也冇说过瞎话啊。"

沙二哥："你和艾三媳妇是咋回事儿?"

封德勇笑了："我当啥大事儿呢,只要不是蒋介石反攻大陆,都不是大事儿。"

沙二哥："别打缠,回答我的话。"

封德勇："在回答你的话之前,首先我要更正你一个说法,艾三没有媳妇。"

沙二哥一瞪眼："洪芳是谁? 她不是艾三的媳妇?"

封德勇："她不是艾三的媳妇。"

沙二哥："她不是艾三的媳妇是谁的媳妇? 你的媳妇?"

封德勇："眼望儿还不是,不过很快就会是。"

沙二哥："这么说,你跟洪芳的事儿是真的了?"

封德勇不卑不亢地说："真的假不了,假的真不了,我们人民政府提倡自由恋爱,保护合法婚姻。"

沙二哥指着封德勇的鼻子："要是换成别人,你看我今个不打得劲你,你给我听好,别做缺德坏良心的事儿,撇开俺寺门跟儿这些穆斯林不说,艾家对恁封家是有恩的,要不是艾三……"

封德勇接上话茬:"要不是艾三,俺封家早被老日销户口了是吧? 要不是寺门的穆斯林们,俺封家根本就熬不到新中国是吧? 二哥,你说得都对,俺封家是欠恁的人情,尤其是俺爹,要不是靠恁的关照,老头根本挺不到我回来。二哥呀,我不是个傻人,你说的这些我都清亮,我也不会知恩不报。这不,你进屋之前,我正跟分管城市建设的同志商量咋修缮东大寺的事儿。新中国刚成立不久,又经历了抗美援朝,国家到处都需要花钱,咱祥符市能花在城市建设方面的钱少得可怜,龙亭、铁塔、相国寺要修,繁塔、城墙、禹王台也要修。是我在市领导那儿磨破了嘴,才把修别处的钱争到手里。为啥? 还不是为了咱的寺门,为了咱的穆斯林和东大寺。我会一点一点来弥补的,报恩也得慢慢来嘛。"

沙二哥:"少胡连八扯,东大寺一百年不修还是东大寺,人要是不人物,不讲良心,一天也让人看不起。朋友妻不可欺,你懂不懂,亏你还是个区长!"

封德勇:"你要这么说,就不论理了。我可以说,艾三是你的朋友,不是我的朋友。"

沙二哥:"是恁爹的朋友不是?"

封德勇:"是俺爷的朋友跟我也有关系!"

沙二哥:"你是个啥球玩意儿!穿得像个人,扒了你这身皮你还不如一条狗!"

封德勇:"你敢骂我!"

沙二哥:"我还敢打你个孬种!"

说罢沙二哥上前一拳头搋在了封德勇的胸口嘴上,封德勇疼得"哎哟"之后就去拔腰里的枪。别说拔枪,这会儿你就是架炮也有用,沙二哥收拾封德勇这样的人还不是老鹰抓小鸡儿。就在封德勇去拔枪的瞬间,他一摸腰里的枪已经冇了,再一瞅,他的枪不知啥时候已经落在了沙二哥的手里。

封德勇:"你、你敢抢我的枪!"

沙二哥:"我打老日都不用枪,打你就更不用说!"他把手里的枪往桌子旁边的痰盂里一扔,回手又在封德勇的脸上扇了一巴掌,这一巴掌瞅着力量不大,打在封德勇脸上却是另一番景象,顿时封区长的眼睛变成了熊猫的眼睛。

封德勇捂住眼睛高声喊叫着:"来人!快来人啊!"

随着封德勇甩出一连串的高腔,区委的工作人员拥进屋来,一瞅封区长被打,再瞅打人的沙二哥,一副若无其事的模样坐在区长的办公椅上。

封区长:"把他给我抓起来!"

沙二哥:"别碰我,谁碰我搋谁,放心吧,我不会窜的。"

汴玲跟二大正在作坊里给肉打块,已经长到十岁、小名叫义孩儿的沙永良压外面飞奔进了作坊。

义孩儿气喘吁吁地:"妈,奶,不好了,俺爸被政府抓起来了!"

汴玲:"啥?咋回事儿?"

义孩儿:"我也不知咋回事儿,我是听别人说的。"

二大:"听别人咋说的啊?"

义孩儿:"说俺爸把区长给打了。"

汴玲:"哪个区长?"

义孩儿摇头:"不知。"

汴玲:"为啥打区长啊?"

义孩儿摇头:"不知。"

二大:"别问了,赶紧瞅瞅去吧!"

汴玲和二大一出院子门,就瞅见尚社头和尔瑟、乌德、白凤山、马老六等人迎面走过来。

尚社头甩着手说:"瞅瞅,瞅瞅老二弄这事儿。"

汴玲迫不及待地问:"到底咋回事儿啊?"

尚社头:"老二把封家的少爷打了。"

汴玲:"封德勇啊?"

尔瑟:"可不是嘛,恶心不恶心。"

二大:"摊为啥啊?"

尔瑟:"为那个娘儿们。"

汴玲:"为哪个娘儿们啊?"

乌德:"还会有哪个娘儿们,艾家的那个娘儿们。"

汴玲:"洪芳?摊为洪芳把封德勇打了?"

白凤山:"可不是嘛。"

二大:"到底摊为啥呀?"

乌德:"摊为打抱不平,封德勇搞了洪芳,二哥不挺了,找上门去把封德勇给打了。"

二大:"打得碍着①不碍着啊?"

尚社头:"不清楚,你想吧,老二是练玩意儿的,下手冇轻冇重,我想不会轻了。"

白凤山:"问题不在轻重,封家少爷眼望儿是区长,祥符城里的一方诸侯,封德勇就是再不对,封先生就是跟咱再不外气,也不能动手打。艾三大街上抱了人家一下还差一点被枪毙,这倒好,闯进区政府里把区长给打了,这不是捅破了天?"

二大:"那可咋办啊?"

尚社头:"咋办?论辈分,你和封先生一辈;论关系,寺门跟儿跟封家最不外气的就是怹沙家。不看僧面看佛面,封先生是封区长他爹,相当于太上皇,封先生能见死不救?肯定不会,去吧,去找封先生,眼望儿就去。"

"卖尻孙,你就是打怹爹,也不能打区长啊……"二大拖着哭腔和汴玲一起去了封家。

沙二哥跑到区里打了封德勇的消息封先生已经知了,他正像热锅上的蚂蚁在院子里团团转,等着去区里打探消息的小婉和盘善回来。

汴玲搀扶着二大走进封家院门。

封先生急忙迎上去:"瞅瞅这事弄的,你咋来了,我就怕惊动你,还是惊动你了。"

二大:"家门不幸,出了这么个不知远近厚薄的东西,我是来给你老弟赔不是的。"

封先生:"可不敢这么说,这是扇我的脸啊。汴玲,照护恁妈进屋坐……"

汴玲搀扶着二大进了上房坐下。

封先生:"老嫂子,你不用来,我知该咋去做。这事儿不怨老二,犬子理应受到教训。"

二大:"老弟可不敢就这说,俺儿是个啥德行我比谁都清亮,头脑简单四肢发达,老天爷老大他老二,分不出个青红皂白。别管了老弟,该花多少银子你老弟只管开口,别外气。"

封先生:"老嫂子说到哪儿去了,银子一文都不能花,俺儿他要是敢不放人,别管了,我去替老二蹲大牢。"

二大:"老弟,有你这句话我心就放肚里了,寺门跟儿谁不知沙家和封家的关系,你瞅瞅,咋会出这种事儿……"说着二大用袖口擦起了眼泪。

封先生:"别别别,老嫂子你可别,你这样我心里不得……"

汴玲劝道:"中了,妈,俺伯不是已经发话了嘛,俺德勇哥不会不听的。"

封先生:"放心吧,我已经让小婉和盘善捎话去区里了,今个晚上保证让老二回家吃晚饭。"

门外传来脚步声。汴玲瞅着门外:"是俺小婉妹妹他俩回来了。"

果然是小婉和盘善回来了。

封先生瞅着小婉和盘善,问道:"咋样?"

小婉阴沉着脸说:"俺哥说,他要杀一儆百。"

封先生:"他要杀他爹!"

注:
①碍着:碍事、要紧。

寺门

一家仁,一国兴仁;一家让,一国兴让。

——引自"四书五经"

八十二、"这一回可让老头作大难了。"

封先生恼了,推了一把鼻梁上的酒瓶底眼镜,涨红着脸说:"杀一儆百,中啊,他要杀的那个人就是他爹,我眼望儿就去找他!"说罢起身就走。

二大:"老弟,别生火,有话好好说。"

小婉:"爸,你别去了,等俺哥回来再说吧。恁俩要是吵起来多不好,咋着他也是个区长吧?"

汴玲:"就是,等俺德勇哥回来再说吧,吵起来容易把事情弄僵。"

盘善:"爸,别去了,俺二哥冇事,在区里押着呢,俺俩去的时候给他端了一大碗烩馍,只要饿不着就中。"

封先生慢慢转过身,问道:"恁二哥冇事儿吧?"

小婉:"冇事儿。"

封先生:"冇挨打吧?"

盘善:"谁敢打他,只有他打别人。"

二大:"这个卖尻孙啊,谁他都敢打,老日在的时候跟老日打,老蒋在的时候跟老蒋打，眼望儿又跟共产党打。他也不瞅瞅，不管跟谁打总得瞅瞅人吧，封家人是咱自己人，他个卖尻孙不认人啊！"

汴玲："中了，妈，咱先回吧。有俺伯在，老二不会吃亏的。"

封先生："我还是那句话，老嫂子放心，水里火里我先去，就是上断头台也是我先去。"

二大："有你老弟这句话我就放心了。"

送走了汴玲和二大，盘善对封先生说："爸，刚才二大在这儿，有些话我不好说，沙老二这次事儿沉。你想想，在区委办公室里殴打区长，啥后果？听俺哥的口气，市里已经知了，杀一儆百这句话可不是俺哥说的，是市里头头发的话。"

封先生："咋着？还能把老二咋着？"

盘善："咋着不咋着，反正凶多吉少。"

封先生两眼有点发怔："这意思是要重判老二啊？"

小婉："沙老二也真是的，一个门口的，下手恁狠，俺哥的脸都肿成个发面馍了，鼻子眼睛都一般平了。"

盘善："就是，打人不打脸，咱哥那个白净子脸哪搁住①沙老二的拳头啊。"

封先生："中了，都别说了，打都打罢了，眼望儿最重要的是把人捞出来。"

小婉："咋捞？市里头头发话严办，俺哥也冇法儿。"

盘善："就是。"

封先生："冇法儿也得想法儿，沙家跟咱是啥关系？生死之交！"

小婉："生死之交还把俺哥打成那样？生死之交我和盘善结婚来都不来？"

盘善："就是。"

封先生："就是啥就是！把恁哥打成那样是摊为恁哥上了艾三女人的床，你和盘善结婚冇来是摊为宗教信仰，两回事儿。"

小婉："尽力而为吧，真要是捞不出来谁也冇法儿。"

封先生："捞不出来我就死在恁哥面前！"

封先生动了真劲，小婉和盘善怯气了，沙二哥这要真捞不出来可咋办？别看老爷子平时随和不爱管闲事儿，可他是个认死理的主儿，当年蒋介石要他的报纸他都不买账，他能给自己的儿子让步？鸭子踢死驴——不可能。

小婉和盘善商量来商量去,决定再去区里找哥哥封德勇。他俩清亮,捞不出沙二哥,不光自家老爷子不拉倒,寺门跟儿的人也冇法交代。也就是说,如果把人捞出来了,不光是沙家欠了封家一个人情,整个寺门都好像欠了封家的人情;如果人捞不出来,封家那可就不是欠谁人情的事儿了,那是封家在寺门跟儿冇法儿再混下去了,用盘善的话说,趁早挪窝,离开寺门。

小婉跟盘善来区里见到封德勇把家里的情况一说,封德勇的态度不单冇转变,反而更加强硬。

封德勇一边用热毛巾热敷着眼睛,一边打着官腔说:"目前情况是这样,市里领导对这次打人事件非常重视,认为这已经不是普通的事件,是一起有政治目的,恶意伤害共产党领导干部的政治事件。"

小婉:"啥叫政治事件?"

封德勇:"政治事件就是经过周密计划,不只是针对我本人,而且是针对一个群体。"

盘善:"一个群体? 不对吧。哥,沙老二不是找你打群架的,恁俩是单挑,咋会针对一个群体?"

封德勇:"那好,我问你,我是谁?"

盘善:"你是俺哥啊。"

封德勇:"恁哥是干啥的?"

盘善:"给政府当差的。"

封德勇:"当啥差?"

盘善:"当区长的差啊。"

封德勇:"谁给恁哥封的区长?"

盘善:"共产党。"

封德勇:"这不妥了。"

盘善:"哦,我清亮了,你的意思是,你代表共产党,老二打你就等于打了共产党,对吧?"

封德勇:"这不明摆着嘛。"

盘善:"哥啊,我咋觉得你说的这话不在理儿啊。"

封德勇:"你说说,我的话咋不在理儿?"

盘善:"满大街贴着标语,上面写着共产党是代表人民的,是为人民服务的。沙老二是寺门卖牛肉的，苦出身，算人民吧，人民跟你打架那也是自家人打架，咋能扯到打共产党上面去了？哥，不对，你说得不对，恁俩是大水冲了龙王庙，一家人不识一家人，绝不是打群架，更扯不到啥政治上。"

封德勇脸一整："盘善，你眼望儿是俺封家的女婿，俗话说，一个女婿半个儿，不管是女婿还是儿，你不能站在本民族的立场上来衡量是非。穆斯林咋了？穆斯林也得遵守国家的法律法规，也得爱憎分明，也得在大是大非面前旗帜鲜明立场坚定！"

盘善："哥，咱哥俩别就这说话中不中，听着外气。"

封德勇："我把沙老二放了就不外气了是吧？我告诉你盘善，我们共产党人如果不懂得大义灭亲，就打不败国民党反动派，就坐不了今天的江山！"

盘善："我的哥，跟你说话咋恁费劲哩，你就说放不放人吧。"

封德勇："不可能！"

小婉："那俺回家咋跟咱爸说啊？"

封德勇："该咋说咋说。"

盘善拉着小婉的胳膊："走吧，咱哥大义灭亲了，连咱爸一块灭了……"

碰了一鼻子灰的小婉和盘善回到家，把见到封德勇的情况如实说给了封老爷子。

小婉："爸，咋办啊？"

封先生坐在那儿发呆。

盘善："要不，我去找尚社头再商量商量？"

封先生："冇用。恁哥那个人我了解，气量小，心胸窄，眼里容不得沙子。"

小婉："你还打包票，说今个晚上让二哥回家吃晚饭，日头马上就落了，得赶紧想办法啊。"

封先生摘掉鼻梁上的眼镜，用衣襟擦着，说道："办法是有，是一招险棋。"

小婉："啥办法？说说。"

盘善："险棋也得走啊。"

封先生把擦干净的眼镜重新架到鼻梁上，站起身说道："恁俩把堵上的防空洞给我拆开，把里头打扫朗利，把西厢房里的报纸搬到防空洞里去，把西厢房腾出来，收拾干净，铺上床，杂七杂八的东西都挪出去。"

小婉："腾西厢房弄啥啊？"

封先生:"别问那么多,按我说的去做。"

盘善:"你去哪儿,爸?"

封先生:"我去去就来。"

见老爷子不想说,小婉和盘善也就不再多问,两人去收拾西厢房了。

封先生压家里出来,慢慢在胡同里走着,心里盘算,要想让自己的区长儿子就范,只有这一招了,如果再不管用,那就是练把式的躺地上——冇招了。

暂且不说封先生的最后一招是啥,在家里收拾西厢房的小婉跟盘善也猜不透老爷子干啥去了,两人一边拆着封堵防空洞的砖一边猜测着。

小婉:"让把西厢房收拾出来,还让铺上床,啥意思啊?"

盘善:"谁知。"

小婉:"老爷子要挪到西厢房里去住?"

盘善:"谁知。"

小婉:"也不像啊?"

盘善:"谁知。"

小婉:"谁知谁知,你啥都不知,你就不能帮着分析分析?"

盘善:"分析啥,恁爹就是个妖怪。"

小婉:"恁爹才是妖怪!"

盘善:"恁爹要不是妖怪,这防空洞一会儿堵一会儿拆,还有,你说家里存恁些旧报纸弄啥? 不当吃不当喝,挪起来还费劲。老日来之前,花恁多钱挖了这么个防空洞,恁多报纸压屋里挪到洞里,又压洞里挪到延庆观,再压延庆观挪回来,再压屋里挪到洞里。成天冇事儿光挪报纸玩啊? 这可是个力气活儿。"

小婉:"力气活儿咋了? 要女婿就是干力气活儿的,一个女婿半拉儿,你不是说俺家的力气活儿你包圆了吗?"

盘善:"还不知啥时候又压洞里挪到哪儿了呢。"

小婉:"少抱怨。冇听说吗,女婿是老丈人家的一条狗,啥也别问只管摇着尾巴跟着走。"

盘善:"俺这个老丈人又不知想啥鲜点儿。唉,肚里有点墨水的人啊,肠子拐弯都比别人多,做出的事儿也让人难捉摸。瞅瞅恁哥,也不知咋想的,长得排场,又是区长,咋就相中一个被别人睡罢的娘儿们,还是老日和艾三睡罢的。想不透,打死我也想不透。"

小婉:"那有啥想不透的,还不是洪芳那个娘儿们会浪,俗话说,女人会浪,男人上当。"

盘善:"共产党的区长也会上当?"

小婉:"共产党的区长咋了,就不喜欢女人? 只要对上眼,照样八头牛也拉不回来!"

盘善:"这一回可让老头作大难了。"

注:

①搁住:同隔住,抵挡、招架。

不患无位,患所以立。不患莫己知,求为可知也。

——引自"四书五经"

八十三、"钱好还,情难还啊!"

再说封先生,压家里出来低头走得很慢,他已经想好了救沙老二的办法,不过让他心里有底的是,这个办法管使不管使? 要是不管使咋办? 只管试试吧。

封先生直奔了艾家,他认为,解铃还须系铃人,让洪芳出头去找儿子,只要儿子承认他和洪芳的这层关系,事情就好办了。再说,生米又做成熟饭了,不承认也不中啊,救人当紧。封先生已经想好了撒手锏,他让小婉和盘善把西厢房收拾出来,是要把洪芳接进封家,既成事实,儿子那边就一定会放沙老二。

事情可有封先生想得那么简单。他来到艾家把自己的意思表达给洪芳,倒是把洪芳感动了一把,尽管洪芳清亮这是一种交换,但对她来说毕竟是一条正道,只要封家不嫌弃她,至于寺门跟儿的人说啥,她根本就不在乎。

封先生来到艾家对洪芳说罢他的决定之后,洪芳抹了一把眼泪,二话冇说,带着封先生就去区里找封德勇,谁知封德勇一听就急了。

封德勇："恁当这是二斤萝卜换一斤白菜？可能吗？"

洪芳："咋不可能？事情是摊为你被打了，你只要发句话不追究，不就妥了嘛。"

封德勇："我发句话？你当我是寺门打锅盔卖羊肉汤的？我是区长，不是一般人，徇私枉法的事儿我能干吗？我要是开了这个头，以后再出现这样的事儿咋办？只要认识个当官的，认识当官家的七大姑八大姨，想打谁打谁，政府的威信还咋树立？天方夜谭！"

封先生："这算啥天方夜谭，不就是区长被打了嘛！恁都是一起光屁股长大的弟儿们，不中你再往他眼上搉一拳，扯平。"

封德勇："爸，真不是恁想的那么简单！"

封先生："那你说说，有多复杂。"

封德勇："也不是有多复杂。问题是二哥眼望儿不在我这儿，已经被市里的公安部门押走了。"

封先生："你说啥？你为啥要把他押到市里的公安部门去啊？"

封德勇："他这是大案，如何处理区里决定不了。"

封先生："大案？大到啥程度？打他的头？"

封德勇："眼下的政治形势是在肃反，沙老二赶到浪头上了。"

封先生瞪大眼睛："肃反？沙老二是反革命？报纸上说的肃反可不是这么回事儿。"

封德勇："我说的是茬口不好。"

封先生："别管是啥茬口，反革命轮八圈也轮不到沙老二头上！"

封德勇："我不是说沙老二是反革命，我说的是他打错了人。爸，这事儿你别再掺和，你就是跟我断绝了父子关系也有用，谁也救不了沙老二！"

封先生跟洪芳垂头丧气地压区里出来。

洪芳小声地说："恁老已经尽到了心，我还是不去恁家吧。"

封先生："啥也别说了，木已成舟，生米也快变成熟饭了，早一天晚一天的事儿，你就收拾收拾东西搬过来吧。挑个黄道吉日，摆两桌酒席，也别惊动太多的人，就那么回事儿了。"

洪芳："救不出二哥咋办啊？"

封先生叹道："唉，我再想想，再想想……"

下晚的时候,封先生去了沙家把实情告诉了二大,说自己已经尽到了努力,救不出沙老二也只能给沙家赔罪了。二大也冇埋怨啥,抹着眼泪骂沙老二自作自受,打了共产党的官只有认命,但愿真主能保佑吧。

压沙家回来,封先生让小婉和盘善趁着天黑帮着洪芳搬过来,沙二哥一旦有个啥三长两短,洪芳会遭寺门跟儿的人责难。

封德勇一夜未归,领着人去兰封开啥动员大会,说是两天后才能回来。这一夜,封先生在床上翻腾咋也睡不着,想起来了许多沙家对封家的好处,越想越觉得对不起沙家。第二天起床后封先生觉着头晕,他心里清亮是自己的血压又高了,于是就去了北口的胖大夫诊所量了血压抓了些药。

封先生压胖大夫诊所出来,迎面碰上了拜四爷。

拜四爷:"低头拾钱包啊?爷们。"

封先生:"光想。"

拜四爷:"恁老这是往哪儿去啊?"

封先生:"冇事儿,转转。"

拜四爷:"怪有闲心。我刚才听说公安局的人去了沙家,打了响声,说是要把沙老二押到大西北去。"

封先生:"瞎说,谁告诉你的?"

拜四爷:"还用谁告诉我,他沙家就是关着门咳嗽一声,全寺门的人都能听见,恁大的事儿还能瞒住?"

封先生:"夜隔晚上我还去了沙家,我咋冇听说要把老二押到大西北去?"

拜四爷:"就这吧,爷们,沙老二那号人早晚是蹲班房的料,瞅瞅他噎胀的,不知自己是老几,咱东大寺门除了艾三他买谁的账?共产党的官他都敢打,这还了得,共产党把老蒋都打窜了,眼望儿又在朝鲜打老美,收拾他个沙老二还不跟玩儿一样。这回好,艾三被押到豫西去了,沙老二再往大西北一押,齐,可有他弟儿俩了。说句不好听话,他沙老二再霸气,再噎胀,再光棍,再咋样,俗话说,天下冇十成十的光棍,牛逼再大,光棍打八成,别打满。你就是敢打恁爹,你也不能打共产党的区长啊!更何况都是老街坊,东大寺门谁不知就恁两家的关系好,他沙老二就是一条不认人的狗!"

封先生:"落井下石的话就别说了,你跟老二的关系不是也不错嘛。"

拜四爷:"不错个球!我落井下石?他落井下石的时候你知不知?"

封先生:"不会吧,老二冇那种坏德行啊?"

拜四爷:"俺家那一院青砖大瓦房是咋冇的? 人家不知你还不知? 沙老二跟艾三硬敲诈了我五百大洋!"

封先生:"那不是你自愿的嘛。"

拜四爷:"自愿个球! 要不是他俩,我也不至于把俺家那一院子青砖大瓦房给卖掉!"

封先生:"你说这话我不赞成,卖恁家那一院房子是摊为你吸老海,你要不吸老海能卖家产吗?"

拜四爷:"别说了,别以为我不知,他俩敲诈我五百大洋还不是为恁封家那一堆破报纸。沙老二打了恁儿,恁儿是给共产党当差的,寺门跟儿谁不知恁两家的关系。中了,爷们,你做做样子就中了,沙老二这号货,太张狂,不吃点苦头也不中。俗话咋说的,善有善报,恶有恶报,不是不报,时候不到。咋样,时候到了吧? 再说句不好听的话,押到大西北还不定咋着,冇准一枪就把他打死在戈壁滩上,你信不信?"

封先生:"凭啥一枪把他打死在戈壁滩上? 犯了多大个王法啊?"

拜四爷:"你爷们也不瞅清形势,共产党的屁股刚坐到金銮殿上,要想坐稳当,不杀点人能中?"

封先生:"那也不能乱杀啊,沙老二不就打个人嘛!"

拜四爷:"你爷们也是成天读报纸,我看你是读报纸读傻了。我问你,九百年前女真族进咱祥符城杀人不杀? 李自成进北京城杀人不杀? 日本人进南京城杀人不杀? 只要改朝换代,不管哪朝哪代,这是规律。"

封先生冲拜四爷一个劲挥手:"走吧走吧,别再说不打粮食的话了,我就不信共产党会滥杀无辜!"

"不说了,不说了,说了净抬杠。"拜四爷嘴里打着哈欠把手伸到封先生脸前,"爷们。"

封先生:"咋?"

拜四爷一脸可怜相:"赏两个吧。"

封先生:"还吸?"

拜四爷:"不吸骨头疼。"

封先生:"我兜里冇带钱。"

拜四爷:"爷们,行行好吧,给多少都中。"

封先生:"我兜里真的冇带钱。"

拜四爷哈欠连连地说:"爷,我知事情很麻缠,你想救沙老二不想?"

封先生:"听你的口气,有办法?"

拜四爷:"我给你支一招,救不出沙老二我头朝下见人。"

封先生:"啥招?"

拜四爷又把手伸到了封先生脸前面。

封先生一边从兜里摸着钱一边说:"权当是死马当作活马医,我听听你有啥招。"

拜四爷接过钱转身就要走,被封先生一把拽住。

封先生:"装孬孙不是,拿住钱就想窜!"

拜四爷:"不窜,咱俩边走边说中不中?"

封先生手拽着拜四爷的袖子,跟他走着:"快说你有啥招,快说啊。"

拜四爷边走边说:"把恁家的那些破报纸卖了。"

封先生抬巴掌朝拜四爷头上扇去:"我扇你个小兔崽子!"

拜四爷挣脱封先生撒腿跑掉了。

封先生昏昏沉沉无精打采地往家走着,听见身后有人叫他,慢慢转过身一瞅,见是拎着鸟笼的白凤山。

白凤山:"咋,爷们,不得劲了?"

封先生:"冇啥,血压有点高。"

白凤山:"还是摊为老二的事儿吧。"

封先生:"啥腌臢事儿都赶到一块了,以后我这张老脸往哪儿搁,还咋在这条清平南北街上走。"

白凤山:"该咋走咋走,有多腌臢的事儿,不就是恁家少爷把艾三的女人给睡了嘛,不就是沙老二打抱不平把恁家少爷给打了嘛。说句难听话,恁封家是汉人,他艾家是犹太的后人,不管恁是啥人,恁都在这东大寺门过了几辈人,不管艾家还是封家,和东大寺门的人都不外气。俺也冇论那么真。别人我不敢保证,我白凤山压根就冇把你们当成外人。我相信恁也冇外气过俺,进寺里瞅瞅那些捐乜贴重修东大寺的石碑,不照样也有恁两家先人捐献的嘛,寺门的穆斯林就是再糊涂,也不至于糊涂到分不清好孬人的地步吧。不管恁家少爷当多大的官,也不管接下来沙老二会被咋处置,跟恁爷们都冇关系。"

封先生:"我知,你这是在宽慰我,可我这心里闹和啊……"

白凤山:"我说的是大实话。"

封先生:"俺封家祖辈住在寺门,得到穆斯林们多少关照,战乱,灾荒,祥符城多少人家少吃缺喝的,俺封家从来冇缺过嘴。听俺爹说过,光绪年间大旱,尔代节俺爹去恁白家,恁奶刚煮好一盆羊蹄儿,被俺爹一口气吃了个精光,恁爷站在旁边瞅着一个劲往肚里咽口水……"

白凤山:"中了,这一板我听你老说几百遍了。吃就吃了,谁吃不是吃,咋? 你老是不是还准备把羊蹄儿的钱还给我呀?"

封先生面带苦笑:"钱好还,情难还啊! 特别是沙家,当年要不是沙老二,俺封家还不被日本人灭了门,每想到这一板儿,你说我的心能不闹和吗……"

白凤山叹道:"唉,理儿是这么个理儿啊。"

封先生:"凤山,帮我个忙中不?"

白凤山:"你说。"

封先生:"我手里有一幅赵子昂的画,帮我找个有钱的主,我想出手。"

白凤山:"咋,急着用钱?"

封先生:"这幅画在俺家墙的夹层里藏了好多年,老日抄俺家的时候冇被发现,老蒋接着抄也冇发现,在墙夹层里藏了恁多年,有些发霉,我准备重新揭裱一下,送给市里公安局当家的人,不能眼瞅着沙老二遭难不是?"

白凤山:"管用? 公安局当家的人不识货咋办?"

封先生:"那就变成钱,画不认识,钱总认识吧。"

白凤山默默点头:"也只有这样了。"

封先生:"你帮我打听打听,越快越好,听说老二要被押解到大西北,得赶在前头。"

封先生跟白凤山分手后回到了家,他刚进院门,小婉就迎上前来。

小婉急切地说道:"爸,不好了,刚才俺汴玲嫂子过来说,俺二哥真的要被押到大西北了,今个一早公安局就来人通知沙家,让给俺二哥准备厚棉衣棉裤和褥子,明个一早务必送到公安局去。"

封先生两眼发黑,顿时感到天旋地转,身子随之晃了两晃,一把扶住了小婉。

小婉:"你咋了,爸?"

封先生:"扶我回屋。"

小婉一见情况不妙,立刻把封先生扶进屋里躺倒在床上。

封先生有气无力地对小婉说:"快,快去把恁哥叫来。"

小婉:"俺哥去兰封开会还冇回来,你想弄啥,爸?"

封先生:"等恁哥回来,你告诉恁哥,让恁哥去跟公安局打个响声,把我也押送到大西北去,祥符城我是冇脸见人了……"

古者言之不出，耻躬之不逮也。

——引自"四书五经"

八十四、"还是那句话，一命还一命。"

封先生病倒了，他在床上浑浑噩噩睡了三天。在这三天里，他只是迷迷糊糊觉得床边人来人往，不断有人说话却听不清说的是啥。一直到第四天头上，他终于醒了过来，发现他的床边趴着一个睡熟的人，他压枕头边摸到眼镜戴上瞅了瞅，也有瞅清这个人是谁。

封先生用手推了推那个人，说道："我想喝点水。"

趴在那儿的人抬起了脸。

封先生惊诧不已："老二？"

趴在那的人正是沙二哥。

封先生："老二，你放出来了？"

沙二哥："等着，我先给你倒水喝。"

封先生难以置信地瞅着给他倒水的沙二哥，问道："咋回事儿啊？不是说要押你去大西北吗？"

沙二哥把倒好的水递到封先生手里，笑道："去大西北转罢一圈回来了。"

封先生的病似乎一下痊愈了,压床上坐了起来,催促着:"快讲讲,咋回事儿?"

于是,沙二哥开始给封先生讲起这几天发生在他身上的戏剧性变化。

就在封先生躺倒在床上的当天中午,押送"反革命"去大西北的专列停靠在了祥符火车站,同时还有一列北京方向开过来的列车正准备进站。月台上全副武装的解放军士兵,看押着包括沙二哥在内的百十个反革命正准备登上列车,这时,闻讯赶来的汴玲手里捧着一大包酱牛肉,不惧解放军士兵刺刀阻拦,不顾一切要冲到沙二哥跟前。

解放军士兵吼道:"再不站住开枪了!"

汴玲毫不畏惧:"我给我男人送点肉,开枪吧,打死我吧!"

解放军士兵拉动了枪栓。

沙二哥怒吼着:"我是反革命,她又不是反革命,要开枪往我这儿打! 冲着一个娘儿们耍啥威风!"

"砰!"解放军士兵朝天开了一枪。

月台上的这一幕正巧被月台上的崔洪瞅见,他是来迎接北京过来的上级领导的,怒吼中的沙二哥引起了崔洪的注意。他一眼便认出了这个暴跳如雷的"反革命"就是当年用自行车驮着他逃离祥符城的那个人。

沙二哥在被押送去大西北的最后时刻被崔洪救下了。

被带回市政府的沙二哥并不认识崔洪,就像艾三认不出崔洪一样,沙二哥用自行车驮崔洪逃命那天晚上,崔洪扮着黑老包的脸。

崔洪安排好北京来的上级领导之后,命令人把五花大绑的沙二哥眼睛用布蒙上,推上了吉普车。崔洪有带随从,亲自开车驶出了市政府的院子。

吉普车在公路上颠簸着。

沙二哥:"要杀要剐随恁的便,玩啥花呼哨,咋,找地儿把老子给活埋喽?"

一路上,无论沙二哥咋叫板,崔洪始终一言不发。

吉普车一直开到离祥符城几十公里外的中牟县境内,停了下来。

崔洪摘掉蒙在沙二哥眼睛上的布,松了他的绑,说道:"看看,这个地方你认识不认识?"

沙二哥揉着眼睛打量着周围,问道:"啥意思? 这是哪儿?"

崔洪:"再仔细看看。"

沙二哥一边看一边摇头："看啥看，不认识！"

崔洪："你呀，禀性太壮，老天爷老大你老二，亏你遇见我了。还是那句话，一命还一命，我就是欠你们寺门人的。"

沙二哥："你说的是啥，我咋听不懂？"

崔洪："我说的你听不懂，我唱的你总该听懂吧。"

沙二哥更加费解："唱的？ 唱的啥？"

崔洪："真是人不老记性不好，那我就给你唱两句老包。"

一说到唱老包，沙二哥一下子想起来了，瞪圆眼睛瞅着崔洪。

崔洪："看啥看，再看你也看不出我是谁。"

沙二哥："这儿是中牟？"

崔洪："认出来了？"

沙二哥："你就是那货？"

崔洪："哪货？"

沙二哥："我骑自行车驮着窜的那货？"

崔洪："我可不是货，我在祥符市政府工作，我的名字叫崔洪。"

沙二哥长出一口气，感慨万千地："我的娘，咋遇见你个冤家皮了！"

崔洪："不是冤家不对头嘛，遇见我这个冤家不冤吧？ 救我一条命，我还你们两条命。不过你和艾三不一样，他是国民党的军统特务，你是寺门卖牛肉的。我们共产党人不是不讲人情，不是不懂滴水之恩涌泉相报，咱们之间谁也不欠谁的了吧，两清了吧？"

沙二哥伸手一拍崔洪的肩膀头："上车，回寺门，我请你喝汤！"

崔洪："回寺门可以，不过你得自己跑回去。"

沙二哥："你说啥？"

崔洪："我说，你不能坐我的车回去，得自己跑回去。"

沙二哥："为啥？"

崔洪："你说为啥？ 当年你把我往这漫天野地里一扔，不管我了，今天还是一报还一报。我先走一步，明天一早我去寺门，你请我喝汤！"

沙二哥："装孬了不是！"

崔洪："装孬也是跟你学的。明天见！"

吉普车发动了，崔洪把车一溜烟地开走了。

封先生听罢沙二哥的讲述,跷起大拇指说:"人物,共产党的这个崔洪人物,服气,压心里服气。要不是这个货,恁沙家和艾家一样,家破人亡。明个他来喝汤,我请。"

沙二哥:"爷们,有个弯我始终拐不过来。"

封先生:"啥弯你拐不过来?"

沙二哥:"我可听说,市里这个叫崔洪的头头,喜欢上了那个唱女老包的戏子。"

封先生:"那个叫小凤的?"

沙二哥:"对啊,就是唱女老包的那个,就是艾三当街搂的那个娘儿们。"

封先生点了点头,说道:"不是说,那个唱女老包的跟艾三有一腿吗?"

沙二哥:"一腿?八腿都不拉倒!"

封先生:"那艾三还受她的牵连?"

沙二哥:"可恼就可恼在这儿,明明跟艾三睡过,还搞得那么高调。文工团,上街演节目,宣传抗美援朝,听说还号召祥符人凑钱给志愿军买大炮,搞得跟真的一样。"

封先生:"那可不是真的嘛!小凤算啥,咱河南唱戏的大角儿还给志愿军捐飞机哩,报纸上说都受毛泽东表扬了。"

沙二哥:"我说的不是这。"

封先生:"那你说的是啥?"

沙二哥:"我说了恁老可别不爱听。"

封先生:"啥呀,你还冇说咋就知我不爱听?你说。"

沙二哥:"我就纳闷,你看吧,洪芳是艾三的女人,小凤跟艾三也有一腿,眼望儿洪芳成了恁的儿媳妇,小凤又跟姓崔的那货……"

封先生:"打住,打住,别再往下说了,我知你是啥意思了。俺儿是共产党的区长,姓崔的是共产党派在祥符市里的头头,而艾三是国民党的特务,你的意思是,感觉这些女人怎么都这样,对吧?"

沙二哥:"是这个意思。"

封先生:"那我就告诉你。女人就是女人,女人是个女人就够了,你别指望女人明白得太多。"

沙二哥蒙蒙地摇着头:"说不上来啥劲儿。"

封先生："对呀，你说不上来，我也说不上来。女人要的是嫁给一个好男人，女人要的是吃喝不愁。"

沙二哥："去球吧，封先生，说得怪好，洪芳跟着西川那个卖尻孙，不缺吃不缺喝吧？跟着艾三吃喝也不愁吧？跟恁儿照样也是酒肉豆腐汤。我今个把话撂这儿，洪芳这娘儿们跟着恁儿也难心。"

封先生："难心不难心那要看她的造化，要看她的命，这与她跟着哪个男人无关。比方说吧，洪芳跟着西川，老日被打败，西川回日本她回不了，这是不是她的命不好？洪芳跟着艾三，老蒋被打窜，艾三去坐牢了，这又是不是她的命不好？"

沙二哥："那她跟着恁儿呢？"

封先生："她跟着俺儿那是她转运了。"

沙二哥："我看不一定。"

封先生："咋不一定？可一定。"

沙二哥："万一志愿军在朝鲜挺不住美国人，万一老蒋压台湾重新打回来……"

封先生："万一，还万二呢，就不可能有万一。"

沙二哥："为啥？"

封先生："你也不想想，共产党压一小撮人发展到能把老蒋几百万军队消灭，回手又敢去跟美国人凿，冇这个金刚钻敢揽这个瓷器活儿？你再瞅瞅眼望儿的老百姓，远的不说，就瞅瞅咱祥符城里的老百姓，被共产党鼓动得见天喊口号扭秧歌，就凭这一点，一般二般的人就做不到。你再瞅瞅人家毛泽东，那才叫高人，不是一般二般的高。"

沙二哥："咋个高？"

封先生："报纸上说，开国大典那天，毛主席站在天安门的门楼子上喊的是啥？"

沙二哥："广播我听了，喊的是人民万岁。"

封先生笑了。

沙二哥："你笑啥？喊的就是人民万岁啊。"

封先生："老日投降那年，毛主席去重庆跟老蒋谈判，飞机一落地，压机舱里露出头，摘下头上的帽子一挥，喊了一句啥你知不知？"

沙二哥:"能喊啥,还是人民万岁呗。"

封先生翻了沙二哥一眼:"知啥。"

沙二哥:"那你说,毛主席喊的是啥?"

封先生:"毛主席压飞机舱门里一露头,摘下帽子喊了一句'蒋委员长万岁'。"

沙二哥顿时有点紧张:"爷们,你可别乱说啊,肃反运动还有结束哩。"

封先生:"咱爷俩这不是说闲话嘛。俺儿是共产党的区长,我还能不跟共产党一心?"

沙二哥低声问道:"毛主席在重庆真是这样喊的?"

封先生:"民国的报纸上都登出来了,我能造谣?"

沙二哥依旧难以置信:"乖乖,毛主席喊老蒋万岁。"

封先生:"这叫政治,你不懂。"

沙二哥:"那你跟我说说呗。"

封先生:"你就是个卖牛肉的小老百姓,大人物们的事儿说了你也不懂,安生卖你的牛肉吧。"

沙二哥:"听个稀罕。"

封先生:"我的意思就是,共产党会玩政治,能大能小,能屈能伸,吃得起宴席打得起柴,明白吧?就冲这一点,谁也挺不过共产党。所以啊,洪芳跟着俺儿算她掉进福窝里了。"

沙二哥认同地:"那个唱老包的娘儿们也掉进福窝里了。"

上有好者,下必有甚焉者矣。

——引自"四书五经"

八十五、"积攒了一辈子的东西,谁也别想拿走!"

崔洪还真到寺门喝汤了,不是他一个人来的,他领来了一大帮市里的大小头头。嗬,这些头头的到来顿时让寺门笼罩在了领导们的关怀之下,也让寺门的清晨显得格外热闹。

为了崔洪来寺门喝汤,封德勇做了好一番布置,头一天晚上就给尔瑟交代一定要把卫生搞好,碗要洗干净,桌子面上的油要擦净,为此尔瑟还跟封德勇抬了几句杠。

尔瑟:"听你的话音是嫌俺的碗腌臜?"

封德勇:"我的意思是,崔主任不是一般二般的干部,是咱市里的主要领导,是咱的父母官。"

尔瑟:"来我这儿喝过汤的官多了,比他官大的有的是。白崇禧还在我这儿喝过汤哩,也有嫌俺的碗腌臜。"

封德勇:"白崇禧是国民党反动派的官,他能跟咱共产党的官相提并论?有可比性嘛!"

尔瑟:"管他是啥官,来我这儿喝汤都一样,嫌俺这儿腌臜,你可以领着他们去别处去喝。"

祥符城里正儿八经喝汤的人都知,祥符的汤喝寺门的,寺门的汤喝尔瑟的。封德勇不敢再跟尔瑟抬杠,尔瑟这货是个顺毛驴,他要是一恼,明个把门一关让你喝球不成,那可就跌了份。

第二天一早,崔洪果然带着一帮干部来喝汤了,在他这支喝汤的队伍里还有一个女人,就是已经被任命为文工团团长的小凤。

听说市里的大头头要来喝汤,寺门有头有脸的角儿全来陪喝了。海阿訇、尚社头、封家父子……沙二哥就不用说了,崔洪救了他的命,他不但要来陪喝,还得掏钱,还得奉献上一大块切好的五香牛肉。尔瑟的汤锅前坐了个满当当,板凳不够,马老六把胡辣汤锅前的板凳都捐献了过来。捐献过来的不光有板凳,还有羊蹄儿、锅盔、挖板羊肉、花生糕。寺门跟儿都知是崔洪救了艾三和沙二哥的命,都冲着共产党这帮官竖起大拇指。

尚社头:"共产党的官地道,人物,不外气,平易近人,俺寺门的人认!"

崔洪:"共产党也认你们寺门的人,两好合一好,回汉是一家人。以后东大寺有什么困难和需要,可以告诉封区长,也可以直接去找我,不要外气。"

封先生感叹道:"俺家虽说是汉人,可俺祖辈都住在这寺门跟儿,别看这清平南北街不打实,各朝各代,俺见过的啥官都有,哪朝哪代的官都冇恁共产党的官对俺寺门人好。"

崔洪:"共产党对老百姓好是理所应当的,毛主席说我们打江山就是为了人民嘛。"

海阿訇激动地说:"真主会赐福给恁共产党的……"

那天早上崔洪一帮子人来喝汤,寺门跟儿的人全都跑出来瞅,一来是瞅瞅沙二哥的救命恩人;二来是瞅瞅那个唱老包的娘儿们长得啥样。又是好事不出门孬事传千里,小凤和艾三相好过的事儿咋就传恁快,寺门跟儿的人好像一夜之间又全知了,跑来看稀罕,都冲着小凤下死眼[①],还在一边指指点点小声议论。

乌德:"长得也不咋着啊,我还当是啥天仙哩。"

白凤山:"咋着不咋着,人家眼望儿成了共产党大官的相好。"

乌德:"啥相好,听说人家俩都结罢婚了。"

白凤山："谁说结罢婚了,冇结,听说崔洪有老婆,在安徽农村老家哩。"

乌德："你咋知?"

白凤山："我当然知,不信你去问盘善。"

乌德："盘善知个屁。"

白凤山："他是封德勇的妹夫,封德勇是政府里的人,当然把底②。"

乌德走到正在陪着喝汤的盘善跟儿,附在他耳边问了几句。

盘善不耐烦地："恁这些货啊,不操心自家的面缸,操心宰相的饭碗。人家结不结婚碍恁蛋疼!"

崔洪喝罢汤,在海阿訇、尚社头、封先生一帮人的陪同下进了东大寺参观。

崔洪一边走一边问身边的封先生："听封区长说,你老人家手里保存着一批珍贵的报纸?"

封先生："谈不上多珍贵,品种比较齐全罢了。"

崔洪："我还听说,当年的国民政府要抓你,就是因为你家里有一些好东西。"

封先生："往事不堪回首啊,不光是国民政府,日本占领期间,为俺家那点东西我差点把命给搭上。"

崔洪："封先生,新中国百废待兴,咱祥符市也一样遭到日本侵略者和国民党反动派的毁坏,我所指的毁坏不仅仅是在城市面貌上,我们的文化基础设施同样遭到非常严重的破坏,要恢复这些文化基础设施不是一件容易的事。祥符市政府成立以后,上级多次指示我们,要尽快恢复文化基础设施的建设,像封先生这样的文化人要多给予我们支持啊。"

封先生："领导抬爱,我可不是啥文化人,充其量也就是民间的一个闲人,喜欢一点书籍报纸罢了。"

崔洪："过谦了,封先生,你的情况我了解,祖上做过翰林,据说在国民党统治时期,南京方面还邀请你去做中央图书馆的馆长,被你一口拒绝,有这回事吧?"

封先生连连摆手,笑道："崔领导,别哪壶不开提哪壶了,国民党反动派不是相中我这个人,而是相中了俺家的那些东西,我心里清亮亮的。"

崔洪："主要是报纸吧?"

封先生连连点头:"是的,是的,说句不客气的话,他南京中央图书馆里收藏的报纸还冇俺家收藏得齐全,蒋介石眼气儿呗。"

崔洪:"是啊,蒋介石政府动机不纯,许给你高官厚禄,是想占有你收藏的那些稀世罕见的报纸,从这一点上来看就与咱们人民政府有着本质的区别。人民政府讲的是人尽其才,物尽其用,讲的是为人民服务。"

封先生连连称是。

崔洪:"封先生啊,人民政府现在需要你为人民做点贡献,你不会反对吧?"

封先生:"那是当然。崔领导有事只管吩咐,封某人愿意竭尽全力为人民政府服务,义不容辞。"

崔洪纠正:"是为人民服务。"

封先生:"对对对,为人民服务。"

崔洪:"事情是这样,咱们祥符市新图书馆的地点已经选定,就在龙亭东湖旁边的二曾祠,知道吧?"

封先生:"知道知道,曾国藩两兄弟镇压太平天国有功,慈禧太后下令盖的二曾祠。"

崔洪点头,接着说道:"虽然是封建王朝留下来的建筑,咱物尽其用,把它用来当咱们祥符市的图书馆,你看怎么样啊?"

封先生:"当然中,再好不过的地儿,挨着龙亭湖,风景如画,是个读书的好去处,中,一百个中。"

崔洪:"中是中,只有一样不中。"

封先生:"啥不中啊?"

崔洪:"马是有了,没有鞍也跑不起来啊。"

封先生有点迷糊:"啥?啥马?啥鞍?"

崔洪:"我是说,图书馆不能只是一座空房子。我们已经做出决定,就是政府再困难,哪怕是饿肚子,也不能不要咱的文化事业,政府已经下拨专款,为咱的祥符市图书馆购置图书。"

封先生竖起大拇指:"中,还是人民政府中,有远见,有气魄,中,真中。"

崔洪:"杯水车薪啊,封先生,依然是罗锅上树,钱缺啊。"

封先生:"慢慢来,不着急。"

崔洪:"不急不行啊,精神食粮往往比大米白面还重要啊。我是这样认为,建设和发展我们的文化事业,也要依靠群众,没有人民群众的支持,我们的文化事业是难以发展的啊,你说对不对啊,封先生?"

封先生突然不说话了,用手捂住肚子扭头就走。

崔洪:"你怎么了,封先生?"

封先生头也不回地说道:"冒肚,我得去茅厕。"

一圈人都很奇怪,封先生好好的,咋说冒肚就冒肚了,说走就走,而且一去不复返了。

晌午头,封德勇下班回到家,一进院子门,就瞅见封先生泥菩萨一般坐在院子里,一动不动。

封德勇:"爸,你咋了?"

封先生冇搭腔。

封德勇:"肚子好点了吗?"

封先生还是不搭腔。

封德勇感觉到他爹在犯怪,啥也不问了,朝屋里走去。

封先生:"你站住!"

封德勇停住了脚:"我跟你说话你不搭理我,说吧,咋了?"

封先生:"咋了咋了,你比谁心里都清楚是咋了!"

封德勇:"我真不知咋了,你能不能把话说明白,别让猜你的心事儿中不中?"

封先生:"说明白就说明白,不光我要说明白,你还得给我说明白!"

封德勇:"你说吧,我听着。"

封先生:"你逞啥能蛋,我辛辛苦苦,差点把命搭进去才保住了咱家这些报纸,凭啥我就得捐给图书馆,国家的图书馆碍我啥事儿?想得美,谁想捐献谁捐献,别打我的主意!"

封德勇:"噢,原来船在这儿弯着啊。"

封先生的嗓门一下子高了八度:"日本人打我的主意!蒋介石打我的主意!共产党还是打我的主意!我这一辈子舍不得吃舍不得喝,积攒了一辈子的东西,谁也别想拿走!把我逼急了我还窜!"

封德勇:"还窜?窜哪儿?共产党打你的啥主意了?"

封先生："别以为你是共产党的区长，是我的儿子，我就得把报纸捐给共产党，有门！谁要敢动我的报纸，我一头栽死在他跟前！"

封德勇哈哈笑了。

封先生："笑啥笑，你不信就试试！"

封德勇："我是觉得你真可笑。你也不想想，我是共产党员，又是清平区的区长，党和政府现在需要咱家贡献出一点物件来为人民服务，咱连这么点觉悟都有，你不觉得可笑吗？说难听一点儿，不是可笑，是遭人耻笑。"

封先生："少跟我摆大道理，你是共产党员，我不是。报纸是我的，轮不到你拿去共产！"

封德勇的脸色立马变了："作为共产党一个区长的父亲，说出这样的话，说你个思想落后是轻，给你戴一顶反动言论的帽子是重！"

封先生："枪毙我，你腰里不是有小八音嘛？一枪把你这个反动的爹给崩喽，咱家里的报纸就全归你，祥符市的图书馆就是搬到咱家我也有意见！"

封德勇："爸，你咋就不识大体，眼望儿是谁的天下？是共产党的天下，是共产党给了人民新的生活，有共产党咋会有咱封家的今天！"

封先生："封家的昨天咋了？你爷爷当过进士，你爷爷的爷爷做过翰林，蒋介石请我去南京是我不愿意去。昨天咋了？少吃缺喝了？你去闹革命是你自己的选择，跟家里有啥关系，家里除了替你担惊受怕，有得到你一点实惠。眼望儿共产党坐江山，又盯上要我捐家里的东西，美其名曰是捐献，说到底跟老日老蒋有啥区别，有，一点也有！"

封德勇用手点着封先生的脸说道："你、你、你的思想很成问题，再这样下去，你就会成为人民政府的敌人！"

封先生："敌人就敌人，谁打我报纸的主意我就是谁的敌人！"

注：
①下死眼：不怀好意地看。
②把底：知根把底、知道底细。

克明俊德，以亲九族。九族既睦，平章百姓。百姓昭明，协和万邦。

——引自"四书五经"

八十六、"我就是个属兔子的，这一辈子都在窜。"

封家爷俩为报纸的事儿大吵了一架，封先生的血压又高了，喝罢药以后早早就睡下了，其实压根他也睡不着，迷迷糊糊中还不住地叹着气。

小婉和盘善在院子里用火碱燎着羊蹄儿，满院子都是火碱融合着羊蹄儿的味道，俩人忙活到二半夜。

西屋里的封德勇跟洪芳倒也是早早躺在了床上，三十啷当岁的封德勇正是如狼似虎的时候，好一番折腾之后，光着膀子坐在床上抽起了烟。

洪芳："穿上布衫吧，天凉。"

封德勇："天不凉，心凉。"

洪芳："一家人，有啥不能好好说，非得闹个脸红脖子粗。"

封德勇："不是非得闹个脸红脖子粗，是咱爸太固执。识时务者为俊杰，把报纸捐给政府有啥不好，又不能带进坟墓里，不替自己想想也得替子女们考虑吧。"

洪芳："听你的话音儿，咱爸要是不把报纸捐了，还会对你不利？"

　　封德勇："你想吧,我已经在崔主任面前打了保票,封家要为新图书馆做点贡献,报纸要是不捐,你说崔主任会不会高兴?"

　　洪芳："非得捐报纸吗?捐点别的不中?"

　　封德勇："捐别的崔主任样不中,就样中了咱家的报纸。你想想,咱家的报纸要不主贵,咱爸能那德行?跟剜他的心一样。"

　　洪芳："咱爸不捐谁也有法儿,他那个别筋你也不是不知。"

　　封德勇："不中,说啥也得让他捐,要不就赶不上趟了。"

　　洪芳："赶不上啥趟了?"

　　封德勇："今个跟着崔主任来喝汤的那个文工团的团长你知吧?"

　　洪芳："唱女老包的那个吗?"

　　封德勇："对呀,她的事儿你不知?"

　　洪芳："她的啥事儿?"

　　封德勇："前些天鼓楼上的大喇叭天天广播她,你有听见?"

　　洪芳："广播她啥?"

　　封德勇："给志愿军捐了一辆坦克车。"

　　洪芳："哦,广播的是她啊,她哪儿来恁多钱?"

　　封德勇："旧社会她在茶楼里唱戏有点积蓄,听说还傍过一些有钱有势的男人,不知从哪儿还弄了一个宅院给卖了,七七八八弄了些钱就给志愿军捐了一辆坦克车。"

　　洪芳："她捐她的,和你有啥关系。"

　　封德勇："妇人之见,不捐坦克车她就是唱得再好,崔主任也不可能提拔她当文工团团长。"

　　洪芳不屑地说："那又咋样,她当她的文工团团长呗。"

　　封德勇："你不知眼望儿的形势。抗美援朝已经进入了尾声,国内正在大搞社会主义建设,省政府领导指示咱祥符市要加强干部队伍建设,需要提拔一批区级干部进市政府工作。咱祥符市的区级干部中我的呼声很高,但有人给我透露,那个女老包已经成了我最有力的竞争对手。"

　　洪芳："就摊为她捐献了一辆坦克车?"

　　封德勇："捐坦克车只是一个方面。"

　　洪芳："还有啥方面?"

封德勇:"你说,崔洪来咱寺门喝汤为啥也带着她?"

洪芳:"那有啥,不就是喝个汤嘛。"

封德勇摇头。

洪芳:"那就是他俩相好呗。"

封德勇:"有这种说法,但也只是一方面。"

洪芳:"依我看,他俩要是相好,你冇一点戏。"

封德勇思索道:"有戏冇戏那是靠争取,不争取的话,有戏可能变成冇戏;争取的话,冇戏可能变成有戏。"

洪芳:"就靠咱爸的那些报纸?"

封德勇:"说了你也不懂。咱家的这些报纸可不是一般的报纸,那是国宝级的报纸。"

洪芳:"有那么值钱吗?"

封德勇:"有多值钱谁也冇去估过价。我参加革命之前,在家帮着咱爸搬过一次报纸,光我亲眼见到的,就有1858年在香港创办的《外中新报》,那是咱中国的第一张汉文日报;还有林则徐创办的《澳门新闻纸》,那是咱中国最早的译报;还有1872年广州出版的《羊城采新实录》、在汉口创办的《昭文新报》,这都是咱中国最早的报纸,还有戊戌变法时期的《时务报》、辛亥革命时期的《民报》、五四运动时期的《新青年》。你想想,一张报纸保存了近百年,它的价值是钱能衡量的吗? 所以啊,就像个漂亮女人,日本人喜欢,国民党喜欢,共产党照样喜欢,谁见谁不喜欢?"

洪芳被封德勇这一番话说得不吭气儿了。

封德勇似乎察觉到了什么,婉转地说:"你别多想,我冇其他的意思。"

躺在那里的洪芳两眼显得空洞,尽管封德勇解释冇其他的意思,但还是让她联想到了自己。

洪芳喃喃地说:"我觉得我也是一张报纸。不一样的是,报纸一年比一年值钱,我一年比一年不值钱……"

封德勇:"中了,报纸能放一百年二百年,人谁也活不到。凡事得想开,把自己的日子过好就中了。"

封先生一早就起来了,他是头一个坐到尔瑟汤锅前的。他刚坐下不久,晨练跑了一大圈的沙二哥也坐到了汤锅前。

尔瑟："压哪儿跑了一圈啊？"

沙二哥："山东花园。真气蛋，好好一个山东花园，非得改个名叫汴京公园，听着不顺。"

尔瑟："有啥不顺，改啥都正好，改朝换代了嘛，叫叫就顺了。"

沙二哥瞅了瞅封先生，问道："爷们，今个脸色不好啊，咋，夜隔有睡好觉？"

封先生一言不发。

沙二哥："咋着了？遇见事儿了？"

尔瑟："一早来，往这儿一坐就不吭气，那还不是遇见不得劲的事儿了？"

沙二哥："有啥不得劲，说说。"

封先生接过尔瑟递过来的锅盔，一块一块往汤碗里掰，还是不言语。

沙二哥也往汤碗里掰锅盔："爷们，大江大河都蹚过来了，还有啥过不去的。有啥别住马腿的事儿你只管说，俺寺门弟儿们要办不了，不是还有恁儿了吗？共产党的大区长，吆三喝五，冇办不了的事儿，我说得对吧？"

封先生重重地叹了一口气，说道："他要不是这个区长，倒好办了……"

沙二哥："此话咋讲啊？"

封先生："老二，我想跟你商量个事儿。"

沙二哥："别说商量，咱俩之间就冇商量一说。你爷们发句话就是命令，比玉皇大帝还管用，指哪儿打哪儿。"

封先生："老二，有你这句话，我心里就踏实了。"

沙二哥："先喝汤，喝罢再说。"

俩人喝罢汤去了北口的大茶馆。自抗美援朝以来，大茶馆的生意一直冷清，也不知为啥，这几年是越来越不中。

封先生和沙二哥坐定后要了一壶茶。

沙二哥一边给封先生倒茶一边说："你先别吭，让我猜猜出了啥事儿。"

封先生："你猜不着。"

沙二哥："我要是猜着了呢？"

封先生："你猜吧，猜着今个这壶茶钱是我的。"

沙二哥："是不是摊为恁家的那些报纸啊？"

封先生一蹙眉："你咋知？"

沙二哥笑道:"夜隔崔洪参观东大寺的时候,恁俩一路走,我就在恁俩的身后跟着。"

封先生:"你也听出意思了?"

沙二哥:"我再冇文化,好歹话还能听出来吧?"

封先生:"老二,你说咋办?"

沙二哥:"不是我说咋办,是你说咋办。是不是俺那个区长兄弟跟你唱了反调?"

封先生:"何止是唱反调,我要是不把那些报纸捐给政府,我就成了他的敌人。"

沙二哥:"那么严重?"

封先生:"不严重我能找你商量。"

沙二哥:"我不是说了嘛,咱爷俩之间别说商量,你就说你准备咋办吧。"

封先生:"咋办也不咋办,他是共产党的区长,又是俺儿,我冇法办。要说咋办,只有一个法儿。"

沙二哥:"啥法儿?"

封先生:"窜。"

沙二哥一惊:"窜哪儿?"

封先生:"不知。"

沙二哥的眉头蹙了起来,陷入沉默。

封先生叹道:"唉,又要窜了,为保住家里这些东西,老日来了窜,老蒋来了窜,老共来了还得窜。我就是个属兔子的,这一辈子都在窜,不窜咋办,冇一点法儿。老二,你还得帮我啊。"

沙二哥:"爷们,我帮你冇问题,可你老恁大的岁数还能窜得动? 再说,眼望儿不比旧社会,到处打仗,这边不中窜那边,那边不中窜这边,眼望儿全中国都解放了,都是共产党的天下,你往哪儿窜? 要窜只有一个地儿。"

封先生:"哪儿?"

沙二哥:"台湾。"

封先生瞪眼了:"到这个节骨眼上你还有心开玩笑!"

沙二哥:"冇开玩笑啊,那你说往哪儿窜?"

封先生:"中了中了,说点有用的吧。"

沙二哥："啥有用？说啥也冇用，除了台湾，我是想不出你能往哪儿窜。"

封先生一口口呷着茶，认真思考着。

沙二哥："别想了，冇用，真的冇地方窜。要说办法，我给你出个点儿。"

封先生瞅着沙二哥。

沙二哥："把你那些报纸先找个地儿藏起来，再找一些冇用的纸，夜里我去放把火，就说报纸被人烧了。"

封先生："被谁烧了？"

沙二哥："想说谁就说谁，反正是被烧了，爱咋着咋着。"

封先生："你说的等于冇说，别忘了，恁那个区长兄弟跟咱不是一伙的，瞒得了谁也瞒不了他。烧了？早不烧晚不烧，日本人来了不烧，国民党来了也不烧，偏偏共产党来了就烧？骗鬼去吧！"

沙二哥："你的意思是非窜不中？"

封先生："对，非窜不中。"

沙二哥："那可得好好想想，能往哪儿窜，窜到哪儿最安全……"

可以取,可以无取,取伤廉;可以与,可以无与,与伤惠;可以死,
可以无死,死伤勇。

——引自"四书五经"

八十七、"它要坏在路上,推我也把它推到宁夏!"

沙二哥答应了封先生,再帮他窜一次。两人坐在大茶馆里整整商量了一上午,商量来商量去,最后封先生接受了沙二哥的建议,往宁夏窜。沙二哥说宁夏天高皇帝远,又是穆斯林的聚集地,寺门很多人在那儿都有亲戚,先把报纸拉到宁夏,安顿下来以后再做下一步的打算。封先生也觉得只有走一步说一步,只要自己不死,谁也别想动他的一张报纸。

离开了大茶馆,沙二哥回到家,扫街的萍妞正等着他结算送肉的账。

汴玲:"一上午你去哪儿了? 萍妞等了你大半晌,快把肉钱给萍妞结了。"

沙二哥对萍妞说:"妹妹,等到下一次再结中不中?"

萍妞还冇搭腔汴玲就不干了。

汴玲:"不兴这,你都两次冇给人家萍妞结账了。"

沙二哥:"上两回的钱不是被白家借去盖房子了嘛。"

汴玲:"那就赶紧把这一次的钱先给萍妞结了。"

沙二哥:"这一次的钱我真的有急用,再缓缓,下一次进肉后一定结。中

不中,萍妞? 哥哥不会差你一个铜板。"

萍妞:"冇事,咋着都中,下一次就下一次吧,我还能不相信你?"

萍妞走罢之后,汴玲问沙二哥:"你是咋回事呀,这一次又要用进肉的钱弄啥呀?"

沙二哥:"娘儿们家,少打听!"

汴玲:"你的事我从来就不问,可你不能影响家里的生意,咱是小本买卖,钱一进一出那是个死数,你今个把钱借了,明个把钱用了,这生意还做不做了!"

沙二哥:"我不是跟你说罢了,钱我有急用!"

汴玲:"你回回都有急用,再这样下去,家里的生意非得被你毁了不中!"

沙二哥:"再啰唆我扇你!"

"你扇,扇个样让我瞅瞅!"二大从房间里走了出来,"扇啊! 你今个要扇你媳妇我就扇你,恁爹活着的时候也冇你孬孙! 咋,汴玲说得不对? 就你大方,借给这个钱借给那个钱,你说说,家里的钱你都用在哪儿了? 二孩儿,你赌胡作了,恁爹留下的这个营生非毁在你手里不中!"

沙二哥在二大的骂声中抬脚就往院子外头走。

二大:"卖尻孙! 你去哪儿啊?"

沙二哥头也不回地:"有事儿!"

沙二哥压家里出来,一边走心里一边盘算着,谁能来搭把手帮着实施封先生往宁夏窜的计划呀? 去宁夏这一路可不近,冇一个靠得住的人绝对不中。寺门跟儿靠得住的人倒是不少,但泄密的风险也很大,不管谁去宁夏,一走十天半月,容易露馅。可不找寺门的弟儿们又能找谁呢? 沙二哥在心里掂算来掂算去,他觉得八妞是相对合适的人选。八妞冇家冇口,一人吃饱全家不饥,除了腿脚不方便,其他方面都比较合适,最合适的是八妞经历过这种事儿,随机应变的能力比较强。

沙二哥心里做出了决定,对,去找八妞个卖尻孙。

八妞已经很长时间冇照面了,沙二哥打听儿打听才打听到八妞眼望儿在里城大院租了间房子住。沙二哥来到里城大院,找到了八妞的住处,敲了半晌才把门给敲开。

八妞:"我当是谁呢。"

　　沙二哥："你当是谁啊?"

　　八妞："政府的人。"

　　沙二哥："又犯啥事儿了?"

　　八妞："你是不是巴望我犯啥事儿?"

　　沙二哥："那政府的人找你弄啥?"

　　八妞："政府给我找了个事儿做,这不是要修复龙亭嘛,让我去搬砖,净装
孬孙,我能去干那活儿?"

　　沙二哥："你腿不得劲,手不是好好的嘛。"

　　八妞："我是那种掏力的人?"

　　沙二哥："别把我堵在门口,让我进屋。"

　　八妞把沙二哥让进了屋里。

　　屋里的窗户很小,大白天都黑黢黢的。沙二哥定神儿一瞅,只见床上还
躺着一个人,再仔细一瞅,是个女的。

　　沙二哥："你成亲了?"

　　八妞："成鳖孙。"

　　沙二哥："她是谁?"

　　八妞："打听恁多弄啥。咋,冇钱就不吃肉了?"

　　沙二哥："修龙亭你舍不得掏力,弄娘儿们你可舍得掏力,掏大力。"

　　八妞冲着床上的女人："起吧,起吧,冇见我弟儿们来了嘛,赶紧把布衫穿
上,滚蛋。"

　　床上那女人也不顾忌沙二哥在场,掀开被窝赤条条地坐起身来穿衣服,
沙二哥见状赶紧背过脸去。

　　八妞咯咯地笑道："瞅你吓的,她还能吃了你? 扭过脸仔细瞅瞅,你能管
她叫姨。"

　　沙二哥骂道："卖尻孙,不要一点脸!"

　　八妞咯咯笑得更厉害。

　　床上的老女人穿上自己布衫之后,把手伸到八妞面前。

　　八妞："冇钱,馍篮里还有俩杂面馍,你掂走吧。"

　　老女人掀开盖馍篮的布,把两个杂面馍拿走了。

　　沙二哥打量着八妞这间小黑屋,问道："还跟着满人挖煤土呢?"

八妞:"早就不干了。"

沙二哥:"干啥?"

八妞:"逮啥干啥。前一阵帮人家扎顶棚,眼望儿啥也冇干。咋,有啥营生?"

沙二哥:"有个营生,别人干不了,我想了一圈,只有你能干。"

八妞:"说来听听。"

沙二哥把协助封先生将报纸运往宁夏的事儿给八妞一说,八妞连连摆手:"饶了我吧,饶了我吧,你还嫌我死得慢啊。"

沙二哥:"别不识抬举,我来找你是看得起你,这事儿让别人干我还不放心哩。"

八妞:"我叫你一声爷爷中不中?几十几的人了,还不安生,活腻歪了不是?那年为了帮封家,咱俩差点冇让老日给崩喽,好不容易日子安稳了一点,又想鲜点儿。我的哥,谢谢你的抬举,你还是去抬举别人吧。"

沙二哥:"又不是不给你钱。"

八妞:"钱要紧还是命要紧?"

沙二哥:"冇事儿,车我来找,你就负责把东西押运到宁夏就中,钱上面绝不亏待你。"

八妞:"能给我多少钱?"

沙二哥:"够你盖三间瓦房,咋样?"

八妞有点动心了:"真的冇事儿?"

沙二哥:"真的冇事儿,就是被抓住,能咋着,水里火里也是封先生先跳,他儿是共产党的区长,你想吧。"

八妞:"二哥,共产党可不是闹着玩的,枪毙了多少'反革命',里城大院有个叫三歪的孩儿,还不满十八就被当成'反革命'给崩了,你猜摊为啥?"

沙二哥:"摊为啥?"

八妞:"镇压反革命,一卡车一卡车拉到西关外枪毙,三歪站在马路边正看热闹,忽然卡车上有个反革命认识他,冲他喊了一句,'三歪,二十年后哥哥还是一条好汉,你信不信',三歪回应了一句'我信',就这,卡车上跳下俩解放军,把三歪捞上了卡车,一起拉到西关外给崩了,你说亏不亏?"

沙二哥:"这事儿和镇压反革命不一样,咱又不反对共产党。"

八妞："咱是不反对共产党,可万一这事儿掉底了,封先生被抓起来,他儿那个共产党员连亲爹都不认,封先生一招供,咱俩还不都跟着倒血霉?"

沙二哥："该死球朝上,废话少说,你就说干不干吧?"

八妞："可以干,丑话我得说到头里,万一被抓住,你不怕挨鞭子,我害怕,到时候我实打实招供,别怪我不人物。"

沙二哥："瞅你这点出息,越混越不上路!"

八妞把手伸到沙二哥面前："娘儿们是先干活儿后给钱,我是先给钱后干活儿。"

沙二哥和八妞说妥了,又去安排拉报纸的车。他首先想到的是午朝门的傅家。

傅家是整个祥符城里唯一私人手里有卡车的。傅家掌柜叫傅润光,民国年间压上海来到祥符干修理汽车的生意,那年月祥符城里汽车很少,除了省政府的公用汽车外基本上没有其他汽车,独门生意自然就好,傅家的产业很快就壮大起来,修理汽车、租用汽车、公路运输,凡是跟汽车挨边的活儿都干。国民党省政府逃离祥符的时候,傅家的汽车全部被征用,大多毁坏在了战事中。祥符解放之后,傅家一时难以恢复元气,能跑着上路的车几乎冇几辆。

沙二哥找上门来说要租车,已经五十多岁的傅润光操着一口南方祥符话说："你租车去哪里啊?"

沙二哥："宁夏。"

傅润光："我的车最远跑到郑州。"

沙二哥："跑到哪儿?"

傅润光抬高了声调:"郑州!"

沙二哥："郑州? 我使两条腿地奔儿也跑到郑州了,还用来找你!"

傅润光："不是开玩笑的,是真的。"

沙二哥："别真的假的,我又不是不给你钱,该多少钱就多少钱。"

傅润光："不是钱的问题,你要不信你跟我来。"

沙二哥跟着傅润光来到傅家院子后面的空场,只见一辆卡车歪在那儿停着。

傅润光走到卡车跟前说道:"瞅见了冇,少个轱辘,你给多少钱它也跑不动。"

沙二哥:"你不是说可以跑到郑州吗?"

傅润光:"那不是这辆车。"

沙二哥:"能跑到郑州的那辆车呢?"

傅润光用手一指:"在那儿。"

沙二哥顺着傅润光手指的方向一瞅,挨着傅家后墙有一辆样子古怪的卡车停在那儿。

沙二哥走了过去,问道:"这是辆啥车啊?"

傅润光:"这是我自己改装的卡车。"

沙二哥:"改装的?"

傅润光:"对呀。我捡破烂捡回来拼凑到一起的,车身子是日本的,发动机是美国的,方向盘是英国的,车轱辘是德国的,离合器不知道是哪国的,看不清楚。"

沙二哥:"杂种?"

傅润光:"不是杂种,是杂牌。"

沙二哥围着杂牌车一边看一边问道:"为啥只能跑到郑州?"

傅润光:"只跑到过郑州,其他地方不敢跑,万一抛锚可就惨了。"

沙二哥:"傅掌柜,这辆车我租了!"

傅润光彻底变成了南方口音:"不可以的,不可以的……"

沙二哥:"不可以个球,它要坏在路上,推我也把它推到宁夏!"说完俩手抓住卡车下盘,一使劲,把杂牌车抬了起来。

傅润光不敢吭气了。

人找到了,车说妥了,下面就是具体实施咋样才能把报纸运出祥符了。沙二哥心里清亮,这次行动要步步周全,不能出一点岔劈,虽说共产党冇在寺门派岗哨,但封家的大公子封德勇却是最大的哨兵,要是让他觉察就彻底撒戏①了。

注:

①撒戏:完蛋、没指望。

静言庸违,象恭滔天。

——引自"四书五经"

八十八、"要捐献还不得重新规整一下。"

封先生跟沙二哥又凑到一起,商量咋样才能骗过封德勇将报纸顺利运出祥符城。

封先生:"你看就这中不中,农历初二是小满会,我听德勇说,今年的小满会对政府十分重要,他要去小满会上帮助乡里组织农具和物资,一定很忙,咱就在小满会的头一天下手,中不?"

沙二哥:"小满会在哪儿开?"

封先生:"演武厅。"

沙二哥:"确定吗?"

封先生:"德勇亲口说的,他还说让洪芳带我去逛逛。"

沙二哥:"小婉跟盘善呢?"

封先生:"他俩冇事儿,盘善每天一早雷打不动要去扫街拉羊蹄儿,咋着也得到下午回来,小婉要照护摊儿,根本不会回家。"

沙二哥:"你去不了小满会,洪芳咋办?"

封先生:"想法儿把洪芳支应开就是。"

沙二哥思索片刻,说:"要不这样,保险起见,小满会那天你还是跟洪芳去,你把家里钥匙给我撇下,等我这边装好车后,咱们约定个地点碰头,来个金蝉脱壳。"

封先生:"我看这个法儿中。"

沙二哥:"那咱就这么说定。不过还有一点你得注意,在家收拾东西的时候,千万不能露出破绽,一旦被德勇察觉,那就彻底去球。"

封先生:"我明白,会小心的。"

就这样,俩人说定,各自分头准备各自的去了。

正往家走的封先生,迎头碰见封德勇压院门走出来。

封德勇:"爸,你去哪儿?"

封先生:"你咋冇去上班?"

封德勇:"这不是回来找你了嘛。"

封先生:"找我弄啥?"

封德勇:"还是那事儿。"

封先生:"啥事儿?"

封德勇:"崔市长刚才把我叫到他办公室,说他要搞一个报纸捐赠仪式,省长还要来参加。爸,事情弄大了,这一炮要是打响,对我和咱这个家都有好处。"

封先生:"对你有好处,跟咱这个家冇啥关系。"

封德勇:"咋冇关系,你就打算让小婉跟着盘善卖一辈子羊蹄儿啊?"

封先生:"咋? 听你的话音儿,我把报纸捐了,恁妹就能当区长了?"

封德勇:"爸,目光要放远一点,只要咱把报纸捐给政府,我保证让俺妹进图书馆上班,还有盘善,也别起早贪黑卖羊蹄儿了,我给他安排个体面一点的工作。"

封先生:"盘善不卖羊蹄弄啥,去寺里当阿訇怪体面,他有这个材料吗?"

封德勇:"爸,你可不要有抵触情绪,人往高处走,水往低处流,等我换了新岗位,咱家就压寺门搬走。"

封先生:"搬走? 搬哪儿?"

封德勇小声说道:"告诉你个消息,咱祥符马上就不再是省城了,省政府要挪到郑州。"

封先生："不可能吧？"

封德勇："啥不可能，文件我都看罢了，中央已经同意罢了。"

封先生："这么说，你要去郑州上班？"

封德勇："能不能去省里工作，就取决于咱家这些报纸了。崔市长刚才还对我说，这两天先到咱家来欣赏一下咱的报纸，他想查阅一下民国时期的河南官报，说是上面登过一篇樊粹庭先生写河南戏剧的文章，里头还提到咱文工团的团长。"

封先生："别，你先别让他来，等我把报纸规整一下再说。"

封德勇："咱家报纸不都规整得好好的吗？"

封先生："要捐献还不得重新规整一下，急啥，等我规整好，拉到图书馆，他随便查阅，不比来咱家强。"

封德勇顿时喜上眉梢："爸，你终于想开了？"

封先生："不想开有啥法儿，郑州你要是去不成，恁爹不就成了千古罪人了吗？"

封德勇向父亲挑起大拇指："高瞻远瞩、文人风范、深明大义、顾全大局，中，还是俺爹中！"

封先生："该弄啥弄啥去吧，眼望儿我就去规整报纸。"

封德勇："规整好了我派汽车来拉！"

封先生瞅着身心愉悦的儿子走了，冲着儿子的身影说道："做你的大头梦去吧。"

封先生心里清亮，得赶快行动，不过这倒好，不必背背藏藏，可以敞明亮响在家规整报纸了。

回到家里的封先生立即开始了行动，他让洪芳搭手，把所有的报纸统统严丝合缝地打包，还去街上买来雨布包裹在打好包的报纸外头。

洪芳一边打着包一边问："不就是拉到二曾祠吗，用不着费这个劲。"

封先生："让你咋干咋干，哪恁多话！"

洪芳不敢多问了，自从进了封家门之后，她对封先生有了些了解，别看这老头平时冇啥脾气，生性也是一头犟驴，他认定的事儿，谁也别想改变。但这一次挺让人奇怪，这老头就这么轻而易举投降了，把耗尽毕生心血收藏的报纸全部捐了出去。封先生这种突然间的转变确实让全家都感到了意外。

意外归意外,谁也冇多想,尤其是谁也想不到封先生会有第三次逃跑的计划。

报纸规整齐了,小满会也到跟儿了。

祥符的小满会很有历史,民国初年到眼望儿就冇断过,即便是打仗和自然灾害,只要乡里的地不闲着,小满会就不会断。一般来说,小满会多和农村的庙会、缏会、骡马会密切关联,多是农民自发组织的。民国年间的小满会规模不大,祥符解放以后,在人民政府的主持下,小满会的规模才逐步扩大,成了城乡物资交流的一种重要形式和渠道。

小满会的头一天,天气有点热。

早起,封先生照例要去尔瑟那儿喝汤,当他正准备跨出院门的时候,在院子里弯腰刷牙的封德勇满嘴牙粉沫叫住了他。

封德勇:"爸,你去哪儿啊?"

封先生:"喝汤啊。"

封德勇:"喝汤你掂个包弄啥?"

封先生一丝慌乱:"冇、冇事儿,一会儿不是要去小满会嘛。"

封德勇:"包里鼓鼓囊囊装的啥?"

封先生:"冇、冇啥。"

封德勇:"报纸啥时候拉?"

封先生:"明个吧。"

封德勇:"今个下午吧。"

封先生:"为啥?"

封德勇:"今个下午区里的车得空。"

封先生:"知了,那就下午吧。"

封先生急忙来到尔瑟的汤锅前,沙二哥已经坐在那儿了。

沙二哥:"咋了,脸木呆着。"

封先生低声说道:"今个上午必须走。"

沙二哥:"这不都安排好了吗,咋了,被恁儿发现了?"

封先生摇了摇头。

沙二哥:"别那么紧张,只要不被发现,出了祥符城,一路上唱着豫剧也冇事儿。"

封先生："赶紧吧,赶紧吧,德勇安排区里的车下午就来拉报纸。"

沙二哥："我当上午来拉呢,这不还早着了嘛？别慌,喝罢汤咱就行动,八妞已经去傅家叫车,要不一会儿就到。"

封先生："车冇事儿吧？"

沙二哥："我让傅掌柜又拾掇了一遍,所有零件都上了一遍油,放心吧,出了岔劈我推也把它推到宁夏。"

封先生："大意不得啊。"他把手里的麻布包塞到沙二哥手里。

沙二哥："这是啥？"

封先生："我这一走,猴年马月,咱爷俩朋友一场不容易,你帮了我恁多忙,这是一点心意,你拿着。"

沙二哥使手摸了摸麻布包,用眼盯着封先生："太少了。"

封先生："我知,这不是一点心意嘛。"

沙二哥："你想找谁帮忙找谁帮忙,这活儿我不干了！"

沙二哥把麻布包塞回封先生的手里起身要走,被封先生一把捞住。

封先生："老二,你咋这个劲儿。"

沙二哥："我啥劲儿？你这不是腌臜人吗！"

封先生："小点声,小点声中不中。"

沙二哥放低了声音："我知你的心事儿,那也得看人不是,恁封家在寺门也住了几辈人,虽说不是穆斯林,俺和你外气过冇？你给我弄这事儿,不是扇我脸吗？"

封先生："那我的心情你也得照顾照顾不是？"

沙二哥："不照顾！你这是弄啥,好像俺见钱眼开似的！"

封先生："两回事儿,老二你听我给你解释。"

沙二哥："别解释,把你的钱带路上用,你要是不听我的,咱俩的交情去球。"

封先生："中,我听你的,我听你的中了吧？"

沙二哥："瞅瞅,几点了？"

封先生掏出怀表瞅了瞅："七点露头了。"

沙二哥："记住,十一点之前你一定要赶到小西南门,八妞押着车在那儿等你。"

封先生:"知了。"

沙二哥:"把恁家钥匙给我。"

封先生把钥匙塞给沙二哥:"报纸我已经全搬到院子里了,进院子就能搬。"

沙二哥:"知了。"

封先生:"真主保佑吧。"

沙二哥大声吆喝道:"尔瑟,卖尻孙,咋还不给俺盛汤啊!"

喝罢汤,沙二哥先走了一步,他约莫这会儿八妞和杂牌车已经到了寺门的北口,冇猜错的话这会儿正跟司机在大茶馆里喝茶呢。

拾掇朗利的洪芳压家里出来后,来到尔瑟的汤锅前叫上了封先生,一同去往演武厅的小满会。

封先生在东大寺的门口停住了脚,瞅着东大寺眼里流露出一丝惆怅。

洪芳:"你咋了,爸?"

封先生:"冇咋。"

洪芳:"那赶紧走吧。"

封先生:"走,走……"

快走出南口的封先生禁不住再次扭脸瞅了一眼东大寺。

天行健,君子以自强不息。

——引自"四书五经"

八十九、"恁老丈人也要跟着这些报纸一起审。"

沙二哥果然在大茶馆里见到了八妞和司机。

八妞:"是不是马上就去?"

沙二哥瞄了一眼山墙上的挂钟:"再等一个时辰。"

八妞:"把东西先搬上车再说呗。"

沙二哥:"不中,时间一定要掐准,不能早也不能晚,早了恁还得在小西南门等,晚了东西搬不完。"

八妞:"有多少东西啊?"

沙二哥:"老头说有十几大包。"

八妞:"多大的包?"

沙二哥瞅了瞅茶桌:"跟这大小差不多。"

八妞:"丑话说头里,别让我搬,我可搬不动。"

沙二哥:"熊样,不让你搬。"

八妞:"你一个人搬啊?"

沙二哥："我跟乌德说好了,让他来搭把手。"

八妞："冇事吧?"

沙二哥："乌德嘴严,不会有事儿的。"

八妞瞅了一眼挂钟："但愿吧。"

沙二哥瞅了瞅八妞的裤腰,问道:"大热天你腰里鼓鼓囊囊塞的啥玩意儿?"

八妞："银子。"

沙二哥："冇出息样儿,装在布袋里不中吗,别让人一瞅就知你要出远门。"

八妞："二哥,我这心里咋扑扑棱棱的呢。"

沙二哥："八妞,你可是个大江大河都蹚过的人,这点小事儿怯气了?"

八妞："我不是怯气,我是觉得共产党冇恁孬孙,对咱也不错,咱把共产党样中的东西给偷运走,这要是被共产党知了,会不会打咱的头? 里城大院那个三歪的影子老在我脑子里转悠。"

沙二哥："越活越冇蛋子儿了是吧?"

八妞："不是冇蛋子儿,总是觉得这事儿有点悬乎。"

沙二哥："眼望儿打退堂鼓也晚了,干也得干,不干也得干。"

沙二哥在大茶馆里喝完一壶茶后,起身说道:"我先走一步去叫乌德,十分钟后,恁把车开到封家院门外。"

沙二哥叫上了乌德之后直奔封家去了,来到封家院门外令他们冇想到的是,封家的院门敞开着,这就示意着家里有人,是谁还在家里? 这要耽误个把时辰,东西就搬不成了。沙二哥有点急,他给乌德交代了两句之后,独自进了封家的院子。

沙二哥："谁在家啊?"

盘善压屋里出来:"二哥啊,咋,有事儿?"

沙二哥："今个你咋冇去扫街?"

盘善："去了,走半道又回来了。"

沙二哥："为啥又回来了?"

盘善："别提了,刚出曹门架子车的胎就崩了,扫街恁远,我总不能地奔儿吧。"

沙二哥:"咋不能地奔儿,每年去扫街走坟不都是地奔儿。"

盘善:"空着手地奔儿中,还有几十斤羊蹄儿哩。"

沙二哥:"寺里有架子车,赶紧拉着走,要不擦黑你也回不来。"

盘善:"今个不去了,想歇一天。"

沙二哥傻脸了,不知该咋着是好。

盘善:"有事啊,二哥?"

沙二哥顾不得那么许多,随口胡说道:"哦,是这,恁老丈人不是要捐报纸嘛,让我找了辆车,来把报纸拉走。"

盘善:"不对吧,俺老丈人去小满会了。"

沙二哥:"冇错,他是去小满会了,他交代我把报纸拉到二曾祠。"

盘善:"也不对吧,俺丈哥说下午他派区里的卡车来拉呀。"

沙二哥:"那我就不知了,我把车都叫来了,你听,车已经来到门外。"

这时,院子门外传来汽车的声音。

盘善:"奇怪。"

沙二哥:"有啥奇怪的,把报纸拉走不就中了。"

盘善:"先别急拉,万一搞岔了咋办,恁先在这儿等等,我去区里问问俺丈哥再说。"

沙二哥:"问他弄啥,不就是拉报纸嘛,拉走不妥了。"

盘善:"你不知,二哥,这些报纸可是封家的命根子,俺老丈人天天就像狗看骨头一样,俺丈人发过话,除了俺自己家的人,谁也不能碰这些报纸。"

沙二哥:"恁老丈人不发话,我能来拉?"

盘善:"那他咋不跟着啊?"

沙二哥:"他不是去小满会了嘛。"

盘善:"别别,我还是到区里跟俺丈哥打个招呼吧,免得弄岔劈。"说着就往院门外走,"二哥,恁先等一会儿,我去去就来。"

沙二哥一看要坏事,也顾不得恁多,一把捞住了往外走的盘善,说道:"盘善,我有话要对你说。"

盘善一瞅沙二哥的脸色不对:"咋,二哥?"

沙二哥:"老弟,哥啥事儿都冇瞒过你吧?"

盘善:"冇啊。"

沙二哥："这件事儿哥哥起先也不想瞒你,后来我想还是知的人越少越好,尤其是咱寺门的人。"

盘善："二哥,到底啥事儿啊?"

沙二哥："恁老丈人不愿意把这些报纸捐给政府,他让我把它拉窜。"

盘善瞪大了眼睛："不、不会吧?"

沙二哥："不会个球!实话对你说,恁老丈人也要跟着这些报纸一起窜。"

盘善更蒙顶了："窜?窜哪儿啊?"

沙二哥："窜哪儿先不能告诉你,过后你会知的。"

盘善："二哥,这可不敢开玩笑啊,人命关天啊。"

沙二哥："当然人命关天,这些报纸要是被政府拉走,恁老丈人不跳龙亭坑才怪。"

盘善："二哥,我信你的话,可是俺丈哥那头咋办啊?"

沙二哥："就别提你丈哥,他那号货就是个吃里扒外的货,要不是恁丈哥,政府咋会打这些报纸的主意?"

盘善："我说的不是这。"

沙二哥："是啥?"

盘善："俺丈哥要是知报纸是当着我的面拉走,他还不撕吃了我?"

沙二哥："你推到我身上不就完了。"

盘善："那你咋办啊?政府能放过你?"

沙二哥："车到山前必有路,先把报纸拉走再说。"

盘善："不中。二哥,我劝你千万别干这事儿,共产党不比国民党,更不比老日,恁大个国家都归共产党了,恁跟共产党挺不会有好果子吃的。"

沙二哥："少废话,按我说的去做!"

盘善："二哥,我这是为你好!"

这时,院门外传来一声汽车喇叭声,沙二哥清亮,八姐在催了。

沙二哥冲着院门外高声喊道："乌德,进来搬报纸!"

乌德跑进了院里。

沙二哥指着房廊下整齐码放的一摞摞报纸:"快搬!"

盘善急了,撩起高腔:"二哥,你这不是害我嘛!"

沙二哥不再搭理盘善,和乌德一块去搬报纸。

盘善撵在沙二哥和盘善的屁股后面:"别搬中不中,我求求恁,别搬中不中,恁要是再搬我可去叫老警了!"

沙二哥头也不回恶狠狠地:"去吧,去叫老警吧,你只要不想在寺门混!"

盘善带着哭腔:"二哥,我就不明白,你这是图啥,咱是穆斯林,咱别和汉民掺搅这事儿中不中?"

沙二哥:"放你的狗臭屁!咱是穆斯林,咱别和汉族掺搅,你咋娶了个汉民当老婆?我告诉你盘善,我才不管恁老丈人是哪个民族,俺爷俩味里近,是朋友,谁找他的麻烦我都得帮他,你给我滚一边去!"

眼瞅着沙二哥和乌德把报纸搬走,盘善眼泪都急出来了,往地上一蹲,哭道:"沙老二,你个卖尻孙是要害死我啊,你不得好死呀,跟共产党你也敢挺,我看你个卖尻孙是活到头了……"

此时此刻,洪芳正陪着封先生在逛小满会,心神不定的封先生不时掏出怀表看。

洪芳:"你还有啥事儿啊,爸?"

封先生:"冇啥事儿。"

洪芳:"爸,你要是觉得累,咱就回去吧。"

封先生:"不累不累,我尿憋了,得找个地儿解小手。"

洪芳四下瞅了瞅,指着沿路边的一溜工商业改造的宣传栏:"你去宣传栏后面吧,我在这儿等你。"

封先生:"中,你可别走啊,就在这儿等着。"

洪芳眼瞅着封先生匆匆往宣传栏的方向走去。封先生从宣传栏后面绕过,一路小跑从小满会上消失了。洪芳左等右等,足足等了两个时辰也冇见着封先生回来,洪芳沉不住气了,把小满会转了个遍,也不见封先生的人影。洪芳心想,是不是小满会上人多,这老头转转就先回去了?日当午,寻不见封先生的洪芳只好独自返回寺门。

再说沙二哥他们把报纸拉走之后,惊恐万状的盘善跑到摊上把小婉拉回了家。

小婉:"弄啥啊,到底啥事儿,非得回家说!"

盘善:"大事不好了!"

小婉:"啥大事儿不好了?蒋介石反攻大陆了?"

当盘善把家里发生的事儿对小婉一说,小婉似乎还不相信。

小婉:"咱爸也跟着窜了?"

盘善:"可不是嘛。"

小婉:"意思就是不回来了?"

盘善:"那还回来啥,这都是咱爸事先和沙老二捏好的点儿。"

小婉:"咱爸恁大岁数,能去哪儿啊?"

盘善:"去哪只有沙老二知,你说这事儿咋办吧?"

小婉想了想:"不跟咱哥说不中,走,找咱哥去!"

盘善和小婉当即去到区里,门房上说,封区长一早坐着区里的大卡车外出了,去哪不知,啥时候回来还不知。门房还说,封区长是全副武装领着一卡车人走的,听说城东一些资本主义的工商业主不服社会主义改造要闹事。

这可咋办?小婉跟盘善不知如何是好了。尤其是小婉,她担心的不是被拉走的报纸,她心里清亮,为了能保全家里这些报纸,老爷子真敢泼上命。

物格而后知至，知至而后意诚，意诚而后心正，心正而后身修，
身修而后家齐，家齐而后国治，国治而后天下平。

——引自"四书五经"

九十、"不就几张报纸嘛，搭上命值不当。"

封先生坐着人力车赶到了小西南门跟沙二哥见面后，得知发生的意外情况非常恼丧。

封先生："这可咋办？你还咋回寺门？早知是这样我就不窜了，把报纸捐给他们。这下可好，害得你有家不能回。"

八妞也在一旁埋怨着："你这老头就是想不开，不就是些破报纸嘛，捐了又咋着，真是害人不浅。当年我为恁封家瘸了一条腿，二哥恨不得被西川那个卖尻孙用皮鞭子抽死。你说说，恁多人受恁家那些破报纸的牵连，图个啥？害人害己……"

沙二哥："中了，别说了，计划有变化快，吃后悔药有啥用，回不去就回不去吧，我去宁夏转一圈也不孬，那里的羊肉比咱这边的好吃，咱寺门人在宁夏的亲戚不少，权当去串了趟亲戚，等这边风平浪静后我再回来。"

封先生忧心忡忡地说："啥时候才能风平浪静啊，风不平浪不静咋办？"

沙二哥："开弓没有回头箭，走一步算一步，少啰唆，赶紧走，别再耽搁！"

八妞:"二哥,你来了,我就冇必要再去了吧,你说呢?"

封先生:"对,让八妞回去吧,别再牵连恁多人了。"

沙二哥:"中,那你就回去吧,别胡乱说,把住你那张尿盆嘴。"

"那我走了。"八妞转身就要走。

沙二哥:"等等,先别急走。"

八妞:"还有啥要交代的?"

沙二哥伸出手。

八妞:"啥?"

沙二哥:"装迷瞪不是?"

八妞:"啥呀,装啥迷瞪呀?"

沙二哥:"押车的钱我可一把手交给你了,眼望儿你不去了,不该还钱吗?"

八妞:"二哥,等你压宁夏回来再还你吧。"

沙二哥:"不中,穷家富路,去那么大老远,我兜里得装点钱。"

八妞笑了:"二哥,不是我不还你钱,这钱怕是我还不了了。"

沙二哥:"为啥?"

八妞使手一指沙二哥身后不远处,沙二哥转身一看,傻了,只见一辆卡车开过来停住,压卡车上蹦下十来条大汉,封德勇腰里掖着小八音压卡车的司机楼里冒了出来。

沙二哥跟封先生俩人顿时傻了眼。

八妞:"对不住,二哥,我不能眼瞅着你跟政府作对啊。"

沙二哥一把揪住八妞的衣领:"卖尻孙,是你做的活儿?"

八妞:"我这不是为你好嘛。"

沙二哥一脚踢在八妞的腿上:"你这条腿也该瘸!"

八妞一声惨叫抱住自己的腿倒地哀号着:"沙老二,你个卖尻孙吔,你和日本人国民党冇一个好东西……"

封德勇走到封先生跟前:"爸,你这是弄啥,你要是这么一窜,性质可就变了。"

封先生气得脸上的肉都在颤动:"我就想性质变!报纸是我的,我想拉到哪儿就拉到哪儿,碍着恁事儿不碍,自家的东西自家还不当家了!咋,我不捐恁还能把我枪崩喽？真是冇天理了！恁和老日老蒋有啥区别。封德勇，我今个把话搁这儿，你要是把我的报纸拉走，咱俩的父子关系就到此结束，我不是恁爹，你也不是俺儿！"

封德勇："爸，你别恁固执，崔市长说了，名义上是捐，其实不是白捐，政府会给咱家相应的补助……"

封先生吼道："闭住你的嘴！吃里扒外的东西，恁就是把整个祥符城都给我，我也不要！休想！恁休想！"

封德勇脸上和善消失了，脸一整，一挥手："搬！"

十几条大汉一拥而上，把杂牌车上的报纸一捆捆搬下来，又撂到他们开来的卡车上。

封先生眼瞅着自己的报纸被一捆捆撂上卡车，哭成了个泪人，心疼地喊叫道："轻点，恁就不能轻点吗！它们比恁爷爷的岁数还大……"话冇说完瘫软在了卡车跟儿。

赔了夫人又折兵。报纸被封德勇拉走了，封先生被沙二哥直接拉进了医院。

寺门跟儿的人听说封先生躺进了医院，纷纷前往探视。

一番抢救治疗之后，封先生苏醒过来，他用眼睛瞅着病床前一张张熟悉的面孔，最后把目光停留在了沙二哥的脸上。

沙二哥似乎明白封先生要和他说话，捞住了封先生的手："爷们，冇事儿，不就几张报纸嘛，搭上命值不当，你看，恁多人都跑来看你，瞅瞅你在寺门的人缘，地道不地道。"

封先生攥着沙二哥的手，泪从眼角流了出来，用微弱的声音说道："我、我咋觉得，你、你才是俺的儿子……"

二大在一旁说道："那就认到你跟儿，当你的儿子。"

封先生："我倒是想，可我不是恁穆斯林……"

二大："那冇啥，政府不是老说回汉是一家嘛，咱就一家个样子让他们瞅瞅。"

封先生："跟海阿訇说说，给我做个洗礼，我、我入伊斯兰教，中不？"

尚社头："冇问题，等你老病好了，我来给你办这事儿。"

白凤山骂道："这连强买强卖都谈不上，明抢！咋，恁看上啥就得拿走？

寺门

龙亭俺还相中了哩,搬到寺门中不中?"

尔瑟:"就是,凭啥恁办图书馆就得拉人家的报纸? 也太霸气了吧,塌撒!"

乌德:"说那管球用,刀把子在人家手里攥着,想割你哪块肉就割你哪块肉,认吧,咱老百姓到啥时候都得认。"

一圈人七嘴八舌。

沙二哥:"都别说了! 我今个立个规矩,从今往后,谁要是再提报纸的事儿,可别怪我跟他翻脸!"

病房门口传来一个声音:"要跟谁翻脸啊?"

众人扭脸一瞅,崔洪在封德勇的陪同下走进了病房。

病房里所有的脸都阴沉下来。

封德勇把手里提着的东西放在了病床前:"爸,这是崔市长给你买的点心。"

封先生:"掂走,大油做的,我不吃。"

封德勇尴尬地说:"哪是大油,清真的,老五福的。"

封先生:"老六福的我也不吃,我只吃寺门的。"

崔洪:"老爷子,点心送错不碍事,我重新再给您老送,想吃寺门的,别管了,我再去给您老买。"

封德勇急忙阻拦:"不不,用不着,用不着,俺爸最爱吃老五福的点心,爱吃,爱吃。"

封先生:"爱吃你吃,我不爱吃。"

封德勇更慌了:"爸,别这样中不中,崔市长日理万机,能专门来医院看望你,咱应该感到荣幸才是。"

封先生:"要荣幸你荣幸,我一点也不感到荣幸。"

封德勇带着哀求:"爸,政府主要领导来看你,别弄得太难看。"

封先生:"南看朝北看,越看越好看。"

封德勇:"爸,你咋这样……"

封先生:"我就这样,看不惯恁就走。"

封德勇:"……"

封德勇被崔洪拉到一旁。

崔洪："爷们,我问你个问题。"

封先生脸往旁边一扭,甩都不甩崔洪。

崔洪毫不介意地继续说："我专门研究过你们祥符对'爷们'的称呼,你看我理解得对不对。"

沙二哥："啥对不对,恁说啥就是啥,俺小小老百姓,哪敢说对不对,谁敢跟恁称'爷们',恁是高高在上的老爷,压根就不是俺祥符人称呼的'爷们'。"

崔洪："沙二哥,那你能不能给我说说,啥才是你们祥符人称呼的'爷们'?"

沙二哥："说了你也不懂。"

崔洪："二哥,火气不要那么大,听我把话说完行吗?"

尚社头："老二,不管咋说,以礼相待,听领导把话说完。"

沙二哥："爱说他就说,谁也有拦着他。"

崔洪："我理解祥符人老少之间称呼的'爷们',是一种亲近,要的是一种不外气和一家人的感觉,而这种感觉是从哪里来的,你们大概没有研究过吧?"

白凤山："俺研究那弄啥,俺就研究咋样才能吃上食儿,不挨饿。"

崔洪："那好,我就从吃上说起。在祥符说到吃,不得不说寺门,因为所有祥符人都知道,寺门的汤是寺门乃至祥符吃的一个标志。我来祥符上任的头一天,就有人给我推荐寺门的汤,起先我还不以为意,祥符城里有的是汤锅,各有千秋,凭啥就是寺门的汤最好? 当那天我去到寺门喝了你们的汤,吃了你们的扒羊肉、原油肉、小酥肉之后,我顿时明白你们寺门的小吃为什么能有口皆碑,为什么能成为祥符这座城市的标志。"

尔瑟："你说说,为啥,让俺听听你是不是在胡连八扯。"

崔洪："那就先说说你们的胡辣汤。我阅读过一些有关祥符这座城市历史的资料,这个城市给我的印象是一座被战火焚烧、黄水浸泡的城市。古人曰,中原乃兵家必争之地,早在宋朝,祥符就经历过侵略者的屠城之灾,遭黄水之灾更是惨烈,至今咱们的脚底下还埋着五座城市。每当战火过后,黄水淹后,劫后余生的祥符人都聚集到一处——一扇断壁残垣或是一块四面被黄水围困的高地。各家各户都拿出最后的食物汇总在一起,放进一口添满水的大锅里,剩菜剩饭熬煮出了一大锅味道浓重的咸汤来,有福同享有难同当,久而久之这咸汤就变成咱们的胡辣汤。"

一圈人眨巴着眼睛,似乎听出了一点味道。

二大:"我咋觉着是这,说,接着说。"

崔洪:"再说说咱们寺门的牛羊肉。你们说说,咱寺门的牛羊肉是啥特点?"

乌德:"啥特点,肉烂,冇牙都管嚼动。"

崔洪:"说得好。这就是咱寺门牛羊肉最大的特点。而这个特点的形成还是要归结到灾难之上,还是在那扇断壁残垣或是那块四面被黄水围困的高地。咱这个国家,从古到今具有的一种美德就是尊老爱幼,这一点在咱祥符表现得尤其突出,咱牵来一头牛或是一只羊,烧熟了先得给咱的老人和孩子们吃,咱的老人和孩子们如果嚼不动,能体现出尊老爱幼吗? 所以说,咱能做出扒羊肉、小酥肉、原油肉就是源于咱们祥符人的品质和咱寺门穆斯林的德行。咱祥符人比任何一个地方的人都懂得亲情,懂得近乎,懂得不外气,懂得老少之间应该像一家人,所以才能产生'爷们'这一称呼,这一称呼真正的含义就是,不管老少之间岁数悬殊,不管你是高官还是百姓,彼此不分你我,给人一种强烈的感觉就是,咱不外气,咱是一伙儿的!"

尚社头第一个叫道:"说得好!"

盘善:"中,真中,不愧是大领导,有水平!"

白凤山咂摸着:"你别说,还真是那么回事儿。"

尔瑟点着头:"是这个道理,俺也明白就是说不出来。"

马老六:"我是卖胡辣汤的,想想就是,胡辣汤和咸汤就应该是这么来的。"

二大:"孩子乖们,恁光知做吃的,咱就冇一个能说出点道道来哩。"

沙二哥冲崔洪:"说完了吧?"

崔洪:"说完了,你还想知道啥?"

沙二哥单刀直入:"我还想知道封家的报纸咋办。"

崔洪缄默了片刻,然后把脸转向封先生:"爷们,你说吧,你说咋办就咋办,听你的。"

众人面面相觑,把目光投向了封先生。

离娄之明，公输子之巧，不以规矩，不能成方圆；师旷之聪，不以

六律，不能正五音；尧舜之道，不以仁政，不能平天下。

——引自"四书五经"

九十一、"别以为骑在马上就是好事儿，
不定哪天就压马上摔下来了！"

被拉走的报纸原封不动地拉回了封家，寺门跟儿的人除了对人民政府多了一份了解，对崔洪这个人也多了一份信任。当寺门跟儿的人得知，那个唱黑头的小凤已经嫁给了崔洪的时候，大家倒觉得小凤嫁对了男人。

有过多久，政府在东大寺外面的照壁墙上贴出了一张公告，资本主义工商业改造的旋风终于刮到了寺门，公告上满当当的字就是一个意思，寺门跟儿不能再卖吃的东西了，钱往自己兜里装的日子一去不复返了，小商小贩们统统由政府安排工作。寺门跟儿几个弟儿们吃不透劲，跑去问封先生这样中不中。

封先生说："咋不中？中，政府按月给恁发饷总比恁起早贪黑去挣钱强吧，干多干少月月不卯，恁好的事儿去哪找？"

寺门跟儿几个弟儿们认为封先生说得对。

尔瑟连连点着头说："巴不得。自己弄这么个汤锅，二半夜就得起，清锅剔骨头，拉风箱熬汤，累得闪腰岔气也置不几个钱，还操不完的心，国家给俸

禄省心,我愿意。"

白凤山:"好是好,长远不长远啊?"

乌德:"咋会不长远,冇听歌里唱:共产党是人民的好领导,说得到做得到。政府发饷咱就是国家的人,到老也有个保障不是?"

马老六:"就是,胡辣汤我也不想卖了,还是吃皇粮得劲。"

封先生见沙二哥始终冇吱声,问道:"老二,你是咋想的啊?"

沙二哥:"我说不上来,只是觉得上辈人传下的手艺废了怪可惜的。"

尔瑟:"废是废不了,想吃肉想喝汤,咱不会自己在家做吗。"

就这样,寺门跟儿的摊贩们在一觉醒来之后,全部进入了一种新的生活。封德勇把洪芳安排进汴绣厂当了一名绣工;盘善和小婉两口子进了祥符城最大的部级企业空分设备厂;沙二哥和尔瑟进了国营的牛羊肉加工厂;马老六和乌德去到了国营企业——机床厂;白凤山自己要求去了由私营转成合营又压合营变成了国营的"晋阳豫"食品厂;拜四爷进了新华楼当起了搓背工;就连一直处于流荡状态的八妞,政府也给安排了个大粪场的工作。

大约又过了冇两年,忽然有一天早起,寺门跟儿的人听说了一个消息,崔洪不知犯了啥错误被一撸到底,发配到工艺美术厂印年画去了。寺门跟儿几个弟儿们又围住了封先生,问到底有冇这事儿。

封先生点头:"有这事儿,德勇那儿下发文件了。"

沙二哥:"摊为啥啊?"

封先生叹道:"唉,他犯了跟彭元帅同样的错误。"

乌德:"哪个彭元帅?"

封先生:"彭德怀。"

马老六:"到底是啥错误啊?"

封先生:"按报纸上说的就是反对大炼钢铁。"

尔瑟:"他为啥要反对大炼钢铁?"

封先生:"咱国家害怕帝国主义反动派和蒋介石打回来,多炼钢铁造子弹和坦克车,乡里人都去炼钢铁,地冇人种,粮食减产了,彭元帅说大炼钢铁不对呗。"

白凤山:"别说乡里人不种地,城里人不照样,俺儿在学校里当个学生小头目,见天回家吵着要把俺家那口大锅扛到学校里去炼钢铁。"

乌德："可不是嘛,咱的回民中学操场上垒了个炼钢炉,见天烟熏火燎的,炼出的钢铁我去瞅了瞅,我的娘,那能造坦克车? 别让美帝国主义和蒋介石反动派瞅见喽,让他们瞅见,不打咱也得来打咱了。"

白凤山："不中?"

乌德："中,做个铁尿盆中。"

尔瑟问白凤山："后来呢? 恁儿把恁家的大铁锅扛到学校去了吗?"

白凤山："扛走了俺家咋做饭啊? 我冇让他扛,俺儿说不让扛,他的学生小头目老师就不让当了。"

马老六："不让当就不让当,总不能冇锅做饭呀。"

白凤山："谁说不让当了,俺儿的小头目不但冇被抹掉,还升成大头目了哩。"

乌德："咋还又升官了? 啥官衔啊?"

白凤山："压文体委员升成副班长了。"

马老六："咋升的官?"

白凤山："黑间①,我跟俺老婆还有俺丈哥和小舅子,拉着架子车,把相国寺里的那座大铁钟拉到大北郊,掂锤砸碎,然后让俺儿拉到学校去炼钢铁了。"

封先生："咦! 可别再干这号事儿了,让相国寺里的老和尚知了不依你。"

白凤山："相国寺里的老和尚们都去大炼钢铁了,不依谁啊。"

一直冇吭气的沙二哥问道："爷们,你说说,像崔市长这样把头掖在裤裆里干革命的主儿,就这,说抹哈②就抹哈了?"

封先生："那可不,《人民日报》上被抹哈的名字可不少,都是有头有脸的名角儿,随便拎出一个都比老崔的官大。"

沙二哥："其实,老崔那人还是不错的……"

封先生："可不嘛,要不是他,我的那些报纸早都充公了。"

沙二哥："我就弄不明白,老崔和彭元帅这么光棍的人咋会落个这样的下场,到底摊为啥呀?"

封先生："报纸上说,他们不跟党一心了……"

跟崔洪相比,封德勇却是一路飙升,在崔洪倒霉的几年以后,封德勇就坐到崔洪原来的位置上,封区长成了封副市长。封德勇上任冇几天,就跟父亲

寺门

提出要搬出寺门,市里给他安排了新的住房,地点就在从前的省政府大院后面的几座民国官吏住过的小洋楼,据说冯玉祥、刘茂恩等人都在那儿住过,眼望儿成了祥符市头头们扎堆住的地方。

封先生:"为啥要搬到那儿?"

封德勇:"条件好一点。"

封先生:"咋好?"

封德勇:"卫生条件好,冬天有暖气,屋里头是地板。"

封先生:"咱这房子也不腌臜,冬天有炉子,瞅瞅咱屋里这砖满地,又平展又结实。"

封德勇:"我上班不是方便嘛。"

封先生:"你方便我不方便,要搬你搬,我在这儿住习惯了,听不见东大寺做主麻的声音,我难受。"

封德勇:"你还真把自己当成穆斯林了。"

封先生:"不可以吗?"

封德勇:"可以可以,不抬杠,你想咋着就咋着吧,不过我要提醒你,俺要是一搬走,你那些宝贝报纸可就不安全了。"

封先生:"你只要不惦着,我那些报纸就安全。"

封德勇不高兴了:"这叫啥话,你的意思我是家贼?"

封先生:"我可冇说。"

封德勇:"你就是这个意思!"

封先生:"我说的是实话,要不是崔洪通达情理,我这些报纸不早就搬进二曾祠了吗?"

封德勇:"别提崔洪,他要是个有组织原则的人,也不至于丢了乌纱帽!"

封先生:"小儿,别以为骑在马上就是好事儿,不定哪天就压马上摔下来了!"

摊为搬家的事儿,封家爷俩弄得不欢而散。

封德勇跟洪芳搬到省府前街去了,可把小婉和盘善羡慕得不轻,尤其是盘善,帮着丈哥搬完家以后,盘善跟几个弟儿们喷了起来。

盘善:"俺老丈人真是有福不会享,俺丈哥多得劲的房子,又宽敞又明亮,还有解放军站岗,俺老丈人,生就的穷命头。"

乌德："溜溜你丈哥的腚沟，你也搬去不妥了。"

尔瑟："就是，帮恁丈嫂倒倒尿盆。"

盘善："滚球蛋去！"

白凤山："盘善，你也别羡慕，人的命天注定，该有多大的福分是有数的。福这玩意儿，是早享晚不享，晚享早不享，就说你丈嫂吧，解放前遭多大的罪，咱寺门跟儿的人最清亮，眼望儿咋样，享福了吧，那是应该的，是造化。"

马老六："早知，我也不卖胡辣汤，一早去参加共产党，眼望儿也弄个官当当。"

乌德："拉你的倒吧，你要能当官，傻屌都能当。"

尔瑟："老六要是当了毛主席那一角儿，恁猜猜，头一件事他会干啥？"

乌德："肯定是下命令把咱祥符的鼓楼给扒喽，盖个全世界最大的清真寺。"

尔瑟："不对，不够宏伟。"

白凤山："我知，老六要是当了毛主席那一角儿，带着全中国人民打到美国去，这个够宏大吧。"

乌德："隔住恁大的太平洋，毛主席带着全国人民游泳去美国啊？还是不对。"

沙二哥："我知。"

尔瑟："二哥你说说。"

沙二哥："老六要是当了毛主席那一角儿，做的头一件事儿，就是在天安门广场上支个胡辣汤锅。"

马老六嘎嘎大笑道："知我者二哥也！"

尔瑟赞许地说："对头，肯定是这。"

白凤山："咋，老六，兜里不暖和了？"

马老六："可不是嘛，上班还不如卖胡辣汤，工资不够花不说，还让人管着，哪有过去卖胡辣汤自在。"

白凤山也深有体会："自打俺白家的花生糕变成了公家的花生糕，味道就不一样了。"

乌德："用料都一样，味道咋就不一样了呢？"

白凤山："该放半斤糖稀只放三两，那味道能一样？"

乌德:"为啥只放三两,那二两呢?"

白凤山:"偷回家了呗。"

乌德:"谁偷回家了?"

白凤山:"都往家偷,不偷白不偷,俺主任带头偷。社会主义好嘛,人人都有份儿。"

开春,寺门跟儿去年到麦加朝觐的人刚回来不久,尚社头就找沙二哥商量今年去麦加朝觐的事情。

沙二哥:"这不还早着了嘛。"

尚社头:"听回来的人说,路上越来越不好走,跟咱国邻居的一些国家不跟咱国玩,不让咱压他们那儿走,非得绕一大圈。飞机咱又坐不起,回历十二月觉着还早,一转眼就到跟儿,海阿訇的意思还是要提前做准备。"

沙二哥:"这提前得也太早了吧。"

尚社头:"老二,你不知,今年朝觐好像和往年不太一样。"

沙二哥:"咋不一样?"

尚社头:"我听海阿訇说,除了咱伊斯兰教的规定之外,官方还有一些新的规定。"

沙二哥:"官方啥新的规定?"

尚社头:"好像是比往年控制得更严了,好像牵扯到一些时局吧。"

沙二哥:"时局咋了?"

尚社头:"咱不清楚。不管咋着,提前准备有好处。"

沙二哥:"今年咱寺门能去多少人?"

尚社头:"具体还不知,我想问问你是咋想的。"

沙二哥:"我肯定是去不了,厂里牛肉那点活儿全指望我,我一走就得停产。"

尚社头:"这个我知。恁沙家去不去人,你得让我心里有个数。"

沙二哥:"按咱伊斯兰教的教法规定,只要符合条件的穆斯林男女毕生去麦加朝觐一次才能算作履行了天命。俺爹在世去过了,我也去过了,就剩下俺儿了,我想让俺儿去。"

尚社头:"恁家义孩儿多大了?"

沙二哥:"十六了。"

尚社头："教法规定男满十二就中了。别的条件符合吗？"

沙二哥："俺家练玩意儿出身，身体中不中你还不知？义孩儿去完成朝觐的各项功课不在话下。"

尚社头："钱上有问题吧？可不能有外债啊。"

沙二哥："眼望儿不比每章儿，每章儿自己干手头活泛，眼望儿给公家干手头是紧点儿，但还不至于拿不出钱让孩儿去朝觐。"

尚社头："真主在《古兰经》里说：'凡能行此路程的人们，都应当因为安拉去巡礼天房。'咱就这么先说，如果有啥意外，就让恁儿去吧，抓紧时间把盘缠准备齐。"

当晚，沙二哥把义孩儿叫到跟前，把准备让他去朝觐的事儿告诉了他，义孩儿显得非常激动。

沙二哥摸着义孩儿的脑袋说："儿子，朝觐对咱穆斯林来说是最神圣的事儿，你要做好充分的准备，咱祥符离麦加远隔千山，有一颗诚心是不中的。海阿訇说过，朝觐本身也是审判日的预演，任何今生不修、胡作非为的人都会在来世接受造物主的审判和惩罚。"

十六岁的义孩儿认真地点着头："爸，我知。"

然而，就在寺门的穆斯林提前认真为前往麦加朝觐做准备的时候，初夏，时局发生了天翻地覆的变化，这场突如其来的风暴阻止了寺门穆斯林去朝觐的脚步。

注：

①黑间：夜晚。

②抹哈：撤职。

自暴者，不可与有言也；自弃者，不可与有为也。言非礼义，谓
之自暴也；吾身不能居仁由义，谓之自弃也。

——引自"四书五经"

九十二、"这货是东大寺门有名的孬家。"

封先生坐在寺门口给大家读报纸："标题叫《横扫一切牛鬼蛇神》，无产阶级文化大革命，是要彻底破除几千年来一切剥削阶级所造成的毒害人民的旧思想、旧文化、旧风俗、旧习惯……"

乌德："啥叫旧思想、旧文化、旧风俗、旧习惯？"

尚社头："别吭，听封先生念。"

封先生："在广大人民群众中，创造和形成崭新的无产阶级的新思想、新文化、新风俗、新习惯。这是人类历史上空前未有的移风易俗的伟大事业。对于封建阶级和资产阶级的一切遗产、风俗、习惯，都必须用无产阶级的世界观加以透彻的批判……"

封先生搁下手中的报纸，不再继续往下念了。

尚社头："咋不念了，封先生？"

封先生："我有点事儿，得赶紧回家。"他起身走了两步，扭头对沙二哥说道，"老二，去给我帮个忙。"

乌德："帮啥忙呀,需要人手言一声。"

封先生："老二一个人就够了。"

沙二哥起身跟着封先生走了,边走边问:"爷们,你的神色不对啊,咋,有啥事儿?"

封先生也不言语。

沙二哥又问:"你有事儿吧,爷们?"

快步走着的封先生木呆着脸,脑门上渗出了汗珠,高度眼镜都快压鼻梁上滑下来也顾不着往上推一把,他低声说道:"老二,你今个给我帮的啥忙,千万不要跟任何人说,就是小婉跟盘善你也不能说……"

在寺门跟儿的人眼里,短短一年的工夫,东大寺和祥符城就像变了个模样,满街都是穿绿布衫戴绿帽子胳膊上箍红袖章的小青年。鼓楼跟儿成日有人手里提着糨子在刷标语,一堆一堆人围在一起举着胳膊喊口号,午朝门前的石狮子被砸了,学校不上课,工厂不生产,相国寺里的老和尚被撵窜了,龙亭大殿上架起了古代打仗的大铁炮也不知要轰谁,民宅三进院里的影壁墙上写满了毛主席的话,白天游行黑间游行,也不知哪儿冒出了恁多无产阶级的敌人……

东大寺也一样,海阿訇被撵回老家去了,其他阿訇们有的改行去拉架子车,有的回乡里种地。东大寺院子里面的变化也不小,街道上的革委会开办了一个小工厂,专门给大工厂洗油线,尚社头领着一帮寺门跟儿的老娘儿们干起了拣药材的工作,把那些压各地运来的药材分类洗干净后送到市里各家医院。沙二哥的儿子义孩儿领着一帮闲着冇事儿干的半大小子,在沙二哥的指导下在东大寺的前院练起了摔跤。

吃罢晚饭,沙二哥正准备出去转悠一圈,义孩儿就跑过来说:"爸,红卫兵来抄俺封爷爷的家了!"

沙二哥听罢撒腿就往封家跑去,跑到封家的时候,只见封家院子里院子外到处是人,街坊邻居们都跑来看热闹。沙二哥挤进院子一瞅,就瞅见封先生和封德勇还有洪芳都站在板凳上,封德勇的脖子上还挂了一块硬纸壳做的牌子,上面写"打倒走资本主义道路的当权派封德勇",洪芳脖子上也挂着牌子,上面写着"打倒日本国民党特务大破鞋洪芳",封先生的脖子上倒是冇挂牌子,挂着的是两捆书,沉重的两捆书把老头压得两腿直哆嗦。

一个瘦得像劈柴一样的红卫兵手里掂着武装带,指着封先生的鼻子问道:"快说,恁家那些报纸到底藏在哪儿了!"

封先生:"真的被我烧掉了。"

瘦劈柴红卫兵:"恁儿说被你藏起来了!"

封先生:"别听他瞎说。"

瘦劈柴红卫兵又用武装带指着封德勇:"你说!"

封德勇把脸转向封先生:"爸,你就交给他们吧,早一点交出来,早一点回到革命群众的阵营里。"

封先生:"回到哪个阵营里我也交不出来呀,烧掉就是烧掉了,防空洞他们不是也翻罢了,你说我还能藏哪儿?"

瘦劈柴红卫兵的武装带又指向洪芳:"你说!"

洪芳紧闭着嘴不说话。

瘦劈柴红卫兵:"哑巴了你,说话呀!"

洪芳还是一言不发。

瘦劈柴红卫兵抬手一武装带抽到洪芳的头上,顷刻一股股殷红的鲜血压额头上流了下来。

沙二哥喝道:"要文斗,不要武斗,恁咋打人啊!"

瘦劈柴红卫兵扭过身来,上下打量着沙二哥,手里的武装带指了过来:"你算个弄啥的?"

沙二哥:"啥也不弄。"

瘦劈柴红卫兵:"我问你是哪儿的!"

沙二哥:"寺门的。"

瘦劈柴红卫兵:"你以为你是寺门的,我就不敢收拾你?"

沙二哥:"你凭啥收拾我?我犯哪条王法了?"

瘦劈柴红卫兵:"你同情日本国民党特务破鞋就是犯王法了!"

沙二哥:"那我倒要问问你,你咋知她是日本国民党特务破鞋?"

瘦劈柴红卫兵:"她男人交代的!不信你问问她男人!"说罢脸扭向封德勇,"你再说一遍,你老婆是啥!"

封德勇没吭气。

瘦劈柴红卫兵一武装带抽在了封德勇的身上,差点把封德勇从板凳上给抽下来。

瘦劈柴红卫兵冲封德勇大喝一声:"说!"

封德勇:"她,她是……"

瘦劈柴红卫兵:"她是啥!"

封德勇:"她,她是,日本国民党特务。"

瘦劈柴红卫兵扭脸向沙二哥:"听见了冇?"

沙二哥抬手指着封德勇:"恁媳妇是咋回事儿你不知吗? 全寺门的人都知!"

瘦劈柴红卫兵:"全寺门的人都知啥?"

沙二哥:"都知她不是日本国民党特务,她是被日本国民党特务霸占了的女人,去查查她的出身,看是不是贫下中农!"

瘦劈柴红卫兵指着沙二哥:"我咋看你咋不像个好东西,不给点颜色看看,你不知啥是毛主席的红卫兵!"

沙二哥:"听你的话音儿,你是要用武装带抽我是吧?"

瘦劈柴红卫兵:"那是轻的!"

沙二哥:"重的呢?"

瘦劈柴红卫兵:"要你的狗命!"

沙二哥笑了。

瘦劈柴红卫兵:"你以为我们不敢?"

沙二哥抬手一指:"瞅见那个防空洞了吧,想当年封家躲老日把报纸藏在里面,就是俺寺门的人帮助封家人把那些报纸转移出来,摊为那些报纸,我被卖尻孙日本人绑在树上用鞭子抽,日本人的鞭子可比你小子手里的这根皮带过瘾得多。就这吧,你也不用绑我,你就使你手里的武装带抽我,往哪儿抽都中,抽多少下都中,我要是孬了,我就是你做出来的;我要是不孬,恁就给我滚蛋。咋样? 敢吗? 谁要是不敢谁就不是娘生出来的!"说罢就脱去身上的布衫,露出一身疙瘩肌肉。

白凤山:"对,这个法儿好,谁孬谁的妈让全祥符市的男人睡!"

尔瑟:"咦乖乖,看谁孬过谁吧!"

乌德:"小儿,别孬,掂皮带抽,吃力抽,当心别把小细胳膊抽折了就中。"

马老六:"小儿,你要是不敢抽,去把恁爹叫米,恁爹要是亦敢抽,把恁爷叫来也中，反正今个不抽是不中，对不对啊？老少爷们！"

在周围的一片起哄声中，瘦劈柴红卫兵和他的战友们一个个脸色发白，在寺门人的连污搅带花搅（嬉笑怒骂）中不知所措。

这时，拜四爷上前和稀泥道："红卫兵小儿们，恁赶紧走吧，恁知不知这货是谁呀？这货是东大寺门有名的孬家，日本鬼子在这儿的时候都不缠他的事儿，国民党反动派就更不用说了，说句不好听的话，"他伸手捏了捏瘦劈柴样的红卫兵的胳膊，"就你这细胳膊细腿的样儿，他放个屁都能把你给崩倒。别说他了，我把他儿叫来恁瞅瞅。"说罢冲着围观的人堆里喊着，"义孩儿，义孩儿，你个小卖尻孙在哪儿哩？"

"我在这儿！"义孩儿压人堆里挤了出来。

拜四爷："小卖尻孙，过来，给恁这几个红卫兵弟儿们露一手。"

义孩儿："弄啥？"

拜四爷："弄啥都中，就别弄娘儿们。"

周围一片笑声。

义孩儿在笑声中走到封先生跟儿，把封先生脖子上挂着的两捆书拿下来，然后一个扫堂腿把封先生站着的板凳扫到一边，与此同时双臂一伸将悬空的封先生抱住。

义孩儿："爷，冇事儿吧？"

封先生："乖乖儿，你这使的是哪一招啊？"

义孩儿："单刀砍劈柴。俺爹教我的。"

封先生："得劲，比坐轿还得劲。"

义孩儿把封先生放到地上，扭脸走到瘦劈柴红卫兵跟儿，说道："不服咱俩摞一跤，我帮你搂后腰。"

瘦劈柴红卫兵吓得脸苍白，在寺门跟儿人的一片吆喝声中，红卫兵们狼狈不堪地窜出了封家的院门。

当天晚上，封德勇和头上缠着纱布的洪芳，手里提溜着硬纸壳牌子回到了省府西街的家中。封德勇看到房门上贴着一张红总司给他的通知，勒令他第二天一早八点钟之前带着行李去红总司报到，封德勇心里清亮，凡是去红总司报到的人，基本上是有去无回，听人说，进了红总司就跟进了希特勒的集中营差不多。

夜里,洪芳一阵咳嗽后醒来,发现封德勇独自坐在那里抽烟,地板上到处扔着烟头。

洪芳:"你咋还不睡啊?"

封德勇:"我在想一件事儿。"

洪芳:"想啥事儿?"

封德勇:"艾三家的那个房子。"

洪芳:"房子咋了,你不是让我卖了?"

封德勇:"我真后悔,不该让你卖。"

洪芳:"为啥?"

封德勇:"今后你也好有个去处。"

洪芳:"你是啥意思?"

封德勇:"一旦我有个啥好歹,你可以回到那房子去住。"

洪芳:"别瞎说,能有啥好歹呀,红卫兵拾掇的又不是你自己,到处都一样。"

封德勇:"我的情况和别人不一样。"

洪芳:"咋不一样?"

封德勇:"虽然我参加革命早,但俺家的成分高,咱爸又死活不愿意交出他的那些报纸,那我还不死定了吗?"

洪芳:"咱爸是咱爸,你是你,报纸又不是你的。"

封德勇:"这里头的事儿你不知。"

洪芳:"这里头有啥事儿呀?"

封德勇:"你记不记得那个唱老包的小凤?"

洪芳:"当然记得,她不是嫁给崔洪了。"

封德勇:"她早就不是崔洪的老婆了。"

洪芳:"离婚了?"

封德勇:"那年崔洪被打成右派以后他俩就离了。小凤眼望儿是红总司的头头,今个押咱去寺门的红卫兵就是她派去的。"

洪芳:"她派去的? 她跟咱爸的报纸有啥关系?"

封德勇:"崔洪跟她有离婚的时候,有一次说闲话的时候,我无意之中告诉过她,在民国的《豫报》上登过她在茶楼给刘茂恩唱堂会的事儿。"

洪芳:"那有啥呀?"

封德勇:"刘茂恩赏给她大洋。"

洪芳:"赏给大洋咋了,这不很正常?"

封德勇:"每章儿很正常,眼望儿就不正常。你想,国民党的省主席曾经赏过她大洋,那她的历史上不就有了个大污点?"

洪芳:"我明白了,她想找到那张登过她的报纸。"

封德勇:"对呀。"

洪芳:"报纸咱爸肯定是藏起来了,找不到那张报纸她会把你咋着?"

封德勇:"我不知。"

洪芳:"就是找着了那张报纸又能咋着?"

封德勇:"我还不知。"

洪芳不吭气了。

缄默。封德勇接上了一支烟。

封德勇:"洪芳,咱俩结婚这些年你过得咋样?"

洪芳冇吭气儿。

封德勇:"实话实说。"

洪芳:"实话实说,差不多。"

封德勇:"差多少?"

洪芳依旧是:"差不多。"

封德勇:"我知,其实你真正爱的不是我,是那个西川。"

洪芳:"别说这,我不爱听。"

封德勇:"就听我说两句吧,以后你就是再想听我也不会说了。"

洪芳:"我永远也不想听你说这。"

封德勇苦笑了一下:"那好吧,咱不说这。你想听啥?"

洪芳一把搂住了封德勇。

封德勇捧起洪芳的脸,亲吻着她的嘴片说道:"咱俩脱光吧,我想弄那事儿。"

洪芳:"你还有这心思。"

封德勇:"跟你弄那事儿,我好像永远也弄不够……"

洪芳:"我不想弄。"

封德勇：“可我想弄。”

洪芳：“听我一句，啥也别往心里搁，这算啥，我都是死几死的人了，别说挂一块破鞋的牌子，就是明个把我拉到西关外打头都无所谓。”

封德勇也不说话，只管下手去脱洪芳的衣服。

这天晚上，封德勇像疯了一样，在洪芳身上使劲地拱，用手使劲地摸，压上身摸到下身，又压下身摸到上身，直到把洪芳再一次摸睡着……

洪芳是光着身子睡到天亮的，当她迷迷糊糊睁开眼睛的时候，她瞅见了光着身子的封德勇，不知啥时候用皮带把自己挂在了卧室的房门上……

这个清晨，消失了早起忙于汤锅的寺门人大多还在睡梦里，清平南北街出奇地安静，天色渐亮的天空中飘荡着淡淡的薄雾，偶然有几只鸽子带着哨音在祥符城上空盘旋，并没有打破清晨的宁静，反而让人感到压抑和凝固。

填然鼓之,兵刃既接,弃甲曳兵而走,或百步而后止,或五十步
而后止。以五十步笑百步,则何如?

——引自"四书五经"

九十三、"不认字也摸摸俺沙家的腰牌!"

封德勇自杀了。很奇怪,洪芳一句话也有说,一滴眼泪也有流,直到封德勇被推进文庄火葬场的炉子以后,洪芳才对着火化炉说了一句:"谢谢你,让我过了几天舒坦的日子。"

封德勇死后,洪芳搬回到了寺门。

封先生对儿子的死痛心疾首,用巴掌狠狠扇着自己的脸说道:"老糊涂,我是个老糊涂啊,报纸重要还是儿子的命重要啊!都怨我,是我害死了俺儿,我这个老不死的,该死的是我……"

洪芳:"爸,你别这样,你就是把报纸交出去,他们也不会放过德勇的,不怨你。"

封先生:"不管他们放不放过,我眼望儿就去告诉他们报纸藏在哪儿,我孬了,我挺不过他们,缴枪不杀还不中吗……"

洪芳拉住起身要走的封先生:"不能去告诉他们。"

封先生:"他们不会放过咱的,我不能摊为那些报纸眼瞅着咱封家再死人

啊……"

洪芳："你要是告诉了他们，恁儿不就白死了吗？"

封先生顿时痛不欲生地哭道："你这个老不死的东西啊，这辈子你是弄啥，不攒钱，不攒财，连一双袜子都舍不得买，攒恁多卖尻孙报纸弄啥啊！老天爷啊，不给人活头了，非逼得我去跳龙亭坑才算拉倒啊……"

封先生又病倒了。

寺门跟儿的人都很同情封家的遭遇，最感到内疚的当数沙二哥，是他帮着封先生把那些报纸转移出去的，就连封家的姑爷盘善都不知那些报纸在哪儿藏着。盘善觉着，封家之所以不幸，罪魁祸首就是那些报纸，那些报纸存在一天对封家就是威胁。于是，盘善私下里找到沙二哥拆洗报纸的事情。

盘善："二哥，咱是压小光屁股长大的弟儿们，虽说我眼望儿是封家的女婿，但咱寺门跟儿的人还不外我，因为我身上流着的血还是祖先穆罕默德赐给的。二哥，有些话我不知该讲不该讲。"

沙二哥："心里有啥就痛快说出来。"

盘善："那我就直来直去了。"

沙二哥："说吧。"

盘善："二哥，你告诉我，封家的报纸藏在哪儿？"

沙二哥："为啥要问我？"

盘善："我就问你知不知吧。"

沙二哥："知咋着，不知咋着。"

盘善："二哥，你也瞅见了，俺老丈人的身体一天不如一天，这一次很可能就站不起来了，说句打嘴的话，万一俺老丈人无常了，这个家咋办？"

沙二哥："别说不吉利的话。"

盘善："我说的是万一。"

沙二哥："盘善，你还是在绕圈子，要说啥话朗利点。"

盘善："我要说的是，一旦封家有男人了，我这个外码就得支撑这个家，我不想让那些卖尻孙报纸再把俺媳妇的命也搭进去。"

沙二哥："我清亮了，你是要我告诉你那些报纸藏在哪儿。"

盘善："对，只有你知。"

沙二哥："我要说我不知呢？"

盘善:"你敢对真主起誓吗?"

沙二哥:"这跟真主有啥关系?"

盘善:"当然有关系。《古兰经》第二章'黄牛(巴格勒)'里说道:'你们不要明知故犯地以伪乱真,隐讳真理。'"

沙二哥:"我隐讳啥真理了?"

盘善:"你以为你是在帮助封家?你这是在害封家!在咱寺门人的印象里,俺老丈人一辈子就在干一件事儿,那就是带着那些报纸东躲西藏,眼望儿连儿子都死在那些报纸上了,这不是罪恶是啥?你一次又一次帮着他藏来藏去,这不是'明知故犯地以伪乱真'?"

沙二哥:"我不就这认为。你刚才说的是《古兰经》第二章'黄牛(巴格勒)'第四十二里面的话。紧挨着的第四十三是这样说的:'你们当谨守拜功,完纳天课,鞠躬者同齐鞠躬。'这句话我理解的意思就是,真主让我们当谨守拜功,完纳天课,就是要压心里做到'鞠躬者同齐鞠躬'。"

盘善:"我不是来和你探讨《古兰经》的。再直说吧,你要是还认我这个弟儿们,就把那些报纸藏在哪儿告诉我。"

沙二哥:"告诉你以后呢?"

盘善:"我把它一把火给烧喽!"

沙二哥语重心长地说:"老弟啊,哥哥知你的心情,你是在为封家着想,不想再瞅着封家遭难。可是哥哥真的不能告诉你报纸藏在哪里,如果告诉了你,我同样是给真主增添罪恶。"

盘善:"二哥,今个我来找你,不达目的我是不会罢休,你给句朗利话,报纸在哪儿你说不说吧。"

沙二哥:"弟弟,哥哥不可能说。"

盘善:"那中,要不这样,今个吃罢晚饭,我带上褡裢,咱俩寺里见,五局三胜,我要把你撂倒,你必须告诉我报纸在哪里;你要把我撂倒,去球,我再也不提报纸的事儿。"

沙二哥:"老弟,别就这,你想想,你咋可能撂倒哥哥。"

盘善:"我知不是你的对手,但我不这样做,不是让人家看不起咱穆斯林吗?啥也别说了,吃罢晚饭寺里见,谁不去谁是妞生的!"

盘善给沙二哥下战表撂跤的事儿,冇一顿饭的工夫寺门跟儿的人都知了,尽管许多人弄不清盘善为啥要跟沙二哥叫板,但有一点大家都清亮,盘善这是袖筒里伸出个羊蹄——不是手。

尔瑟:"弄啥,这不是找难看,就不怕外人笑话咱?"

乌德:"可不是嘛,都知东大寺门就咱几个要好,再说还有一帮孩儿们见天在寺里练跤,孩儿们还以为俩老头隔气了哩。"

马老六:"可不就是隔气,划着划不着。"

白凤山:"咋划不着,太划得着了,恁就冇咂摸出其中的味道?"

尔瑟:"味道? 啥味道啊?"

白凤山:"盘善给二哥下战表,明看上去是为了封家,实际上不是。"

乌德:"咋不是?"

白凤山:"恁想想,如果换成恁,会不会这样?"

马老六:"你这货,别卖关子,有屁赶紧放。"

白凤山:"盘善是咱穆斯林,他就是娶八个汉族媳妇他也还是咱穆斯林,盘善此举并不是为封家的报纸而战,他是在给咱穆斯林长脸,为咱穆斯林的荣誉而战。恁想想,他要是不吭不哈,作为封家的女婿他说不过去。明知不是老二的对手非得跟老二决一雌雄,佩服他的可不是他老婆,而是咱东大寺门的穆斯林,盘善不傻,他早就想明白了,穆斯林输给穆斯林不丢人。"

寺门跟儿几个弟儿们同时竖起了大拇指,夸盘善这一手苦肉计玩得真高,跤还冇摔就已经赢罢了。

再说沙二哥,盘善这张接也得接不接也得接的战表很是让他难受,寺门跟儿大多数人和他一样清亮,这场实力悬殊的对垒冇任何意义,这又不是当年跟西川斗鸡跟二毛子斗狗,这是自家弟兄,弄这事儿冇一点意义。可盘善硬着脖子叫板,应不应战根本由不得自己,特别是儿子义孩儿,一听盘善要跟自己爹摔跤,那劲头就像饿肚孩儿瞅见了油香。

义孩儿:"爷们,都说你摔得好,老日的时候在马道街还摆过擂台,这一回可得露两手,让俺这小一帮饱饱眼福。"

沙二哥半烦儿地:"饱啥眼福? 谁告诉恁我在马道街摆过擂台?"

义孩儿:"人家都这么说啊,你在马道街摆擂台摔翻过老日。"

沙二哥:"谁家都怎么说,谁见我在马道街摆过擂台? 瞎球说,我在马道街抬过水车,那也是冇法,老日的刺刀顶着后脊梁,水车落地恁爹的小命就冇了!"

义孩儿:"是这啊。"

沙二哥:"不是这是啥？你想听啥？"

义孩儿:"我啥都不想听,就想看看你是咋把俺盘善叔摞翻的。"

沙二哥骂道:"卖尻孙,你也想看恁盘善叔的笑话!"

义孩儿:"不是看笑话,我是想跟爷们你学两手。"

沙二哥眼一瞪:"学恁娘那个头!"

整整一下午,沙二哥都闷闷不乐,他不知咋去应对,因为他知盘善也是个犟筋头,八头驴也拉不回来的货。

烦闷中的沙二哥在院子里摞起了石锁。这时,汴玲压院子外面回来,站在了他的旁边。

汴玲:"老二,别摞了。"

沙二哥:"啥事儿?"

汴玲:"咋,听说你要跟盘善摞跤?"

沙二哥:"碍你啥事儿。"

汴玲:"老二,恁都是五十出头的人了,都知盘善摞不过你,要摞出个啥好歹,咋办啊?"

沙二哥:"筋断骨头折呗。"

汴玲:"我是说盘善!"

沙二哥:"你冲我吼啥！又不是我非得跟他摞!"

汴玲:"你不能去!"

沙二哥:"他都骂罢了,谁不去谁是妞生的!"

汴玲:"他骂他的,又少不了咱身上一两肉。"

沙二哥:"你等于冇说!"

汴玲:"你的意思要去跟他摞?"

沙二哥:"啥法儿。"

汴玲:"我去跟咱妈说!"

沙二哥:"你去跟咱爹说我也得去!"

汴玲扭脸进屋把沙二哥要跟盘善摞跤的事儿告诉了二大,二大听罢后让汴玲把沙二哥叫进了屋里。

二大："二孩儿，你要去跟盘善撂跤啊？"

沙二哥有吱声。

二大抬起手里的拐棍指着沙二哥说："二孩儿，我告诉你，咱沙家在寺门住了四辈人了，还冇人敢跟咱叫板，恁爹活着的时候就眼里容不得沙子。中啊，东大寺寺门终于有人敢出来跟咱沙家叫板了。"

沙二哥："妈，你听我说……"

二大："我不听你说，你听我说！"

沙二哥无奈地："好吧，你说吧。"

二大："二孩儿，不管啥人，只要来叫板，咱也别管他是啥用意，兵来将挡水来土掩，更不管男女老少，统统撂翻再说。去，为啥不去，盘善不是不中吗，那你就让他搂你的后腰，要不使一只胳膊把他撂翻。卖尻孙，不认字也摸摸俺沙家的腰牌！"

汴玲傻脸。就连沙二哥也冇想到，老太太的禀性比他还壮。

寺门

挟太山以超北海,语人曰:"我不能。"是诚不能也。为长者折枝,语人曰:"我不能。"是不为也,非不能也。

——引自"四书五经"

九十四、"真的冇人指派我,我真是自愿的。"

吃罢晚饭,寺门跟儿的人陆续来到了寺里的前院,他们当中大多数人都是带着娱乐的心情来瞅瞅盘善是咋被沙二哥当布袋摔的。义孩儿更是活跃,领着一帮年龄相当的孩儿们围坐在场子最里面。

义孩儿:"俺奶奶发话了,盘善叔可以抱俺爸的腰,要不俺爸让他一只胳膊。不信走着瞧,不管抱腰还是让胳膊,保准是三比零。"

冇人怀疑五局三胜沙二哥会三比零获胜,可谁也冇料到,冇让盘善抱腰也冇让一只胳膊的沙二哥,一照头就被盘善摔了个三比零,而且盘善摔沙二哥的三跤中,两跤使的是大背,也就是说是把沙二哥从头上背过去的,摔得那个惨,简直就是惨不忍睹,摔得沙二哥半晌才压地上爬起来。围观的人都傻了,冇一个人料到会是这种结局。

场子边的义孩儿嗷嗷叫道:"不算,俺爸这是让跤!"

沙二哥慢慢压地上爬了起来:"小卖尻孙,你给我闭嘴,让啥跤,愿赌服输,我输了,就得认。"

义孩儿把身上的布衫一脱："爸,把褡裢给我,我要摔不了他三比零我就不是恁儿!"

沙二哥:"小卖屄孙,你给我滚蛋!"

义孩儿带着满脸的不服气领着几个孩儿离开了场子。

沙二哥拍了拍身上的泥土,脱下褡裢,走到盘善跟前,把褡裢往盘善面前一扔,说道:"我承认输给你了,可有一点我要向你保证,不管谁输谁赢,你所希望的那件事都不可能兑现,你要是觉得亏,那咱俩还继续摔,直到你把我摔死为止。"

盘善愣怔在那儿好一会儿,慢慢压地上捡起褡裢,然后一言不发地走了。

寺门跟儿的人都知这是沙二哥在给盘善拾面子,盘善要是不识抬举就冇法儿在寺门跟儿再混,这一场被人期待的娱乐跤就以这种方式结束了。

第二天,红卫兵又来了,这一回和上一回不一样,这回除了来了更多的红卫兵,还来了许多手里拿着大刀长矛的工人纠察队。令所有人冇想到的是,当红卫兵和工人纠察队拥进封家的院子后发现,他们所需要的报纸整整齐齐摞在了院子里。这到底是咋回事儿?咋一夜之间事情就发生了天翻地覆的变化?

原来,当躺在床上的封先生听到沙二哥要跟盘善摔跤的事儿后,他把小婉叫到了床前,他压床褥子底下摸出一个本子。

封先生:"婉儿,这个本子里记着咱家现存的报纸目录,你把它保管好吧。"

小婉:"爸,还是你拿着吧,我又不懂。"

封先生:"懂不懂不碍着,你权当把这个本子看成是咱家的变天账吧。"

小婉:"变天账多难听,咱又不是地主资本家。"

封先生:"别说恁多了。咱家的那些报纸,就藏在你二哥那个已经不煮牛肉的作坊里,你把它全部搬回来吧,跟你二哥说是我的意思。"

小婉:"搬回来弄啥,红卫兵还会来的。"

封先生:"我知他们还会来的,来就来吧。"

小婉难以置信地瞅着父亲。

封先生:"罪孽啊,再去牵连人家穆斯林,咱的罪孽就更深重了。"

小婉:"别搬回来了,还是藏在俺二哥那儿吧。"

封先生："那也不藏了，一辈子都在藏，这一回实在是藏不住了，听天由命吧，你只要记住咱家曾经有过这么多的报纸就中，不管世道变成啥样，只要咱家这些报纸不被毁掉，能给社会做出点贡献，我也算是心满意足，总不能在我死以后再被别人拉走，连个去向都不知，那我在九泉之下也会睡不安稳的。"

小婉呜呜地哭了起来，边哭边说道："你这是瞎说啥呀，啥死不死的，俺哥已经走了，你再走我咋办呀……"

藏在沙二哥那间废弃作坊里的报纸就这样被搬回了封家。

红卫兵和工人纠察队搬报纸的时候，寺门跟儿的人全来看了，整整装了一满卡车，寺门跟儿的人木呆呆地瞅着封家的报纸被拉走了。

就在封家报纸被红卫兵拉走的当天夜里，封先生停止了呼吸，他是睁着眼离开这个世界的。

封先生出殡那天，寺门跟儿的街坊四邻来得可不少，封先生虽说是按汉族习俗办的丧事，寺门跟儿的穆斯林们同样参加了吊唁。

沙二哥在封先生的遗像前深深地三鞠躬，然后对着封先生的遗像说道："爷们，我眼望儿才真正明白，你为啥舍不得那些报纸，人活着要有个盼头，那些报纸就是你的盼头，就像俺穆斯林一样，礼拜确是一件难事，但对恭敬的人却不难。"

寺门跟儿缺少了封先生，也不知咋着就好像一下子变得沉闷了许多，一连几天，不管是清晨还是黄昏，就在人们最喜欢站在家门口或是街上互相骂大会①取乐的时候，那种肆无忌惮和一语双关的骂语不见了。

封先生走了以后，封家也发生一些变化。洪芳除了每日必须去厂里打扫厕所之外，又多了一个改造项目，就是负责每天扫寺门跟儿的地，压南口扫到北口，整整一条清平南北街全归她一个人打扫。

早起，跑步回来的沙二哥迎头碰见正在扫地的洪芳。

沙二哥："谁让你来扫地的？"

洪芳也不作声。

沙二哥："是不是老尚？"

洪芳还是不作声。

沙二哥："老尚这个卖尻孙，他倒会指派人，东大寺门是穆斯林的，扫地这差事儿应该让穆斯林来干，冇你的事儿，回家歇吧。"

洪芳摇了摇头。

沙二哥:"有我沙老二在,东大寺门谁敢欺负你我就敢剥了他! 眼望儿我就去找老尚。"说罢拔腿就走。

洪芳:"二哥。"

沙二哥:"冇事儿,压今个开始,我让老尚每天来扫寺门的地。"

洪芳:"二哥,是我自己愿意来扫的。"

沙二哥不解地:"为啥啊?"

洪芳:"不为啥。"

沙二哥:"不对,一定有人指派你。"

洪芳:"真的冇人指派我,我真是自愿的。"

沙二哥:"可是……"

洪芳抬起脸瞅着东大寺大殿顶上的星月,说道:"像我这样的人还能干啥,也只能扫扫地来报答这里的人了……"

洪芳扫寺门跟儿的街道一扫就是好几年。

一个冬天的早起,天很冷,北风像刀子似的刮过路人的脸,那些出门办事儿的人,个个用棉袄把自己裹得很严实,瑟缩着身子在路上匆匆地行走。洪芳用围巾围住脸压南口刚扫到东大寺门前,这时,一个身上裹着破棉大衣,半拉脑袋缩在领口里,腰间扎了个破皮带的男人,手里拎着个脏兮兮的大包走到她跟儿。

"这位大姐,给你打听一下。"

洪芳并冇去瞅那个男人的脸,手里的扫帚依旧在地面划拉着:"打听啥?"

"寺里眼望儿还做礼拜不做?"

洪芳:"前些年不让做,眼望儿又开始让做了。"

"海阿訇还在寺里吗?"

洪芳:"早就不在了。"

"去哪儿了?"

洪芳:"无常了。"

"我还想问,寺门跟儿的艾家还有人冇?"

洪芳停住了手里的扫帚,抬起脸打量着跟前这个男人,然后摘去棉手套,慢慢拉下围在脸上的围巾,说道:"艾家冇人了,你回来就是艾家最后一个人。"

那个男人眯缝起眼睛仔细打量了一阵后:"洪芳……"

洪芳:"你的眼不花,冇认错人。"

艾三:"你老了……"

洪芳平静地瞅着眼前的艾三,似乎要在他的脸上寻找一点什么:"都说你早在豫西死罢了,我想你也不到该死的年龄。"

艾三:"你还好吗?"

洪芳:"你猜猜。"

艾三的眼睛压洪芳的脸上慢慢落在了洪芳手里的大扫帚上。

洪芳:"你不用看,我活得好好的,恁妈死罢了,我嫁人了,恁家的房子也被我卖掉了,钱也被我花光了,你回来连个落脚的地儿都冇了。"

艾三一声不吭地站着,无动于衷地瞅着洪芳。

洪芳:"你咋不死啊,回来弄啥,你还不如死在豫西。"

许久,艾三说道:"原先我是不想回来的,走着走着脚就不当家,就想回来瞅一眼这个东大寺。"

洪芳:"东大寺有啥好瞅的,你又不是穆斯林。"

艾三:"别担心,你该还给我的已经还给我罢了,咱俩早就两清了,我讹不上你。"

洪芳:"那你还不赶紧走,非得让寺门的人瞅清你是谁?"

艾三:"走,走,我眼望儿就走,就走……"

洪芳:"等等。"

艾三停住了脚。

洪芳从身上掏出所有的钱:"给吧,多少就这些,我相信你这号人饿不死。"

艾三久久地瞅着洪芳,却冇伸手去接钱。

洪芳:"咋,嫌少?"

艾三摇了摇头。

就在艾三转身要走的时候,晨练完的沙二哥迎头跑了过来,艾三想躲已经躲不及了。

沙二哥放慢了脚步,眼睛紧紧盯住了艾三。

沙二哥:"三哥?"

艾三:"是、是我。"

沙二哥上前一把搂住了艾三:"出来了?"

艾三:"出来了。"

沙二哥拉起艾三就走:"站这儿弄啥,走,去家!"

艾三:"不了,兄弟,我得走。"

沙二哥:"去哪儿啊?"

艾三:"我还有事儿。"

沙二哥:"啥事儿?恁多年不见,有天大的事儿也得让道,咱们弟兄好好说说话,喝两杯,走,去家!"

艾三站着冇动。

洪芳:"二哥,你就让他走吧。"

沙二哥:"为啥啊?"

洪芳:"他在寺门已经冇家了。"

艾三:"老二,我还是走吧……"

沙二哥把眼一瞪:"不走!谁说你在寺门冇家了,俺家就是恁家! 走! 回家!"

洪芳瞅着艾三被沙二哥强行拉走,眼里飘出一丝惆怅,似乎感到一种不祥又朝自己袭来。

注:
①骂大会:骂着玩。

寺门

> 心乎爱矣,遐不谓矣! 中心藏之,何日忘之!
>
> ——引自"四书五经"

九十五、"不管是荣华富贵还是混一身腌臜,都得认。"

艾三回到了寺门。

起初艾三是打算回来瞅瞅就离开,他觉得自己这种身份和境遇还是到一个陌生的地方比较好,一切都可以重新开始,毕竟他也才是五十多岁的人,找一份工作,找一个女人,再成一个家,安安稳稳过日子去球。可是,走着走着,他的意识和脚步就不由自主又把他带回到了这里。

在豫西劳改恁多年,寺门的变化艾三也能想到,艾大大去世和洪芳嫁人都是在他意料之中的事情,让他冇想到的是,当他被沙二哥拉回家后和寺门跟儿几个弟儿们坐在一起时的那种热情依旧。

沙二哥端起酒杯:"我很少喝酒,今个三哥回来了,说啥我也得喝。来,三哥,第一杯酒为你接风洗尘。"

几个弟儿们一起说道:"三哥,干喽。"

艾三冇去端桌上的酒杯,而是对几个弟儿们说:"先让我说一句话中不?"

沙二哥:"说八句话都中,说吧。"

艾三起身以后一下子趴在了地上，重重地磕了三个头。

沙二哥："三哥，你这是弄啥，折俺的寿啊，不兴这，快起快起！"

从地上被扶起来的艾三端起了酒杯，说道："这头一杯酒，应该是我敬恁的。俺艾家的祖宗不在这儿，俺来到祥符，来到寺门是俺的命，人得认命，不管是荣华富贵还是混一身腌臜，都得认。当过国民党，我认；去坐牢，我认；倾家荡产，我还认；可俺妈死了冇见上一面，我不认。所以我要给恁几个弟儿们磕头，是恁替我行孝，是恁厚葬了俺妈，我艾三混得再砸锅，也不能不懂事理不明礼数。这头一杯酒，说啥也得是我敬恁。"说罢仰脖将头一杯倒进了自己嘴里。

沙二哥："三哥，你也听我说两句，也算我代表几个弟儿们吧。说句心里话，你有点外气了，在东大寺门，别的人俺不敢说，就俺这些熟悉你的人，压根就冇把恁艾家当外族，咱都是一块光着屁股长大，谁几斤几两都知。你就是坐一百年大牢，只要回到寺门，只要把这里当成自己的家，只要你三哥发一句话，俺都认！"

尔瑟："二哥说得对，为二哥这话，咱干喽！"

这场酒压中午喝到晚上，艾三说了许多自己在豫西劳改的经历，几个弟儿们说着这些年寺门的变化和一些艾三熟悉的人和事儿。

艾三问道："崔洪咋样？"

沙二哥："前些年遭大罪，差点冇被造反派给打死，眼望儿中了，又当市里的头头了，在祥符说一不二，冇人敢和他打别。"

马老六："三哥，崔洪得感激你才对啊，当年要不是你救了他……"

艾三摆手："那事儿就别提了，俺俩算是一命还一命，哦，不对，我救他一命，他救我两命。"

乌德："他咋救你两命？"

白凤山："可不是，三哥刚被军管会放出来，在鼓楼跟儿搂那个唱老包的娘儿们，又被抓进去。"

艾三："那个唱老包的娘儿们呢？"

尔瑟："那个娘儿们后来嫁给崔洪，'文革'一开始就跟崔洪离了，'文革'一结束又复婚，玩得可鲜，不服不中，不扶尿一裤。"

乌德："眼望儿那个娘儿们在文化局上班，好像还是个头头，前不久我在街上瞅见她,油红似白,一点也不显老,身材还丰满,俩咪咪挺得可高。"

马老六:"三哥,恁俩好像还有一腿吧?"

尔瑟:"一腿?八腿也不止吧,三哥?"

弟儿们笑起来。

沙二哥感叹道:"人跟人不一样啊,瞅瞅洪芳,跟着封德勇也冇过几天好日子,'文革'又挨打又扫地的,日晒雨淋,老成啥。"

白凤山也感叹着:"当年要不是三哥,洪芳早就变成鬼了。"

艾三:"这也别说了,洪芳伺候俺妈恁多年,我心里一直觉得愧对她。"

沙二哥:"三哥,我问你一句话,你要实打实回答我。"

艾三:"你说。"

沙二哥:"成家的事儿你啥打算?"

艾三:"自己还冇个着落,成啥家,等我考虑好了去哪儿再说吧。"

沙二哥:"去哪儿?你还打算去哪儿?"

艾三:"我也不知。实打实地说,我还是离开寺门,这个地儿给我留下的记忆太多,心里沉甸甸的,不好受。"

沙二哥:"放屁!咋沉甸甸的?咋不好受?寺门咋你了?说句难听话,就你这一身腌臜,到哪儿会被人正眼看?除了寺门,祥符城冇任何地儿你能待!"

艾三:"老二,你说的我懂,可是……"

沙二哥:"可是个球!我知你想说啥,不就是冇房子了嘛,冇房子我给你找房子,还能让你睡到大街上!"

白凤山:"老二,你都摸不清三哥的心事儿,三哥想的不是房子,是娘儿们。房子不是家,娘儿们才是家。"

尔瑟:"那还不好办,洪芳眼望儿是孤闲张①,打出来一碰不就完了。"

乌德:"中中,一碰就是俩红中。"

马老六:"可得劲,一碰就和了。"

沙二哥:"三哥,你表个态,别冇顾忌,说实话,封德勇死了,洪芳在封家住着也不是个事儿,恁俩最好能破镜重圆。"

在几个弟儿们一致的撮合声中,艾三始终冇吭气。

沙二哥:"说话呀,心里咋想的你就咋说出来。"

艾三:"我知恁都是为我着想,我艾三不是不知好歹的人。如果恁非得让我说,那我就实打实说,说罢也许会让恁失望。"

沙二哥:"别管是失望还是希望,天底下一百条路堵死九十九条,留一条让俺走就中,困难再大,咱逢山开路、遇河搭桥,你说吧,三哥。"

艾三:"我可以留下来,说不愿意留在寺门不是我的心里话,这个地儿生我养我,挤着眼我也知谁家门朝哪儿,去任何地儿也冇待在这儿踏实。可这个地儿让我最不踏实的就是洪芳。不错,这个女人是我压死牢里扒出来的,命是我给的,按理说我想咋着就咋着,按理说她以前跟我睡过眼望儿接着睡不成问题,可是说心里话,当初我把她领回家睡了,也只是睡了一个娘儿们而已,如果我真动了娶她的心思,还用等到今个?我承认洪芳是个不错的娘儿们,又跟我睡了恁些年,可奇怪的是,我在豫西那么多年,晚上做梦从来就冇梦见过她,梦见的全是别的娘儿们。"

白凤山:"听你的话音儿,是对这娘儿们不感兴趣?"

艾三:"兴趣真的谈不上,当初也只是同情,真要是跟她成了一家,难说会是个啥样,万一过不到一块儿,这不是辜负了大家。"

乌德:"说得也是,男人跟女人,不能光对下面的眼儿不对上面的眼儿。"

马老六:"啥下面的眼儿上面的眼儿,拉灭灯都一样,挤着眼睛过了呗,都一个球样,我看是你三哥的眼高。"

艾三:"我都到打吸溜鼻儿这个份上了,眼还高啥,只是想找个对把^②的人一块儿过日子就是。"

沙二哥:"中了,对不上眼就不对,天底下三条腿不好找,两条腿有的是,碰到对眼的再说吧。不过我把丑话说头里,既然不对眼以后就离远点,一个门口谁都把谁的底,不要让外人看笑话,权当是个朋友吧。"

艾三:"我心里也是这么想的。"

沙二哥:"那中,洪芳的事儿解决了,下面就是留下来的事儿。房子冇了就冇了,不就是个睡觉的地儿嘛,明个我跟老尚商量一下,让他在寺里给你安排个活儿,把房子和吃饭的问题一起解决。"

艾三:"在寺里安排活儿不合适吧,我又不是穆斯林。"

沙二哥:"你不是穆斯林不假,可穆斯林也不能眼瞅着有困难的人不帮吧。《古兰经》里说,'真主把他的慈恩专赐给他所意欲的人',你虽然不是伊斯兰教徒,但恁艾家在寺门生活了几辈人,恁也是热爱伊斯兰教的,真主对恁是有宏恩的,对吧?"

艾三:"在寺门大概冇人怀疑俺艾家对伊斯兰教的感情。"

沙二哥:"就这说定了,剩下来的事儿,我去找尚社头拆洗。"

第二天一早,沙二哥找到了尚社头,把艾三回来的事儿一说,尚社头立马明白了沙二哥的用意。

尚社头为难地说:"安排个地儿吃住冇啥,问题是他能在寺里干啥?"

沙二哥:"干啥都中,事儿不大,你看着办。"

尚社头:"老二,有句话我不知当讲不当讲。"

沙二哥:"有啥当讲不当讲,讲呗。"

尚社头:"老二,我知恁跟艾三的关系好,可艾三这个人恁不是不了解,历史相当复杂,我是担心他会给咱东大寺带来麻烦。"

沙二哥:"啥意思? 要我做个保人?"

尚社头:"不不,你别误会。我的意思是,让居委会开个证明,万一出个啥岔劈,我不是也好推卸点责任嘛。"

沙二哥:"老尚啊,你这货是西瓜皮掉进油锅里——又奸又猾。"

尚社头笑着说:"就这,去居委会开个证明来,我给他安排去给寺里喂骆驼。这个活儿咋样,又轻闪③又不占时间。老二,我看的是你的面子,他要是把寺里的骆驼给拉窜喽,你可得赔。"

沙二哥:"拉窜喽我也不赔,你赔!"

就这样,艾三被安排进寺里喂骆驼,住进了后院一间小屋里,几个弟儿们给他凑齐了生活用品,沙二哥还给他买了个小半导体收音机。

沙二哥:"冇事儿就听听,里头有新闻有唱戏,想听啥听啥,可得劲。"

艾三:"老二,哥哥这些年走背运,等哥哥的背运走完了,一定会东山再起的。"

沙二哥:"拉倒吧,五十多岁的人还想啥,安生喂骆驼过日子吧,等安定下来再给你张罗个娘儿们,你就是社会主义了。"

注:

①孤闲张:单张牌,形容人单身,一个人。

②对把:对脾气、投缘。

③轻闪:轻巧。

往者不可谏，来者犹可追。

——引自"四书五经"

九十六、"多年冇见，找她叙叙旧。"

艾三在寺里的后院喂骆驼倒是优哉游哉，干完活儿就打开半导体胡听一气儿，啥都听，逮啥听啥。一天他无意中收听到了市豫剧团在唱新排练的《秦香莲》，唱罢之后还有个对唱老包演员的采访，这个唱老包的演员正是文化局的副局长小凤，《秦香莲》这一出戏正是在小凤的直接领导下排练出来的。艾三听到了小凤的声音，心里就像猫抓的一样，他闭上眼睛回味着那年顶着解放军的炮声跟小凤在河南旅社里的那一夜，他就像喝醉了一样，不由自主地自语道："真是小美的爹老美啊……"

是的，艾三最常想起的女人就是小凤，一连几天他坐立不安，于是他决定去找小凤叙叙旧，哪怕是见上一面，说上几句话。

这天，艾三干完手里的活儿，去文化局找小凤去了。文化局的办公地点在北土街的市政府的大院里，离寺门并不远。艾三晃荡晃荡着就来到了大院门口。

艾三被把门的拦住。

把门的:"站那儿,你黑个头往里瞎走啥?"

艾三:"我找人。"

把门的:"找谁?"

艾三:"我找文化局的小凤同志。"

把门的:"找人要登记!"

艾三:"咋登记?"

把门的:"我问你说。"

艾三:"说啥?"

把门的:"我问你啥你说啥。"

艾三:"中,你问吧。"

把门的:"叫啥名?"

艾三:"艾三。"

把门的:"工作单位?"

艾三:"东大寺。"

把门的:"职务。"

艾三:"喂骆驼的。"

把门的:"被访人姓名。"

艾三:"小凤。"

把门的:"职务是文化局副局长。找她啥事儿?"

艾三:"冇事儿。"

把门的抬起脸:"冇事儿你瞎找啥?"

艾三:"我说的冇事儿是冇正经事儿。"

把门的:"咋,你找她是不正经的事儿?"

艾三:"不是的,我的意思是,多年冇见,找她叙叙旧。"

把门的:"工作时间叙啥旧?跟她约好了冇?"

艾三:"冇。"

把门的:"恁俩啥关系?"

艾三:"朋友。"

把门的:"啥朋友?"

艾三:"朋友就是朋友,你管是啥朋友。"

把门的："我当然要管,这是我的职责。"

艾三："俺俩曾经共过事儿。"

把门的："在哪儿共过事? 啥单位?"

艾三："我能不能不说?"

把门的："不能。"

艾三："我看你是成心装孬。"

把门的："我看你是成心捣乱!"

艾三有点恼了："你咋恁噎胀。"

把门的："你说我啥?"

艾三："我说你噎胀。"

把门的："我噎胀就噎胀,你也不瞅瞅这是啥地儿,这是祥符市人民政府大院!"

艾三："政府大院算啥,每章儿我进省政府大院都如履平地。"

把门的："每章儿到啥时候?"

艾三："刘茂恩当省主席的时候。"

把门的打量起艾三："你中啊,从台湾跳伞过来的吧? 每章儿你如履平地,眼望儿你不说清亮就别想进这个门!"

艾三："凭啥?"

把门的："啥也不凭,就凭这!"

艾三："就凭啥? 你说清亮。"

把门的："说清亮的应该是你,不是我!"

艾三："你不就是个把门的吗?"

把门的："把门的咋了? 县官不如我现管!"

艾三："瞅你那熊样。"

把门的："你骂谁?"

艾三："谁装孬孙我骂谁。"

把门的："你才是孬孙!"

艾三："你是赖孙。"

把门的："你是兔孙!"

艾三："你是龟孙。"

把门的:"你是鳖孙!"

艾三:"你是瞎孙。"

把门的:"你是王八孙!"

艾三:"你是冇脸孙。"

把门的:"你是腌臜孙!"

艾三:"你是浇泡^①孙。"

把门的:"你是下三孙!"

艾三:"你是冇出息孙。"

把门的:"你是不要脸孙!"

艾三:"你是半掩门孙。"

把门的:"你是冇鼻儿孙!"

艾三:"你是打下流鼻儿孙!"

…………

两人骂得不可开交,把门的被骂急了跟艾三撕拽起来,紧接着压大院里跑出几个保卫干事,一虎群拿把艾三拧进了保卫科……

一直到下午,居委会主任跟尚社头才把艾三压市政府大院的保卫科领回了寺门。

回到寺门的艾三心情烦闷,独自坐在后院的骆驼旁边喝着闷酒。

沙二哥来到了后院:"这里不能喝酒你不知?"

艾三舌头打着弯:"我又不是穆斯林。"

沙二哥:"谁也不中,这是清真寺的后院,别喝了。"说罢一把夺过酒瓶瞅了一眼,"一瓶酒都见底了。"

艾三:"我烦。"

沙二哥:"烦啥?摊为那个黑老包?"

艾三:"咋,你听说了?"

沙二哥:"全寺门都听说了,你真光棍,敢在政府大院大门口要叉。"

艾三:"凭啥不让我进门?凭啥!"

沙二哥:"你去找她弄啥,这不是给自己找不得劲嘛。"

艾三:"有啥不得劲,我就是想去瞅瞅她。"

沙二哥:"瞅她弄啥?我看你是吃饱撑的。"

艾三："她能把我咋着？让她老头用枪崩了我？"

沙二哥："三哥，听我一句劝，人家眼望儿是官太太，身份不一样了，你想见她，她想见你吗？动动脑子。"

艾三："她不能不认这壶酒钱！"

沙二哥："哪壶酒钱？我看你是哪壶不开提哪壶！"

艾三："老二，你不知，俺俩可对把，可得劲可得劲，你不知，我就是想去找她……"

沙二哥："中了中了，死了这份心吧，想找女人也得找个门当户对的，别净干那些撑死眼饿死球的事儿。"

艾三："老二，你信不信，只要俺俩见上面，我保证她还认我这壶酒钱。"

沙二哥："我不信。"

艾三："你不信？"

沙二哥："不信。"

艾三："那我告诉你一个秘密。"

沙二哥："我不听。"

艾三："不听不中，你一定要听，你不听我也要告诉你。"他一把搂住沙二哥的脖子说道，"我告诉你，女老包的左咪咪底下有一颗黑痣。"

沙二哥一抬胳膊把艾三掀翻在地，指着他喝道："你给我滚！压东大寺门给我滚出去！不要脸孙，滚！"

艾三一下子被骂愣住了。

沙二哥："艾三，年轻时候你乱找娘儿们我不反对，你眼望儿都是快奔六十的人了，还分不出个黑白香臭，给你脸你不要脸，放着排场你不排场，也不瞅瞅眼望儿是谁的天下？你还敢胡作非为，你是个啥货，睡了人家还糟践人家，你赇就这混了，非混得你头破血流，混得你暴尸街头，狗都不吃你的骨头！"

艾三慢慢压地上爬起来，他身上的酒劲似乎一下子都有了，他轻轻掸了掸身上的土，趔趔趄趄着身子朝东大寺大门外走去。

沙二哥木呆呆地站在那儿，望着艾三的身影消失在已经降临的黑夜之中。

第二天 早，沙二哥就去到寺里，他快步来到后院一瞅，骆驼旁边不见了艾三,他把寺里寺外寻了个遍,也有瞅见艾三的身影。于是他召集几个弟儿们四处去找,压早起找到晚上,几个弟儿们回来个个摇着头,几个弟儿们一起埋怨着沙二哥。

尔瑟:"你也是,骂起人有个轻重。"

乌德:"三哥人不孬,就是嘴臭点,喜欢个娘儿们又咋了,碍你啥事儿!妥,骂窜了,好受了吧?"

白凤山:"在祥符他也有个家,能去哪儿呢?"

马老六:"每章儿多光棍个人,混成这样,怪可怜的。"

盘善叹道:"唉,真不胜跟洪芳在一起,咋着也有个暖被窝的人吧……"

沙二哥知自己过分了,心里也后悔,他蹬着自行车遍祥符城去找艾三,找了十来天也有找着。有人说,艾三已经离开祥符去投靠一个远房亲戚;也有人说,艾三去到乡里当农民种地了;还有人说,瞅见艾三沿着铁路朝西走了,他要翻山越岭去往耶路撒冷。传言很多,可这些传言沙二哥一个也不相信,有一点他是了解艾三的,他就是走得再远也会回到寺门,因为他的根扎在了这里,这是永远不会改变的……

开春,起风了,尤其是三四月份的祥符,经常是风卷着黄沙能把房门的门槛给埋住。

做完主麻的盘善压寺里出来,黄沙刮得他睁不开眼,这时他听见有人在身后叫他。

"盘善。"

盘善转过身一看,是尚社头。

盘善:"有事儿?老尚。"

尚社头:"讲经堂出来一扭脸你就冇影了,窜恁快弄啥。"

盘善:"我急着要去趟扫街。"

尚社头:"恁大的风,去那儿弄啥?"

盘善:"我去弄点羊蹄儿。"

尚社头:"怪不得,看来还真有这么回事儿。"

盘善:"哪么回事儿?"

尚社头:"有人说,你每天晚上扤个篮儿,跑到街上去卖羊蹄儿。"

盘善:"钱不够花,再不捣鼓点副业,咋办?再说了,眼望儿又不是我一个人就这弄,白凤山上街卖花生糕恁咋不说?"

尚社头:"冇想说你,只是让你招呼点。"

盘善:"招呼啥? 一冇偷,二冇抢,挣点外快补贴家用,谁想咬蛋咬去。"

尚社头:"别得了便宜还卖乖,国家眼望儿是睁只眼闭只眼,真想拾掇你早就找不着你了。"

盘善:"老尚,我咋觉着眼望儿就是跟从前不太一样,是不是国家想开了,让恁自己挣点钱总比恁受穷强吧。"

尚社头:"有点这个意思。"

盘善:"我得赶紧走,恁大的风,去扫街的道不好走。"

尚社头:"你先别急走,我还冇跟你说正事儿哩。"

盘善:"啥正事儿?"

尚社头:"我得到一个消息,跟恁老丈人家有关。"

盘善:"啥消息啊?"

尚社头:"看报纸冇?"

盘善:"啥报纸?"

尚社头:"《人民日报》啊。"

盘善摇头:"俺老丈人死了以后,封家啥报纸也冇了,我肚里这点墨水,只认识自己的名字,家里就是有张报纸也让我擦屁股用了。"

尚社头:"《人民日报》上登了一篇文章,落实政策的,夜隔民委召集开了个会,我去了,会上民委的马主任提到恁老丈人家,意思也在落实政策的范围之内。"

盘善:"落实政策是不是给钱?"

尚社头:"那我不知,反正是'文革'的时候挨整的,好像都在落实政策的范围之内,给钱不给钱,起码给脸了吧。"

注:

①浇泡:意为用尿浇出来的。

哀公问曰:"何为则民服?"孔子对曰:"举直错诸枉,则民服;举枉错诸直,则民不服。"

——引自"四书五经"

九十七、"你说不知那是装孬,你心里比谁都清亮。"

盘善把尚社头告诉他的消息给小婉一说,两口子决定去一趟市民委,小婉觉得尚社头说得照,对封家来说,脸比钱更重要。

在市民委,小婉和盘善受到热情接待。

民委同志:"拨乱反正,落实政策,这是党中央的英明决策,尤其是对咱们少数民族,绝不能含糊。"

小婉:"俺家是汉族,不是少数民族。"

民委同志惊讶地:"恁不是回民?"

小婉指着盘善:"他是回民,我不是。"

民委同志:"恁家不是在寺门住吗?"

小婉:"俺家是在寺门住,在寺门俺家算少数民族。"

民委同志:"弄错了,弄错了,俺马主任一直认为恁封家是回民呢,原来恁封家是汉民啊。"

小婉:"不是回民是不是就不能落实政策了?"

民委同志："不管哪个民族，只要是冤假错案都必须落实政策，只不过俺民委只管少数民族的落实政策，汉族不归俺管。"

小婉："俺男人是回民，他是俺封家的女婿，就算给他落实政策不中吗？"

民委同志笑了："他是恁封家的女婿不假，可这落实政策的人必须姓封，恁封家是汉民，不归俺管，恁可以上区里，上市里，不管哪儿都有专门管落实政策的部门。"

找错了门。小婉和盘善压民委出来就奔了区里。

区里同志一样很热情："知，知，恁封家的事儿俺知，恁老父亲是咱祥符有名的收藏家、大玩家，专门收藏报纸，听说当年蒋介石请他去南京当官他都不去。有气节，令人敬佩啊。不过恁家的事儿有点麻缠。"

小婉："不麻缠，俺哥俺爸都是因为报纸死的，把报纸给俺拉回去不就完了。"

区里同志："我说的就是那些报纸比较麻缠。开个平反昭雪的大会容易，把报纸拉回去就不那么容易了。"

小婉："咋，报纸被烧了？"

区里同志："烧倒是冇烧，只是眼望儿在哪儿不好确定。"

小婉："有啥不好确定的，一问就知，当年是谁拉走的，拉到哪儿了，一问不就妥了。"

区里同志："冇你说得那么简单啊。"

小婉："那有多复杂啊？"

区里同志："据我所知，当年是红卫兵拉走的，红卫兵也不是一拨红卫兵，好几拨，眼望儿问谁谁都说不知，谁也都不愿意承担责任。"

小婉："不管是哪一拨红卫兵去俺家拉的，派他们去的是红总司，只要找到红总司的头头不就找到家了吗？"

区里同志："找当然可以找，但时过境迁，有难度啊，更何况……有些情况俺也不便说，慢慢来吧。"

小婉和盘善带着不理解和失望离开了区里，回到寺门把情况给沙二哥几个弟儿们一说。

白凤山："去球，恁家的报纸找不回来了。"

盘善："为啥找不回来？"

白凤山："当年红总司的头头就是那个唱老包的娘儿们,那娘儿们是崔市长的太太,你说吧,这一枪你往哪儿打,咋打? 打谁? 打不好还打到自己头上哩。"

尔瑟："就是,咱惹不起,人家是官太太。"

乌德："那也不能就这拉倒啊?"

马老六："不拉倒咋着,你去找她拼刀?"

白凤山："自古以来,民不和官斗,鸡不和狗斗。咱就是知报纸眼望儿在谁手里,中间隔住个女老包,谁也不敢给你。认吧。"

小婉和盘善不吭气了。

沙二哥一拍桌子："不认! 凭啥认? 为了那些报纸,封家丢了两条人命,封先生和德勇白死了? 不认!"

白凤山："不认你又能咋着,你是胳膊,人家是大腿。"

沙二哥："我去找那个娘儿们!"

马老六："别说胡话了,你以为你是谁? 你是她爹? 你去找那个娘儿们,人家连门都不让你进,艾三不就是例子,要不是为进市政府那个门,艾三也不会被你骂窜。"

沙二哥黑虎着脸说："艾三进不去那个门,我替他进,我还不信这个邪,衙门再大也得论理啊!"

沙二哥真去了市政府,他冇直接往里面闯,而是守株待兔往大门口一蹲,他就不信见不着小凤。他在市政府大门外蹲了一整天,终于在下班的时间让他给等着。

小凤骑着自行车压大院里出来,沙二哥起身挡住了她的去路。

沙二哥："麻烦请你留一步。"

小凤打量着沙二哥,觉得有点眼熟："你是哪位?"

沙二哥："贵人多忘事儿啊,我是寺门的。"

小凤："寺门的?"

沙二哥："民国三十七年咱见过面。"

小凤："民国三十七年?"

沙二哥："对,就是 1948 年,想起来冇? 在纪念塔旁边的茶楼里,假如你想不起来,那我就再提醒一下,祥符刚解放的时候,我到文庙街又找过你一趟,让你救一个叫艾三的朋友,你不会忘记吧?"

小凤蹙起了眉,点着头说道:"除了那两次之外,好像还见过一次,我陪俺家老崔去寺门喝过汤。"

沙二哥:"冇错,我打了封德勇区长,恁家老崔出面把事儿摆平。"

小凤:"你姓沙?"

沙二哥:"对,寺门卖牛肉的。"

小凤:"说吧,你找我啥事儿?"

沙二哥:"这里说话不方便,能不能借一步说话。"

小凤:"冇啥不方便,有啥事儿就在这儿说吧。"

沙二哥:"在这儿说好像有点不得劲。"

小凤:"冇啥不得劲的,你只管说吧。"

沙二哥:"那好,只要你觉着冇啥,那我更冇啥,我可就说了?"

小凤抬手瞅了一眼手表:"抓紧时间,我还有事儿。"

沙二哥:"我可能是咸吃萝卜淡操心,本来不碍我的事儿,我就是觉得理不顺,今个才来找你。民国三十七年你在茶楼里唱堂会的事儿咱就不提了,你我心里都清亮,眼望儿你是国家的干部,还是个局长,恁男人又是咱祥符的大头头,应该说恁两口跟俺寺门之间还有一种撕不烂套的关系,特别是恁家老崔。原本我是想直接找恁家老崔的,后来一想,还是先找找你吧,事情弄大对咱都有好处。"

小凤:"你到底要说啥?有话你就直说,别七不沾八不连扯恁多中不中。"

沙二哥:"这咋叫七不沾八不连?如果咱们压根就不认识,我今个也不会来找你。"

小凤:"我还是不明白你要说啥。"

沙二哥:"我要说的是,封家当年为了那些报纸丢掉了两条性命,眼望儿党中央落实政策,那些报纸在哪儿?谁拉走的?希望你能把当年拉走报纸的事儿说清亮,然后再把那些报纸给封家拉回去。"

小凤:"啥报纸?我咋不明白你在说啥?"

沙二哥:"装迷瞪不是?"

小凤:"装啥迷瞪,你说的这些事儿跟我冇一点关系。"

沙二哥:"你说不知那是装孬,你心里比谁都清亮。"

小凤:"你这个人可真有意思。请你让开,别挡我的路!"

沙二哥:"咋,你想不认账?"

小凤:"把路让开,要不我喊人了!"

沙二哥瞅了一眼市政府的大门:"这是恁的门口,艾三就是在这个门口被恁拧住的。你不用喊人,我又不是拦路抢劫,不过我告诉你,今个我来找你是看在你跟艾三过去那段情分上,你认不认不碍着,你帮不帮忙也不碍着,我也不会去找恁家老崔。但是有一点,当初你指使人拉走封家报纸的目的,你我都清亮,想瞒也瞒不住,说句实在话,戏子在旧社会给当官的唱堂会算不了啥,摊为一张报纸害死两条人命,你就不怕我给你吆喝出去? 当然,你是官太太,你还可以不怕,可有一点我要提醒你,寺门的人都是粗人,说话不招呼,万一哪天我碰见恁家老崔,一不招呼把你和艾三的事情说给他,咋办?"

小凤:"你威胁我,对吧? 我可警告你,你这种无赖手段起不了一点作用,你以为俺家老崔就会相信你的话? 太可笑了,我们夫妻恁多年,经过恁多风风雨雨,他能信你而不信我? 你眼望儿碰见俺家老崔我都不怕,别拿这来吓唬我!"

沙二哥笑了。

小凤:"有啥可笑的,我是实话实说。"

沙二哥:"我要是碰见恁家老崔,只跟他说一句话,我保准他会相信。"

小凤:"说啥话?"

沙二哥压低了嗓门轻轻说道:"三哥给我说罢了,你的咪咪下面有颗黑痣。"

"你……"小凤的脸一下子涨红起来,被噎住。

沙二哥往后撤了一步,伸出手彬彬有礼地做出了一个请的姿势:"对不起,局长,我挡你的道了,你请。"

小凤气得脸色发白,站在那儿动动。

沙二哥:"你要是不请,那我就请了。"说罢晃着膀子,嘴里哼着西皮流水,离开了市政府大院门口。

小凤追过去的声音把祥符话变成了普通话:"卑鄙! 无耻! 下流! 你的阴谋休想得逞!"

沙二哥把见到小凤的情景给几个弟儿们描述了一遍。

乌德:"去球了,这娘儿们不买账。"

尔瑟:"不买账就真去找她男人,把她那些丑事儿给抖搂出来。"

马老六:"抖搂出来又咋着,人家才会觉得这是在用卑鄙无耻下流的手段。"

白凤山:"老六说得冇错,路数不对,你就是说她咪咪下面有八颗黑痣又能咋着? 揭她的短,崔洪一恼反而回头收拾恁。"

沙二哥:"我就是吓唬吓唬她,就是见到崔洪咱也不能说这。"

乌德:"拉倒,二哥,封家的事儿由国家去管,能给平反昭雪就不孬了,别再提报纸的事儿了,冇用。"

尔瑟:"就是,报纸是纸,眼望儿就是还在,恁多年也不定成啥球样,费了恁大的劲,弄回来一堆稀哄烂的玩意儿,见不着不伤心,见着了更伤心。"

白凤山:"是这个理儿。"

沙二哥默默无言,他心里清亮大家说得都对,他就是心不甘,报纸弄不回来他老是觉得对不起九泉之下的封先生,可又冇啥更好的办法。

故天将降大任于斯人也,必先苦其心志,劳其筋骨,饿其体肤,
空乏其身,行拂乱其所为,所以动心忍性,曾益其所不能。

　　　　　　　　　　　　　　　　——引自"四书五经"

九十八、"我不想让一张报纸毁了我已经得到的一切……"

让人冇想到的是,就在沙二哥认为小凤把路堵死的时候,小凤第二天却找上门来。

"请问沙师傅在家冇?"小凤推着自行车进了院子。

正在院子里晾晒衣服的汴玲问道:"在家哩,请问你是……"

小凤:"我是文化局的,我想找一下沙二哥。"

听见动静的沙二哥压屋里出来:"太阳真是压西边出来了。"

小凤:"沙师傅,夜隔是很抱歉,今个我来找你,是想和你谈谈。"

沙二哥:"好啊,我巴不得。请屋里坐吧。"

小凤跟着沙二哥进到屋里。

小凤环视着屋里:"恁这房子年头不少了吧?"

沙二哥:"年头不少了,俺爹来祥符的时候盖的。"

小凤:"听说恁家的祖籍是山东?"

沙二哥:"那是俺爹,我的祖籍在祥符。"

小凤："不管你是哪儿人,我觉得你是个爽快人,我希望今个咱俩的谈话是这样。"

沙二哥："俺妈经常骂我狗改不了吃屎,好听的词儿不太会说,得罪人的话全挂在嘴上,小凤局长不要介意就是。"

小凤："别叫我局长,就叫我小凤,今天我来恁家,你就把我当作一个妹子,我就叫你二哥,不是套近乎,这样说起话来更家常一点,中不?"

沙二哥："当然中,那就算我高攀妹子了。"

小凤："二哥,以前的事情咱就不多说了,就像你说的那样,咱俩心里都清亮,你我都是压旧社会过来的人,都知旧社会是个啥样。妹子在茶楼里唱堂会,跟艾三扯不清,是迫不得已。可你知,跟艾三扯不清冇啥,他的名头不算大,对我的影响也不大,但是给刘茂恩唱堂会就不一样了,他还赏了俺大洋,刘茂恩是啥人物头? 国民党的省主席、反动派的大头目,就凭这一段历史,我的一辈子完全有可能被毁了。为了这一段不光彩的历史,新中国成立以后我小心翼翼,处处夹着尾巴做人,我给志愿军捐坦克、给受灾的群众捐款捐物、领着剧团下基层去边疆,我想尽一切办法来遮盖自己历史上的污点。冇错,封家的报纸是我派人去拉的,可我真的不知后来会搭进去两条人命。我知我在恁寺门人的眼里不是啥好女人,跟艾三扯捞是为找个靠山,嫁给崔洪是为了保护自己掩盖身上的腌臜。戏子是啥? 戏子在人们眼里啥都不是,连祖坟都不能入。今个靠这个捧明个靠那个捧,今个跟这个睡明个跟那个睡,别以为戏子愿意这样,对一个女人来说,不这样咋办? 不这样就过不上好日子,不这样就冇出头之日,我不想让一张报纸毁了我已经得到的一切……"小凤的眼泪哗哗地流出来。

沙二哥见状不知咋办是好："别,别别,你别哭啊……"

小凤哽咽地继续说道："夜隔咱俩见罢面后,我一夜也冇睡着,脑子里就像过电影一样,酸甜苦辣咸,一幕一幕,我知自己对不起封家,可我真的是冇办法。二哥,我知我错了,我求求恁别把这事儿抖搂出去,别让俺家老崔知,我也是奔五十的人了,上有老下有小,二哥,我给封家赔点钱,恁放我一马中不中? 我给你跪下了,二哥……"

小凤扑通跪在了沙二哥的面前,这一跪把沙二哥彻底给跪傻脸了。

沙二哥："你、你这是弄啥,赶紧、赶紧起来……"

小凤:"二哥,你得答应我,别再缠报纸的事儿,别让我丢人,别让俺家老崔跟我离婚,我求求你了……"

沙二哥:"中中中,有话好说,站起来说。"

小凤:"你不答应,我就不站起来。"

沙二哥:"我答应,我答应,赶紧起来,你不起来让俺家的人瞅见还不知咋回事儿哩,我答应你……"

小凤压地上站了起来,压随身带的提包里掏出一个鼓囊囊的大纸袋子:"二哥,这里头是两千块钱,不多,却是我这些年的积蓄,请你转交给封家的人吧……"

沙二哥送走了小凤,提溜着大纸袋子去了封家,他把大纸袋子往封家的八仙桌上一搁,说明了来意。

盘善把大纸袋子打开一瞅,顿时俩眼放光,说道:"恁多啊,我从米有见过恁些钱,盖一院大瓦房有一点问题。"

盘善看罢大纸袋子里头的钱,给小婉递了过去,小婉却无动于衷。

盘善:"婉儿,你瞅瞅,真的不少。"

小婉:"瞅啥瞅,一辈子有见过钱啊你!"

盘善:"真的有见过恁多钱。"

小婉:"瞅你那个有出息孙样儿!"

盘善见小婉脸色变了,不敢再吭气。

沙二哥:"婉儿,咋,你的意思是不要?"

小婉:"二哥,你说我能要这钱吗?我收下了这个钱,俺爹俺哥等于白死;我收了这个钱,俺封家的报纸等于有影儿了;我收了这个钱,认识俺的人会咋看俺?人家会戳我的脊梁骨骂我是不孝之女,骂我是见钱眼开。二哥,劳驾你把钱给她送回去,俺不要钱,俺就要俺的报纸。"

沙二哥为难了,他已经答应了小凤,如果再把这个钱送回去,对他来说就等于把吐出去的痰又舔了回去。

沙二哥:"婉儿,二哥知你的心情,你听二哥跟你说……"

小婉:"你不用跟我说,这事儿根本有法儿拆洗,也拆洗不了。"

盘善:"你看你,你听二哥说说又能咋,二哥这不也是为咱好嘛,换别人,谁管恁封家的事儿?"

沙二哥:"婉儿,是这,钱你先收着,报纸咱还继续去要。我是这么想的,咱先全力去找报纸,如果咱家那些报纸还在,咱就把这钱退回去,如果咱家那些报纸已经被毁,实在冇了,这钱咱收下也理所应当,总比人财两空强吧。"

盘善:"二哥说得在理儿。"

小婉沉默了片刻,说道:"我是觉着,俺爹俺哥是为报纸死的,这钱在我眼里就好比买了俺爹和俺哥的命,报纸真要是找不回来,我就是花了这钱,心里也不得劲。"

沙二哥:"人死不能复活,恁爹和恁哥会知你的这种心情,他俩就是在那个世界也盼着你过得好不是? 听二哥的话,把钱先收着,等二哥再做一把努力,放心吧妹妹,封家的事儿就是我的事儿,二哥会再想法儿的。"

话是这么说,咋样再去找那些报纸沙二哥心里一点底都冇,几个弟儿们商量来商量去,也冇商量出个好法儿。

尔瑟:"依我看,这事儿还得去找崔洪,只要他发句话,这事儿就好往下查了。"

乌德:"不管咋查,一查不又查到那个娘儿们头上嘛。"

马老六:"要我说,背着崔洪,还让那个娘儿们去查,只要崔洪不知,那个娘儿们就冇事儿。"

白凤山:"说得轻巧,那娘儿们又不是落实政策办公室的人,她就是再呛实,也不能抢缸①啊。"

马老六:"抢缸不抢缸,那娘儿们毕竟是官太太,从古到今官太太背地干坏事儿的还少吗? 干一回好事儿也是应该的,我说得对不对,二哥?"

沙二哥默默点着头:"对,解铃还须系铃人,我还得去找她。"

沙二哥第二回找到小凤是在豫剧团的排练场。小凤听完沙二哥的说法之后,显得万般为难。

小凤:"二哥,你让我咋去查呀,即便是查出个眉目,组织上一介入,不是还得把我给牵扯出来嘛。"

沙二哥:"冇事儿,你只需要把查找的线索告诉我就中,剩下来的事儿由我来办,我保证不会牵扯到你。"

小凤:"二哥,封家是不是嫌钱少啊?"

沙二哥的脸不好看了:"你要觉得是封家嫌钱少,这事儿我还不管了,让封家的人来找你,看会不会给你闹个稀查查。"

　　小凤:"别别,二哥,你让我再想想,再想想……"

　　沙二哥:"慢慢想,别着急,这事儿不是一会儿半会儿的事儿,有啥线索你通知我就中。"

　　一晃大半年过去了,寺门发生很大的变化,国家政策允许摆摊设点之后,寺门跟儿的小吃摊儿犹如雨后春笋全露出了头,尔瑟、乌德、白凤山、马老六等人首先恢复了自家的传统吃食儿,嗬,那个火爆。眼瞅着别人赚钱,汴玲坐不住了,敦促沙二哥也把自家的牛肉恢复了出来,并且把一座铁皮焊成的亭子竖在了南口,那个扎眼,那个火爆,祥符城的人就好像八百年冇吃过五香酱牛肉一样,沙家每天一头牛的肉都不够卖,早起七点钟出摊,晌午一过就卖光,每天把沙二哥高兴得,嘴恨不得咧到后脑勺,每天也不去上班了,只顾自家的生意。公家的牛羊肉加工厂一恼,张榜把还差一年就办退休的沙二哥给开除了。开除就开除,沙二哥根本就不在乎,于是他戴上礼拜帽,扎上白围裙,专业卖起了自家的五香酱牛肉。

　　盘善瞅着别人挣钱眼都绿透了,他跟小婉大吵了一架,公然威胁,不让他做生意的话就跟小婉离婚。小婉冇法儿,只得把收小凤的那两千块钱给了盘善当本钱去做生意。盘善心大,想一口吃个胖子,抓着那两千块钱带着小婉和儿子一家人南下去了深圳,据说那里能倒卖汽车。妥,小凤赔偿的钱用罢了,再盯着人家要报纸就冇道理了,寺门跟儿的人都认为封家的报纸彻底去球。

　　就在封家的报纸渐渐被人遗忘时,忽然有一天,小凤出现在南口沙家的亭子前。

　　小凤:"二哥,报纸有音儿了。"

注:
①抢缸:抢风头。

自伯之东，首如飞蓬。岂无膏沐。谁适为容。

——引自"四书五经"

九十九、"我的良心还冇让狗吃掉！"

小凤给沙二哥带来了一个确切的消息，经过她背地里的一番调查，封家的报纸真的有了下落。当年她从被红总司拉回的报纸中翻出并抽出她给刘茂恩唱堂会的那张报纸之后，那批报纸就被拉到了市图书馆，后来不知咋被省图书馆知了，又被拉到了省图书馆，之后又被省党史办知了，认为这批报纸有极高的历史资料参考价值，经过省有关部门的协调又被拉到了省党史办，眼望儿存放在省党史办的资料室里。

沙二哥急忙把卖肉的活儿交给儿子义孩儿，匆匆去了封家。

封家的人去了深圳，只有洪芳留在了家里，沙二哥把报纸的消息告诉了洪芳，她却显得很为难。

洪芳："我这一辈子几乎就在寺门，连祥符城都冇咋出过，省里的党史办门朝哪儿我也不知，就是找到了省党史办的门，我也不知该咋说，人家也不一定把报纸给我，还是等小婉和盘善回来再说吧。"

沙二哥："最好别等，小婉和盘善一时半会儿也不一定能回来，要冇这样，我陪你一起去省里，你是封家的人，有个说头，他们只要认这个账就好办。"

洪芳："二哥，说来我是算封家的人，我这大半辈子都是在封家这个院子里，可不知咋着，我老是觉着德勇和他爹走了以后，我就不是封家的人了。不怕你笑话，我几次都有心再走一家，不愿意拖累封家人，可不知为啥，一想到如果离开寺门，就好像冇地儿去了，我一个寡妇娘儿们，年轻时来到寺门，眼望儿都白了头发，我也不想离开，总觉得还有啥念想似的，其实心里比谁都清亮，啥念想？啥念想也冇，我的念想就是死了以后让阿訇给我念念经，让我来世托生成个穆斯林。"

沙二哥："中了，别说那些难受话了。大家都知，你在寺门也冇少遭罪，眼望儿日子平稳了，过去受过多大苦咱知，以后能享多大的福咱不知，过一天算一天，做一件事儿算一件事儿，能把报纸要回来，也算是知恩图报吧。"

就这，沙二哥陪着洪芳坐长途车去了省城。为了能办成事儿，沙二哥特意带上了几斤牛肉和牛肚，还带上了花生糕等一些寺门的名小吃。谁知大老远跑到省城找到省党史办，却跟人家省里的同志话不投机。

省里的同志操着普通话说："你们怎么能证明报纸就是你们的？"

沙二哥指着洪芳："她是封家的儿媳妇，这还能有假？"

省里的同志："老同志，我不是说她是假的，我是说，你们要有充分的证据来证明我们这里的那些报纸是你们的。"

沙二哥："充分的啥证据？"

省里的同志："比如说，封家的祖辈收藏这些报纸的证据，有谁能证明这些报纸就是封家收藏的。"

沙二哥："俺寺门的人都能证明。"

省里的同志："光有你们寺门的人证明还不够。"

沙二哥："那就是日本人能证明，老日当年也要拉走封家的报纸，还有台湾那个死罢了的老蒋。"

省里的同志："证据呢，你能拿出证据吗？"

沙二哥恼了，一把扯开衣襟亮出了自己的胸膛，露出了一道道疤痕："证据这儿！"

省里的同志为之一震，蹙起了眉头问道："日本人打的？"

沙二哥："中国人冇这个胆！"

省里的同志:"这个证据还不足以证明。"

洪芳一下子愤怒了,冲着省里的同志大声吼道:"鞭子右挨到恁身上,恁永远也不知啥叫疼啥叫痛,寺门的人为了俺封家的报纸,躲罢日本鬼子躲蒋介石,躲罢蒋介石还要躲恁。叫俺拿出证据,应该拿出证据的是恁,恁咋不拿出证据来说报纸是恁的?恁要是公平,恁就告诉俺这些报纸是咋来到恁这儿的!恁说得清吗?恁以为恁这儿是衙门恁就可以霸占别人的东西,恁还论理不论理呀!"

省里的同志:"这位女同志,火气不要那么大嘛,我们这不是在按程序办事嘛。如果报纸真是你们的,国家当然要还给你们,落实政策的每一个环节都要细,不能出一点问题,否则会造成非常严重的后果。不能着急,要按程序,要调查研究,你们先回去,我们会与祥符市的有关方面联系,有了结果会及时通知你们的。这样吧,你们先把地址和联系方法留下来。"

沙二哥拉起洪芳就走。

省里的同志:"哎,把联系方法留下来。"

沙二哥转过身大声说道:"进了祥符城,随便捞一个人打听寺门,到了寺门,随便捞一个人打听沙老二,他要说不知,我就是恁儿!"

沙二哥和洪芳搭上长途车又回来了。

洪芳:"二哥,拉倒吧,我看报纸咱是要不回来了。"

沙二哥憋着一肚子不服气,绷着脸说:"不中,还得找!"

洪芳:"算了吧,我觉得他们就是不想把报纸还给咱。"

沙二哥:"你别管了,这事儿我非得跟他们别筋到底!"

第二天沙二哥刚出摊,小凤就跑来了,当她得知沙二哥跟洪芳去省城的情况之后,半晌冇说话。

沙二哥:"妹子,不是我给你添麻烦,咱都是一把岁数的人了,我知你有难处,可封家的报纸要不回来,我心里就跟堵着一块石头一样。"

小凤默默地压提包里取出笔和纸,写完之后交给沙二哥:"这是俺家的地址,明个你去找老崔吧。"

沙二哥:"这,这能中?"

小凤:"二哥,我的良心还冇让狗吃掉!"

沙二哥是个吃软不吃硬的人,当小凤让他去找崔洪的时候,他却犹豫了,他突然觉得小凤这个女人很可怜,觉得他要是去找了崔洪,就好像自己的良心被狗吃掉了。经过激烈的思想斗争,他决定再想办法,不去找崔洪。

再说小凤,当她把家的住址给罢沙二哥之后,如释重负,下班后回到家,亲手做了一桌崔洪爱吃的饭菜,还特意买了一瓶酒。

崔洪下班走进家门,瞅着满桌子饭菜有点纳闷,用手捏起一块五香酱牛肉填进嘴里。

崔洪:"嗯,不错,一吃就知道是沙家牛肉,去寺门了?"

小凤冇吭气,抓起酒瓶往杯子里斟满酒:"来,喝点。"

崔洪有些奇怪地:"不年不节的,咋了?"

小凤:"喝吧,今个我有话要跟你说。"

崔洪端起了酒杯,他冇想到的是,小凤与他碰了一下杯后把杯子里的酒一口气儿灌进了嘴里。

崔洪:"你今天有点反常啊。"

小凤:"我反常了一辈子,今个算是正常。"

崔洪:"此话怎讲?"

小凤:"老崔,咱俩夫妻一场,你对我了解多少?"

崔洪:"不能说是完全了解,也能了解个八八九九吧。"

小凤摇了摇头,给杯子里斟满酒:"来,再喝一个,我今个让你了解我的全部。"

崔洪:"不喝酒就不能了解吗?"

小凤:"恁男人们不是常说酒壮怂人胆吗? 女人同样,我要是不喝点酒,怕是冇这个胆儿。"

崔洪:"咱俩是夫妻,夫妻是什么? 同林鸟? 大难来了各自飞? 咱们是老夫老妻,已经过了各自飞的年龄。说吧,我还不至于那么脆弱。"

小凤依旧把第二杯酒灌进了肚子里,随之说道:"老崔,还记得咱俩是咋认识的吗?"

崔洪:"当然。"

小凤:"其实你真不该喜欢一个唱戏的。"

崔洪:"我就喜欢唱戏,为啥就不能喜欢唱戏的?"

小凤:"算了,咱不说这个,还是说说寺门吧。"

崔洪："寺门怎么了,和让我了解你的全部有关?"

小凤："关系大了,你不觉得冇寺门就冇咱俩的夫妻关系吗?"

崔洪："这倒是。是不是还要感谢那个艾三啊?"

小凤坦然地："是的,也要感谢他。"

崔洪："是啊,艾三也要感谢你啊,要不是你,当年他也就被镇压了,不管怎么样,你对艾三也算有情有义。"

小凤两眼直勾勾地瞅着崔洪,半晌冇说出话来。

崔洪："用不着惊讶,你也不用解释,该知道的我都知道,你信吗?"

许久,小凤说道："还有你不知的,你信吗?"

崔洪："我当然信。有句名言是这么说的,夫妻是最亲密的敌人。当然,这个敌人是带引号的,意思就是……"

小凤："你用不着注解,我懂,用俺祥符老百姓形容老表的话说就是,老表老表榷死拉倒。"

崔洪笑了,说道："夫妻就是夫妻,不是老表,夫妻之间的共同利益要比老表多。"

崔洪笑了,小凤却哭了,而且哭得很伤心,崔洪越是劝她哭得越凶,她把崔洪给哭毛了。

小凤边哭边说着："老崔,咱俩离婚吧,我对不起你,我身上背着血债,我害死了寺门封家的两条人命……"

第二天早起,沙二哥刚打开亭子,就瞅见崔洪站在了亭子前面。

沙二哥："你咋来了,老崔?"

崔洪："二哥,你给我介绍一下,寺门的汤哪一家最好。"

沙二哥："当然是尔瑟家的汤,你不是喝过?"

崔洪："对汤我知之甚少,没有你们寺门人指点迷津,恐怕是喝不上好汤的。尔瑟家的汤我是喝过,好在哪儿你总得给我批讲一下吧。"

寺门

自诚明，谓之性；自明诚，谓之教。诚则明矣，明则诚矣。

——引自"四书五经"

一〇〇、"恁要敢把报纸卖喽，从今往后就别搭理俺姓沙的！"

那天早上，沙二哥把亭子交给儿子后，拉着崔洪去喝尔瑟家的汤。两人在喝汤的时候，冇提一句封家报纸的事儿，全是扯闲篇。

崔洪："二哥，喝汤羊身上的肉哪块最好？"

沙二哥："当然是肋条。"

崔洪："我在祥符也待了半辈子，都说寺门的汤好，到底好在哪儿呢？"

沙二哥："其实，进了祥符城，不管哪儿的汤都差不多，都说寺门的汤好，指的不是汤本身，按我的理解，指的是寺门这块地儿和别的地儿不一样。"

崔洪："你说说咋不一样？"

沙二哥："喝汤的人习惯不同，有人爱喝肥一点，有人爱喝瘦一点；有人爱掌辣椒，有人不爱掌辣椒；有人爱多掌芫荽，有人却不爱掌芫荽。这些都属于个人的口味喜好，全祥符的汤锅冇啥不同。寺门的汤除了这些，最大的不同，就是俺穆斯林特有的风味。"

崔洪："啥风味？"

沙二哥指着东大寺大殿顶上的星月,说道:"寺门的汤是在星月的照耀之下,寺门的汤是在这一条生与死搅和在一起的清平南北街上,人活着和无常在穆斯林的眼里都在星月下面。如果冇这座东大寺,如果冇随眼可见的礼拜帽,如果冇'卖尻孙'这样的骂大会,寺门的汤锅就跟别处的汤锅冇啥不一样,就是因为有这些,寺门的汤锅才能盛出跟别处不一样的汤。祥符人喜欢寺门的汤是认寺门这个味道,寺门的汤好也就好在这里吧。"

崔洪点头赞许:"二哥说的话和寺门的汤一样地道,说得好!"

沙二哥:"汤就是汤,牛吹得再大也还是要喝出汤本身的味道。"

崔洪:"汤本身的味道是啥味道?"

沙二哥:"要不要我教你一招喝汤的方法?"

崔洪:"喝汤还有招儿?"

沙二哥:"喝汤也有喝汤的学问,你瞅那些喝汤的人,他们都是啥喝法。"

崔洪:"喝汤还有喝法? 不就是汤碗里放盐,放芫荽,放辣椒,再把锅盔掰在汤碗里吗?"

沙二哥:"那是大众的喝法,我喝汤跟他们不一样,你瞅瞅我的汤碗。"

崔洪瞅了一眼沙二哥面前的汤碗:"你啥都没有放?"

沙二哥:"奥妙就在这里,真正的喝家,除了掌芫荽,辣椒和盐统统别掌,不信你试试,喝喝是啥味儿。尔瑟,给老崔按我的法儿再盛碗汤。"

尔瑟盛了一碗只掌了芫荽冇掌其他的白汤端给了崔洪。

沙二哥:"喝喝试试。"

崔洪吹拂了一下碗里的汤,下嘴喝了一口,又喝了一口,品了品味再喝了一口。

沙二哥:"咋样?"

崔洪竖起了大拇指:"地道!"

沙二哥:"啥叫原汁原味,这才叫原汁原味,也就是说,会喝的喝门道,不会喝的喝热闹,鲜汤鲜汤鲜在哪儿? 窜了味还能叫鲜汤吗。"

崔洪颇有感触地:"掌了盐就不叫鲜汤,叫咸汤。真是汤如人,人如汤,寺门的汤和人都是原汁原味。"

崔洪一直到退休了好多年,也冇帮封家把报纸要回来,无官一身轻的他拄着拐棍去了省城的统战部,据说是他的拐棍把省城统战部里的地板踩得咚咚直响。在省城统战部的努力之下,封家的报纸终于被拉回了封家。

报纸拉回来的那天,寺门跟儿的街坊四邻老少爷们全拥到了封家,拉报纸的卡车停在封家院门口往下卸的时候,那些当年目睹报纸被拉走的人议论纷纷。

"拉走的是满满一卡车,拉回来咋就成了半卡车了?"

"卖尻孙,这不是明装孬!"

"瞅瞅,报纸上还盖着公章哩,盖了公章就成公家的了?共产主义提前实现了?"

"就这吧,能给你拉回半车就不孬了,总比一张也拉不回来强吧。"

"眼望儿老物件都值钱,鬼市上一张毛主席接见红卫兵时候的报纸都能卖五六十块。"

"能恁贵?"

"你当。像封家这样的民国报纸,咋着也能卖一二百。"

"封家这回发财了,就这半卡车报纸,咋着也能换一座别墅吧。"

"一座别墅,你别叫两座别墅听见,封家只要想卖,至少也能换回半拉鼓楼。"

"唉,鼓楼也被败家子们给扒了,鼓楼要是不扒,能换回美国一艘航空母舰。"

"卖尻孙们,糟蹋了多少好物件,封家的人不会再拉着报纸东躲西藏了吧。"

"难说,不怕贼偷就怕贼惦记,冇准又被谁惦记上了哩。"

…………

听说报纸拉回来了,在南方做生意的小婉跟盘善把生意交给儿子后赶回了祥符。这些年小婉跟盘善冇少折腾,压在深圳倒汽车开始,两口子又倒过钢材,倒过化肥,又窜到埃塞俄比亚卖过蚊香,去伊拉克批发过帐篷,时兴炒股他俩又去炒股,折腾了三百六十圈也冇挣上个大钱。这一回听说家里的报纸拉回来了,他俩觉得大商机又出现。尤其是小婉,经过这么些年的摸爬滚打,时势造出了个女英雄,她摩拳擦掌雄心勃勃,要回来抱大金娃娃。怕就怕瞌睡的时候有人塞上个枕头,塞这个枕头的是大上海图书馆,人怕出名猪怕壮,大上海图书馆也不知压哪儿听说了祥符的封家有这一批老报纸,无论从年份、品种、数量还是齐整的程度都是中国第一，即便只剩下了半卡车，也还是中国第一。

大上海图书馆的人找上了门，与小婉私下一番讨价还价之后，初步达成了一个价钱，就是按张查钱，一张报纸四百块钱。这个价钱让小婉兴奋得睡不着觉了，按张查查下来，不夸张，真能买半拉鼓楼。当小婉把这个振奋人心的价钱告诉了洪芳后，封家发生了自洪芳进封家以来头一次也是最大最激烈的矛盾冲突。

洪芳："就是能卖出个老天爷的价钱，我也不同意卖报纸。"

小婉："你不同意白搭了，你不是封家的人！"

洪芳："我咋不是封家的人，恁哥不在了我还是恁嫂。"

小婉："认你这个嫂你就是个嫂，不认你这个嫂你就得压这个家里搬出去！"

洪芳："我可以搬出去，我就是搬出去恁也不能卖报纸！"

小婉："可笑，你管得着吗？别说卖报纸，我就是把这一院房子都卖了，法律文书上也是姓封的签字！"

沙二哥听说封家摊为卖不卖报纸的事儿闹得不可开交，要去封家问个究竟，被汴玲拦下。

汴玲："中了，封家的事儿你别再管了，人家的事儿你别老是插一杠子。"

沙二哥："那要看啥事儿，封家的报纸是封先生用命换来的，是我跟寺门的弟儿们冒死保住的，封小婉不能不凭良心。我就是要管，别拦我！"

汴玲扯住沙二哥的胳膊："你都七十多岁的人了，咱妈都快一百岁了，安生过吧，生那气弄啥！别再气出个啥歹来，值不当。"

沙二哥："少废话，你把手撒开！"

汴玲："我不撒开。"

沙二哥："你撒不撒？"

汴玲："我不撒！"

沙二哥："不撒我可打你呀！"

汴玲："你打我也不撒！"

义孩儿一旁劝道："瞅瞅恁俩，丢人不丢，恁大岁数还跟小孩儿一样。"

沙二哥："恁大岁数咋了？我就是到恁奶奶那个岁数，不听我的我照样打人！"

义孩儿："打，打，你倒是能打动哩，也不瞅瞅多大年纪了，好汉不提当年勇，爷们，俺妈说得对，安生吧。"

沙二哥："卖尻孙，你看我打动打不动！"说完扬起手里的拐棍就去夯儿子。

义孩儿伸手接住了夯过来的拐棍："妈，别拦他，让他去！他还以为眼望儿是每章儿，他在寺门跺跺脚东大寺都觳觫，让他去，他要是能挡住俺小婉姑姑卖报纸，我倒立走路！"

这句话让义孩儿说着了，去到封家的沙二哥好话孬话说了几大筐，甚至都骂了八辈儿，小婉都冇回心转意的意思。

盘善一旁劝说道："二哥，消消气儿，按汉族人的说法，我是封家的客，不好多插言，再说也不是一个民族，有些话也不好多说。你说是吧，二哥？"

沙二哥冲盘善一瞪眼："滚蛋！冇你说话的份儿！再啰唆我撂你个蛋皮！"

盘善缩到一边不敢吭气儿了。

小婉："二哥，我知你对俺封家有恩，有恩归有恩，来日方长俺报恩，可日子还是各家过各家的不是？恁沙家的牛肉祥符市有名，日子也比俺过得好，恁祖上给恁留下这么个营生，俺祖上给俺留下啥？就留下这些报纸，俺再不拿它换几个钱，俺的日子可就冇法过了。"

沙二哥："恁少吃缺喝吗？恁日子过不下去了吗？恁的日子要是过不下去了，我给恁钱，恁也不能卖报纸啊！我今个丑话给恁说到头里，恁要敢把报纸卖喽，从今往后就别搭理俺姓沙的！"

小婉："不搭理就不搭理呗，俺也得过日子呀。"

沙二哥带着一肚子气儿压封家出来，一路走一路骂："不孝子孙啊！家门不幸！封先生，恁老在天有灵就赶紧发一句话，封先生啊，恁老咋不搭腔啊……"

寺门跟儿的人都清亮，沙二哥的话小婉要不听，就冇人说话有分量了。所有人都在摇头为封家的报纸惋惜，都在骂小婉是败家子。

> 有德此有人,有人此有土,有土此有财,有财此有用。德者,本
也;财者,末也。
>
> ——引自"四书五经"

一〇一、"其实我早就该离开这个家了。"

小婉真的要卖报纸了。当大上海图书馆的人付罢现金支票,来拉报纸的时候,惊心动魄的一幕出现在寺门跟儿的人们面前。

洪芳躺在了拉报纸的汽车前面,说啥也不起来。

小婉歇斯底里冲躺在车前面的洪芳狂吼着:"臭娘儿们,想要钱言一声,我给你,这是俺家的报纸,你滚一边去! 滚开! 再不滚开就用车轱辘碾死你个臭婊子!"

洪芳:"碾死我吧,今天你不碾死我这个臭婊子,这车就休想开走。"

小婉:"盘善! 你是木头啊! 把这个臭娘儿们给我拉开!"

盘善向前抄了一步①,停住脚不敢再向前抄步了,他瞅见沙二哥正用眼睛盯着他。

小婉:"盘善! 你聋了!"

盘善依旧不敢上前。

小婉放声痛哭起来:"咋了,俺家的报纸俺还不能当家了,俺咋就得罪怹

寺门的人了,这是咋了吗,俺求求恁还不中吗? 俺求求恁了啊……"

有人劝,也有人回应,也有人吭声,众人个个冷眼旁观。

大上海图书馆来拉报纸的人一见这种场面,吓得更不敢吭声。

小婉一边哭一边拨通了110。

警察来了,问清缘由,看罢手续之后,警察走上前动员洪芳压地上起来,挡住人家的去路是违法行为,洪芳搭理都不搭理。

警察:"大娘,家务事好说好商量,合同都签罢了,应该按合同办事儿,让人家上海的同志先走。"

洪芳用手指头塞住了耳朵眼。

警察:"大娘,你躺在这儿影响多不好啊,净给咱祥符人脸上抹黑不是,快起来,再不起来俺可就要把你抬起来了。"

洪芳依旧不予理睬。

几个警察一商量,上前捞住洪芳的四肢。

沙二哥大喝一声:"住手!"

小婉:"二哥,你行行好,积积德,别再掺和俺封家的事儿了,俺下辈子托生成牛让恁宰中不中!"

沙二哥瞅也不瞅小婉一眼,冲着寺门跟儿的人大声道:"寺门的老少爷们,封家的先人压搬到寺门的那一天起,从来就冇跟咱穆斯林拌过一句嘴,红过一回脸。小婉她爹封先生,在那个年月算是咱寺门学问最大的人,我压小就听他老人家给咱寺门跟儿的人念报纸,讲报纸上的各种稀罕事儿。我小的时候,俺妈经常对我说,瞅瞅人家封先生,满肚子墨水,上知天文下通地理,冇他不知的事儿,为啥? 就是因为封家的上辈人是书香门第。俺妈还经常说,俺沙家的人就会卖牛肉,啥时候能出个像封先生那样的人,把钱都花在了学问上,穿得不咋着,吃得也不咋着,但人家是秀才不出门便知天下事儿,凭啥? 就凭人家认字有文化,就凭人家封家有恁多的报纸。民国二十八年,日本人占领咱祥符的时候,整个寺门,整条清平南北街,谁不知封家的人跟咱穆斯林为了保护这些报纸,差一点被卖尻孙日本人要了咱的命;民国三十六年要不是咱寺门艾家的三哥恳请国军六十八军的黄樵松军长帮忙,封家的这些报纸眼望儿就了台湾。为了这些报纸,八姐瘸了一条腿;为了这些报纸,封家丢了两条人命;为了这些报纸,咱祥符的老市长崔洪跑到省城跟人家拍桌子。

不错,这报纸是恁封家的,别人无权过问,可恁想过冇,要冇恁多的人保护恁封家的这些报纸,恁会做成今个的大交易吗?恁只想把报纸换成钱,恁不想别人对报纸的感情。今个我就说说躺在车轱辘底下这个被恁骂作'臭娘儿们''臭婊子'的女人,她压二十出头来到寺门,被日本鬼子霸占过,被国民党军官收留过,后来又嫁给了共产党的区长。就是因为她这一段拿不出门的历史,遭人白眼,被人嘲笑,直到她压一个水灵灵的大姑娘变成了一个干巴巴的老婆儿,她还觉得抬不起头。咋了,她哪儿对不起咱寺门?哪儿对不起恁封家?今个只有她站出来不让恁把报纸拉走,那是因为在她心里有寺门,有封家!恁要是有种,今个恁就当着寺门人的面用车轱辘压她身上碾过去,今个恁这些警察要是不讲道理,恁就把她关进局子里!我倒要瞅瞅恁这车报纸是咋拉走的,我倒要瞅瞅人的良心是不是能被狗吃了,恁真要是能做到,祥符城的地底下埋的就不是五座城,就是六座!"

沙二哥的一番话说完罢,围观的人堆里冇一个人应对,冇一个人吭气儿,却有不少人在擦脸上的眼泪。

警察们一言不发地开着警车走了。

大上海图书馆的人低着头走到小婉跟前伸出了手。

小婉流着眼泪压衣兜里掏出现金支票交还给了大上海图书馆的人……

在沙二哥的招呼下,寺门跟儿的人帮着把报纸重新搬进了封家之后,院子门口的人才渐渐散去。

回到屋里的洪芳关着门在屋里整整待了一天,黄昏时分,她打开房门,手里拎着一个大包走了出来。

守候在门外的盘善迎上前:"嫂,你这是弄啥啊?"

洪芳淡淡一笑:"冇事儿。"

盘善:"你这是要去哪儿啊?"

洪芳冇回答。

盘善急忙冲上房喊道:"婉儿,婉儿你快来,咱嫂她要走!"

小婉压上房里跑了出来,上前抓住了洪芳手里拎着的大包:"嫂,我错了,我真的错了,我不是人,我真的不是人,你别走,这个家是你的,就是我离开你也不能离开啊……"

洪芳哭了。

小婉也哭了,一下子跪在洪芳面前:"嫂,我求求你了……"

盘善扑通也跪在了洪芳的面前:"嫂,你要就这走了,俺还咋有脸见人,寺门人的唾沫星子也能把俺俩给喷死啊……"

洪芳:"恁俩起来,听我说中不中?"

小婉:"你说吧,嫂,俺俩听着哩。"

洪芳:"其实我早就该离开这个家了,不是摊为报纸的事儿,在外面晃荡了大半辈子,叶落归根,我想回杞县去。"

小婉:"杞县恁家不是早就冇人了吗,你回去弄啥啊?"

洪芳:"去找找俺爹妈的坟,烧烧纸,也算他们冇白给我这条命。"

盘善:"嫂,要回去俺俩陪你一起回去中不中,烧罢纸咱再一起回来。"

洪芳:"别了,恁俩好好过日子,守好这些报纸,一代一代传下去,明个有条件了在咱寺门办个报纸博物馆,需要我帮忙了我再回来。"

小婉:"别哄我,嫂,我知你一走就不会再回来。"

洪芳:"妹妹,我跟封家缘分一场,留个念想吧。"

无论小婉跟盘善咋说咋劝,洪芳还是执意走了,是不是回杞县谁也不知。当沙二哥得知洪芳走的消息之后,半晌冇缓过神来,呆滞地坐在那儿一动不动。

沙二哥:"都这就让她走了? 咱寺门对不起人家啊……"

义孩儿走到愣怔的父亲面前,说道:"爸,你不是常说,天下冇不散的筵席嘛;你还常说,树挪死,人挪活嘛。"

沙二哥:"恁洪芳姑姑恁大年纪,往哪儿挪也是越挪越老啊……"

义孩儿:"爸,我想跟你说个事儿。"

沙二哥:"说吧,啥事儿。"

义孩儿:"爸,我也想挪挪。"

沙二哥:"挪哪儿啊?"

义孩儿:"我想去美国。"

沙二哥大惑不解地瞅着儿子:"去美国弄啥? 卖牛肉?"

义孩儿:"爸,我也是快五十岁的人了,跟着你卖牛肉也卖了恁多年,我想出去转转,瞅瞅外面的世界。"

沙二哥:"你以为美国就比咱寺门强?"

义孩儿："我倒不是觉得哪儿比哪儿强,我是觉得,咱沙家又一辈人也长起来了,亭子里的事儿也用不着我再操心,趁着岁数还不算太大出去瞅瞅,看能不能在美国开个咱沙家牛肉的分店。"

老眼昏花的沙二哥打量着儿子,这时候他好像才发现,儿子也快变成个老年人了。

义孩儿："爸,我可不愿意像你跟俺妈这样,一辈子待在寺门。我知,这不怨恁,是恁俩冇遇到好世道。俺这一代人跟恁不同,都说外面的世界很精彩,俺要是不出去体验一下精彩,多亏得慌。"

沙二哥冇表态,不过他心里清亮,儿子和孙子这两代人确实已经跟他这一代人不一样了。

早起,沙二哥拄着拐棍坐到尔瑟汤锅前的时候,瞅见一个熟悉的身影正背对着他在喝汤。

沙二哥骂道："八妞,你个卖尻孙,几十年不照头,我还以为你个卖尻孙死罢了呢!"

八妞扭过脸："二哥,我正说喝罢汤去找你。"

沙二哥："找我弄啥? 还我拉报纸雇车的钱?"

八妞："二哥,你的钱我一分也不会少你的,不过,你让我还你的钱,你先得让我挣钱,冇挣钱我咋还你的钱啊?"

沙二哥："我得让你挣钱,我欠你的吗?"

八妞理直气壮地："你当然欠我的。"

沙二哥："我欠你啥?"

八妞："我听说,封家的报纸卖了大价钱,被你给搅黄了,搅黄就搅黄吧,不过,有笔老账咱俩今个得算算。"

沙二哥："你是不是又要拿你这条瘸腿来说事儿啊?"

八妞："二哥就是二哥,别看岁数大了,半点也不糊涂。你也不想想,啥价钱能买我的一条腿? 我八妞是在恁寺门瘸的这条腿,恁寺门不赔我谁赔我?"

沙二哥："听你的话音,你是讹上俺寺门了。"

八妞："不讹恁讹谁,我这辈子就是讹上恁寺门了,想当年我风华正茂的时候,来恁寺门摆个羊肉汤摊儿,瞅瞅恁寺门人一个个噎胀的,恨不得把我给吃喽。算了,半个世纪前的事儿咱就不提了,眼望儿我也老了,冇人管,生活有来源，我准备压明个开始，再来恁寺门支个摊，就算恁补我半个世纪前的屈，咱俩之间的债务也就一笔勾销。"

　　沙二哥："你准备来寺门支个啥摊儿啊？卖胡辣汤？"

　　八妞："胡辣汤的摊儿我支不起，我也挺不住马老六，我准备支个卖酸辣泡菜的摊儿，喝汤就着酸辣泡菜，保准生意中，你觉得咋样，二哥？"

　　沙二哥："那当然中，不过不是我想让你支摊儿你就能支摊儿，这事儿不归我管。"

　　八妞："我知不归你管，归街道办事处管，归工商税务局管，归城管还有东大寺门的社头管。不管归哪儿管，就凭我这条瘸腿我就能摆平他们。不过，来寺门支摊儿不给二哥你打招呼，我这个摊儿怕是照样支不成。想当年卖尻孙老日来寺门，还得让二哥你三分不是？"

　　沙二哥："你的意思是说，我比日本人还牛逼？"

　　八妞："那当然，谁不知你二哥在寺门是七百斤的牛八百斤的逼。"

　　沙二哥哈哈大笑起来，骂道："八妞你个卖尻孙，这辈子你是吃定俺寺门了……"

　　注：

　　①抄了一步：迈了一步。

博学之,审问之,慎思之,明辨之,笃行之。

——引自"四书五经"

一〇二、"寺门的人咋不好对付了?"

在沙二哥的张罗下,八妞在寺门跟儿支了卖酸辣泡菜的摊儿,别说,还真中,每天两大脸盆不够卖,恁好的生意,差点把八妞的嘴笑歪,走起路来也满劲,那条瘸腿好像也不瘸得那么很了。

尔瑟花搅道:"卖上一年的泡菜,管娶个娘儿们了吧。"

乌德:"娶一个娘儿们? 仨娘儿们都管娶。"

马老六:"恁可别说娘儿们的事儿,八妞要是娶娘儿们,保准一夜回到解放前。"

白凤山:"拉倒吧,牙都快掉光了,经不住折腾,就八妞那个小身板,还是让他多喝两天汤吧。对不对,八妞?"

八妞:"恁这帮货们,太小看人了,不信恁给我介绍个十八的大姑娘试试,要是造不出个儿,我管恁都叫爹。"

沙二哥:"瞅瞅恁这几个货,满脸枯刍皮,都是当爷爷的人了,还满嘴的涮蛋话①,就不怕晚辈听见笑话恁。"

八姐："二哥你说得不对，咱都是七老八十的人了，干不成那事儿，还不能过过嘴瘾？连说都说不动了，那才真叫去球了。"

就在八姐一边卖着泡菜一边跟几个弟儿们花搅的时候，一个西装革履的年轻人站到了泡菜盆子跟儿。

八姐："要啥？酸黄瓜，还是酸洋姜？"

年轻人："酸黄瓜。"

八姐："外地人吧？"

年轻人："是的。"

八姐："到祥符旅游？来寺门喝汤？"

年轻人点头。

八姐瞥了一眼年轻人的衣领："领带不孬。"

年轻人："你说什么？"

八姐："我说你的领带不错。"

年轻人："不错吗？"

八姐："我还是老日占领祥符的时候打过领带，压那以后再也冇打过领带。"

尔瑟一边切着白肉一边说："你那领带是日本人发的吧。"

八姐："可不是。不愿意当汉奸，领带也冇打两天。"

年轻人："老先生，你给日本人干过事？"

八姐："当过几天差。"

乌德："先是当汉奸，后来又当民族英雄。"

年轻人："老先生，你给日本人做过事，又是寺门的人，我向你打听个人。"

八姐："寺门的人？"

年轻人："对，寺门的人。"

八姐指着不远处坐在轮椅上的尚社头，说道："瞅见冇，那个顺嘴流哈喇子的人是寺门的活档案，寺门前三皇后五帝的事儿冇他不知的，就是这条街上跑过一只老鼠他都知是压谁家跑出来的，他眼望儿去球了，连他媳妇都不认识了。再要打听寺门的事儿，不外气，非我莫属。说吧，你要打听谁？"

年轻人："有没有一个叫洪芳的女人？现在的年纪应该在八十岁左右。"

听到有人在打听洪芳，几个弟儿们同时把目光投向这个年轻人。

八妞打量着眼前的年轻人："你打听她弄啥?"

年轻人:"受人之托。"

沙二哥:"谁托你找她?"

年轻人:"我可以不说吗?"

尔瑟:"你不说就有人告诉你。"

年轻人:"这个很重要吗?"

乌德:"当然重要。"

年轻人:"为什么?"

马老六:"不为啥,不说清亮你是谁,就俺几个往寺门跟儿一坐,有人敢告诉你。"

年轻人用眼睛扫了一圈几个老头,问道:"你们都是寺门的人吧?"

白凤山:"废话,你觉得我们像日本人?"

年轻人:"真让他给说准了,寺门的人不好对付。"

沙二哥:"让谁说准了? 谁呀? 寺门的人咋不好对付了? 寺门的人要不好对付,这个世界上就有好对付的人了。"

年轻人打量着沙二哥,问道:"没猜错的话,你是不是姓沙?"

沙二哥:"是不是姓沙? 我压根就姓沙,俺爹俺爷都姓沙,俺儿俺孙全姓沙。"

年轻人:"你是沙二哥?"

八妞制止道:"哎哎,爷们,沙二哥不是你叫的,按你这个岁数,你得管他叫沙爷爷。"

年轻人的眼睛紧盯在沙二哥的脸上:"是的。不过我爷爷说,寺门的人都叫他沙二哥。"

八妞:"恁爷爷是谁呀?"

年轻人:"我爷爷叫西川。"

一听西川两个字,几个弟儿们全愣在了那里。

八妞似乎不相信自己的耳朵,用手指头在耳朵眼里抠了抠:"你再说一遍,再说一遍恁爷爷叫啥。"

年轻人:"我爷爷叫西川隆一,今年七十九岁,昭和十四年,也就是民国二十八年,他在中国祥符驻军,他是日本人中为数不多的伊斯兰教徒,他的教名叫侯买姆。"

尔瑟:"你是西川的孙子?"

乌德:"你是日本人?"

马老六:"你咋说中国话?"

白凤山点着头:"像,像,瞅瞅那鼻子,还有眉毛,和西川一个球样。"

沙二哥冇说话,站起身来到年轻人跟前:"是你爷爷让你来找洪芳的?"

年轻人:"我的日本名字叫西川宛治,中国名字叫河寺门,这个中国名字是我爷爷给我取的。从小我就坐在爷爷腿上听他讲寺门的故事,是他在寺门的经历影响到我对中文的选择。我今年十九岁,就读于清华大学,学习中国近代史,来中国之前受爷爷之托,到祥符的寺门寻找洪芳。"

沙二哥:"河寺门,这个名字不孬。"

河寺门:"河是河南的河。"

沙二哥:"西川这个卖尻孙,还惦记着俺寺门。"

河寺门:"西川这个卖尻孙?卖尻孙是什么?"

八妞:"卖尻孙是夸恁爷爷,恁爷爷就是个卖尻孙。"

几个老弟儿们嘎嘎地笑起来,只有沙二哥冇笑,他的思绪似乎飘到了很远。

沙二哥:"你爷爷让你来,他自己为啥不来?"

河寺门把目光转向不远处坐在轮椅上的尚社头:"我爷爷那个卖尻孙,和他一样也站不起来了。"

沙二哥长叹一口气,声音黯淡地说道:"回去告诉恁爷爷,洪芳已经离开寺门了,她在哪儿俺也不知……"

河寺门向沙二哥深深鞠躬说道:"拜托,请一定帮忙,我一定要找到洪芳,拜托了!"

沙二哥:"爷们,我知恁日本人爱鞠躬,冇用,俺消受不起。俺要知她在哪儿俺早就去找了,轮不到你来鞠躬……"

这些日子,寻找洪芳成了沙二哥的一块心病,回到清华去读书的河寺门,三天两头来电话问寻找的消息,搅得几个老弟儿们个个不得安宁。

沙二哥:"恁说,西川个卖尻孙是弄啥,就是找着了洪芳又能咋着?把她娶回日本?"

尔瑟:"那可说不准,冇听河寺门说嘛,西川眼望儿也属于孤寡老人,一个人多冇意思,想老情人了呗。"

乌德:"咋着,还真想把洪芳娶到日本去? 不会吧?"

马老六:"恁以为他是想娶媳妇? 我看他是想找个保姆伺候他。"

白凤山:"拉倒吧,找保姆咋不找个日本保姆,日本娘儿们伺候男人不比中国娘儿们强得多,人家日本娘儿们都是趴在地上给男人换拖鞋。"

尔瑟:"你瞅见了?"

白凤山:"电影里瞅见过。"

乌德:"啥电影?《望乡》吧? 那是日本婊子。"

白凤山:"懂啥,日本婊子那是救国,连电影都看不懂,真冇文化。"

乌德:"你有文化,俺看不懂电影,圣人蛋②。"

白凤山:"圣人蛋不圣人蛋,你叫二哥说说,是不是这回事儿。"

几个老弟儿们你一句我一句说着,只有沙二哥不说话。

马老六:"二哥,你说说。"

沙二哥:"我说啥?"

马老六:"说说西川个卖尻孙为啥要找洪芳。"

沙二哥:"你问我,我问谁,你去问西川。"

西川让他孙子来找洪芳的事儿满寺门都知了,有关洪芳去向的信息各种各样,有人说在杞县见过她;有人说她在医院里面给人家当陪护;也有人说她找了个郑州的老伴去郑州了;还有人说她经常在龙亭大门外跟着一帮老婆儿跳大神。也不知哪种说法是真的。对沙二哥来说,不管哪种说法是真的,最要紧的是找到她,不是为了西川,而是为了封家,要不把洪芳找回寺门,小婉和盘善敢疯了。

这天,沙二哥跟着白凤山在汴京花园里遛鸟,碰见了拜四爷的儿子拜五四,沙二哥被拜五四捞住。

拜五四:"爷们,听说恁在找封家那个寡妇娘儿们?"

沙二哥:"有这事儿。"

拜五四:"恁咋不问我啊。"

沙二哥:"咋,你知她在哪儿?"

拜五四:"我当然知。"

沙二哥:"告诉我,她在哪儿?"

拜五四:"她在城东的大市场里摆了个摊儿卖盘扣,就是那种中式布衫的扣子。"

沙二哥:"你瞅见她了?"

拜五四扯起自己的中式布衫:"我这布衫上的盘扣就是压她那儿买的,那个市场里就她一个卖盘扣的。"

沙二哥拉起白凤山就走:"咱俩眼望儿去瞅瞅。"

沙二哥和白凤山打了个出租车就奔了城东大市场,在大市场里转了遍,也冇见着一个卖盘扣的摊儿。俩人一打听,其他摆摊儿的人告诉他俩,确实有一个老婆儿在这里摆摊儿卖盘扣,前几天还见出摊儿,这两天不见人了,为啥冇来谁也不知。

沙二哥:"弄不好她这两天有事儿冇出摊儿,咱停两天再来。"

白凤山:"只要有这个摊儿就中,咱再来。"

一连几天,早起喝罢汤,沙二哥跟白凤山就去城东大市场,可每次都让他俩失望,那个卖盘扣的摊儿始终冇再出现,问谁谁也不知摊为啥不出摊儿。于是又出现了很多传言,有人说,那个卖盘扣的老婆儿得病出不了摊儿了;有人说,卖盘扣挣不住钱那个老婆儿不再卖了;也有人说,相国寺大市场里的生意比这儿好,那个老婆儿去相国寺大市场了;还有人说,一家中式服装厂把那个老婆儿聘去做盘扣了。又是众说纷纭,让沙二哥摸不着大头小脑袋。

洪芳到底去哪儿了?

注:

①涮蛋话:不正经的话、废话。

②圣人蛋:比喻逞能、出风头、自以为比别人强。

后生可畏。焉知来者之不如今也？

——引自"四书五经"

一○三、"打仗只是暂时的，和平才应该是永久的。"

这些日子，沙二哥感到心里七上八下的冇个着落似的。洪芳还在寻找之中，儿子义孩儿下定决心要去美国卖牛肉，拿着各种手续要去北京办签证了，儿子动员他也一起去北京转一圈玩玩。

沙二哥："有啥玩的，我不去。"

义孩儿："爸，一辈子冇瞅过一次天安门，不去瞅瞅你亏不亏。"

沙二哥："电视里的《新闻联播》天天都能瞅见天安门，非得窜到北京去瞅，咋，瞅一眼身上能多长一块肉？"

义孩儿："我知你不想去是摊为啥。"

沙二哥："摊为啥？"

义孩儿："摊为要找俺洪芳姑姑。"

沙二哥："才不是。"

义孩儿："别不承认，我知你心里是咋想的。"

沙二哥："你说说，我是咋想的？"

义孩儿:"爸,其实你心里也别有啥不得劲,俺洪芳姑姑这辈子不亏,也算吃过大盘荆芥,要是有个作家能把她这一辈子的事儿写出来,保准很精彩。你说是不是,爸?"

沙二哥:"要是能把咱寺门写出来,那就更精彩。人啊,见冇见过大世面不是非得去过多少地儿,恁爹每天往寺门口一坐,喝着茶,晒着暖,喷着空,过去那些事儿在脑子里就跟过电影一样,比电影院里放的电影还高级。"

义孩儿:"这个我相信,我的意思是,你恁大岁数了,咱家眼望儿又不缺钱,我就是想带你出去转转玩玩。"

沙二哥:"中了,你有这份孝心我就满足了。去北京带上点牛肉给河寺门吃,捎带告诉他,让他爷爷那个老卖尻孙别着急,恁洪芳姑姑俺还在找,一有消息马上就告诉他。"

义孩儿到北京办签证去了。

义孩儿怕带去的牛肉时间长了变味,到北京后他先去找河寺门把牛肉给送去。

河寺门一边大口嚼着牛肉一边说:"北京你没我熟悉,美国大使馆我领你去。"

让义孩儿冇想到的是,他好不容易排队到跟儿,美国大使馆里那个华裔签证官给了他当头一棒。

签证官问:"你去美国干什么?"

义孩儿:"卖俺家的五香酱牛肉。"

签证官:"食品?"

义孩儿:"对呀,吃的。"

签证官:"你可以回去了。"

义孩儿不解地:"你让我回哪儿啊?"

签证官:"从哪儿来回哪儿去。"

义孩儿:"啥意思?"

签证官摆手让他靠边,对他身后说道:"下一个。"

义孩儿:"别别,你先别下一个,你得给我说清亮咋回事儿,咋就问一句话,就把我给毙了?"

签证官:"请你让开,下一个!"

义孩儿:“我不让开,恁这不是欺负人吗!”

签证官:“没人欺负你,如果你还想去美国的话,请把我们的食品法规认真读一遍。”

义孩儿:“恁国家的食品法规?”

签证官:“对,美利坚合众国。”

义孩儿:“你不是中国人吗?咋不向着中国人说话哩?”

签证官一招手,两名彪形保安上前就把义孩儿提溜了出去。

义孩儿压美国大使馆里出来嘴里骂骂咧咧个不停。

河寺门安慰道:“被拒签很正常,不必往心里去。”

义孩儿:“卖尻孙美国人真孬孙,也不说不让去的理由,我凭啥要去读美国的食品法规?俺中国的法规不管用?”

河寺门:“你不是要到美国去卖牛肉嘛,美国的食品法规要比中国严格。”

义孩儿:“瞅瞅那个汉奸,老子不去了!”

河寺门:“汉奸?哪个汉奸?”

义孩儿:“就那个签证官!”

河寺门:“他不是中国人,是美国人。”

义孩儿:“啥美国人,长着就是一张汉奸脸!”

河寺门:“汉奸是指日本侵略中国时,为日本人做事的那些人。”

义孩儿:“为美国人做事儿也是汉奸!”

河寺门:“你这个比方不对。”

义孩儿:“咋不对,我就说他是汉奸!”

河寺门:“我估计,他让你去读美国的食品法规只是一个借口罢了,本意上美国是不欢迎你去的。”

义孩儿:“为啥啊?”

河寺门:“不为啥,就因为你是穆斯林。”

义孩儿:“穆斯林咋了?穆斯林把他美国的孩儿扳井里去了?卖尻孙老美,只称咱的志愿军把他打孬劲!”

河寺门:“打仗只是暂时的,和平才应该是永久的。”

义孩儿:“眼望儿恁说和平了,当年俺要不把恁打孬,恁日本人的嘴里照样不会说出和平俩字。”

河寺门:"你们中国人是不是特别恨我们日本人?"

义孩儿:"算你说对了。俺爹要不是看在俺洪芳姑姑的面子上,给你捎牛肉?搭理你!"

河寺门:"那我问你,我爷爷为什么非让我来找洪芳?"

义孩儿:"输理了呗。仗打败了,你爷爷拍屁股窜了,俺洪芳姑姑差一点被当成汉奸枪毙,要不是俺寺门的人帮她保住了命,你上哪儿再去找她。"

河寺门:"正因为是这样,所以才必须找到她,完成我爷爷的心愿。"

义孩儿:"完成你爷爷啥心愿?"

河寺门沉默良久,说了两个字:"道歉。"

美国去不成了,回到寺门之后的义孩儿又有了新的想法,他带玩不玩地征求起父亲的意见。

义孩儿:"爸,咱把咱家的牛肉在全国开连锁店咋样?"

沙二哥:"啥叫连锁店?"

义孩儿:"就是谁用咱的招牌谁给咱交钱,咱负责教煮肉的技术。"

沙二哥:"快拉倒吧,祥符城里打着咱旗号卖牛肉的还少?谁给咱交钱了?"

义孩儿:"那还不是摊为你。"

沙二哥:"胡说八道,咋是摊为我?姓沙的多哩,你不让谁卖牛肉?"

义孩儿:"我说去给沙家牛肉注册个商标,你说用不着,祥符城爱吃牛肉的人都会来寺门买咱家的肉。可你眼望儿瞅瞅,光是寺门有多少卖沙家牛肉的,人家给你说两句好听话,你就让人家打咱家的旗号;再瞅瞅祥符城里,卖沙家牛肉的都快比开澡堂子的多了。"

沙二哥:"我还是那句话,酒香不怕巷子深,祥符城里卖沙家牛肉的再多,也不是那个味。煮肉的方子是恁爷爷发明的,谁也拿不走。"

义孩儿:"我的想法是,主动比被动强,咱先出手,早一点去占领全国的市场,搞连锁店,然后再真空包装占领大超市。"

沙二哥:"别想鲜点儿了,够吃就中了。"

义孩儿:"少操闲心,冇事去泡泡澡堂,听听戏,多得劲,肉的事儿你别管。"

沙二哥把眼一瞪:"咋,多嫌我了是吧?"

义孩儿:"不是多嫌你,这跟唱戏是一个道理,你是角儿,是个大角儿,可再大的角儿也有撒戏的时候吧,该下台歇的时候就下台歇,操不了的心就别操,帮倒忙。"

沙二哥瞪着俩眼瞅着儿子,开口想骂却冇骂出声,就在这一瞬间,他的心里已经完完全全清亮,他除了每天泡泡澡堂子,冇啥事儿他能当家的了。

几个老弟儿们眼望儿的状况基本上都差不多,不是太上皇就是八贤王,唯独还管点事儿的就是盘善。改革开放以后把盘善折腾得不轻,为挣钱啥都干过,但啥也冇干成,小婉的身体一天不如一天,孩儿们又不愿意接他的羊蹄儿买卖。冇法儿,以前盘善每天能拾掇出两大盆羊蹄儿去卖,眼望儿每天连一盆也拾掇不出来;原先他每天一早出来卖,自打小婉身体不中以后,他只有每天晚上去鼓楼夜市上卖,用他自己的话说:钱算个孬孙,有了就多挣几个,冇了去球,摊为挣个孬孙钱折自己的寿,那才是大傻孙一个。

一天晚上,沙二哥正洗脚准备睡觉,盘善气喘喘地闯进门来。

盘善:"二哥,找着了,找着了……"

沙二哥:"咋,钱丢了?"

盘善摇着头:"不是,我是说找着了……"

沙二哥:"啥找着了?"

盘善:"人找着了!"

沙二哥:"洪芳找着了?"

盘善:"不是,是三哥找着了!"

沙二哥:"哪个三哥?"

盘善:"老年痴呆,你说哪个三哥。"

沙二哥:"艾三?"

盘善:"可不是嘛!"

沙二哥一慌慌,一脚踩翻了洗脚盆:"他人在哪儿?"

盘善领着沙二哥来到了鼓楼夜市,在一片火树银花中两人寻找着。

盘善一指:"在那儿!"

沙二哥顺着盘善手指的方向瞅着:"哪儿啊?"

盘善:"那不是吗,卖油茶的边上,腰里扎根皮带的那个。"

沙二哥:"我咋瞅不着啊?"

盘善:"那个掂着碗要饭的就是。"

沙二哥朝油茶摊儿走了过去,卖油茶的摊主正一个劲地在撵那个要饭的。

摊主:"滚蛋,滚蛋,赶快滚蛋,一瞅你这个样,不吃就饱了,谁还来喝俺的油茶,赶紧滚蛋,老家伙!"

要饭的转身要走。

沙二哥:"盘善,捞住他,别让三哥走!"

盘善上前一把捞住了艾三。

沙二哥用手里的拐棍指着装油茶的大铜壶:"老板,你这壶油茶能卖几个钱?"

油茶老板:"咋着,你能都喝完?"

沙二哥:"你别管我能不能喝完,我就问你这壶油茶能卖几个钱。"

油茶老板:"二三百碗吧。"

沙二哥:"多少钱一碗?"

油茶老板:"一块五一碗。"

沙二哥:"就高不就低,算你三百碗,一共四百五十块钱对吧。"说罢压口袋里掏出五百块钱递向油茶老板,"给,五百,别找了,今个晚上这壶油茶我包圆。"

油茶老板瞅着钱有点蒙。

沙二哥:"接住钱啊。"

油茶老板:"你、你这是要请谁喝啊?"

沙二哥:"请俺哥!"

油茶老板瞅了一眼艾三:"他是恁哥?"

沙二哥冲盘善喊道:"盘善,还愣住弄啥,给三哥倒油茶!"

就在盘善应声去倒油茶的当口,艾三扭脸就蹿。

沙二哥:"三哥!别蹿!给老弟一点面子!"

无论沙二哥咋喊,艾三还是消失在火树银花般的夜市里……

逝者如斯夫！不舍昼夜。

——引自"四书五经"

一○四、"你在寺门恁多弟儿们,谁也有嫌弃过你……"

艾三在沙二哥的眼皮底下窜了,懊悔莫及的沙二哥骂盘善的动作太慢,应该能捞住艾三的,在回寺门的路上盘善被沙二哥埋怨了一路。

沙二哥:"一伸手就能捞住他,你咋不伸手哩?"

盘善:"你让我给他倒油茶,我手里掂着个大铜壶,咋去捞他? 你咋不去捞啊?"

沙二哥:"你离他近,我离他远!"

盘善不愿意地:"你练了一辈子玩意儿,手脚比我麻利,人跑了你不去撵,能埋怨我吗?"

沙二哥:"手脚麻利是每章儿的事儿,眼望儿老胳膊老腿,别说撵人,自己都快走不动了!"

盘善:"你走不动,我就能走动了?"

沙二哥不吭气儿了,他心里清亮,不服老是不中了。有一点他倒是觉得是个安慰,那就是艾三还活着,还在祥符,只要在,找到他是早晚的事,可让他心里不能接受的是艾三乞讨时的那幅景象。

沙二哥重重地叹了口气:"唉!"

盘善安慰道:"中了,二哥,我觉着三哥不愿意回寺门也不是摊为恁俩吵架,寺门是他的伤心地啊……"

沙二哥问盘善:"你说,三哥这一辈子算不算是条好汉?"

盘善:"这话看咋说,三哥这辈子风光过,敢挺过,大台面也上过,人一老还说啥,啥也别说,遗憾的是晚年成了这个样子。唉,人啊,小时候胖不算胖啊……"

整整一夜,沙二哥都冇睡着,脑海里翻来覆去都是艾三要饭的那副模样。第二天一早他就去到作坊,拄着拐棍站在煮肉的大锅旁边,瞅着锅里的肉。

义孩儿用钩子一边翻着锅里的肉,一边问:"你今个是咋? 又失眠了?"

沙二哥:"义孩儿,你得帮我去做一件事儿,这件事儿我整想了一夜,你必须帮我去做。"

义孩儿:"别管了,我今个就是不卖肉,也得去做你的事儿,发话吧,爷们,啥事儿?"

沙二哥:"你去一趟日报社跟电视台,登两个寻人启事,一个是恁洪芳姑姑,一个是恁艾三伯伯,谁要给我找着这俩人,定重谢。"

义孩儿:"多重?"

沙二哥:"要多重有多重。"

义孩儿:"总得有个数额吧?"

沙二哥:"价钱随便开,只要给我找着人!"

义孩儿:"别管了,你老就是把咱家的生意白送给人家,我也要替你去登这个寻人启事,而且是黄金时间!"

寻人启事同时在祥符报纸和祥符电视出现了,短短一天工夫,各种线索铺天盖地而来,寺门几个吃饱了冇事儿干的老弟儿们这一回可有事儿干了,东奔西跑了几天还是白忙活,几个老弟儿们一早就聚在尔瑟的汤锅前发着牢骚。

马老六:"我去了天波杨府门跟儿一瞅,是有个要饭的,腰里也扎了根破皮带,长得再冇那么像三哥,走到跟儿仔细一瞅,岁数不对,是个蛋罩孩儿。卖尻孙,有胳膊有腿,年纪轻轻却出来要饭……"

乌德："我窜到金明广场,见着提供线索的那个货,他说他妈就叫洪芳,咱要找的那个老婆儿肯定是他妈,我就纳闷,洪芳有个恁大的儿呀,妈那个赖孙逼,榷哩,想钱想疯了,叫我好骂他个赖孙……"

白凤山："二哥,别再花这个冤枉钱了,寻人启事也登罢好些天,该找的线索都找罢了,也算对得起自己的良心,再摊为这落下个病划不着……"

尔瑟："凤山说得对,拉倒吧,偃旗息鼓吧……"

不管几个老弟儿们说啥,沙二哥始终一言不发,他的心里确实已经落下了病。

天气一天比一天凉,转眼又到了冬天,这个冬天祥符的雪特别多,还特别大,三天两头下,开罢春还在下。

二月二龙抬头那天早起,又下雪了。沙二哥跟几个老弟儿们像往常一样坐到尔瑟的汤锅前喝头锅汤,他们瞅见一个身上裹着一床可腌臜破棉被的人,蒙着脑袋坐着依靠在东大寺门前的台阶旁边。

沙二哥："等乜贴也太早了吧。"

尔瑟："我开门他就坐在那儿。"

乌德："政府举意要修缮东大寺,各地来举乜贴的人也多,穷人来等个十块二十的不稀罕。"

马老六："大冷的天,裹八床棉被也暖和不了。"

沙二哥："凤山,你去把那个人叫过来喝口热汤。"

白凤山起身朝台阶旁走去,他来到那人跟前,大声招呼道:"哎,弟儿们,汤锅那儿有个举乜贴的善人,去喝碗汤吧!"

裹被子的人坐在那里冇动。

白凤山使手推了他一下:"听见冇,叫你去喝汤哩,咋不吭气儿啊?"

裹被子的人依然冇动。

白凤山使手撩开那人蒙在头上的被子,定神儿一瞅,大叫道:"二哥,这人好像是冇体温了!"

汤锅前的几个弟儿们一起来到了台阶旁。

沙二哥："掀开他的头我瞅瞅。"

白凤山把那人蒙在身上的被子掀开之后,沙二哥一眼就瞅见那人腰上扎着的皮带。

沙二哥："三哥？"

尔瑟："是三哥！"

马老六："我的主儿……"

乌德急忙伸手去摸艾三脖子上的动脉，随后慢慢落下了手。

几个弟儿们瞅着已经冻僵在那里的艾三：他的脸很白，却一点也不腌臢，在白皑皑的雪光中显得非常安静，犹如雕塑一般。

白凤山："三哥，你这是弄啥，寺门哪点对不住你，非得弄到这一步……"

尔瑟："三哥，你让俺弟儿几个找得好苦，你这不是弄不得劲吗……"

乌德："三哥，你不该就这无常啊，你在寺门恁多弟儿们，谁也冇嫌弃过你……"

马老六："三哥啊三哥，你就这走了，俺寺门的人脸上冇光啊……"

沙二哥突然放声大骂："艾三，你个卖尻孙，你个活孬种，谁让你回来的，你回来弄啥，死还不死远远的，寺门咋你了，你个卖尻孙，冇囊气的货，不就是个要饭的吗？有啥了不起，你个冇蛋子的货，你让我看不起你，下辈子你就是要饭要到俺家门口，我也不会给你掰一口馍，死你个赖孙，死你个……呜呜呜呜……"

沙二哥失声痛哭。

寺门跟儿的街坊四邻都闻声而来，他们将雕塑一般的艾三团团围住，冇人说话，大家心里都很清亮，艾三为啥在生命的最后时刻顶着漫天大雪回到寺门，一个异教徒对伊斯兰教殿寺和穆斯林的聚集地怀有的情感不言而喻……

"蓝帽回回也是回回。"寺门跟儿的老人都认可这个说法，在义孩儿的张罗下，寺里的阿訇们给艾三做完入教的洗礼之后，艾三跟艾大大一样，也按照穆斯林的风俗下葬了。在下葬的过程当中，沙二哥的嘴里始终在喃喃自语，谁也听不清他在说啥。

沙二哥病了，很重，二半夜被120急救车拉到了人民医院，在医院的监护室里他嘴里一直嘟嘟囔囔个不停，义孩儿趴在父亲的耳朵边使劲地听着。

守候在病床旁边的汴玲问："恁爸他在说啥？"

义孩儿："听不清，好像是在说封家咋着……"

汴玲："封家咋着？"

义孩儿又使劲在听。

汴玲思索片刻说："别听了，我知恁爸说啥了。"

义孩儿："你咋会知?"

汴玲："他还是在挂牵恁洪芳姑姑。恁三伯伯无常了，恁爸不愿意瞅见恁洪芳姑姑再落个恁三伯伯的下场。"

沙二哥在医院躺了快俩月，压几次病危通知单里又爬了出来，出医院的时候已经是春暖花开，在义孩儿的搀扶下沙二哥走进自家的院门，他站在院子里四处瞅着。

义孩儿："你瞅啥啊，爸?"

沙二哥："我的石锁弄哪儿去了?"

义孩儿："俺妈腌咸菜把它搬去压缸了。"

沙二哥："瞎整，赶紧给我搬回来!"

义孩儿："搁在院子里也冇用啊。"

沙二哥："谁说冇用，我想撂几下。"

义孩儿："啥，你还想撂石锁?"

沙二哥："咋，不中?"

汴玲一旁说道："别打恁爸的别，去，把它搬来，让恁爸撂几下。"

义孩儿跑进厨屋把石锁搬出来，搁在了父亲的跟儿。

沙二哥弯下腰拎了两拎，晃晃悠悠地把石锁拎了起来。

汴玲夸奖道："恁爸真中，不减当年，来，再撂两下让俺瞅瞅。"

沙二哥把石锁往地上一搁："不中了，一下也撂不起来了。"

汴玲："谁说撂不起来，每天喝汤往碗里切二十块钱的白肉，吃上两天，别说石锁，石磨盘你都能撂起来。"

沙二哥点头："还是恁妈说话我爱听。"

义孩儿："那可不，俺妈说的全是大实话。"

沙二哥："恁妈说的全是瞎话。"

汴玲和义孩儿咯咯地笑起来。

东大寺要修缮了，寺里寺外堆的全是各种建筑材料。几个老弟儿们冇事儿就往二门前一坐，喷空能压早起喷到黄昏。

尔瑟："我记着，上一次维修还是在新中国成立的时候。"

寺门

乌德："谁说,我记着是在民国。"

马老六："才胡扯哩,民国也有,是清末发水的时候,不信恁去问二大。"

白凤山："那二大是权威,东大寺修过几回她最清亮。"

沙二哥："夜隔我问俺妈了,她说压根就冇修过。"

几个弟儿们同时摇头："不对不对,绝对修过,还不止一次。"

沙二哥笑道："俺妈今年九十九岁了,上顿吃的啥还记不住,别相信老人说的话。"

几个老弟儿们正喷着,盘善呼呼哧哧大远快步走来。

马老六大声花搅："弄啥,跑恁快,得个外甥啊,盘善?"

白凤山："老胳膊老腿,慢点,摔住就缠大秧。"

盘善跑到跟儿,喘着气儿对沙二哥说："电话打俺家了,快去接吧!"

沙二哥："谁呀,把电话打恁家了?"

盘善："西川那个老卖尻孙!"

大人者，不失其赤子之心者也。

——引自"四书五经"

一○五、把忍痛割的爱给东大寺我又觉得冇那么痛了。

几个老弟儿们一起拥进了封家把电话围住。

沙二哥抓起电话："你是西川？对，我姓沙，是我，你个老卖尻孙还活着？当然要骂你，谁让你个卖尻孙侵略过俺中国，还杀俺的人，这叫民族仇，到死俺也忘不了。我知，你个卖尻孙已经学好了，可恁日本国好像还冇学好，不中咱再打一场，看谁孬过谁。道歉管球用，俺死了恁多人。中了中了，别下跪了，下跪俺也瞅不着，还是来点实惠的吧。啥实惠？咋，你知俺在维修东大寺？中啊，举意你也是应该的，乜贴多多益善。当然当然，我知我知，这事儿不能急，放心，只要我沙老二还活着，我就一直找下去，一定把她找着。啥，找不着你骂俺？俺这儿有一堆人等着骂你呢，还是听俺先骂你吧。来，弟儿们，西川个老卖尻孙想听咱骂他哩，恁说，咱骂他啥？"

白凤山："八格牙路！"

乌德："死了死了的！"

几个弟儿们一起赞同："对，骂他八格牙路死了死了的。"

沙二哥摇头:"不好,不解恨,要骂就得骂个解恨的,得劲的。"

乌德:"啥得劲? 骂他祖宗八辈都不嫌得劲。"

沙二哥想了想,说道:"对,咱就一起骂他个卖尻孙,还是骂卖尻孙得劲。"

几个弟儿们齐声赞成。

沙二哥把手里的电话伸到几个弟儿们中间:"一,二,三……"

几个弟儿们扯起喉咙:"卖——尻——孙——"

骂罢后几个弟儿们一起把耳朵伸向电话,只听见电话那头传来西川苍老的笑声……

就在跟西川通罢电话的当天晚上,沙二哥搬了个小马扎,独自坐在院子中央的月明地里,他那个准备考高中的孙子,复习完功课压屋里出来要去茅厕解手。

孙子:"爷,恁晚,你咋还不去睡觉?"

沙二哥:"不瞌睡。"

孙子:"咋了? 想啥心事儿啊?"

沙二哥:"我在想一件事儿。"

孙子:"想啥事儿啊?"

沙二哥:"去,把铁锨拿来。"

孙子:"拿铁锨弄啥?"

沙二哥:"恁多废话,叫你拿你就去拿。"

孙子拿过来铁锨。

沙二哥把孙子领到劈柴堆跟儿,指着劈柴堆下面说:"把劈柴挪开,挖。"

孙子不解地:"挖啥呀?"

沙二哥:"金元宝。"

孙子眼睛一亮:"真的?"

沙二哥:"真的。"

孙子:"真要挖出金元宝,我就不去考那个鳖孙重点高中了。"

沙二哥:"考不上重点高中我夯折你的腿!"

孙子压劈柴堆下面挖出一个油布包着的东西来,打开一瞅是一把洋枪。

孙子:"爷,这是你的枪?"

沙二哥:"恁祖爷的。"

孙子:"啥时候埋的?"

沙二哥:"五十年前。"

孙子:"为啥埋在这儿?"

沙二哥冇吭气儿,端起枪在月光下仔细瞅着。

孙子:"爷,恁长时间它咋还不锈?"

沙二哥:"当然不锈,我把咱家煮肉的牛油全糊上了。"说罢把枪口掉过头,用鼻子闻了闻,"嗯,里面的火药味还怪浓,搂火还能搂响。"

孙子:"让我闻闻。"

沙二哥把枪交给孙子。

孙子把鼻子凑到枪口上闻了闻:"就是。"

沙二哥:"想不想放一枪?"

孙子:"眼望儿?"

沙二哥:"对,眼望儿。"

孙子:"中。"

沙二哥:"你来。"

孙子有点怯气:"爷,还是你来吧。"

沙二哥:"冇出息孙,你来!"

孙子把枪口伸向了天空,俩眼一挤,搂响了火。

"砰——"

枪声在祥符的夜空中回荡着……

东大寺的修缮资金出了问题,原先那个包工头也不知啥原因把资金给卷窜了,这一下可急毁了方方面面,尤其是民委的头头们。这还了得,东大寺不按工期完工,直接牵扯到大尔代节,耽误了事儿就是民族政策问题,吃不了要兜着走。民委的头头找到市里的头头,市里的头头也慌了神,再拨款牵扯到追加预算不说,光是走完那些程序就得需要时间。这可咋办?寺门跟儿的骂声一片。

马老六的儿子:"瞅瞅这寺门跟儿乱糟糟的,咋还能做生意,一刮风水泥灰都刮进了胡辣汤锅里!"

乌德的孙子:"我不想弄这,俺爹非得让我弄这,快俩月了,生意一天不如一天,再修不好这东大寺,我就去批发卫生纸了!"

尔瑟的大妞:"卖鲜汤是不说事儿了,门口挤得一张桌子都摆不下,就指望屋里那两张桌子,每章儿一天能卖两只羊,眼望儿半只羊也卖不完!"

白凤山的侄儿:"俺还好点,就是辛苦,白天寺门口不能卖俺可以摆到南口当街,好在花生糕不占地儿,晚上俺可以去鼓楼广场。"

老八妞佝偻着腰说:"喝汤的人一少,俺的酸辣泡菜也去球了,指望着酸辣泡菜娶老伴,娶鳖孙。"

封家,盘善一边熬着中药,一边把寺门跟儿的一片怨声告诉了病病歪歪的小婉。

小婉:"这要是有钱,还真敢耽误了大尔代节。"

盘善:"可不是咋着,光民委的头头们急啊,咱寺门跟儿的人比他们还急。"

小婉:"也不知有多少钱的缺口?"

盘善:"听他们叨叨,至少百十万。"

小婉:"恁多?"

盘善:"恁大个寺哩。"

小婉沉默了一会儿,说道:"盘善,跟你商量个事儿。"

盘善:"啥事儿,说。"

小婉不吭气儿了。

盘善手里搅拌药罐子的筷子停了下来,他扭脸瞅着小婉。

小婉也瞅着盘善。

盘善:"我知了,你是不是想举乜贴?"

小婉点头。

盘善:"你打算卖报纸?"

小婉:"够修东大寺就中。"

盘善手里的筷子继续在药罐子里搅拌起来。

小婉:"你咋不说话啊? 这不是跟你商量嘛。"

盘善:"你觉着这是商量的事儿吗?"

小婉:"看你说的,这事儿不商量啥事儿商量啊。"

盘善:"想听我的意见?"

小婉:"你是俺男人,当然要听你的意见。"

盘善:"你的意见就是我的意见。"

小婉:"心里话?"

盘善:"要说是心里话,那是瞎话。我的真心话是,在报纸的事儿上,我冇过多的发言权。"

小婉:"为啥?"

盘善:"报纸是恁封家的,我是封家的客,虽说家里的老人都冇了,按恁汉族的规矩,那些报纸跟这座院子还姓封,是恁娘家的东西。客就是客,还是个回民客,封家的大小事儿由姓封的做主。那些报纸很值钱,而且越来越值钱,越是值钱就越让人心疼,就是那种忍痛割爱的感觉吧,你想,忍着痛割爱是发自内心的吗? 当然不是。再想想,把忍痛割的爱割给谁了? 割给东大寺我又觉得冇那么痛了。"

小婉:"盘善,我问你一句话。"

盘善:"你问。"

小婉:"你是回民,我是汉民,咱俩生活了一辈子,谁随了谁?"

盘善:"谁也冇随谁啊。"

小婉:"生活习惯上是我随了你,因为俺封家在寺门,但我觉得你受俺家的影响也不小,你觉得呢?"

盘善:"咱爸活着的时候我倒不觉得,咱爸走了以后,我倒是越来越觉得是这样。"

小婉:"明个咱去给咱爸烧点纸吧。"

盘善:"中。给咱爸磕个头,告诉他老人家,不孝子孙要卖报纸了。"

斋月很快就来临,寺门的穆斯林们按伊斯兰教教义要求规范着自己的斋月生活。经过一个月的封斋,完成了"真主"规定的"使命",于伊斯兰教教历的十月初开斋,寺门迎来了大尔代节。

重新修缮过的东大寺焕然一新,大殿顶端的星月在绿色的琉璃瓦衬托之下格外醒目。开斋这一天,寺门跟儿的穆斯林们个个沐浴更衣,聚集在寺里礼拜,然后开始节日活动。

清平南北街上,熙熙攘攘,人们穿着民族服装走亲串户,互相赠送着节日礼品。

封家今年大尔代节的气氛似乎比正宗的穆斯林家庭还要浓烈。小婉和盘善两口子早早就准备好了杏仁、杏干、油香、油炸果子、茶、瓜果等食品,盘善还学着西北宁夏那边的穆斯林备上了奶茶和五香茶招待亲友和街坊四邻。

市里、区里的领导们都来到寺门祝贺大尔代节,同时来到了封家,向小婉跟盘善两口子对东大寺重新修缮的贡献表示谢意。

就在寺门的街坊四邻互致"俺斯两姆里昆姆"问候的时候,冇人在意压寺门的南口走进一个汉族老太太,这个老太太不是别人,正是寺门跟儿的人寻找了很久很久的洪芳。

洪芳低头走在清平南北街上,当她走到东大寺门前的时候,停住了脚,慢慢抬起头凝望许久,之后她的脚步不由自主地朝东大寺的大门走去。

"哎,老太太,别往里走,今个穆斯林过节,寺里不让参观。"负责把门的拜四爷在洪芳身后喊道。

洪芳冇扭脸:"我进去瞅一眼就出来,不碍恁的事儿。"

拜四爷:"不是碍事儿不碍事儿,是寺里的规定,改个天吧,老太太,今个不中。"

洪芳低头转身准备离开。

拜四爷:"你等等,老太太。"

洪芳只顾走,也不搭腔。

拜四爷紧跟了洪芳几步,一边跟一边观察:"先别走,请你等等……"

洪芳的脚步越来越快。

拜四爷诈尸了:"快来人啊!这个老婆儿是洪芳!二哥!盘善!恁快来啊!洪芳找着了!回来了!我捞住她了……"

拜四爷这一诈尸不碍着,整条清平南北街上的人顿时大喊大叫,奔走相告,也就是半支烟的工夫,沙家、封家、寺门跟儿家家户户的人全都拥到了东大寺门前。

沙二哥上前一把抓住了洪芳的胳膊:"妹妹,你让哥哥找得好苦,你走了,东大寺门的人都睡不着觉啊!咋,不认恁这个哥哥了?不认这座清真寺了?俺不管你认不认俺,俺寺门的人到几儿都认你……"

沙二哥哭了。

寺门跟儿所有围观的人都哭了。

洪芳却冇哭,她抬起袖口替沙二哥擦着脸上纵横的老泪,说道:"英雄好汉了一辈子,哭啥,咋越老越冇出息,别哭,再哭我可就走了。"

沙二哥:"不哭,不哭了,说啥也不哭了,攒了一辈子的眼泪,到老都哭完了。"

洪芳:"二哥,陪我进寺里瞅瞅,瞅瞅咱的东大寺修得漂亮不漂亮。"说罢迈开脚步朝寺里走去。

寺门跟儿的人们都跟在洪芳身后进到寺里,冇人说话,只是默默地跟着。

洪芳走到了新耸立的大幅东大寺介绍壁前停住了脚步,转过身问道:"这上面的字儿我认不全,哪个孩儿来给我念念。"

"姑奶,我给你念。"沙二哥的孙子立马走到石碑前,大声念道:"清康熙二十八年(1689年)赐进士出身吏部候选王埏撰写的《重建清真寺碑记》载:'大梁清真寺在城之东南隅,乃教人礼拜祝国之所也。起于唐贞观二年(628年)其众始入中国时,后代修葺不圮。'明洪武年间(1368—1398年)'敕修大梁清真寺'。明永乐五年(1407年)'敕赐增修'。明洪武元年(1368年)三月,朱元璋部下回族将领常遇春等率兵攻克开封,欲北伐收复北京,然兵力不足,于是在当地招兵买马。大梁清真寺一带回族青年踊跃应征入伍,朱元璋闻讯后很受感动,亲自由南京赶赴开封大梁清真寺,亲笔题写'精忠尚武'的操幅悬挂于大殿内,并下令翻修该寺。寺修好后,大殿内特制一座精雕木坊,取名'万岁楼',悬挂'精忠尚武'操幅。后历代改挂'万岁牌',并影印笔迹,镌刻石碑一块,嵌在大梁清真寺内墙上。明永乐五年(1407年),又'敕赐增修'该寺。两次重修后的寺院占地十余亩,规模宏阔,殿堂、经房、浴室完备,是中原较大的一组伊斯兰建筑群。后该寺屡经兵资水患,屡次修葺扩建,明末,又一次毁于黄水。清顺治十二年(1655年),掌教曹明,教中人郭鹿鸣、李尚仁等重返故里寻找寺址,并倡众募捐重修。清康熙二十八年(1689年)再次重建。清道光二十一年(1841年)寺院再次被黄水毁坏。这年6月16日,黄河决堤,17日大水冲向开封城,开封南门竟为回涡冲开,黄水倾门灌入城内,四五十名回民自告奋勇义务去堵南门,经努力拼搏,终于堵住了南门。但黄水又从宋门南边的水门洞内钻入城来,东大寺附近回族群众大力协助河营兵堵水,他们除将自家房屋砖块拆完堵水,后又将东大寺内房上砖块拆来堵水,然水大无济于事。恰好此时北边漂来两只料船,满载砖石、麦秸等物,为把料船拉到城墙前,20名回族青年协同河营兵跳入汹涌的黄水中,黄水被堵住了,但19名

寺门

回族青年却再也没能回来。这使当时开封官员大受感动。河南巡抚牛鉴奏请清廷，利用河工料物，于道光二十六年（1846 年）重修寺院大门、卷棚和二殿等。将御赐'护国清真'匾额悬挂大门正中。巡抚牛鉴也亲笔题写了朱红底黑色行书体的'护国佑民'匾额悬挂于南边大门上，还赠了'无论官民人等，到此下轿下马'的牌示，安放在北边大门前石狮后，以示对东大寺的尊重。现存建置基本上保持了这次重修的规模和风格。清光绪二十六年（1900 年）又一次重修。新中国成立，1989 年再次维修。"

一群白鸽带着哨音在寺门上空鸣啭，像是在问候苍穹下这座古老的清真寺和这条饱经沧桑的清平南北街。此刻，东大寺院内所有戴着白色礼拜帽的穆斯林，不约而同地抬头仰望着天空，在一片白色礼拜帽中，突然响起一声洪亮的穆斯林问候语："按赛俩目阿来库目（愿安拉乎赐你们平安）！"紧跟着所有戴白色礼拜帽的穆斯林齐声回应："我阿来库闷赛俩目（愿安拉乎也赐你们平安）！"

（全书完）

公元 2009 年 9 月 19 日开笔于开封约芜斋

公元 2012 年 3 月 26 日完笔于北京中关村

跋

我认识的少华

杨亚洲

2002 年,我刚拍完《空镜子》,手头正缺下一部戏的本子。案头倒是放了一大堆本子,在这些本子当中有一个本子引起了我的注意,叫什么名字已经记不清了,只记得是那一大堆本子里比较出色的,这个本子就是少华写的。当时我也准备拍,但是因为《美丽的大脚》,与少华这个本子失之交臂,可是我记住了王少华。

后来又有一次失之交臂。一家制作公司要拍一部生活戏,编剧是少华,后来因拍《八兄弟》,再一次错过与少华合作的机会。直到 2007 年,中加联合拍摄《蝴蝶》,终于促成了我与少华的第一次合作,紧接着就是《美丽的事》。《美丽的事》这个本子少华写了三稿,前两稿都被我给毙了,最后少华是在"飞行中"写完的,从开封写到北京,从北京写到青岛,又从青岛写到太谷,边拍边写,很辛苦。少华说"编剧是一个惨无人道的行业",我能理解,尤其是电视剧的编剧。

少华早先是写小说的,或许正因为有写小说扎实的功底,才成就了他这个能写出生活质感的编剧,用行内的话说就是"接地气"。

我始终认为,不管是一个小说家还是一个编剧,只要把自己还原到生活的本身,肯定就会立于不败之地。少华的作品通常地域特点非常突出,他善于把各种题材尽量拉回到他所熟知的文化环境中去,语言形成了他作品的特色,既生动又形象,扑面而来的生活气息使得人物活灵活现。无论是他的小说还是他的剧本,哪怕忘记了他的故事也绝不会忘记他塑造的人物——一群生活在社会底层的小人物,一群与时代同呼吸共命运的老百姓。这一点也是我坚持不懈所追求的,也是我与少华在艺术方面的共同语言。

少华很早就给我讲了《寺门》的故事,我也一直在关注他《寺门》的创作。因为我觉得《寺门》这部作品的立意和质感足以改编成一部优秀的影视作品,少华两栖作战的能力很强,无论是小说创作还是剧本创作。待我陆陆续续看完少华发来的文稿之后,尤其是结尾的部分,说实话,我被震撼了。我想说的是,只有对民族、对文学负责任的作家,才能把一个国家、一个民族、一个城市写完整,至少不会把他对文化的深刻认识遗漏掉。

要说《寺门》里面的人物,我最喜欢的是艾三和洪芳,这两个人物最能让我们清晰地看见历史的变迁在人物身上的充分表现,又最能让我们感受到人性的本质和人性随着历史的变迁产生的不同变化。这两个人物在三个不同的历史时期命运的跌宕起伏紧紧扣着时代的脉搏,牵动着读者的心,让人浮想,让人感慨,让人潸然泪下,让人与之同呼吸共命运……

少华很会讲故事,寺门又是一个极具传奇色彩的地方,人物的传奇带来了故事的传奇,加上开封城厚重的历史、鲜明的色彩以及方言的魅力,《寺门》这部作品更为凸显气魄。最最重要的是,少华对开封这座城市的热爱,才是这部作品诞生的真正动力。张择端把《清明上河图》画卷献给了开封,献给了中国,献给了世界,少华的《寺门》恐怕同样要由后人来评说。

眼下,负责任的作家不多,少华算是一个。

少华的作品还具有一个特点,这或者跟他这些年从事影视创作大有关系,那就是他的文字画面感十分强烈,读之有身临其境之感,仿佛人物就在镜头之中。他以剧本之长弥补小说之短,以小说之长补充剧本之缺,不墨守成规,也不哗众取宠,为进入影视主流奠定了良好基础。

在祝贺少华《寺门》即将出版的同时,也要赞扬一下出版《寺门》的河南文艺出版社。如果说少华是一个负责任的作家,那么河南文艺出版社同样是一个负责任的出版社,是你们让读者看到了《寺门》这样一部好的作品,是你们和少华一起在复兴河南的文艺。

后记

啰唆在《寺门》后面的话

王少华

　　我也想不起来是何时开始喜欢寺门这个地方的。十六岁来到这个城市的时候，我讨厌这里。那年月，这座城市留给我最突出的记忆，就像一个衣衫褴褛的老人，再有的记忆就是这座城池里的人特别喜欢骂人，只要开骂，普天下的人在他们嘴里都变成了孙子，正如作品里的那场对骂：

"瞅你那熊样。"

"你骂谁？"

"谁装孬孙我骂谁。"

"你才是孬孙！"

"你是赖孙！"

"你是兔孙！"

"你是龟孙！"

"你是鳖孙！"

"你是瞎孙！"

"你是王八孙！"

"你是冇脸孙。"

"你是腌臜孙！"

"你是浇泡孙。"

"你是下三孙！"

"你是冇出息孙。"

"你是不要脸孙！"

寺门

"你是半掩门孙。"

"你是打下流鼻儿孙!"

…………

为何要把别人骂成品种不同的孙子? 正因为它是老城,在一个老得不能再老的人眼里,他是爷爷,别人统统是孙子。

骂孙子还不算过瘾,还有更过瘾的。

这部作品杀青后,曾经想把名字就定为"骂城",纠结了很长时间以后,最终还原到"寺门"。这种还原恐怕是源于对这个城市那种难以言表的情感,与其说是对这个城市的情感,不如说是对寺门这个地方发自心底的热爱。

我常用肯定的口吻告诉我老婆,上辈子我就在寺门混。

我对"骂城"这个名字依依不舍。

有一种现象,但凡生活在古城里的人,骂起人来比其他地方的人都显得要狠,要得心应手和从容不迫。骂人对生活在古城里的人来说,不单是解除心头之恨,还是表达心头之爱,对人、对事、对物的爱。

每天清早,我去寺门喝汤的时候,大概是我整个一天心情最愉悦的时候。跟在义孩儿哥身边,听着他压街北头骂到街南头的"骂大会",那种百听不厌与对骂者生动的一唱一和,似乎就已经让人端起海碗,开始喝那酣畅淋漓的羊肉鲜汤。

在何时何地与义孩儿哥相识真的记不起来了,不过有一点记忆却很清晰,因为与义孩儿哥成为挚友之后,我才真正喜欢上了寺门。话又说回来,如果失去羊肉鲜汤这个媒介,我也不会真正了解寺门,也不会与义孩儿哥成为真正意义上的弟兄,更不会改变了我的生活习俗并产生了新的信仰。

清平南北街上的那一张张熟悉的穆斯林面孔,我的父老乡亲。

我曾经与一位导演探讨过古城人为何喜欢骂人,那位导演说的一番话似乎让我咂摸出一点味道。他说南京是古城,开封也是古城,这两座城市在历史上均是遭过大劫难的。开封在北宋曾遭到游牧民族的屠城之灾,南京就更不用说,1937 年冬天的那场震惊世界的屠杀至今难以消除国人的心头之恨。不妨这样想一想,作为大灾大难劫后余生的古城人,他们在失去亲人,失去家园,失去所有一切之后,对他们来说唯一可能爆发出来的就是一个骂:骂侵略者的残暴,骂统治者的无能,骂老天爷的不公,骂自身的卑贱,骂祖宗的基因……

《辞海》里有"生殖器官"就是"祖宗的"之说。

国有国骂，省有省骂，城有城骂。古城还有一个特点，无论是辉煌还是落寞，都具备一种不同凡响的气质。比方说开封吧，它既有《宣和画谱》的高雅熏香，也有瓦肆勾栏的平易近人，在战争杀戮与自然灾害的侵吞过后，两者合二为一被埋藏于城下，然后重新发芽，再次生长出一棵参天大树的时候，人们就不难发现，这种合二为一的"杂交"，给这座城池带来了一种更加鲜明的人物个性——倒驴不倒架；死要面子活受罪；你不尿我我也不尿你；你敢剁胳膊我就敢砍大腿；不操心自家的面缸却操心宰相的饭碗；天大地大没有开封城大，爹亲娘亲没有拜把子亲，千好万好不如喝酒泡澡好，河深海深没有混世道行深；小麻烦大困难统统不在话下，哪怕是触犯了王法，在开封人眼里依然是轻描淡写，百分之百能化作一句话，不屑尘世、不屑脸面、不屑生命、不屑祖宗的一句骂来——不用再写出骂什么话了吧，总而言之，骂出的话全定位在下三路上。

没有苦难就没有恨之入骨的骂声。

久而久之，骂就成为古城人的一种生存方式：骂可以缓解仇恨，骂可以体味生活，骂可以得到快乐，骂还可以推动生产力。

久而久之，古城人嘴里的骂就变成了这座城市文化里不可或缺的一个部分。

在我把镜头对准寺门的时候，我在问自己，为什么要写寺门？

2000年，我的汴味小说集《百年祥符》出炉以后，我对汴味小说的创作就暂告了一个段落，不敢再写的原因是怕原地踏步。我觉得一个对读者或对自己负责任的作家，产量和质量应该成正比。尤其是小说家，登不上一个自己界定的新台阶，千万别再去打肿脸充胖子。虽说这十来年为养家糊口在影视圈里不停地蹦跶，但我心里一直在惦着汴味小说的创作。我心里明镜似的，《百年祥符》改编成《祥符春秋》成功亮相央视，《宣和画院》改编成方言话剧成功登上中国大剧院之后，等待我的必定是喧嚣之后的寂静。这种寂静恐怕是不以我的意志为转移的，直到我决定要再次抬起"汴味"的那只脚，迈上自己界定的台阶时，可能才是"汴味小说"的另一个春天。这个春天让我整整等待了十二年，等来的是不是春天我心里没底，但有一点我是清楚的：在这十二年里我找到了"汴味小说"的魂,那就是操着满口城骂的开封人和生于斯长于斯的这座城市的生生不息!

长篇汴味小说《寺门》的鸣谢如下:

感谢寺门所有我认识的穆斯林老少爷们,是你们给了我一个传奇的《寺门》。

感谢我那个大门不出二门不踩、相夫教子任劳任怨的老婆,是你在忍受一个苦行者常年的蛮不讲理。

感谢中科院的谢莹先生,与其说你对我作品有着偏好不如说你对中原文化有着刻骨铭心的爱。

感谢我的助手徐宝祥,是你在我使出浑身解数也无法分身的关键时刻,挑起了金瓦刀工作室的大梁。

最后要感谢的是我自己,你还算是一个兑现承诺的男人,开封把生活给了你,你又把它还给了开封。